Shuggie Bain

Douglas Stuart

Shuggie Bain

Traduit de l'anglais (Écosse)
par Charles Bonnot

116, rue du Bac, Paris 7ᵉ

© 2021, éditions Globe, Paris, pour l'édition française
© 2020 Douglas Stuart
Titre de l'édition originale :
Shuggie Bain
(Grove Press, New York)

Dépôt légal : août 2021

ISBN : 978-2-38361-000-7

Pour A.E.D., ma mère

1992
SOUTH SIDE
11

1981
SIGHTHILL
27

1982
PITHEAD
119

1989
EAST END
425

1992
SOUTH SIDE
471

1992

SOUTH SIDE

1

C'était une journée morne. Son esprit l'avait abandonné ce matin-là, laissant errer son corps vide. Il suivait sa routine, apathique, pâle, le regard éteint sous les néons fluorescents, tandis que son âme flottait au-dessus des rayons en ne pensant qu'au lendemain. Le lendemain, ça faisait quelque chose à espérer.

Shuggie préparait méthodiquement son poste. Pots huileux de sauces froides et de pâtes à tartiner mis à décanter dans des bacs propres. Rebords essuyés pour éviter les éclaboussures qui bruniraient rapidement et briseraient l'illusion de fraîcheur. Tranches de jambon disposées harmonieusement et ornées de fausses branches de persil, olives remuées pour que leur jus visqueux glisse comme du mucus sur leur peau verte.

Ann McGee avait eu le culot de se faire à nouveau porter pâle ce matin-là, lui laissant la tâche ingrate de gérer seul sa rôtisserie en plus du stand d'épicerie fine. Aucune journée ne pouvait bien commencer avec six douzaines de poulets crus et ce jour-là, plus que tout autre, ils dissipaient la douceur de ses rêveries.

Il enfonça une broche industrielle dans chacune des volailles froides qu'il aligna en une rangée régulière. Leurs ailes boudinées étaient repliées sur leurs petites poitrines dodues comme autant de bébés décapités. Fut un temps, il aurait tiré une certaine fierté de cet arrangement. En réalité, faire pénétrer le métal dans la chair rose et granuleuse était la partie la plus facile, le plus dur étant de se retenir d'en faire autant avec les clients. Ils se penchaient sur la vitrine chauffée pour inspecter chaque carcasse. Ils ne voulaient que le meilleur, ignorant que l'élevage en batterie produisait des poulets identiques. Shuggie attendait, se pinçant les joues entre ses molaires, et répondait à leur indécision par un sourire forcé. C'était seulement à ce moment-là que le numéro commençait réellement : « Mets-y trois escalopes, cinq cuisses et juste une aile aujourd'hui, mon petit gars. »

Il priait Dieu de lui donner de la force. Pourquoi plus personne n'achetait de poulet entier ? Il soulevait la carcasse avec une grande pince, prenant soin de ne pas toucher la volaille avec ses mains gantées, puis il découpait soigneusement les morceaux (laissant la peau intacte) avec des ciseaux à viande. Il se sentait idiot, là, sous les lumières de la rôtisserie. Il transpirait sous le filet qui lui couvrait la tête et il n'avait pas assez de force dans les mains pour faire céder les os du poulet avec les lames émoussées. Il se penchait légèrement, pour solliciter les muscles de son dos, sans cesser de sourire.

S'il n'avait vraiment pas de chance, la pince dérapait, le poulet glissait sur le comptoir et tombait sur le sol crasseux. Il devait alors faire semblant de recommencer, navré, mais il ne jetait jamais ce poulet sale. Dès que les clientes avaient le dos tourné, il le remettait avec ses frères sous les lumières jaunes. Il était aussi attaché qu'un autre à l'hygiène, mais c'étaient ces petites victoires personnelles qui le retenaient de tout casser. La plupart des femmes au foyer, sévères et masculines, qui faisaient leurs courses ici le méritaient. La façon qu'elles avaient de le prendre de haut lui donnait des rougeurs dans la nuque. Les jours les plus difficiles, il balançait toute une gamme de sécrétions corporelles dans le tarama. Il vendait des quantités étonnantes de cette saloperie pour bourgeois.

Il travaillait pour Kilfeathers depuis un peu plus d'un an. Il n'avait jamais prévu de rester aussi longtemps. Simplement, il devait se nourrir et payer lui-même sa piaule chaque semaine, or le supermarché était la seule entreprise qui avait bien voulu l'embaucher. M. Kilfeather était un sale radin qui aimait faire bosser tous ceux qu'il n'était pas obligé de payer autant que les adultes et Shuggie avait la possibilité de faire des horaires réduits qui s'accommodaient de sa scolarité en pointillés. Dans ses rêves, il avait la ferme intention d'avancer. Il avait toujours aimé coiffer et jouer avec les cheveux, c'était la seule chose qui faisait réellement filer le temps. À ses seize ans, il s'était promis qu'il irait à l'école de coiffure qui se trouvait au sud de la Clyde. Il avait réuni toutes ses inspirations, les croquis qu'il avait recopiés dans le catalogue Littlewoods et des pages arrachées aux suppléments des journaux du dimanche. Puis il était allé à Cardonald pour se renseigner sur les cours du soir. À l'arrêt de bus devant l'école, il était descendu en même temps qu'une demi-douzaine de garçons et filles de dix-huit ans. Ils portaient les tenues les plus récentes et parlaient avec une confiance bruyante destinée à masquer leur nervosité. Shuggie marchait deux fois moins vite qu'eux. Il les regarda passer le portail puis il traversa la rue pour reprendre le bus dans l'autre sens. Il débuta chez Kilfeathers la semaine suivante.

Shuggie tuait le temps pendant sa pause du matin en inspectant les boîtes de conserves endommagées dans le bac des invendus. Il trouva trois petites boîtes de saumon écossais à peine abîmées, les étiquettes étaient froissées et griffonnées mais les conserves elles-mêmes étaient intactes. Avec le reste de son salaire, il paya son petit panier et rangea ses achats dans son vieux cartable, qu'il replaça dans son casier. Il monta d'un pas lourd jusqu'à la cantine du personnel et essaya de prendre un air blasé quand il passa devant la table des étudiants qui travaillaient pendant les créneaux faciles de l'été et prenaient l'air important, entourés de classeurs et de fiches de révision. Il regarda au loin et s'assit dans un coin, non pas avec mais près des filles qui travaillaient aux caisses.

Ces filles étaient en fait trois femmes d'âge mûr, purs produits de Glasgow. Ena, la grande gueule, était maigre comme un clou, avec un visage impassible et des cheveux gras. Elle n'avait pas de sourcils à proprement parler mais une fine moustache, ce que Shuggie trouvait injuste. Ena était une dure, même pour ce quartier de la ville, mais elle était aussi bonne et généreuse, comme le sont souvent ceux qui ont souffert. Nora, la plus jeune des trois, avait les cheveux tirés en arrière et retenus par un élastique. Comme Ena, elle avait de petits yeux perçants et à trente-trois ans elle était déjà mère de cinq enfants. La dernière s'appelait Jackie. Elle était différente des deux autres en cela qu'elle ressemblait beaucoup à une femme. Jackie adorait les ragots, avait une forte poitrine et les rondeurs d'un canapé. C'était elle que Shuggie préférait.

Il s'assit près d'elles et entendit la fin des aventures du dernier mec de Jackie. Ça ne manquait jamais : ces femmes étaient toujours plongées dans des bavardages légers. Elles l'avaient déjà emmené deux fois au bingo, et tandis qu'elles buvaient en hurlant de rire il avait passé la soirée assis entre elles comme un ado qu'on ne peut pas laisser tout seul à la maison. Il avait aimé la façon dont elles s'asseyaient ensemble, leur masse qui l'entourait, la douceur de leur chair contre son flanc. Il aimait qu'elles s'occupent de lui, et malgré ses protestations, il aimait leur façon de lui dégager les cheveux des yeux, la façon dont elles s'étaient léché le pouce pour lui nettoyer le coin de la bouche. Ce que Shuggie offrait à ces femmes, c'était une forme d'attention masculine, peu importait qu'il n'ait que seize ans et trois mois. Sous les tables de bingo de la Scala, chacune avait essayé au moins une fois de lui effleurer le paquet. Des contacts trop longs, trop dirigés pour être vraiment accidentels. Pour Ena-sans-sourcils ça prenait presque la forme d'une croisade. Plus elle avait bu, moins elle se gênait. À chaque caresse de ses doigts lourds de bagues, elle mordait son épaisse langue et gardait les yeux rivés sur son visage. Quand Shuggie était enfin devenu écarlate, elle avait fait un bruit désapprobateur et Jackie avait fait glisser deux billets d'une livre sur la table à une Nora tout sourire. C'était une déception, bien sûr, mais après avoir continué de boire elles décidèrent que ce n'était pas vraiment un râteau. Il y avait un truc pas net chez ce garçon et de ça, au moins, elles pouvaient avoir pitié.

Assis dans la pénombre, Shuggie écoutait les ronflements irréguliers à travers les murs de la pension. Il essayait, en vain, d'ignorer ces hommes esseulés et sans famille. La froideur matinale ayant fait virer ses cuisses au bleu tartan, il s'enroula donc dans une fine serviette de bain dont il mâchonna nerveusement le coin, apaisé par le crissement qu'elle faisait entre ses dents. Il disposa les dernières pièces de son salaire sur le rebord de la table. Qu'il classa, d'abord en fonction de leur valeur, puis de leur état et de leur éclat.

L'homme au teint rosé de la chambre voisine se réveilla dans un grincement. Dans son lit étroit, il se gratta bruyamment et pria pour trouver la volonté de se mettre debout. Ses pieds heurtèrent le sol avec un bruit sourd, comme de lourds sacs de viande, et cela lui demanda visiblement un grand effort de traverser la petite pièce jusqu'à la porte. Il tritura le verrou qu'il connaissait pourtant, sortit dans le couloir plongé en permanence dans l'obscurité, cherchant son chemin à tâtons, sa main glissant sur le mur puis tombant sur la porte de Shuggie. Le garçon retint son souffle tandis que l'homme faisait passer ses doigts sur le crépi. Ce ne fut que lorsqu'il entendit le *plink-plink* du cordon interrupteur de la salle de bains que Shuggie osa bouger. Le vieux se mit à tousser pour ramener à la vie ses poumons figés par les glaires. Shuggie s'efforça de ne pas l'écouter pisser et cracher dans l'eau des toilettes.

La lumière du matin avait la couleur d'un thé trop laiteux. Elle se glissait dans la chambre meublée comme un fantôme craintif, traversant la moquette et grimpant lentement le long de ses jambes nues. Shuggie ferma les yeux et essaya de la sentir monter mais il n'y avait aucune chaleur dans ce contact. Il attendit jusqu'au moment où il pensait qu'elle l'avait entièrement recouvert et rouvrit les paupières.

Elles étaient rivées sur lui, comme d'habitude, une centaine de paires d'yeux, des regards tristes et solitaires. Les ballerines en porcelaine avec leurs petits chiots, les Espagnoles dansant avec des marins et le garçon de ferme aux joues roses qui tirait son cheval de trait récalcitrant. Shuggie avait soigneusement aligné les figurines le long du bow-window. Il avait passé des heures à leur inventer des histoires. Le forgeron aux gros bras parmi les enfants de chœur angéliques, ou ses préférés, les sept ou huit chatons géants qui souriaient et menaçaient le petit berger paresseux.

Au moins égayaient-ils un peu la chambre. Elle était plus haute que longue et son lit simple en occupait le centre comme un meuble de séparation. D'un côté, une vieille banquette deux places, en bois, dont on sentait toujours les lattes à travers le maigre coussin. De l'autre, un petit réfrigérateur et une double plaque de cuisson Baby Belling. En dehors de la literie froissée, rien ne dépassait : pas de pagaille, pas de vêtements de la veille, aucun signe de vie. Shuggie essaya de se calmer en passant la main sur les draps dépareillés. Il pensait à quel point sa mère aurait détesté cette parure de lit aux couleurs et motifs empilés les uns sur les autres comme s'il se fichait de ce que les gens diraient. Ce désordre aurait heurté son orgueil. Un jour, il économiserait assez pour se racheter de nouveaux draps, doux, chauds et unis.

Il avait été verni d'obtenir cette chambre dans la pension de Mme Bakhsh. Une chance qu'un trop grand amour de la picole ait conduit en prison le vieux qui vivait là avant lui. Le haut bow-window avançait fièrement sur Albert Drive et Shuggie supposait que la chambre avait dû autrefois être le salon d'un assez grand trois pièces. Il avait eu un aperçu des autres pièces de la maison. La kitchenette que Mme Bakhsh avait transformée en chambre meublée avait toujours son lino à carreaux et les trois autres chambres, plus grandes, la même moquette râpée. L'homme au teint rosé vivait dans ce qui avait dû être une nursery, avec son papier peint à fleurs jaunes et sa frise de lapins rieurs près de la corniche. Son lit, son canapé et sa cuisinière étaient tous alignés contre le même mur et se touchaient. Shuggie l'avait vu une fois, par la porte entrouverte et était bien content de sa grande fenêtre à lui.

Il avait eu de la chance de tomber sur les Pakistanais. Aucun autre propriétaire n'avait voulu louer à un garçon de quinze ans qui prétendait en avoir tout juste seize. Ils ne l'avaient pas dit explicitement mais avaient posé trop de questions. Ils l'avaient examiné des pieds à la tête, suspicieux, avec sa plus belle chemise d'école et ses souliers cirés. *Il est pas net*, avaient dit leurs yeux. Au coin de leur bouche, il voyait qu'ils trouvaient scandaleux qu'un garçon de cet âge n'ait pas de maman, pas de famille.

Mme Bakhsh n'en avait rien eu à faire. Elle avait regardé son cartable et son mois de loyer d'avance et était retournée s'inquiéter de ce qu'elle allait donner à manger à ses gamins à elle. Avec un Bic bleu, il avait décoré l'enveloppe de ce premier loyer rien que pour elle. Shuggie voulait lui montrer qu'il était soucieux de bien se tenir, qu'il était assez fiable pour faire cet effort supplémentaire. Alors il avait arraché une page de son cahier de géographie pour y dessiner des motifs cachemire autour de son nom puis il avait colorié entre les lignes pour que les formes arrondies bleues ressortent dans toute leur splendeur cobalt.

La logeuse vivait en face dans un appartement identique, richement meublé et pourvu du chauffage central. Dans l'autre, glacial, elle logeait cinq hommes dans cinq chambres pour un loyer hebdomadaire de dix-huit livres cinquante par tête, en liquide uniquement. Les deux hommes dont le loyer n'était pas directement versé à Mme Bakhsh par les services sociaux devaient glisser les billets sous sa porte le vendredi soir avant de sortir boire le reste de leurs allocs. Ils restaient un instant à genoux sur son paillasson pour profiter de la satisfaction qui émanait de l'intérieur : des casseroles bouillonnantes pleines de poulet parfumé, le bruit joyeux des enfants se chamaillant pour choisir la chaîne de télévision et les rires des grosses femmes échangeant des mots étrangers autour des tables de la cuisine.

La propriétaire ne dérangeait jamais Shuggie. Sauf retard de loyer, elle ne mettait jamais les pieds dans les chambres des pensionnaires.

Dans ce cas, elle venait tambouriner à la porte avec d'autres Pakistanaises aux gros bras. Le plus souvent, elle venait simplement passer l'aspirateur dans le couloir sans fenêtre ou nettoyer autour de la baignoire. Une fois par mois, elle versait du détergent dans la cuvette des toilettes et, de temps à autre, elle déposait une nouvelle chute de moquette à la base de celles-ci pour absorber la pisse.

Shuggie colla son oreille contre la porte et attendit que l'homme à la tête rose finisse ses ablutions. Il l'entendit pousser le verrou de la salle de bains et ressortir dans le couloir. Le garçon enfila ses vieilles chaussures d'école. Il mit sa parka en nylon bruyant surmontée d'une capuche fourrée par-dessus son slip. Il la referma jusqu'en haut et glissa dans les poches profondes un sac de courses Kilfeathers et deux torchons fins.

Le pull de son uniforme d'école calfeutrait l'interstice en bas de sa porte. Quand il le retira, il sentit l'odeur des autres hommes portée par le courant d'air. L'un d'eux avait encore fumé toute la nuit, un autre avait mangé du poisson. Shuggie ouvrit la porte et se faufila dans l'obscurité.

Mme Bakhsh avait retiré l'ampoule du plafonnier au prétexte que les hommes lui avaient fait perdre de l'argent en la laissant allumée à toute heure. Leur odeur flottait désormais dans le couloir comme autant de fantômes, sans brise ni lumière pour les disperser. Des années à fumer là où ils dormaient, à manger de la friture devant des poêles à gaz Calor et à garder les fenêtres fermées tout l'été. L'odeur acide de la sueur et du foutre mélangée à la chaleur des télés en noir et blanc et au piquant de l'after-shave ambré.

Shuggie était maintenant capable de différencier chacun d'eux. Dans la pénombre, il pouvait suivre l'homme au teint rosé tandis qu'il se redressait pour se raser et se peigner au Brylcreem, il sentait le pardessus moisi de l'autre aux dents jaunies qui se nourrissait uniquement de quelque chose qui avait l'odeur du pop-corn au beurre ou du poisson à la crème. Plus tard, à la fermeture des pubs, Shuggie entendrait rentrer chacun de ces hommes.

La salle de bains commune avait une porte vitrée en verre dépoli. Il tira le loquet et garda la main sur la poignée quelques instants pour vérifier qu'il était bien enclenché. Il ouvrit sa lourde parka et la posa dans un coin. Il tourna le robinet d'eau chaude pour tester la température, il y eut un filet d'eau tiède puis deux éclaboussures et un jet aussi froid que la Clyde. Le choc glacial lui fit porter ses doigts à la bouche. Il prit une pièce de cinquante pence, la fit tourner tristement entre ses doigts, la glissa dans le chauffe-eau électrique et regarda la petite flamme s'allumer.

Quand il tourna de nouveau le robinet, l'eau coula d'abord glaciale puis, après quelques crachotements, une giclée bouillante jaillit. Il imbiba son torchon humide, le passa sur sa poitrine frigorifiée et son cou pâle, heureux de cette trop rare chaleur. Il enfonça son visage dans le tissu fumant et resta ainsi quelques instants, rêvant d'en remplir une baignoire. Il s'imagina immergé dans l'eau chaude, loin des odeurs des autres locataires. Ça faisait bien longtemps qu'il n'avait ressenti un tel dégel, que toutes les parties de son corps n'avaient pas été réchauffées en même temps.

Il leva le bras et fit courir le torchon de son poignet à son épaule. Il contracta le biceps et passa les doigts autour. S'il essayait, il pouvait pratiquement en faire le tour avec la main, et s'il serrait fort, il sentait son os. Son aisselle était couverte d'un duvet léger comme les plumes d'un caneton. Il approcha le nez : une odeur de sueur, de propre, de rien. Il prit la peau entre ses doigts et pinça, trayant la chair douce jusqu'à ce qu'elle vire au rouge de sa frustration, il renifla de nouveau ses doigts : rien. Tout en se frottant plus énergiquement, il répétait à mi-voix : « *Résultats de la première division écossaise. Rangers 22 victoires, 14 nuls, 8 défaites, 58 points. Aberdeen 17 victoires, 21 nuls, 6 défaites, 55 points. Motherwell 14 victoires, 12 nuls, 10 défaites.* »

Ses cheveux mouillés étaient noir charbon. Quand il les peigna, il fut surpris de voir qu'ils lui arrivaient pratiquement au menton. Il scruta son reflet à la recherche d'un trait masculin à admirer chez lui : les boucles brunes, la peau laiteuse, les pommettes hautes. Il croisa son regard. Ça n'allait pas. Ce n'était pas comme ça qu'étaient bâtis les vrais garçons. Il se frotta encore. « *Rangers 22 victoires, 14 nuls, 8 défaites, 58 points. Aberdeen 17 victoires, 21 nuls…* »

Des bruits de pas dans le couloir, le crissement familier des lourdes chaussures en cuir, puis plus rien. La fine porte heurta le moraillon. Shuggie attrapa son manteau militaire et y glissa son corps humide.

Seul l'un des locataires avait réellement remarqué son arrivée chez Mme Bakhsh. L'homme rosé et l'autre aux dents jaunes avaient été trop aveugles ou trop cuits pour s'en soucier. Mais ce premier soir, alors que Shuggie mangeait une entame de pain de mie beurrée sur son lit, on avait frappé à sa porte. Le garçon était resté silencieux un bon moment avant de se décider à ouvrir. L'homme qui se tenait sur le seuil était grand, costaud et sentait le savon au pin. Il avait à la main un sac plastique rempli de douze canettes de blonde qui tintaient les unes contre les autres comme les cloches d'une église lointaine. Il tendit une grosse patte calleuse, dit qu'il s'appelait Joseph Darling puis offrit le sac au garçon en souriant. Shuggie essaya de dire *Non merci* poliment comme on le lui avait appris mais quelque chose chez cet homme l'intimidait alors il l'avait laissé entrer.

Ils s'étaient assis l'un à côté de l'autre, Shuggie et son visiteur, perchés sur le rebord de son lit simple soigneusement bordé, contemplant les immeubles de la rue. Des familles protestantes dînaient devant la télévision et la femme de ménage qui habitait en face mangeait seule à sa table à abattants. Shuggie et son visiteur buvaient en silence et regardaient les autres pris dans leur train-train quotidien. M. Darling n'avait pas retiré son épais manteau de tweed. Son poids sur le matelas faisait pencher Shuggie vers son large flanc. Du coin de l'œil, Shuggie le regardait appuyer nerveusement le bout de ses épais doigts jaunis les uns contre les autres. Shuggie n'avait bu qu'une gorgée de bière par politesse et, tandis que l'homme lui parlait, il ne pouvait penser à autre chose qu'au goût de la *lager* en canette, à son aigreur triste. Elle lui rappelait des souvenirs qu'il préférait oublier.

M. Darling avait un air pensif, un peu renfermé. Shuggie s'efforça d'être poli et de l'écouter lui raconter qu'il avait été gardien dans une école protestante qui avait fermé et fusionné avec l'école catholique par mesure d'économie. À l'entendre, M. Darling semblait plus abasourdi que les petits protestants puissent s'amuser paisiblement avec les catholiques que de se retrouver sans emploi.

«J'y crois pas, disait-il, surtout pour lui-même. De mon temps, la religion de quelqu'un, ça voulait dire quelque chose. Tu débarquais à l'école et pis tu leur bottais le cul aux bouffeurs de chou qui se trouvaient sur ton chemin. Ah, ça on était fiers, hein. Alors que maintenant, tu prends n'importe quelle nana comme y faut, bah elle irait se faire sauter par un sale *Mick** aussi vite qu'elle se taperait un clébard.»

Shuggie fit semblant de prendre une petite gorgée de bière mais il la fit simplement passer entre ses dents et la recracha dans la canette. Le regard de M. Darling balayait les murs à la recherche d'un signe. Il jeta un coup d'œil en biais vers le garçon et demanda soudain, incertain de son public : «Et toi alors, t'étais à quelle école?»

Shuggie savait bien ce qu'il cherchait à savoir. «Je ne suis pas vraiment l'un ou l'autre et je suis toujours au lycée.» C'était vrai, il n'était ni catholique ni protestant et il allait encore en cours quand il pouvait se permettre de ne pas travailler au supermarché.

«Ah ouais? Et t'es fort en quoi alors?»

Il haussa les épaules. Ce n'était pas de la modestie, il n'était pas particulièrement bon à quoi que ce soit. Son assiduité avait été au mieux aléatoire et il lui était difficile de suivre le fil des cours. Le plus souvent, il allait s'asseoir au fond de la classe silencieusement pour éviter que le conseil scolaire ne le sanctionne pour absentéisme. Si les gens du lycée avaient su où il vivait, ils auraient été obligés d'agir.

---

* Terme péjoratif pour désigner les Irlandais et, par extension, les catholiques. (*Toutes les notes sont du traducteur.*)

L'homme termina sa deuxième canette et attaqua rapidement la troisième. Shuggie sentit le doigt brûlant de M. Darling contre sa cuisse. L'homme avait posé les mains sur le matelas et son petit doigt, avec sa chevalière, l'effleurait à peine. Il ne le bougeait pas, ne le remuait pas. Il l'avait laissé là et la brûlure n'en avait été que plus forte.

Shuggie était maintenant dans la salle de bains trempée, sa parka fermée. M. Darling tira le bord de sa casquette en tweed en un salut à l'ancienne. « Je venais juste voir si des fois t'étais pas dans le coin aujourd'hui.

– Aujourd'hui ? Je ne sais pas. J'ai des courses à faire. »

Un nuage de déception passa sur son visage. « Y fait un temps dégueulasse, remarqua-t-il.

– Je sais, mais je dois retrouver une amie. »

M. Darling laissa échapper un bruit entre ses grandes dents blanches. Il était si grand qu'il n'avait toujours pas fini de se redresser de toute sa hauteur. Shuggie imaginait des générations de petits protestants terrifiés alignés sur toute la longueur de son ombre. Il voyait maintenant qu'il avait le visage rougi et que perlait déjà sur son front une pellicule de transpiration de buveur. Il l'avait épié par le trou de la serrure, Shuggie en était désormais convaincu.

« Ah bah, c'est con : je vais chercher mes allocs, je crois que j'vais passer au Brewer Arms et pis j'irai mettre un petit bifton sur quelque chose. Mais je m'disais qu'après on pouvait s'envoyer quelques mousses. Peut-être regarder les résultats du foot à la télé ? Je pourrais t'expliquer les championnats anglais ? » L'homme toisa le jeune homme en se passant la langue sur les molaires.

Si Shuggie était habile, il pouvait toujours lui soutirer quelques livres. Mais ça allait être trop long d'attendre qu'il encaisse ses allocations chômage, qu'il se traîne de la poste au bookmaker puis au magasin d'alcool et enfin à la maison, à supposer qu'il en trouve le chemin. Shuggie n'avait pas assez de temps devant lui.

Le garçon relâcha un peu sa parka et M. Darling fit semblant de ne pas le reluquer quand le manteau s'ouvrit légèrement, mais il semblait incapable de s'en empêcher. Shuggie vit la lueur grise de ses yeux verts s'abaisser et sentit sur sa poitrine pâle la brûlure de son regard qui glissait jusqu'à son slip lâche et ses jambes nues, choses blanches et maigres qui dépassaient comme deux fils au bas de son manteau.

Ce ne fut qu'à ce moment-là que M. Darling sourit.

1981

SIGHTHILL

2

Agnes Bain enfonça ses orteils dans la moquette et se pencha au-dehors le plus loin possible. Le vent humide embrassa son cou empourpré et se glissa dans sa robe comme la main d'un inconnu, un signe de vie, un rappel à la vie. Une pichenette et elle regarda sa clope tomber, la cendre luisante dansant sur seize étages en direction de l'avant-cour plongée dans l'obscurité. Elle voulait que la ville voie cette robe de velours bordeaux. Elle voulait ressentir un peu d'envie de la part des femmes, danser avec des hommes qui la serreraient fièrement. Elle voulait surtout boire un bon coup, vivre un peu.

Étirant ses mollets, elle appuya sa hanche sur le rebord de la fenêtre et détacha l'amarrage de ses orteils. Son corps bascula vers les lueurs ambrées de la ville, le sang lui monta aux joues. Elle tendit les bras vers les lumières, et l'espace d'un instant, elle vola.

Personne ne remarqua la femme volante.

Elle s'imagina alors basculer un peu plus encore, se mit au défi de le faire. Comme il serait facile de croire qu'elle volait jusqu'à ce que son envol devienne chute et qu'elle s'écrase sur le bitume. L'appartement dans une tour qu'elle partageait encore avec sa mère et son père s'enfonça en elle. Tout dans la pièce lui semblait si petit, si bas de plafond et étouffant, du jour de paie au jour du Seigneur, une vie à crédit où rien ne vous appartenait jamais réellement.

À trente-neuf ans, avoir son mari et ses trois enfants, dont deux étaient déjà presque adultes, entassés dans l'appart de sa maman, lui donnait un sentiment d'échec. Lui, son homme, qui quand il partageait son lit se tenait désormais tout au bord, la mettait en colère avec toutes ces promesses de jours meilleurs bazardées. Agnes avait envie de défoncer tout ça à coups de pied ou de tout gratter comme un vieux papier peint. De passer les ongles en dessous pour tout arracher.

Agnes se laissa mollement retomber dans la pièce mal aérée et sentit de nouveau la sécurité de la moquette maternelle sous ses pieds. Les autres femmes n'avaient pas levé les yeux. Maussade, elle fit sauter l'aiguille sur le tourne-disque. Elle se gratta vigoureusement la tête et monta le volume trop haut. « Allez, quoi, rien qu'une petite danse ?

– Chut, pas maintenant », cracha Nan Flannigan. Elle réarrangeait fébrilement ses pièces d'argent et de cuivre en piles régulières. « Encore un peu et j'vous envoie toutes au tapin. »

Reeny Sweeny leva les yeux au ciel en serrant ses cartes contre sa poitrine. « C'que t'es obsédée !

– Allez pas dire que je vous ai pas prévenues. » Nan mordit l'extrémité d'un morceau de poisson pané et lécha la matière grasse qui s'était déposée sur ses lèvres. « Quand je vous aurai ratiboisées de tout l'argent du ménage, vous serez bien forcées de rentrer à la maison baiser le peine-à-jouir que vous avez marié pour gratter une rallonge.

– Alors là, macache ! » Reeny se signa distraitement. « Il se la met derrière l'oreille depuis le carême et crois-moi qu'elle va y rester jusqu'à Noël prochain. » Elle enfourna une grosse frite dorée dans sa bouche. « Y a même une fois, j'ai tenu jusqu'à avoir une télé couleur dans notre piaule. »

Les femmes ricanèrent sans perdre le fil de leur partie. Le salon était confiné et il y flottait une odeur de transpiration. Agnes regarda sa mère, la petite Lizzie, étudier attentivement son jeu, flanquée des massives Nan Flanningan et Reeny Sweeny. Assises côte à côte, elles finissaient les derniers morceaux de fish and chips. Elles posaient leurs mises et battaient les cartes de leurs doigts graisseux. Ann

Marie Easton, la plus jeune d'entre elles, roulait soigneusement des cigarettes miséreuses sur sa jupe. Les femmes avaient déversé l'argent du ménage sur la petite table basse et faisaient aller et venir leurs mises de cinq ou dix pence.

Agnes s'ennuyait. Fut une époque, avant les gilets amples et les maris maigrichons, elle les emmenait au dancing. Jeunes filles, elles s'accrochaient les unes aux autres comme les perles d'un collier et chantaient à tue-tête en descendant Sauchiehall Street. Elles étaient mineures, mais Agnes, sûre d'elle malgré ses quinze ans, savait qu'elle arriverait à les faire rentrer. Les videurs la voyaient toujours rayonner au bout de la file et lui faisaient signe d'approcher. Elle entraînait alors les autres derrière elle comme une chaîne de forçats. Elles s'accrochaient à la ceinture de son manteau en murmurant avec inquiétude mais Agnes gratifiait alors les videurs de son plus beau sourire, celui qu'elle réservait aux hommes et qu'elle cachait à sa mère. Elle aimait tant afficher ce sourire à l'époque. Quand elle avait perdu ses dents de lait, elle avait hérité des dents de son père et les Campbell avaient toujours eu des dents pourries, c'était une source d'humilité sur un visage par ailleurs séduisant. Ses dents d'adulte avaient poussé petites et tordues et n'avaient jamais été blanches à cause du tabac et du thé trop fort de sa mère. À quinze ans, elle avait supplié Lizzie de l'emmener se les faire arracher. L'inconfort des dents artificielles n'était rien en comparaison du sourire hollywoodien qu'elle s'imaginait gagner ainsi. Chacune était maintenant large, droite et régulière comme le sourire d'Elizabeth Taylor.

Agnes passa la langue sur la porcelaine. Elles en étaient arrivées là, ces femmes, à occuper leur vendredi soir en jouant aux cartes dans le salon de sa mère. Pas la moindre trace de maquillage. Plus personne n'avait le cœur à chanter.

Elle les regarda se disputer pour quelques livres en petite monnaie et laissa échapper un soupir d'ennui. Toute la semaine, elles attendaient leur partie de cartes du vendredi. C'était censé être leur relâche après tout ce temps à repasser devant la télé, à chauffer des boîtes de haricots pour leurs gamins ingrats. La Grosse Nan repartait généralement avec les gains, hormis les quelques fois où Lizzie avait la main chaude et recevait alors une grande baffe en retour. La Grosse Nan ne pouvait pas s'en empêcher. L'argent la rendait nerveuse et elle n'aimait pas perdre. Agnes avait vu sa mère récolter un œil au beurre noir pour dix shillings.

« Hé toi là-bas ! » Nan criait sur Agnes qui était absorbée par son reflet dans la vitre. « T'arrêtes de gruger dis ! »

Agnès roula les yeux et prit une longue gorgée de bière brune éventée. C'était un transport bien trop lent pour la destination qu'elle voulait rejoindre. Elle s'emplit le cornet de brune tout en rêvant de vodka.

« Bah, laisse-la », dit Liz, qui connaissait ce regard absent.

Nan revint à ses cartes. « Elles sont de mèche, c'était couru. Vous êtes rien que des foutues voleuses !

— J'ai jamais rien chouré de ma vie ! protesta Lizzie.

— Tu déconnes ? Je t'ai vue à la fin de ton poste : bosselée comme du crépi et lourde comme une brique ! À remplir ton tablier de l'hosto de rouleaux de PQ et de bouteilles de Javel.

— Tu sais combien ça coûte ? s'indigna Lizzie.

— Ouais, un peu que je sais, siffla Nan. Parce que je les raque, moi. »

Agnes flottait dans la pièce, incapable de tenir en place. Elle manqua de renverser le jeu de cartes en posant une brassée de sacs en plastique sur la table. « Je vous ai pris un petit cadeau », dit-elle.

Nan n'aurait normalement jamais supporté une interruption mais un cadeau c'était gratuit et elle n'allait certainement pas cracher dessus. Elle rangea soigneusement ses cartes dans son décolleté puis elles se passèrent les sacs dont chacune sortit une petite boîte. Elles restèrent silencieuses quelques instants, considérant la photo sur l'emballage. Lizzie, un peu vexée, parla la première. « Un soutien-gorge ? Qu'est-ce que j'irais fiche avec un soutien-gorge ?

— Ce n'est pas n'importe quel soutien-gorge. C'est des Cross Your Heart. Ça fait des miracles pour la silhouette.

– Essaye-le, Lizzie ! dit Reeny. Le vieux Wullie te sautera dessus comme un gosse à la fête foraine ! »

Ann Marie sortit le sien de sa boîte. « Il est pas à ma taille ce soutif !

– J'ai essayé de deviner. J'en ai pris un ou deux de plus, alors essayez-les. » Agnes était déjà occupée à dézipper sa robe. L'albâtre de son épaule contrastait avec le velours bordeaux. Elle dégrafa son vieux soutien-gorge et ses seins de porcelaine jaillirent, puis elle enfila rapidement le nouveau, rehaussant sa poitrine de quelques centimètres. Agnes se pencha et tourna sur elle-même. « Un type les vendait à l'arrière du camion vers Paddy's Market. Vingt livres les cinq. C'est magique, non ? »

Ann Marie finit par trouver sa taille. Plus pudique qu'Agnes, elle se retourna pour retirer son gilet et son vieux soutien-gorge. À cause du poids de ses seins, ses bretelles avaient imprimé des marques rouges sur ses épaules. Toutes, à l'exception de Lizzie, eurent bientôt retiré leur robe ou leur blouse de travail. Lizzie, elle, gardait les bras croisés sur la poitrine. Les autres, pratiquement torse nu, passaient leurs mains sur les bretelles satinées et regardaient leurs seins en roucoulant avec satisfaction.

« Ch'ais pas vous, mais moi j'ai jamais rien porté de plus confortable », reconnut Nan. Le soutien-gorge était trop lâche à l'arrière et peinait à empêcher son imposante poitrine de reposer sur son ventre.

« Ça c'est des nichons de quand on était jeunes, hein, les filles ? dit Agnes d'un ton approbateur.

– Bon Dieu, si seulement on avait eu idée à l'époque, pas vrai ? fit Reeny. Je t'aurais laissé n'importe quel enfoiré qu'avait envie d'y toucher les tripoter. »

Nan tira la langue lascivement. « Conneries ! Toi t'étais pas tellement du genre à garder ton berlingot dans la boîte à bonbons de toute façon. » Elle était déjà pressée de revenir aux affaires et recommençait à pousser des piles de pièces sur la table. « Bon, quand vous aurez fini de vous reluquer comme une bande de greluches. »

Elle réunit les cartes et les battit. Les autres n'avaient toujours pas remis leur haut.

Lizzie essaya d'arracher la cellophane d'un paquet de cigarettes sans faire de bruit. Les autres étaient aux aguets, lasses de fumer des roulées fortes et d'avoir du tabac sur le bout de la langue. «Je croyais que c'était chacun pour soi», souffla Lizzie. Mais ça revenait à agiter un jambon devant une meute de chiens maigres, jamais elles n'allaient la laisser tranquille. Elle fit circuler son paquet à contrecœur et chacune alluma une clope, ravie de profiter du luxe d'une blonde manufacturée. Nan se rassit, toujours en soutien-gorge, et prit une longue bouffée qu'elle retint en fermant les yeux. L'atmosphère de la pièce se réchauffa et cailla encore tandis que la fumée s'élevait et dansait avec le papier peint à motif cachemire.

De temps à autre, un courant d'air frais s'infiltrait par la fenêtre du seizième étage, si vif qu'il les faisait cligner des yeux. Lizzie buvait son thé froid en regardant les autres femmes sombrer vers leur noirceur intime. C'était l'effet de l'air frais sur les buveurs. L'énergie légère et gaillarde quittait la pièce, remplacée par quelque chose de plus collant et épais.

Une nouvelle voix se fit entendre. «Maman, il veut pas dormir!»

Catherine se tenait sur le seuil, l'air exaspéré. Elle portait son petit frère sur la hanche. Il commençait à être trop grand pour ça, mais Shuggie la serrait fort et il était évident qu'il adorait le réconfort osseux qu'elle pouvait lui prodiguer.

Catherine, espérant attirer la pitié par sa mine revêche, lui pinça le poignet et le détacha d'elle. «S'te plaît. J'en peux plus.»

Le petit garçon courut vers sa mère et Agnes souleva Shuggie. Son pyjama en nylon produisit de l'électricité statique quand elle le fit tournoyer, trop heureuse d'avoir enfin quelqu'un avec qui danser.

Catherine ignora le fait que toutes ces femmes étaient à moitié nues et fouilla les restes du fish and chips. Ce qu'elle préférait, c'était les petites frites brunes, les enveloppes cornées devenues croustillantes après avoir passé trop de temps dans l'huile.

Lizzie passa la main sur la hanche de Catherine. Tout chez sa petite-fille lui semblait maigrichon, fort peu féminin. À dix-sept ans, Catherine était tout en bras et en jambes et n'avait aucune courbe, un vrai garçon manqué, malgré des cheveux raides qui lui descendaient jusqu'à la taille. Les jupes moulantes avaient sur elle quelque chose de décevant. Lizzie avait pour habitude de passer la main sur sa hanche, machinalement, comme si cela pouvait faire émerger une féminité soudaine. C'était par habitude, aussi, que Catherine repoussait cette main.

« Tiens, fit Lizzie, dis-leur pour ton super boulot en ville. » Elle ne s'interrompit pas pour la laisser parler mais se tourna vers les femmes. « C'que je suis fière. *Assistante* du directeur. C'est un peu comme si c'était toi le patron, pas vrai ?

– Mamie !

– Et celle-ci qu'a cru que ça suffirait d'être bien roulée, poursuivit Lizzie, le doigt pointé vers Agnes. Une putain de veine que quelqu'un ici ait quelque chose dans la caboche. » Elle se signa prestement. « J'irai me confesser pour ma vantardise.

– Et pour avoir juré », ajouta Catherine.

Nan Flanningan ne leva pas les yeux de ses cartes. « Maintenant que tu bosses, ma grande, faut que tu commences par ouvrir deux comptes en banque. Un pour quand tu te marieras et puis l'autre tu le gardes pour toi. Et jamais tu lui en causes à ton homme, hein ? »

Toutes les autres approuvèrent la sagesse de Nan.

« Alors c'est fini l'école ? » demanda Reeny.

Catherine jeta un coup d'œil vers sa mère. « Oui, plus d'école. On a besoin d'argent.

– Tu m'étonnes. Parce que là, vu comme va le monde, ça va être toi qui vas devoir entretenir ton jules quand t'en dégotteras un. » Elles avaient toutes un homme à la maison. Un homme qui moisissait sur le canapé faute de trouver un boulot correct.

Nan s'impatienta encore. Elle frotta ses mains gercées. « Écoute, ma petite Catherine, je t'adore. » Elle n'avait pas l'air de le penser.

«Le jour où tu seras la première astronaute écossaise, je viendrai te filer un casse-dalle pour le trajet. Mais d'ici là...» Elle désigna les cartes, puis la porte. «D'ici là, casse-toi.»

Catherine rejoignit sa mère d'un pas lourd et remit Shuggie sur sa hanche de mauvaise grâce. Son petit frère était fasciné par le glissoir en plastique sur la bretelle de sa mère.

«Est-ce qu'Alexander est rentré ? demanda Agnes.

– Ouais, je crois.

– Comment ça, tu crois ? Est-ce qu'Alexander est dans la chambre, oui ou non ?» La pièce était trop petite pour y égarer un garçon dégingandé de quinze ans. Elle était tout juste assez grande pour le lit superposé de Catherine et Leek et le petit lit de Shuggie. Mais Leek était réservé et plutôt du genre à demeurer un spectateur extérieur, il était capable de disparaître alors même que quelqu'un lui parlait.

«Maman, tu sais comment il est, Leek. Peut-être bien qu'il est là.» C'était tout ce qu'elle avait à dire. Catherine tourna les talons en un tourbillon de cheveux châtains, et sortit de la pièce avec Shuggie, non sans lui enfoncer ses ongles dans la cuisse.

On distribua des cartes, de l'argent fut perdu et Agnes continua de changer les disques même si personne ne faisait attention à la musique. Sans surprise, les pièces s'amoncelèrent devant Nan tandis que les piles des autres rétrécissaient. Agnes, sa boisson à la main, commença à tourner sur elle-même, seule sur la moquette. «Oh, oh, oh. C'est ma chanson, les filles. Allez, levez-vous !» Elle les supplia en agitant les doigts.

Elles se levèrent l'une après l'autre, les moins vernies trop heureuses de s'écarter de l'imposante pile d'argent de Nan. Elles dansèrent gaiement, en soutien-gorge et vieux gilet. Le sol rebondissait sous leur poids. Nan fit tournoyer Ann Marie, qui criait, jusqu'à ce qu'elles se cognent contre la table basse. Elles dansaient avec abandon et buvaient de grandes gorgées de *lager* dans de vieilles tasses. Tous leurs mouvements rythmés et vigoureux se concentrèrent bientôt dans leurs épaules et leurs hanches, comme les jeunes filles qu'elles voyaient à la télévision. Aucun doute, les pauvres maris maigrichons qu'elles avaient laissés à la maison se feraient écraser plus tard dans la nuit. Quand elles rentreraient chez elles, sentant le vinaigre et la bière brune, elles leur grimperaient dessus. Ricanant et suantes dans leur soutien-gorge neuf, animées par l'impression fugace d'avoir retrouvé leurs quinze ans, elles s'effeuilleraient avant de libérer leurs seins pendants. Des bouches ouvertes, une haleine avinée, des langues chaudes, une chair lourde et maladroite. Le bonheur simple du vendredi soir.

Lizzie ne dansait pas. Elle disait avoir arrêté de boire. Wullie et elle essayaient de donner le bon exemple au reste de la famille. Ça faisait d'elle une mauvaise catholique de désapprouver le comportement d'Agnes tout en s'envoyant une ou deux petites canettes. Elle avait laissé tomber sa très chère brune et son doigt de whisky, *ou presque*. Agnes regarda sa mère assise dans le canapé avec sa tasse de thé froid et n'y croyait pas une seule seconde. Lizzie se tenait bien droite, les yeux chassieux et humides, un air lointain sur son visage rosi.

Agnes savait bien que Wullie et Lizzie se glissaient hors de la pièce quand ils pensaient que personne ne regardait. Ils se levaient de table le dimanche ou allaient un peu trop souvent aux toilettes. Ils s'asseyaient au bord de leur grand lit double, la porte fermée, et sortaient des sacs plastique de sous leur matelas. Ils versaient la gnôle dans de vieilles tasses et la buvaient rapidement et silencieusement dans le noir comme des adolescents. Ils revenaient à la table familiale en se raclant la gorge, l'œil plus gai et plus vitreux, et tout le monde faisait semblant de ne pas avoir remarqué l'odeur de whisky. Il suffisait de regarder son père essayer de manger sa soupe du dimanche pour savoir s'il avait bu un coup.

Le disque crissa quand arriva la fin de la face A. Lizzie s'excusa et alla à la salle de bains en titubant. La Grosse Nan, pensant que personne ne la regardait, en profita pour jeter un coup d'œil à son jeu.

Son regard fut attiré par l'éclat de canettes de brune intactes derrière le fauteuil de Wullie. «Jackpot ! s'écria-t-elle. Cette vieille pocharde a planqué du rab !» Elle s'assit, suante et essoufflée, et se servit. Nan était là pour affaires et s'efforçait de rester un peu plus sobre que les autres. Toute la soirée elle avait soigneusement compté l'argent sur la table, pensant au petit morceau de jambon qu'elle pourrait acheter pour le dîner de dimanche et aux sous dont les gosses auraient besoin pour l'école la semaine prochaine. Maintenant que la partie était terminée, Nan avait soif de cette bière cachée.

«Lizzie Campbell. Quelle baratineuse, celle-là. Comme quoi elle arrête de picoler : des craques ouais ! dit Reeny.

— Si elle a arrêté la bibine alors moi j'ai arrêté les tartes», renchérit Nan en reboutonnant son gilet par-dessus son nouveau soutien-gorge. Elle cria à l'intention de Lizzie dans le couloir sombre : «Je sais pas pourquoi que je suis copine avec des cathos voleuses comme vous autres !» Nan ouvrit la bière et remplit les tasses et les verres posés sur la table : plus elle parviendrait à les soûler, mieux ce serait. Elle redevint soudain sérieuse. «Bon. On finit cette partie ou on sort le catalogue ? J'en ai ma claque d'vous regarder danser comme si vous étiez les Pan's People*.» Elle sortit du sac en cuir noir posé à ses pieds un épais catalogue corné. Il était inscrit *Freemans* sur la couverture au-dessus de la photo d'une femme en robe de dentelle et chapeau de paille debout dans un joli champ doré quelque part loin d'ici. Ses cheveux sentaient sûrement la pomme verte.

Nan ouvrit le catalogue sur les cartes à jouer et tourna quelques pages. Le crissement du papier plastifié était comme le chant des sirènes. Les autres cessèrent de s'agiter sur la musique et s'assemblèrent autour du catalogue ouvert, appuyant leurs doigts gras sur des photos de sandales en cuir et de chemises de nuit en polyester. Elles tombèrent sur une double page de femmes qui faisaient du vélo

---

* Troupe de danse britannique des années 1960 et 1970 régulièrement invitée dans la célèbre émission *Top of the Pops*.

dans de jolies robes en jersey et roucoulèrent en chœur. Nan plongea alors une nouvelle fois dans son sac en cuir et sortit une poignée de carnets de factures épais comme des bibles. Des grognements. Elles étaient copines, pour sûr, mais c'était son boulot et elle avait des gosses à nourrir.

«Ah, Nan, c'est que j'ai pas ce qu'il faut cette semaine», dit la jeune Ann Marie en faisant mine de s'écarter du catalogue.

Nan sourit sans desserrer les dents et répondit le plus poliment qu'elle put. «Oh que si tu l'as, mon pognon. Et même si je dois te pendre à la fenêtre par tes grosses chevilles, tu me paieras ce soir, j'peux te le dire.»

Agnes sourit pour elle-même et savait qu'Ann Marie aurait dû s'arrêter là. Mais la jeune femme continua de s'enfoncer. «C'est que le maillot de bain me va pas en fait.

— Mon cul, ouais! Y t'allait nickel quand tu l'as acheté.» Elle fouilla les carnets gris, sortit celui sur lequel il était écrit «Ann Marie Easton» au Bic noir et le balança sur la table.

«Mais mon mec y m'a dit qu'il pouvait plus m'emmener en vacances.» Ann Marie scruta chaque visage de ses grands yeux en espérant y trouver une trace de pitié. Les autres n'en avaient rien à faire. Pour la plupart, leurs dernières vacances, c'était à la maternité de Stobhill.

«Arrête, tu vas me faire pleurer. Choisis. Mieux. Tes gars. Choisis. Mieux. Tes fringues.» Nan les pressa comme elle l'avait fait un millier de fois, entreprit de récupérer l'argent de chacune et de le noter dans leurs carnets. Ça allait prendre une éternité de rembourser le pantalon de l'uniforme de l'école ou un assortiment de serviettes de bain. À cinq livres par mois, il faudrait des années pour tout payer avec les intérêts. Elles avaient le sentiment de louer leur vie. Le catalogue s'ouvrit sur une nouvelle page et les femmes commencèrent à se disputer pour savoir qui voulait quoi.

Agnes fut la première à relever la tête en sentant le changement d'atmosphère dans la pièce. Shug se tenait dans l'encadrement de la porte, son épaisse ceinture-portefeuille à la main. Le vent humide s'insinua dans le salon, signe qu'il avait laissé la porte d'entrée ouverte, qu'il ne restait pas. Agnes se releva et s'approcha de son mari, sa robe toujours repliée à la taille. Elle ajusta sa jupe trop tard puis elle joignit les mains et essaya d'arborer son sourire le plus sobre. Il ne le lui rendit pas. Shug se contenta de regarder à travers elle avec dégoût et lança abruptement : « Bon, qui a besoin que je la dépose ? »

L'intrusion d'un homme sonnait la fin de la récréation. Les femmes commencèrent à réunir leurs affaires. Nan glissa deux des canettes cachées de Lizzie dans son sac. « Allez, les filles, mardi prochain chez moi ! aboya-t-elle, ajoutant à l'intention de Shug, Et si un homme croit qu'il peut venir interrompre ma soirée catalogue, il va prendre une volée.

– Toujours aussi charmante, Mme Flanningan », dit Shug en se curant un ongle avec sa clé. De toutes les femmes à baiser, ce ne serait jamais elle. Il avait des principes.

« C'est bien gentil, répondit Nan avec un sourire pincé. Hésite pas à t'enfoncer les bras dans le cul pour te faire un gros câlin de ma part. »

Agnes rajusta sa robe de velours sur ses épaules. Elle resta immobile, les mains à plat sur sa jupe. Les autres femmes reboutonnèrent leurs lourds manteaux et lui adressèrent un signe de tête poli en se faufilant maladroitement entre Shug et la porte. Elles baissaient toutes les yeux et Agnes regarda Shug sourire à chacune d'entre elles sous sa moustache. Il ne s'écarta que pour laisser passer l'imposante carcasse de Nan.

Il n'était plus vraiment aussi beau qu'autrefois mais il était toujours charismatique, magnétique. Son regard direct rendait Agnes toute chose. Elle avait raconté à sa mère que, quand elle avait rencontré Shug, il avait un éclat dans les yeux qui vous donnait envie de retirer vos vêtements s'il le demandait. Puis elle avait admis qu'il le demandait souvent. La confiance en soi, c'était la clé, car il n'était pas une gravure de mode et sa vanité aurait été écœurante chez un homme moins charmant. Shug avait le chic pour vous la vendre comme si c'était la chose que vous désiriez le plus sur terre. Il avait le bagout de Glasgow.

Dans son costume repassé et son étroite cravate, sa sacoche de taxi à la main, il inspectait froidement les femmes qui repartaient, comme un maquignon à la foire aux bestiaux. Agnes avait toujours su que Shug appréciait le haut du panier et le fond de la gamelle, qu'il voyait dans la plupart des femmes une aventure possible. Il savait abaisser les plus belles car elles ne l'intimidaient jamais. Il savait les faire rire, les faire rougir et faire en sorte qu'elles se sentent reconnaissantes de se trouver près de lui. Il avait une patience et un charme qui pouvaient donner aux plus quelconques une confiance rare, comme si elles étaient la plus jolie créature à avoir jamais marché en chaussures plates.

C'était un animal égoïste, elle le savait désormais, d'un naturel sale et lubrique qui l'émoustillait malgré elle. Ça se voyait à sa façon de manger, la manière qu'il avait d'enfourner sa nourriture et de lécher la sauce entre ses doigts sans se soucier de ce que quiconque pouvait penser. Ça se voyait dans la manière dont il dévorait les femmes qui quittaient maintenant la partie de cartes. Ça se voyait trop souvent ces jours-ci.

Elle avait quitté son premier mari pour épouser Shug. Le premier était un catholique peu pratiquant, assez pieux par rapport au reste du quartier mais dévoué à elle et à rien d'autre. Agnes était à ce point plus belle que lui que cela redonnait espoir aux autres hommes et poussait les femmes à observer son entrejambe en se demandant ce qu'elles avaient raté chez Brendan McGowan. Mais il n'y avait rien à rater : il était droit et travailleur, c'était un homme avec peu d'imagination, bien conscient de la chance qu'il avait eue d'avoir épousé Agnes et qui l'adulait. Quand les autres allaient au pub, il rapportait chaque semaine son salaire à la maison, l'enveloppe marron encore intacte, et la lui remettait sans faire d'histoires. Elle n'avait jamais respecté ce geste. Le contenu de l'enveloppe ne lui avait jamais paru suffisant.

Shug Bain avait semblé si brillant comparé au catho. Il avait été d'une vantardise que seuls les protestants pouvaient s'autoriser, étalant sa maigre fortune, rose de gloutonnerie et de gaspillage.

Lizzie l'avait vu venir. Quand Agnes était arrivée avec ses deux aînés et le chauffeur de taxi protestant, son instinct l'avait poussée à refermer la porte mais Wullie ne l'avait pas laissée faire. Wullie était d'un optimisme à l'égard d'Agnes qui, selon elle, confinait à l'aveuglement. Quand Shug et Agnes avaient fini par se marier, ni Wullie ni Lizzie ne s'étaient rendus à la mairie. Ils disaient que c'était mal, un mariage entre deux religions, un mariage hors de l'Église. En réalité, c'était Shug Bain qu'elle n'aimait pas. Lizzie avait compris tout de suite à qui elle avait affaire.

Ann Marie fut la dernière à partir, après avoir pris bien trop de temps à remettre la main sur son gilet et ses cigarettes, alors même qu'elles étaient à l'endroit exact où elle les avait laissées en arrivant. Tandis qu'elle était sur le point de dire quelque chose à Shug, il croisa son regard et elle tint sa langue. Agnes observa leur conversation muette.

« Tiens, Reeny, comment va ? » demanda Shug avec un sourire de chat.

Agnes détourna le regard de l'ombre d'Ann Marie et regarda sa vieille amie, ses côtes se brisant à nouveau.

« Oh bah, ça va, Shug, merci », répondit Reeny, gênée, en regardant Agnes.

La poitrine d'Agnes s'effondra sur son cœur quand Shug lança : « Prends ton manteau, tu vas attraper la mort. Je vais te conduire de l'autre côté de la rue.

– Non, te dérange pas.

– Arrête. » Il sourit de nouveau. « Les amies d'Agnès sont mes amies.

– Shug, je vais préparer ton casse-croûte, ne tarde pas trop, dit Agnes, sentant qu'elle avait plus l'air d'une mégère qu'elle ne l'aurait souhaité.

— J'ai pas faim. » Il ferma doucement la porte entre eux. Les rideaux redevinrent inertes.

Reeny Sweeny vivait au 9 Pinkston Drive dans la tour qui s'élevait au côté du numéro 16. La voiture noire n'avait qu'à pirouetter et Reeny serait chez elle en moins d'une minute. Agnes s'assit, alluma une cigarette et sut qu'elle devrait attendre de longues heures avant que Shug ne se pointe de nouveau.

Elle sentait le regard brûlant de Lizzie sur son visage. Sa mère ne disait rien mais fulminait. C'était trop d'être piégée dans le salon d'une mère si prompte à vous juger, trop qu'elle soit témoin, aux premières loges, de chaque fissure de votre mariage. Agnes prit ses cigarettes et fit dans le couloir les quelques pas qui la séparaient de ses petits. La chambre était plongée dans l'obscurité à l'exception du faisceau d'une lampe torche. Leek la tenait coincée sous son menton et dessinait, impassible, dans un carnet noir. Il ne releva pas la tête et elle ne put voir ses yeux gris cachés dans l'ombre de sa frange douce. La pièce chaude était pleine du souffle de son frère et sa sœur endormis.

Agnes replia des vêtements qui traînaient par terre. Elle lui prit son crayon et referma le carnet de croquis. « Tu vas t'abîmer les yeux, mon trésor. »

C'était presque un homme, il était trop vieux pour qu'elle l'embrasse pour lui souhaiter bonne nuit et elle ne remarqua pas que son haleine chargée par la brune forte avait fait reculer Leek. Il dirigea le faisceau de la lampe sur le lit simple. Agnes s'approcha de son petit dernier et remonta la couverture sous le menton de Shuggie. Elle voulait le réveiller et le prendre avec elle dans son lit, submergée par un soudain besoin d'avoir encore quelqu'un qui la serre fort. Shuggie avait la bouche ouverte, ses paupières tressautant doucement, et dormait trop profondément pour être réveillé.

Agnes ferma doucement la porte et gagna sa chambre. Elle tâtonna entre les couches de son matelas et sortit sa bouteille de vodka. Secouant la lie, elle se servit un fond de tasse, puis but au goulot en regardant les lumières de la ville en contrebas.

La première fois que Shug avait disparu après avoir travaillé de nuit, Agnes avait passé les premières heures de l'aube à appeler les hôpitaux et tous les chauffeurs de taxi qu'elle connaissait. Parcourant son carnet d'adresses, elle avait ensuite appelé ses amies pour leur demander négligemment comment elles allaient sans admettre que Shug était parti en goguette, incapable de reconnaître qu'il avait fini par le faire.

Tandis qu'elles jacassaient, Agnes n'écoutait que les bruits derrière elles, guettant la moindre trace de sa présence. Elle voulait maintenant leur dire qu'elle savait tout. Elle savait pour les vitres embuées du taxi, ses mains voraces et comment elles avaient dû lui demander, le souffle court, de les emmener loin de tout pendant qu'il enfonçait sa bite en elles. Elle se sentait vieille et très seule. Elle voulait leur dire qu'elle comprenait. Elle connaissait bien ce frisson qui, fut un temps, avait été le sien.

Fut un temps, les bourrasques venues de la mer lui avaient bleui les cuisses mais Agnes n'avait pas ressenti le froid tant elle était heureuse.

Les milliers de lumières clignotantes de la promenade dégringolaient sur elle tandis qu'elle avançait, bouche bée. Elle avait le souffle coupé. Les paillettes noires de sa nouvelle robe réfléchissaient les illuminations de Blackpool et Agnes irradiait au cœur de la foule des juillettistes.

Shug la souleva et la déposa sur un banc inoccupé. À perte de vue, tout le long du front de mer, les lumières s'embrasaient. Chaque bâtiment rivalisait avec le suivant et faisait clignoter ses milliers d'ampoules aux couleurs éclatantes. Certains étaient surmontés d'enseignes de saloon avec chevaux galopants et cow-boys qui clignaient de l'œil, d'autres de danseuses de Las Vegas. Elle baissa les yeux vers Shug qui la regardait, radieux. Il était chic dans son beau costume noir ajusté. Il avait l'air d'être quelqu'un.

«Je ne me souviens pas de la dernière fois que tu m'as emmenée danser, dit-elle.

— Je sais encore m'y prendre. » Il l'aida à redescendre délicatement sur le trottoir et lui serra longuement la taille. Shug voyait le front de mer à travers ses yeux, le glamour criard des clubs et l'aventure des salles de jeux. Il se demandait si, pour elle, tout ça finirait aussi par perdre son brillant. Il retira sa veste de costume et la passa sur ses épaules. « Ouais, les lumières de Sighthill ne seront plus les mêmes après ça. »

Agnes frissonna. « Ne parlons pas de la maison. Faisons comme si on s'était enfuis. »

Ils marchèrent le long du front de mer flamboyant en essayant de ne pas penser à toutes les menues choses du quotidien qui les écartaient l'un de l'autre et les piégeaient dans une HLM avec les ronflements de son père et de sa mère de l'autre côté de la cloison. Agnes regarda les néons clignoter. Shug vit des hommes porter des regards gourmands sur elle et sentit une fierté malsaine gonfler dans sa poitrine.

Elle avait découvert Blackpool dans la lueur grise du matin. La déception lui avait silencieusement brisé le cœur. Des immeubles miteux faisaient face à un océan sombre et démonté et une plage de sable froid sur lesquels des enfants frigorifiés couraient en maillot de bain. C'étaient les seaux, les pelles, les retraités en capuche de pluie. C'étaient les familles qui venaient de Liverpool pour la journée, des cars entiers débarquant de Glasgow pour profiter du week-end de la Foire*. Il avait voulu que ce soit une occasion pour se retrouver tous les deux. Elle s'était mordue la joue face à la vulgarité de tout ça.

Maintenant que la nuit était tombée, elle comprenait l'attractivité du lieu. La véritable magie venait des illuminations. Il n'y avait pas une seule surface qui ne brillait pas. Les vieux trams qui roulaient au milieu de la rue étaient couverts de guirlandes lumineuses et les jetées

---

* La Foire de Glasgow (*Glasgow Fair*) se tient la seconde quinzaine de juillet depuis le Moyen Âge. Le vendredi est traditionnellement férié et de nombreuses familles vont passer le week-end dans des stations balnéaires telles que Blackpool.

branlantes qui avançaient dans la mer saumâtre était maintenant illuminées comme des podiums. Même les chapeaux «Embrasse-moi idiot» clignotaient, comme rendus fous par le désir. Shug lui attrapa le poignet et la tira à travers la foule sur la promenade enflammée. Les enfants criaient du haut des manèges. On percevait le rugissement et les flashes des autotamponneuses, le carillon des machines à sous. Shug continuait de la traîner en direction de la Tour de Blackpool, se faufilant dans la masse comme le chauffeur de taxi qu'il était.

«Chéri, s'il te plaît, ralentis», se plaignit-elle. Les lumières passaient trop vite pour qu'elle puisse les absorber. Elle dégagea son poignet et vit qu'il y avait laissé une marque rouge là où il l'avait attrapée.

Shug clignait des yeux, le visage rougi, au milieu des vacanciers, un mélange de colère et de honte. Des hommes secouaient la tête : eux auraient su mieux traiter cette si belle femme. «Tu vas pas commencer, si ?»

Agnes se frotta le bras. Elle essaya d'adoucir son expression. Elle accrocha son petit doigt au sien, la bague maçonnique de Shug lui parut froide et morte. «Tu me pressais, c'est tout. Je veux juste en profiter. J'ai l'impression de ne jamais sortir de la maison.» Elle se retourna pour contempler les lumières mais la magie avait disparu. C'est vrai qu'elles étaient minables.

Agnes soupira. «Allons boire un petit verre. Ça nous réchauffera et ça nous aidera peut-être à nous remettre dans l'ambiance.»

Shug plissa les yeux et passa le poing sur sa moustache comme pour retenir toutes les invectives dont il voulait l'inonder. «Agnes. Je te demande qu'une chose : est-ce que tu peux s'il te plaît essayer d'y aller mollo ce soir ?» Mais elle était déjà partie, traversant les rails du tram en direction du cow-boy bravache.

«Comment va ? lança la barmaid avec un fort accent du Lancashire. Vraiment canon, ç'te robe.»

Agnes se hissa sur le tabouret de bar en plastique et croisa délicatement les chevilles. «Un Brandy Alexander s'il vous plaît.»

Shug prit le tabouret d'à côté et le fit tourner jusqu'à ce qu'il soit plus haut que celui d'Agnes. Il s'assit dessus d'un bond et le fit de nouveau tourner pour qu'ils soient à la même hauteur. «Un verre de lait froid, s'il vous plaît.» Il sortit deux cigarettes de son paquet et Agnes lui fit signe de lui en allumer une. La barmaid posa leur commande sur le comptoir. Le lait était servi dans un gobelet pour enfant, Shug le repoussa et lui demanda un autre verre.

Il glissa la cigarette entre les lèvres d'Agnes et lui caressa la nuque, là où une boucle s'échappait. Elle fouilla alors son sac, remit ses cheveux en place et avec un grand *skouuuush* elle les vaporisa de laque odorante. Elle prit une longue gorgée de son cocktail sucré et fit claquer ses lèvres. «Elizabeth Taylor est venue à Blackpool. Je me demande si elle aime les bulots.»

Shug se curait le nez avec son auriculaire bagué. Il roula le mucus entre le pouce et l'index. «Qui n'aime pas ça ?»

Elle se tourna pour lui faire face. «On pourrait peut-être s'installer ici. Ce serait comme ça tout le temps.»

Il éclata de rire et secoua la tête comme si elle était une enfant. «Tous les jours c'est un truc différent avec toi. Rien que d'essayer de suivre, ça m'épuise.» Il passa le doigt sur l'ourlet brillant de sa jupe tandis qu'elle regardait la foule estivale se presser au-dehors. Des gens ordinaires qui avaient déjà revêtu leur manteau d'hiver.

«Tu sais de quoi j'ai envie ? De faire un bingo.» Elle sentait la chaleur de son verre l'envahir. Elle serra ses bras autour d'elle en une étreinte réjouissante. «Toutes ces lumières. Je me sens en veine.

– Ah ouais ? Je leur ai demandé de les allumer rien que pour toi.»

De nouvelles consommations arrivèrent. Agnès sortit la paille, la touillette et les deux gros glaçons de son verre. «Cette fois j'y crois. Je vais gagner gros. Je vais commencer à vivre. Je vais en mettre plein les mirettes à Sighthill. Je le sens.» Elle finit son cocktail d'un trait.

Leur chambre se trouvait en haut d'une maison victorienne à trois rues du front de mer. Elle était simple même pour un B&B de

Blackpool et rien qu'à l'odeur on pouvait deviner que les chambres n'étaient louées que pour la nuit, pas à des familles en vacances. Chaque étage avait sa propre odeur musquée. Ça sentait le toast brûlé et la télé qui a trop chauffé, comme si la propriétaire tenait à ne pas trop ouvrir les fenêtres.

Tout était calme à cette petite heure du matin. Agnes était affalée au pied de l'escalier couvert de moquette et chantait, faux, pour elle-même. «*I'm onlyyy human. I'm jist a wooh-man.*»

Il y eut des bruits de pas derrière les portes closes et les vieux parquets grincèrent au-dessus de leurs têtes. Shug lui posa doucement la main sur la bouche. «Chut. Tais-toi, tu vas réveiller tout le monde dans la baraque.»

Agnes le repoussa, écarta les bras et reprit plus fort. «*Show me the stairwayyy I have to cli-imb.*»

Un Anglais souffla depuis l'une des chambres. «Faites moins de bruit ou j'appelle la police ! Il y a des gens ici qui aimeraient dormir !» À l'entendre faire siffler ses *s*, Shug était sûr qu'il était petit et efféminé. Il aurait adoré qu'il ouvre la porte, histoire de lui imprimer le motif de sa chevalière sur la gueule.

Agnes feignit d'être offensée. «Ouais, appelle la police, rabat-joie. Je suis en vac...»

Shug lui appuya la main sur la bouche. Elle gloussa. Les yeux rieurs, elle lui lécha la paume avec le plat de sa langue. On aurait dit du ragoût de mouton. Ça lui retourna le ventre. Serrant plus fort, il lui enfonça les doigts dans les joues jusqu'à ce qu'elle écarte les mâchoires. L'éclat rieur quitta ses yeux. Penchant son visage sur celui d'Agnes, il siffla : «Je vais pas te l'dire deux fois : tu te lèves. Et tu montes ces escaliers.»

Il retira lentement sa main. Il y avait une marque rose là où il l'avait serrée. La peur se lisait dans ses yeux et elle eut pratiquement l'air sobre. Tandis qu'il écartait la main, la crainte s'évapora et le démon de la boisson reprit le contrôle de son visage. Elle lui cracha dessus entre ses dents en céramique. «Mais putain tu te prends pour...»

Shug lui tomba dessus avant qu'elle ait le temps de finir. Il l'enjamba et lui attrapa les cheveux. Les mèches durcies par la laque craquèrent comme des os de poulet quand il enroula ses doigts dedans. Tirant assez fort pour lui arracher des touffes entières, il commença à gravir les escaliers en la traînant derrière lui. Agnes agitait les jambes comme une araignée paniquée pour essayer de reprendre pied. La douleur déchirante lui parcourait le crâne et elle se cramponna à son bras. Shug sentit à peine ses ongles lui transpercer la peau. Ils montèrent un étage, puis un autre, puis un suivant. La moquette sale lui brûlait le dos, lui râpait la peau du cou, arrachait les paillettes de sa robe. Il serra son bras musclé sous son menton et lui fit traverser le palier. D'un geste, il la balança devant la porte, sortit la clé, alluma l'ampoule nue et la tira à l'intérieur.

Agnes gisait sur le sol de la chambre comme un boudin de porte. Sa robe à sequins était remontée sur ses jambes blanches. Elle porta la main à la tête pour sentir où des cheveux lui manquaient. Shug revint l'en empêcher, soudain gêné de ce qu'il avait fait. «Oh ça va, arrête, je t'ai pas fait mal.»

Elle sentit son cuir chevelu ensanglanté sous ses doigts. Ses oreilles sifflaient encore au rythme des *bump, thump, bump* de chaque marche. L'engourdissement de la boisson la quittait. «Pourquoi tu as fait ça ?

– Tu me foutais la honte.»

Shug retira sa veste de costume noire et la posa sur l'unique chaise en bois. Il ôta sa cravate noire et l'enroula soigneusement. Il avait le visage rouge, ce qui, curieusement, rendait ses yeux plus petits et plus noirs. Pendant qu'il la traînait dans les escaliers, ses mèches de cheveux étaient retombées, dévoilant la calvitie qu'il essayait désespérément de dissimuler. Elles pendaient le long de son oreille gauche, aussi maigres que des queues de rat. Il y eut un déclic au fond de sa gorge, comme un interrupteur qui s'amorce, et il se jeta de nouveau sur elle. Elle sentit sa poigne sur son cou, sur sa cuisse. Il enfonça les doigts dans sa chair tendre pour assurer sa prise. Quand elle sentit son muscle s'écarter de l'os de sa jambe, elle cria et il lui martela le visage deux fois avec sa chevalière.

Elle se tut et Shug se pencha, planta les ongles dans son épaule et sa cuisse et la balança sur le lit comme un sac-poubelle crevé. Il grimpa sur elle. Son visage avait une teinte écarlate, enflammée, ses cheveux pendouillaient mollement de sa tête enflée. C'était comme s'il n'était plus rempli que de sang bouillonnant. Il fit porter tout son poids sur les bras d'Agnes, les rivant dans le matelas avec ses coudes jusqu'à ce qu'ils semblent sur le point de se briser. Il se servit de sa masse, tous les kilos pris à cause de son mode de vie si sédentaire, pour la clouer sur le lit.

Il passa la main droite sous sa robe et trouva ses parties douces et blanches. Elle croisa les jambes et noua ses chevilles ensemble. De sa main libre, il attrapa ses cuisses et essaya d'écarter ces deux poids morts. Elle ne cédait pas. Le verrou était bien fermé. Il rentra ses doigts dans le haut de ses jambes, pressant ses ongles jusqu'à ce que la peau éclate et qu'il sente ses chevilles se desserrer.

Il la pénétra pendant qu'elle pleurait. Elle n'avait plus une goutte d'alcool dans le sang. Elle n'avait plus la force de se battre. Quand il eut terminé, il posa son visage contre son cou. Il lui promit de l'emmener de nouveau danser sous les lumières le lendemain.

3

L'été arriva enfin, lourd et étouffant. Les jours étaient trop longs pour un homme de la nuit. Les journées interminables étaient comme un invité indélicat, les lueurs du Nord n'étaient jamais pressées de partir. Big Shug trouvait toujours plus difficile de dormir la journée en été. Le soleil éclairait les épais rideaux jusqu'à ce qu'ils soient d'un violet frémissant et les enfants étaient toujours plus bruyants quand ils étaient heureux, la porte s'ouvrait sans cesse sur des ados gueulards venus des autres appartements ou sur des femmes qui passaient en sandales sur le tapis de l'entrée en faisant claquer leurs pieds ou leurs chewing-gums roses.

Quand la nuit tomba enfin, Big Shug sortit son taxi noir en lui faisant faire un demi-tour serré comme un gros chien courant après sa propre queue et quitta la cité de Sighthill. À la vue des lumières de Glasgow, il se détendit contre son siège et, pour la première fois de la journée, ses épaules retombèrent plus bas que ses oreilles. Pendant les huit prochaines heures la ville lui appartiendrait et il avait des projets pour elle.

Il essuya sa vitre et se regarda dans le rétroviseur latéral. Il se sourit en voyant comme il en jetait : chemise blanche, costume noir, cravate noire. C'était un peu excessif pour aller au travail, avait dit Agnes, mais elle parlait trop ces jours-ci. Tandis que son sourire irradiait le reste de son corps, il se demanda si être chauffeur de taxi était quelque chose qu'il avait dans le sang. Entre lui et son frère

Rascal, ça en faisait pratiquement une affaire de famille. Son père aurait aimé aussi, si les chantiers navals ne l'avaient pas tué.

Shug s'arrêta au feu dans l'ombre de l'hôpital universitaire Royal Infirmary et regarda un troupeau d'infirmières fumer des cigarettes roulées. Elles frottaient leurs avant-bras rosis dans la nuit froide ou rehaussaient leurs nichons sur leurs bras croisés. Elles fumaient sans les mains pour ne pas perdre la moindre chaleur corporelle. Il sourit doucement et se vit dans le rétroviseur. Travailler de nuit était vraiment ce qui lui convenait le mieux.

Il aimait rôder seul dans l'obscurité et observer les bas-fonds. C'était de là que sortaient des personnages burinés par la ville grise, mis au pas par des années de picole, de pluie et d'espoir. Son gagne-pain avait beau être de transporter les gens, son passe-temps favori restait de les regarder.

Il descendit sa vitre dans un bruit de trancheuse et alluma une cigarette. Le vent s'engouffra dans l'habitacle et ses longues mèches de cheveux fins dansèrent comme des oyats sous la brise. Il détestait sa calvitie, il détestait vieillir, ça rendait tout plus laborieux. Il inclina le rétroviseur vers le bas pour ne plus voir le reflet de son crâne chauve. Il trouva son épaisse moustache qu'il caressait distraitement comme un animal de compagnie. Puis il tomba sur son double menton qui tremblait en dessous. Il remonta le rétro.

Les rues de Glasgow étaient rendues brillantes par la pluie et les lampadaires. Les infirmières ne traînèrent pas longtemps, balançant leurs clopes à demi fumées dans une flaque avant de retourner à l'intérieur. Shug soupira, dépassa Townhead et prit la direction du centre-ville. Il aimait le trajet depuis Sighthill, c'était comme une plongée au cœur des ténèbres victoriennes. Plus vous approchiez du fleuve, la partie basse de la ville, plus le véritable Glasgow s'ouvrait à vous. Il y avait des boîtes de nuit cachées sous les arches sombres de la voie ferrée et des pubs sans lumière ni fenêtre où des hommes et des femmes âgés se retrouvaient, les jours ensoleillés, pour passer le temps dans ce purgatoire âcre et suant. C'était près du fleuve que les femmes nerveuses et maigres vendaient leur corps à des hommes conduisant des breaks rutilants et c'était parfois là que les flics les retrouvaient découpées en morceaux dans des sacs-poubelle. Sur la rive nord de la Clyde se trouvait la morgue municipale et il semblait approprié que toutes les âmes perdues flottent dans cette direction pour ne pas déranger quand leur heure venait enfin.

Dépassant la gare, Shug fut content de voir que la borne était pleine de taxis et dépourvue de clients. Les touristes étaient ennuyeux, bavards et c'étaient surtout de foutus radins. Ils mettaient une éternité à charger leurs énormes valises puis ils embuaient le taxi avec leurs K-Way qui crissaient. Ces blaireaux moches et coincés pouvaient bien se les carrer au cul leurs dix pence de pourboire. Il lança un coup de klaxon moqueur aux autres gars et poursuivit vers le fleuve.

La pluie était l'état naturel de Glasgow. Ça rendait l'herbe verte et les habitants pâles et asthmatiques. Son effet sur la fréquentation des taxis semblait négligeable. C'était un problème parce que la pluie était inévitable et l'humidité constante s'avérait généralement tenace, ainsi, quitte à être trempés, les clients potentiels avaient intérêt à voyager en bus plutôt qu'en taxi. D'un autre côté, avec la pluie les jeunes nanas qui sortaient de boîte voulaient toutes prendre un tacot pour rentrer et éviter de flinguer leur brushing rigide et leurs jolies pompes. Pour cette raison, Shug était partisan d'une pluie sans fin.

Il déboucha dans Hope Street et se gara à une borne. Ça n'allait pas être long. Ils n'étaient que deux ou trois à attendre. Ils se trouvaient à deux pas de la boîte de Sauchiehall Street et les professionnelles frigorifiées éjectées du parc de Blythswood Square tomberaient rapidement sur eux à condition de courir un peu. Dans tous les cas, c'était un bon emplacement pour une nuit intéressante.

Shug tuait le temps en fumant et en écoutant les craquements de la cibi. La répartitrice annonçait des clients à Possilpark et d'autres à aller chercher sur Trongate. Joanie Micklewhite était la seule voix à la radio et chaque soir il l'écoutait tenir ce monologue circulaire et répétitif, demander de l'aide, attendre des réponses, donner des ordres, faire taire les contestations. Il n'entendait jamais plus de la moitié de la conversation, comme si elle se parlait à elle-même ou, lui semblait-il, comme si elle ne parlait qu'à lui. Il aimait le ton paisible de sa voix. Il y trouvait quelque chose de réconfortant.

Il finit sa cigarette et vit un couple sortir de la dernière séance bras dessus, bras dessous. Les chauffeurs devant lui commencèrent tranquillement à faire monter des clients et à s'éloigner dans la nuit. Seul en tête de file, il regarda un groupe de filles faire tomber des frites sur le trottoir en se disputant pour savoir comment elles allaient rentrer. Elles semblaient sur le point de prendre un taxi mais non, la grosse pragmatique voulait attendre le bus de nuit. *Qu'elle y aille*, se dit-il, *et qu'elle prenne la flotte*. La plus jolie et la plus soûle titubait encore dans sa direction. Shug répéta son sourire dans la pénombre.

Il fut tiré de ses pensées salaces par le bruit de doigts osseux frappant sur sa vitre. «T'es libre mon pote ? demanda une voix d'homme.

– Non ! cria Shug en montrant les filles soûles.

– Tant mieux», répondit l'homme sans l'écouter. Il ouvrit la portière avant que Shug ait le temps d'activer le verrouillage automatique et fit entrer sa frêle carcasse et ses volumineux manteaux dans le taxi. «Tu connais le bar des Rangers dans Duke Street ?

– Ouais, mon vieux», soupira Shug alors que la jolie fille se dirigeait vers le taxi suivant. Il lui adressa un demi-sourire mais elle ne fit pas attention à lui.

Ignorant la banquette de cuir noir qui occupait la largeur de l'habitacle, l'homme déplia le strapontin pour s'asseoir juste derrière Shug. Un bavard à tous les coups. *Eh merde, c'est parti*, songea Shug.

Il pleuvait dehors mais il faisait humide à l'intérieur. Le taxi sentit rapidement le lait caillé. Le vieux portait une chemise jaunie et un costume gris froissé sur lequel il avait enfilé un fin manteau en laine et un pardessus démesuré. Ça lui donnait des airs de réfugié, sa frêle carcasse noyée sous des mètres de shetland et de gabardine. Il portait une casquette Harris sous laquelle pointait seulement son nez écarlate. Il commença presque immédiatement à jacter. « Tu as vu le match mon gars ? demanda le passager laiteux.

— Non, répondit Shug, sachant très bien où se dirigeait la conversation.

— Ah ça, t'as raté un super match, ouais, un putain de super match. » L'homme fit un bruit désapprobateur. « Alors, c'est qui ton équipe ?

— Le Celtic », mentit-il. Il n'était pas catholique mais c'était le moyen le plus rapide de mettre un terme à la conversation.

Le visage du vieux se renfrogna comme une serviette de bain tombée par terre. « Oh bah, bordel de merde, j'aurais dû me douter que je montais dans un bahut de papiste. » Shug le regarda dans le rétroviseur et pouffa sous sa moustache. Il n'était pas pour le Celtic, ni pour les Rangers, mais il était fier d'être protestant. Il aurait bien dissimulé le motif de sa chevalière maçonnique mais le vieux ne faisait pas attention et était aussi ralenti qu'un animal marin.

Fasciné, Shug le regarda entrer dans un état de désespoir distrait, passant du larmoyant au belliqueux. Il tendait les mains devant lui comme s'il argumentait avec Dieu le Père. Puis il posa les bras sur la cloison qui les séparait et approcha sa bouche à quelques centimètres de l'oreille de Shug. Les lèvres rendues humides par la boisson, il déversa une logorrhée incohérente en faisant des mines comme un enfant qui apprend à parler. De gros postillons maculaient la vitre. Shug enfonça le frein et l'homme se cogna le front avec un bruit sourd. Tête nue mais déterminé, il reprit son bla-bla. Shug fronça les sourcils. Il allait devoir nettoyer après lui.

Le vieux poivrot de Glasgow était une espèce en voie d'extinction : un être traditionnellement inoffensif qui tendait à muter en quelque chose de plus jeune et de bien plus sinistre à mesure que la drogue se propageait dans la ville. Shug jeta un œil dans le rétro et regarda l'homme poursuivre son solo alcoolisé, un flot de paroles si bas et incohérent qu'il n'en percevait que quelques mots comme *Thatcher*, *syndicats* ou *salauds*. Sans la moindre compassion, il le regarda passer du rire aux larmes.

La Louden Tavern était un bar sombre, sans fenêtres, dont la porte était planquée en retrait d'un bâtiment bas. Elle était conçue pour résister aux jets de pierres, de bouteilles et aux bombes. La façade de briques, peinte aux couleurs rouge, blanc et bleu des Glasgow Rangers, était une provocation flamboyante lancée dans l'ombre de Parkhead, stade du Celtic Glasgow et Mecque sportive des catholiques.

Shug annonça le prix de la course, une livre soixante-dix, et le regarda fouiller ses poches les unes après les autres. Tous les poivrots faisaient la même chose. Leur paye du vendredi volait en éclats dans chaque bar où ils passaient jusqu'à remplir leurs poches de pièces de cinq et dix pence dont le poids cumulé les faisait se dandiner, un peu voûtés. Ils survivaient durant le reste de la semaine avec leur butin, comptant sur les pièces qu'ils retrouvaient un peu partout. Ils ne quittaient pas leur pantalon et leur grand manteau, même pour dormir, de peur que leur femme ou leurs enfants ne les doublent et aillent acheter du lait ou du pain avec la mitraille.

L'homme prit une éternité à fouiller chaque poche. Shug écoutait la voix douce sur la cibi en essayant de garder son calme. Quand le poivrot disparut enfin dans l'antre sombre du pub, Shug débolua dans Duke Street pour ne pas rater la sortie des clubs. Devant la Scala, une petite dame le héla, agitant la main comme un oiseau frêle. Shug avait le choix entre piler et l'écraser.

Elle monta dans le taxi et il fut soulagé de la voir prendre place au milieu de la banquette du fond. « Alexandra Parade, s'il vous plaît. » Elle renifla, fronça le nez et lança à Shug un regard dédaigneux. Elle devait avoir l'impression que quelqu'un avait pissé dans une vieille casserole de porridge.

Le taxi commença à gravir les pentes hérissées d'immeubles de Dennistoun. Shug jeta un coup d'œil dans le rétro vers la femme qui le regardait. Les femmes au foyer de la ville s'asseyaient toujours pile au milieu, jamais près de la portière pour contempler le paysage, ni sur le siège rabattable comme le faisaient les vieux en mal de compagnie. Elle était comme toutes les autres, droite et rigide, une reine presbytérienne, jambes serrées, dos raide, mains sur les genoux. Elle avait réuni les pans de son manteau, ses cheveux étaient coiffés, même à l'arrière, et elle avait le visage fermé comme un masque.

« Quel temps affreux, finit-elle par dire.

– Ouais, à la radio ils disaient qu'il va flotter toute la semaine. » Il y avait quelque chose chez cette femme qui lui rappelait sa mère. Les mains rêches, et le petit gabarit qui ne faisait pas justice à la force et la puissance qui l'animaient sûrement. Il pensa aux nuits où son père levait le poing sur elle. Plus elle encaissait, plus il la cognait, jusqu'à ce que sa peau vire au rouge, puis au bleu, puis au noir. Shug la revoyait devant son miroir, faisant tomber ses cheveux sur son visage et étalant un peu plus de maquillage autour de ses yeux pour cacher les ecchymoses.

« Comme je disais, je prends pas de taxi d'habitude. » Elle cherchait son regard dans le rétroviseur.

« Ah non ? demanda Shug, content qu'elle interrompe ses pensées.

– Oh non, mais bon, j'ai gagné un petit quelque chose ce soir, voyez. C'est rien qu'un peu, hein, mais ça fait bien plaisir. » Elle ne cessait de frotter l'ongle de son pouce. « Et puis ça tombe à pic, vous savez, maintenant que mon George a perdu son boulot, soupira-t-elle. Vingt-cinq ans chez Dalmarnock Iron Works, vingt-cinq ans, et tout ce qu'il a eu, c'est trois semaines de salaire. Trois semaines ! Ah ça, j'y suis allée moi et puis j'ai frappé à la porte de ce gras du bide qu'est contremaître, l'autre rougeaud là, et j'y ai demandé ce qu'il était censé faire avec trois semaines de solde, mon George. » Elle ouvrit le fermoir de son petit sac à main et regarda à l'intérieur. « Vous savez ce qu'il m'a dit ce gros sac ? "Madame Brodie, votre mari peut s'estimer heureux d'avoir eu trois semaines. J'ai des jeunes gars avec toute leur vie devant eux qui ont eu droit qu'à la fin de leur quart." Ça m'a mise en boule, ça je vous le dis. Alors j'y ai fait : "Eh ben moi, j'ai deux grands gars à nourrir à la maison et ils trouvent pas de boulot non plus, alors qu'est-ce que je fais ?" Il m'a regardée et il a dit du tac au tac : *"Essayez l'Afrique du Sud !"* »

Elle referma son sac. « Ils sont même jamais étés jusque dans le South Lanarkshire, alors l'Afrique du Sud ! » Elle ne cessait de frotter son pouce rouge. « C'est pas normal. Le gouvernement devrait faire quelque chose. Fermer les métallos et les chantiers navals. Et puis après ça va être les mineurs, moi je vous le dis ! L'Afrique du Sud ! Jamais de la vie ! Aller jusqu'en Afrique du Sud pour fabriquer des bateaux pas chers et les renvoyer chez nous et mettre d'autres garçons au chômage ? Ah les salauds !

– C'est pour les diamants, fit remarquer Shug. Ils vont en Afrique du Sud pour travailler dans les mines de diamants. »

La femme le regarda comme s'il l'avait contredite. « Eh ben je m'en fiche de ce qu'ils creusent, ils pourraient bien sortir de la réglisse du cul d'un Noir, pour ce que ça me fait. Mais ils devraient travailler ici à Glasgow et manger les plats de leur mère. »

Shug enfonça l'accélérateur. La ville changeait, il le lisait sur les visages. Glasgow n'avait plus de but, il ne le voyait que trop bien derrière son pare-brise. Il le ressentait dans ses recettes. Il avait entendu dire que Thatcher ne voulait plus d'honnêtes travailleurs, que son futur c'était la technologie, l'énergie nucléaire et la santé privatisée. L'industrie c'était terminé et les squelettes des sites tels que Clyde Shipworks ou Springburn Railworks gisaient dans la ville comme des dinosaures en décomposition. Des immeubles entiers de jeunes hommes promis aux métiers de leurs pères qui n'avaient plus d'avenir. Les hommes perdaient jusqu'à leur masculinité.

Shug avait vu les familles ouvrières quitter les quartiers pauvres. Les urbanistes et les fonctionnaires de la classe moyenne avaient cru avoir un éclair de génie en ceignant Glasgow de villes nouvelles et de lotissements bon marché. Avec un carré d'herbe et une vue sur le ciel, tous ses maux étaient supposés disparaître.

La femme était immobile sur la banquette arrière. La peau autour de ses pouces était usée et l'inquiétude incrustée aux coins de sa bouche. Ce ne fut que lorsqu'elle toucha ses cheveux à l'arrière de sa tête que Shug eut la confirmation qu'elle était toujours vivante.

Il la déposa à l'entrée de sa résidence et elle lui glissa une livre dans la main.

« Hé, qu'est-ce que c'est que ça ? s'exclama-t-il. J'ai pas besoin de tant.

— La ferme ! souffla-t-elle. C'est qu'un petit bout de ce que j'ai gagné. Je fais passer ma chance. Y a guère que la chance qui pourra nous sortir de ce merdier. »

Shug accepta le pourboire à contrecœur. Qu'ils aillent se faire foutre, tous les touristes anglais avec leurs Kodak. Shug l'avait déjà remarqué, c'étaient ceux qui avaient le moins qui donnaient le plus.

Le temps qu'il revienne en centre-ville, la dernière séance était terminée et la ville se préparait à quelques heures d'un sommeil froid. Certaines boîtes qui fermaient plus tard avaient encore la musique à fond mais c'était du suicide de se garer devant pour attendre des clients car les premiers bourrés n'en sortiraient que bien après minuit. Shug soupira et envisagea de tourner dans les parages. Peut-être qu'il pourrait ramasser une fille qui s'était retrouvée à surveiller les verres de cidre de ses copines pendant qu'elles dansaient avec des types. Les nanas les plus moches partaient généralement les premières. Il en avait ramené chez elles par le passé, il avait même attendu, compteur éteint, pendant qu'elles allaient s'acheter un paquet de chips ou des biscuits au chocolat chez le Paki du coin pour se consoler. Si vous leur parliez gentiment, elles se montraient vraiment sympas en retour.

Il avait desserré sa cravate, se préparant à une longue attente, quand la douce voix se fit entendre à la radio. « Voiture trente et un, voiture trente et un. À vous. » Son cœur se serra. C'était Agnes. Forcément.

Il décrocha le récepteur noir et appuya sur le bouton latéral. « Voiture trente et un, j'écoute. » Il y eut une longue pause et il attendit la nouvelle.

« On te demande à Stobhill, une course pour Easton, dit Joanie Micklewhite.

— J'ai des clients que j'emmène à l'aéroport. Vous n'avez pas quelqu'un de plus proche ?

– Désolé, mon chou ! Tu as été demandé spécifiquement. »
Il l'entendait presque sourire. «La cliente dit que tu peux prendre ton temps, ce n'est pas pressé. »

Il ne l'avait pas vue venir, celle-là. Agnes, bien sûr, ou même sa première femme lui réclamant de l'argent pour les quatre gamins mais il n'avait pas pensé que ce serait ça. Ils n'en étaient quand même pas déjà là, si ?

Le trajet jusqu'au vieil hôpital en haut de la colline était rapide à cette heure de la nuit. C'était au Royal Infirmary qu'on allait après s'être pris un coup de couteau au stade ou après une brouille domestique le jour des allocs. Stobhill c'était là où Glasgow voyait le jour et s'éteignait. Une nana falote se tenait dans la lueur du hall vêtue d'un tablier bleu de fille de salle. Elle tirait sur ses collants détendus. Son maquillage avait coulé à cause du froid et des larmes et il remarqua le cercle de mégots à ses pieds, comme si elle l'avait attendu dans le froid pendant toute sa pause. Shug sourit. Vingt-quatre ans à peine et c'était déjà son paillasson.

«Je croyais que tu viendrais pas, dit-elle en montant à l'arrière du taxi.

– Pourquoi tu m'as fait venir ici ?

– Tu me manquais, c'est tout. Ça fait des semaines que je t'ai pas vu. » Elle décroisa et recroisa ses épaisses jambes avec coquetterie. «Tu m'as pas oubliée, quand même ?» Elle était tout sourire.

Shug se retourna sur son siège. «Mais pour qui tu te prends, putain, Ann Marie ? J'essaie de gagner ma croûte et toi tu me fais traverser la ville comme si j'étais un clébard qui a pissé sur le tapis. » Il cogna du poing contre la vitre. «Il faut qu'on soit discrets. Qu'on reste cool. Qu'est-ce qui va se passer si Agnes l'apprend, à ton avis, hein ? Je vais te le dire, moi. Elle va t'attraper par la peau du cou et te traîner sur toute la longueur de la Clyde pour commencer. Et puis quand elle en aura fini avec ta carcasse, c'est ton nom qu'elle va traîner dans la boue. Elle va appeler tes parents tous les soirs quand ils seront au lit. Elle va les réveiller pour leur dire que la bonne petite catholique qu'ils ont élevée se fait tringler par un homme marié. » Il marqua un temps, attendant que ses paroles fassent leur effet. « C'est vraiment ça que tu veux ? »

Les larmes coulaient sur son visage et formaient une flaque sur son tablier. « Mais je t'aime. »

Shug fit un virage sec et se gara dans un recoin sombre du parking désert. Il jeta un œil à sa montre et croisa son regard dans le rétroviseur. « Ouais bah, alors déloque-toi. J'ai que cinq minutes. »

En retournant en ville, Shug eut faim. Il était certain qu'Ann Marie n'allait pas rappeler la centrale de sitôt. C'était une gentille fille, avec des seins lourds et un gros appétit, mais elle en réclamait trop. C'était le problème avec les petites jeunes : elles ne voyaient pas de raison de ne pas espérer mieux. Il allait vraiment falloir qu'elle dégage.

Il pensait justement à la voix à la radio quand elle s'adressa de nouveau à lui. « Voiture trente et un, voiture trente et un. À vous. »

Il prit le récepteur et retint son souffle, sa chance commençait à tourner. « Joanie ?

– Appelle. Chez toi. Maintenant », fut sa réponse lapidaire.

Il gara le taxi à l'entrée de Gordon Street et, après avoir extrait quelques pièces de son monnayeur, il courut sous la pluie jusqu'à une vieille cabine téléphonique rouge. Il faisait humide à l'intérieur et ça sentait la pisse. Il avait déjà essayé d'ignorer les ordres d'Agnes mais ça n'avait fait qu'empirer les choses. Elle insisterait et deviendrait de plus en plus ordurière à mesure que la nuit avancerait. La meilleure chose à faire c'était *Appeler. Chez lui. Maintenant.*

Elle décrocha avant la fin de la première sonnerie. Elle devait être assise à la console de l'entrée en similicuir, ne faisant rien d'autre qu'attendre, boire et attendre encore.

« A-allô, fit la voix.

– Agnes, qu'est-ce qui se passe ?

– Eh bien, dites donc, si c'est pas le grand queutard en personne.

– Agnes, soupira Shug, qu'est-ce que c'est ce coup-ci ?

– Je sais, cracha-t-elle, ivre.
– Tu sais quoi ?
– Je sais. *Tout.*
– Je comprends rien de ce ce que tu me racontes. » Il dansait d'un pied sur l'autre dans la cabine étroite.

« Je saiiiis, retentit la voix, ses lèvres humides trop proches du combiné.
– Si tu continues comme ça, je vais devoir retourner bosser. »
Il y eut un profond sanglot au bout du fil.
« Agnes, tu peux plus appeler la centrale, je vais me faire lourder. Je rentre dans quelques heures et on pourra parler à ce moment-là. OK ? » Pas de réponse. « Et tu veux savoir ce que je sais, moi ? Je sais que je t'aime », mentit-il. Les sanglots s'amplifièrent. Shug raccrocha.

La pluie et la pisse avaient traversé ses chaussures à glands. Il empoigna à nouveau le combiné noir et le cogna contre la cabine rouge. Il éclata trois carreaux avant que le téléphone se brise, avant de se sentir mieux. De retour dans le taxi, il dut rester immobile dix minutes avant de parvenir à desserrer ses doigts du volant.

Il irait peut-être mieux après avoir mangé. Il chercha sa boîte à pique-nique en plastique sous son siège. Elle sentait la margarine et le pain blanc, le mariage et les appartements encombrés. Les morceaux de corned-beef qu'Agnes lui avait emballés lui retournèrent l'estomac. Il les balança dans le caniveau et coupa par des petites rues jusqu'à se garer devant la friterie DiRollo's. Ouverte toute la nuit, une valeur sûre. DiRollo's était prisé des taxis et des prostituées pour ses horaires indus et la discrétion de son patron. Il y avait un gros homard rouge peint sur l'enseigne mais rien d'aussi exotique à la carte.

Joe DiRollo se trouvait derrière le comptoir, sa place à toute heure de la journée semblait-il. La nuit, la lumière des néons lui donnait des airs de cadavre. Petit, ses rares cheveux plaqués en arrière avec de la graisse de friteuse, de la gomina ou les deux. Comme un iceberg huileux, seules sa grosse tête et ses épaules étaient visibles au-dessus du comptoir. Le reste de sa masse cireuse était planqué contre la machette qu'il gardait à portée de main. Il accueillait tout le monde par un raclement de gorge glaireux et un hochement de sa grosse tête.

« Comment ça va, Joe ? demanda Shug que la réponse n'intéressait guère.

– Oh, pas trop mal.

– Tu as reçu beaucoup de ces belles dames de la nuit ? » Shug montra du pouce une cliente émaciée qui, les yeux fermés, tanguait sur ses pieds.

« Bah, ça rentre et ça ressort, tu connais ça. » Il rit à sa propre plaisanterie. « Mais c'est pas bien bon pour les affaires, hein. Elles mangent un demi-paquet de frites, un soda et puis c'est tout ! Elles me demandent si elles peuvent utiliser les gogues, mes gogues, alors le vieux Joe il leur dit OK. C'est un bon gars mais elles, elles ressortent qu'après une plombe. Elles bouffent un demi-paquet de frites et après elles vont se rincer le con dans mes chiottes. »

Shug considérait le poisson pané dans la vitrine chauffée. « C'est la drogue. Moi, aujourd'hui, j'oserais même plus les baiser avec la bite d'un copain.

– Ouais, elles tombent comme des mouches. Quand c'est pas la drogue qui les bute, c'est un enfoiré qui les étrangle.

– Tu vas me couper l'appétit, grimaça Shug. Mets-moi un fish and chips, supplément sel et vinaigre, tu veux ? »

Joe prit un papier blanc dans lequel il balança une grosse portion de frites grasses et un épais morceau de poisson pané doré. Il aspergea le tout de sel et de vinaigre mais Shug lui fit signe de continuer. « Plus, Joe, *plus*. » L'homme en rajouta jusqu'à ce que le papier soit imbibé.

Il lui tendit sa commande. « Au fait, tu m'as jamais répondu pour mon offre. Tu la veux la petite baraque ou pas ? »

En plus de la friterie, Joe DiRollo était célèbre pour ses combines aux dépens de la mairie de Glasgow. Il signait des baux de HLM aux noms de ses nombreuses filles puis il les sous-louait en prenant dix livres par semaine en plus du loyer que la ville lui faisait payer.

«Je te dirai ça, lança Shug en reculant vers la porte. Mme Bain est, disons, un peu difficile.

– Je suis surpris que t'aies envie de déménager pour tout dire. Je pensais que tu vivais comme un roi, là-haut à Sighthill.

– Le Roi se porte bien, c'est la Reine qui exige une décapitation. Garde-moi la maison quelque temps. Il y a encore pas mal de choses qui doivent s'aligner. Je veux que tout soit parfait. » Il sourit et croqua dans une frite.

Le temps que Shug finisse son dernier morceau de poisson il ne restait qu'une heure de boulot. Il baissa les vitres alors que le soleil se levait sur George Square, inondant la ville d'une chaude lumière orangée et embrasant la statue de Rabbie Burns. C'était la meilleure heure de la journée, la ville était en paix avant que les masses diurnes ne viennent tout gâcher. Il regarda l'horloge, pressé, et partit plus tôt que prévu en direction de North Side.

Alors qu'il roulait à faible allure pour retrouver Joanie Micklewhite, il laissa les vitres baissées et enclencha le désodorisant vert avec l'index. Elle débaucherait bientôt et ils pourraient alors se dire toutes les choses qu'ils ne pouvaient pas se raconter sur la cibi. Il fit un créneau serré près de quatre ou cinq autres taxis et l'attendit, avachi dans son siège, souriant comme un idiot, les yeux rivés sur la porte d'entrée comme si c'était Noël.

4

Ils étaient tous les deux trempés, assis au bord du lit, quand les lampadaires s'allumèrent. Agnes avait fait couler un bain à Shuggie puis, comme elle se sentait seule, elle avait rejoint son petit dernier dans la baignoire. Lizzie aurait fait une crise si elle avait vu ça. Ça allait devoir cesser bientôt, il était trop futé pour un enfant de cinq ans. C'était la première fois qu'il avait regardé ses parties génitales puis considéré les siennes comme un jeu des sept différences.

Le bain avait refroidi alors qu'ils jouaient à remplir les bouteilles de shampoing et à s'arroser avec l'eau savonneuse. Elle l'avait laissé gratter le vieux vernis à ongles sur ses orteils, son soin et son attention lui faisant l'effet d'un penny inséré dans un compteur vide.

Au bord du lit, elle coiffa les cheveux noirs et lisses du garçon, lequel, concentré, gardait la tête baissée. Il faisait crisser les pneus de sa petite voiture sur le labyrinthe du couvre-lit cachemire et la faisait grimper sur les jambes nues de sa mère aussi facilement que dans les côtes des Campsies. Sans savoir ce qu'il avait sous les yeux, il passa sur les cicatrices blanches, souvenirs des ongles de Shug qui striaient l'intérieur de sa cuisse. Puis la voiture fit marche arrière pour revenir sur le couvre-lit. Les pneus crissaient de plus belle et le garçon relevait la tête vers elle avec sur le visage le même sourire satisfait que son père.

Agnes sortit une canette de bière d'une cachette et tira délicatement la languette. D'un doigt soigneux, elle rassembla les gouttes pétillantes pour les mettre dans sa bouche. Elle donna la boîte de

Tennent's vide au garçon. Il avait toujours aimé les photos de pin-up qui les ornaient et il était content d'en découvrir une nouvelle. Il se concentra pour déchiffrer lentement les lettres de son nom comme son Papi Wullie le lui avait appris : *Shh-hee-nah*. La sonorité lui plut.

Shuggie ramassait les canettes vides dans la maison et alignait les femmes au bord de la baignoire. Il caressait leurs minuscules cheveux et les faisaient se parler, des monologues interminables où il était surtout question de commandes de chaussures sur catalogue et de maris infidèles. Big Shug l'avait surpris une fois. Il avait regardé avec fierté Shuggie aligner les femmes et déchiffrer leurs noms phonétiquement. Il s'en était vanté plus tard à la centrale. «*Cinq ans, hein !* disait-il. *C'est bien le fils à son père.*» Agnes l'avait regardé avec tristesse, sachant ce qui se passait réellement.

Plus tard cette semaine-là, elle emmena Shuggie au BHS et lui acheta une poupée. Daphne était un poupon joufflu avec une coiffe huppée de ménagère des années 1950. Shuggie adorait la poupée. Il jeta les canettes avec les filles à la poubelle après ça.

Shuggie scrutait sa mère en silence. Il était toujours en train d'observer. Elle avait élevé ses trois enfants dans le même moule et chacun était aussi observateur et grave qu'un gardien de prison.

«C'est moi qu'j'y dis qu'est-ce qu'on y fait !» lança-t-il, imitant une bêtise entendue à la télé.

Agnes sursauta. Elle prit le visage du garçon entre ses doigts vernis et lui appuya délicatement sur les joues, jusqu'à ce que ses lèvres ressortent. «C'est moi QUI dis, le corrigea-t-elle. Qui dis ce QUE L'ON fait.»

Il aimait sentir les mains de sa mère sur son visage alors il pencha légèrement la tête et répéta pour l'embêter : «C'est moi qu'j'y dis.»

Agnes fronça les sourcils. Elle glissa l'index dans la bouche de Shuggie et fit doucement descendre sa mâchoire. «Ce n'est pas la peine de t'abaisser à leur niveau, Hugh. Essaie encore.»

Avec le doigt de sa mère dans la bouche, Shuggie parvint à une prononciation correcte, quoique peu claire. Il s'efforçait de prononcer chaque mot en entier, sans ajouter de son parasite, comme elle aimait. Agnes hocha la tête et relâcha sa lèvre.

« Est-ce que c'est çui qui dit qu'y est, qu'j'y dis, qu'y m'fait ? » Il éclata de rire avant d'avoir réussi à terminer ses âneries. Agnes s'accroupit pour le poursuivre et il courut autour du lit en couinant de bonheur et de terreur.

Une pile de cassettes était posée à côté du radioréveil. Il la fouilla en les éparpillant par terre jusqu'à trouver celle qu'il cherchait. Shug avait acheté le réveil à Agnes. Il avait conservé des tonnes de bons cadeaux de la station-service qu'il avait réunis avec un élastique et il les lui avait tendus comme si ç'avait été un lingot d'or. Le bouton en plastique permettait d'ouvrir le lecteur. Shuggie enclencha la cassette et la rembobina jusqu'au début en la faisant hurler. Le son du radioréveil était faible et creux mais elle s'en fichait. La musique donnait l'impression que la pièce était moins vide. Shuggie se mit debout sur le lit et posa les bras sur les épaules de sa mère. Ils se balancèrent ainsi quelques instants. Elle lui embrassa le nez. Il embrassa le sien.

Quand la chanson se termina, Shuggie regarda sa mère étreindre sa canette contre sa poitrine et tournoyer dans la chambre. Agnes ferma les yeux, serra les paupières, et retourna à l'endroit où elle se sentait jeune, pleine d'espoir et désirée. Au Barrowland, où des inconnus la suivaient avec appétit sur la piste de danse et où les femmes baissaient les yeux, jalouses. Elle déplia ses doigts comme un bel éventail et se passa la main sur le corps. Juste au-dessus des hanches, elle toucha le bourrelet tenace qu'elle avait gagné en donnant naissance à ses trois gamins. Ses yeux s'ouvrirent brusquement et elle revint du passé en se sentant nulle, idiote et grosse.

« Je déteste ce papier peint. Je déteste ces rideaux, ce lit et cette putain de lampe. »

Shuggie se mit debout en chaussettes sur le couvre-lit. Il passa les bras autour de ses épaules et essaya de nouveau de s'accrocher à elle mais cette fois elle le repoussa.

Le petit appartement n'était jamais silencieux, les murs étaient trop fins. Il y avait le bourdonnement constant de la grosse télé que son père écoutait trop fort. Les plaintes de Catherine, à mi-voix, et le cordon qui rongeait le vernis au bas de la porte de sa chambre tandis qu'elle faisait les cent pas en se lamentant au téléphone sur ses malheurs d'ado de dix-sept ans. Il y avait les voisins de chaque côté et, au seizième étage, le vent, le vent incessant qui faisait vibrer les fenêtres mal ajustées.

Agnes se prit la tête à deux mains. Elle écouta ses parents hurler de rire devant le numéro d'un comique anglais efféminé. Ses deux aînés étaient sortis, Dieu seul savait où. Ils étaient toujours fourrés quelque part maintenant, ils évitaient ses baisers et roulaient des yeux à tout ce qu'elle disait. Elle ignora la respiration légère de Shuggie et l'espace d'un instant ce fut comme si elle n'approchait pas la quarantaine, comme si elle n'était pas une femme mariée avec trois enfants. Elle était de nouveau Agnes Campbell, coincée dans sa chambre, à écouter ses parents à travers le mur.

«Danse pour moi, dit-elle soudain. Faisons une petite fête.» Elle enfonça la touche du radioréveil et appuya sur «avance rapide» jusqu'à avoir remplacé la chanson triste par un air plus entraînant.

Shuggie leva la canette d'Agnes. Il la porta à ses lèvres comme si c'était de la potion magique. Le goût amer de l'avoine le fit tressaillir, ce mélange de soda au gingembre, de lait et de porridge. Il dansa pour elle, il faisait des pas de droite à gauche en claquant des doigts, toujours à contretemps. Quand elle rit, il redoubla d'efforts. Il refit ce qui l'avait amusée une dizaine de fois jusqu'à ce que son sourire devienne pincé et faux puis il chercha un nouveau pas qui la mette en joie. Il rebondissait sur le lit en agitant les bras pendant qu'elle riait et applaudissait. Plus elle avait l'air gaie, plus il voulait tournoyer et battre l'air. Le motif du papier peint risquait de le rendre malade mais il continuait de faire des moulinets en se dandinant. Agnes balança la tête en arrière pour hurler de rire, la tristesse avait quitté ses yeux. Shuggie claquait des doigts comme un forcené et dodelinait de la tête, sans trouver le rythme. Ça n'avait pas d'importance.

Ils étaient tous les deux essoufflés d'avoir trop ri quand ils l'entendirent.

Dans le couloir, la porte d'entrée s'ouvrit et se referma. C'était une aspiration du vent et une contraction de l'espace plus qu'un véritable son. Des pas lourds avancèrent lentement sur la moquette jusqu'à la porte de la chambre. Agnes ramassa les canettes vides et les cacha de l'autre côté du lit. Elle remit ses bagues à l'endroit et, se tournant vers la porte avec impatience, elle afficha son sourire le plus guilleret. Les pas lourds s'arrêtèrent. Agnes et Shuggie écoutèrent le tintement léger de la monnaie dans la poche de pantalon. Un soupir discret et les pas s'éloignèrent en direction du salon. Il était rentré pour prendre son premier casse-croûte. Ç'aurait dû être un moment à passer ensemble. Elle écoutait maintenant Shug saluer ses parents d'une voix morne. Agnes savait que son père lèverait les yeux vers lui et lui sourirait, que la télévision se refléterait sur ses lunettes. Wullie se lèverait pour céder le fauteuil à Shug. Les deux hommes tourneraient autour comme dans un jeu de chaises musicales maladroit puis Shug mettrait la main sur l'épaule de Wullie pour qu'il se rassoie. Lizzie, impassible, irait mettre la bouilloire sur le feu et frissonnerait sûrement, comme si ce n'était pas Shug mais le vent glacial des collines qui venait de faire son entrée.

Agnes écouta toute la scène se dérouler derrière le mur. D'un geste ample, elle attrapa les crèmes et les bouteilles de parfum sur sa commode et les balança à travers la pièce. La lampe gisait sur le flanc, brisée. L'ampoule nue qui baignait son visage d'une lumière crue la changeait tellement que Shuggie en fut effrayé. Tout s'était délité si rapidement.

Agnes se laissa tomber sur le bord du lit. Shuggie sentit sa canette se déverser sur le matelas et tremper ses chaussettes. Elle enfonça son visage dans les cheveux du garçon et sanglota, des larmes sèches de frustration, son souffle moite contre son cou. Elle s'allongea sur le lit et l'attira auprès d'elle. Alors qu'elle l'agrippait, il remarqua son visage décomposé, le maquillage autour des yeux qui s'estompait et dégoulinait. Elle ressemblait à certaines pin-up des canettes : un imprimeur peu soigneux, une trame mal alignée et soudain la femme n'était plus un tout mais un ramassis de couches disparates.

Agnes attrapa ses cigarettes à l'autre bout du matelas, elle en alluma une et tira dessus bruyamment jusqu'à ce que l'extrémité s'embrase en une cendre cuivrée. Elle la regarda quelques instants et sa voix se brisa alors qu'elle chantait la chanson de la cassette. Elle étendit son bras droit avec grâce et tint la cigarette allumée contre les rideaux. Shuggie regarda la cendre qui couvait et la fumée grise qui finit par s'en échapper. Il commença à remuer quand la fumée explosa en une flamme orange.

Agnes le serra fort contre elle de son bras libre. « *Chuuut*. Sois un grand garçon pour ta maman. » Son regard avait un calme de mort.

La chambre vira au doré. Les flammes grimpaient sur les rideaux synthétiques et se mirent à courir vers le plafond. La fumée noire montait à toute vitesse comme pour distancer le feu dévorant. Il aurait eu peur mais sa mère paraissait si paisible et la chambre n'avait jamais été aussi belle, avec les ombres qui dansaient sur les murs et le motif du papier peint qui prenait vie comme des milliers de poissons fumants. Agnes s'accrochait à lui et ensemble ils contemplaient en silence cette beauté inédite.

Les rideaux étaient pratiquement consumés, ils gouttaient sur le tapis comme une boule de glace. Une partie du papier peint qui s'était décollé autour de la fenêtre humide prenait feu et la tringle en plastique fondit et se cassa en deux comme un pont qui s'effondre. Une grosse goutte de rideau bouillonnante atterrit sur le coin du lit et la fumée s'épaissit autour d'eux. Shuggie recommença à gigoter. Il n'arrêtait pas de tousser. Une toux sombre, collante et amère, comme la fois où un des feutres dont Lizzie se servait pour le bingo avait éclaté dans sa bouche. Agnes ne bougeait pas, les yeux fermés, elle chantait la chanson triste.

Big Shug apparut dans l'obscurité du couloir. Quand l'oxygène entra dans la pièce, les flammes traversèrent le plafond pour l'accueillir. L'instant d'après, il se jeta sur le lit et ouvrit la fenêtre. Il poussa le polyester brûlant au-dehors à mains nues. Il ramassa les plus gros morceaux de magma en fusion sur le sol et les balança à la suite du tissu enflammé. Il ressortit aussi soudainement et Shuggie appela son père, certain qu'il les avait abandonnés.

Quand Shug revint, il faisait tournoyer des serviettes de bain imbibées d'eau. Elles faisaient gicler de l'eau acide chaque fois qu'elles touchaient quelque chose et les flammes mouraient sous leurs coups. Shug se tourna vers le lit et abattit les serviettes humides sur les corps enchevêtrés. Shuggie essaya de ne pas pleurer malgré les coups de fouet qui cinglaient sa peau. Agnes était allongée, rigide, les yeux fermés.

Quand la dernière flamme s'éteignit, Shug tourna le dos à sa femme et son fils. Shuggie voyait ses épaules agitées par la colère, et quand il se retourna il découvrit son visage rougi et ses doigts recroquevillés, écarlates, à vif là où il s'était brûlé.

Lizzie et Wullie étaient restés dans la pénombre du couloir. Shug arracha son fils des bras d'Agnes et le colla dans ceux de Lizzie. Agnes gisait inerte sur le lit et quand Shug lui pinça le visage ses lèvres s'écartèrent étrangement comme la bouche d'un poisson. Il se pencha pour la secouer brutalement en l'appelant jusqu'à ce que la commissure de ses lèvres soit remplie de postillons.

Rien n'y fit.

Il regarda Lizzie qui serrait le garçon contre elle. Wullie passa son épaisse main calleuse sous ses lunettes, des larmes coulaient déjà sur son visage. Shug regarda sa femme et son corps sans vie. Le silence avait envahi la chambre. Personne ne savait quoi dire.

Agnes se méfiait du calme.

Elle ouvrit un œil, sa pupille était noire et dilatée mais lucide. Elle porta la cigarette mutilée à ses lèvres. « Mais où t'étais passé, putain ? »

5

Le centre-ville grouillait d'orangistes. Avec leurs flûtes, leurs fifres et leurs tambours, ils avaient paradé depuis le cénotaphe de George Square jusqu'au parc de Glasgow Green. À la fenêtre du bureau, Catherine avait regardé passer les bannières et les écharpes des différentes loges. Au début, les protestants chantèrent leur soutien au roi Billy et plus tard, une fois les pubs ouverts, ils entonnèrent « Au cul, au cul, bâtards de Fenians » sur un air que Catherine ne reconnut pas et dont elle doutait qu'eux-mêmes le connaissent.

Les policiers en gilet fluorescent avaient passé la journée sur leurs chevaux nerveux. Maintenant que la marche était finie, de jeunes hommes s'assemblaient pour chanter des chansons sectaires comme une chorale haineuse. Ils criaient sur les jeunes filles qui passaient et poursuivaient tout homme qui ne portait pas les bonnes couleurs.

Catherine quitta le bureau le plus tard possible dans l'espoir de laisser passer le pire de la journée. Devant le grand bâtiment de grès, elle regretta amèrement d'avoir mis son nouveau manteau vert émeraude et ses bottines en daim. Alors que les nuages s'amoncelaient devant le soleil de juillet, elle pesta de devoir travailler le samedi de la parade orangiste. Ce n'était même pas qu'elle fût si douée pour les chiffres mais M. Cameron insistait pour qu'elle soit là quand il était au bureau afin de répondre aux téléphones qui ne sonnaient jamais et de lui préparer son thé qu'il ne buvait pas.

Ce n'était pas si mal pour un premier boulot, avait insisté Shug, son beau-père, surtout pour une bécasse tout juste sortie du lycée avec la cervelle parasitée par les garçons et les fringues. Les prêts bancaires étaient terriblement ennuyeux mais elle aimait la façon dont tout devait être correctement organisé et réglé. Elle aimait voir l'encre rouge au bas de chaque page du grand livre, des chiffres concordants, indiscutables, vrais. D'une certaine façon, elle tenait ça d'Agnes, cette minutie, cet œil aiguisé sur ce que l'on avait et ce que l'on pouvait dépenser.

Ce n'était pas mal comme job et en plus M. Cameron avait un fils beau et baraqué et, alors qu'elle rentrait furtivement vers la maison, Catherine s'autorisa à penser à lui. L'autre jour au cinéma, Campbell Cameron n'avait été que mains baladeuses, un vrai calamar libidineux. Même son pelotage le plus tendre ressemblait à un dû, une exigence.

Sa mamie l'avait prise à part pour lui dire qu'elle était une nique-douille et qu'elle ferait mieux d'épouser Seamus Kelly. Lizzie lui expliqua qu'elle avait fait le choix d'épouser son gentil catholique et qu'il était resté à ses côtés pendant quarante ans, qu'ils avaient traversé toutes sortes de difficultés. Il était facile d'ignorer les conseils de sa grand-mère. Après tout, d'aussi loin que Catherine pût s'en souvenir, Lizzie n'avait eu que deux canapés neufs et le mariage ne pouvait quand même pas se limiter à des mains parcourues de crevasses et des genoux qui grincent. Lizzie n'avait pas besoin de s'inquiéter du jeune Cameron de toute façon. Son beau-père essayait de la caser avec Donald Jr, son neveu.

Quand elle avait rencontré son demi-cousin pour la première fois, elle avait été secrètement émoustillée par sa posture, l'impression qu'il donnait de se sentir tout à fait chez lui dans leur tout petit salon. Donald Jr s'asseyait, sûr de lui, les jambes écartées, prenait plus de place que ce qui lui revenait et parlait de lui-même sans la moindre modestie. Elle aimait les moyens discrets par lesquels il lui faisait savoir qu'il était plus important qu'elle. Ils avaient toujours cet air-là, les parpaillots, l'air si aimés, si bien nourris, toujours le centre de leur propre vie. Ils faisaient la fierté de leur mère, même dans leur honte et leurs défauts, et Donald Jr semblait totalement dépourvu de conscience ou d'un quelconque poids sur les épaules. Il étincelait, même si en réalité son teint était plutôt d'un rose frais et translucide.

Catherine aimait le regarder manger. Elle était scandalisée de le voir préférer le jus d'agneau à la soupe aux choux et qu'il s'attende toujours à avoir trois saucisses entières avec son ragoût de pommes de terre. Elle l'avait regardé tendre son assiette à Lizzie pour être resservi. Alors comment pouvait-elle expliquer à sa petite mamie qu'elle s'estimait chanceuse de l'avoir ? Tout le monde savait qu'il avait tripoté des dizaines de filles pendant qu'elle, elle partageait sa chambre avec ses deux frères. Donald Jr n'était pas obligé de payer un loyer à sa mère. Il n'avait pas à se sentir reconnaissant ou coupable de quoi que ce soit.

Dès leur rencontre ou presque, il avait essayé de la défaire de sa virginité. Catherine lui avait fait la leçon sur la première communion et il s'était marré quand elle lui avait révélé qu'elle voulait vraiment attendre le mariage. En cela, il était bien le neveu de Shug. Elle enfonçait ses ongles dans la paume de sa main et l'éconduisait chastement. Au fond, elle aimait ce rare déséquilibre du pouvoir, même si une partie d'elle-même supposait qu'il finirait par la larguer pour cette raison. Pourtant, Donald Jr ne s'enfuit pas. Au contraire, il parla à son oncle Shug et, le jour des dix-sept ans de Catherine, il demanda sa demi-cousine en mariage en haut d'un bus de Trongate dans une mise en scène frimeuse pensée pour lui plus que pour elle.

Quand la pluie redoubla, Catherine se mit à trottiner dans ses bottines à talon. Toutes sortes d'histoires sordides s'étalaient en noir et rouge à la une des journaux du soir, avec des photomatons de jeunes femmes violées et assassinées dans les recoins sombres de la ville. Les journaux disaient que c'étaient des prostituées et brodaient des histoires lourdement biaisées sur leur dépendance à la drogue. Une jeune fille avait été étranglée et balancée dans un ruisseau au bord de l'autoroute. Le tueur avait soigneusement replié son corps violenté et l'avait glissé dans un sac-poubelle. Elle était restée là des mois jusqu'à ce que des pêcheurs à la mouche ouvrent le sac et qu'une main violette s'en échappe. Et pendant tout ce temps personne n'avait signalé sa disparition. Wullie avait fait un bruit apitoyé dans son dentier et Lizzie s'était demandé ce que fichait l'Église.

Catherine avait observé, horrifiée, les photos des filles assassinées. Leurs joues creusées et leurs yeux enfoncés faisaient un contraste saisissant avec le fond orange pâle de la cabine. Une jeune fille tuée, et le meilleur portrait que la famille pouvait fournir c'était la photo d'identité qu'elle avait faite pour sa carte de transport.

Il ne faisait pas encore nuit quand elle atteignit la cour bétonnée au pied de leur tour. Dans le crépuscule, elle vit plusieurs jeunes gars attroupés autour de quelque chose qu'ils poussaient avec un bâton. Ils étaient trop jeunes pour être dehors à cette heure-ci, certains n'avaient ni blouson ni chaussures sous la pluie de juillet. Le tas humide attira son attention, il avait quelque chose de familier mais n'était pas à sa place. Catherine traversa l'esplanade en espérant que ce n'était pas encore un chien mort. Quelqu'un faisait crever tous les chiens errants de Sighthill avec de la mort-aux-rats, jugeant que c'était plus humain que de les regarder suffoquer tout l'été.

Sur le sol, des rideaux violets se consumaient, humides et fumants, ils avaient le même motif cachemire que ceux de sa mère. Elle compta les étages par deux jusqu'au seizième et vit toutes les lumières allumées et les fenêtres ouvertes malgré l'heure tardive. Ce n'était pas bon signe. Probablement que son frère Leek ne serait pas à la maison. Si la soirée s'était déroulée comme elle l'avait imaginé, il avait vu venir le coup au moment du dîner et était parti se planquer. Il savait s'y prendre, être suffisamment silencieux pour que personne ne remarque trop son absence.

Il fallait qu'elle le trouve. Elle ne pouvait pas affronter leur mère seule.

Une ruelle sombre s'enfonçait entre les rambardes de Saint Stephen's sur la droite et le grillage de Springburn Pallet Works sur la gauche. Elle était réputée dangereuse car, une fois que l'on était engagé dedans, il était impossible de faire demi-tour avant d'en avoir atteint le bout. Les bandes l'adoraient. Au milieu de la ruelle, un couple de vieux ivres titubaient dans les ordures portées par le vent. Catherine entendit la femme susurrer des promesses salaces au vieil homme. Elle pressa le pas et se mit à quatre pattes pour passer par un trou dans le grillage. Ses cheveux s'accrochèrent et l'espace d'une seconde elle paniqua, croyant qu'ils la retenaient. Catherine tira, s'arracha des cheveux, se libéra et tomba sur les fesses dans la boue. Trempée et scalpée, elle regarda ses cheveux pendre comme la fourrure d'un animal et réfléchit à la façon dont elle pourrait se venger de Leek.

L'usine de palettes renfermait des milliers de tours faites de caisses en bois bleues empilées. Chaque tour mesurait environ dix mètres de haut et était aussi large que les fondations d'un immeuble. Le contremaître les avait disposées comme les bâtiments d'un lotissement, des rangées et des colonnes de dix tours, avec suffisamment d'espace pour faire circuler le transpalette dans les allées. Elle compta comme Leek le lui avait un jour appris de mauvaise grâce. C'était très facile de se perdre parmi les palettes en plein jour et encore plus dans l'obscurité. Des spots fixés sur le côté de l'entrepôt diffusaient une faible lumière dans le sens nord-sud mais il suffisait de tourner à un angle pour qu'il fasse aussi noir qu'en pleine nuit.

Le temps qu'elle remarque les braises orangées qui dansaient dans les ténèbres, c'était déjà trop tard. Elle essaya de partir en courant mais ses talons humides dérapèrent et elle glissa dans le noir. Des mains dures lui attrapèrent les bras et la tirèrent vers l'essaim de lucioles. Elle voulut crier mais une main se plaqua sur sa bouche. Elle sentit le goût de la nicotine et de la colle sur les doigts. Beaucoup de mains parcoururent son corps pour la fouiller. Elle entendit le bruissement du velours côtelé quand une paire de jambes bougea derrière elle. Elles se collèrent à elle et elle sentit l'homme à travers son fin pantalon serré. Il était gonflé de sang et d'excitation.

Une braise incandescente s'approcha et brûla comme un mauvais présage devant son visage. « Qu'est-ce tu fous là ? demanda la braise.

— Sacrés nichons », fit celle sur sa gauche. Toutes les lucioles rirent et dansèrent.

« Fais tâter. » Une main, presque aussi petite que celle d'une femme, tira sur son chemisier.

Une lueur argentée fendit l'obscurité et Catherine sentit le métal froid pressé contre son visage. La main sale descendit vers sa gorge. Le couteau de pêche argenté se posa au coin de sa bouche avant d'y pénétrer. Il avait un goût métallique, comme une cuillère sale. « Celtic ou Rangers ? »

Catherine laissa échapper un gémissement. C'était une question impossible : si elle donnait la mauvaise réponse, la lame lui laisserait un sourire de Glasgow, une cicatrice d'une oreille à l'autre, un marquage à vie. Si elle donnait la bonne réponse, elle risquait fort de se faire violer.

Catherine avait souvent regardé Leek jouer à un jeu similaire avec Shuggie, le soir, pendant qu'elle brossait ses longs cheveux, assise dans son lit. À califourchon sur son petit frère, il le clouait au sol avec ses membres noueux. Il serrait alors ses deux poings, les tenait à quelques centimètres de son visage et demandait : « Le cimetière ou l'hôpital ? » Inutile de répondre. Toutes les réponses donnaient le même résultat. Vous récoltiez ce que l'enfoiré assis sur vous avait décidé de vous donner.

« J'vais pas te demander deux fois. »

Le couteau à éviscérer crissa contre ses dents quand il explora l'intérieur de sa joue. Une unique larme coula de son œil gauche. Catherine pensa aux doigts qui sentaient la colle et hasarda une réponse : « Celtic ? »

L'homme eut un soupir de déception. « T'as de la chatte. » Il retira lentement le couteau de sa bouche, il goûtait la terreur sur son visage. Catherine mit un doigt à l'intérieur de sa joue, elle avait la bouche remplie du goût salé et chaud du sang mais par miracle sa peau était intacte.

Une lumière vive lui sauta au visage et elle recula contre l'homme qui se tenait derrière elle. « Oh putain ! fit la voix. C'est la sœur à Leek. » Il lui fallut un moment pour que ses yeux s'habituent à la lumière de la lampe de poche, elle posa le doigt dessus et la baissa vers le sol. Les hommes qui l'entouraient n'étaient que des garçons, plus jeunes qu'elle et probablement plus jeunes que Leek. Ils avaient passé la soirée à fumer, tapis dans le noir. Faute de pouvoir être en paix chez eux, ils attendaient quelqu'un à agresser ou une occasion de poignarder le gardien de nuit.

Son poing jaillit et elle atteignit le propriétaire de la lame argentée. Elle ne se sentait pas mieux, alors elle serra son autre poing et l'abattit sur son cou, sa tête, ses épaules. Le garçon se couvrit la tête et s'écarta d'un pas léger en riant.

Catherine poussa les autres, dégoûtée, et courut le long du dernier bloc de palettes. Elle entendait des pieds, plats et rapides, qui martelaient le sol derrière elle. Elle attrapa le mur de bois rugueux et se hissa, aussi rapidement qu'elle le put. Elle sentit une main s'enrouler autour de l'une de ses bottines neuves, elle tira un peu dessus et son pied commença à en sortir. Elle se cramponna de toutes ses forces au bois hérissé d'échardes. Elle donna un coup vers l'arrière et entendit sa bottine cogner contre un crâne épais puis, remontant le genou, elle trouva une prise et escalada le reste de la tour.

Le faisceau de la lampe de poche passa sous sa jupe, essayant d'illuminer sa culotte. Ils se moquaient d'elle de leurs voix de fausset, prêtes à muer, le son dangereux de petits garçons découvrant le pouvoir enivrant de la virilité. Elle gravit les trois derniers mètres jusqu'au sommet. Elle voulut s'allonger un moment pour reprendre sa respiration, mais elle se força à se lever et leur lança un regard de défi. Ils étaient cinq, leurs visages duveteux ravagés par l'acné. Ils la regardaient en souriant, le plus vieux enfonçait son doigt dans un trou qu'il avait fait avec son autre main. Catherine leur cracha dessus, une averse éparse d'écume blanche, et les garçons couinèrent comme les enfants qu'ils étaient encore et se dispersèrent comme des rats.

Du haut de la pile de palettes, elle considéra le champ de bois bleu clair. Les garçons lui avaient fait perdre le fil de son décompte et elle espérait qu'elle avait escaladé la bonne tour. Leek pouvait franchir d'un bond les deux mètres et demi qui séparaient deux piles mais, elle elle en serait incapable. Dans ses bottines humides, elle allait glisser et tomber sur le sol. Elle frissonna en pensant à ce que les loubards feraient d'elle si elle gisait là, la nuque brisée.

Catherine compta cinq tours depuis le grillage et cinq depuis l'angle. C'était bien ça. Scrutant le sommet de la pile, elle opta pour une palette à environ quatre cases du coin sud-est. Elle regarda par-dessus son épaule, comme elle l'avait appris, se pencha et souleva la palette bleue. Une lumière vacillante brillait à l'intérieur de la tour.

Catherine plaça son visage devant l'ouverture et murmura le prénom de son frère en direction de la lumière. « *Leek, Leek !* » Pas de réponse. Elle recommença et soudain la lumière s'éteignit et le trou devint noir. De l'eau de pluie coulait du bout de son nez quand elle regarda le vide de plus près. Soudain, un visage blanc avec de petites oreilles roses jaillit des ténèbres. « Bouh ! »

Catherine tomba en arrière. Si elle avait été plus près du bord, elle se serait écrasée en bas. Elle balança un crachat à la figure de Leek.

« Ah, tu fais chier, merde !

— Et pourquoi t'avais besoin de me faire peur comme ça, ducon ? » Catherine serra les genoux et examina ses mains rougies à la recherche d'échardes bleues. La peur et la honte l'envahirent et son visage était baigné de larmes de colère.

Leek s'essuya la bouche avec la manche de son pull. Il ne comprit pas pourquoi elle pleurait. « Oh allez, ça va, commence pas. Tu viens ou quoi ? Tu fais rentrer la pluie. »

Catherine bouda au-dessus de l'ouverture puis descendit dans la grotte de son frère. Leek remit en place la palette au-dessus de leurs têtes. À l'intérieur, il faisait aussi humide que dans un caveau ouvert et aussi noir que dans un cercueil fermé. Catherine n'avait pas fini le soupir bas qui annonçait chacune de ses plaintes que Leek, tout en avançant dans les ténèbres, la coupa : « Attends une seconde. » Elle entendit un tintement métallique dans l'angle opposé puis vit une faible lueur enfumée.

La lampe de camping projetait de longues ombres sur les murs de la grotte. Le cœur de la tour de palettes évidée mesurait bien deux fois la taille de leur appartement mais le plafond n'était haut que d'un mètre quatre-vingts. Leek avait recouvert le sol et les murs avec des chutes de moquette et des cartons aplatis. Il avait fait passer des meubles et des chaises de cuisine cassées par l'ouverture au sommet. Les palettes avaient été disposées pour servir de piliers et certaines avaient été inclinées et couvertes de vieux tapis pour constituer des canapés visiblement peu confortables. Sur les murs moquettés étaient punaisées des photos de filles nues de tabloïds. Quelqu'un avait accroché une photo de Maggie Thatcher à la tribune et un autre petit malin avait dessiné une bite nervurée entrant dans sa bouche.

Catherine regarda son frère arranger sa maison pour elle. Elle avait connu certains des garçons plus âgés de Sighthill qui avaient creusé la tour quelques années auparavant. Après que les plus énervés eurent poignardé un veilleur de nuit trop curieux, on les avait plus ou moins laissés tranquilles. C'était un endroit super pour se bourrer la gueule et sniffer de la glu. Les plus jeunes appréciaient surtout d'avoir un endroit loin de leurs pères à la main leste. Certains garçons y emmenaient des filles et faisaient des lits avec des manteaux et des pulls. Petit à petit, à mesure que se ternissaient les bonnes réputations, les filles de Sighthill cessèrent de venir. Les voix des garçons continuaient de muer et leurs hormones de s'enflammer, alors la plupart d'entre eux poursuivaient de leur côté leurs explorations érotiques. La maison en palettes devint plus vide et plus calme. Désormais, Leek pouvait régulièrement y rester tout seul un week-end entier.

Si Agnes buvait un coup le jeudi, alors Leek prenait des boîtes de haricots et de la crème anglaise lyophilisée dans la cuisine de sa grand-mère et venait se cacher. Quand il revenait le dimanche soir, ils étaient tous devant la télévision. Agnes se montrait douce et contrite, le démon de la boisson l'avait quittée. Elle lui faisait une place tout près d'elle sur le canapé et il s'y asseyait en humant le parfum tiède de son bain. Lizzie le regardait avec un sourire lointain et lui demandait s'il avait passé tout le week-end au lit. Ç'avait du bon d'être discret.

Non pas qu'il fût petit. À quinze ans, il mesurait déjà un mètre quatre-vingts. Il avait toujours été maigre et en grandissant il devint encore plus économiquement bâti. Ses cheveux, comme sa carrure, étaient un héritage de son vrai père depuis longtemps oublié. Ils étaient fins et clairsemés, d'un brun de souris, et lui pendaient mollement sur les yeux et les oreilles. Il avait les yeux gris et clairs, peu expressifs. Il avait de longue date perfectionné l'art de fixer le vide à travers les autres, délaissant des conversations pour poursuivre ses rêveries de l'autre côté de leur crâne et par les fenêtres ouvertes.

Leek était aussi parcimonieux dans ses élans de tendresse que sa carcasse était sèche. De son père, il avait hérité une personnalité douce, calme et pensive, solitaire et distraite. Sa seule concession physique à sa mère était son nez, grand et osseux, trop sévère pour être aquilin. Il cassait son profil timide et trônait au milieu de son visage émacié comme un fier mausolée à la gloire de ses ancêtres catholiques irlandais. Agnes l'avait hérité de Wullie et Wullie de son père, qui l'avait lui-même ramené du comté de Donegal. Le nez n'épargnait personne dans la famille et n'oubliait ni homme ni femme dans la lignée Campbell.

La planque était une cabane tapissée, une construction de garçon. Ça sentait la bière, la colle et le sperme et Catherine ne comprenait pas bien ce qu'il y trouvait. Elle fit le tour de la pièce, dégoûtée par la saleté et les boîtes de conserve à moitié entamées. Elle essuya ses larmes et renifla. « Tu es là depuis quelle heure ?

– Aucune idée, dit-il en tirant un manteau d'une pile de vêtements qui moisissaient dans un coin. À midi, elle avait déjà sifflé tout le whisky du baptême. »

Il lui tendit le pardessus sec. Catherine troqua son beau manteau vert pour enfiler le Harris Tweed d'homme. Il sentait la lanoline et la sueur mais la laine brute sèche et craquante était agréable. Leek attrapa une vieille boîte de biscuits au-dessus des photos de filles et la lui offrit. Ils s'assirent sur le canapé de fortune. Il passa délicatement son bras autour d'elle et se glissa dans le manteau, une manche chacun.

Catherine sortit les gâteaux de la boîte. Le sucre ambré du sirop, que sa grand-mère aimait tant, l'aida à se sentir mieux. « Je n'ai rien mangé de la journée. Il n'y avait personne pour surveiller les téléphones et M. Cameron m'a dit qu'il me rapporterait un sandwich quand il est allé chercher son déjeuner mais il ne l'a pas fait. Et je n'ai rien osé dire parce que je ne voulais pas lui montrer qu'il m'avait vexée.

– Les émotions, c'est pour les faibles. » Il avait pris la voix robotique des Daleks* qu'elle détestait.

Catherine sortit sa tête de l'encolure et le regarda froidement. « Eh bah, se planquer c'est pour les lâches. » Ses longs cils s'abaissèrent sur ses joues roses. Il avait toujours été très susceptible. Elle remit son bras sous le manteau mité et le passa dans son dos, elle sentit ses côtes sous le pull de son uniforme du lycée. « Je suis désolée, Leek. C'était terrifiant de venir te trouver ici. Je suis trempée, j'ai eu peur et mes chaussures neuves sont foutues.

– On ne peut rien garder de bien par ici. »

Elle le serra contre elle, deux ans de moins et déjà une tête de plus. Elle posa ses cheveux mouillés sous son large menton. Elle s'autorisa à pleurer silencieusement et essaya de se purger de la colère qu'elle ressentait contre les loubards et leur couteau de pêche. « Tu t'es planqué ici toute la journée ?

– Ouais. » Son soupir la transperça. « Comme je t'ai dit, elle s'est réveillée et, même avec le son des dessins animés, j'ai compris qu'elle allait se cuiter. Elle tremblait, un truc terrible, alors elle m'a demandé de garder le petit pendant qu'elle allait faire les courses… » Il redevint silencieux.

Elle savait qu'il regardait dans le vide. « Elle a bu au pub ? »

---

* Extraterrestres de la série télévisée de science-fiction *Doctor Who*.

Il reprit un air absent. «Non. Je... je crois pas. Elle avait le whisky et puis je pense qu'elle a acheté des canettes et qu'elle en a sifflé dans l'ascenseur.

– C'est vrai qu'il fait très sec à cette altitude.» Catherine lécha le reste du sirop sur ses doigts et reposa la boîte.

«Ouais, elle avait l'air desséchée», dit-il tristement.

Un long silence. Leek sortit la partie supérieure de son dentier en porcelaine et se frotta les joues comme si ça l'avait pincé. Agnes, lassée par les allers-retours chez le dentiste, l'avait convaincu, pour ses quinze ans, de se faire arracher ses dents faiblardes et truffées de plombages.

«Ça te fait encore mal ? demanda Catherine, heureuse d'avoir encore toutes ses dents.

– Ouais.» Il décolla la plaque de la jointure et le remit dans sa bouche.

«Je suis désolée, Leek, je suis vraiment désolée de t'avoir laissé seul toute la journée.» Elle l'embrassa doucement sur la joue.

C'était une tendresse de trop. Il lui mit la main sur le visage et la repoussa. «Dégage, la moche. Et puis je veux plus jamais que t'aies pitié de moi. J'en ai ma claque de me faire des cheveux à cause de toute cette merde, là.» Leek déboutonna le grand pardessus et sortit dans le froid. Il tira la manche de son pull et essuya le baiser de sa sœur.

Catherine l'observa et remarqua qu'il aurait eu l'air d'avoir douze ans sans le gros nez des Campbell. Elle regarda ses longs doigts fins et délicats d'horloger le tripoter, passer et repasser dessus, le triturer, le mesurer, le regretter. Il baissa la main. «Arrête de me reluquer.» Il sortit de la lumière pour regagner l'obscurité de la tanière.

Catherine ramassa un carnet de croquis noir. Leek avait fait de nouveaux dessins. Elle feuilleta les pages contenant des esquisses détaillées de beautés en bikini assises sur des Ferrari surpuissantes ou chevauchant des dragons. Les dessins de Leek valaient n'importe quelle pochette d'album, c'était un univers imaginaire merveilleusement rendu. Les muscles, les tendons et les filles nues cédaient finalement la place à des épures précises, tracées à la règle, architecture et ébénisterie, des dessins techniques pour des bâtiments futuristes et d'autres, plus petits et plus précis, pour des meubles stéréo et pour un chevalet maison. Elle ne se souvenait pas d'un moment où il n'avait pas un crayon dans la main.

Elle souriait avec fierté quand Leek surgit des ténèbres pour lui arracher le carnet des mains. «Y a ton nom dessus?» Il releva son pull et glissa le carnet dans la ceinture de son jean.

«Leek, je pense que tu as vraiment du talent.»

Il fit *pfft* et disparut dans l'ombre.

«Non, sérieux. Tu vas devenir un super artiste et moi je vais me marier et on va tous les deux se casser de ce trou.»

Les mots fusèrent de la pénombre. «Je t'emmerde. Je sais que tu vas me planter là. J'ai vu comment tu regardais ce connard d'orangiste. Je sais que tu vas me laisser me démerder tout seul avec elle.

— Leek. Tu ne veux pas rester dans la lumière, que je puisse te voir?

— Non, je suis bien là.»

Catherine se sécha les cheveux avec la manche du manteau et réfléchit. Elle repoussa la peur que lui avaient faite les loubards. «Dommage, je suis venue pour me déshabiller et me battre avec un serpent ailé, rien que pour toi.»

Il sortit de l'ombre en secouant la tête. «Pas la peine, je préfère dessiner de plus gros nichons.»

Catherine tiqua mais dit: «T'as qu'à utiliser ton imagination.

— Je n'ai pas un crayon assez fin pour rendre leur délicate *miniaturo-si-té.*»

Ils se toisèrent quelques instants avec hostilité. Catherine fut la première à plisser le visage et à faire semblant de vomir sur le vieux manteau. Leek l'imita jusqu'à ce qu'ils se retrouvent à patauger dans du vomi imaginaire. Catherine vit le sourire timide de son frère revenir et elle se dit que c'était bien dommage qu'il ne sourie plus si souvent ces temps-ci. Leek remarqua qu'elle le scrutait. «Tu veux ma photo?»

Catherine essaya d'adoucir son regard de peur qu'il fuie de nouveau. « Et maman était d'humeur à se bagarrer ou à chialer quand tu es parti ? »

Il haussa les épaules. « Elle a passé la journée au téléphone à chercher Shug. Je sentais que ça allait mal tourner.

— Comment ça ?

— Elle buvait comme si elle voulait que ça l'emmène ailleurs.

— Elle criait ? »

Il secoua la tête. « Elle était surtout triste aujourd'hui.

— Merde, soupira Catherine. Il vaut mieux qu'on remonte. Je crois qu'il s'est passé quelque chose.

— Pas question. J'ai piqué assez de bouffe pour tenir la soirée. » Il faisait déjà mine de repartir dans les ténèbres.

« Tu vas attraper la mort.

— Tant mieux.

— Allez, Leek. T'es un peu vieux pour jouer dans ton petit fort. » C'était une vacherie et elle savait qu'elle ne gagnerait pas si elle continuait sur ce terrain. Son frère était doté d'un entêtement légendaire, il vous dévisageait et disparaissait, ne laissant derrière lui que sa carcasse prête à être réduite en miettes. Catherine ne voulait pas affronter leur mère seule. Elle ne voulait pas retraverser l'entrepôt sans lui. « S'il te plaît. Je suis venue te chercher. Je n'ai pas montré ma culotte à tes potes sniffeurs de glu pour rien. » Elle se mordit la lèvre piteusement. « Ils ont un couteau de pêche, Leek. Ils m'ont peloté les seins. »

Leek eut alors l'air très énervé. Elle était toujours effrayée et secrètement enchantée par la force soudaine de ses colères. Elles arrivaient silencieusement et brutalement, et le plus petit affront pouvait transformer un innocent chahut en bagarre. « *Je t'en prie.* » Elle laissa tomber mollement les bras le long de son corps pour surjouer la détresse. Le pathétique ne faisait pas partie de sa véritable nature.

Leek retourna dans un coin sombre de la grotte et revint avec son anorak et un manche de pelle cassé. Il le fit tourner entre ses mains d'un air menaçant. Il éteignit la lampe de camping et ensemble ils gravirent la tour de palettes jusqu'à l'ouverture, au sommet. Leek referma la trappe et contempla la ville qui scintillait en contrebas. C'était magnifique. Catherine tendit la main droite et lui montra l'obscurité au loin, loin derrière les lumières orange. «Leek, tu vois tout là-bas?» demanda-t-elle.

C'était une bande de vide à l'horizon, noire comme le bord du néant. Il suivit la direction de son doigt. «Non.

– Là! dit-elle en agitant la main comme si cela pouvait aider. Regarde après Springburn et Dennistoun. Après la dernière cité.

– Cath! C'est pas en te bousillant le bras que je vais y voir mieux. Il fait tout noir. Y a que dalle.

– Eh ouais!» Elle réfléchit un instant avant de baisser la main et de se retourner vers la tour. «J'ai entendu Shug dire qu'on déménageait là-bas.»

6

Agnes avait passé le plus clair de la nuit à tousser, étendue sur son lit. La lumière du matin qui se déversait par la fenêtre ne lui laissait maintenant aucun répit. Elle ne pouvait plus ignorer le courant d'air humide qui s'insinuait dans la chambre et caressait son corps moite. Elle ouvrit faiblement les yeux à la recherche d'une solution pour que ça cesse. Elle ne s'était pas attendue à tomber sur les longs doigts noirs de suie. Elle s'était redressée brusquement, paniquée, avant de réaliser que cette chambre calcinée était la sienne. Comme une terrible carte postale de la veille, son reflet la dévisageait, tout habillée, le visage dégoulinant de maquillage. Elle regarda l'oreiller derrière elle et la flaque bleue qu'elle y avait laissée. Son regard se porta sur le côté de Shug. Il n'y avait pas dormi.

Agnes reposa le menton sur sa poitrine et entreprit de sortir de ce trou noir. Les images ne revenaient pas. Elle passa les doigts dans ses boucles noires et sentit le craquement sec causé par l'excès de laque. Par habitude, elle se prit la tête à deux mains et enfonça les ongles dans son cuir chevelu pour sentir monter son sang empoisonné. Ça lui faisait du bien. Les souvenirs de la soirée commencèrent à résonner dans son crâne comme les grosses cloches d'une église.

Dong, le petit qui danse sur le lit.

Dong, les flammes sur les rideaux.

Dong, Shug qui fait tourner son alliance sur son doigt, l'air profondément déçu, encore une fois.

Agnes se recoucha. Elle sanglota, mais c'étaient des sanglots complaisants sans aucune larme. Elle se revit en train de maintenir le petit près d'elle pendant que les flammes dévoraient le rideau. Elle repoussa ce souvenir, bien décidée à ne plus le regarder, mais plus elle détournait le regard, plus il s'épanouissait comme une horrible fleur. La culpabilité imbiba ses os et elle se sentit pourrir de honte. Elle chercha une cigarette pour enduire sa gorge douloureuse, aussi noire et collante que le macadam en juillet. Il n'y avait plus de cigarettes dans la chambre, plus d'allumettes non plus. Elle avait été placée sous surveillance. Voilà qui au moins la réjouissait un peu.

Aucun bruit dans le couloir. Il devait être assez tard car elle vit par la porte ouverte le lit de ses parents soigneusement bordé. Elle gagna la salle de bains aveugle, ferma la porte et s'assit sur les toilettes. Elle songea à prendre un bain et à se laisser couler au fond pour attendre le Seigneur. Dans la baignoire gisaient deux serviettes souillées, salement noircies par le feu. Elle ne put se résoudre à les sortir.

Agnes porta les lèvres sur le froid robinet métallique et engloutit l'eau lourdement fluorée en haletant et en s'étouffant comme un chien assoiffé. Quand elle essuya son maquillage coulant, le coton ressortit noirci de suie. Elle ouvrit l'armoire à pharmacie à la recherche des médicaments de son père, quelque chose pour l'aider à tenir mais les antidouleurs de Wullie avaient disparu. Elle saisit une bouteille de sirop pour la toux coagulé et en prit une lampée, puis une seconde.

Quand elle sortit enfin dans le couloir sombre, elle passa un long moment à s'arranger devant le miroir. Dans l'obscurité, elle essaya différents sourires : de petits rictus contrits où elle baissait les yeux et regardait à travers ses épais sourcils, lèvres tremblantes. Des sourires détachés, comme si elle revenait des courses. Elle tenta le grand sourire éclatant, un hochement de tête bravache comme pour dire *Et alors ? Allez vous faire foutre.* Si Shug était là, ce serait celui-là qu'elle arborerait.

Wullie et Shuggie mangeaient des œufs à la coque avec des mouillettes, à la table ronde de la salle à manger. Soixante années d'écart et ils étaient serrés ensemble dans ce coin comme deux vieux copains de picole. Leek était assis à l'envers sur le canapé, ses jambes nues posées contre le dossier, son carnet de croquis à la main. Quand il vit sa mère, il se leva sans un bruit et lui adressa un signe de tête poli en la croisant, comme à une passante dans la rue.

Toutes les fenêtres étaient ouvertes, l'appartement avait déjà été frotté à la Javel. L'air était amer et âcre. Wullie tourna la tête vers ses œufs quand il la vit. Il avait dû aller au premier office, son beau costume était soigneusement plié sur la chaise de la cuisine. Il était en maillot de corps, ses bras épais une tapisserie d'encre bleue passée qui allait du poignet aux muscles de son épaule : des noms et des lieux qui ne devaient à aucun prix être oubliés depuis la guerre, une fille de Donegal riante aux cheveux sombres et le prénom Agnes accompagné de sa date de naissance en lettres élégantes.

« T'as raté la messe. »

Agnes essaya différentes expressions avant d'opter pour la contrition. Elle entendait des reniflements dans la kitchenette. « Shug est là ? » demanda-t-elle, nerveuse, un sourire venant fendre son visage hypocrite.

Wullie secoua la tête. Ç'avait été bien trop moche pour lui : la dispute, l'incendie, le petit qui pleurait. Il poussa ses lunettes sur son nez et regarda plus profondément au fond de ses œufs. « Ne souris pas, Agnes, s'il te plaît. Me regarde pas avec cet air-là. »

Son fils, Dieu le garde, s'était éclairé comme les lumières de Blackpool quand elle était entrée dans la pièce. Les mains pleines de taches d'œuf de Shuggie étaient tendues vers elle, il avait une serviette de bain enroulée autour de la tête comme un turban. « Maman, Catherine n'a pas été très gentille avec moi ce matin. Elle a dit que j'étais un bébé cadum. » Agnes prit le garçon dans ses bras. Il se lova autour de ses os douloureux, son étreinte la ramenant à la vie. « Papi a dit que je pouvais avoir trois gros gâteaux aujourd'hui.

— Hugh, reviens ici terminer ton petit déjeuner ou il y aura pas de gâteaux du tout. » Wullie agita sa large main en direction du garçon et avec un bruit maussade Shuggie se laissa glisser le long du tronc de sa mère. Elle sentit de nouveau le tremblement dans ses os. Son père enfourna une grosse fourchetée dans la bouche en cœur de Shuggie avant de reprendre. Sa voix était posée mais il ne pouvait croiser son regard. « Je sais que c'est ma faute, Agnes. Je sais que c'est à cause de moi que tu es comme ça. »

Agnes changea de position, irritée. *Ça va pas recommencer.* Sa gorge lui réclamait désespérément une cigarette.

« Écoute-moi. Je sais que je t'ai gâtée alors que j'aurais dû te faire tâter la ceinture. Je sais bien que je suis sentimental et je sais que je suis faible. Mais t'as pas idée. T'as aucune idée de comment c'était. » Wullie se passa le poing sur les lèvres. « Quatorze, qu'on était. Ma vieille mère veillait à ce que personne ait droit à quelque chose s'il l'avait pas gagné de ses mains. Pas même le petit Francis, avec sa guibole tordue. Pauvre petit gars, il a dû se battre et se faire une place comme nous autres. Alors quand ta maman m'a annoncé que tu allais naître, j'ai prié pour que ça soit pas pareil. J'ai juré que tu ne connaîtrais jamais le besoin comme moi je l'ai connu.

— Papa, je t'en prie, tu n'es pas obligé de… » *Putain, mais où étaient ses clopes ?*

Il fit craquer ses mains calleuses dans un bruit de tonnerre. « On va encore me prendre pour une lavette dans *ma* maison ? » Il n'était pas homme à lever la voix. Agnes se tut et même Lizzie cessa de renifler dans la kitchenette. Wullie Campbell était bâti pour charger des péniches de grains sur la Clyde. Elle l'avait vu de ses propres yeux virer d'un pub une demi-douzaine de voyous de Liverpool qui s'étaient montrés irrespectueux.

« Chaque jour à cinq heures et quart tu dévalais la rue pour venir à ma rencontre, propre comme un sou neuf. Je demandais à ta maman que tu sois impeccable. Elle me disait, "Wullie, c'est bien utile tous ces salamalecs ?" Mais c'est bien la seule chose que j'y aie jamais demandé de faire. Un homme doit être fier de sa famille. Mais les gens, ils s'en foutent de ça, aujourd'hui, pas vrai ? » Les doigts tatoués de Wullie étaient enchevêtrés pour tenter de contrôler sa colère. « Ça me faisait tant de joie de pouvoir être fier de toi. Je voyais bien qu'ils étaient jaloux, à leurs fenêtres, avec leurs tronches d'enterrement. Des hommes et des femmes, adultes, jaloux d'un petit bout de vie si brillant. Moi, je rigolais quand ils me disaient que ça allait te gâter.

– Tu as bien agi, papa. J'étais heureuse.

– Ah ouais ? Alors quelles raisons t'as d'être si malheureuse maintenant ? » Il serra les dents et posa la main sur la tête du garçon, le poids de celle-ci donnant l'impression qu'il risquait de lui rompre le cou. Il y avait des larmes dans les yeux de Wullie mais il la regardait avec froideur, comme s'il la voyait réellement pour la première fois. « Alors, dis-moi, Agnes. Est-ce qu'il faut que je te colle une correction ? »

Agnes porta la main à sa gorge et manqua d'éclater de rire. « Papa, enfin ! J'ai trente-neuf ans !

– Est-ce que je dois faire sortir ce démon égoïste à coups de ceinturon ? » Il se leva lentement, les bras pendants, ses mains de massifs seaux à décanter suspendus à deux grues. « J'en ai marre que tu penses qu'à toi, Agnes. Je suis fatigué de te regarder te détruire alors que je sais que c'est ma faute. »

Agnes recula d'un pas. Elle ne souriait plus. « Ce n'est pas ta faute. »

Wullie ferma doucement la porte du salon. Il tira de son pantalon de laine sa lourde ceinture de cuir, frappée du logo du syndicat de Meadowside, que son poids faisait traîner sur la moquette. « Ouais, c'est peut-être mieux. »

Agnes tendit les mains et recula lentement vers la porte. Son sourire canaille avait disparu. Elle battit en retraite jusqu'à ce qu'elle sente le cabinet vitré du salon dans son dos et entende tous les bibelots aux yeux de verre cliqueter comme pour l'avertir. Le garçon était maintenant accroché à ses jambes, le visage à moitié caché derrière son jean. Wullie entoura sa main de sa ceinture, un tour, deux tours, pour avoir une meilleure prise. « Écarte le gamin. »

Elle s'accrocha au garçon. Wullie referma la main sur son bras tendre. De l'autre, il détacha le garçon gentiment mais fermement. Il conduisit Agnes jusqu'à son fauteuil, il s'assit et la tira sur ses genoux.

Elle ne résista pas et aucune autre supplique ne vint.

« Seigneur Jésus-Christ, je te demande de me donner la force de pardonner. » La ceinture de cuir s'abattit avec un claquement sonore sur la chair des fesses d'Agnes, qui ne cria pas. Wullie leva la main à nouveau. « Je Te rends grâces que mon fardeau ne soit jamais plus lourd que ce que je peux supporter. » *Clac.* « Montre à Agnes les nombreuses bénédictions de sa vie. » *Clac.* « Apaise ses envies. » *Clac.* « Montre-lui la paix. »

Il y eut un léger bruissement près d'elle et Agnes sentit qu'on lui prenait la main gauche. Elle sentit la fraîcheur de mains blêmes sur sa nuque moite, les douces caresses de sa mère. Lizzie s'agenouilla près d'elle sur le sol. Sa voix se joignit dans la prière à celle de Wullie. « Seigneur, ce n'est que par Ton pardon que nous pouvons nous pardonner. » *Clac.*

Après l'incendie, Shug était parti travailler de nuit et, pour la deuxième fois de la semaine, il n'était pas rentré le lendemain matin. En dehors de son frère, Rascal Bain, et de quelques potes à la centrale de taxis, il n'avait pas tellement d'amis hommes. Mais, Agnes le savait bien, il y avait un million d'autres endroits où il serait très heureux de se rendre.

Elle s'assit au bord du lit avec précaution. L'arrière de ses jambes était encore strié par la ceinture de Wullie et elle n'arrivait pas à se concentrer tandis qu'elle repliait les chaussettes propres de Shug, les associant selon leurs teintes délavées, l'une rentrée dans l'autre, ainsi qu'il aimait. Dans quels bras était-il ? Elle sentit son combat intérieur repartir de plus belle. Peut-être pas plus loin que dans la tour d'à côté, avec la grosse Reeny ?

Il fallait qu'elle sorte, qu'elle se montre.

Elle prit dans le placard à linge l'un des transats qu'ils emportaient au camping quand ils partaient la semaine de la Foire. Elle rinça son dentier sous l'eau chaude. Vêtue d'un jean serré et de son soutien-gorge neuf en guise de bikini, elle alla attendre l'ascenseur maculé de taches de pisse. Quand elle eut descendu les seize étages, elle fut soulagée de ne trouver aucun rideau brûlé qui traînait par terre.

Hormis des merdes de chien pétrifiées et quelques marques de roussi, l'esplanade était vide. Agnes alla voir si le taxi de Shug était garé derrière la tour. Elle l'avait attrapé comme ça une fois. Alors qu'il était censé travailler de jour, il était allé dans les étages se taper la bonne femme de quelqu'un. Ses galipettes suantes séparées de sa famille par quelques mètres de béton miteux. Agnes avait passé tout l'après-midi dans l'ascenseur avec un seau rempli de lie de thé et de pisse. Elle avait attendu à chaque palier que les portes s'ouvrent sur lui et n'interrompit sa traque que lorsqu'elle tomba sur un groupe de petites filles maigrichonnes qui sortaient jouer. Les enfants la regardèrent les unes après les autres et refusèrent de monter dans l'ascenseur avec la folle du seizième.

Au début, elle avait trouvé Shug idiot de s'être fait pincer aussi facilement. Ce ne fut que plus tard, quand elle l'accusa, qu'elle comprit que ç'avait été elle, l'imbécile. Il ne s'était pas fait prendre. Il voulait s'assurer qu'elle soit au courant. Certaines choses ne devaient pas passer inaperçues.

Le soleil était blanc. Le bitume vibrait déjà de la chaleur matinale. Sur le terrain vague, Lizzie bronzait, allongée sur le dos, sur une vieille couverture. Sa robe à fleurs était ouverte jusqu'au sternum, les pans écartés pour profiter au maximum de cette denrée si rare : un rayon de soleil. Ses cheveux étaient enroulés, serrés, dans des bigoudis bleu layette et soigneusement recouverts d'un torchon vichy. Elle lisait le journal du jour en papotant dans les touffes d'herbe avec une grappe de vieilles copines. Les autres femmes, assises sur des chaises de cuisine, pelaient de grosses pommes de terre marron dont elles faisaient tomber les épluchures dans un vieux sac plastique.

Agnes plaça son fauteuil à une distance respectable de sa mère et de sa bande. Lizzie leva à peine les yeux de son journal et Agnes sut qu'elle était punie. Elle essaya de s'installer confortablement au soleil mais son regard revenait sans cesse à Lizzie, à la recherche d'une once d'amitié pour soulager la solitude qui gonflait dans sa poitrine.

Il y avait un nouveau graffiti sur le mur derrière Lizzie qui s'élevait au-dessus de ses bigoudis comme une bulle de pensées salaces : *Sois pas bête... C'est l'heure de la sucette.* Pour Lizzie, la phrase devait être la supplique d'un petit gourmand mais Agnes savait de quoi il s'agissait vraiment et ne put s'empêcher de rire.

« Qu'est-ce qu'il y a de drôle ? » la gronda Lizzie.

C'était la première fois qu'elle lui parlait depuis leur cérémonie du matin et Agnes prit un instant pour décider si elle allait l'encourager ou tout gâcher. « Rien du tout. Où est mon petit gars ? »

Lizzie fit une réponse aussi lapidaire que possible. « Chez le boulanger, pour son gâteau. » Elle retourna à son journal.

Agnes connaissait le rituel. Le samedi et le dimanche matin, Wullie emmenait son petit-fils jusqu'aux magasins à un petit kilomètre de chez eux. C'était une pauvre rangée de boutiques aux volets mi-clos cachées dans un recoin que la lumière du jour ne semblait jamais atteindre. On avait expulsé des familles des vieux immeubles de Glasgow pour ce lotissement censé être différent, futuriste, une amélioration spectaculaire. En réalité, l'ensemble était trop brutal, trop spartiate, trop mal bâti pour être un véritable mieux.

Shuggie restait sage dans l'épicerie du Paki pendant que son Papi achetait un pack de ses brunes préférées et une demi-bouteille de whisky, de quoi faire passer le samedi soir et, plus discrètement, le jour du Seigneur. La croissance de l'enfant servait de sujet de conversation pour Wullie et Imran pendant que les sacs se remplissaient d'alcool. C'était une chorégraphie qui ne voyait aucun des deux hommes reconnaître que l'alcool passait de l'un à l'autre, comme si le faire risquait de briser cette comédie. De l'autre côté des ombres, dans la boulangerie, Wullie faisait la conversation aux jolies filles pendant que Shuggie observait les gâteaux avec envie. Le garçon choisissait toujours la même pyramide rose, un gâteau spongieux couvert de copeaux de noix de coco blancs et rouges et orné d'un bonbon sucré au sommet. Il marchait très lentement sur le chemin du retour, profitant de sa friandise sur les talons de Wullie.

Agnes jeta un œil dans la direction des magasins mais ne les vit pas. Elle se leva et se plaça au bord du terrain vague. Dans son soutien-gorge noir, elle balança la tête en arrière et écarta les bras pour profiter du picotement du soleil sur sa peau pâle. Elle surprit un regard en coin de Lizzie. Elle avait le début d'une ecchymose bordeaux dans le bas du dos. C'était ça qui retenait l'attention de sa mère. Agnes passa ses doigts bagués sur la trace laissée par la ceinture et fit une grimace théâtrale.

Lizzie, piquée, se raidit et siffla : « Pour l'amour du ciel, couvre-toi. »

Les éplucheuses de patates échangèrent un regard compatissant, sachant bien que les bleus pouvaient dans un mariage être plus abondants que les étreintes, et pas seulement sur le corps des femmes. Agnes ne voulait rien savoir. Irritée, elle s'affala sur sa chaise pliante et la fit rebondir sans grâce, comme un ballon sauteur, sautillant, encore et encore, jusqu'à arriver près de sa mère.

Agnes s'étala voluptueusement, sa peau prenant déjà une teinte rosée. Elle tendit le pied et joua comme une enfant avec l'ourlet de la robe jaune de Lizzie, qui abaissa son journal et la repoussa. « Arrête. Tu manques pas d'air de venir faire la maligne à côté de moi ce matin. » Lizzie dénoua le torchon enroulé sur ses bigoudis. Elle ouvrit un sac plastique à côté d'elle et commença à les défaire.

Agnes attrapa le peigne à longues dents de sa mère et se laissa retomber contre le fauteuil collant. « J'ai la migraine. »

Lizzie sortit un bigoudi et tint sa pince à cheveux entre ses dents. « Oh, pauvre chérie. J'espère que tu t'attends pas que je te plaigne.

— *Tu aurais dû l'en empêcher.* »

Lizzie regardait maintenant Agnes du coin de l'œil. «Ma p'tite dame, laisse-moi te dire qu'en quarante ans de mariage je n'ai jamais vu ton père lever la main de colère.» Elle se tourna vers les éplucheuses. «Tu sais, Margaret, il est si doux que j'ai bien cru qu'il allait y passer au bout d'une semaine de cette foutue guerre.

— Ouais, sûr que c'est un homme bien.» Les éplucheuses acquiescèrent à l'unisson.

Lizzie se retourna vers sa fille. «Et je veux pas que tu traînes son nom dans la boue avec le tien.»

Agnes passa le peigne dans une touffe d'herbe «Je suis si méprisable ?

— Méprisable ? pouffa Lizzie. Tu sais que, depuis que je me suis assise là toute seule pour prendre un peu de couleurs, personne ne m'a fichu la paix ? Une bonne femme qui est même pas foutue de faire ses commissions toute seule et qui traverse la pelouse pour venir me demander comment je tiens le coup ?

— Les gens devraient s'occuper de leurs oignons.

— Je viens de voir Janice McCluskie traîner son fils mongolien à travers les herbes pour venir me voir. *"Y paraît que ton Agnes elle est pas en forme. Comment ça va son petit problème ?"*, qu'elle me dit.» Lizzie tordait un bigoudi, les doigts blanchis d'indignation. «Et moi je suis là à moitié à poil dans ma robe déboutonnée et cette paire de gogols qui viennent me tenir la jambe.

— Ignore-les, maman.

— Les salauds ! Pas en forme ? *Pas en forme, merde !*» Les mains tendues devant elle, elle griffait les importuns imaginaires. Lizzie expira bruyamment et à sa colère succéda l'abattement. «Je ne mérite pas leur pitié, Agnes. J'ai travaillé dur toute ma vie sans un jour de répit et tout ça pour quoi ?»

Agnes connaissait bien la réplique suivante. Elle secoua néanmoins la tête.

«Pour que tu puisses avoir tout ce que tu voulais.»

Lizzie semblait alors si distante ; Agnes avait envie de prendre sa mère dans ses bras, d'implorer son pardon, alors même qu'elle ne ressentait pas le moindre remords. « On peut pas redevenir copines ?

— Non. C'est plus aussi simple. » Les coins de sa bouche retombèrent en une moue moqueuse. « *Un bisou et on oublie tout ?* Ça non, pas question. » Elle déroula une autre mèche de cheveux. « Il en faudra combien, des femmes, Agnes ? »

Agnes se hérissa. « J'ai besoin d'une clope.

— Tu as besoin de beaucoup de choses. » Elle ajouta : « Tu aurais mieux fait de rester mariée avec ce catholique. »

Agnes fouilla le sac à bigoudis de sa mère. Elle sortit un paquet d'Embassy et mit deux cigarettes à sa bouche. Elle prit une longue bouffée et garda la fumée quelque temps avant de la recracher. « Jésus ne peut rien m'acheter sur catalogue. »

Lizzie eut un rire faux. « Non. Mais l'enfer te reprisera. »

Agnes vint s'asseoir à côté de sa mère sur la couverture. La cigarette allumée était un faible gage de réconciliation mais Lizzie s'en saisit et dit : « Aide-moi avec ces bigoudis. Je dois avoir l'air à moitié folle. » Agnes prit sa tête dans ses mains et passa les doigts dans ses cheveux clairsemés. Lizzie se radoucit un peu. « Tu sais, ton père rentrait toujours à six heures et demie le vendredi soir. Tous les autres ouvriers de la rue disparaissaient. On n'entendait pas une voix d'homme dans tout Germiston jusqu'au dimanche après-midi. Je me souviens, on pouvait se mettre à la fenêtre et les regarder rentrer en titubant le dimanche pour le thé. Tous pleins comme des barriques. »

Les éplucheuses hochèrent de nouveau la tête à l'unisson. « Je juge pas, hein. C'était comme ça que ça se passait à l'époque. Si tu voulais l'argent du ménage, il fallait débusquer ton homme au pub le vendredi après-midi. Mais ton père, lui, il rentrait en chantonnant tous les vendredis soir, son salaire dans une main et un paquet sous l'autre bras. Cette andouille, il était passé au marché sur le chemin de Meadowside pour t'acheter une petite robe ou un nouveau manteau. J'ai jamais vu un homme qui connaît la taille de ses gamins, alors leur acheter des vêtements, je te dis même pas. Je lui disais d'arrêter, qu'il allait te gâter. *"Où est le mal ?"* qu'il me répondait.

— Maman, je ne veux plus parler de tout ça.

— Honnêtement, j'étais heureuse pour toi quand tu as épousé Brendan McGowan. Il avait l'air de pouvoir t'offrir ce que ton père m'a donné. Mais regarde-toi, il a fallu que tu veuilles trouver mieux.

— Et pourquoi pas ?

— *Mieux ?* » Lizzie gratta le bout de sa langue contre ses dents serrées. « Regarde où ça t'a menée, le *mieux*. Petite égoïste. »

Agnes brossa les dernières boucles de sa mère. Elle dut se retenir pour ne pas tirer un peu dessus. « Bon, puisque tu me trouves égoïste, il faut que je te demande un service. »

Lizzie renifla. « C'est un peu tôt pour les faveurs. »

Enjôleuse, elle caressa doucement le lobe de Lizzie. « J'ai besoin que ce soit toi qui lui annonces. Dis-lui qu'on déménage. Tu veux bien ?

— Ça va l'achever.

— Pas du tout. » Elle secoua la tête. « Mais si je reste ici, je sais que je vais le perdre. »

Lizzie se retourna et scruta sa fille attentivement. Elle considéra avec froideur la lueur d'espoir dans les yeux d'Agnes. « Tu es prête à croire n'importe quoi, hein. » Ce n'était pas une question.

« On a juste besoin d'un nouveau départ. Shug dit que ça arrangera tout, peut-être. C'est une petite maison, mais il y a un jardin et une porte d'entrée privée et tout. »

Lizzie agita sa cigarette avec désinvolture. « Oh, ma chère, ta porte d'entrée privée. Dis-moi : il faudra combien de verrous à cette porte d'après toi pour garder ce salopard de coureur à la maison ? »

Agnes gratta la peau autour de son alliance. « Je n'ai jamais eu ma propre porte d'entrée. »

Les femmes restèrent silencieuses longtemps. Lizzie parla la première. « Alors elle est où ? Cette porte à toi ?

— Je sais pas trop. C'est par là-bas, sur Eastern Road. C'était loué par un Italien qui a une friterie ou quelqu'un d'autre que

Shug connaît. Il a dit que c'était très vert. Très calme. Bon pour mes nerfs.

– Tu auras ton propre fil à linge ?

– J'imagine. » Agnes se mit à genoux. Elle savait supplier pour obtenir ce qu'elle voulait. « Allez, on est de nouveau copines, pas vrai ? J'ai besoin que tu le dises à Papa pour moi.

– T'as vraiment bien choisi ton moment. Après le grabuge de ce matin ? » Lizzie posa le menton sur sa poitrine et fit une longue moue de clown triste. « Si tu pars, il se le reprochera jusqu'à son dernier souffle.

– Mais non. »

Lizzie reboutonna sa robe d'été. Les boutons ne s'alignaient pas et elle s'impatientait. « Je vais te dire une bonne chose : Shug Bain ne s'intéresse à personne d'autre qu'à Shug Bain. Il va t'emmener là-bas au milieu de nulle part et t'achever.

– *Mais non.* »

Wullie et Shuggie arrivèrent alors d'un pas lourd de l'autre côté de l'esplanade. Ce fut Lizzie qui les remarqua. « Regardez-moi ça. Une vraie pub pour la lessive. »

Le temps qu'Agnes lève la tête, il ne restait de la tour Eiffel que le sucre que le petit garçon léchait entre ses doigts potelés. Elle ne put s'empêcher de sourire à son père, le géant à la chemise débraillée, comme un écolier cherchant à se défaire dans son uniforme. Ils marchaient lentement, balançant entre eux la poupée Daphne à laquelle Shuggie tenait tant.

« Si tu peux pas faire en sorte que Shug se tienne bien avec toi, débrouille-toi au moins pour qu'il s'occupe du garçon. » Lizzie regarda son petit-fils et sa poupée blonde en plissant les yeux. « Il va falloir étouffer ça dans l'œuf. C'est pas normal. »

7

Agnes suivait les valises en cuir rouge de Shug à mesure qu'elles migraient dans l'appartement. Elles étaient sorties de nulle part, plus tôt dans la semaine, sans étiquette de prix et avec l'air d'avoir été utilisées avec soin. Shug avait plié tous ses vêtements minutieusement, fourrant les chaussettes dans les chaussures, et disposé ses slips en petits roulés à la confiture compacts avant de tout rentrer méticuleusement dans les valises. Durant la semaine, il ouvrait souvent l'une des valises pour en étudier le contenu de près, comme pour mémoriser le tout, puis il la refermait et la verrouillait. Agnes voyait qu'elles étaient à moitié vides, qu'il restait de la place, si précieuse, à l'intérieur. Elle laissa plusieurs fois des piles de vêtements des enfants près de celles-ci et regardait avec une jalousie bouillonnante les valises déplacées à l'autre bout de la pièce, sans qu'aucune de ses affaires ni celles des enfants y aient été placées.

Le jour du déménagement, il les avait posées près de la porte de la chambre. Agnes essaya d'en forcer l'ouverture avec son ongle. Elle se demanda pourquoi elle n'avait pas vu la nouvelle maison. Shug était rentré avec cette idée après un service de nuit où il avait discuté avec son copain franc-maçon propriétaire d'une friterie dans le centre. Une maison mitoyenne louée par la ville, quatre pièces, un étage et sa propre porte d'entrée, disait-il. Shug signa sur-le-champ avec la même décontraction que s'il avait acheté un billet de tombola.

Agnes enveloppa ses derniers bibelots en verre dans du papier journal et aligna ses vieilles valises de brocart à côté de celles de Shug. Elle les intercala, les réarrangea, mais quoi qu'elle fît on avait l'impression qu'elles n'avaient plus rien à faire ensemble. Son nom était inscrit sur l'étiquette accrochée à l'une d'elles dans une écriture qu'elle reconnaissait à peine maintenant. C'étaient les boucles joyeuses et confiantes d'une version bien plus jeune d'elle-même qui quittait son premier mari pour la promesse d'une vie valant d'être vécue. Son doigt retraça le nom oublié : *Agnes McGowan, Bellfield Street, Glasgow*.

Quand Leek portait encore des couches, Agnes s'était enfuie.

La nuit où elle était enfin partie, elle avait rempli de vêtements neufs les valises vertes, si voyantes et si malcommodes, qu'elle avait achetées en achevant de creuser la dette de Brendan McGowan et qu'elle avait gardées cachées pendant une longue année. Avant de mettre les voiles, elle avait récuré tout leur appartement une dernière fois. Elle savait que la nouvelle ferait venir les voisins. Les yeux larmoyants, ils offriraient leur sympathie à son homme dans l'espoir de pouvoir grincer des gencives au sujet de ses manières prétentieuses. Elle refusait de leur donner en plus le plaisir de la traiter de souillon.

Elle avait remis en place du bout de l'orteil un coin de moquette qui se soulevait et fut triste d'entendre les accroches s'enfoncer dans le bois du plancher. Plus tôt dans la journée, elle avait essayé de la soulever. Elle avait cassé deux belles cuillères de leur mariage et avait fini avec les doigts en sang avant d'abandonner, en larmes. Son mascara coulant sur son visage, elle s'était demandé s'il ne fallait pas qu'elle reste, rien qu'un petit peu, juste le temps de bien profiter de cette nouvelle moquette Axminster. Elle n'avait pas tenté de *tout* prendre, mais la moquette était neuve et elle avait aimé regarder la vieille voisine de palier blêmir chaque fois qu'elle la voyait. C'était le genre de moquette qui vous donnait envie de laisser la porte ouverte, une moquette épaisse que l'on voulait faire admirer à tous ses voisins. Elle avait insisté et insisté jusqu'à ce qu'ils viennent la poser, la Double Axminster de chez Templeton, mais cette fois-ci la satisfaction n'avait pas duré, pas même deux fois moins longtemps que ce qu'elle avait espéré.

Durant sa vie avec le catholique, dans l'appartement au rez-de-chaussée, tout ce qu'elle avait pu voir c'étaient les façades grises des immeubles incrustés de suie de l'autre côté de la rue. Le soir de sa fuite, Agnes avait regardé les lumières s'éteindre, une à une, les honnêtes travailleurs qui allaient se coucher tôt car ils se levaient de bonne heure le lendemain. Dehors, sous la pluie, elle entendait le ronronnement du moteur du taxi. Elle ne put s'empêcher de ressentir une certaine excitation et, au fond d'elle, sous la couche de doute, un frisson grandissant.

Sur le dossier du canapé étaient étendues deux effigies miniatures, des vraies gravures de twill, velours doux et inconfortables chaussures de cuir à boucles argentées. Elle réveilla ses enfants endormis. Catherine ressemblait à un vieux poivrot, ses paupières lourdes s'ouvrant et se refermant comme de grandes lampées paniquées. Alors qu'Agnes les embrassait pour les réveiller, il y eut un léger grattement à la porte de l'appartement. Elle gagna l'entrée à pas de loup. La porte s'ouvrit avec un gémissement sourd sur le visage d'un homme rond, bronzé et nerveux. Shug dansait d'un pied sur l'autre sous la lumière crue du hall, comme s'il était susceptible de s'enfuir en courant à tout moment.

« Tu es en retard ! » siffla Agnes.

Le parfum amer de la bière brune sur son haleine fit ravaler son demi-sourire à Shug. « Putain, j'y crois pas.

— Tu t'attendais à quoi ? rétorqua-t-elle. Je me suis flanqué les nerfs en pelote à t'attendre. » Agnes tira la porte et lui passa les lourdes valises. Les fermetures craquaient presque et elles tintaient gaiement, comme remplies de décorations de Noël.

« C'est tout ? »

Agnes considéra l'épaisse moquette à motifs tourbillonnants et soupira : « Ouais, c'est tout. »

L'homme regagna la rue en traînant les valises. Agnes se retourna alors pour contempler l'appartement. Elle alla devant le miroir de l'entrée et se passa les doigts dans les cheveux, les boucles noires cascadaient et s'enroulaient, bien serrées. Elle se remit un trait de rouge à lèvres. *Pas mal pour vingt-six ans*, se dit-elle. Vingt-six années de sommeil.

Elle finit de faire les lits des enfants et fourra les pyjamas sales dans la poche de son manteau de vison. Elle leur donna à chacun un jouet pour le trajet sans les laisser négocier et les entraîna dans le couloir. S'arrêtant devant la porte massive de la chambre, elle se tourna vers eux. Elle regarda la jolie moquette et leur dit à voix basse : « Bon, quoi qu'il arrive, on ne pleure pas, d'accord ? » Les têtes brillantes acquiescèrent. « Quand on entre là-bas, vous me faites un grand, grand sourire de joie, d'accord ? »

Elle trouva l'interrupteur instinctivement. Elle l'actionna et l'obscurité fut brisée par une lumière forte et peu flatteuse. La chambre était petite et étroite, dominée par un lit rococo bien trop grand. Le garçon lança un « *Papa !* » joyeux et la masse informe dans le lit royal bougea. Brendan McGowan se redressa, effaré, et cligna des yeux lorsqu'il vit la chorale victorienne au pied de son lit. Il resta bouche bée.

Agnes remonta le col de son manteau de fourrure dans un geste majestueux. Il le lui avait acheté à crédit, une extravagance dont il avait espéré qu'elle la rende heureuse et qu'elle calme ses envies, au moins pour quelque temps. « Bon. Merci pour tout, hein. » Ça sonnait mal. « J'y vais », ajouta-t-elle, un euphémisme maladroit, comme une femme de ménage qui aurait fini ses diverses tâches et rentrerait chez elle à la fin de la journée.

L'homme endormi ne put que cligner des yeux et regarder sa famille sortir de la chambre à la file indienne en lui faisant au revoir de la main. Il entendit la porte d'entrée se refermer doucement et le lourd ronflement du moteur diesel. Ils étaient partis.

Alors qu'ils fendaient la nuit dans un rugissement, le taxi noir donnait l'impression d'être aussi imposant et solide qu'un tank.

Agnes était assise sur la longue banquette en cuir, flanquée de la chaleur de ses deux bébés. Ils roulaient tous les quatre en silence dans les rues humides et brillantes de Glasgow. Les yeux de Shug revenaient continuellement vers le rétroviseur, passaient sur le visage des enfants endormis et se plissaient légèrement. « Alors on va où ? » demanda-t-il au bout d'un moment.

Il y eut une longue pause. « Pourquoi tu étais en retard ? » demanda Agnes derrière le col de son manteau.

Shug ne répondit pas.

« Tu avais des regrets ? »

Il cessa de regarder dans le rétroviseur. « Bah ouais, bien sûr. »

Agnes porta sa main gantée de cuir à son visage. « *Bon Dieu.*

– Pas toi ?

– À ton avis ? » répondit-elle d'une voix plus haut perchée qu'elle ne l'aurait voulu.

Les rues de l'East End étaient vides. Les derniers pubs avaient fermé et les familles comme il faut étaient bien au chaud chez elles. Le taxi passa dans le quartier de Gallowgate et traversa le marché. Agnes ne l'avait jamais vu désert, il grouillait normalement de personnes venues faire leurs commissions, acheter de nouveaux rideaux, un bon morceau de viande ou le poisson du vendredi. Là, c'était un cimetière de tables et de cageots vides. « Où est-ce qu'on va aller ?

– J'ai laissé les miens à la maison, tu sais. » Il lui jetait un regard noir dans le rétroviseur. « On était d'accord. Un nouveau départ, on avait dit. »

Agnes sentit la tête chaude de ses enfants s'enfoncer contre son flanc. « Oui, bah, c'est pas si facile.

– Ouais, mais tu avais dit.

– Oui, bon. » Agnes regarda par la fenêtre. Elle sentait qu'il ne la quittait pas des yeux, elle aurait voulu qu'il regarde la route. « J'ai pas réussi. »

L'homme considéra les enfants en tenue du dimanche, des habits classiques mais neufs, des tenues coûteuses achetées spécialement pour une fuite dans la nuit. Il pensa à tous leurs vêtements soigneusement pliés dans les valises. « Ouais mais t'as même pas essayé, si ? »

Elle fixait l'arrière de sa tête. « On peut pas tous être des sans-cœur comme toi, Shug. »

Le spasme de colère lui fit enfoncer le frein. Ils furent tous projetés vers l'avant et les enfants commencèrent à geindre. « Et tu me demandes pourquoi j'étais en retard, bordel ? » Des postillons atterrirent, scintillants, sur le rétroviseur. « Si j'étais en retard, nom de Dieu, c'est parce que j'ai dû dire adieu à quatre putains de marmots ! » Il passa le dos de sa main sur ses lèvres humides. « Sans parler d'une femme qui menaçait de tous les gazer. Qui disait que si je la quittais elle allumait le gaz. »

Le taxi repartit en hurlant. Ils roulèrent sans mot dire, regardant les bus de nuit vides et les fenêtres noires des maisons froides. Quand il reprit la parole, il s'était un peu calmé. « Est-ce que t'as déjà essayé de passer le pas de la porte avec ta foutue famille accrochée à toi comme des hameçons ? Tu sais combien de temps ça prend de décoller quatre chiards hurlants de ta jambe ? De les renvoyer dans l'entrée à coups de lattes et de refermer la porte sur leurs petits doigts ? » Son regard était glacial. « Non, t'en sais rien. Toi tu dis juste à mézigue de venir te chercher, et puis tu sors peinarde avec tes valises comme si on allait passer la journée à Millport. »

Elle dessoûlait. Elle regardait silencieusement par la vitre en essayant de ne pas penser à la colonne d'enfants sans père et au père sans enfants qu'ils laissaient derrière eux. Dans son esprit, ça ressemblait à une traînée de larmes salées et visqueuses dans le sillage du taxi noir. Son entrain avait disparu.

Quand ils passèrent sous le pont ferroviaire de Trongate pour la troisième fois, le soleil commençait à se lever sur les camionnettes que les poissonniers déchargeaient pour le marché. Agnes regarda les femmes entassées à l'arrêt de bus, les femmes de ménage du matin qui partaient nettoyer les grands bureaux du centre-ville. « On peut toujours aller dans le nouvel appart de ma maman, avait-elle fini par grommeler. Jusqu'à ce qu'on trouve une maison pour nous. »

Toutes ces années plus tard, Agnes ne voulait pas repenser à cette nuit parce qu'elle se sentait idiote. Et voilà qu'elle avait refait les valises du catholique. C'étaient ces mêmes valises de brocart qui l'avaient conduite chez sa mère qui l'emportaient aujourd'hui. Elle posa les yeux sur les valises vertes et déchira la vieille étiquette McGowan.

Après qu'Agnes eut quitté le catholique, Brendan McGowan essaya de faire ce qu'il fallait. Même après qu'elle eut fui au milieu de la nuit, il l'avait traquée jusque chez sa mère pour lui énumérer tout ce qu'il promettait de changer afin de la reconquérir. Agnes était restée là, bras croisés, dans l'ombre de la tour, tandis que son mari lui proposait de se transformer en ce qu'elle voudrait à tel point que sa propre mère ne le reconnaîtrait pas. Quand il fut clair qu'elle ne reviendrait pas, il avait demandé au curé de la paroisse de parler à Wullie et Lizzie pour qu'ils la fassent suffisamment culpabiliser. Agnes ne voulut rien entendre. Elle ne retournerait pas à une vie dont elle connaissait parfaitement les limites.

Durant les trois années suivantes, Brendan McGowan avait envoyé de l'argent tous les jeudis et pris les enfants un samedi sur deux. Le dernier souvenir que Catherine avait de son vrai père était de le voir essuyer de la glace à la vanille sur le visage de Leek au café Castellani. Agnes avait pris soin qu'ils portent leurs plus beaux habits et une vieille dame avec un collier et des boucles d'oreilles de perle avait complimenté Brendan sur leur tenue et leurs bonnes manières. Elle s'était penchée pour être à hauteur de Catherine et avait demandé à cette jolie petite fille comment elle s'appelait. La fillette avait répondu, aussi clair que la cloche de la cathédrale : « Catherine Bain. »

Brendan McGowan s'était alors excusé et avait quitté la table. Il avait slalomé entre les joyeuses familles en direction des toilettes puis avait fait demi-tour et était sorti du café. Catherine ne savait pas combien de temps ils étaient restés seuls, mais Leek avait mangé sa glace à lui puis la sienne avant de tremper le doigt au fond de la coupe en forme de coquillage pour récupérer les dernières gouttes fondues.

Le bon catholique avait fait tout ce qu'il avait pu pour retenir sa femme indocile. Elle l'avait quitté et il avait ravalé sa fierté pour lui demander de revenir. Elle avait divorcé et il avait de nouveau ravalé sa fierté, considérant le moindre moment passé avec ses enfants comme sacré. Puis elle leur avait donné le nom du protestant et, comme des agneaux qui auraient quitté leur enclos, ils portaient désormais la marque indélébile d'un autre. Agnes avait trouvé sa limite. Treize ans plus tard, Leek et Catherine auraient été incapables de le reconnaître s'ils l'avaient croisé dans la rue.

Agnes dut se retenir de triturer la poignée de ses bagages. Elle avait remballé ses questions et ses doutes dans les valises du catho qu'elle traînait tristement jusqu'au taxi. Maintenant qu'elle le regardait, il lui évoquait un corbillard. Wullie refusa de lui adresser la parole tandis qu'il transportait les vêtements des enfants dans l'ascenseur rouillé. À la cuisine, Lizzie tordait ses mains crevassées sur son tablier devant une grosse marmite de soupe. Agnes regardait sa mère tourner la soupe et vit que le gaz n'était pas allumé.

Leek et Catherine avaient passé la nuit à parler des perspectives sinistres de cette nouvelle vie. Agnes avait entendu le bourdonnement de leurs inquiétudes à travers le mur. Lizzie était venue la trouver plus tôt dans la semaine pour lui dire que les enfants avaient demandé de rester avec elle. Elle tenta de convaincre Agnes de laisser Leek terminer le lycée et de permettre à Catherine de continuer de vivre près du cabinet d'affacturage. Le jour du déménagement, Agnes avait remarqué l'absence de Leek toute la matinée, sans doute planqué avec ses crayons et ses carnets secrets dans une cachette ou une autre. Catherine avait dompté sa lèvre tremblante et consciencieusement aidé sa mère à faire les bagages. Lizzie n'avait pas arrêté de serrer Shuggie contre elle en murmurant dans son cou des prières pour un retour en bonne santé. Agnes vit Leek, qui croyait que personne ne le regardait, implorer une fois encore sa grand-mère ; elle l'entendit jurer qu'il se tiendrait bien, qu'il serait exemplaire.

Agnes fut soulagée d'entendre Lizzie le rabrouer gentiment : « Non, Alexander, chez toi, c'est avec ta maman. »

Alors que la pluie commençait à tomber, les dernières affaires chargées dans le coffre furent les deux valises rouges de Shug. Ce ne fut que lorsqu'elles trouvèrent leur place qu'Agnes s'avoua qu'il était temps de partir. Lizzie et Wullie restèrent debout sous la pluie, aussi gris et rigides que la tour qui se dressait derrière eux. Leurs adieux avaient été détachés, distants. Lizzie n'aurait jamais voulu faire de scène en public. La moindre fissure dans la façade risquait d'ouvrir une crevasse et Agnes n'avait aucune idée de ce qui en jaillirait. Alors ils s'occupaient comme ils pouvaient, manipulant des bouilloires et des serviettes propres.

Agnes prit place à l'arrière du taxi et coinça Shuggie entre ses genoux. Leek et Catherine s'assirent à côté d'elle, serrés par les cartons, leurs jambes contre les siennes. Elle avait repassé leurs tenues, pris le temps d'amidonner la chemise blanche que Catherine portait au travail et choisi le blazer de Shuggie qu'elle avait commandé sur catalogue. Elle avait passé son dentier à la Javel, elle avait refait sa couleur, une nuance plus sombre que le noir, proche du bleu marine le plus triste.

Ce matin-là, elle avait demandé à Catherine ce qu'elle pensait de son nouveau mascara, la tête penchée vers l'avant. Il semblait trop lourd pour ses paupières et donnait l'impression qu'elle était sur le point de s'endormir. Alors que le taxi rejoignait la grand-route, Agnes affecta de se retourner et de faire tristement signe par la vitre arrière en clignant lentement et lourdement des yeux. Elle trouvait que ça donnait une touche cinématographique, comme si elle était la star de sa propre matinée.

Le taxi peina dans la montée de Springburn Road et il avait dépassé les entrepôts ferroviaires déserts de Saint Rollox avant qu'elle se retourne. Elle passa en revue le raisonnement superficiel qui la poussait à suivre le plan de Shug, mais alors qu'elle essayait de renforcer sa décision en récitant son rosaire celle-ci ressemblait de plus en plus aux fantasmes idiots qu'une greluche enamourée deux fois plus jeune aurait pu caresser. Agnes frotta le bout de ses doigts pour tenir les comptes de sa bêtise : La possibilité de décorer et de tenir sa maison à elle ; un jardin pour les mômes ; la paix et le calme pour leur mariage. Elle creusa plus profondément. Il y avait une chance pour que les choses changent, espérait-elle, une fois qu'elle l'aurait éloigné de ses gonzesses.

Les fenêtres s'embuèrent et Shuggie dessina un visage triste dans la condensation. Du pouce, Leek en fit une bite gonflée et il se rencogna contre la banquette. Agnes passa sa main ornée de bagues sur le dessin et découvrit qu'ils se trouvaient devant les gros gazomètres qui se dressaient derrière Provanmill, vénérables gardiens de la porte nord-est de Glasgow.

Ils roulèrent en silence pendant très longtemps. Enfin, le taxi s'arrêta à un feu et Shug ouvrit la vitre de séparation pour leur annoncer qu'ils étaient presque arrivés. Il la referma et Agnes se demanda si c'était par habitude ou s'il se jouait quelque chose de plus essentiel. Elle se souvint que, lorsqu'il l'avait séduite, il laissait la vitre ouverte pour la charmer avec son bagout. Il se penchait et tapait sa chevalière maçonnique contre la séparation, un petit sillon se devinait sur sa main gauche là où aurait dû se trouver son alliance. L'air était rendu dense par l'odeur piquante de son after-shave au pin et de sa pommade pour les cheveux. Les soirs de semaine, le taxi prenait l'odeur de leur sueur, la vitre embuée par leurs ébats. Elle pensa à ses heures heureuses, garés sous le pont autoroutier d'Anderston, les jours bénis avant qu'ils se connaissent réellement.

Agnes regarda les jardins verdoyants des petits pavillons et tenta de retrouver son excitation mais c'était comme essayer de démarrer un feu avec du bois humide. Ils avaient franchi une frontière imperceptible au-delà de laquelle les maisons étaient passées de HLM à propriétés privées. Shug fit glisser la vitre. « Vise un peu les jardins ! »

Les maisons étaient belles, avec des roses, des œillets et des bibelots souriants derrière des fenêtres à double vitrage. Ils continuèrent de rouler et les maisons leurs arrivèrent au-dessus de la tête en un cul-de-sac surélevé, une bosse manucurée pour surplomber le bruit de la route. Chaque maison avait un jardin, qui possédait une allée, laquelle accueillait une voiture, voire deux. Agnes croisa le regard de Shug dans le rétroviseur ; il la regardait. Un regard qui s'approchait plus de l'amour que tout ce dont elle pouvait se souvenir. « Si ça, ça te plaît, alors attends un peu. Joe a dit que c'était un joyeux petit village. Un quartier familial où tout le monde se connaît. Tu peux pas rêver coin plus sympa. »

Leek et Catherine échangèrent un coup d'œil narquois. Agnes leur serra fort le genou en guise d'avertissement. Shug criait par-dessus le vacarme du moteur et se tordait le cou pour se faire entendre. « C'est à côté d'une grande houillère et tous les hommes là-bas bossent à la mine. Les salaires sont assez bons pour que les femmes aient même pas besoin d'aller travailler. Joe dit que tous les enfants vont à la même école. C'est bien pour notre p'tit Shuggie, ça le sortira des nuages et ça lui fera des copains de son âge. » Ses yeux étincelaient gaiement dans le rétro, il semblait satisfait de son plan. Agnes le regarda se caresser la moustache. « Et, à ce qu'y paraît, y a pas de pub. C'est une ville sèche, sauf le club des mineurs.

– Quoi, pas un pub ? » Agnes s'avança sur la banquette.

« Aucun. Il faut être mineur ou femme de mineur pour entrer dans le club. »

Agnes sentit la sueur perler dans son dos. « Et qu'est-ce qu'on est censés faire pour s'amuser ? »

Mais Shug n'écoutait pas. « C'est là ! » cria-t-il, ravi, en montrant du doigt un embranchement. Le taxi s'inclina quand Agnes et les enfants se penchèrent pour regarder le tournant qui devait les mener à leur nouvelle vie. À l'angle, une station-service déserte. Elle avait un vaste espace devant mais une seule pompe pour l'essence, une autre pour le gazole. Shug ralentit et tourna dans la rue qui la longeait.

Agnes fouilla son sac en cuir. Il contenait un fatras de feutres et de boîtes de pastilles de menthe et elle en sortit un rouge à lèvres qu'elle s'appliqua. Sa main à la bouche, elle en profita pour glisser subrepticement entre ses dents un cachet bleu qu'elle cassa en deux d'un coup avant de l'avaler tout rond. Seule Catherine avait remarqué. Elle la regarda faire la moue et essuyer méticuleusement le bord de son trait de rouge. Puis Agnes se pencha pour réajuster la boucle de ses talons noirs et, de ses longs ongles vernis, elle lissa sa jupe en laine et tira sur les boulochés qui migraient vers le bas de son pull angora rose.

Catherine fronça les sourcils. « Comment ça se fait que toi tu n'es pas habillée pour déménager ?

– Eh bien, il y a *déménager* et *changer de maison*. » Agnes cracha sur son peigne et le passa dans les cheveux de Shuggie. Il se tortillait mais elle le tint par l'épaule et continua de le coiffer jusqu'à ce que des sillons nets apparaissent et qu'elle voie les lignes roses de son cuir chevelu.

« *Pfft*. Et moi, de quoi j'ai l'air ? » demanda Leek en faisant tomber ses cheveux sur son visage. Son gros orteil sortait par la couture de ses tennis blanches, révélant sa chaussette sale.

Agnes soupira. « Si on te demande, tu es avec les déménageurs. »

Ils baissèrent totalement les vitres et une brise s'engouffra dans le taxi, charriant avec elle l'odeur de l'herbe coupée et des campanules. Sous les tons vert vif perçait le brun foncé des champs en friche, des tas de bouses de vache et les recoins sombres au pied des arbres humides. Les manches à perles du pull angora rose d'Agnes dansaient dans le vent et elle scintillait comme un lapin trempé dans des diamants fantaisies. Shuggie tendit la main pour passer les doigts dans les perles de verre. La bouche de sa mère était bloquée en un large sourire, ses dents légèrement écartées, comme si on la prenait en photo. Elle aurait eu l'air heureuse si ses yeux inquiets ne revenaient pas régulièrement chercher le regard de Shug dans le rétroviseur. Shuggie jouait avec ses manches en regardant les molaires de sa mère se serrer et commencer à grincer.

La route rétrécit encore et les derniers jardins manucurés disparurent pour de bon. Derrière un bosquet d'ifs morts, une lande marécageuse s'ouvrit de part et d'autre de la route. Des monticules marron, des broussailles et des ajoncs meublaient ce vide infini. De vilains ruisseaux rouille serpentaient dans les prés et de la mauvaise herbe brune poussait de chaque côté des clôtures, essayant de reconquérir le chemin plein d'ornières et Pit Road. La route était quant à elle recouverte de poussière de charbon dans laquelle le taxi laissait des traces comme dans un négatif de neige fraîche.

Le taxi frémit dans un virage ample. Au loin s'étendait une chaîne d'énormes remblais noirs, des collines qui donnaient l'impression d'avoir été carbonisées. Elles remplissaient l'horizon et au-delà il n'y avait plus rien, comme si elles étaient les confins de la Terre. Les collines calcinées luisaient quand elles étaient frappées par la lumière du soleil et le vent soulevait de minces volutes noires semblables à des moutons de poussière. Bientôt, l'air verdâtre et marronnasse se remplit d'une odeur piquante et sombre, métallique et âcre, leur donnant à tous l'impression d'avoir léché une pile usagée. Ils tournèrent encore et la clôture cassée s'acheva devant un vaste parking. Au fond de celui-ci s'élevait un haut mur de briques et un grand portail en acier fermé par une chaîne et un lourd cadenas. La guérite du gardien penchait curieusement et une épaisse couche de mauvaises herbes avait poussé sur le toit. La mine était fermée. Quelqu'un avait peint *Nique les Tories* sur la barrière de contreplaqué. La mine semblait avoir fermé pour de bon.

En face des portes se trouvait un bâtiment de béton de plain-pied. Des dizaines d'hommes quittaient la bâtisse sans fenêtre et formaient des amas sombres sur Pit Road. Ils donnèrent d'abord l'impression de sortir de la messe mais, alors que le taxi s'avançait avec grand bruit, ils se retournèrent comme un seul homme. Les mineurs arrêtèrent de parler et plissèrent les yeux pour mieux voir. Ils portaient tous la même grosse veste noire, avaient de grandes pintes ambrées à la main et tiraient sur des mégots. Ils avaient des visages décrassés et des mains roses privées de travail. Ç'avait quelque chose d'anormal, que ces hommes soient la seule chose propre à des kilomètres à la ronde. Ils s'écartèrent de mauvaise grâce pour laisser passer le taxi. Leek les regarda le regarder. Son cœur se serra. Ils avaient tous les yeux de sa mère.

Le lotissement s'ouvrit soudain devant eux. Au bout, la route poussiéreuse s'interrompait brusquement sur le flanc d'une petite colline marron. Chacune des trois ou quatre petites rues qui formaient le lotissement partaient de cette voie principale. Des maisons basses, carrées et trapues, en rangs serrés. Chacune d'elles possédait exactement la même quantité de jardin clairsemé et chaque jardin était strié par le même enchevêtrement de fils à linge blancs et de poteaux gris. Le coron était entouré par une lande tourbeuse et à l'est la terre avait été retournée, noircie et encrassée par la prospection de charbon.

« C'est ça ? » demanda-t-elle.

Shug ne pouvait pas répondre. Elle comprit à ses épaules voûtées que son cœur à lui aussi s'était serré. Les molaires d'Agnes étaient réduites en poudre. Ils roulèrent vers la petite colline, passant devant une chapelle catholique quelconque et un groupe de femmes en peignoir. Shug lut les panneaux et prit un virage serré sur la droite. La rue était un alignement uniforme de modestes maisons regroupées par blocs de quatre. Quatre familles par pâté de maisons. C'étaient les bicoques les plus austères, les plus tristes qu'Agnes ait jamais vues. Les fenêtres étaient grandes mais semblaient fines, laissant la chaleur s'échapper et le froid entrer. D'un bout à l'autre de la rue, des nuages noirs de charbon sortaient des cheminées, les maisons devaient être irrémédiablement froides, même par une douce journée d'été.

Shug gara le taxi un peu plus loin. Il se pencha par-dessus le volant pour bien voir le bâtiment. Il n'y avait presque aucune voiture garée dans la rue et les rares véhicules qu'ils voyaient n'avaient pas l'air en état de marche.

Alors que Shug regardait ailleurs, Agnes fouilla son sac en cuir. « *Vous trois, vous la fermez* », souffla-t-elle. Elle baissa la tête dans le sac profond et le pencha légèrement vers son visage. Les enfants regardèrent les muscles de son cou tressaillir lorsqu'elle prit plusieurs longues gorgées de la canette tiède qu'elle y avait planquée. Agnes sortit la tête du sac, la *lager* avait effacé le rouge de sa lèvre supérieure et elle cligna des yeux une fois, très lentement, sous les couches de mascara gâché.

« Quel trou à rats, dit-elle d'une voix pâteuse. Et dire que je me suis faite belle pour *ça* ? »

1982

PITHEAD

brun foncé, donnant l'impression qu'elle portait une perruque pour enfant.

« Oui.

– Vous tous là ? demanda la femme.

– Oui. Ma famille et moi », précisa Agnes.

Elle se présenta et lui tendit la main.

La femme gratta ses racines. Agnes se demandait si elle ne s'exprimait en fait que par questions, quand l'autre répondit : « Moi, c'est Bridie Donnelly. Ça fait vingt-neuf ans qu'j'habite au-dessus. J'ai eu quinze voisins du dessous pendant tout ç'temps. »

Agnes sentit tous les regards des Donnelly posés sur elle. Une fille maigrichonne aux yeux noirs et ronds apporta un plateau de tasses dépareillées. Tout le monde en prit une. Ils commencèrent à les siroter sans quitter Agnes des yeux.

Bridie fit un signe de tête vers l'autre côté de la barrière. « Là-haut, là, c'est Noreen Donnelly, ma cousine. Enfin, pas cousine de sang, hein. » Une femme grisâtre roula la langue et acquiesça vigoureusement. « L'aut', là-bas, c'est Jinty McClinchy. Ma cousine. Elle c'est de sang. » Une femme de la taille d'une enfant, perchée sur le palier voisin de celui de Noreen, tira une longue bouffée sur une petite clope. Elle plissa les yeux à cause de la fumée et ressembla immédiatement à Bridie avec un foulard sur la tête. Ils ressemblaient tous à Bridie, même les garçons, en moins masculins peut-être.

Du coin de l'œil, Agnes remarqua qu'une autre femme traversait la rue. Elle s'arrêta pour parler à la ribambelle de gamins dépenaillés, hocha la tête comme s'ils venaient de lui annoncer une nouvelle grave et marcha d'un pas décidé jusqu'à la porte d'entrée de la nouvelle maison. Agnes n'avait aucune issue. Derrière elle, Leek sortit d'un pas las pour aller chercher le carton suivant.

« C'est ton gars ? » demanda la femme sans se présenter. La chair de son visage était aussi tendue qu'un crâne tanné. Ses yeux formaient des poches profondes, et ses cheveux étaient d'un brun riche mais se raréfiaient, comme les poils d'un chat ébouriffé. Elle était sortie vêtue d'un collant trop ample aux élastiques rentrés dans des pantoufles d'homme.

Agnes fut prise de court par l'absurdité de la question. Leek et elle avaient une vingtaine d'années d'écart. « Non. C'est mon fils, le deuxième. Seize ans au printemps.

– Ah ouais ! Au *printemps*, hein. » La femme réfléchit à ça une minute puis tendit brusquement le doigt vers la camionnette. « Et çui-là, c'est ton gars ? »

Agnes regarda un déménageur peiner sous le poids la vieille télévision qu'elle avait enveloppée dans un drap pour plus de discrétion. « Non, c'est un ami d'ami qui nous donne un coup de main. »

La femme considéra cette information. Elle creusa les joues émaciées de son profil squelettique. Agnes esquissa un geste et commença à se retourner. « C'est quoi ça sur tes manches ? »

Agnes baissa les yeux et serra délicatement ses bras pelucheux comme si elle protégeait des chatons. Les diamants fantaisie remuèrent nerveusement. « Oh, juste des petites perles. »

Shona Donnelly, celle qui avait apporté le thé, soupira lentement. « Oh, m'dame, je les trouve super jol… »

La maigrichonne l'interrompit. « T'as un homme au moins ? »

La porte s'ouvrit de nouveau et Shuggie sortit en haut du perron. Sans s'adresser aux femmes, il se tourna vers sa mère et, mains sur les hanches et jambe tendue, déclara aussi clairement qu'Agnes l'eût jamais entendu : « Il faut qu'on parle. Je ne pense vraiment pas pouvoir vivre ici. Ça sent le chou et les piles électriques. C'est tout simplement *apossible*. »

La petite assemblée se regarda, choquée. On eût dit une douzaines de visages qui inspectaient leur reflet dans le miroir. « Visez un peu ça, y a Liberace qui débarque ! » s'écria une femme.

Les femmes et les enfants hurlèrent de rire à l'unisson, des rires haut perchés et des toux rauques pleines de catarrhe. « *Mazette !* Pourvu que le piano tienne dans le petit salon. »

« Eh bien, c'était un plaisir de faire votre connaissance », dit Agnes avec un rictus.

Elle serra Shuggie contre sa hanche et se retourna pour partir.

« Oh, allez, sois pas comme ça, ma grande. Contente de faire vot' connaissance à vous tous, siffla Bridie, dont le visage s'était adouci autour des yeux après une bonne rigolade. On est comme une famille ici, on voit pas beaucoup de nouvelles trognes. »

La femme à la tête de squelette fit un autre pas vers Agnes. « Mais bon, on va bien s'entendre. » Elle aspira comme si elle avait eu un morceau de viande coincé entre ses dents. « Tant que t'approches pas tes putains de manches chichiteuses de nos gars. »

Shuggie passa le reste de l'après-midi à se promener aux abords de son nouveau quartier pendant que les hommes déchargeaient la camionnette. Des femmes en collant traînèrent des chaises de cuisine à leur fenêtre pour regarder, l'air éteint, les cartons sortir les uns après les autres. Elles s'étaient mises à saluer le garçon avec des gestes extravagants, ôtant des chapeaux imaginaires avant de ricaner toutes seules.

Dans sa tenue neuve, il gagna le bout de la rue. Il n'y avait rien là-bas. La voie s'arrêtait au bord de la tourbière, comme si elle avait renoncé. Des flaques sombres d'eau bourbeuse s'étendaient là, croupissantes, profondes, effrayantes. De grandes forêts de roseaux marron jaillissaient de l'herbe et approchaient lentement du coron, bien décidées à le reprendre aux mineurs.

Shuggie regarda des enfants jouer pieds nus dans la bouillasse. Il fit semblant de cataloguer les petites fleurs rouges d'un massif, étudiant la taille de chacune d'elles, en attendant que les enfants lui proposent de venir jouer avec eux. Perchés sur des vélos, ils faisaient des cercles les uns autour des autres en l'ignorant totalement. Il écrasa des baies blanches entre ses doigts, affectant un air détaché, et entreprit de faire disparaître le brillant de ses beaux souliers avec le jus collant.

Les chaussures coquées de mineurs faisaient jaillir des étincelles sur le macadam. L'un après l'autre, les hommes remontaient lentement la rue vide. La sirène de la houillère ne retentissait plus mais, poussés par la mémoire musculaire d'une routine perdue, ils rentraient tout de même à la maison à l'heure de la débauche sans avoir rien accompli ni gagné autre chose qu'un ventre plein de bière et un dos courbé par l'inquiétude. Leur grosse veste était propre et leurs chaussures encore brillantes, leur pas saccadé. Shuggie recula pour les laisser passer tête basse, comme des mules noires fatiguées. Sans un mot, chaque homme récupéra une poignée d'enfants maigres, qui les suivirent docilement, comme des ombres soumises.

Agnes referma la grande porte vitrée destinée à bloquer les courants d'air. Elle n'arrivait pas à réfléchir. Elle termina la canette qu'elle avait cachée au fond de son sac à main dans ce petit sas derrière la porte d'entrée. Elle appuya son visage contre le mur, froid et bienfaisant ; la pierre était épaisse et humide, elle sentait bien qu'elle serait difficile à chauffer.

Elle resta dans sa cachette un long moment avant d'emprunter le couloir, passant devant les deux petites chambres. Catherine était plantée au milieu de la première, désœuvrée. Les enfants sauvages avaient posé leurs coudes sur le rebord de la fenêtre et la regardaient comme s'ils étaient au zoo. Abasourdie, elle ne pouvait que les dévisager en retour. Les fenêtres en bois n'étaient pas à la bonne taille et le vitrage fêlé annonçait des nuits froides et des murs suintants. Agnes entendait les gamins aussi clairement que s'ils avaient été dans la pièce avec elle.

Leek avait trouvé l'autre chambre. Il avait ouvert le sac qui renfermait son matériel de dessin et, allongé sur le sol nu, il dessinait au fusain une esquisse des collines noires. Avec la pointe du pastel, il s'attaqua aux silhouettes des hommes en veste sombre qui les avaient scrutés à leur arrivée. Ils étaient alignés sur le flanc des collines comme des arbres décharnés. Elle regarda son fils, jalouse de sa capacité à disparaître, s'envoler et les laisser derrière lui.

Il n'y avait pas d'autre chambre. La troisième qu'on leur avait promise était de toute évidence le salon et, même si elle revint sur ses pas deux ou trois fois, elle savait bien que les enfants allaient de nouveau devoir dormir tous ensemble.

Shug était au bout du couloir et la regardait d'un air absent. Sa mèche avait été soulevée par le vent, il essayait de la fixer sur son crâne avec de la salive. Il passa dans la kitchenette ouverte et lui fit signe de le suivre. La cuisine comprenait de larges étendoirs fixés au plafond comme un chevalet de torture. Une tenue de travail de mineur pendait au fond de la cuisine, soigneusement mise à sécher, depuis les chaussettes jusqu'au slip blanc en passant par la chemise en polyester bleu, tous les vêtements empesés par le temps. Leur propriétaire reviendrait-il de la mine ? Ils s'étaient peut-être trompés de maison après tout ?

Le revêtement des placards en aggloméré se décollait par endroits et Shug passa le petit doigt sous le stratifié. Derrière lui, dans le coin de la cuisinière, s'élevait une vigne de moisissure noire. Sans la regarder, il dit simplement : « Je ne peux pas rester. »

Au début, elle leva à peine les yeux, croyant qu'il parlait simplement de retourner travailler. Il faisait ça souvent, rentrer du travail pour annoncer immédiatement qu'il ressortait. Il n'avait jamais été homme à passer beaucoup de temps à la maison.

« À quelle heure tu voudras dîner ? lui demanda-t-elle, s'enquérant déjà de la friteuse et des couteaux à pain.

– J'en veux plus de tes dîners. T'as pas compris ? » Il secouait la tête. « C'est fini. Je peux plus rester. Je peux pas rester avec toi. Tous tes besoins. Toute cette picole. »

Alors seulement elle vit que, si ses valises de brocart étaient posées avec les cartons, ce n'était pas le cas des valises rouges. Son visage devait trahir l'incompréhension la plus totale, car Shug croisa son regard et hocha la tête lentement, comme avec un enfant qui vient de prendre son médicament et que l'on pousse à l'avaler, attendant que le *beurk* atteigne son estomac. Agnes détourna le regard. Elle ne voulait pas comprendre. Elle ne voulait pas de son médicament. Elle arrêta de chercher la friteuse pour réarranger les perles de son pull afin que leur côté brillant soit tourné vers l'extérieur, tentant de gagner du temps, sans bien savoir quoi faire.

«C'est fini», répéta-t-il.

Il n'y avait qu'une seule chaise dans la pièce, une chaise de cuisine au dossier cassé, maculée de peinture et destinée à atteindre les placards du haut. Agnes ferma calmement la porte ; dans le couloir les enfants, maintenant bien conscients qu'il n'y avait pas assez de chambres, se plaignaient déjà. Elle posa la chaise cassée contre la porte et s'assit. «Pourquoi est-ce que je ne te suffis pas ?»

Shug cligna des yeux, incrédule. Il secoua la tête et répondit en se tapant la poitrine. «Oh que non, ma petite. Pourquoi est-ce que *moi*, je ne te suffisais pas ?

– Je n'ai jamais ne serait-ce que regardé un autre homme.

– Je parlais pas de ça.» Il se frotta les yeux comme s'il était fatigué. «Pourquoi tu m'as pas assez aimé pour arrêter de picoler, hein ? Je t'achète les meilleures fringues, je bosse toutes les heures que Dieu fait.» Il ne fixait pas le mur, il regardait à travers. «Je me suis même dit que peut-être que si je te donnais un marmot à moi, mais non, même ça, ç'a a pas suffi pour que tu te tiennes tranquille.»

Il l'attrapa sans ménagement par le coude et essaya de la lever de la chaise. Agnes se débattit et se rassit comme si elle était à un sit-in.

Elle était dans un dangereux entre-deux. Avait assez bu pour se sentir combative mais pas assez pour être déraisonnable. Encore quelques gorgées et elle deviendrait destructrice, mauvaise, hargneuse. Il la fixait comme s'il cherchait à prédire le temps qui descendait de la vallée. Il l'attrapa et essaya de la tirer à nouveau avant que les gros nuages noirs en elle n'explosent.

Elle se défit de son emprise, se rassit et se redressa. Elle le regarda froidement pendant un bon moment. Elle n'arrivait toujours pas à y croire. «Non. Ça ne marche pas. Ça n'arrive pas à des femmes comme moi. C'est vrai, regarde-moi. Regarde-*toi*.

– T'es ridicule.» Il saisit le devant de son pull.

Shug la bougea ensuite de force. Agnes ne cria pas quand il l'attrapa par les cheveux pour la traîner sur le sol. Elle se pressa contre le bas de la porte comme si elle pouvait le garder à l'intérieur de la cuisine pour toujours. Il claqua la porte contre l'arrière de son crâne, comme si elle n'était rien qu'un coin de moquette sur son passage. Il l'enjamba et sa chaussure droite la toucha au bas du menton, ouvrant net sa peau nacrée.

« Je t'en prie, je t'aime. Je t'aime vraiment, dit-elle.

– Ouais, je sais. »

Quand le taxi fit demi-tour sur Pit Road, ses enfants étaient dans le couloir et Agnes, scintillante et pelucheuse, gisait comme une robe de soirée balancée par terre.

Les valises de cuir rouges ne passèrent jamais la porte de la maison. Shug ne revint pas la voir avant plusieurs jours et il ne les avait alors pas prises avec lui. Il les avait emportées chez Joanie Micklewhite et glissées sous le lit dans l'espace qu'elle lui avait ménagé. Au début, Agnes n'était pas au courant. Shug se contenta de réapparaître un soir, d'embrasser délicatement sa balafre au menton et de l'allonger sur le canapé dépliant du salon.

Shug passait lorsqu'il travaillait de nuit. Il attendait les petites heures du jour, quand les enfants étaient au lit, puis il arrivait dans le couloir en sifflotant dans sa chemise fraîchement repassée. Lorsqu'elle le déshabillait, elle voyait bien que son slip avait été lavé et mis à bouillir par une autre. Quand ils avaient fini, il restait allongé un moment, dans les bras d'Agnes, puis il se levait et s'en allait. Si elle lui cuisinait quelque chose, il pouvait parfois rester un peu plus longtemps. Si elle commençait à lui poser des questions ou à se plaindre, il partait et ne revenait pas avant plusieurs nuits en guise de punition.

Une fois qu'il était parti, Agnes restait dans le clic-clac car elle ne pouvait pas supporter d'aller dormir dans leur lit sans lui. Elle passait le reste de la nuit à regarder le plafond pendant que les garçons dormaient dans la chambre voisine. Durant tout ce premier automne, Catherine rejoignit sa mère sur son matelas, ensemble sous l'humidité et la moisissure galopante.

«Pourquoi on ne retournerait pas juste à Sighthill?» murmurait-elle. Mais la douleur empêchait Agnes de s'expliquer. Elle savait qu'il ne reviendrait jamais si elle rentrait chez sa mère.

Elle devait rester là où il l'avait balancée.

Elle devait accepter le moindre soupçon de tendresse qu'il lui accordait.

Finalement, la nuit de Guy Fawkes* arriva, la fumée des feux de joie et les pneus brûlés emplissaient l'air. Leek et Catherine se tenaient à la fenêtre pour regarder les bûchers bricolés s'enflammer dans l'obscurité bourbeuse. Des gamins s'envoyaient des feux d'artifice comme s'ils avaient été des missiles sifflants. Ç'avait l'air particulièrement amusant.

La télévision était encore à moitié emballée sous son drap et posée par terre dans un coin, un pied dedans, un pied dehors. Catherine s'enfonça dans le canapé, ses cheveux humides enroulés dans une serviette. Il y aurait les infos du soir puis une nouvelle nuit à écouter sa mère sangloter dans le noir.

Agnes attendait dans la cuisine. Quand on éteignait la lumière, c'était la pièce d'où l'on avait la meilleure vue sur Pit Road. Chaque nuit, elle allait guetter le taxi et laissait ses espoirs grandir à chaque ronflement d'un moteur diesel. Elle avait passé la journée à boire mais ça n'aidait pas du tout. Elle alla de la fenêtre à sa réserve secrète sous l'évier. Grâce au bruit du loquet, les enfants pouvaient compter combien de fois elle ouvrait le placard pour boire un coup en cachette.

«Maman, qu'est-ce qu'on mange?» cria Leek depuis le canapé.

Agnes arrêta de tripoter sa croûte au menton. Elle considéra la casserole sur la plaque électrique. «Je pourrais vous réchauffer la soupe.

– Celle avec les petits pois? demanda Leek.

---

* Le 5 novembre.

– Oui.

– Bah non, pas si y a des petits pois dedans, répondit Leek, un peu vexé que ses quinze années de guerre contre les légumes verts soient passées inaperçues.

– Euh, allô, c'est de la soupe de petits pois, ducon !» se moqua Catherine.

Leek lui enfonça le pied dans les côtes et tira sur sa serviette, lui arrachant quelques cheveux au passage. Il la balança à l'autre bout du salon. *Va te faire foutre*, gronda-t-il. Ils s'étaient mis d'accord, sans même se concerter, pour ménager leur mère autant que possible.

Catherine se leva pour aller récupérer la serviette. Elle s'était accrochée à sa virginité comme Lizzie le lui avait recommandé et dans peu de temps elle épouserait Donald Jr et n'aurait alors plus à partager sa chambre avec son frère ou sa mère dans ce taudis glacial. Cette seule pensée la retenait de fuir : elle était sur le départ de toute façon.

Catherine s'enroba les cheveux à nouveau et fit un doigt d'honneur à son frère. Elle alla voir comment allait sa mère. Agnes faisait le tour de la cuisine mécaniquement comme un train électrique, s'arrêtant de temps en temps pour ouvrir le placard sous l'évier, remplir un mug avec une bouteille rangée dans un sac plastique et boire une longue rasade. Catherine entrouvrit la porte du placard avec son orteil et fut soulagée de voir que ce n'était pas de la Javel qu'Agnes versait dans sa tasse.

Catherine fit la grimace en voyant la soupe figée dans la casserole. «Maman, pourquoi on commanderait pas du chinois ?

– Bonne idée !» approuva Leek depuis le salon.

Catherine n'avait parlé que du restaurant chinois mais Agnes avait entendu Shug. Elle avait un talent étrange pour tout ramener à lui ces derniers temps. Son regard s'éclaircit d'un coup. «Je pourrais appeler la centrale pour savoir si Shug va passer ce soir ? proposa-t-elle gaiement. Peut-être qu'il peut aller chercher des plats chez le Chinois ?»

Catherine grogna. Agnes avait été prévenue : elle ne devait plus appeler la centrale. Shug avait ajouté cette consigne à la longue liste des choses qu'elle devait cesser de faire si elle voulait qu'il vienne. C'était sa rançon émotionnelle. Mais peut-être que, s'il savait que les enfants avaient faim, il arriverait et alors tout irait bien pendant quelques heures. Elle pourrait se faire belle et il resterait peut-être toute la nuit sur le clic-clac. Agnes but une gorgée dans sa tasse et révisa son script : prendre une voix normale, sobre, détachée ; rester détendue et sourire au bout du fil. Ça n'avait marché aucun autre soir jusqu'alors, elle ne savait pas pourquoi, mais elle avait terriblement envie de réessayer.

Agnes s'assit devant la petite console en similicuir et alluma une cigarette pour se calmer les nerfs. Quand elle eut composé le numéro, elle fit tourner sa bague de fiançailles, comme si la personne au bout du fil pouvait la voir. L'or de son alliance avait pris une teinte jaune sale.

Une femme répondit avec un crépitement agacé. «*Northside Taxis!*» C'était Joanie Micklewhite. Agnes ne la connaissait que vaguement.

«Salut, Joanie, c'est bien toi ? Ici Mme Bain.

– Ah, bonsoir, ma chérie. Qu'est-ce que je peux faire pour toi ?» Joanie parlait d'une voix neutre comme lorsque l'on tombe au coin de la rue sur quelqu'un qu'on aurait préféré ne jamais revoir.

«Est-ce que tu peux passer un message à Shug, s'il te plaît, lui dire d'appeler à la maison ?» Elle se demanda si Joanie savait qu'il l'avait quittée. Elle se demanda qui à la centrale savait qu'il ne dormait plus dans son lit.

«Je vais essayer. Tu restes en ligne ?» Joanie mit l'appel en attente pendant qu'elle essayait de contacter le taxi de Shug avec la cibi. Au bout d'une éternité, elle reprit l'appel. « Toujours là ?»

Surprise au milieu de sa bouffée, Agnes souffla la fumée au-dessus de sa tête. « Toujours là ! Tu as réussi à le joindre ?»

Joanie marqua un léger temps et Agnes se prépara à un rejet. «Ouais. Il dit qu'il te rappelle plus tard.»

Agnes s'anima, quelque chose qui s'apparentait à de l'espoir gonfla dans sa poitrine et elle eut hâte de le voir, son mari à elle. Elle pensait à la robe de velours qu'elle allait mettre pour lui et se demandait si elle avait le temps de se raser les jambes.

Et puis Joanie ajouta : « Agnes. Je sais qu'il ne t'a pas tout raconté. » Elle bafouilla. « Je… je voulais juste que tu saches, quand tu apprendras tout, que je n'ai jamais voulu que ça se passe comme ça. J'ai sept enfants, je sais ce que c'est. Et, euh, je suis désolée. »

Les derniers feux de joie mouraient quand Shug arriva. Les enfants étaient au lit, tristes et affamés. Agnes ne put rien avaler. Elle regarda ses cheveux tomber de son crâne chauve pendant qu'il engloutissait de grosses bouchées de nourriture chinoise. Rien de tout ça ne lui avait fait perdre l'appétit et ça la tuait. Agnes se frotta les tempes et s'assit au milieu des cartons intacts. Toujours pas de valises rouges. « Elle a une jolie maison ?

– Pas vraiment », répondit-il sans lever la tête.

Agnes but la plus longue gorgée de bière possible avant de devoir baisser la canette pour reprendre sa respiration. « Alors, elle est jolie ? demanda-t-elle.

– Je t'ai dit au téléphone que je voulais pas parler d'elle, bordel. » Il déchira une tranche de pain de mie. « Laisse-moi manger tranquille. Je suis pas venu jusqu'ici pour qu'on s'engueule. »

Agnes resta silencieuse, réfléchissant longuement à ce qu'elle allait dire ensuite. Elle retournait son couteau dans sa main gauche. Elle était partagée entre l'envie de provoquer une dispute et de le poignarder et le désir qu'il reste un peu plus longtemps. Quand elle reprit la parole, elle s'efforça d'avoir une voix calme et posée. Elle remarqua que ça aidait de ne pas le regarder. « Ça ne va pas arriver, n'est-ce pas ? Notre nouveau départ ? »

Shug arrêta de mâcher. Il haussa les épaules. « C'est un nouveau départ, Agnes. J'en pouvais plus. »

Elle posa son visage sur ses mains. Son vernis brillait comme s'il n'avait pas tout à fait fini de sécher. « Mais pourquoi tu m'as amenée ici, putain ? »

Shug poussa son assiette. Sa moustache était rendue lourde par la sauce rose qui coagulait. « Il fallait que je voie.

– Que tu voies quoi ? demanda-t-elle, la voix brisée par la colère. Je croyais que c'était ça que tu voulais *toi*.

– Il fallait que je voie si tu viendrais vraiment. »

Agnes l'attrapa alors par le col. Shug saisit sa ceinture-portefeuille et l'embrassa en enfonçant sa langue dans sa bouche. Il dut serrer tous les petits os de ses mains pour qu'elle le lâche. Elle l'avait aimé et il avait dû la briser totalement pour pouvoir la quitter. Agnes Bain était une chose trop rare pour laisser quelqu'un d'autre l'aimer. Ça n'aurait pas suffi de la laisser en morceaux pour que plus tard un autre les ramasse et la répare.

9

Agnes dut vider trois canettes de *lager* avant de se résoudre à passer la porte. Des femmes étaient attroupées près de la barrière, les bras croisés comme des pare-chocs. On aurait dit qu'elles avaient attendu là depuis son emménagement quatre mois plus tôt. Le froid ne semblait pas les déranger. Le sol était jonché de mégots et des tasses à thé sales étaient posées sur les poteaux de la clôture. Elles se turent et se retournèrent d'un seul mouvement quand elle sortit de chez elle. La tête haute, Agnes s'assura que ses talons noirs cliquetaient haut et clair sur le trottoir. Elle adressa un sourire arrogant aux femmes en collant et pantoufles en passant devant elles pour se diriger vers le club des mineurs au bout de la rue, vers l'oubli.

Les femmes la regardaient en silence. Elle était pratiquement trop loin pour les entendre quand l'une d'entre elles prit la parole. «Boh, on est pas déjà fâchées, si ?» lança Bridie. Ses cheveux bicolores n'étaient toujours pas brossés, son tronc épais était enveloppé dans un jogging d'homme et un peignoir.

Agnes ne se retourna pas. «Pourquoi cette question ?

— Tu nous as pas invitées à ta fête. On est pas copines ?

— Quelle fête ? demanda Agnes en se retournant à demi.

— Où c'est que t'irais d'autre toute pomponnée comme ça ?

— Au club des mineurs. Je voulais voir ce que vous faites pour vous amuser.»

Les femmes se regardèrent. Elles triturèrent nerveusement leur médaille de saint Christophe. «T'embête pas avec ça, dit Bridie.

Les gars aiment pas quand on se pointe là-bas. Reste avec nous qu'on se jette un petit coup de bienvenue toutes ensemble.» Bridie sortit une grande bouteille transparente de derrière un poteau. Elle balança le contenu de sa tasse dans la rue et secoua la bouteille de vodka. «Viens donc par ici et parle-nous un peu de toi.»

Agnes s'approcha et regarda le liquide amer ronger le dépôt de thé. Elle tendit la main pour l'arrêter avec un rire guindé quand la vodka pure s'approcha du haut de la tasse. Bridie lui jeta un regard en coin et la remplit à ras bord. «Arrête, je voudrais pas que tu te mettes dans l'idée qu'on est des crevardes.»

Agnes prit la tasse et remercia poliment. Les femmes examinèrent leur nouvelle voisine de la tête aux pieds : les talons à lanières, les cheveux laqués, le beau manteau de fourrure. Agnes regardait la rue et les laissaient l'admirer. La nuit tombait. Les lampadaires étaient allumés, une meute de chiens errants allait de puanteur en puanteur et reniflait les caniveaux pourrissants. L'un pissait quelque part pour marquer son territoire et les autres l'imitaient. Elle se retourna vers les femmes qui lui souriaient avec appétit. «Eh bien, santé.» Elles trinquèrent.

L'une sortit un sachet de tabac à rouler et le fit passer. Jinty lécha une feuille de papier à cigarette qu'elle remplit délicatement d'une ligne de tabac blond. «Rangez ça!» s'exclama Agnes en voyant une occasion de les remercier pour la vodka. Elle fouilla les poches profondes de son vison et en sortit un paquet de Kensitas.

Bridie considéra le paquet brillant et le briquet doré. «Ah beh, on dirait qu'y a la reine d'Angleterre qui a emménagé.

— Sûr que c'est pas la même chose quand t'as pas à récupérer les brins de tabac sur les chicots», approuva Jinty.

Les femmes prirent chacune une cigarette qu'elles allumèrent. Elles tiraient de longues bouffées et savouraient en silence, les tenant entre le pouce et l'index comme une sarbacane. Elles observaient Agnes, ses ongles vernis qui dansaient devant son visage comme autant de coccinelles. Entre ses doigts délicats, elle tirait des bouffées courtes pendant que les autres se creusaient les joues. Puis elle levait son autre main et buvait avidement de grandes gorgées dans sa tasse.

« Alors tu viens d'où, toi ? demanda Jinty en tendant la main pour toucher ses boucles d'oreilles émeraude.

— À l'origine ? Germiston. Mais d'un peu partout dans l'East End en fait. J'ai pas mal bougé.

— Un peu partout dans l'East End, hein ? répéta Bridie en hochant sagement la tête. Une bonne catholique alors. Et qu'est-ce qui t'amène dans le coin du coup ? »

Agnes hésita. « Mon mari a entendu dire que c'était agréable à vivre, que c'était sûr pour les enfants. » Elle marqua un temps. « Comme dans *Good Neighbours* en fait.

— Ouais, s'esclaffa Bridie, c'est pas Center Parcs mais ça y ressemblait dans le temps. Ça fait des années que la mine crève. Il y a presque plus de boulot pour personne. Tous les ans on a des hommes qui se retrouvent à rien branler à la maison toute la journée.

— Il y en a encore quelques-uns qui ont du boulot. Surtout pour remplir les trous, que les mômes tombent pas dedans, ajouta Noreen. On veut pas d'autres accidents.

— Des accidents ?

— Ouais, y a toujours eu du grisou dans cette veine. Ils devaient pomper le méthane pour pouvoir l'exploiter. Enfin, les hommes savaient, ils savaient contre quoi ils bossaient et ils faisaient gaffe comme ils pouvaient, mais un jour ça leur est tombé dessus, les pauvres vieux. Effondré net. Y a eu un coup de grisou et ça les a tous brûlés. Y a des gamins qui ont perdu leur papa. » Jinty ne quittait pas des yeux les boucles d'oreille d'Agnes. « Beaucoup de femmes qui se sont retrouvées toutes seules. »

Elles se tournèrent vers la maison de la femme à la tête de squelette. « Te bile pas pour Colleen McAvennie, va, soupira Bridie. Elle aboie plus fort qu'elle mord.

— C'est aussi votre cousine ?

– Oh, ouais, mais pas de sang, hein. Elle fait gaffe à son Jamesy. C'était un beau gars. Un grand conducteur, gaillard comme un âne, il les faisait monter et descendre au fond du puits dans la cage. Lui aussi y s'est fait brûler dans la mine, ça y a bouffé la peau sur l'épaule et aussi dans le cou. Rouge comme si qu'il avait pris un coup de soleil en juillet.» Les femmes baissèrent la tête, comme en signe de respect. «Un bel homme malgré tout.

– Et au fait c'est où qu'il est parti ton gars avec ses belles valises rouges ? demanda soudain Jinty.

– Il est chauffeur de taxi, il doit parfois emporter ses affaires avec lui», mentit-elle. C'était peu convaincant. «Il travaille de nuit.»

Jinty fit un petit bruit et posa une main compatissante sur celle d'Agnes. «On est pas nées d'hier, chérie. Je vais te dire : on dirait bien qu'il partait pour plus longtemps que ça.»

Bridie agita sa cigarette vers Jinty. «Oh, l'écoute pas, va. T'as pas besoin de te rabaisser. Tout ce qu'on dit, c'est qu'on a toutes des hommes et qu'on a toutes les problèmes qui vont avec.»

Les femmes tirèrent sur leur cigarette avec empathie. Noreen semblait inquiète. «Comment tu vas faire pour bouffer s'il revient pas ?»

Elle pensait sans cesse à l'argent, son cœur était rongé par l'inquiétude. «Je ne sais pas.»

Les femmes se regardèrent. Bridie prit la parole. «Va falloir qu'on te mette aux allocs. Tu peux aller au guichet lundi matin. Tu leur diras qui te faut une allocation d'invalidité, sinon t'auras que le chômage le jeudi.

– Ils vont me verser l'allocation d'invalidité ?

– Oh, t'en fais pas, mon chou. Ils vont voir ton adresse et puis ils te la fileront sans problème. Zyeute un peu autour de toi, dit Bridie en montrant la rue. C'est pas comme si les boulots allaient revenir. L'invalidité, c'est le seul club qu'on a et c'est réunion tous les lundis.»

Agnes leva sa tasse de vodka et regarda le fond brumeux. Le thé avait dû être très laiteux.

Bridie la remplit en souriant. « Ouais, j'avais bien vu que tu picolais. » Elle tira sur sa clope. « Vrai, la minute où je t'ai vue, j'ai remarqué. Les copines elles croyaient que t'étais une grande dame, avec tous tes sequins, une poupée de la grande ville. Mais moi, je vais te dire, j'ai grillé direct. J'ai vu la tristesse et j'ai su que tu devais être une sacrée buveuse. »

Les femmes hochèrent la tête en croassant des « ouais » comme une volée de corbeaux. Agnes s'immobilisa, la tasse au bord des lèvres.

« Tu bois quoi, un peu tout ? demanda Bridie.

— Pardon ? fit Agnes en baissant sa tasse.

— C'est un *gros* problème que t'as ? précisa Bridie.

— Je n'ai pas de problème.

— Écoute, chérie. Tu biberonnes de la vodka au milieu de la rue. Avec cette tronche-là, crois-moi que t'auras aucun problème pour toucher les allocs.

— Vous aussi, vous avez des tasses de vodka », rétorqua Agnes, vexée.

Avec une moue cruelle, elles penchèrent leur tasse dans la lumière orangée des lampadaires. Chacune était pleine de thé au lait blanchâtre. « Non, ma chérie, on boit du thé froid comme de la pisse, la reprit Bridie. Y a que toi qui t'envoies de la vodka comme si c'était de la flotte. »

Agnes rougit. Les femmes, lèvres serrées, lui adressaient des sourires pleins de pitié. Sous leurs paupières tombantes, leurs pupilles semblaient noires. Agnes considéra sa tasse et s'envoya le contenu au fond de la gorge.

Bridie leva la main. « Écoute. Un jour après l'autre et toutes ces conneries. J'ai eu un petit problème moi aussi. Six marmots et un mari au chomdu... Un peu que je picolais. » Elle écrasa sa cigarette dans la poussière du bout de sa tatane. « C'est les trous de mémoire qui m'ont fait arrêter. J'en avais ma claque de passer cinq minutes tous les matins à me demander qui avait sorti quoi à qui et avec quel trou de balle je m'étais battue. Tu vas à la cuisine prendre une tasse de thé et t'as tout le monde qui te regarde tout de travers. Puis tu regardes et, merde, y en a un qui a un coquard. Puis tu vas voir dans le miroir et bordel v'là que toi aussi t'en as un. » Les femmes acquiescèrent avec empathie. Personne ne riait.

« Je me suis retrouvée au magasin de Dolan à cause de *Dallas* avec des femmes que j'avais traînées par les cheveux dans la rue le soir d'avant », ajouta Jinty. Elle serra les poings, son corps maigre secoué par le souvenir du scandale. Puis elle montra du doigt la maison du squelette de l'autre côté de la rue. « Vous vous rappelez la fois où Colleen a cru qu'Isa faisait les yeux doux à Grand Jamesy ? »

Bridie marqua son agacement. « C'était des conneries. Ils sont du même sang. Personne s'en rappelle.

– Ouais mais pas moyen de le faire entendre à Colleen. » Jinty se tourna vers Agnes. « Bon, notre Colleen, elle boit pas. Elle est proche du petit Jésus, elle l'a toujours dans son cœur. Mais un lundi matin, elle a bu des coups, une vraie bonne biture. Elle est allée à la poste récupérer son Carnet du lundi, elle l'a dépensé jusqu'au dernier penny et se l'est envoyé derrière la cravate. Ses marmots ils crevaient la dalle mais elle a bu jusqu'à la dernière goutte. Et là elle prend un sac plastique et elle remonte la rue pour ramasser des merdes de chien. Des blanches, des noires, des molles, des dures, elle remplit le sac à ras bord. Elle prend son sac de merde et elle titube jusqu'au bout de la rue par là. » Jinty montrait les terrils du doigt. « Elle enfile un gant jaune poussin et elle commence à les balancer. J'te jure, elle a *recouvert* la maison d'Isa. Elle balançait la merde en criant à Grand Jamesy de sortir de là si c'était un homme.

– Qu'est-ce qui s'est passé alors ? demanda Agnes.

– Attends, j'y arrive. » Jinty jeta un œil par-dessus son épaule vers la maison de Colleen. « Elle recouvre la baraque de merdes de chien, ça puait à des kilomètres. Sur les fenêtres, ça collait au crépi. Tartinée. Dieu sait que je suis pas fana d'Isa – son mari a pris les indemns de la mine et elle les a jouées au bingo et a gagné pas mal de ronds – *maiiiis* je cautionne pas de balancer de la merde dans les rues comme une sauvage. »

Bridie reprit le fil de l'histoire. « Bref, en fait Grand Jamesy il s'envoyait pas Isa. Il bossait. *Il bossait !* Véridique. Il s'était trouvé un boulot à mi-temps, il traînait de la ferraille et il pouvait pas en parler parce qu'il voulait pas perdre ses allocs. »

Jinty embrassa sa médaille de saint Christophe. « Notre Colleen qui croyait qu'il s'envoyait en l'air alors qu'il essayait juste de gagner trois ronds.

— Dieu bénisse les trous noirs. » Bridie se signa solennellement. « Écoute, je sais pourquoi tu picoles mon chou. C'est dur de tenir le coup des fois. Je touche plus à la bouteille mais il m'en faut quand même un ou deux par jour. » Elle sortit un flacon d'aspirine pour enfant de sa poche. « Les petits copains de Bridie.

— De l'aspirine ? s'étonna Agnes.

— Nan ! » Bridie se lécha la lèvre et se pencha vers elle. « Du Valium. Si tu veux essayer. Pour goûter, c'est tout. Si t'en veux plus, je peux te fournir. *Prix d'amie.* » Bridie enfonça le bouchon et le dévissa en souriant. Elle déposa deux cachets dans la main d'Agnes comme des bonbons. « Tiens, essaie, et bienvenue à Pithead. »

10

Sa mère était introuvable. Il prit la dent blanche dans le creux de sa main : la petite incisive flottait dans une flaque de sang et de bave et il fut alors certain qu'il allait mourir. Était-ce ce qui se passait maintenant qu'il avait sept ans ? Il évitait d'appuyer sur ses autres dents avec sa langue de crainte qu'elles ne se déchaussent toutes. Il fallait qu'il la trouve pour lui demander. Mais sa mère était partie.

Shuggie posa la tête contre le portillon rouillé et regarda une meute de chiens rôder. Cinq mâles poursuivaient une femelle noire. Ils jappèrent en passant devant lui et Shuggie poussa ses lèvres entre les lattes de la barrière pour se joindre à eux, *yip yip yip*. Il écoutait le chant des chiens et il eut l'impression qu'ils lui demandaient de les accompagner. Il n'avait pas le droit de passer le portillon sans la prévenir mais elle n'était pas là.

Ses chaussures solidement plantées à l'intérieur, il sortit la tête pour regarder à droite et à gauche. Il jouait à sortir et rentrer en courant tout en retenant sa respiration, sans cesser de regarder à chaque extrémité de la petite route pour voir si elle apparaissait.

Elle n'était pas là non plus.

La meute de chiens l'appelait au-dehors. Shuggie ramassa sa poupée blonde et sale et la balança sur le trottoir. Daphne atterrit dans la poussière avec un craquement râpeux comme si elle avait voulu dessiner un ange dans la neige. Il sortit d'un bond pour l'attraper et retourna précipitamment dans le jardin comme un poisson osseux, refermant le portail dans un fracas métallique. Il regarda par-dessus son épaule, personne à la fenêtre, personne chez Bridie Donnelly. Personne ne regardait. Elle n'était pas là.

Shuggie rouvrit le portillon et suivit les chiens. Il y avait un groupe de femmes en pantoufles au coin de la rue. Elles parlaient avec passion mais il les vit baisser la voix quand il approcha. L'une d'elles se tourna pour lui faire la révérence. Essayant d'adopter un air détaché, comme s'il s'en fichait, il dansa sur la route poussiéreuse, passant devant la chapelle sur la colline. Il jouait à donner des coups de pied dans la poussière pour qu'elle s'envole dans les airs et dansa de plus en plus loin de la maison. Il arriva devant l'école catholique et vit les enfants dans la cour pour la récréation du matin. Au pied d'un marronnier, il se demanda pourquoi lui n'était pas à l'école. Il n'y avait pas eu de dessins animés à la télé ce matin-là, il savait donc que ce n'était pas samedi, mais elle ne lui avait pas sorti ses habits comme elle le faisait parfois, alors il n'y était pas allé et elle n'avait rien dit.

Les garçons donnaient de grands coups de pompe dans un ballon et ils le virent avant qu'il remarque qu'ils le regardaient. «Qu'est-ce t'as là?» cria le plus petit des frères basanés, les fils de la femme au visage de squelette, Colleen McAvennie. Par réflexe, Shuggie cacha Daphne derrière son dos.

«Bonjour», dit poliment Shuggie avec un geste de la main. Il imita l'élégante révérence de la femme de mineur et étendit gracieusement sa jambe gauche derrière lui.

Ils le détaillèrent de haut en bas, bouche bée, entre les barreaux à la peinture verte écaillée. «Comment ça se fait que t'es pas à l'école? demanda Gerbil, le plus jeune, en détachant des écaillures.

– Je ne sais pas», avoua Shuggie en haussant les épaules.

Les garçons n'avaient que quelques années de plus que lui mais ils étaient déjà costauds et brunis à force de passer leurs étés dehors à explorer les marais et jeter des chats dans des vieux puits de la mine. Il les avait vus transporter sans difficulté de lourds tas de ferraille lorsqu'ils aidaient leur père à décharger son camion.

Francis McAvennie plissa ses yeux sombres et dit : « C'est parce que ta mère est une vieille alcoolo. » Il scruta le visage de Shuggie pour voir la blessure causée par ses paroles.

Gerbil McAvennie mit un flocon de peinture à métaux entre ses lèvres. « Comment ça se fait que t'as pas de père ? » Il avait déjà une voix d'homme.

« S-si, j'en ai un, bafouilla Shuggie.

– Ah ouais et il est où alors ? » sourit Gerbil.

Ça, Shuggie l'ignorait. Il avait entendu dire que c'était un queutard, qu'il élevait les mioches d'une autre femme tout en baisant toutes les pétasses qui s'asseyaient à l'arrière de son taxi. Mais ça ne semblait pas avisé de l'admettre. « Il travaille de nuit. Il gagne des sous pour nous payer des vacances. »

La cloche retentit et le père Barry sortit pour mettre les enfants en rang. Gerbil tendit la main entre les barreaux et saisit la poupée de Shuggie de ses longs doigts. Francis gazouilla comme un bébé joyeux et se joignit à lui pour tirer de toutes ses forces. Shuggie recula à l'ombre du marronnier. « Je vais le dire au père Barry ! Tu dois aller à l'école », hurlèrent-ils.

Serrant Daphne contre sa poitrine, Shuggie tourna les talons et partit en courant le plus vite possible. Il était à bout de souffle en arrivant devant le club des mineurs mais il entendait encore les garçons McAvennie appeler le père Barry.

Le club était délabré et semblait vide. Shuggie se suspendit aux barreaux des fenêtres. Puis il traîna dans la cour de devant où des fûts percés formaient des flaques d'ale éventée. La bière sale se mélangeait à l'essence et faisait des petits lochs arc-en-ciel brillants. Shuggie s'accroupit et trempa les cheveux de Daphne dans la flaque iridescente. Quand il la ressortit, ses cheveux blonds avaient pris la couleur de la nuit et il fit claquer sa langue. Où étaient passées toutes les belles couleurs ? Il la trempa de nouveau en la maintenant plus longuement sous la surface. Ses yeux se fermèrent automatiquement, comme si elle dormait, mais elle souriait, il sut donc qu'elle allait bien. Quand il sortit la poupée de la flaque, le liquide noir lui coula sur le visage et sur sa robe de laine blanche. Ses cheveux jaunes étaient devenus noir mat. Il les regarda et s'aperçut que, l'espace d'une minute, il avait oublié sa mère. Daphne avait une drôle d'odeur.

Il joua un moment dans les flaques de bière. Il regarda au bout de la route, et quand il fut tout à fait certain que le père Barry n'était pas à ses trousses il traversa la rue en courant et s'engouffra dans une ruelle arborée qu'il n'avait jamais remarquée. Elle passait derrière une rangée de maisons de mineurs plus anciennes donnant sur un jardin collectif. Au bord du jardin, il y avait un local à poubelles en briques, bas et rectangulaire, sans fenêtre. Une porte verte cassée donnait sur une ouverture sombre. À côté du local, il vit une machine à laver, le modèle utilisé dans les hôpitaux ou les bâtiments publics, aussi imposante qu'une armoire. Trop lourde pour que les éboueurs puissent l'emporter, elle rouillait à côté de l'abri, et de grosses mouches entraient et sortaient paresseusement de son ombre.

À l'intérieur de la machine se trouvait un garçon, jambes par-dessus tête, enroulé dans le tambour comme un chat au dos arqué. « Tu veux faire un p'tit tour de manège ? »

Shuggie sursauta.

Le garçon se balança à l'intérieur du tambour et fit des demi-cercles, en une seconde il eut les pieds au-dessus de la tête, la seconde d'après la tête au-dessus des pieds. « Regarde, c'est super marrant ! » l'encouragea-t-il.

Shuggie lui tendit Daphne pour qu'elle passe la première. Le garçon sortit du tambour en extrayant d'abord ses longues jambes brunes comme une araignée passant dans une serrure. Il courba son corps vers l'arrière, se redressa et apparut alors presque aussi grand que la machine. Il devait bien avoir un an de plus que Shuggie, huit ou neuf ans, et il commençait à pousser comme un roseau.

« Salut. Moi c'est Johnny. Ma mère m'appelle Johnny Belle Gueule, dit-il avec un sourire crispé. C'est censé faire nom de catcheur mais moi je trouve que c'est de la merde. » Il se frappa les avant-bras comme les catcheurs à la télé avant un combat. Il mit quelques coups dans les airs. «C'est quoi ton nom, petit gars ?

— Hugh Bain, répondit-il timidement. *Shuggie*.»

Le garçon l'observait, les paupières mi-closes, la même mine froncée que Shuggie voyait chez les autres enfants quand il levait la main en classe. Un mélange d'incrédulité et de dédain. Il avait souvent vu sa Mamie regarder son père comme ça. Shuggie rentra son genou gauche vers l'intérieur.

Alors Johnny sourit. Son visage changea si vite que Shuggie recula d'un pas. Comme commandé par un interrupteur, il s'était éclairé aussi vivement qu'une ampoule nue dans une pièce vide.

«C'est une poupée que t'as là, Shuggie ?» Il employait son surnom comme s'il le connaissait depuis des années. Sans attendre de réponse, il ajouta : «T'es une fillette ?» Il avança dans l'herbe haute qu'il aplatissait à chaque pas.

Shuggie secoua la tête.

«Si t'es pas une fillette alors c'est que t'es une petite tapette.» Son sourire se crispa. Il parlait d'une voix basse et douce, comme s'il s'adressait à un chiot. «T'es pas une petite tapette, si ?»

Shuggie ne savait pas ce qu'était une tapette mais il savait que ce n'était pas bien. Catherine disait ça à Leek quand elle voulait lui faire de la peine.

«Tu sais c'est quoi, une tapette, petit gars ? Une tapette c'est un garçon qui fait des trucs dégueulasses avec les autres garçons.» Johnny toisait maintenant Shuggie, il était presque deux fois plus grand que lui. «Une tapette c'est un garçon qui veut être une fillette.»

Johnny Belle Gueule était blanc sale, comme si on l'avait trempé dans du thé. Il avait une peau sépia, des cheveux couleur miel et déjà toutes ses dents de grand. Shuggie passa sa langue dans le trou de sa dentition. Johnny lui arracha la poupée des mains et la balança dans le tambour. «Vise un peu ça ! Elle veut faire un tour.»

Johnny se colla contre le dos de Shuggie, l'attrapa par la taille et le fit entrer dans la machine. Shuggie escalada le tambour et il sentit une main l'aider pour la dernière poussée puis il tomba à l'intérieur. Daphne serrée contre lui, il se retourna vers la lumière du jour, ses jambes nues frissonnant au contact du métal froid.

Johnny attrapa une arête du tambour et le balança lentement de gauche à droite, aussi délicat que s'il avait bercé un bébé. Shuggie tomba à la renverse et chercha une prise, muscles tendus et dents serrées comme un chat apeuré. Daphne glissa et heurta le cylindre.

Johnny continuait de le balancer lentement. « Tu vois, c'est pas si mal, hein ? »

Le mouvement lui rappelait le bateau pirate mécanique devant la boulangerie préférée de son grand-père. Il laissa échapper un rire.

« Accroche-toi », dit Johnny. Il serra le rebord métallique et, s'appuyant contre la machine, il le balança plus fort. La tête et les genoux de Shuggie firent des demi-cercles pendant que Daphne cognait contre le toit. Les muscles du cou de Johnny saillaient quand, concentrant toutes ses forces, il fit faire un tour complet au tambour. Shuggie tourneboula. Il tourna et retourna, encore et encore, sa tête se cognant contre les panneaux métalliques, ses pieds le frappant dans le dos.

Le tambour ralentit et Shuggie s'écrasa en un tas. Un bras épais attrapa l'une des barres métalliques et arrêta la centrifugeuse. Un hurlement de sirène traversa Shuggie quand la douleur parcourut son crâne, son genou ouvert, ses tibias contusionnés. Derrière la cascade de larmes, il vit une grande main s'abattre à plusieurs reprises sur la tête de Johnny, le garçon se recroquevillant pour se protéger le visage. L'assaillant était trop grand pour que Shuggie puisse voir son visage, il percevait seulement les coups rageurs du bras tatoué qui claquait le cou et les épaules du garçon.

« Bon Dieu, mais qu'est-ce que j't'ai dit, d'pas jouer avec cette putain de machine à laver ! » grondait le torse sans tête. D'un gros pouce, l'homme désigna le tambour. « *Tu. Sors. Ça. De là.* Avant que j'te donne une bonne raison de chialer. »

Aussi rapidement qu'il était arrivé, le tronc repartit. Johnny se tenait dans l'ouverture comme un chien battu. Son sourire avait disparu, il avait les oreilles basses. Il sortit Shuggie du tambour. «Hé, arrête de chialer ou je vais te donner une bonne raison de chialer, moi.»

La lumière du jour était aveuglante. La douleur dans sa tête faisait disparaître les couleurs.

Johnny regarda le garçon de haut en bas. Shuggie avait du sang sur la jambe là où le métal l'avait coupé et des bleus apparaissaient déjà sur ses membres. Johnny l'emmena dans le local à poubelles, au milieu des mouches. Il y flottait une odeur aigre de lait caillé.

Dans le noir, Johnny se cracha dans la main et frotta le visage couvert de larmes et la jambe ensanglantée de Shuggie. Ça ne faisait qu'empirer les choses. Le sang se transforma en une solution baveuse qui s'étalait au lieu de s'effacer. Le garçon commença à paniquer, les yeux écarquillés de terreur. Il arracha une poignée de feuilles de patiences vertes et les frotta sur la jambe de Shuggie. Il continua jusqu'à ce que le sang disparaisse, remplacé par une épaisse traînée de mucus vert. La chlorophylle piquait. Shuggie se remit à pleurer.

«Ta gueule, sale pédé.» Toute trace de gentillesse s'était évaporée. Shuggie voyait les marques rouges laissées par le père de Johnny fleurir sur sa peau sépia.

Le local était silencieux, en dehors du bourdonnement des grosses mouches bleues. Johnny frictionna et frictionna la jambe du petit garçon jusqu'à ce que sa respiration redevienne régulière. Il fit passer Shuggie du blanc au rouge puis du rouge au vert. Alors que la panique quittait les yeux de Johnny, son sourire faux revint sur son visage bronzé. Il faisait très sombre dans le local à poubelles.

Johnny Belle Gueule se releva, sa silhouette noueuse se découpant dans la lumière du jour. Il tendit à Shuggie les feuilles vertes réduites en purée puis il retira son short de gym. «Arrête de chouiner, dit-il entre ses dents de grand. Maintenant à toi de me frotter.»

Le temps que Shuggie boitille jusqu'au club des mineurs, le soleil avait pratiquement asséché les flaques arc-en-ciel. Il avait laissé Daphne dans la machine. Il ne voulait plus jamais y retourner.

Alors qu'il montait les escaliers du perron, il l'entendit au téléphone. « *Va te faire foutre, Joanie Micklewhite. Tu peux dire à ce fils de pute de baiseur protestant qu'il ne peut pas avoir le beurre et l'argent du beurre !* » Chaque syllabe ordurière était prononcée avec la clarté inquiétante de l'anglais le plus raffiné. « *Saloperie de bouffeuse de bite. T'es aussi bandante que l'entame d'un pain de mie.* » Elle abattit le combiné avec fracas et les cloches tintèrent sous la violence de l'impact.

Shuggie atteignit le bout du couloir et tourna à l'angle. Sa mère était assise, jambes croisées, à la console, sa tasse sur le genou. Elle le regarda comme s'il venait de sortir de la moquette. Elle ne remarqua pas sa dent manquante ni sa jambe tachée de sang, de bave et de sève.

Elle avait l'œil vitreux, cette mine qu'elle arborait quand elle était retournée fouiller plusieurs fois sous l'évier. Elle enleva sa boucle d'oreille et la balança à travers la pièce avant de reprendre le combiné. « Maintenant je suis d'humeur à dire à ta Mamie où elle peut aller se faire voir. »

La maison n'était qu'à deux pas de l'arrêt de bus mais Leek rentrait très lentement. Il avait les jambes lourdes à cause de sa journée au centre de formation pour apprentis et les tripes serrées à l'idée de ce qui l'attendait à la maison. Il espérait seulement avoir une heure tranquille pour dessiner mais l'année qui s'était écoulée depuis leur emménagement à Pithead avait été totalement dépourvue de tranquillité.

Il savait que ce soir encore Catherine ne rentrerait pas. Elle était experte dans l'art de s'échapper sous le nez d'Agnes, de tenir sa vie secrète avec Donald Jr bien loin de leur mère déliquescente. Catherine accusait son chef de toutes sortes de pratiques esclavagistes et racontait à Agnes qu'elle finissait tard et devait dormir chez sa grand-mère. Leek voyait combien sa mère s'inquiétait pour l'argent, comme elle bénissait le misérable salaire hebdomadaire de Catherine, alors il ne disait rien. Il savait que Catherine était en fait chez Donald Jr, qu'elle dormait sur le matelas gonflable dans la chambre d'ami de sa mère et qu'elle s'efforçait de garder sa main verrouillée sur sa vertu jusqu'à ce que Donald finisse par l'épouser. Après toutes ses années d'entraînement, Leek était fâché que ce soit Catherine qui disparaisse la première.

Il faisait encore jour mais des lumières crues étaient allumées dans chaque pièce et les rideaux étaient honteusement ouverts. C'était très mauvais signe. Dans le salon, Shuggie tuait le temps entre le voilage et la vitre. Ses paumes et son nez pressés contre la fenêtre, il balançait doucement sa tête d'avant en arrière et personne ne lui disait d'arrêter ça. Quand il vit son frère, il prononça son prénom et laissa une trace grasse sur le carreau.

Le voilage s'agita. Une ombre barra la fenêtre et Agnes apparut derrière son jeune fils. Leek leva la main pour esquisser un signe et posa l'autre sur le portillon pour indiquer qu'il rentrait. Agnes lui sourit, un rictus avec bien trop de dents qui envoyait un millier de messages. Son regard lui parut vide, perdu dans le vague et il sut immédiatement qu'elle était partie.

Elle disparut de nouveau pour retrouver la console et son verre.

Leek ramassa sa sacoche à outils et fit demi-tour. Il y eut immédiatement un petit coup sur le carreau. Shuggie ouvrait la bouche en grand pour articuler avec emphase. *Où. Tu. Vas ?*

Leek répondit en silence, *Chez Mamie.*

Shuggie essaya de calmer sa lèvre tremblante. *Je. Peux. Venir ?*

Non. C'est trop loin. Je ne peux pas te porter.

Ce qu'il n'avait jamais dit à Shuggie, c'est qu'il avait retrouvé l'adresse de son père, Brendan McGowan. Elle était là, dans le répertoire d'Agnes, entourée de nombreuses couleurs et de différentes couches d'encre, comme si elle y était revenue, inlassablement, au fil des années. Leek s'y était rendu l'hiver précédent et s'était assis sur un muret en face du grand immeuble victorien. Il avait regardé un homme rentrer du travail, un homme qu'il ne connaissait pas mais qui partageait sa démarche lasse et voûtée. Un homme avec les mêmes yeux gris clair. L'homme avait garé sa voiture devant le bâtiment et avait croisé Leek en lui adressant un simple hochement de tête poli.

Quand la porte s'ouvrit, trois petits visages avaient déjà accouru sur le palier pour l'accueillir. Leek avait regardé le joyeux chahut du dîner familial, tous serrés à la grande table près de la fenêtre. Il les avait regardés se couper la parole, les enfants se levant sur leur chaise avec défi pendant que l'homme riait de leur excitation. Leek les avait regardés longuement avant de replier le papier où l'adresse était inscrite et de le balancer entre les barreaux d'une grille d'égout.

Leek prit sa sacoche à outils et sortit de Pithead. Il tournait le dos à Shuggie et n'osait pas se retourner pour voir son visage implorant à la fenêtre. Il allait pleuvoir et ce serait une longue marche jusqu'à Sighthill. Il était fatigué, il était fatigué depuis longtemps maintenant. Il voulait juste un peu de repos.

11

La lumière incolore du jour se déversait à travers les voilages. Elle la frappa au visage et elle reprit conscience avec un reniflement. Agnes ouvrit les yeux sur l'enduit crème du plafond et sa texture en stalactites. Ses lèvres ne se refermaient pas sur la pellicule collante de ses dents alors que montait en elle un haut-le-cœur sec. Elle sentit sous sa main droite le tissu damassé du fauteuil. Ses doigts glissèrent sur le motif familier formé par les trous de cigarette. Elle était vaguement redressée, le combiné sur ses genoux.

Elle resta immobile quelques instants, la tête renversée sur le dossier du fauteuil comme le couvercle d'une poubelle à pédale. Elle referma les yeux et écouta son cerveau battre bruyamment. Le sang montait et refluait comme la marée dans son crâne. Par-dessus la houle, elle entendit que la maison était vide. Il était tôt mais le petit était encore parti à l'école tout seul. Il avait déjà raté trop de jours. Trop de journées, assis à ses pieds, à attendre et la regarder. L'école n'appréciait pas. Le père Barry avait prévenu que les services sociaux devraient être informés de la situation s'il n'était pas plus assidu.

Certains matins, elle se réveillait en sursaut et trouvait Shuggie en train de la dévisager. Il était habillé, ployait sous le cartable qu'il portait sur son dos, son visage était propre et ses cheveux humides brossés et séparés, uniquement à l'avant, par une raie au milieu. Elle restait étendue là, tout habillée, essayant de passer ses lèvres sèches sur ses dents pendant qu'il lui disait bonjour et se retournait en silence pour partir à l'école. Il ne voulait pas partir sans lui dire qu'il reviendrait. Il lui attrapait le petit doigt et le lui jurait.

La maison était silencieuse. Elle pencha la tête en avant, la posa dans ses mains et le sang reflua vers l'arrière de ses yeux. Shuggie n'était pas là comme à l'accoutumée. Sur la table devant elle était posée une tasse de thé froid où flottait une pellicule de lait. À côté, une tranche de pain de mie blanc transpercée par un couteau maladroit et parsemée de morceaux de beurre trop épais pour être étalés. Elle mit la main en visière et chercha sur la table basse quelque chose pour calmer ses nerfs. Elle inclina les tasses vers elle à la recherche d'une gorgée de bière. Vides. Agnes voulut prendre une cigarette et, avec un gémissement désolé, sortit la dernière du paquet. Elle l'alluma, les doigts tremblants, et tira une longue bouffée.

Elle ne se sentait toujours pas mieux mais se leva et fouilla autour du canapé pour trouver des mignonnettes ou des canettes entamées. Elle fouina dans la maison vide, retournant toutes les cachettes qui pouvaient renfermer une boisson oubliée : le panier à linge, derrière les boîtes de cassettes en vinyle qui imitaient les dos d'une encyclopédie. À genoux, elle tira des sacs de course vides de sous l'évier jusqu'à se retrouver entourée d'une nuée de plastique bleu et blanc.

La panique la gagna. Elle erra de pièce en pièce en émettant des bruits perçants de frustration entre ses dents. Elle devait s'arrêter régulièrement pour cracher des remontées de bile dans l'évier ou les vieilles tasses. Elle déterra son gros sac de cuir noir et en sortit son porte-monnaie, qu'elle ouvrit. Saint Jude, patron des causes perdues, roulait au fond de celui-ci dans les peluches et la crasse. C'était jeudi et tout l'argent des allocs du lundi et du mardi avait déjà disparu.

Le lundi précédent, elle était restée éveillée toute la nuit à attendre que le radioréveil indique huit heures. En talons hauts et avec son fard à paupières inégalement réparti, elle avait pratiquement couru sur Pit Road pour encaisser ce que les femmes de mineurs appelaient le «Carnet du lundi». Au bout de la file, tête haute, mains tremblantes enfoncées dans ses poches, Agnes avait essayé d'ignorer les sifflements secs des femmes dans leurs fines vestes d'acrylique. Elle se tenait à l'écart, distante, alors que crépitait leur toux de fumeuses, pleine de glaire collante.

Trente-huit livres par semaine censées tous les nourrir. Les mères se retrouvaient à contempler les cartons de lait dans le petit magasin comme s'il s'agissait d'un produit de luxe.

Agnes encaissa le Carnet du lundi avec une morgue royale. Elle passa sans s'arrêter devant le rayon du lait à l'avant du magasin et acheta promptement douze canettes de Special Brew. Elle parla gaiement du joli temps qu'il faisait mais l'Indien ne dit rien. Elle était sûre que le machin ressemblant à un éléphant bleu accroché derrière la caisse la regardait de travers. Elle referma sagement son porte-monnaie pendant qu'il glissait les canettes dans un sac plastique. Les femmes derrière elles faisaient des additions à voix haute, leurs lèvres remuant au fil de leurs calculs, ajoutant le pain aux frites au four et aux cigarettes avant de reposer silencieusement le pain, défaites. Agnes se glissa dans la rue et, derrière le magasin, s'accroupit dans le verre brisé pour ouvrir la première canette fraîche.

Le mardi matin elle retourna au magasin avec un verre dans le cornet. Elle avança avec grâce sur la chaussée, fléchissant élégamment les genoux à chaque pas. Agnes encaissa son Carnet du mardi, huit livres cinquante d'allocations familiales. Enhardie par la Special Brew, elle avoua au gérant du magasin que son éléphant bleu lui «filait la pétoche».

Mais là on était jeudi. Elle regarda son porte-monnaie vide à l'exception de saint Jude et des bouloches coincées dans les replis. Ses yeux s'emplirent piteusement de larmes égoïstes. Elle passa un doigt dans le cendrier sale. Il fallait qu'elle réfléchisse à ce qu'elle allait faire.

Ça lui était difficile de regarder la télévision avec l'alcool qui se dissipait, alors elle se fit couler un bain chaud. Dans l'eau elle aurait moins froid, moins mal. Elle rinça la sueur de ses cheveux aplatis.

Elle prit la serviette en flanelle et commença à essuyer le goût qui traînait sur ses dents puis s'allongea dans l'eau brûlante et réfléchit à un moyen de trouver de l'argent. Son ventre mou était strié d'une marque rouge là où, après qu'elle se fut endormie, ses collants noirs avaient creusé sa chair. Elle passa le doigt dans la zébrure. Elle parcourait son bourrelet comme une voie ferrée, qui lui fit penser au train de Glasgow, à Paddy's Market, qui s'étalait sous les arches et au prêteur sur gages qui s'y trouvait.

Sans prendre le temps de se sécher, elle courut à travers la maison en peignoir pour trouver quelque chose à mettre au clou. À la lumière du jour, tout semblait bas de gamme. Elle retourna toutes les figurines en porcelaine de Capodimonte dans sa main et essaya même de soulever la télévision noir et blanc mais elle ne serait jamais capable de la transporter à pied jusqu'à la ville. Dans la chambre, elle considéra ses bijoux, toutes les pièces éparses qui traînaient dans un vieux sachet en toile : les bagues de Claddagh que sa mère lui avait données, le médaillon de sa grand-mère, la gourmette de baptême de Catherine. Au prix d'un grand effort, elle remit le sac dans le tiroir.

Elle passa devant la lourde boîte à outils de Leek, qu'elle poussa du bout du pied. Vide : il avait emporté tous ses outils sur le chantier du CFA, même ceux dont il n'aurait sûrement pas besoin. Il avait retenu la leçon de la dernière fois que la fièvre du gage l'avait prise. Agnes se gratta la paume de la main. Elle mit un coup de pied dans la boîte à outils et alla voir l'armoire de Catherine. Elle fut surprise de la trouver aussi dégarnie, comme si elle n'était qu'une locataire qui ne voulait pas s'installer trop durablement dans un nouvel appartement. Elle considéra une paire de bottes en daim mais elles avaient été depuis longtemps souillées par la pluie et la boue.

Perdant espoir, elle ouvrit le petit placard qui renfermait les belles serviettes. Là, plié dans un sac-poubelle, se trouvait le vieux manteau en vison qu'elle avait mis sur l'ardoise de Brendan McGowan. Elle sortit le sac du placard et passa la main dans la fourrure. Elle avait la sensation de toucher de l'argent.

En une heure elle s'était coiffée et avait enfilé le manteau et elle parcourait les premiers kilomètres qui la séparaient de Paddy's Market. Elle marchait à contresens de la circulation, tête haute, un sourire entendu sur le visage. La crasse de Pithead se glissait dans ses talons hauts comme du sable sur la plage. Elle se redressa pour donner l'impression qu'elle appréciait le souffle du trafic dense dans ses cheveux et essaya d'ignorer la fine poussière qui se logeait entre ses orteils. Les voitures ralentissaient devant ce spectacle singulier. Le visage brûlé par les éclats de terre et la honte, elle pencha la tête en arrière et continua de marcher. Elle sentait bien qu'elle devait avoir l'air d'une folle.

Chaque fois qu'elle approchait d'un arrêt de bus, elle traînait devant comme si elle attendait le suivant, faisant de grands gestes pour remonter sa manche et regarder une montre qu'elle ne possédait pas. Puis elle attendait que la circulation soit moins dense et elle marchait jusqu'au prochain, la tête dans un étau, le cœur brûlant. À environ six kilomètres du coron, un bus ralentit et s'arrêta pour lui permettre de monter. Détournant le regard, elle sortit une main de la poche de son vison pour lui faire signe de partir, comme si elle était trop bien pour ça, tandis que les femmes de mineurs, collées aux vitres, la regardaient, bouche bée.

Le temps qu'elle atteigne les faubourgs de la ville, il avait commencé à pleuvoir. Ce fut d'abord une petite bruine qui s'accrochait aux poils de son manteau et le faisait luire comme de la laque. Agnes était épuisée par la marche sur ses talons hauts mais, alors qu'elle traversait les rues étroites de son premier mariage, la peur de tomber sur une connaissance lui fit presser le pas. La bruine se transforma en déluge et bientôt le manteau trempé frappait ses jambes nues comme la queue d'un chien mouillé. Elle se réfugia dans l'embrasure de la porte d'un immeuble et regarda les bus pousser des vagues sales sur le trottoir. L'espace d'un instant, elle regretta le bon catholique.

Son mascara noir coulait sur ses joues. Elle avait un morceau de papier toilette froissé et, repliant les taches de vomi acides à l'intérieur, elle essuya les traits sous ses yeux. Le manteau était détrempé et feutré par endroits, là où l'eau ne s'était pas écoulée. Elle sortit une figurine de chaque poche et leur frotta le visage jusqu'à ce que les ballerines soient sèches.

Elle faisait face à un long bâtiment gris. Sur la gauche, une sorte de garage où des pièces détachées de minibus et de taxis noirs gisaient comme des ossements de dinosaures et d'où s'échappait de la musique. Au fond, il y avait un petit bureau et à travers la vitre sale Agnes vit que les murs étaient recouverts de courroies de transmission et d'enjoliveurs neufs, de pots de graisse et de bidons d'huile de moteur. C'était un mécanicien spécialisé dans les gros véhicules, pas un garage pour automobiliste lambda. Il n'y avait pas de sandwichs industriels ni de cartes des attractions touristiques à vendre.

Une petite cloche tinta quand Agnes entra. Ses vêtements détrempés formaient une flaque quand un homme en bleu de travail apparut. Roux, costaud, le visage aplati, sa tête était directement fixée à son corps comme si avoir un cou représentait un luxe superflu. Il leva les yeux de ses mains sales, surpris de voir une belle femme en manteau de fourrure plantée là.

«Je suis vraiment navrée de vous déranger, fit Agnes avec son plus bel accent bourgeois. Mais j'ai été surprise par la pluie et je me demandais si vous aviez des toilettes que je pourrais utiliser. *Vous voyez*. Pour m'arranger un peu.» Elle désigna son manteau mouillé.

«Bah...» Il se passa la main sur sa barbe naissante. «C'est pas vraiment pour les clients.»

Agnes tira sur le manteau, qui rendit de grosses gouttes d'eau. «Oh, je vois», dit-elle, son regard tombant sur le sol sale.

Il la scruta une minute et, en se grattant le bras, dit finalement : «Mais enfin vous avez pas tellement l'air d'une cliente non plus, donc je pense que ça ira.»

Il la conduisit au fond du garage. Des taxis en pièces détachées suintait de l'huile qui rendait le sol difficile à manœuvrer en talons.

Elle regarda le manteau goutter sur le ciment graisseux et l'eau s'enfuir comme de petites perles.

« Euh, attendez là une minute », dit l'homme. Il se précipita nerveusement derrière une fine porte rouge. Elle entendit le *pschhhht* du désodorisant et il apparut une minute plus tard avec des magazines et des journaux roulés sous le bras. « C'est un peu basique mais vous trouverez tout ce qu'il faut. » Quand il lui tint la porte, une blonde à gros nichons glissa sous son bras en lançant un clin d'œil coquin.

Agnes entra dans les toilettes répugnantes et referma la porte. Elle passa un long moment devant le miroir à regarder la vieille poule dégoulinante qui lui faisait face. Il n'y avait pas de sèche-mains automatique, elle prit donc des poignées de papier absorbant avec lesquelles elle pressa les poils du manteau comme si elle avait renversé quelque chose sur la moquette. Malgré tout ce qu'elle pouvait absorber, le manteau continuait de rendre de plus en plus d'eau.

Il fallut un moment avant qu'elle se sente suffisamment d'aplomb pour retourner dans le garage. L'homme se tenait juste derrière la porte, figé sur place, avec deux tasses dépareillées. « On aurait dit que vous avez bien besoin d'une tasse de thé.

– J'ai l'air si mal en point ?

– Oh, nan. »

Elle accepta la tasse qui n'était qu'un peu huileuse. « Je dois avoir l'air d'un rat noyé, dit-elle dans l'espoir qu'il la contredise.

– Un vison noyé plutôt. »

Agnes l'observa attentivement pendant qu'il cherchait un siège propre. Il s'était lavé le visage depuis qu'elle était entrée. Il avait un collier d'huile autour du cou, des favoris là où il n'avait pas passé son torchon et ses cheveux étaient encore mouillés sur son front rose. Il était séduisant, se dit-elle, dans le genre solide, trapu comme un shetland. Il sortit un tabouret de bar et elle remarqua qu'il n'avait que le pouce et deux doigts à la main gauche, comme s'il avait rongé les autres un jour où il était trop nerveux.

Il vit son regard et cacha sa main derrière son dos. «C'est une longue histoire.»

Agnes grimaça, gênée de s'être fait surprendre. «On en a tous.

— Quoi, des doigts en moins ?

— Non, s'esclaffa-t-elle, des longues histoires.

— Comme vous qu'êtes en chemin pour foutre votre vison chez le prêteur ?»

Elle rit de nouveau, un rire trop brusque, et s'arrêta. Il ne riait plus avec elle. Elle ressortit son accent bourge, celui qui disait, *Je suis mariée à un homme riche et j'ai une grande maison à Milngavie*. «Je ne suis pas du tout en chemin pour mettre ce manteau chez le prêteur. Qu'est-ce qui vous fait penser ça, enfin ?»

L'homme n'hésita pas une seconde et dit : «Oh, et je vais même vous dire quoi : vous êtes en route pour le mettre au clou et z'avez fait tout le chemin à pied depuis Ballieston ou Rutherglen.» Il regarda ailleurs. «Non, n'importe quoi ! Y a un prêteur sur gages à Rutherglen.» Il se tut un instant. «Vous arrivez de…» Il claqua des doigts avec sa bonne main. «Pithead !»

Agnes blêmit.

«J'ai bon ?

— Non.»

Il se tut une minute et la regarda par-dessus sa tasse ébréchée. «Bon Dieu, désolé, ma p'tite dame. C'que je suis malpoli, bordel. J'ai bien cru que vous étiez partie pour mettre votre manteau au clou. Pour vous acheter de la bibine, voyez.»

Agnes écarta sa tasse de ses lèvres froides. Elle croisa son regard. «Eh bien, vous vous trompez.

— Ah ouais ?

— Oui.

— Bon, bah ça tombe bien alors, pas vrai ?

— Pourquoi ? demanda-t-elle malgré elle.

— Parce que le prêteur de Gallowgate est fermé pour des travaux de gaz, voilà pourquoi.» Elle lui jeta un regard mauvais pour voir s'il bluffait. Il se contenta de lever un sourcil. «Écoutez, je voulais pas être lourdingue. Juré craché. C'est juste qu'entre nous on se reconnaît, hein?» Il leva la main et agita ses deux doigts restants.

Agnes reposa la tasse en faisant valser le thé. «Merci de m'avoir laissée utiliser vos toilettes mais je ferais mieux d'y aller. Mon mari va être mort d'inquiétude.

– Ouais, faites donc ça. Ça fait une trotte sous la pluie. Mais bon, comme ça, vous allez peut-être bien retrouver votre alliance, remarquez.»

Agnes s'était écartée de lui. Elle releva la tête et dégagea ses boucles brunes de son visage. «Qu'est-ce que vous me voulez à la fin?»

Il eut une moue déçue. «Rien. Enfin pas ce que vous croyez en tout cas. Écoutez, ma p'tite dame, vous êtes entrée ici dans un sale état et en vous regardant j'ai pu deviner facilement un ou deux trucs.» Il se reprit. «J'ai pu deviner parce que j'ai connu ça moi aussi, c'est tout. Alors vous foutez pas la rate au court-bouillon, finissez votre thé, d'accord? J'ai mis un sachet neuf et tout.»

Agnes reprit son thé et s'en servit pour masquer le choc, combler le silence et calmer le bouillonnement dans ses tripes.

«Alors, vous êtes déjà allée aux AA?»

Agnes le regarda, hébétée.

«Les Alcooliques Anonymes?» Il se mit à chantonner. «*Un jour après l'autre, Sei-eigneur Jésus?*» Agnes secoua la tête.

«Bon mais est-ce que vous êtes prête à reconnaître que vous avez un problème au moins?» Il pencha la tête comme un instituteur fatigué. «Vous êtes entrée ici avec des tremblements de niveau cinq.

– Je... j'étais mouillée... j'avais froid.»

Il éclata de rire. «Écoutez, quand on se pèle ou qu'on est mouillé, on a les genoux et les dents qui claquent. Comme *ça*, voyez.» Il fit une imitation d'un fou frigorifié digne d'un dessin animé. «MAIS, quand on cherche partout une bouteille à s'envoyer, on tremble comme *ça*.» Il se secoua comme s'il venait de subir un électrochoc.

Elle sentit de nouveau la honte monter. « Qu'est-ce que vous en savez ?

— Je sais qu'avec votre vison vous allez pouvoir vous payer six bouteilles de vodka et peut-être même un fish and chips. » Il se cura les dents. « En tout cas c'est ce que j'ai récupéré avec celui que j'avais barboté à ma mère. Je sais aussi qu'avec six bouteilles de vodka, un fish and chips et trois nuits à pioncer dans le caniveau, on se paye une septicémie. » Il agita de nouveau ses moignons.

Ils restèrent silencieux quelques instants. Il sortit des cigarettes, en mit une entre ses dents et tendit le paquet à Agnes. Elle en alluma une et tira dessus comme une affamée. Ses épaules retombèrent et en reprenant son souffle elle regarda le cimetière de taxis noirs autour d'elle. « Vous ne connaîtriez pas un chauffeur de taxi du nom de Shug Bain, par hasard ?

— Ça me dit rien, répondit-il en scrutant sa réaction.

— C'est un gros sac dégarni qui se prend pour un Casanova.

— Ça pourrait être n'importe lequel, s'esclaffa-t-il. Il est à quelle centrale ?

— Northside.

— Nan, ils mettent leur bahut au garage sur Red Road. J'ai jamais dû le croiser.

— Et si jamais vous le rencontrez, vous pouvez trafiquer ses freins ? »

L'homme sourit. « Pour vous, ma belle, *aucun problème.* »

Il finit sa cigarette sans cesser d'observer Agnes. « C'est pas à cause de lui que vous allez au mont-de-piété, si ? » Agnes ne répondit pas. Il se mit à rire méchamment. « Haha, espèce d'andouille. Vous foutre en l'air pour un homme. »

Piquée dans son orgueil, elle haussa les épaules. « Et même si c'était le cas ?

— Vous savez ce qu'il faut faire si vous voulez *vraiment* vous venger ? » Il marqua une pause.

Typique d'un homme, d'avoir une opinion sur tout. « Quoi ?

– C'est facile. Vous devriez passer à autre chose. » Il tapa dans ses mains et les écarta comme un magicien qui a réussi son tour. « Continuez votre putain de vie. Ayez une vie sensass. Je vous promets qu'il y a rien qui foutra plus les boules à ce gros lard. J'vous le *ga-ran-tis.* »

8

Le temps que les portières arrière de la camionnette Albion s'ouvrent, des gens s'étaient amassés dans la rue pour les regarder. Ils avaient à la main des torchons humides et du linge à moitié repassé, tout ce qu'ils n'avaient pas pris la peine de reposer avant de venir assister au spectacle. Des familles sortaient des maisons basses et s'installaient sur leur perron comme s'il y avait une chouette émission à la télé. Une tribu de gamins crasseux, conduite par un garçon en slip, traversa la rue et vint former un demi-cercle autour d'Agnes. Elle dit poliment bonjour aux enfants qui, des auréoles de sauce rouge autour de la bouche, la dévisageaient.

Les portes d'entrée des maisons serrées se faisaient face, chacune était séparée des autres par une clôture basse et une étroite bande d'herbe. Les portes en face de celle d'Agnes s'ouvrirent à toute volée sur des femmes qui l'observaient, chacune flanquée d'une demi-douzaine d'enfants au visage identique. Elles lui rappelaient les photos de sa mamie Campbell entourée de sa douzaine de petits Irlandais que Wullie lui avait montrées un jour. Agnes, debout sur son perron, sourit et leur adressa un petit signe par-dessus la barrière, ses manches de lapin perlées scintillant dans la lumière.

« Bonjour. » Elle s'adressait courtoisement à toute l'assemblée réunie.

« Z'emménagez ? » lança une femme depuis une porte voisine de la sienne. Ses cheveux blonds bouclaient au-dessus de racines

12

En fin de compte, Catherine tordit le poignet de Shuggie et le traîna dans Renfield Street. Le garçon s'était arrêté à pratiquement chaque carrefour pour manifester silencieusement son refus d'y aller. Sans un mot, il marchait sur ses lacets et, jetant à la dérobée un œil vers elle, laissait doucement le nœud se défaire.

« Mais merde, tu le fais exprès ! fulmina Catherine en se penchant afin de lui relacer les chaussures pour la quatrième fois en dix minutes.

– Même pas vrai », répondit Shuggie dans un sourire satisfait. Il sortit un roman à l'eau de rose de sa mère de la poche de son anorak, l'ouvrit et le posa sur le haut de la tête de Catherine comme sur une table. Il commença à lire. Catherine se leva, lui arracha le livre des mains et, bouillante de colère, le frappa derrière les jambes avec. Elle l'attrapa de nouveau par le poignet. « Si on rate le bus il n'y en aura pas d'autre avant une éternité et quand tu commenceras à te plaindre, *"J'ai fai-im, j'ai soi-if, je suis fati-igué..."* » Elle imitait son ton geignard. « Il faudra pas compter sur moi pour te plaindre.

– Je ne parle pas comme ça », haleta Shuggie, dont les jambes tournaient à toute allure pour suivre les grandes enjambées de sa sœur. Il se défit de son emprise. Elle s'arrêta et prit son frère par les épaules. « Shuggie, je croyais qu'on devait être copains toi et moi. » Son visage n'avait rien de très engageant.

Il souffla. « Je n'ai pas envie d'être ton ami. »

Elle prit son menton dans sa main et tourna doucement son visage vers elle, il la suivit des yeux à contrecœur. Elle passa les doigts dans ses épais cheveux noirs et lui fit une raie au milieu comme Agnes aimait le faire. Le petit avait tellement grandi au cours de ses deux années à Pithead. C'était difficile à décrire, il était plus grand mais s'était affaissé, comme une pâte à pain trop étalée. Elle voyait qu'il s'était retranché plus profondément en lui-même et qu'il était devenu méfiant et réservé. Il avait presque huit ans et paraissait parfois bien plus âgé.

« Quand on arrivera là-bas, je veux que tu tiennes bien. » Catherine sourit poliment et salua un couple âgé vêtu de K-Way colorés. « Tu peux faire ça pour moi, s'il te plaît ? Je suis prise en plein dans un gros, gros bazar et je te demande simplement un peu d'aide. » Elle regarda son petit visage, sa moue pincée qui lui donnait l'air d'une vieille femme têtue. Elle laissa retomber ses mains, abattue. « OK, tu as gagné. Comme toujours. Mais laisse-moi te dire que si tu racontes à maman où je t'ai emmené aujourd'hui, elle va *mourir*. Compris ? Mourir ! »

Sous ses paupières lasses, il la regarda à nouveau. « Comment ?

— Shuggie, si tu lui dis, elle va boire de plus en plus et elle ne sera jamais capable de s'arrêter. » Catherine se leva et ouvrit le fermoir de son porte-monnaie couleur cognac orné d'un chameau peint, un cadeau que Wullie avait autrefois fait à sa mère. Elle compta ses pièces argentées pour payer leurs tickets de bus. « Elle boira tellement que ça noiera toute la bonté dans son cœur. *Pouf*. Si elle fait ça, je pense que Leek ne te parlera plus jamais. » Elle ferma le vieux porte-monnaie en cuir avec un *clic* satisfait et son visage s'illumina. « Oh, regarde ! Voilà le bus. »

À l'étage du bus à impériale, ils sucèrent des bonbons acidulés et pressèrent leur nez à la vitre avant. Le bus traversa le fleuve et Catherine lui montra les squelettes de la Clyde, toutes les grues qui étaient hors-service pour de bon. Elle lui dit que Donald Jr avait été licencié des chantiers navals et qu'il voulait partir travailler en Afrique.

«Dis une prière pour moi, Shuggie... l'implora-t-elle.

— J'ai une longue liste, je t'ajouterai», répondit-il en zozotant, les joues gonflées par le bonbon.

Catherine n'avait aucun mal à croire que son frère priait de toutes ses forces pour toutes sortes de choses. Elle gratta la peau à vif autour de son pouce en se demandant une nouvelle fois si elle n'agissait pas mal. Depuis que Shug avait quitté sa mère, elle s'était répété que ce n'était pas sa faute. Ça fonctionnait rarement mais elle ne pouvait dissuader totalement la part la plus égoïste d'elle-même. Après tout, c'était injuste : pourquoi aurait-elle dû abandonner son mec sous prétexte que sa mère avait perdu le sien ?

Quand ils descendirent du bus, ils passèrent devant des rangées de maisons en briques brunes identiques avec chacune un petit jardin clos. Aucune n'avait la moindre fleur. Catherine remonta une allée étroite et pénétra sans frapper par une lourde porte marron. Sur la moquette de l'entrée, dans cette maison inconnue, elle fit signe à son frère de la rejoindre. Shuggie n'était jamais venu dans cette maison et il eut soudain peur de voir comme elle semblait familière à Catherine.

Il faisait chaud à l'intérieur, comme s'il y avait plein de pièces dans le compteur, et il flottait une odeur douce et riche, soulignée par le parfum de pommes de terre sautées et de jus de viande. Catherine s'assit dans l'escalier moquetté qui menait au premier étage. Elle retira son anorak, l'accrocha sur la rambarde. Shuggie entendait des télévisions réglées sur deux chaînes distinctes rugir depuis différentes pièces. Quelqu'un regardait le derby entre le Celtic et les Rangers dans le salon de devant tandis que les piaillements et les coups de klaxon d'un dessin animé résonnaient à l'étage. Catherine réajusta la cravate de son frère et lui fit un bisou sur la joue. « Tu te tiens bien, hein ? »

Elle le conduisit à l'arrière de la maison où une salle à manger chaleureuse était reliée par un passe-plat à une kitchenette tout en longueur. Quand ils entrèrent, six ou sept adultes souriants que Shuggie ne connaissait pas se retournèrent en même temps. Catherine lâcha la main de son frère et s'approcha d'un homme qui ressemblait à Donny Osmond. Elle l'embrassa délicatement sur la bouche.

«On se demandait où vous étiez passés, dit l'homme en lui caressant la joue.

– Essaie un peu de le traîner à travers un centre-ville blindé.» Elle se tourna vers son frère, resté sur le pas de la porte. «Shuggie, ne reste pas planté là, viens dire bonjour à ton oncle Rascal.»

Shuggie entra dans la salle à manger : la chaleur et l'odeur de jambon cuit lui faisaient tourner la tête. Il passa le bras autour de la jambe de Catherine pendant qu'elle le présentait aux adultes assemblés près d'une porte coulissante qui affectaient de bien recracher la fumée de leur cigarette dans le jardin. Il oublia aussitôt chacun de leurs noms. Elle le tourna vers le fauteuil dans l'angle de la pièce. «C'est ton oncle Rascal», dit-elle en le poussant un peu. Shuggie tendit poliment la main pour serrer la grosse paluche de l'homme en question.

Ses souvenirs de son père étaient si vagues qu'il crut un instant que c'était lui. Il avait les mêmes joues rougeaudes et une épaisse moustache en demi-lune soigneusement taillée. Il ressemblait à une photo que Shuggie avait vue autrefois, cachée dans le tiroir à sous-vêtements de sa mère, à cela près que cet homme-là avait des cheveux épais, teints en brun jus de viande mais naturels, drus et tous à lui. Rascal secoua le bras du garçon jusqu'à lui faire mal. «Ça fait un bail, petit gars ! Terrible, cette histoire faut dire.» Il souriait. Il avait des étoiles dans les yeux.

Catherine le présenta au Donny Osmond qui l'avait embrassée. «Voici Donald. Tu te souviens de lui ? Eh bien, Donald et moi on va se marier.»

Le garçon leva les yeux vers elle. «J'aurai du gâteau ?»

L'homme s'approcha pour lui serrer la main. Il avait l'air d'avoir brossé ses cheveux bruns de bas en haut pour qu'ils se courbent comme le chapeau d'un champignon de Paris. Il était rose, épais et paraissait sympathique. Il manqua lui aussi d'arracher la main du garçon. «Ah je le vois. Ouais, ouais, je le vois maintenant. Y a une ressemblance, rugit-il.

— Je suis désolé qu'il n'y ait plus de gros bateaux que tu puisses réparer, dit Shuggie avec sincérité.

— T'en fais pas, petit gars, répondit Donald. Tu viendras nous rendre visite quand on habitera en Afrique?»

Catherine réprimanda Donald et souleva son frère qu'elle fit pratiquement passer par le guichet de la kitchenette. Il y avait tout un assortiment de casseroles bouillonnantes et une sauteuse remplie de pommes de terre qui pétaradait dans un coin. Catherine le présenta à la mère de Donald, sa Tatie Peggy. Tout chez elle était petit et pointu, depuis le coin de ses yeux rieurs jusqu'au bout de ses oreilles roses. Catherine murmura à l'oreille de Shuggie, qui répéta avec soin : «Merci. De. M'avoir invité. À déjeuner. Tatie. Peggy.

— Alors, il est où? demanda Catherine en reposant son frère. J'ai menti et menti et j'ai traîné le petit à travers toute la ville pour lui. Et tu vas me dire qu'il nous a plantés?»

Shuggie sentit une pichenette lui zébrer la nuque, un gros coup d'ongle, à plat, comme ceux que Gerbil McAvennie lui donnait quand le père Barry regardait ailleurs. «Aïe!

— Me tourne pas le dos, fiston.» L'homme en costume noir remplissait l'embrasure de la porte, sinon en hauteur, du moins en largeur. Shuggie le considéra avec méfiance. Là encore, l'épaisse moustache et les yeux vifs de la photographie. Cet homme était rougeaud lui aussi, sa tête rose et son visage frotté au savon étaient surmontés de longues mèches de cheveux fins ramenées sur le dessus. Son nez était petit et délicat, à la différence du tarin des Campbell, et ses sourcils droits et sombres masquaient les mouvements rapides de ses yeux clairs. Shuggie le regarda et eut envie de toucher son propre visage pour voir s'il avait les mêmes joues rondes et roses, les mêmes poils épais sur la lèvre.

Derrière l'homme se tenait une femme qui attendait qu'on la présente, les mains jointes modestement devant elle. Shug fit tourner la bague à son petit doigt. « Tu vas pas faire un câlin à ton paternel ? »

Shuggie n'avait pas vu son père depuis longtemps. Chaque fois que Shug était descendu à Pithead, il avait pris soin d'attendre que les enfants soient au lit. Shuggie s'accrocha à la jambe de sa sœur. Catherine parla pour lui. « Shug, il est intimidé. Et c'est pas étonnant, si tu viens lui mettre des calottes.

– C'est le credo des Bain : toujours frapper le premier. » Il s'accroupit et Shuggie entendit les nombreuses pièces tinter lourdement dans sa poche. « J'aime bien ta cravate, très chic. Tu brises déjà des cœurs comme ton vieux ? » Il y eut un mouvement derrière lui quand la femme qui attendait entra.

« Je t'avais bien dit que prendre la voiture un jour de derby, c'était une mauvaise idée », dit-elle. Elle semblait épuisée, ses yeux se plissèrent quand elle força un sourire crispé. Elle était plus petite que son père, ce qui la rendait très petite. Elle avait les cheveux retenus par des barrettes et Shuggie remarqua ses racines grises. Elle portait un simple pull à col en V avec le gros lion de Pringle of Scotland sur la poitrine et un pantalon de femme. Elle ressemblait à l'une des dames de la cantine qui fumaient leur cigarette près de la poubelle après l'heure du déjeuner.

Catherine s'approcha sans un sourire. « Ravie de te rencontrer, Joanie. » Elle n'avait pas l'air de le penser. Elles se serrèrent la main et se percutèrent en une embrassade maladroite.

Shuggie manqua de se dévisser la tête et il devait avoir la bouche grande ouverte car Catherine prit son air qui disait *Arrête ça tout de suite*. Son père, toujours accroupi, ne le quittait pas des yeux et souriait comme si tout cela l'amusait beaucoup. Shuggie tira sur le chemisier de Catherine. « *Cath, c'est la méchante Joanie. T'es pas censée l'aimer. C'est la traînée qui a volé mon papa.* »

« Dis bonjour à ta nouvelle mère, persifla Shug sans cesser de sourire. Allez, fais un câlin à ta nouvelle maman.

– Non. Certains d'entre nous ont la reconnaissance du ventre », dit Shuggie en quittant sa cachette derrière la jambe de la traîtresse.

Il ne savait plus où il avait entendu ça, sans doute sa mère l'avait-elle hurlé depuis la console où était posé le téléphone.

« Pff. Il va te falloir une nouvelle maman, Shuggie. Celle que t'as est bonne pour l'équarrissage. » Shug se redressa dans un grincement de genoux et une grimace. « Ou plutôt pour l'asile. »

Joanie fit un signe de la main au garçon. Elle lui tendit un sac en papier. « L'écoute pas, petit. Des fois son cœur est aussi vide que le garde-manger d'un catho un jeudi soir. » Elle avança avec le sac en papier qui semblait très lourd. « Tu sais, tu peux juste m'appeler Joanie si tu veux. » Elle regarda dans le sac. « Notre petite Stephanie est trop grande pour ceux-là mais ils avaient l'air tellement neufs que j'ai pas eu le cœur de les jeter. Tu les veux ? »

Il secoua la tête pour refuser mais ses lèvres dirent : « C'est quoi ? »

Elle s'approcha encore et posa le sac entre eux comme si elle nourrissait un animal craintif. Puis Joanie la Traînée recula de deux pas. « Il va falloir que tu regardes toi-même. »

Son père sortit de la kitchenette avec un grand verre de lait et de la crème au bout de sa moustache. Il s'appuya contre le mur et regarda le garçon se terrer dans un coin de la pièce. Shuggie voulait s'écarter du sac, faire semblant qu'il ne l'intéressait pas mais le sac l'appelait et il se retrouva à aller vers lui. Il poussa le bas avec son orteil : il était lourd. Il l'ouvrit du bout du doigt et découvrit huit roues jaune vif. Il avait les yeux comme des soucoupes quand il sortit le premier patin à roulettes.

« Je vois toujours pas pourquoi on lui pas filé le vieux ballon de foot d'Andrew », dit Shug à Joanie.

Ils étaient en daim jaune abeille avec des rayures blanches et des lacets blancs qui passaient par une douzaine de trous. Ils lui montaient pratiquement jusqu'au genou. Il les adorait.

« Qu'est-ce qu'on dit à Joanie ? » l'encouragea Catherine.

Il voulait faire semblant de n'en avoir rien à faire. Il voulait remettre les patins dans le sac et dire à Catherine qu'ils devaient s'en aller. Il avait le sentiment d'être un traître. Il ne valait pas mieux que sa sœur.

La voix de Tatie Peggy lui parvint par le guichet de la cuisine. «Shug. Tu croiras jamais ce que le fils prodigue a fait.»

Shug adressa à son neveu puis à Catherine un sourire narquois qui lui fit croiser les mains sur la poitrine puis sur le ventre.

Donald Jr intervint. «Non ! Pas *ça*, oncle Shug. J'ai une offre pour un boulot, un bon travail bien payé où je vais être seigneur et maître de quatre douzaines d'hommes.»

Shug termina son lait. «Mais j'avais hâte que tu rejoignes la centrale.

— Tu le verras peut-être à celle de Renfrew Street», dit Catherine en aidant Shuggie à mettre ses patins. Elle tourna la tête et s'adressa à Donald Jr par-dessus son épaule. «Moi aussi je travaille, tu sais. Je ne peux pas tout plaquer et te suivre partout comme ton ombre.»

Shug la regarda essayer de dompter son neveu et rit. «Mon petit Donnie ! Tu croyais que c'était bien ficelé mais mate un peu ça, les catholiques se révoltent.»

Donald Jr se tourna vers son oncle. «C'est un bon boulot dans les mines de palladium. Dans le Transvaal, je crois que ça s'appelle. Ils ont dit qu'ils allaient prendre presque tous les riveurs de Govan, nous payer le billet d'avion et nous trouver un endroit où vivre. Et même nous donner un mois d'avance. Afrique du Sud, nous voilà !

— Tu vas devenir maître des *kaffirs* ! s'exclama Shug avec une moue d'admiration sincère.

— N'utilise pas ce mot horrible devant le petit», s'exclama Catherine. Elle aida son frère à se relever et le tourna vers la porte. «Va jouer dans l'entrée. Et ferme bien la porte derrière toi.» Ils le regardèrent partir, cherchant l'équilibre, les bras écartés, les mains ouvertes comme les ailes d'un petit oiseau. Shuggie poussait à chaque pas dans un glissement gracieux, mais le patin finissait toujours par s'enfoncer dans l'épaisse moquette. Il gagna l'entrée d'un pas heurté, le visage fendu d'un large sourire.

Shug laissa échapper un sifflement de déception. «Je peux pas croire qu'il est de moi, ce gamin.»

Shuggie abaissa les bras. Il arrêta de glisser sur la moquette. Il sentit soudain tout le poids de ces vieux patins à roulettes.

Shug se tourna vers Catherine et demanda : « Tu crois qu'elle va dire quoi quand elle apprendra que je l'ai vu ? »

Catherine regarda Shuggie et vit ses joues brûlantes. « *Oh non. On ne peut pas lui dire qu'il est venu ici.* »

Un sourire méchant se dessina sur le visage de Shug. Il avait la voix pressante que les brutes de l'école adoptaient quand ils voulaient voir une bagarre. « Allez… Qu'il lui dise. »

D'un coup d'épaule Catherine referma la porte. Shuggie entendit son père hurler de rire puis Catherine demander : « Mais pourquoi tu m'as demandé de l'amener si c'est pour t'en prendre à lui comme ça ? »

Shuggie passa l'après-midi à tracer des lignes dans la moquette de l'entrée en faisant tout son possible pour ne pas l'abîmer. Il écouta les adultes se disputer au sujet d'un certain Joe qui vivait à Nesbourg, quelque part dans le sud de l'Afrique. Il entendit Catherine dire qu'elle y serait installée d'ici Noël. Il se demanda à quoi ressemblaient les Noirs et pourquoi ils avaient besoin de Donald Jr pour les faire mieux travailler. Il se demanda pourquoi il fallait que sa grande sœur l'abandonne.

13

Les terrils noirs s'élevaient sur des kilomètres comme les vagues d'une mer pétrifiée. La poussière de coke laissait un fin glaçage gris sur le visage de Leek. Elle creusait encore davantage ses traits émaciés, soulignant son grand nez chevalin, et assombrissait les poils fins de son léger duvet. Sa frange avait cessé de rebondir et pesait, grisâtre, contre son front. Il ressemblait à un homme de graphite, à un personnage de ses esquisses.

Il avançait lentement dans son ascension de la colline noire et friable. Il s'enfonçait à chaque pas, le sol lui avalant la jambe jusqu'au genou. La fine poussière noir de jais trouvait la moindre ouverture et remplissait tous les interstices. Elle se déversait sur le dessus de ses mocassins dont les glands tressés faisaient jaillir des nuages noirs comme la queue d'une vache sale. Dans la descente, les scories qui se détachaient le poursuivaient telle une vague vorace. Il ne pesait pas bien lourd mais sa carcasse creuse faisait se détacher la croûte superficielle du terril. Les crasses s'enfonçaient, révélant une noirceur plus sombre, intacte, sous cette première couche. Chaque fois que les terrils le noircissaient, il avait l'impression de s'effacer encore, d'être encore plus invisible que le spectre qu'il était habituellement.

Il valait mieux traverser cette mer noire quand il n'y avait pas de vent ou de pluie. Lorsque le vent léchait les terrils secs, ils contaminaient l'air comme l'intérieur d'une ardoise magique éclatée, comme les résidus d'un million de crayons à papier bien taillés. Si ça lui pénétrait dans la bouche, il gardait le goût pendant des jours. Quand il pleuvait sur la houillère, les terrils semblaient épuisés et abattus. Ils se solidifiaient, comme pour se laisser mourir.

Leek atteignit le sommet du plus haut crassier et s'assit. Il alluma une petite clope et contempla la houillère morte et le coron mourant. Comme une maquette posée sur un tapis marron râpé, il s'étendait, régulier et uniforme, sur la lande tourbeuse. Même de là où il était, Leek trouvait qu'il avait l'air minable.

Il sortit son carnet de croquis de la poche de son anorak. Ses doigts couverts de suie laissèrent des traces quand il essaya de capturer l'horizon avec le côté le plus large d'un crayon à mine grasse. Si le lotissement de Pithead avait été créé par un modéliste, il devait être sacrément près de ses sous. Où étaient les petites voitures en fer-blanc, les animaux de la ferme, ou les buissons verts et touffus qui ressemblaient à du corail épineux ? Leek regarda les silhouettes en veste noire traîner autour du club des mineurs et se demanda pourquoi le modéliste n'aimait pas les figurines colorées et joliment peintes.

Il porta son regard plus loin, au-delà des arbres en goupillon et du tapis de marais stériles. Le train qui reliait Glasgow à Édimbourg ressemblait à un jouet traversant la friche qui séparait les mineurs du reste du monde. Il créait une frontière invisible et jamais, jamais, il ne s'arrêtait. Des années auparavant, la mairie avait fermé la seule gare, pour faire des économies sur le salaire de l'agent qui la faisait tourner. Ils comptaient sur un simple bus qui passait trois fois par jour et mettait une heure pour aller où que ce soit.

Désormais, le soir, les grands fils des mineurs traînaient près des rails avec des bières et des sacs de glu et regardaient avec tristesse et colère les joyeux visages passer dans un grondement toutes les trente minutes. Ils tripotaient les nichons de leurs cousines sous leur pull tressé trop grand et traversaient la voie en courant devant le train qui arrivait, leurs fins cheveux soulevés par le souffle de la collision évitée de justesse. Ils balançaient des bouteilles de pisse sur les vitres, le conducteur faisait alors retentir un coup de klaxon rageur et eux se sentaient vus par le monde, vivants.

Depuis la fermeture de la mine, ils s'étaient mis à disposer en travers des rails de grosses branches qu'ils faisaient tomber des arbres malades en sautant dessus. Comme les trains les fendaient facilement, ils posèrent des pierres et plus tard des briques rouges. Un garçon à peine plus âgé que Shuggie avait perdu un œil à cause d'un éclat. Alors, armés des recharges de gaz pour briquet qu'ils se procuraient pour les sniffer, ils commencèrent à mettre le feu aux bas-côtés. Leek les avait vus enflammer la tourbe brune de part et d'autre des rails. Malgré tout, les trains de Glasgow ne s'arrêtaient pas.

Leek promenait son crayon mâchonné à travers le paysage désolé. Il ne s'en rendait pas compte, assis seul là-haut, mais quand il dessinait ses épaules voûtées retombaient un peu.

C'était de plus en plus dur de se lever le matin, de laisser le jour entrer, de revenir à son corps et de cesser de flotter derrière ses paupières, là où il était libre. Il arrivait de plus en plus tard à son apprentissage. Le patron laissait tomber, Leek le voyait bien. Ils flottaient l'un à côté de l'autre avec un désintérêt mutuel.

Au début, le patron, un homme nerveux et pragmatique, lui avait servi ses discours mille fois répétés. À mesure que son alternance avançait, comme Leek continuait de ne l'écouter que d'une oreille, les discours se remplirent peu à peu de fiel. Leek hochait la tête comme un métronome tout au long de la diatribe riche en postillons sur tout le mal que sa génération faisait au pays. Le patron, écumant, écartait la frange de Leek d'une main calleuse. Les yeux du jeune homme étaient aussi vides que deux billes ternes. L'homme avait tout vu en trente ans dans le bâtiment : des générations de jeunes gars traînés là par divers programmes du gouvernement, paresseux et indifférents ou grandes gueules et insolents. Avec le temps, ils cédaient et rentraient dans le rang, devenaient des hommes qui mettaient des nanas dans le pétrin et avaient besoin d'un salaire régulier. Pendant toutes ces années, il n'avait jamais croisé une âme semblable à ce garçon.

Furieux, le patron attrapa un jour son court crayon derrière son oreille et poignarda l'air à un demi-centimètre du visage de Leek. Leek ne s'écartait jamais, il avait appris ça avec Agnes. Il verrouilla la porte qui se trouvait derrière ses yeux et partit, laissant derrière lui son corps, la poussière de plâtre, le thermos de thé froid et le patron énervé.

Celui-ci l'aurait bien viré, mais il était envoyé par le CFA et, tant que Thatcher finançait son salaire, il pouvait bien le garder. Ils auraient toujours besoin de quelqu'un pour faire le thé. En guise de bizutage, les plus anciens se mirent à l'envoyer au magasin pour chercher des outils qui n'existaient pas. Ils lui faisaient trier des boîtes de clous par ordre de taille. Leek haussait les épaules, les laissait rire et vivait sa vie, heureux de perdre son corps dans les tâches monotones et inutiles qu'ils lui assignaient pour mieux laisser son esprit vagabonder.

Dans le silence du terril, il tourna les pages de son carnet et en sortit deux enveloppes. La première était fine, un papier bleu ciel souple, envoyée par avion et affranchie par Catherine d'une série de timbres sud-africains depuis le Transvaal. Il la tourna entre ses mains et regretta que ça lui fasse autant de peine de la lire. Il aurait aimé que l'excitation de sa sœur pour les meubles de son patio et le biltong ne lui donne pas l'impression d'être un rebut, une vieillerie facilement oubliée.

Pourtant, Leek trouvait que cette tristesse valait mieux que la colère qu'il avait d'abord ressentie. La tristesse était une meilleure invitée : silencieuse, fiable, constante. Quand Catherine avait épousé Donald Jr, ils avaient tous été en colère. Agnes, imbibée de vodka, avait traîné le matelas de Catherine sur le trottoir. Elle avait réussi à le faire toute seule et les garçons n'avaient pu que se tenir à l'écart tandis que les dernières affaires de leur sœur rejoignaient les sacs-poubelle.

Leek sortit la seconde lettre. Elle était sale maintenant, cornée après des heures de lecture et de relecture. L'enveloppe était en papier crème épais, chiné, comme du papier à aquarelle coûteux. Quelqu'un avait calligraphié son nom à l'encre de Chine, *M. Alexander Bain*, et avait même pris la peine de tracer une ligne à la règle pour qu'il soit bien droit. Leek ouvrit l'enveloppe et déplia la lettre tapée à la machine. Le papier craquait. Il passa ses doigts sales sur le blason bien connu en haut de la page. Il aurait pu la lire les yeux fermés.

Cher Monsieur Bain,
J'ai le plaisir de vous informer qu'après une étude approfondie de votre dossier et de votre portfolio nous sommes heureux de vous proposer une place sans condition au sein de notre licence de Beaux-Arts...

Leek plia la lettre et la glissa avec précaution dans l'enveloppe. Il savait qu'elle disait ensuite qu'ils lui enverraient plus d'informations, qu'il devait contacter la scolarité du département pour confirmer qu'il acceptait la place. Il savait qu'elle disait qu'il devait commencer en septembre. En septembre, oui, mais deux ans plus tôt. Il repensa au moment où il avait reçu la lettre. Il revit Shug partir. Il revit Catherine regarder la porte et son drôle de petit frère, affamé et apeuré, et sa mère assise par terre avec la tête dans le four.

Il faisait froid sur la mer pétrifiée et silencieuse, c'était ce qui lui plaisait. Perdu dans ses rêveries, il ignora d'abord le bruit, jusqu'à ce qu'il se fasse plus proche et plus insistant, les horribles pets des bottes aspirées par le sol. Shuggie apparut, les joues rougies, sur le flanc du terril. Son teint habituellement crémeux était terni par une couche de poussière mais il avait des cercles roses et humides autour des yeux et de la bouche. Leek cacha la lettre dans son carnet et rangea soigneusement le tout à l'intérieur de sa veste.

« Je t'ai demandé de m'attendre », geignit Shuggie. Sa lèvre inférieure était une bulle rose dans la saleté grise.

« Si tu peux pas suivre, demande pas à venir. » Il était certain d'avoir déjà eu cette conversation avec lui, il avait le sentiment qu'ils l'avaient constamment. Leek se leva et repartit. Il ressemblait à un cousin essayant de flotter à la surface d'une eau noir d'encre, son anorak en nylon bleu aussi brillant que la carapace d'un scarabée.

Il tenta de semer son petit frère en dévalant les pentes escarpées à grandes enjambées. Il avait espéré que le garçon abandonne et rentre à la maison. Mais Shuggie tenait bon.

Leek écouta son frère haleter comme un asthmatique derrière lui et ça perturbait son calme. Il aurait dû lui dire de ne pas venir mais c'était un cafteur de première. Shuggie avait bien acquis ce savoir-faire mais il l'utilisait maladroitement. Il balançait les pires informations pour des gains dérisoires, et il allait presque toujours trop loin. Agnes, quand on la cherchait, était capable de poursuivre Leek à travers la maison armée de sa grosse sandale Scholl, la semelle en caoutchouc laissant des bleus violacés au milieu de grandes traces rouges qui faisaient sourire Shuggie comme si le beurre ne devait jamais fondre.

Leek s'était demandé pourquoi sa mère se souciait même qu'il s'aventure dans la mine désaffectée. Il était sûr que ce n'était pas à cause des dangers des terrils ou des profondeurs infinies de l'eau noire au fond de la vieille carrière. C'était la poussière qui dérangeait Agnes. C'était ce que les voisins devaient penser quand ils le voyaient rentrer couvert de suie et de crasse. Ne plus pouvoir faire semblant qu'elle n'avait rien à voir avec eux, qu'elle était mieux née et coincée momentanément dans leur miséreux coin oublié. C'était l'orgueil, pas le danger, qui la mettait tellement en colère.

D'un coup de mocassin, Leek envoya une giclée de scories derrière lui et écouta la petite toux et le gémissement. Shuggie eut un grognement de blaireau énervé et Leek éclata de rire, bien décidé à recommencer au retour.

Leek descendit en courant le dernier terril et attendit son frère en bas. La marée de scories se déplaçait comme un glissement de terrain. Emporté par son élan, Shuggie faisait de grands bonds et à son deuxième ou troisième saut le sol se solidifia soudain. Ses jambes bougeaient trop vite et, avec un cri perçant, il tomba vers l'avant et finit sa descente en glissant sur le ventre. Il s'arrêta dans un crissement et s'enfonça silencieusement dans les scories à mesure que la terre l'avalait comme une tombe affamée. Leek attrapa le garçon d'une main et l'arracha du charbon par la bretelle de son cartable. Un petit visage noir avec deux yeux blancs qui clignaient le regardait, confus et apeuré.

Leek ne put s'empêcher de rire. «Qu'est-ce que je t'avais dit? Reste léger dans la descente, sinon tu vas faire bouger tout le flanc.

– Je sais mais ç'a commencé à glisser et j'ai eu peur de me faire avaler.» Shuggie secoua ses cheveux. «Maman va te tuer si je meurs.»

Leek reposa le garçon. «T'es obligé d'être aussi chiant? Tu peux pas être normal pour une fois?»

Le garçon se détourna de lui. «Je suis normal.»

Leek crut voir la nuque de Shuggie s'empourprer. Ses épaules remuaient avec les premiers sanglots. Leek le fit se retourner. «Regarde-moi quand je te parle.» Leek scruta son visage. Ce n'étaient pas des larmes qui montaient : il connaissait bien la rougeur de la honte et de la frustration. «Est-ce que les gamins de l'école te cognent toujours?

– Non.» Il se défit de la prise de Leek. «Des fois.

– Ne t'en fais pas pour ça. Ils voient le seul truc qui est un peu plus spécial qu'eux et ils tombent dessus.»

Shuggie releva les yeux. «Je les ai dénoncés au père Barry. Je lui ai demandé qu'ils arrêtent.» Shuggie réajusta le pli de son pantalon. «Mais il m'a juste fait rester après la cloche pour me faire lire des trucs sur les saints persécutés.»

Leek essaya de ne pas sourire. «Quel vieux naze. C'est bien l'Église ça : *"Arrête de te plaindre, ça pourrait être pire."* » Il retira son mocassin à glands et se pencha pour le vider. «Tu sais que quand j'étais à l'école on disait qu'il y avait un père qui tripotait un petit mec du genre taiseux. Tu te rends compte?» Il releva les yeux et croisa le regard de Shuggie. «Il t'a déjà touché, Shuggie? Le père Barry?»

Un nuage passa sur le visage de Shuggie, suffisamment noir pour que Leek arrête de s'épousseter. «Non», dit-il doucement. Puis les mots jaillirent, trop vite pour qu'il puisse les organiser. «Mais ils disent que je lui ai fait des trucs. Ils disent que j'ai fait des trucs sales. Mais j'ai jamais fait ça. Promis. Je sais même pas ce que c'est ces choses-là.

— Je te crois, Shuggity. Ils veulent juste te faire maronner. » Leek prit son frère dans ses bras, un gros câlin qui lui écrasait les côtes et lui enfonçait la tête dans son flanc. « Et puis tu as quel âge maintenant ? »

Shuggie ne répondit pas tout de suite, trop heureux de se laisser étouffer. Puis il prit un ton très mesuré, comme s'il récitait une leçon devant un tableau noir. « Le 16 juillet. 16 h 20. Tu as été un accouchement compliqué, Leek, très compliqué.

— Fais pas chier ! »

Shuggie enfonça encore son visage dans les côtes de Leek. « Je pense juste qu'on devrait savoir ces choses-là l'un sur l'autre. » Puis il ajouta, maussade : « Huit ans. J'ai bientôt huit ans et demi.

— Merde, tu pouvais pas commencer par ça ? Bref, tu es assez grand. Il est temps que tu commences à essayer de te fondre dans la masse. Il faut que tu essaies d'être un peu plus comme les autres petits gogols. »

Shuggie tourna la tête pour respirer. « J'essaie, Leek. J'essaie tout le temps. Ces garçons, ils laissent sortir leur chemise comme s'ils n'avaient aucune honte et ils passent leur temps à shooter dans leur fichu ballon. Je les ai même vus glisser leurs doigts à l'arrière de leur pantalon et les sentir ensuite. C'est tellement... tellement... » Il cherchait le mot juste. « *Vulgaire.* »

Leek le relâcha. « Si tu veux survivre, il faut que tu essayes plus fort, Shuggie.

— Comment ?

— Pour commencer n'utilise plus jamais le mot *vulgaire*. Les petits gars ne devraient pas parler comme les vieilles dames. » Leek délogea un peu de mucus du fond de sa gorge. « Et tu devrais essayer de faire attention à comment tu marches. Essaie de moins te dandiner, ça te met une cible sur le dos. » Leek imita la démarche de Shuggie. Ses pieds étaient pointés vers l'extérieur, ses hanches roulaient et ses bras se balançaient sur les côtés comme s'ils ne contenaient pas un seul os. «Ne croise pas les jambes quand tu marches. Essaie de laisser de la place pour ta bite.» Leek attrapa le renflement à l'avant de son pantalon de velours côtelé et fit des allers-retours à mi-chemin entre une démarche de petit coq et un pas tranquille. «Ne plie pas autant les genoux, fais des pas plus longs et plus droits.»

Leek fit des ronds avec souplesse. Shuggie le suivait comme son double. Il faisait de son mieux pour garder les bras serrés. C'était dur d'avoir l'air naturel.

Ils paradèrent comme deux cow-boys sur la terre retournée. À l'avant de la mine s'élevait le principal bâtiment de la houillère. Aussi imposant que la cathédrale de Glasgow, il évoquait un géant solitaire abandonné sur la lune. De larges fenêtres cassées en arches simples, trop hautes pour que l'on puisse voir à l'intérieur mais suffisamment grandes pour que l'espace caverneux reçoive toute la lumière du jour. Les vitres encore intactes étaient noircies par la poussière de charbon. À l'extrémité du bâtiment, une grande cheminée montait dans le ciel et les jours de pluie on en voyait à peine l'extrémité, perdue dans les nuages. Des tuyaux et des tringles jonchaient le sol, l'arrachage hâtif des scies à métaux se devinait encore, les pillards ayant pris ce qu'ils pouvaient avant que la mine soit officiellement démantelée pour être vendue à l'encan.

«Je veux que tu m'attendes ici», dit Leek en traçant une croix sur le sol. Il passa la main par-dessus la tête de son frère et le fit tourner en l'attrapant par la poignée de son sac à dos. Il ouvrit la petite fermeture Éclair et Shuggie pencha sous le poids de Leek fouillant dans le sac. «Tu dois faire le guet, d'accord? Si tu vois quelqu'un qui arrive, tu viens me chercher tout de suite.» Leek sortit un coupe-boulon et un pied-de-biche du sac à dos.

Le petit garçon acquiesça, il se sentait déjà plus léger. «Pourquoi on doit faire ça, au fait?

– Je te l'ai dit un millier de fois. Il faut que je fasse des économies. J'ai des plans. Je compte pas rester apprenti toute ma vie.

« – Je suis dans tes plans, moi ? demanda Shuggie.

– Fais pas le con. » Il montra la houillère du doigt. « C'est de plus en plus dur parce qu'il y a de moins en moins de trucs à gratter, alors je vais peut-être rester dedans un bon moment. Compris ? » Leek referma le sac vide et fit faire volte-face à son frère. « Ouvre l'œil. » Leek se glissa dans la pénombre du bâtiment. Shuggie le regarda traverser les flaques de lumière terne puis il disparut dans les recoins sombres de la cathédrale de charbon.

Pendant un moment, Shuggie dessina dans la poussière. La crasse était profonde et tendre. Il dessina un cheval puis Agnes. Il aimait dessiner les cheveux bouclés. Il en mettait partout. Ça égayait.

Leek traversa le bâtiment jusqu'à l'arrière avec l'intention de récupérer le cuivre du mur du fond, là où les câbles rejoignaient le générateur pour l'éclairage. Fermée depuis trois ans, la mine était sous séquestre et lentement démantelée, les propriétaires la revendant à la découpe. Les mineurs et leurs fils aînés avaient essayé de les devancer. Le cuivre des câbles électriques se vendait au kilo, ils dénudaient donc les boîtes de dérivation, arrachaient les câbles et les mettaient à nu comme des souris rongeant le fil d'une lampe. Leek vit que les gaines en caoutchouc étaient déjà arrachées et que tout ce qui traînait par terre était vide comme des os sans moelle. Il suivit le câble jusqu'à l'extérieur où il s'enfonçait dans la terre en direction du puits principal. À trente mètres de l'arrière du bâtiment le câble était relevé. Le dernier pilleur avait tiré tant qu'il avait pu et l'avait laissé là comme une artère sectionnée. Leek se pencha et avec l'extrémité acérée du pied-de-biche entreprit d'attaquer le sol dur.

Il s'activa pendant environ une heure et ne releva la tête que lorsqu'il sentit l'odeur des poêles à charbon depuis le lotissement. Il commençait à se faire tard. C'était plus sûr de retraverser la mer noire avant l'obscurité.

Alors qu'il coupait et sciait, il regretta que Shuggie ne soit pas plus grand et que ce soit un avorton geignard, autrement il aurait pu en emporter plus. Le cuivre pesait lourd mais l'épaisse gaine en plastique était une plaie. Ce n'était pas malin de dénuder le câble au milieu de la houillère. Deux jeunes du coron s'étaient fait prendre en train de voler le cuivre et avaient été condamnés. Les amendes leur avaient coûté plus cher que ce qu'auraient pu rapporter tous les câbles de Pithead.

Leek enroula une longueur décevante de câble comme une corde d'escalade. Son pied-de-biche à la main, il retraversa les flaques de lumière grise et ressortit dans le froid après-midi d'hiver. Il se remonta le moral en pensant au studio qu'il louerait un jour, tout en haut de Garnethill, près de l'école d'art Mackintosh, grâce à tout l'argent du cuivre qu'il aurait mis de côté. Il y avait même assez pour payer un petit pot-de-vin à sa balance de frère. Il souriait presque quand il revint dans la lumière mais c'était trop calme. La balance était partie.

Shuggie aurait aimé avoir des cailloux à jeter. C'était rigolo. La dernière fois, il avait passé une heure à essayer d'atteindre les hautes fenêtres et avait fini par en toucher une. Elle avait volé en éclats avec fracas. Leek avait surgi des ténèbres et lui avait mis une volée pour le punir.

Cette fois-ci, il marchait en faisant de grands cercles, il s'arrêtait régulièrement pour attraper le vide à l'avant de son pantalon et écarter un peu plus les jambes, comme un cow-boy. Il était profondément concentré et essayait de s'imaginer un corps normal comme celui de Leek, qui ne semblait pas posséder la moindre articulation gracieuse ou utilisable, quand il le vit enfin. Le temps qu'il s'aperçoive du danger, l'homme accourait en faisant voler des volutes de charbon sous ses talons. Avant que Shuggie comprenne qu'il fallait qu'il se mette à courir lui aussi, l'homme avait dépassé les imposantes tours d'aération et fondait sur lui.

Shuggie était censé avertir Leek. Il était censé faire le guet et se précipiter dans la houillère si quelqu'un arrivait. L'homme se rapprochait et Shuggie contempla l'obscurité du bâtiment puis détala dans la direction opposée.

Le sac à dos vide dansait de gauche à droite. Il gravit le premier terril en courant, l'attaquant par le flanc, s'enfonçant jusqu'aux genoux tandis que ses bottes pétaient sans cesse. Arrivant au sommet, il vit que l'homme grimpait sur le terril à grandes enjambées, comme Leek, enfonçant chaque pied avant de s'envoler au-dessus des scories qui se détachaient. Shuggie contourna le pic de la dune noire et courut comme si sa vie en dépendait. Il sentait la détermination de l'homme, sentait pratiquement ses mains sur ses jambes. Alors qu'il dévalait l'autre versant, la terre rugit derrière lui et, dans une éclaboussure de poussière, il tomba au fond de la vallée entre deux monticules. L'homme apparut au sommet. Shuggie regarda sa silhouette se découper dans le crépuscule, ses épaules remonter et retomber, ses poings se serrer sous l'effet de la frustration.

Shuggie courut au fond de la vallée noire mais l'homme le suivait comme une crécerelle pourchassant une souris.

Seules les tourbières accidentées s'étendaient derrière les terrils. L'homme pouvait facilement se laisser glisser sur les scories et l'attraper, alors le garçon accéléra encore, sur l'argile schisteuse et les crasses pleines de mauvaises herbes, jusqu'à l'endroit où l'herbe prenait le dessus, marquant le début des champs bruns. Il trébucha, tendant l'oreille pour vérifier si l'herbe s'aplatissait derrière lui. Mais il n'y avait plus de bruits de pas.

Shuggie atteignit une épaisse touffe d'herbe jaunie et se jeta par terre. L'homme se tenait au sommet du dernier terril, essoufflé. Il mit ses mains en porte-voix et hurla : « Je t'aurai, petit salopard ! » Puis il disparut.

Shuggie resta allongé dans les herbes hautes jusqu'à être certain que l'autre était parti. Ses vêtements s'imbibèrent à mesure que la tourbe évacuait gaiement l'humidité de la dernière pluie, la terre morte n'en ayant aucune utilité. La mer de scories s'étendait maintenant entre lui et le coron et l'homme se dressait sur le chemin de la maison. Son imagination faisait fleurir les châtiments qu'il lui infligerait s'il l'attrapait, un montage de violences dignes d'un méchant de dessins animés. Shuggie ne voulait pas finir enterré dans la mer de crasses. Il voulait rentrer à la maison. Le sol se réchauffa quand il se pissa dessus.

L'après-midi d'hiver mourait rapidement et sans soleil le ciel formait une solide couverture de laine grise. Shuggie entreprit de contourner les terrils en restant au bord de la tourbière qui les encerclait. C'était un long chemin et ses jambes étaient rendues rouges par l'indigo de son pantalon qui déteignait. Il arriva à un grand cratère creusé dans la terre : une étendue de boue gris foncé en forme de poêle à frire qui s'était affaissée comme le centre d'un gâteau insuffisamment cuit. Cela lui prendrait trop de temps de la contourner. En coupant par le centre, il serait chez lui en un rien de temps. La faible lueur du lotissement apparaissait à l'autre bout, réchauffant les nuages bas comme une veilleuse. Shuggie se signa rapidement et descendit dans le cratère.

Le fond du cratère n'était qu'à trois mètres en dessous du niveau du sol, mais les flancs étaient abrupts et, alors qu'il glissait sur les scories, il se demanda s'il serait capable de remonter. Il atterrit avec un bruit sourd et humide. Depuis le rebord, il tendit la jambe et tapota la surface du bout du pied. Elle était mouillée et collante mais, comme un savon visqueux, elle était plus ou moins solide. Il posa le pied pour tester la surface lisse. Elle tint. Il releva la jambe et regarda l'empreinte de sa botte rester un moment dans le sol avant de disparaître comme par magie.

Enhardi, il fit quelques pas rapides, s'arrêta et retourna en courant à la pente rocailleuse. Il regarda ses empreintes fantômes disparaître. C'était comme être suivi par son ombre et là, s'effaçant devant lui, c'en était la preuve. Un sourire illumina son visage glacé et pendant un instant il oublia ses cuisses irritées. Les bras tendus comme des ailes, il fit de grands cercles dans la boue grise et dansa avec une partenaire invisible. Il commença à chanter doucement pour lui-même.

Il lui faudrait moins d'une minute pour atteindre le bord opposé en courant aussi vite que ses bottes le lui permettaient. D'un bond, il s'élança sur la boue vitrifiée. Alors qu'il avançait à petits pas dans le cratère, les bottes rouges firent *slap-slap-slaaap*, comme une grosse main claquant sur une grosse cuisse. Le bruit de ses pas rebondit contre les flancs du cratère et résonna dans le trou. Ce fut le changement de ton qu'il remarqua en premier.

Il se fit plus lent. Plus grave. D'un *slap-slap* sec le son se transforma en une succion humide, comme le dos d'une cuillère dans un bol de porridge froid. À mi-chemin, il fatiguait déjà. La boue commença à bouger et à aspirer ses bottes. Il devait monter les genoux plus haut et ses jambes bougeaient moins vite. Il perdait ses bottes. Il écarta les orteils comme des griffes pour s'accrocher désespérément au caoutchouc.

La panique le fit soudain changer de cap. Le coteau instable n'était qu'à quelques mètres, quatre fois la taille de Leek peut-être, quand il sentit qu'il n'arrivait plus à arracher son pied de la boue avide. Il sauta hors de ses petites bottes rouges. Désormais pieds nus, il se rendit compte de sa bêtise car la boue ressemblait à l'eau du bain. Il fit deux ou trois pas et s'arrêta. Elle lui léchait les pieds comme une bouche affamée dévorant un sorbet. Elle recommençait à le dévorer. Il n'allait pas s'en sortir.

S'il devait mourir, il mourrait dans ses bottes. Il ne pensait qu'au visage de sa mère quand on le retrouverait pieds nus et aux marques que la sandale Scholl d'Agnes laisserait sur son cadavre. Il retourna péniblement à ses bottes et les enfila. En attrapant le haut de l'une d'elles à deux mains, il essaya de se libérer mais, quand une jambe se relevait, l'autre s'enfonçait plus profondément dans la bouche humide. La boue monta jusqu'à la boucle, bien au-dessus de son mollet, pratiquement jusqu'au genou. Elle trempait son pantalon. Il la regarda entrer dans ses bottes et la sentit entre ses orteils. Il finit par abandonner et, comme il ne savait quoi faire d'autre, se remit à chanter.

«*Ah buhlee that chi-hil-dren are our fewture. Teach em we-e-ll and let em lead the-he way.*» Shuggie regarda la boue charbonneuse remplir l'autre botte, la possibilité d'abandonner les bottes rouges était passée. « *Show em all the bew-ty they possess in-si-hide.* »

Il chantait maintenant plus fort, faisant vibrer toutes les notes comme il l'avait entendu à la radio. « *Ah decidet long aglow ne-er to wa-halk in anybody's sha-dow. If ah fail if ah suck seeds at least it been as ah buh-lee. No matter what youse tek from me. Youse ca-hant take away ma dihig-ni-tee.* »

Une voix étouffée dans les ténèbres. « C'est quoi ce bordel ? Hé, Whitney Houston. Par ici. »

Shuggie n'avait pas vu l'ombre au bord du cratère et il était encore difficile de distinguer Leek contre le ciel de charbon. « Qu'est-ce que tu fous là-dedans ? »

Shuggie ferma les yeux. « AAAAH, ENCULÉ DE BÂTARD DE MERDE, PUTAIN DE MERDE, BOUGE-TOI ! SORS-MOI DE LÀ, ENFOIRÉ DE DOIGTEUR DE CHATTE ! »

Dans le noir, il entendit la terre remuer puis des pas lourds sur la boue humide.

« BOUGE DE LÀ, PUTAIN. » Il écouta les pieds s'enfoncer dans les scories aspirantes. « SORS-MOI DE LÀ, ENCULÉ. »

Le martèlement humide se rapprocha, il entendit un soupir familier quand Leek se mit à jurer entre ses dents. Leek attrapa son frère par le sac à dos et avec un grognement l'arracha du sol comme une mauvaise herbe rachitique. Shuggie se sentit tiré hors de la boue et reposé sans ménagement sur la surface. Leek attrapa l'arrière de son anorak comme des rênes et le tira jusqu'à la terre ferme.

« Ah, non ! Attends ! NON ! » Ils s'arrêtèrent net. Leek approcha son visage de celui de son frère, scrutant la pénombre pour voir ce qui causait ce nouveau caprice. « Laisse-moi. *Laisse-moi !*

– T'es con ou quoi ? » Leek le tira jusqu'au rebord et lui claqua les oreilles. Il avait l'air d'être en colère contre Shuggie. Il avait l'air très pressé de partir.

« Je ne peux pas rentrer à la maison, dit le garçon en agitant les bras. Pas sans mes bottes. Elle va me tuer ! Elle est encore en train de les rembourser sur le catalogue.

– Putain !» Shuggie sentit la main relâcher sa capuche quand son frère retourna d'une glissade au fond du cratère. Dans l'obscurité, il perçut un grognement frustré et le bruit de Leek tirant sur la botte que la boue continuait d'aspirer. Il y eut quelques instants de silence, puis le claquement des semelles de Leek et il sentit à nouveau sa main sur son col. Leek traîna Shuggie loin du cratère et ce ne fut que lorsqu'il se mit à gémir à cause des cailloux coupants qu'il s'arrêta pour le laisser remettre ses bottes. Tandis que Shuggie les enfilait lentement, il regardait son frère faire les cent pas, nerveux, le regard vers l'horizon, au-delà de la houillère et de la distance qu'ils avaient parcourue pour arriver ici. L'adrénaline lui donnait des tics nerveux.

«Dépêche !» Leek secoua Shuggie par les épaules, ses longs doigts se rejoignant derrière son dos. Shuggie regarda son frère en clignant des yeux. Il remarqua pour la première fois que ses sourcils avaient poussé et se rejoignaient. Il trouvait ça curieusement distrayant et était sur le point de le lui faire remarquer.

Mais la voix de Leek était bizarre : elle était étouffée et déformée. Il lui faisait peur. Il y avait une giclée de sang noirci sur son visage, collant comme du sirop. Le coin de son œil gauche noircissait en une ecchymose qui ressemblait à un creux profond dans la lumière faiblissante et sa lèvre inférieure était enflée et coupée. Leek se frottait la mâchoire comme si elle était très douloureuse. Il mit la main à l'intérieur de sa bouche et en ressortit la partie inférieure de son dentier avec une grimace de douleur. Il manquait une dent, une autre était fendue et la plaque de céramique rose était coupée en deux, comme si quelqu'un lui avait mis un grand coup dans la mâchoire.

«Ça va ?

– Puuu-tain, grogna Leek. Je t'avais dit de faire le guet, bordel. Tu devais me dire si le vigile arrivait.» Il n'avait plus de peau sur les jointures des doigts. Un éclat de peur brillait dans ses yeux. «Je l'ai salement amoché, Shuggie. J'ai pas eu le choix. Tout ça c'est ta faute.»

Leek rangea la céramique brisée dans sa poche et Shuggie vit qu'il n'avait ni câble de cuivre ni pied-de-biche dans les mains. Leek partit au pas de course sans cesser de se retourner. Les bottes de Shuggie étaient mal mises, ses chaussettes humides étaient coincées entre ses orteils et lui faisaient des ampoules, mais il n'osait pas demander à son frère de ralentir.

Ils furent tous les deux soulagés de retrouver la lumière orangée des premiers lampadaires maladifs en bordure du coron. Quand Leek parlait sans ses dents du bas, son visage se décomposait à moitié, ce qui rendait difficile de comprendre ses paroles ramollies mais Shuggie n'avait aucun mal à lire la peur et la déception dans ses yeux.

14

Leek ne retourna plus jamais piquer du cuivre. Le vigile fut hospitalisé, le crâne fracassé par son pied-de-biche et l'esprit éparpillé comme un jeu de cartes balancé par terre. Les flics sonnèrent à toutes les portes à la recherche du jeune homme qui avait fait ça. Quand ils se présentèrent chez eux, Agnes les fit attendre sur la première marche du perron. Elle tripota sa boucle d'oreille en toc, n'eut pas besoin de feindre l'agacement et soupira comme s'ils l'insultaient en venant obscurcir sa porte d'entrée. Elle les éconduisit facilement et jamais Leek n'avait été aussi heureux que sa mère soit toujours aussi soignée.

Agnes ne lui demanda jamais si c'était lui qui avait fait le coup. Ça ne lui vint même pas à l'idée. Bridie Donnelly fumait contre la barrière de son jardin pendant que la police remontait la rue. Elle avait surtout l'air étonnée que ce ne soit pas un des siens qui ait fait ça. Bridie remarqua que c'était la meilleure chose qui pût arriver à la famille du vigile. Son contrat allait bientôt se terminer et il était maintenant certain de toucher une pension d'invalidité à vie. Et puis il n'avait jamais été bien bavard de toute façon.

Durant tout l'hiver et même pendant le dégel du printemps, les dents de Leek lui firent mal. Le National Health Service mettait du temps à les remplacer, alors il ne portait son bridge fendu que lorsqu'il sortait et gardait les mâchoires serrées car ses dents s'échappaient dès qu'il parlait. À la maison, il faisait sans et traînait sans rien dire avec un bec de tortue de cartoon. Quand il voyait Shuggie, il s'asseyait sur lui ou le pinçait jusqu'à ce que sa peau soit zébrée. Shuggie sentait que c'était mérité et s'efforçait de ne pas pleurer.

Quand le NHS remplaça enfin ses fausses dents, Leek fit bouger la mâchoire du haut à un angle bizarre et la plaque de céramique le pinçait à l'arrière et lui rongeait la gencive. Comme un apôtre, Shuggie le suivait partout avec des tranches de pain blanc. Il en arrachait un petit morceau, le roulait en une boule molle qu'il tendait à Leek pour qu'il la glisse sous la céramique et soulage ses abcès. Shuggie garda du pain dans sa poche jusqu'à l'été. Souvent, quand Agnes lavait le pantalon de son uniforme, elle retrouvait une tranche de pain de mie oubliée, séchée et bleuie par la moisissure.

Les vacances d'été arrivèrent et la route grouillait de petits McAvennie, de cousins à eux et de cousins de leurs cousins. Ils profitaient au maximum des deux semaines de beau temps venu de la côte ouest, faisant rebondir leur ballon de foot sur le trottoir ou faisant des tours à vélo en criant et en envoyant de grands nuages de poussière gris souris dans les airs.

Shuggie les évitait.

Il sentait que quelque chose n'allait pas. Quelque chose à l'intérieur de lui était monté de travers. C'était comme si tout le monde pouvait le voir et que lui seul était incapable de dire ce que c'était. Ce n'était pas seulement une différence, c'était une tare.

Il traversa en bondissant l'ombre de la maison et passa sous la clôture semblable à une chaîne pour atteindre les marais tourbeux qui entouraient le coron. Il s'éloigna des habitations et marcha un bon moment. Le soleil, rare, lui tapait dans le dos et, sous son pull épais, sa peau commençait à le gratter. Il quitta le sentier et se fraya un chemin dans les herbes hautes. Il marcha jusqu'à avoir aplati un grand ovale. L'herbe morte formait un épais tapis brun. Shuggie retira ses lourdes bottes pour s'entraîner comme Leek le lui avait appris.

Il se posta au bord du cercle et le traversa jusqu'à l'autre côté. La première traversée fut une marche rapide et pincée, des pas courts et vifs avec les bras qui se balançaient. En colère, il enfonça ses ongles propres dans la paume de ses mains, se retourna et repartit. Il fit des pas plus lents, plus mesurés, laissa de la place pour sa bite, tourna les pieds vers l'extérieur et enfonça fermement les talons dans le sol mou. Shuggie retira son pull en laine et essuya la sueur sur son front. Il s'admonesta, se retourna et recommença.

Il fit des allers-retours tout l'après-midi, se forçant à aller moins vite, à arrêter de balancer autant les bras et à ressembler plus à Leek, à un vrai garçon. Ça leur venait naturellement à eux, sans avoir à réfléchir, ni à s'excuser.

Agnes était assise, le dos droit, dans le fauteuil près de la fenêtre et regardait la rue. Des hordes de gamins jouaient dehors mais Shuggie n'en faisait pas partie. À dix heures et demie son ménage et son maquillage étaient faits, et bien qu'elle ne comptât pas sortir elle mit son pull décolleté et une jupe grise moulante. Elle buvait sa vieille bière en se demandant où son fils se cachait pour échapper à son enfance.

D'ennui, elle ramassa des peluches blanches de chaussettes sur l'accoudoir du fauteuil, en fit une petite pile dans un carré de papier toilette qu'elle replia et glissa dans sa poche. Ça la rendait malade d'être encore en train de rembourser ce salon et que ses garçons ne le respectent pas. Elle allait devoir sortir cinq livres par semaine pendant les huit prochaines années et eux s'asseyaient dans les fauteuils et sur le canapé à l'envers et de travers, avec ou sans leurs chaussures.

Le portail cassé de l'autre côté de la rue s'ouvrit et elle se redressa. La meute débraillée des McAvennie poussait dans la poussière des vélos récupérés ici et là. C'étaient de beaux enfants, il fallait le reconnaître. La négligence de leur mère les faisait ressembler à de petits lionceaux. Leurs cheveux longs étaient d'épaisses crinières et ils avaient les beaux yeux bruns gitans de leur père.

Elle s'était occupée de la fille du milieu une fois. Ce n'était pas prémédité mais elle était en train de laver ses carreaux au vinaigre blanc et n'arrivait pas à se concentrer. Les enfants jouaient dans la rue, dans le creux de la chaussée où la boue s'accumulait. Elle ne pouvait pas profiter du nettoyage de ses fenêtres tout en les regardant traîner dans la saleté. Elle appela celle qu'ils surnommaient Souris Cracra et l'attira derrière la maison en lui proposant une moitié de pomme. Pendant une heure environ, elle avait passé une brosse dure dans les boucles sauvages de la petite fille et avait soigneusement coupé les nœuds et les dreadlocks sur sa nuque. Quand elle eut terminé, Agnes s'étonna que les cheveux de la fille fussent si lisses, si brillants et soyeux, de la couleur du caramel ou d'un chat tigré. Ensemble, elles les attachèrent en queue de cheval, puis en tresses, en chignon et en grandes nattes collées comme celles qu'elle faisait à Catherine pour l'école. Ce fut un merveilleux après-midi.

Colleen avait fondu un plomb quand elle l'avait découverte. Elle criait à tue-tête avant même d'avoir quitté sa maison. Elle traversa la rue comme un orage qui gronde et tambourina à la porte d'Agnes en hurlant « *Mais tu te prends pour qui ? À parader, là, et faire la belle comme si que t'étais une princesse. Tu ferais mieux de t'occuper de ta petite tapette de fils* ».

Il y eut ensuite les postillons incontrôlables. Mais Agnes, engourdie par la bière, ne cilla pas. Elle retourna la brosse dure et la tapota contre sa cuisse. *Continue comme ça*, se dit-elle, *et je te montrerai comment je me sers de l'autre face.*

Certains jours, peu nombreux, Agnes trouvait dommage qu'elles ne puissent mieux s'entendre. Elles avaient tant de choses en commun, même si Agnes se serait arraché la langue plutôt que de l'admettre. Elle avait entendu par Jinty qu'un jour Grand Jamesy avait dépensé la fin de ses allocations en carcasses de bagnoles et en carabines à plombs pour les garçons. Colleen s'était retrouvée à voler leur dîner de Noël au supermarché. Elles connaissaient toutes deux la lame mordante du besoin, ce qui aurait pu les rapprocher. L'une et l'autre avaient déjà contemplé avec envie les pages du catalogue Freemans et, dans le silence, avaient passé la nuit à se demander comment répartir leurs maigres revenus. En *lui achetant ceci* et *à elle cela*, de quoi pourraient-elles se priver, elles ? C'était ça, les calculs d'une mère.

Séparément, les deux femmes avaient passé des après-midi entiers cachées derrière leur canapé pour échapper au collecteur de la banque. Ça ressemblait à un curieux numéro de natation synchronisée, la façon dont les femmes de Pithead plongeaient toutes sur la moquette et rampaient sur le sol. Le collecteur était un homme maigre dans un costume trop grand. Il épiait par les fenêtres sans la moindre gêne. Il avait passé des années à regarder les minces volutes de fumée de cigarette s'élever inexplicablement de derrière les meubles dans des maisons vides.

Colleen avait même enseigné à Agnes, indirectement, par l'intermédiaire de Bridie, comment forcer le compteur électrique avec une épingle à cheveux sans endommager la serrure. Un dimanche par mois, elle récupérait toutes les pièces qu'elle y avait insérées et s'installait avec ses garçons pour manger des sandwichs à la crème glacée qui fondaient devant un radiateur électrique brûlant. Elle tenait les pièces argentées dans sa main comme des bijoux puis elle les insérait de nouveau dans la fente pour obtenir le double de leur consommation électrique mensuelle. Le type chargé de relever les compteurs n'arrivait jamais à une somme juste. Agnes l'imaginait au pub avec le collecteur, maudissant les industrieuses mères de Pithead.

Alors que Colleen serrait Souris Cracra contre sa poitrine, Agnes se demanda pourquoi elle la détestait tant. Agnes enviait tout ce que Colleen possédait. Elle était entourée par sa famille. Ils étaient proches, ils étaient près d'elle. Ses enfants étaient jeunes et forts et avaient encore besoin d'elle. Surtout, elle avait son homme, son seul et unique, et il était toujours là. Elle avait aussi son Dieu, et à l'entendre, Il l'avait choisie pour être supérieure et témoigner de la moralité de ceux qui l'entouraient ; elle s'y employait, comme un contremaître accomplissant la tâche du Grand Patron. Pour Colleen, les escroqueries et le vol à l'étalage étaient une chose, des péchés nécessaires. Les collants noirs et les talons hauts en étaient une autre, et ils étaient bien plus mortels.

Agnes finit sa bière en regardant les McAvennie rouler comme des fous vers Pit Road. Elle regarda Colleen sortir de chez elle avec son sac à provisions et suivre leurs nuages de poussière menant hors du coron. Ce fut alors que l'idée lui vint.

L'homme de Colleen, Grand Jamesy, était allongé sous la carcasse rouillée d'une Cortina. Il était déjà sale ou encore sale, Agnes n'était pas bien sûre. À petits pas cliquetants, elle traversa la rue étroite. Il était sur le dos, baignant dans une flaque d'huile noire comme de la mélasse. Agnes toqua avec sa grosse bague sur la carrosserie de la voiture.

« Qu'est-ce qu'y a encore ? » Son soupir était si bourru qu'elle en sentit la chaleur sur ses chevilles. Les outils métalliques tombèrent sur le ciment et l'homme sortit de sous l'épave en se dandinant comme un crabe, ce qui lui prit une éternité.

Elle en profita pour essayer toute une gamme de sourires crispés se voulant détachés. Quand il fut enfin sur pied, il la dépassait de deux bonnes têtes. Il était de la couleur des Irlandais noirs, si mat que la crasse et l'huile lui allaient presque au teint. Un côté de son cou était brûlé et plissé depuis l'explosion dans la mine et ses cheveux à l'arrière de sa tête étaient étrangement asymétriques. Il était pourtant séduisant. Elle détestait ça.

« Est-ce que votre Colleen est à la maison ? » demanda-t-elle.

Jamesy la scruta avec méfiance. Son regard s'arrêta sur son col en V. « Essaie pas de jouer à la plus maligne, dit-il froidement. Qu'est-ce tu veux ? »

Agnes baissa les yeux. Il avait des mains épaisses et calleuses. « J'ai un service à vous demander.

– Ah ouais ? » Il avait maintenant le sourire de tous les hommes qu'elle avait connus. Ses dents pointues étaient tournées vers l'intérieur, vers le fond de sa gorge, comme un piège.

« Je ne sais plus quoi faire, dit-elle. J'ai des soucis avec mon garçon, le petit. »

Son visage redevint impassible. Il regardait son corps. « Ouais, il est pas net. Va falloir faire gaffe à ça. Il l'ouvre trop. Pis j'l'ai vu sauter à la corde l'autre jour. Va falloir étouffer ça dans l'œuf aussi.

— C'est pour ça que je suis ici. » Agnes croisa les bras mais il ne quittait pas sa poitrine des yeux.

« Tu veux que mes gars y flanquent une rouste ?

— Non !

— Juste une petite. Pour l'endurcir.

— *Non !* Ce n'est pas sa faute. C'est difficile de grandir sans un homme à la maison.

— Et ton Leek ? » L'homme crasseux considéra sa propre question quelques instants mais sa moue amère montrait bien qu'il n'avait pas non plus une très haute opinion de l'aîné d'Agnes. « Bon. Qu'est-ce tu me veux alors ? »

Elle avait le souffle court. « C'est juste que je vous vois faire toutes ces activités merveilleuses avec vos garçons. »

Il n'avait aucune compassion. Sa dureté, y compris avec les siens, était connue dans tout le coron. « Ouais et alors ?

— Je me suis dit que si je vous donnais quelques livres vous pourriez l'emmener avec vous la prochaine fois que vous allez à la pêche ou bien lui montrer comment shooter dans un ballon ? »

Aux légers mouvements de son visage crispé, elle vit qu'il l'envisageait. « Agnes, j'en veux pas de ton fric. »

Elle se sentit idiote. Elle voulait retourner boire, éteindre sa colère et sa gêne avec sa bière. « D'accord. Bien sûr. Je suis navrée de vous avoir dérangé. Je me disais simplement. Tant pis. » Elle se tint droite, prête à remporter sa honte de l'autre côté de la rue.

« *Attends.* J'ai pas dit qu'il y a rien que tu peux faire pour moi. » Grand Jamesy sourit, ses dents semblaient aussi aiguisées que des couteaux. Il passa une main couverte d'huile sous son débardeur cradingue et se frotta le ventre.

Elle mit du temps à se débarrasser de l'odeur de la graisse et de l'huile de moteur. Sa bite était bien plus foncée que le reste de son corps, comme si elle était crasseuse ou, du moins l'espérait-elle, comme si elle s'était décolorée à force de servir. Elle était de la couleur d'une cuisse de poulet cuite et ça lui parut curieux qu'elle ne soit pas aussi mate que le reste de sa peau.

Jamesy était encore dur quand il remonta sa braguette et releva Agnes. Il avait terminé si vite, il la fit ensuite sortir en hâte de la maison de Colleen, honteux. Il se comportait comme un mauvais perdant, comme un client qui regrettait un achat mais ne pouvait pas le rapporter au magasin. Il grommela qu'il passerait chercher son gamin ce dimanche, qu'il emmènerait Shuggie pêcher dans le canal qui grouillait de détritus et de brochets.

Shuggie avait commencé par reculer devant l'idée comme s'il n'en avait jamais entendu de pire de toute sa vie. Agnes avait pleuré dans son bain cette nuit-là tandis qu'elle essayait de faire partir l'huile de sa peau et s'était sentie idiote. Shuggie l'avait entendue sangloter dans l'eau froide. Elle était plus ou moins sobre et c'était différent de ses jérémiades alcoolisées. Il se résolut à manifester un intérêt pour la pêche, n'importe quoi qui puisse la rendre heureuse à nouveau.

Il se concentra sur l'organisation de la journée : rédiger la liste puis tout cocher sur celle-ci. Il prépara le pique-nique et sa tenue, les objets qu'il mettrait dans son cartable et ceux qu'il glisserait dans ses poches : sandwichs à la tomate, un petit robot pour le prêter, des lunettes de soleil en plastique et un sifflet trouvé dans une papillote de Noël. Quand il eut tout réuni et rangé à sa place, il s'assit au bord de son lit pour attendre comme un chiot bien dressé.

Après le petit déjeuner du dimanche, la maison d'en face prit vie. Les garçons McAvennie jaillirent de la porte d'entrée sur leurs grandes pattes pour charger des sacs et des cannes à pêche à l'arrière du camion à ferraille de leur père. Francis portait un vieux seau à plâtre rempli de vers et le hissa par-dessus le flanc du plateau arrière. Agnes entendit le bruit et entra dans la chambre de Shuggie. Elle prit un air excité pour le garçon suant et emballé dans du plastique.

« Tu vois, je te l'avais dit ! » Elle semblait plus soulagée que lui.

Shuggie ne quittait pas le camion des yeux. Il tâta successivement chacune des poches de son K-Way comme un prêtre sa chasuble pendant la messe. «Je vais t'attraper le plus gros poisson du monde.
– J'en suis sûre ! s'exclama Agnes.
– Est-ce que... est-ce que je traverse la rue maintenant ?» demanda-t-il.

Agnes réfléchit quelques instants puis son orgueil répondit. «Non, attends ici. M. McAvennie viendra te chercher.»

Grand Jamesy passa la porte de chez lui. «Et maintenant, j'y vais ?» demanda à nouveau Shuggie.

Leek essayait de faire la grasse matinée après une longue semaine de travail manuel. Il les avait écoutés tergiverser et lança un cri étouffé sous ses couvertures. «Ouais, *bon Dieu*, VAS-Y !»

Agnes lui donna une tape. «Non ! J'ai dit que M. McAvennie allait venir à nous.» Elle regarda l'homme à la peau sombre descendre l'allée à grandes enjambées et, d'un coup de pied, balancer des pièces détachées sous la Cortina, montée sur des briques. Elle se frotta le pouce jusqu'à mettre sa peau à vif tandis qu'il chargeait des sacs à l'arrière du camion, les fixait avec des cordes et contournait le véhicule.

Shuggie se tordait les mains d'appréhension. Elle fixait le haut de son K-Way. «Écoute, tu te tiendras bien avec M. McAvennie. Tu fais ce qu'il te dit. Essaie de ne pas être encombrant, d'accord ?» Elle l'embrassa sur sa petite bouche chaude, il avait une perle de sueur au-dessus de la lèvre.

Le monticule de draps sur le lit de Leek reprit la parole. «Va pas te noyer, ducon. Je m'en remettrais jamais.»

Ils furent tous les deux surpris par le bruit du camion qui démarrait. Ils virent la bête se relever et s'élancer quand il desserra le frein à main. Après avoir jeté un coup d'œil dans le rétroviseur latéral, Grand Jamesy s'engagea sur la route. La panique gagna le visage du garçon. Le camion était tourné dans le mauvais sens, vers le bout de la rue plutôt que vers l'entrée. C'était une impasse, la voie était amputée par les marais et s'élargissait comme l'extrémité d'une cuillère, les voitures n'avaient souvent d'autre choix que d'aller tout au bout pour faire demi-tour et repartir.

Agnes se mordit la lèvre. «Je pense qu'il fait simplement une manœuvre.» Elle essayait d'y croire. «Mais allons quand même l'attendre sur le pas de porte.»

L'enfant hocha la tête, le visage écarlate. Ils se tinrent derrière la porte et réajustèrent leurs vêtements comme s'ils étaient sur le point de faire une entrée triomphale sur scène. Ils sortirent main dans la main et se postèrent au bord de la route. Au loin, le camion vert avait fait demi-tour et revenait vers eux en vrombissant.

Ils se tenaient au bord du trottoir, droits et fiers, comme d'autres se tiendraient sur un grand quai de gare. Elle lui avait pris la main, et dans sa main libre il tenait ses sandwichs à la tomate spongieux. Agnes agita ses doigts bagués. «*Bien, essuie-toi le bec et n'oublie pas ce que je t'ai dit.*»

Le camion ne ralentit pas. Grand Jamesy ne leur jeta même pas un regard. La poussière de charbon s'éleva quand le camion passa en crachotant. Ils restèrent immobiles un bon moment à le regarder s'éloigner.

Quand la poussière retomba, des coups secs, un *chink chink* sonore, leur parvinrent depuis la maison d'en face. Colleen McAvennie releva la fenêtre à guillotine récalcitrante et se pencha dans la rue, un air suspicieux sur le visage : «Qu'est-ce vous foutez plantés là comme deux mongoliens ?»

Agnes ne pouvait que sourire comme si le bus après lequel elle venait de courir n'était en fait pas celui qu'elle comptait prendre. Son dentier blanc luisait dans sa bouche rouge, la crasse venait déjà se déposer sur ses lèvres fraîchement peintes.

Son fils alla s'asseoir dans le container à charbon derrière la maison et balança les tomates tièdes de ses sandwichs. Il n'avait pas pleuré, contrairement à ce à quoi elle s'était attendue. Agnes avait ouvert le compteur électrique et récupéré toutes les pièces brillantes. Elle était allée acheter des barres au chocolat et un petit filet de poisson au magasin de Dolan. Quand elle le lui avait tendu, il n'avait pas gloussé comme elle l'avait espéré. Il s'était contenté d'essuyer la poussière de charbon de son visage rougi en haussant les épaules. «Je n'avais pas envie d'y aller, de toute façon.» Des larmes de colère roulaient sur ses joues quand elle lui dit qu'elle était désolée. Il la regarda et demanda pourquoi.

«Je suis désolée que ton père soit un connard.»

Contraint et forcé, Leek alla jouer au ballon avec lui dans le jardin. Agnes les regardait par la fenêtre et ça sautait aux yeux que ni l'un ni l'autre n'avait envie d'être là. Elle trouva des canettes de Special Brew planquées sous l'évier. Elle fit rouler le métal froid dans sa main et envisagea de convoquer les démons qui dormaient au fond d'elle. Si elle buvait pour se soûler, alors on la retrouverait dans la rue en train de se battre avant la fin de la journée. Elle s'assit sur le bord du canapé avec une canette de courage qu'elle décapsula.

Colleen rentra sa poubelle et s'arrêta pour cancaner avec sa voisine de gauche. Elle triturait son crucifix comme une jeune fille, l'air contente d'elle. Toute la matinée, des femmes papillonnèrent autour de la Cortina désossée de Jamesy. Agnes voyait qu'elles étaient d'humeur bavarde parce qu'elles se dandinaient à toute vitesse avec ce balancement de cul serré qu'elles avaient toutes quand elles s'attendaient à un bon ragot. Bridie Donnelly tira sur son survêtement qui lui rentrait dans l'entrejambe. Ça lui remontait le moral de voir leurs bas couleur thé, leurs collants trop amples et leurs robes de chambre.

Agnes buvait sa bière de façon stratégique. Elle voulait la faire durer pour que Grand Jamesy soit là quand elle pousserait leur portail rouillé. Elle voulait qu'il la regarde raconter à Colleen ce qu'il lui avait fait avec ses doigts huileux. Si son taux d'alcool montait trop vite, son esprit tournerait ensuite au ralenti et elle aurait la voix pâteuse au moment de révéler la vérité.

Agnes sentait les premiers effets de la boisson quand une étrangère arriva au bout de la rue. Elle vérifiait une adresse inscrite sur un morceau de papier et comptait les maisons identiques devant lesquelles elle passait. C'était facile de voir qu'elle n'était pas du quartier parce qu'elle avait une coiffure coûteuse. Ce n'était pas non plus une cousine catholique, car elle avait un sac à main rouge vif parfaitement assorti à ses chaussures.

Elle vit à l'expression qui traversa le visage de Colleen qu'elle non plus ne connaissait pas cette femme. Elle s'approcha du groupe, dit quelque chose à Colleen qui hocha lentement la tête. Elle écrasa sa clope, prit sa vieille tasse à thé et, jetant un coup d'œil par-dessus son épaule, conduisit l'inconnue à l'intérieur. Les crécelles se dispersèrent.

Agnes se pencha vers l'avant. Elle pensait que la femme devait travailler pour les services sociaux et se dit qu'elle aurait dû les appeler elle-même. Ils faisaient des descentes à Pithead, traquant les fraudeurs d'allocs qui travaillaient au noir et les pensionnaires d'invalidité qui grimpaient sur le toit pour réparer l'antenne télé. Mais la femme ne resta pas assez longtemps pour que ce soit ça et repartit avec son ravissant sac rouge sous le bras. Agnes la vit enjamber les tripes de la voiture et refermer poliment le portail cassé. Elle sortit de son sac une paire de lunettes de soleil visiblement chères et s'en servit pour retenir ses cheveux. Agnes était aux anges car elle savait que ça rendrait Colleen folle de rage. *Des lunettes de soleil ? Mais au nom du Père pour qui elle se prend cette pouffiasse ?* La femme apprêtée remonta la rue vide la tête haute et disparut du paysage.

Agnes attendit mais Colleen ne ressortit pas.

Poussées par la faim, les trois filles McAvennie flottèrent jusqu'au trottoir comme des mariées spectrales. Leurs cheveux dorés emmêlés encerclaient leur visage comme un voile, et leurs longues robes d'été, autrefois d'un bleu délicat, s'étaient décolorées avec le temps. Agnes n'avait fermé les yeux qu'un instant, mais quand elle releva la tête la masse du camion de Grand Jamesy occupait le trottoir d'en face. Il faisait encore jour mais les grandes lumières étaient allumées chez les McAvennie. Sous les ampoules nues, elle les voyait passer rapidement d'une pièce à l'autre. Agnes ouvrit une nouvelle canette et la descendit rapidement.

Dans sa chambre, elle retira sa jupe au profit de quelque chose qui lui permettrait de donner des coups de pied et elle enfila le pull angora avec les perles, si doux et si peu pratique, qui avait éveillé la suspicion de Colleen. Elle prit du temps pour fouiller sa boîte à bijoux et choisir les bagues les plus imposantes, d'un format papal. Les fausses pierres étaient si mal montées qu'elles filaient ses collants et se prenaient dans les torchons. Certains matins, après une vilaine cuite, elle se réveillait avec des coupures au visage ou sur les avant-bras. Agnes regarda ses mains bagousées : une arme scintillante, un poing américain en plaqué or. La fin de la bière tombait sur son estomac vide et elle sut que le moment était venu.

Agnes sortit en titubant et s'appuya sur la barrière cassée. Elle prit une profonde inspiration et sentit qu'elle avait la tête qui tournait et qu'elle était un peu découragée. Alors les cris s'élevèrent.

La porte des McAvennie s'ouvrit à toute volée et le petit dernier partit en courant à toutes jambes. La voix de Colleen résonna contre les murs des maisons basses. « James Francis McAvennie ! Tu vaux pas mieux qu'un chien maigre de protestant à aller fourrer ta queue partout. » Agnes resta pétrifiée au milieu de la chaussée vide. D'un bout à l'autre de la rue, les enfants s'arrêtèrent de jouer et les fenêtres s'entrouvrirent doucement. Elle savait que les femmes baissaient le son de la télé et frétillaient derrière leurs rideaux.

« Quoi ? Eh bah, vas-y, tape-nous dessus. Tu crois que t'es le plus fort par ici, hein ? J'vais appeler mes frangins et on va bien voir qui c'est qu'est le plus fort. C'est ma mère qu'avait raison. Salopard d'orangiste de merde. »

Une voix d'homme fit une réponse sèche mais inaudible et Colleen cria de plus belle. « Non je baisserai pas le ton. T'as rompu tes vœux et Dieu oubliera jam... » Agnes supposa que Grand Jamesy l'avait attrapée par la gorge car la rue resta silencieuse un bon moment. Puis la voix de Colleen revint, tremblante, moins enragée. « Tu vas où comme ça, James ? La retrouver ? »

Le Grand Jamesy McAvennie sortit en trombe de la maison, le col de son T-shirt déchiré comme si Colleen s'y était accrochée. Il portait toujours ses bottes de pêcheur et avait un grand sac-poubelle noir rempli de vêtements et de draps dans chaque main. Il avait des marques rouges causées par les coups de soleil et des griffures sur le visage et sur son cou brûlé. Il grimpa dans son camion et démarra.

Agnes tanguait au milieu de la rue, ivre mais fière, il ne pouvait pas la rater avec ses poings serrés couverts de bagues. Il baissa sa vitre, furieux, et lui cria dessus comme un homme en colère demandant son chemin : « Qu'est-ce tu veux, Salope ? » Il prononça le mot comme si ç'avait été son prénom. « Tu viens ronger les os ? C'est pas un peu tôt, non ? Faut laisser la viande refroidir d'abord à ce qu'on dit. »

Le camion s'éloigna en rugissant. Le temps qu'il aille faire demi-tour au bout de la rue, Colleen apparut sur le pas de sa porte, l'air désemparé. « *James ! Jamesy !* »

Agnes remonta sur le trottoir en titubant. Jamesy fit un écart délibéré et manqua de la percuter avec la roue arrière. La route se remplit de l'habituel nuage de suie.

Agnes était plantée, les yeux écarquillés, sur le trottoir d'en face mais Colleen n'était pas en état de la remarquer. Son visage maigre était tout à la fois fou et vide, vivant et mort. Elle s'écroula dans un craquement sur le macadam et resta étendue, les jambes molles et le regard éteint, dans la poussière.

Agnes regarda de chaque côté de la rue comme quelqu'un qui voudrait filer un coup de pied en douce ou fuir les lieux d'un accident de voiture. Elle ne savait pas bien quelle pulsion l'emportait.

Une légère brise fit danser tous les rideaux mais personne ne vint l'aider, aucune cousine, aucune femme de Pithead. À la fenêtre se découpait la silhouette des quatre enfants restants, alignés du plus grand au plus petit comme des poupées russes, avec le même visage beau et triste. Un jour elle leur donnerait à tous un bon bain chaud histoire de faire vraiment chier Colleen.

Du caniveau s'éleva le *rrrip-rip* sonore des cheveux arrachés à une brosse, un déchirement poisseux, comme si quelqu'un soulevait un vieux lino. Agnes s'approcha de la femme qui battait des bras. Son ventre rempli de bière éventée, la poussière et le tas de membres informes faisaient qu'il lui était difficile de comprendre ce qu'elle avait sous les yeux. Au début, elle crut que Colleen déchirait son maillot de foot en morceaux mais en s'approchant elle vit les touffes de cheveux qu'elle serrait dans chaque poing. *Rip. Rip.* Des poignées entières.

Agnes tourna autour de la femme prostrée. Avant qu'elle s'en rende compte, elle était à genoux dans la crasse, essayant de retenir les griffes déchaînées de Colleen. Elle la serra fermement. « Allons, que se passe-t-il ? » demanda-t-elle d'une voix si douce qu'elle en fut elle-même choquée. Elle n'avait pas eu l'intention de l'aider.

Colleen se laissa aller dans ses bras et Agnes posa délicatement ses poings sur les genoux. Elle lui ouvrit les mains dans lesquelles elle serrait encore ses cheveux arrachés. Elle tira de longues mèches entre ses doigts fins comme si elle nettoyait un vieux peigne. Les yeux caverneux de Colleen restèrent fixés sur le sol un bon moment avant qu'elle parle. « J'aurais mieux fait de le laisser tranquille au lieu de faire du foin quand ça allait pas. Tout ce que j'y disais c'était que je voulais pas d'autre bouche à nourrir. » Ses mains tremblaient. « Depuis que la mine a fermé, il me sautait dessus jour et nuit comme un ado en chaleur. Il était infoutu de se débrouiller avec ces conneries de *retrait*. »

Agnes regardait les trous dans la chevelure de Colleen, il y avait déjà de la poussière dans les croûtes sanguinolentes. « Cinq enfants, c'est assez pour n'importe quelle femme. »

Colleen grogna. « Il en aurait fait cent s'il aurait pu. Mais moi je me suis dit, *Brosse-toi le cul McAvennie*, et pour le faire chier, j'ai fermé la boutique. » Colleen se remit à pleurer. Les larmes coulaient en un flot épais, comme si elle avait une fuite. Elles inondaient son nez osseux, gouttaient de son menton. Colleen regarda Agnes comme si elle la voyait pour la première fois. « Probable que c'est là qu'il s'est mis à baiser ailleurs. »

Agnes était partagée. Elle aurait dit à n'importe quelle autre femme que ça s'arrangerait avec le temps, même si elle savait qu'elle allait en fait garder ce poids sur la poitrine jusqu'à la fin de ses jours. Elle n'offrit pas ces paroles réconfortantes à Colleen. Il lui apparaissait qu'elles étaient désormais égales et elle ne pouvait avoir honte de sa réaction viscérale aux malheurs de cette femme. Elle se mordit la lèvre pour ne pas sourire.

« Elle est venue me voir, polie comme tout. Avec ses lunettes de soleil, là. Des grosses, des chères, avec deux tons de marron. Elaine, elle a dit qu'elle s'appelait. Elle voulait me parler en privé. Je me suis dit que c'était pour le catalogue, qu'elle essayait de me vendre une connerie pour le Noël des gosses. »

Colleen laissa échapper un grognement. Elle déplia ses doigts et attrapa le bas de sa jupe. D'un coup, elle la déchira en deux, de l'ourlet jusqu'au ventre. Puis elle retomba, inerte, sur le trottoir.

« Pour l'amour de Dieu. » Agnes attrapa les lambeaux de tissu pour la recouvrir. Colleen ne portait pas de sous-vêtements, ses poils de chatte frisés juraient avec son ventre lisse et cireux. « Il faut qu'on te ramène à l'intérieur. Lève-toi. DEBOUT ! » Agnes essaya de la relever mais l'alcool la rendait maladroite. Elles retombèrent dans la poussière et elle s'écorcha le genou. Elle essaya de traîner Colleen, mais la femme hébétée, guère plus qu'un sac d'os, se laissait retomber mollement dans la crasse comme un enfant récalcitrant. Agnes la toisa, suante, en postillonnant. « Tu ne peux pas rester allongée comme ça. »

Les yeux fermés, Colleen passa la main sur le trottoir sale comme si elle caressait des draps fins. Les mots sortaient plus lentement, péniblement. « J'en ai rien à foutre. Dis à James McAvennie. Que sa femme. Est morte dans la. Rue. Sa vieille chatte à l'air. »

Les enfants perchés sur leurs vélos rirent nerveusement. Agnes secoua Colleen, s'aperçut qu'elle y prenait un certain plaisir, recommença. «Madame, vous n'avez donc aucune fierté ?»

Colleen ouvrit les yeux puis les referma. Sa respiration se faisait plus légère.

Agnes la pinça. «Hé ! Qu'est-ce qui se passe ? Qu'est-ce que tu as pris ?»

Mais le tas d'os inerte ne répondit pas.

Les barrières étaient pleines de femmes qui poussaient des cris comme une volée de gros corbeaux fouineurs. La nouvelle n'avait pas tardé à se répandre. Les cousines de Colleen criaient au meurtre, les sœurs de Jamesy défendaient son nom à coups de poing. La mère de Jamesy, du haut de ses quatre-vingts ans, crachait et balançait un balai à franges dégarni comme une faux.

Ne sachant quoi faire d'autre, Agnes retira ses collants et sa culotte sous sa jupe, sans aucune gêne, en chancelant au beau milieu de la rue. Elle peina à l'enfiler sur Colleen. C'était comme habiller une poupée taille adulte dont les membres, au lieu d'être rigides, auraient été mous et mal irrigués.

Quand l'ambulance arriva, Colleen ne parlait plus. Agnes se laissa tomber à côté d'elle dans la poussière. Elle regarda sa culotte blanche, chère et toujours éclatante grâce à l'eau de Javel. Elle bâillait sur la femme maigre comme une couche en dentelle et Agnes se dit que Colleen ne méritait pas tant de bonté.

15

Il lui faisait penser à la couleur du boyau des saucisses, à cela près que ce n'était pas une couleur mais plus une teinte diluée, étalée en une couche trop fine. Il avait l'air usé jusqu'à la corde. Lizzie eut besoin de ses deux mains pour prendre la sienne, et quand elle posa sa joue dessus, elle sentit le relief de ses veines cobalt. C'étaient des mains qui avaient chargé des camions de grains pendant vingt ans, des mains qui avaient étalé du macadam puant, des mains qui avaient tué des Italiens en Afrique du Nord.

Désormais Wullie avait même du mal à respirer. L'air qui rentrait dans ses poumons donnait l'impression d'être frotté sur un grattoir, de s'empaler sur un pic avant de crépiter, râpeux, pour ressortir. Lizzie lui essuya le visage avec le mouchoir qu'elle gardait dans sa manche. Il avait tout le temps la bouche ouverte maintenant, de la bave sèche coagulait au coin de ses lèvres. Elle voulait l'embrasser encore, elle voulait un dernier souvenir de l'homme bien qu'il avait été, qu'il était encore.

Les vieux dans les autres lits somnolaient. Elle avait regardé les infirmières leur donner à chacun une goutte de morphine et ils semblaient maintenant plongés dans un sommeil inconfortable. Lizzie déboutonna son manteau et retira le foulard autour de sa tête. Elle souleva la main de Wullie et tira les draps. Elle voulut d'abord grimper dans le lit à côté de lui, se coller au mur de pierre qu'était son corps et pleurer. Mais, quand elle posa la jambe sur le matelas, son cœur changea. Elle monta et, toujours vêtue de son beau manteau, elle le chevaucha.

Ç'aurait échappé à n'importe qui d'autre mais Lizzie était certaine d'avoir vu ses paupières tressaillir et les coins de sa bouche se tendre en un sourire canaille. Elle se balança doucement d'avant en arrière. Ça n'était pas censé être aussi cochon qu'il y paraissait. Elle voulait seulement le sentir pressé contre elle, vivant à travers le coton de son pyjama et le mélange de polyester moite de ses sous-vêtements. Elle voulait juste lui donner un peu de réconfort contre la douleur. Elle lui devait bien ça, non ?

Lizzie alluma une cigarette tout en continuant de se balancer et de se frotter à Wullie. Elle prit une profonde bouffée, se pencha sur lui et la lui souffla au visage. Elle imaginait à quel point ses Regal devaient lui manquer.

« Tout va bien, madame Campbell ? » demanda une voix derrière elle. Des mains lui saisirent les coudes, délicatement mais fermement. « Tout va bien, ma chérie, dit la voix en la faisant descendre du lit. Tout va bien, mon petit chou. »

Wullie ne bougea pas quand la sœur aida Lizzie à descendre. Son pyjama était froissé là où Lizzie s'était frottée mais autrement rien n'avait changé. Sans le moindre jugement, l'infirmière éteignit la cigarette de Lizzie et tira sa jupe jusque sous ses genoux. Lizzie sentit qu'on la ramenait à son siège, elle sentit le verre d'eau fraîche sur ses lèvres. La sœur ne cessait de la rassurer, d'une voix douce et réconfortante, elle la caressait comme un chat, et ça donnait envie à Lizzie de lui révéler des secrets. Lizzie prit la main de la sœur dans la sienne et dit : « Pitié, mon Dieu, ne l'emporte pas. *Pitié*. Pas encore une fois. »

Agnes était lourdement fardée et Shuggie avait l'impression que le maquillage avait été appliqué sur plusieurs autres visages qu'elle avait oublié de retirer. Le garçon la suivait à une distance respectable, s'arrêtant de temps à autre pour ramasser ce qui tombait de la poche de son manteau de vison feutré.

Quand Agnes déboula par les portes automatiques de l'hôpital, une infirmière inquiète accourut, pensant qu'elle avait besoin d'aide. Shuggie la regarda essayer de diriger sa mère vers un fauteuil roulant fatigué. Agnes la bouscula et poursuivit son chemin vers le service d'oncologie. Shuggie entendit l'infirmière souffler à un aide-soignant qu'elle était prête à parier qu'Agnes était une professionnelle.

« Pas du tout, intervint Shuggie, non sans fierté. Ma mère n'a pas travaillé un seul jour dans sa vie. Elle est bien trop belle pour ça. »

Le vison feutré lui donnait un air supérieur et ses talons noirs claquaient à un rythme pâteux dans le long couloir en marbre. Le bout en caoutchouc de la chaussure droite s'était usé et, malgré son trait de feutre noir, le clou métallique crissait sur le sol sur l'air des temps difficiles.

Des visages émaciés se relevaient sur les lits blancs quand elle passait devant en grattant le carrelage. Une sœur costaude à l'air sympathique sortit d'une cabine et se mit en travers de sa route, un porte-bloc vert serré contre sa poitrine comme un bouclier. Elle était aussi large qu'un petit mur. « Scusez-moi. J'peux vous aider ? demanda-t-elle dans un sourire fatigué. Je suis sœur Meechan. » Elle exhiba très officiellement le badge accroché à son uniforme bleu.

Agnes trouva qu'elle avait l'air plus gentille que les infirmières avec lesquelles Lizzie avait travaillé des années auparavant, de grandes baraques de Glasgow capables de plaquer des hommes contre leur matelas pour retirer les tessons de bouteille enfoncés entre leurs côtes. Elles avaient des visages de granit, froids et durs, à force de regarder le feuilleton éternel de la violence gratuite. Sœur Meechan faisait à l'évidence de son mieux. Agnes toisa l'infirmière trapue et son petit badge. Les lettres dansaient. Elle prit une profonde inspiration et s'efforça de paraître sobre. « Non, merci. Je sais. Où je vais. »

Sœur Meechan ne se départit pas de son sourire soigneusement répété. « Ah oui, vraiment ? Il est vingt et une heures passées. Les visites sont finies pour la journée. »

Avec un lourd clignement de paupières, Agnes observa cette femme trop zélée. Le bout de son nez était grêlé comme une petite fraise. Agnes laissa son regard s'y attarder et eut une exclamation compatissante pour bien lui montrer qu'elle l'avait vu. Puis elle posa ses doigts bagués sur son bras épais non sans suffisance, chaque doigt touchant sa chair successivement comme si elle faisait des gammes au piano. «Je suis venue voir mon père.»

L'haleine aigre qu'elle lui souffla au visage sentait la levure. «Et il s'appelle comment votre père?» demanda la sœur sans sourciller. Glasgow lui en avait fait voir d'autres.

«Wullie... William Campbell.»

L'infirmière esquissa un geste pour chercher son nom sur le porte-bloc vert mais s'interrompit. «Ah. Je vois.» Sa mine de circonstance se fissura et sous son masque plusieurs émotions véritables se succédèrent. Elle serra le porte-bloc contre sa large poitrine et posa sa main libre sur le bras d'Agnes, qui se surprit à l'observer.

«Oh, mon chou, dit-elle tendrement, abandonnant toute formalité. Vraiment, je suis désolée pour l'état de vot' papa. C'est un de nos chouchous, tellement bel homme et il nous a pas embêtées une seule fois.» Sœur Meechan s'approcha d'Agnes et ajouta sur le ton de la confidence : «En revanche je m'inquiète pour vot' maman. Elle a pas l'air de trop bien le supporter. Ce soir, je faisais le tour pour voir que les plateaux du dîner étaient bien rangés et tout, mais quand je suis arrivée au lit de vot' père, j'ai vu que le rideau était à moitié fermé. Il était trop tard pour ça, voyez. Alors j'ai tiré le rideau et j'ai retrouvé la pauvre femme à califourchon dessus en plein frotti-frotta.»

Shuggie aurait dit que l'infirmière était une gentille dame. Agnes n'aurait pas été d'accord. Si elle avait été sobre, elle n'aurait peut-être pas ri. Si la gentille infirmière n'avait pas eu sa main sur son bras et cet air compatissant, elle n'aurait peut-être pas ri. Mais elle n'était pas sobre et n'était pas d'humeur pour sa condescendance. Alors elle rit. Un gloussement coupable d'abord, puis une secousse, et elle balança la tête en arrière pour des éclats hautains et tapageurs. Enfin elle demanda, cruelle : « T'étais jalouse ? »

Les mâchoires charnues de sœur Meechan se serrèrent. « Grand Dieu ! » Son nez en fraise frémit. « Dois-je vous rappeler que c'est un pavillon commun ? »

Shuggie vit les poings de sa mère se serrer. « Oh, ça va. » Agnes relâcha sa mâchoire, les yeux toujours brillants, et se pencha vers elle. « Après quarante-sept ans ensemble, la pauvre vieille est folle de chagrin. » Elle tendit un bras couvert de vison et écarta la large sœur comme si elle ouvrait des rideaux. Elle remonta le couloir vers la porte du pavillon suivie de son cliquetis sonore. Quand elle se retourna, le clou dénudé érafla piteusement le carrelage. « Et puis mon papa est un très bel homme. »

Shuggie regardait, dans l'ombre, et attendit que sa mère ait passé les lourdes portes battantes. Il arriva à pas de loup derrière la sœur, restée tournée, bouche bée, en direction des talons crissants. Il était certain que la sœur était encore plus triste pour la vieille femme dont le mari se mourait car elle avait une vilaine poivrote pour fille. Shuggie enfonça le doigt dans son bras charnu et elle sursauta en découvrant le visiteur silencieux à ses côtés.

« Je suis désolé, dit-il comme s'il distribuait sa carte de visite. Excusez son franc-parler. C'est vraiment une bonne personne. » Il ajouta. « Alors donc, c'est ici que les gens viennent pour aller au paradis ? »

Sœur Meechan porta la main à son cœur pour se remettre de sa frayeur. Le garçon en costume se tenait très près d'elle. Il avait les mains derrière le dos, comme un vieil homme, comme s'il était le directeur de l'hôpital en personne. Elle voulait aussi le toucher, voir s'il était réel. « Ah, fiston, il faut pas se faufiler derrière les gens comme ça.

— Je fais attention où je mets les pieds, je ne me faufile pas. » Il réajusta sa fine cravate. « Vous pouvez répondre à ma question s'il vous plaît ? »

La sœur cligna des yeux. «Au paradis ? Oui, j'imagine. Parfois.»

Shuggie se mâchonna la lèvre. «Alors ils peuvent aussi aller en enfer depuis ici ?»

Elle aurait pu lui dire que ça dépendait des jours, que la plupart des gens admis les soirs de derby devraient sûrement aller *directement* en enfer. Elle le regarda de la tête aux pieds : il ne devait pas avoir plus de huit ou neuf ans. «Non, bonhomme. Pas très souvent», mentit-elle.

Avec des doigts curieux, il commença à frotter la chaîne de sa montre qui pendait de sa poche. «Ils prennent un bus pour aller au ciel ?» Un sourire condescendant passa sur les lèvres de l'infirmière et elle tendit une main sèche pour lui tapoter la tête. Il l'esquiva instinctivement et s'exclama : «Ne faites pas ça s'il vous plaît ! Je viens de faire la raie.» L'air maussade, il se rapprocha et recommença à tripoter les maillons de la chaîne.

N'ayant pas l'habitude de ne pas décider elle-même, sœur Meechan laissa sa main flotter maladroitement. «Tu es un petit gars très soigneux.

— Ma mère dit que ça ne coûte rien de tirer fierté de son apparence.

— Alors cette femme c'était ta maman ?» demanda-t-elle en se tournant vers le bout du couloir.

Shuggie hocha la tête. «Hm-hm.» Il entoura la chaîne autour de son doigt et jeta un œil vers son visage doux. «Mais ce n'est pas grave. Vous n'êtes pas obligée de l'aimer. Parfois elle boit sous l'évier de la cuisine. Personne ne l'aime dans ces moments-là. Ni mon papa, ni ma grande sœur, ni mon grand frère. Mais ça ne fait rien. Leek n'aime personne en fait. Maman dit que c'est un handicapé social.»

Sœur Meechan ferma les yeux, ces yeux gris clair qui avaient vu toutes sortes de péchés. «Elle fait ça souvent ?»

Shuggie laissa tomber la chaîne. Il la regarda, les sourcils froncés. «Je me débrouille. Je peux prendre les messages et m'assurer qu'elle va au lit à l'heure. Et puis, sœur Infirmière, vous n'avez jamais répondu à ma question. Ma mère m'a dit que mon Papi irait bientôt au paradis et je voulais savoir s'il faudrait qu'il prenne le bus ou si on pouvait l'emmener dans un taxi noir ?»

La main de la sœur passa de son cœur à sa gorge. « Ah, bonhomme, ça marche pas vraiment comme ça. Ils partent pas en bus. Enfin, des fois dans une grande voiture noire. » Elle se mit à triturer une petite peau de son cou comme s'il s'agissait d'un collier. « Mais quand une personne monte au ciel, elle ne prend pas son corps avec elle. »

Shuggie eut une moue pensive. Son œil droit se ferma sous l'effet d'une incrédulité amère. « Ils ne prennent pas leur cœur ?

– Nan.

– Ils ne prennent pas leurs yeux ?

– Euh bah, non.

– Ils ne prennent même pas leurs doigts ?

– Non, bonhomme. Ils ne prennent pas leurs jambes, leurs bras ou leur nez. Ils ne prennent rien parce que ce n'est pas leur corps qui rejoint Dieu. C'est leur esprit. »

Shuggie eut l'air soulagé. L'infirmière vit un poids quitter ses épaules. Il tourna sur ses talons cirés et suivit le parfum d'Agnes au bout du couloir. Il s'arrêta devant la double porte.

« Alors si le corps ne va pas au paradis, ça ne fait rien si un autre garçon lui a fait quelque chose de mal dans un local à poubelles, n'est-ce pas ? »

La porte du pavillon commun s'ouvrit avec fracas. Sous le faible éclairage, des hommes beiges étaient assis dans des lits blancs, rehaussés contre leur oreiller. Au bout de la salle, le lit de Wullie était entouré de chaises orange destinées aux visiteurs. Chacune des chaises vides réfléchissait une petite flaque de lumière et Lizzie était assise seule, dans son manteau et sa jupe gris, ses collants bruns se devinant progressivement sur le plastique coloré.

Agnes se prit le visage entre les mains dans un grand geste de peine comme un caché-coucou grotesque. La lumière vive du couloir dans le dos, elle jouait comme si elle avait été sur scène au King's. Elle traversa la salle et laissa son sac et son manteau tomber derrière elle sur le sol. Comme pour défier sœur Meechan, elle posa sa chaussure ouverte sur la barrière du lit et monta dessus. Lizzie la regardait depuis le pied du lit, le cœur fendu par les ongles d'orteils vernis qui dépassaient de son collant noir troué. Agnes grimpa et se coucha sur son père endormi, comme sa veuve. Puis elle l'étreignit et gémit comme sa maîtresse. Wullie ne réagit pas. Lizzie se leva et sans un mot tira la jupe noire de sa fille pour couvrir sa culotte de nylon blanc.

La porte s'ouvrit en grinçant légèrement et Shuggie apparut avec les affaires de sa mère dans les bras. « Tu perdrais ta tête si elle n'était pas attachée. »

Les mourants remuèrent une nouvelle fois devant l'apparition de la jeunesse. Une visiteuse en tailleur de lambswool plia les bras sur sa poitrine et pointa son mocassin en daim vers lui en signe de désapprobation. Le garçon en costume traversa la salle en ramassant consciencieusement les affaires de sa mère, traînant son manteau derrière lui comme une serviette humide. Sa Mamie lui souriait. C'était le sourire qu'elle avait quand elle regardait les programmes du dimanche à la télévision sans vraiment y prêter attention. Elle n'avait pas du tout l'air triste, songea Shuggie, mais plutôt paisible et résignée. Il s'assit sur la chaise vide à côté d'elle et prit sa maigre main pendant qu'ils regardaient Agnes descendre péniblement du lit. Dans la faible lumière, son grand-père avait la couleur du lait concentré. Sa peau semblait fine, comme du papier tue-mouches jaune, et elle était tellement tirée sur son grand nez des Campbell que celui-ci lui évoqua une carcasse de poulet.

Agnes s'assit de l'autre côté de sa mère et prit son autre main. « Les visites sont terminées », fit remarquer Lizzie.

La tête d'Agnes se balança sur ses épaules. « Maman, c'est dur pour moi. Je ne trouvais pas le courage de venir.

– Ouais, bah, tu m'as l'air d'en avoir trouvé plein.

– J'ai juste fini ce que j'avais dans la maison. Dès que tout sera terminé, je me soignerai. J'irai même aux Alcooliques Anonymes. » Elle mentait et ça sonnait creux.

«Je n'ai jamais aimé ces trucs-là. Ils attirent les moins-que-rien. Dieu t'a donné une volonté. Tu devrais t'en servir pour te sauver.»

Pendant un bon moment, les trois générations restèrent assises en silence, les mains jointes en une chaîne. Les bagues en toc d'Agnes étaient aussi grosses et bleues que les articulations de Lizzie. Agnes sortit des feuilles de papier toilette de la manche de son pull, s'essuya les yeux et les tendit à Lizzie qui en fit autant et les passa à Shuggie, qui les replia pour trouver un coin dépourvu de mascara et de morve. Agnes fouilla dans son sac et en sortit deux canettes de bière. Elle les ouvrit avec un sifflement moussu et fit retomber les opercules dans son sac. «Je ne pense pas que je pourrai le supporter. Est-ce qu'ils doivent tous me quitter?»

Lizzie prit le papier toilette blanc dans la main de Shuggie et couvrit pudiquement la pin-up à moitié nue sur la canette. «J'ai l'impression qu'il vient à peine de rentrer de cette foutue guerre. C'est trop tôt pour qu'il reparte.»

Shuggie regarda la mine dégoûtée de la femme vêtue de lambswool à la vue de la canette. Il se tourna vers sa mère pour l'avertir mais comprit qu'elle n'était pas avec eux dans la pièce. Elle n'avait même pas entendu un mot de ce qu'avait dit Lizzie. Shuggie tourna tous les boutons sur le manteau de laine de sa grand-mère pour remettre les fleurs en plastique à l'endroit : feuilles vers le bas et pétales vers le haut. Il attendit tandis que les femmes parlaient, parlaient, parlaient sans s'écouter.

Le vieil homme allongé dans le lit prenait de petites inspirations. L'air sifflait en se faufilant entre les tumeurs qui encombraient ses poumons. Agnes serra les mâchoires de colère, si fort que son dentier de porcelaine crissa comme deux assiettes frottées l'une contre l'autre. «Je n'aurais jamais dû partir avec ce salaud de Shug.» Elle alluma deux cigarettes et en tendit une à sa mère. «Je dirai ça à papa quand il se réveillera, hein?»

Ce fut cette remarque qui fit revenir Lizzie. Elle tira sur la cigarette et souffla soigneusement la fumée dans le visage de Wullie. «Ton père ne guérira pas.»

Agnes tapota le lit. « Allons, c'est mon papa. Dans quelques jours il se portera comme un charme.

– *Agnes* ! Les médecins ont dit qu'il ne rentrerait jamais à la maison. »

Agnes prit une autre gorgée de la canette. Shuggie regarda les couches de vieux mascara se dissoudre et les larmes noires commencer à migrer vers le bas de son visage. « Pourquoi est-ce qu'on doit toujours se laisser faire et se prendre tout ce que la vie nous envoie ? »

Lizzie haussa les épaules. « À quoi ça sert de se lamenter ? »

Ils restèrent ensuite silencieux pendant un bon moment. Il était si tard que bientôt il fut tôt. La femme en lambswool finit par sortir et, peu de temps après, sœur Meechan leur apporta des tasses opaques pour la bière et remporta les canettes offensantes. L'infirmière ne dit rien de plus et Agnes comprit que la fin devait être proche. La sœur donna un peu plus de morphine à Wullie et tendit un glaçon à Lizzie pour ses lèvres, puis elle tira le rideau sur eux quatre. Shuggie ne sentait plus ses jambes à cause de la dureté de la chaise mais il savait que ce n'était pas le moment de se plaindre.

Agnes dessoûla lentement. Elle lut le catalogue Freemans pour calmer ses tremblements. Elle cornait certaines pages, commençant début février pour être prête pour la rentrée en août car Shuggie poussait comme une asperge. Elle remplit à nouveau leurs tasses, cette fois plus lentement, et demanda à sa mère : « Comment tu vas faire sans lui ? Pour l'argent et tout ? »

Lizzie haussa les épaules. « Comment tu fais toi ? »

Agnes regarda son père. « Je préfère ne pas le dire. »

Lizzie laissa le garçon s'appuyer sur elle, leva le bras et le serra. Elle vérifia qu'il dormait avant de répondre. « Il faut que je te dise quelque chose, Agnes. Je ne veux pas que tu fasses de remarques. Je ne pourrais pas supporter que tu me juges. »

Agnes avança sur son siège. « Qu'est-ce qu'il y a ? Tout va bien ? »

Lizzie secoua la tête. « J'ai été dure avec toi. Je le sais. » Lizzie marqua un temps d'arrêt comme pour attendre qu'Agnes la contredise mais Agnes était bien d'accord avec elle. « Je n'ai jamais été fan de Big Shug. Mais je n'aurais pas dû être aussi dure avec toi.

— Ça ne fait rien. Tu as eu raison.

— Non, j'ai été à ta place. J'imagine que j'en espérais juste une meilleure pour toi. »

Lizzie observa une nouvelle fois le visage du garçon endormi avant de commencer son récit. Shuggie avait les yeux fermés mais ne dormait pas. Il écouta très attentivement ce qu'elle dit ensuite.

Lizzie prit une profonde inspiration et la retint le plus longtemps possible avant de parler. « Quoi qu'il en coûte, Agnes, accroche-toi, même si tu ne le fais pas pour toi, même si c'est juste pour eux. Accroche-toi. C'est ce que font les mamans. »

Elle traînait une serpillière grise dans l'escalier de l'immeuble, interrompant sa danse régulièrement pour l'essorer à mains nues. L'acidité de la Javel et de la résine de pin lui piquait les yeux quand elle faisait tomber l'eau de marche en marche et elle poussa la dernière petite vague par-dessus le pas de la porte. Lizzie traîna le lourd seau métallique dans la rue et déversa l'eau sale dans la pente. Les gamins à moitié nus sautèrent de joie en criant devant cette nouvelle rivière.

Elle passa le reste de la matinée à laver les draps dans la petite baignoire en métal d'Agnes. Elle ne l'aurait jamais avoué mais la laverie lui manquait. Elle adorait ce rituel, c'était un endroit sans hommes et sans enfants, un lieu où les femmes avaient la possibilité de partager une partie d'elles-mêmes dont elles ne pouvaient pas parler à l'église. Elle payait, choisissait son évier et mettait ses rideaux et ses robes de travail à tremper dans l'eau bouillante. Pendant que la saleté se détachait du tissu, les femmes s'assemblaient en demi-cercle pour faire mousser les rumeurs. Rien ne se passait à Germiston qui échappât à la laverie.

Désormais, elle le savait, elles parlaient d'elle. Maintenant, elles attendaient qu'elle ait fini avec l'essoreuse, lui disaient au revoir gaiement, et quand elle était partie elles déchiquetaient sa réputation comme les restes d'un vieux jambon.

Alors qu'elle évacuait la crasse de ses habits, une vague passa par-dessus le rebord de la baignoire. Elle jura mais au moins elle n'avait plus besoin de laver ses affaires à lui. Au moins, elle n'avait pas à faire la lessive pour Wullie Campbell. Elle avait du mal à imaginer son bleu tenir dans la petite baignoire de toute façon. Il n'y aurait plus eu de place pour l'eau.

Lizzie était toute rouge et occupée à battre son linge quand elle remarqua Agnes qui tournoyait, ses chaussettes blanches avec de la dentelle absorbant les flaques d'eau sale. Lizzie la souleva du sol trempé. Elle la posa sur une chaise de la cuisine et rattacha le ruban en velours dans ses cheveux. « Je suppose que tu as encore faim ? »

Lizzie passa la main dans les placards en fronçant les sourcils. Il n'y avait rien à manger : une poignée de pommes de terre vérolées, une tranche de saindoux grumeleux, un sac de farine si usé qu'il donnait l'impression qu'il allait s'effondrer sur le vide. Elle tâtonna derrière la huche à pain, prit une vieille boîte de savon en copeaux sur l'étagère du bas et l'inclina délicatement. Trois œufs roulèrent hors de la boîte. Ils étaient bruns et dodus, sans la moindre tache. Elle les cassa dans la poêle avec une cuillerée de saindoux et ils roulèrent et crachèrent voluptueusement dans la graisse bouillonnante. Elle se tourna vers Agnes et posa un doigt sur sa bouche pour lui intimer de garder le secret. La gosse jouflue la regarda, et posa son tout petit doigt rose sur sa bouche en bouton pour imiter le geste de sa maman.

Agnes s'assit sur le giron de Lizzie et elles mangèrent les œufs secrets dans la même assiette. Le jaune était si profond et gras que Lizzie le sentit recouvrir ses dents et coller ensemble les gencives de l'enfant. Heureuse et repue, elle fit sauter Agnes sur ses genoux en écoutant les petits jouer aux Indiens dans la rue et la sirène de Provan Gas Works rappeler les hommes au travail. Lizzie se demanda si un homme qui marchait encore vers les gazomètres ressentait la moindre honte. Elle se souvenait de comment Wullie se sentait jusqu'au jour où il lui avait dit qu'il n'y tenait plus.

La journée était douce. Par la fenêtre ouverte, Lizzie entendait les conciliabules, les petites voix qui chuchotaient puis se mettaient à crier quand les Indiens sautaient sur les cow-boys naïfs. Puis le ton changea brusquement. Les gamins étaient excités par autre chose, ils avaient le souffle coupé puis lançaient des hourras, et quelque chose voyageait d'un bout à l'autre de la rue plus vite qu'il n'aurait été possible de le faire à pied. De nombreuses voix partageaient les mêmes mots, se les passant de bouche en bouche comme un télégramme rudimentaire. Lizzie alla discrètement derrière ses voilages et jeta un coup d'œil tandis que les autres femmes ne se gênaient pas pour se pencher par la fenêtre. Les petits criaient la nouvelle à leur mère et les femmes se retournaient pour la partager derrière elles dans les pièces obscures.

Soudain, on frappa à la porte. Lizzie regarda Agnes, l'enfant avait une épaisse auréole de jaune d'œuf autour de la bouche. Elle l'essuya pour dissimuler les preuves. Elle savait que la porte n'était pas fermée à clé, elle ne l'était jamais : c'était un bon quartier, plein de papistes. Si quelqu'un frappait avant d'entrer, c'était forcément un étranger. Lizzie s'arrêta devant le miroir de l'entrée et essaya de remettre un peu de vie dans ses cheveux. Elle parcourut mentalement la liste de ses dettes pour vérifier qu'elles n'étaient pas excessives, elle regarda une nouvelle fois les étagères vides de l'arrière-cuisine et, se sentant plutôt en sécurité, ouvrit la porte.

La lumière vert cobalt qui se déversait par la fenêtre du palier s'accrochait à l'homme comme une fine poussière. Il ne dit rien mais eut un demi-sourire quand il fit glisser le sac de son épaule, un grand sac en coton si plein qu'il tenait debout tout seul et arrivait presque au niveau du nez de Lizzie. Elle ne sut pas pourquoi elle dit ça. Peut-être parce qu'elle ne savait pas quoi dire d'autre.

« Il a pas intérêt à être rempli de linge sale. »

Il rit et par la suite elle lui en avait été reconnaissante : de seulement se moquer d'elle et de ne pas laisser sa confusion entamer la joie de la journée. « Je peux entrer ? » Il ôta son calot.

Elle avait la sensation de ne pas pouvoir resituer cet étranger. Elle aurait pu le croiser sur Royston Road et lui rendre un signe de tête poli sans réellement le reconnaître. Pourtant, Lizzie recula dans l'entrée et laissa l'étranger franchir le seuil. Il traîna son lourd sac de toile derrière lui et ferma la porte. Il pliait et dépliait son calot quand il vit les yeux posés sur lui depuis la table.

« C'est elle ? » demanda-t-il.

Lizzie ne put qu'acquiescer silencieusement. La dernière fois qu'il l'avait vue, elle était aussi rose qu'un jambon et enroulée dans une couverture brodée à la main par Mamie Campbell. Bien sûr, il y avait eu les photos du baptême et les cartes pour Pâques mais ce n'était pas la même chose. Il semblait la voir de ses propres yeux pour la première fois. Il admira les épais cheveux ébène, les yeux vert d'eau et, surtout, les jambes potelées. Wullie s'accroupit, il pleurait, de lentes rigoles de soulagement, de la voir si gaie et en bonne santé. Il ouvrit la gueule de son grand sac, et très délicatement il en sortit une poupée enveloppée dans du tissu peint, des merveilles colorées, les unes après les autres, des rubans à perles d'Afrique et de petites croix en papier d'Italie. Il y avait des bonbons dans des emballages rayés et d'autres poupées de modèles et couleurs différents, avec des teints et des formes d'yeux que Lizzie n'avait jamais vus auparavant. Tout ce que Wullie posait devant elle, Agnes le ramassait, jusqu'à ce qu'elle fasse tomber des objets de ses bras trop chargés. Quand Agnes s'appuya contre son genou et fit tourner les trésors entre ses mains, il enfonça le nez dans ses cheveux et aspira sa douce fraîcheur savonneuse.

Pendant que Wullie était agenouillé, Lizzie l'effleura délicatement, presque sans le toucher. Sa nuque était d'un brun sirupeux qu'elle ne connaissait pas, c'était la couleur du sucre caramélisé, doré et doux. Elle vit par son encolure la ligne qui séparait son bronzage excessif de la teinte cuivrée bien plus saine. Elle regarda une boucle de cheveux derrière son oreille : sans pommade, elle était, à cause du soleil, d'une couleur corne si vive, si différente de la pointe à la racine, qu'elle ne la reconnut pas, qu'elle ne le reconnut pas. Elle se demandait où était passée l'ébène terne et familière qu'elle aimait. Elle laissa les cheveux fins glisser entre ses doigts, puis elle tira dessus avec force.

Wullie la regarda. Il ferma un œil et lui fit son sourire de travers. Il était bien réel. Il était rentré.

Les journaux n'avaient jamais rien dit, elle les avait lus tous les jours, parfois deux fois, parfois dix. Quand elle revenait de l'hôpital, elle allait aux latrines publiques et s'asseyait sur la cuvette tiède pour lire le journal que M. Devlin y laissait parfois. Les journaux parlaient de la grande victoire que les gars avaient remportée en Afrique du Nord mais ils évoquaient aussi les nombreux enfants de Glasgow, Inverness et Édimbourg qui s'étaient sacrifiés et ne rentreraient jamais à la maison. Des listes et des listes de noms. Même les petites rues de Germiston en avaient perdu en quantité. Chaque semaine, des familles rentraient la tête lourde de l'église où elles étaient allées dire une prière pour leur fils disparu. Il y en avait eu tellement qu'elle avait perdu le compte. M. Goldie, le jeune Davie Allan, les frères Cottrell, qui n'avaient que vingt et un et vingt-trois ans et avaient à eux deux laissé sept orphelins derrière eux.

Tour à tour, tous ces malheureux soldats avaient été déclarés morts, mais pas Wullie. Elle avait avoué à Isobel, sa maman, que ça lui donnait de l'espoir mais Isobel avait parcouru un long et pénible chemin au cours de sa vie. Elle prenait sa fille cadette dans ses bras et disait à Lizzie de laisser l'espoir de côté, de porter son attention sur les choses pratiques, son nouveau bébé, son petit boulot et trouver de quoi les nourrir toutes les deux. « L'espoir, lui disait-elle, ça fait broyer du noir. »

Rien de tout cela ne comptait désormais. Wullie Campbell était rentré et Lizzie s'activa dans la pièce avant même de réaliser ce qu'elle faisait. Dehors, des voix joyeuses s'élevaient, elle entendait ses camarades chanter son nom et elle savait qu'ils viendraient le chercher bientôt. Elle prit Agnes dans ses bras et l'emmena jusqu'à la grande armoire séchante. Elle écarta deux piles de serviettes et sortit une boîte à couture cachée, l'ouvrit silencieusement et alors l'air s'emplit de la douce odeur du quatre-quarts. Il y avait aussi un jambon gras dans l'étagère et Lizzie arracha un morceau de l'os. Elle mit toute la boîte de gâteaux sur les genoux d'Agnes et un gros morceau de viande grasse dans chacune de ses mains. « Maman veut que tu restes ici un petit moment. » Elle referma doucement la porte sur sa fille.

Ils allaient venir le chercher.

Lizzie retira rapidement ses sous-vêtements, elle ne l'embrassa pas et elle n'avait toujours pas passé ses bras autour de son cou. Rien de tout ça ne suffirait pour combler l'absence qu'elle avait ressentie. Elle se pencha par-dessus le dossier du fauteuil en bois et attrapa les accoudoirs. Elle le sentit apparaître derrière elle, une présence d'abord légère, comme s'il la suivait dans la rue, mais alors il la toucha, l'embrassa dans la nuque et elle le sentit la pénétrer avec force. Elle regarda ses mains brunes quand ses doigts étranges s'enroulèrent autour de ses avant-bras blancs. Il bougea doucement puis plus vite, et bientôt il s'allongea sur elle, comme une couverture, comme s'ils ne faisaient qu'un.

Ils allaient venir le chercher.

Il n'avait pas la même odeur que dans son souvenir. Ses cheveux avaient une acidité d'orange trop mûre, et son haleine, quoique sucrée, sentait trop la mélasse à son goût. Lizzie tourna la tête pour le regarder, il avait les yeux ouverts et concentrés sur elle et elle fut alors certaine que c'était lui. Cette couleur vert et cuivre, la couleur du soleil doré perçant dans l'épaisse frondaison des hêtres, était toujours la même.

Autrefois, bien avant Agnes, Wullie lui avait fait prendre trois bus pour l'emmener jusqu'à Kelvingrove Hall. Elle n'était jamais entrée dans un aussi beau bâtiment et elle le suivit timidement dans les grandes salles. Elle sentait que ses chaussures faisaient trop de bruit, couinaient trop et que le bas de sa belle robe de messe dépassait trop de son manteau. Wullie n'en avait rien eu à faire. Avec ses gros bras, il écartait la foule devant elle. Il se comportait comme s'il avait eu autant le droit d'être là que n'importe quel docteur de Byres Road. Ce ne fut que plus tard qu'il lui avoua qu'il connaissait ce lieu somptueux uniquement parce qu'il en avait changé les tuiles du toit.

Ç'avait été un après-midi exceptionnel. En haut de l'escalier de grès, il y avait une exposition de peinture, de belles huiles de hêtres au bord d'une rivière paresseuse avec des fleurs d'automne sauvages encore dorées et des fougères sur la rive. Wullie lui avait souri et elle ne s'était plus inquiétée de sa tenue. Il avait des yeux du même éclat que le tableau, le même vert pâle du foin que l'on n'a pas encore ramassé et la même teinte terre d'ombre profonde qu'un daim roux. Alors qu'elle scrutait ses yeux pour retrouver l'homme qu'elle aimait, elle sut que le vert du tableau était le même, même si le cadre dans lequel il reposait était d'un autre type.

Il y eut un petit bruit. Elle avait oublié. Comme avait-elle pu oublier après avoir passé tant de nuits à s'en inquiéter ?

Wullie arrêta de pousser. Il se redressa et fixa l'angle comme s'il voyait quelque chose approcher au loin, quelque chose qui ne lui disait rien de bon. Lizzie le sentit se retirer. Il remit son uniforme et avança vers le coin. Il marchait sur la pointe des pieds, les mains ouvertes, comme si ce qui s'y cachait pouvait le surprendre et essayer de s'échapper. Le nourrisson pleura. Il râlait encore quand Wullie tira la tenture du berceau.

Elle n'oublierait jamais son visage. Il la dévisageait par-dessus son épaule quand la porte d'entrée céda enfin. Personne ne prit la peine de frapper, il y eut des bruits de pas et des cris de joie puis les gars du syndicat et leurs femmes surgirent avec des plateaux de sandwichs et des petites bouteilles de Mackinlay's. Elle eut à peine le temps de lâcher le fauteuil et de se redresser avant que la première canette de brune soit ouverte. Alors qu'il se soumettait aux embrassades de ses copains, ses yeux vert et ambre ne quittaient pas son visage. Tout ce qu'elle put faire fut de prononcer silencieusement, au milieu de l'assistance réjouie, *Je suis désolée.*

Plus tard, ils avaient tiré le lourd rideau et grimpé dans le lit encastrable avant que les derniers lurons soient partis. Il dit qu'il était fatigué, mais Lizzie sentait la chaleur de l'alcool émaner de lui tandis qu'il restait immobile, éveillé, à côté d'elle. Elle se demanda si sa propre honte brûlait aussi fort. Ils ne parlèrent pas. Ils ne se touchaient pas et il se sentit plus éloigné d'elle qu'il l'avait jamais été durant toute la guerre du Désert.

Quand elle se réveilla le lendemain matin, il avait déjà revêtu son beau costume de laine. Le pantalon était ample et un peu vieillot, et elle voyait que la veste bâillait plus qu'autrefois. Il avait trouvé les boîtes de Spam secrètes, le jambon caché et la fin du quatre-quarts que l'épicier lui avait donnés. Il essayait de donner des cuillerées de Spam frit à sa fille et chaque fois qu'elle refusait il riait et la gâtait avec un morceau de quatre-quarts.

Elle n'aimait pas le voir avec ces affreux aliments. Elle revoyait M. Kilfeather, l'épicier aux jambes arquées, mais elle n'arrivait plus à bien se souvenir comment tout ça avait commencé, tout avait été si insidieux. Une poignée d'œufs en plus ? Un peu plus que ce que le carnet de rationnement prévoyait ? L'entame d'une miche de pain ? Comment expliquer tout ça à Wullie ?

Le nourrisson, cet autre petit Kilfeather, gazouillait dans le coin. Wullie lui tournait le dos comme s'il ne l'entendait pas.

Quand elle sortit de derrière le rideau, Wullie se leva sans la regarder. Il reboutonna sa veste, embrassa Agnes et retira le sac de draps propres de la vieille poussette. Lizzie le regarda soulever le petit garçon de son berceau, les bras roses du bébé tendus vers lui, comme s'il savait et faisait confiance au profond puits de bonté d'où Wullie Campbell avait jailli. Il plaça le bébé dans le beau landau et remonta tendrement la couverture sous son menton. Il se tourna vers la porte.

Quelque chose la poussa à intervenir. Elle posa la main sur la poignée de la poussette. « Tu vas où ?

– Dehors.

– Tu rentreras ?

– Bien sûr. »

Il parut surpris par sa question.

Elle sentit que, si elle se mettait à pleurer, elle ne pourrait jamais s'arrêter. Elle lâcha la poignée. « Je suis désolée, murmura-t-elle. J'ai eu des bouts de viande. On a bien mangé. Je ne savais pas. Je. Je ne savais pas si tu rentrerais un jour.

– Je sais », dit-il seulement.

Elle se défendait maintenant. « Quand je m'en suis aperçue, j'ai pris toute l'Askit* possible. Des poignées entières. Mais c'était... C'était juste trop tard.

– Je n'ai pas besoin de savoir ça, Lizzie. » Il prit son visage entre ses mains et l'embrassa. C'était leur premier baiser depuis qu'il l'avait embrassée sur le quai de Saint Enoch's, le jour de son départ. Elle n'avait jamais laissé M. Kilfeather l'embrasser, elle sentait qu'elle devait le lui dire.

« Je suis désolé d'être parti aussi longtemps », dit-il. Puis Wullie prit la poussette, le bébé étranger, et sortit dans la douce matinée de printemps.

Ce fut la plus longue journée de sa vie.

Wullie revint avant que les lampadaires soient allumés. Lizzie avait passé la journée à la fenêtre et l'entendit siffloter depuis le bas de Saracen Street. Mme Delvin lui dit plus tard qu'il lui avait flanqué la frousse parce qu'elle l'avait d'abord pris pour un de ces Indiens, vu qu'il était tout basané. Puis, poursuivit-elle, il avait grimpé les marches en dansant, en chantant et en s'accrochant à la rambarde comme Fred Astaire.

Quand il passa la porte, il n'y avait ni poussette, ni couverture, ni bébé étranger. Il prit sa fille dans ses bras et Lizzie sentit l'air frais sur lui, comme des champs lointains.

Wullie mangea son dîner avec appétit, deux grands bols de soupe de petits pois épaissie à la crème et salée avec des morceaux

---

* Médicament en poudre contre la migraine qui avait la réputation de provoquer des fausses couches.

de mouton. Lizzie ne pouvait pas lui dire d'où ils provenaient, comment ils avaient été payés, et elle fut soulagée qu'il ne lui pose pas la question.

Cette nuit-là, alors qu'elle se blottissait contre lui derrière le rideau, elle caressa les poils épais de ses bras. Elle se tourna et lui demanda où était le bébé.

Wullie l'attira contre lui, la regarda avec ses yeux mouchetés de vert et répondit simplement : « *Quel bébé ?* »

16

Agnes repensa à ce que sa mère lui avait raconté, elle y pensa constamment durant les jours qui précédèrent la mort de son père. Le cancer du poumon finit par l'emporter. Il crépita jusqu'à la fin.

Ils enterrèrent Wullie par une journée humide de mars, sur une pente douce au fond du cimetière de Lambhill. Les jours où elle était sobre, Agnes pleurait son père. Puis elle pleurait pour elle-même, jalouse que Shug ne l'ait jamais aimée comme Wullie avait aimé Lizzie.

Quand elle avait bu, elle appelait sa mère pour l'abreuver d'injures et lui reprocher d'avoir gâché ses souvenirs de lui. Quel genre d'homme fait disparaître un bébé comme ça? Puis, un mois après la mort de son père, sa mère mourut et il n'y eut plus personne sur qui crier.

Elizabeth Catherine Campbell était morte en pantoufles.

Le temps qu'Agnes réussisse à convaincre une centrale de Glasgow de lui envoyer un taxi à Pithead pour l'emmener à l'hôpital, Lizzie avait rejoint les anges depuis une heure et demie. Bouleversée, Agnes avait fait les cent pas au milieu de Pit Road pour attendre le taxi. Quand elle vit enfin ses phares, elle se jeta à plat ventre dans la poussière.

À son arrivée à l'hôpital, la police expliqua à Agnes que le conducteur du bus était dévasté. « C'est un homme bien, dirent-ils, qui a eu une longue carrière au sein de la compagnie sans la moindre histoire. » Simplement, il ne s'était pas attendu à ce que la vieille dame descende du trottoir à reculons. Il n'avait pas voulu la tuer mais à marcher en arrière comme ça, c'était qu'elle était déterminée à en finir, déclarèrent-ils.

Agnes vit que, sous leur visière, ils l'observaient des pieds à sa tête d'alcoolique, l'air de penser que cette épave aurait conduit n'importe quelle mère à la même décision. Leur regard froid et leurs paroles réconfortantes n'allaient pas ensemble. « Ça arrive assez souvent », conclurent-ils, comme si Lizzie avait choisi une fin aussi lâche. Sa maman n'aurait *jamais* fait une chose pareille. C'était une bonne catholique. Agnes savait mieux qu'eux.

Plus tard cette semaine-là, quand les pompes funèbres eurent enfin préparé la dépouille, Agnes l'installa dans la chambre de Lizzie pour la veillée. Leek l'aida à relever le lit double pour le poser contre le mur afin de faire de la place pour les tréteaux et le petit cercueil. Elle savait que leur matelas ne retrouverait jamais sa place. Dans l'armoire à linge, elle prit un grand drap pour le recouvrir comme un fantôme des bons souvenirs disparus. Elle n'avait pas eu un mois pour pleurer son père qu'elle se retrouvait déjà au pied du cadavre de sa mère. Ses os lui réclamaient désespérément un verre.

Agnes s'assit seule à côté du cercueil. Elle se couvrit les cheveux avec le foulard le plus sombre qu'elle possédait et mit sa robe en laine noire pour la deuxième fois ce mois-ci. L'appartement de Sighthill ne renfermait désormais plus aucun bon souvenir pour elle. D'abord son papa, puis sa maman. Elle ne posa pas de carton pour protéger la moquette cette fois-ci ; le cortège funèbre pouvait bien l'achever.

Lizzie paraissait minuscule dans le cercueil. Le croque-mort avait appliqué une épaisse couche de maquillage sur les creux de son front et caché ses mains mutilées sous une bande de parement en soie. Agnes disposa sa bible et son médaillon de saint Jude sur le tissu. Elle en avait fini avec tout ça.

Agnes avait demandé à ce que Lizzie soit vêtue de son plus beau tailleur olive du dimanche et que ses racines soient teintes. Le croque-mort lui avait demandé un chapeau pour couvrir les blessures à la tête et elle lui avait donné une photo pour lui montrer comment les cheveux devaient être coiffés, en rosettes serrées, et comment ils devaient encadrer son visage. Il fit de son mieux pour lui donner un air paisible mais son visage avait quelque chose de cireux qui empêchait toute véritable ressemblance avec Lizzie. Il n'y avait pas d'éclat de gaieté sur ses joues, pas de rose au bout de son petit nez. Agnes l'embrassa. Elle pleura en implorant son pardon.

Quand elle n'eut plus de larmes, elle se redressa et écouta le bourdonnement de la télévision dans l'appartement voisin. Elle retira la dernière paire de boucles d'oreilles qu'elle n'avait pas mise en gage et les glissa délicatement dans les lobes de sa mère. « Je sais qu'elles sont dépareillées. » Elle couvrit l'oreille gauche avec une boucle serrée. « Au moins papa va bien rigoler quand il te verra. »

Elle remit à l'endroit la belle broche de Lizzie, une jolie médaille en étain de la Vierge à l'Enfant que Nan Flanningan lui avait spécialement rapportée de Lourdes. « Pauvre Nan. Elle aurait dû te surveiller de plus près. » Elle soupira. « Pourquoi es-tu allée faire une chose aussi bête ? »

Agnes cracha sur un morceau de papier toilette roulé en boule et essuya les pommettes de sa mère. Le lourd maquillage s'estompa à peine. « Je voulais faire des sandwichs au saumon en boîte cette fois, plutôt qu'au fromage. Ça ira ? Je n'ai pas aimé que ceux de papa durcissent pendant de la journée. Je voyais bien ces ingrats rouler des yeux. J'ai vu cette garce d'Anna O'Hanna et sa bouche en cul de poule. J'ai même entendu Dolly dire à son John : "Tous ces gens qui sont venus de Donegal et même pas une tranche de viande sur le pain." »

Agnes sortit son rouge à lèvres coloré et le passa sur les fines lèvres de sa mère. Elle en déposa un peu sur son pouce et l'appliqua sur ses joues creusées. Elle avait envie de redresser son chapeau cloche vert émeraude mais elle avait peur de toucher l'arrière de sa tête, alors elle recoiffa doucement les boucles brunes avec un peigne épais. « Voilà, tu es mieux avec une couleur un peu plus vive sur les joues. » Les mots se coincèrent dans sa gorge.

Agnes resta auprès de sa mère toute la nuit. Dans l'humidité de ce matin d'avril, ils déposèrent le cercueil de Lizzie sur celui de Wullie. Le sol était détrempé. Il fallut pomper l'eau dans la tombe.

Après l'enterrement, Agnes emballa les sandwichs dans des serviettes en papier et demanda trois fois à Shuggie de faire le tour des invités jusqu'à ce que les sacs à main noirs débordent et sentent le saumon chaud et le beurre. Même quand les gens repoussaient le garçon, Agnes lui ordonnait d'y retourner, encore et encore, avec les jolies assiettes couvertes de tranches épaisses.

Il faisait sombre quand ils rentrèrent de l'enterrement. Les femmes des mineurs étaient encore appuyées à leur portail branlant pour profiter de l'éclaircie. Agnes était restée sobre, de peur que sa mère la surveille, mais, debout derrière Leek, elle laissait maintenant la douceur ambrée de la Special Brew lui imbiber le cœur.

Agnes le regarda ouvrir son carnet de croquis. Il sortit une feuille d'une enveloppe glissée dans les dernières pages et déplia le long morceau de papier couvert d'une interminable série de chiffres. Méfiant et gêné, il masqua le cadran et composa le long numéro africain. C'était donc ça, le numéro que Catherine n'avait jamais voulu qu'elle ait. Il n'existait pas solitude plus profonde.

Elle essaya d'écouter pour glaner le plus d'informations possible mais il était laconique. Elle tenta d'entendre la voix de Catherine. Agnes avait l'impression que l'entrée humide de la maison de Pithead s'était remplie de beaux canaris. Elle voulait imaginer Catherine entourée de luxuriants tapis de fleurs tropicales dont elle ne connaîtrait jamais les jolis noms compilés dans des livres qu'elle ne lirait jamais. Au fond de son cœur, elle espérait que sa fille était heureuse. Elle espérait que Catherine demanderait à lui parler, que Leek lui passerait le téléphone et qu'elle pourrait lui dire elle-même à quel point elle avait envie qu'elle rentre.

«Catherine, c'est moi. C'est Leek. Je suis désolé. C'est le téléphone de maman. Oui. Elle est là à côté de moi en fait.» Il regarda Agnes avec suspicion. Il y eut un blanc. Agnes entendit Catherine lever la voix. «Ne t'inquiète pas, jamais. Je te promets, jamais. Ça te plaît l'Afrique du Sud ?» Un blanc. «Oh, oui il va bien. Il a failli mourir au fond de la mine mais il va bien. Toujours un peu spécial. Tu sais, *spécial* quoi. » Il plia le poignet et zozota : « Genre Dick O'Gay et Gaylord McFaggie, quoi... »

Il y eut un rire au bout du fil. Agnes lui tapota l'épaule. « Bref, Catherine, est-ce que Donald est là ? Non, je ne *vérifiais* pas. C'est juste que j'ai de mauvaises nouvelles. C'est que, bah, Mamie est morte. » Un autre long silence.

Est-ce qu'elle pleure ? mima Agnes.

Leek lui fit signe de s'écarter. « La semaine dernière. Elle s'est fait renverser par un bus. C'est allé vite. Elle perdait la tête. Bon. Très bien. Non. Écoute, je ne sais pas comment te le dire, mais Papi est mort aussi. Je déconne pas. Juré. On voulait pas te faire de peine. Il y a trois semaines environ. » Il se mit à parler entre ses dents serrées. « Eh, bah, c'est moi qui ai décidé de pas te le dire parce que ce qui se passe quand on t'abandonne au milieu de la merde, c'est que tu te retrouves à prendre toutes les décisions merdiques. » Il y eut une longue pause. Agnes crut entendre Catherine pleurer ou s'excuser ou les deux. « Alors tu vas rentrer ? Ah. Ah. OK. Ah. Très bien. Eh, bah, félicitations alors. »

Est-ce qu'elle veut me parler ? mima Agnes en essayant de ne pas avoir l'air trop désespérée.

Leek soupira. « Dis, Cath, est-ce que tu veux parler à maman ? Sobre. *À peu près.* Triste. J'imagine. OK. D'accord. OK. Non. Je comprends. Comme tu veux. Merci. » Et il raccrocha.

Agnes découvrit ses mains tendues devant elle, elle ne s'était pas aperçue qu'elle s'accrochait à Leek jusqu'à ce que la tonalité soit coupée. Leek haussa les épaules et s'adressa au tapis. « Elle était trop triste pour parler. » Il frotta sa mâchoire douloureuse. « Ils ont mangé des saucisses sud-africaines pour le dîner. En brochette, avec des morceaux de fruits. C'est dégueu, hein ? »

17

Son corps pendait au bord du lit et, vu l'angle bizarre, Shuggie en conclut que l'alcool lui avait fait subir le supplice de la roue toute la nuit. Il lui mit la tête sur le côté pour l'empêcher de s'étouffer dans son vomi. Puis il plaça le seau près du lit, descendit doucement la fermeture de sa robe crème et desserra l'attache de son soutien-gorge. Il lui aurait bien retiré ses chaussures mais elle n'en portait pas et ses jambes blanches avaient l'air terriblement nues sans ses fidèles collants noirs. Il y avait de nouveaux bleus sur ses cuisses pâles.

Shuggie disposa trois tasses près d'elle : une avec de l'eau du robinet pour soulager sa gorge sèche, une autre avec du lait pour lui tapisser l'estomac et la troisième avec un mélange des restes éventés de Special Brew et de bière brune qu'il avait récupérés dans la maison et mélangés avec une fourchette. Il savait qu'elle commencerait par cette tasse-là, celle qui ferait cesser les pleurs dans ses os.

Il se pencha pour écouter sa respiration. Son haleine était fétide à cause des cigarettes et du sommeil, alors il alla à la cuisine et remplit une quatrième tasse avec de l'eau de Javel pour ses dents. Il déchira une page de son devoir sur «Les papes et l'Empire» et écrivit avec un crayon pastel : *DANGER ! Nettoyant à dents. Ne pas boire. Ne pas avaler par accident.*

Il entendit la porte d'entrée se refermer doucement. Leek allait encore être en retard au travail. Il était toujours réticent à quitter le cocon protecteur de son lit ; sous les couvertures, sa journée avait encore quelque chose d'intact. Shuggie écarta légèrement les rideaux et regarda les épaules voûtées de son frère s'éloigner lentement sur la route. Les premiers enfants de mineurs commençaient à gagner l'école. Les garçons qui arrivaient plus tôt pour pouvoir jouer au foot dans la cour de récréation étaient les mêmes qui se mettaient en cercle autour de lui pour le pousser quand ils en avaient marre. Shuggie trouva son stylo bleu et parcourut ses cahiers d'exercices comme un comptable, signant *Mme Bain* d'une écriture déliée. Ce nom semblait bizarre maintenant.

Le radioréveil lui indiquait qu'il avait encore tout son temps avant de pouvoir se faufiler discrètement à la messe du matin, alors il se retourna sur le tabouret, les mains jointes, et attendit patiemment. La commode était bien rangée, comme elle aimait. Quand Agnes n'était pas prise de tremblements, elle vidait la petite boîte à bijoux et nettoyait chaque pièce, quelle que fût sa valeur. Parfois, elle posait toutes les babioles sur la coiffeuse et ils jouaient à la bijouterie. Sa mère le laissait inventer de nouveaux assortiments, exhiber des sélections de boucles d'oreilles et des colliers. C'était plus facile avant qu'elle ait mis en gage les plus jolis.

Il regarda le reflet de sa mère dans le miroir, son dos qui se gonflait au rythme de sa respiration. Shuggie ouvrit un flacon de mascara et appliqua le colorant noir dans les crevasses grises de ses chaussures. Puis il sortit la brosse et l'appliqua sur ses cils. Ils se dressèrent joliment. Agnes se releva brusquement comme un squelette de fête foraine. Il essaya de remettre la brosse dans le tube mais elle ne rentrait pas, alors il glissa discrètement le mascara derrière la commode.

Mais Agnes ne le regardait pas. Le reflux dans son estomac l'avait fait bondir sur ses pieds et elle se tenait debout, immobile, un sein sortant à moitié de son soutien-gorge noir, lequel pendait à moitié de sa tenue de la veille. Puis elle se laissa tomber au bord de son lit comme si elle s'agenouillait pour ses prières du soir.

Le petit avait dû partir à l'école. Elle savait qu'il avait été là, aussi attentif qu'un fantôme hantant la maison, mais quand elle ouvrit les yeux elle ne le vit nulle part. Elle poussa sur ses bras, s'assit au bord du lit, le seau entre les genoux, et essaya de calmer son pouls qui tambourinait dans son visage rougi. Le haut-le-cœur grimpa dans sa poitrine et elle se pencha sur le seau en arquant sa colonne vertébrale comme un chat qui s'étouffe. Elle tira timidement le fil des souvenirs et regarda doucement les images que son esprit y avait attachées. Elle vit le fauteuil, l'horloge, la maison vide. Elle se vit aller de la cuisine au salon et retourner à la cuisine, puis elle se vit à genoux en train de gratter la poussière de la plinthe. Elle revit l'horloge et les lampadaires qui s'allumaient, les rideaux ouverts et le garçon qui rentrait de l'école.

Au-delà, son esprit sautait comme du linge claquant sur son fil. Il y avait le téléphone et un taxi, le bingo et elle, assise toute seule. Il y avait des verres et des verres et pas de chance et des verres et pas de chance et la femme à côté d'elle qui lui demandait si ça allait et Agnes lui demandant si elle avait des enfants et l'autre qui disait non et se retournait. Il y avait le taxi pour rentrer, pas avec Shug, et la voiture qui s'arrêtait devant l'embouchure sombre de la mine fermée. Elle voyait presque le visage du chauffeur, puis il y avait le cri, elle qui s'étouffait sur son after-shave et puis il n'y eut plus que la panique.

Le vomi monta et jaillit en un violent torrent rougeâtre. Des gouttelettes mouchetaient sa main, son lit et le sac en cuir noir à ses pieds. Sa main collante lâcha le bord du matelas et elle s'allongea sur l'oreiller en suffoquant comme si elle était en train de se noyer. Timidement, tendrement, elle glissa sa main sèche sous les draps et entre ses jambes. Elle tâta doucement et découvrit une nouvelle douleur. Puis elle vomit à nouveau.

Il fallut un moment avant qu'elle trouve la force de se redresser. Elle rêvait d'un bain brûlant mais, avec le compteur à moitié vide, l'eau était à peine tiède. Dans le haut-fond elle voyait les ecchymoses rouges à l'intérieur de ses cuisses et les traces noires, grosses comme des pancakes, qui donnaient l'impression que sa chair se nécrosait sous sa peau crémeuse. L'eau devint vite froide, elle grelottait, elle se sécha et passa un pull propre. Elle parvint juste à se mettre de la laque dans les cheveux et de la poudre sur les paupières et puis elle s'assit dans le fauteuil, immobile comme une statue de cire.

Elle ne bougeait toujours pas quand des coups joyeux retentirent, suivis du son de longs ongles grattant la porte accompagné d'une salutation insistante. «Ô-gnès! Ô-gnès! C'est moi.» Jinty McClinchy se tenait déjà à côté de son fauteuil quand elle lui demanda si elle pouvait entrer. Elle considéra la statue de cire et laissa échapper un rire grinçant. «Ah, beh, mon bijou, on dirait que t'en as pris une bonne, hein? J'suis passée par là, j'peux te l'dire.»

De toutes les cousines de Pithead, c'était la seule qui sentait la crème de nuit et le parfum Elizabeth Arden. Elle nouait un foulard autour de sa tête quand il y avait du soleil et préférait le confort des chaussures plates pour ses pieds d'enfant. Jinty portait une médaille de saint Christophe et jurait toujours sur la Bible quand elle vous jugeait. Si l'alcool emplissait Agnes de mélancolie et de regrets, il rendait Jinty cassante et querelleuse. Elle aimait s'asseoir pour remettre le monde d'aplomb et expliquer aux gens ce qu'ils avaient fait de travers. Deux bières et ses petits yeux se plissaient comme ceux d'un juge tatillon dans un concours de confitures. C'était une carne et il se murmurait qu'elle n'était plus la bienvenue dans la moindre maison du coron.

Jinty secouait la tête avec pitié. «Tu veux un petit toast?» Elle retirait son foulard à fleurs.

Agnes hocha la tête silencieusement, les coins de sa bouche ne pouvant tenir un sourire bien longtemps. Jinty se rendit à la cuisine et, bien que le pain fût rangé en évidence juste à côté du toaster, Agnes l'entendit fouiller tous les placards à la recherche de quelque chose à boire. Comme elle n'arrivait pas à voir les étagères du haut, elle sautait, sautait, sautait, comme un petit chien excité, ses sandales plates claquant sur le lino dur.

Au bout d'un moment, Jinty revint avec un seul toast brun et sec. «Alors, rude soirée, hein ? demanda-t-elle de sa voix haut perchée d'enfant tout en scrutant la pièce.

– *Oui.*

– Ah, beh, ma chérie. J'fais que passer, hein, j'fais que passer. Je suis juste venue pour un petit thé. J'ai des trucs à faire tu sais.» Elle retira son manteau et s'assit, avec l'air d'attendre quelque chose.

Agnes essaya de poser l'assiette à côté de son fauteuil mais sa main trembla et le toast brûlé tomba par terre.

«Ma pauv', pauv', pauv' chérie. Regarde-toi. Dans quel état tu t'es mis.»

Agnes porta les mains à son visage. Elle avait mal à la tête, ses bras étaient douloureux et elle avait l'impression que son corps entier était couvert de bleus.

«Bon, bon. Ça me fait mal de te voir morfler comme ça.» Jinty la regarda du coin de l'œil et renifla. «Et t'as rien à la maison là, si ?»

Agnes savait qu'après avoir fouillé dans la cuisine Jinty connaissait déjà la réponse. «Je crois qu'il reste une dernière canette sous l'évier. Dans un sac, derrière la Javel.» Sa tête tournait.

Jinty renifla. «On s'boit un petit canon ? Tu sais, pour te soulager un peu.»

Agnes acquiesça et Jinty, les genoux grinçants, se leva du canapé et sautilla presque jusqu'à la cuisine. Elle trouva la canette aussi vite qu'Agnes l'avait prévu, revint avec, en plus de deux mugs qu'elle avait rincés. Elle les posa sur la table et avec son petit doigt tira l'opercule de la Special Brew. La mousse perla au sommet de la canette et d'une main experte elle en versa une moitié dans chaque tasse. Elle passa son petit doigt blanc sur l'ouverture et le lécha comme si ç'avait été de la chantilly.

«Oh, c'est bon ça, soupira-t-elle. J'pense qu'on peut laisser tomber le thé et boire ça à la place.» Elle la regarda en biais. «Je ferais pas ça, normalement, mais t'as l'air d'être dans un tel état et j'aime pas voir une créature de Dieu souffrir.»

Comme si elle jouait à la dînette, Jinty saisit une tasse dans ses deux mains minuscules et la tendit à Agnes, qui prit la tasse, la porta à sa bouche et but une gorgée. La gerbe gronda dans son estomac. Elle prit une autre gorgée et par habitude posa la tasse derrière le fauteuil, sa cachette secrète.

Jinty leva sa tasse et but une gorgée de souris. Elle émit un bruit satisfait et en prit une autre, puis une autre. Les deux femmes ne parlèrent plus avant d'avoir terminé leur tasse. Agnes sentait que la bière faisait redescendre le vomi et que les tremblements dans ses os se calmaient. Elle passa la main sur ses cuisses tendres et commença à ressentir de la colère.

Continuant de siroter, Jinty sentait arriver le fond. « Bon, bah, j'fais que passer, hein. » Elle sortit son mouchoir pour nettoyer la trace de rouge à lèvres sur le bord de sa tasse vide. « Un p'tit coup en plus ça t'aiderait pas à te sentir mieux ? »

Agnes hocha la tête faiblement.

Les yeux perfides de Jinty se plissèrent. « J'en ai pas vu d'autre là-bas sous ton évier. T'as pas une autre planque des fois ? »

Agnes réfléchit aux autres cachettes, derrière la chaudière, en haut de l'armoire, mais elle secoua la tête.

« Ah ! Bah, j'fais que passer de toute façon, dit tristement Jinty, pinçant les fines rides autour de sa bouche. *Mais regarde-toi.* On dirait que tu vas canner si j't'e laisse là toute seule. T'as pas deux balles des fois ? J'pourrais aller au magasin. »

Agnes tâtonna au pied du fauteuil et sortit son porte-monnaie. Il était vide, en dehors des papiers de chewing-gum. Elle repensa au chauffeur et au taxi et au puits sombre et la bile remonta au fond de sa gorge.

« Même pas un p'tit reste de ton Carnet du mardi ? » demanda Jinty, maussade.

Agnes secoua la tête.

Jinty McClinchy remua dans son fauteuil comme si elle avait des hémorroïdes. Elle regarda Agnes puis les tasses vides. Enfin, elle soupira et renifla. « On n'a qu'à regarder c'qui y a dans mon sac, hein ? »

La femme frêle souleva péniblement son grand sac en cuir. Elle le posa sur ses genoux et plongea pratiquement dedans. Agnes entendit les clés et les pièces tinter au fond puis il y eut un doux clapotis quand Jinty sortit trois canettes de Carlsberg tiède. « Tu me rembourseras plus tard. » Jinty ouvrit une canette et reproduisit l'opération délicate, l'attente et la récupération de la mousse sur son petit doigt. Ce ne fut qu'à l'entame de la troisième canette qu'elles sentirent qu'elles revenaient à elles.

« J'étais chez ma fille l'aut' soir. T'aurais vu l'état de la baraque. » Jinty s'essuya le bout du nez avec son vieux mouchoir. « Je m'occupe d'une feignasse avec un foie pourri et moi j'arrive à avoir une maison propre.

– Comment va le petit bébé ? demanda Agnes, que ça n'intéressait guère.

– Ouais, ça va, j'crois. Elle l'aime autant que possible, répondit Jinty sans enthousiasme. Elle va toucher plus d'allocs maintenant, c'est sûr. J'y ai dit qu'elle pouvait en garder un peu de côté pour une femme de ménage. Dé-gueu-lasse. Franchement, je la regarde des fois et je sais pas ce que j'ai élevé. » Elle commençait à s'emporter. « Il y avait une couche de poussière épaisse comme ça sur ses plinthes. Elle me regarde comme pour dire "Maman, tu peux pas m'aider ?" et là je me tourne vers elle et j'y fais : "J'ai élevé mes enfants moi. Donc ter-mi-né." » Elle agita la main d'un geste tranchant pour accompagner ses paroles.

Agnes hocha la tête avec mélancolie. Elle aurait adoré avoir une maison remplie de petits-enfants, une maison à nouveau pleine de ses propres enfants.

Jinty poursuivit. « L'aîné de Gillian m'a appelée Mamie l'autre jour. J'ai failli y arracher la langue. Je m'en fous dans le fond mais son autre grand-mère lui demande de l'appeler Shirley alors je veux pas être la seule vieille peau à Noël. » Elle reprit sa tasse et observa Agnes par-dessus le bord. « Hé, pourquoi tu dis rien ?

– Moi ? Pour rien.

– Agnes, je suis peut-être une soiffarde mais toi t'es une foutue menteuse. »

Les deux femmes finirent la canette en silence. Agnes demanda doucement : « Jinty, si je te dis quelque chose, tu me promets de le garder pour toi et de n'en parler à personne ? »

Les yeux de Jinty luisaient comme des perles. Elle se signa sur le cœur mais se trompa de côté. « Sur ma vie.

– Je me souviens pas d'hier soir. » Agnes lui raconta pour le bingo et le chauffeur de taxi qui s'était arrêté à l'entrée du puits. Elle remonta la manche de son pull pour lui montrer les marques de doigts que le violeur avait laissées sur sa peau.

La femme fit un bruit désapprobateur et secoua sa tête bouclée. « Le salopard. Faire ça à une femme sans défense. Mais où va le monde, hein ? Les gens qui abusent des autres et tout. Ça serait pas arrivé de notre temps. Ils auraient attrapé ce sale porc et l'auraient paradé sur Trongate empalé sur une barrière. » De ses doigts noueux elle mima le pic s'enfonçant dans le cul du coupable. Jinty sortit son mouchoir et le secoua avant de s'essuyer le nez. Puis elle s'en servit pour ôter la poussière du magasin de la dernière canette. Les deux femmes la considérèrent avec mélancolie. « T'as aucun moyen de récupérer une ou deux livres ? »

Agnes regarda les dernières gouttes du liquide doré tomber dans les tasses. Elle secoua mentalement le compteur de la télé, du gaz et de l'électricité mais ils étaient tous vides. « Non, soupira-t-elle.

– Et tu peux pas appeler un de tes copains ? »

Elle pensa aux bleus sur son corps. « Non. »

Jinty ne dit rien pendant une minute pour savourer la fin du nectar. « Et si on appelait ce type, là ? Tu sais, le petit gars avec les cheveux longs derrière. » Elle mima le mulet frisé prisé des footballeurs et des pop stars. « J'ai entendu dire qu'il avait un peu de ronds et qu'il crachait pas sur un petit verre.

– Qui ça ? »

Jinty réfléchit un instant. « Lamby. Ouais, c'est ça. On pourrait y passer un coup de fil ? »

Les cousines de Pithead racontaient à qui voulait l'entendre qu'Iain Lambert était un mineur dont la femme était partie du jour au lendemain avant que la mine reçoive le coup de grâce. Sans femme pour dépenser ses maigres indemnités, il les avait gardées planquées sous le matelas. Pendant que les autres mineurs les buvaient ou les dépensaient pour nourrir et habiller leur marmaille, Lamby resta assis dessus et se dégota un boulot à mi-temps comme réparateur d'antennes télé. Les cousines disaient que Lamby était un homme solitaire et ennuyeux qui n'était pas fait pour les histoires romantiques. Il s'était payé un mulet de footeux à la mode mais il ressemblait encore à un adolescent affamé. Malgré son physique assez quelconque, les femmes lui apportaient des assiettes de patates brûlées avec de la viande grisâtre et des bols de bouillon figé. Les cousines disaient que c'était un type bien qui se mêlait de ses affaires et qui, après la fermeture de la mine, avait prouvé qu'il était toujours travailleur. Elles lui apportaient des restes, bien conscientes que ses indemnités de licenciement auraient pu nourrir leurs gosses pendant une année ou plus.

Jinty reprit. «On pourrait faire une petite fête. Rien que tous les trois.»

Agnes considéra sa tasse vide et sentit la panique la gagner. Elle opina.

Jinty se releva aussi vite qu'un chat effrayé. Elle attrapa l'annuaire sur la console en vinyle et, léchant ses petits doigts, le feuilleta jusqu'à arriver à la lettre L. Elle lut à voix haute : «L. L. Lambert. Monsieur I.» Elle vérifia l'adresse, c'était bien Lamby, et composa le numéro. Elle se racla la gorge pendant que le téléphone sonnait. C'était un jeudi midi mais une voix d'homme répondit.

«Ah, bonjour Lamby, dit-elle avec son accent le plus correct. C'est la petite Jinty à l'appareil. Oui, c'est ça... Je vis de l'autre côté du coron. Tu dois connaître mon John. Je voyais Mhari McClure à l'époque. Oui, c'est ça.» Elle se tut un instant. «Mhari ? Le Valium l'a mise dans un état terrible, oui. Je sais, c'est affreux. C'était une fille adorable en plus. Aux dernières nouvelles elle tapine sur Blythswood

Square. Oui, où je serais sans la grâce de Dieu, comme on dit hein ? Mais j'vais te dire une bonne chose, c'est pas du tout pareil d'aimer un petit verre au calme et de vendre son corps pour un médoc, tu crois pas ? C'est bien triste. J'étais là quand elle a commencé ses bêtises avec le Valium. Oui, terrible, souffla Jinty.

» Bref je te passe un petit coup de fil pour savoir si tu veux passer chez ma copine pour un petit verre. » Elle se tut. « Oui, il est un peu tôt, c'est vrai. Mais c'est une nana superbe et je rêvais de vous présenter. Ouais, *Agnes Bain*. Oui, c'est ça, elle fait penser à Liz Taylor, en un peu plus pâle. » Jinty sourit, tout excitée, et fit signe à Agnes de se maquiller. « Alors tu viens ? Super ! Lamby, je suis désolée de te demander ça. Tu crois que tu pourrais être un amour et amener un petit quequ'chose avec toi ? Ouais. On est un peu à sec. Ouais, elle est super. Elle est très soignée, elle cause bien… Ouais, on fera une p'tite fête. Prends juste six canettes et une demi-bouteille. Et puis prends-toi un truc pour toi aussi. C'est la maison près du carrefour. »

Jinty raccrocha et annonça à Agnes qu'il avait promis d'arriver d'ici une heure. Elle entreprit de ranger les paquets de clopes vides et les opercules de canettes. « Tu sais, mon chou, je serais toi j'irais me mettre un petit coup de brosse dans les cheveux. Couvre tes bleus. Essaie de te rendre un peu plus appétissante. »

Elles attendirent une heure sur des charbons ardents l'arrivée de Lamby. Jinty le fit entrer. Il s'assit au bord du canapé et tripota nerveusement son blouson d'aviateur comme un adolescent. Agnes vit que tout ce que le coron avait dit de lui était vrai. Jinty fit les présentations et lui prit délicatement le lourd sac plastique.

« Ravi de te rencontrer, Agnes », dit-il derrière une rangée de dents impeccables.

Agnes mobilisa tout le charme qu'elle put trouver. « C'est si gentil d'être venu nous rendre visite. C'est difficile de trouver à s'amuser dans ce coin perdu.

– Ouais, mais c'est pas tous les jours qu'un type comme moi se fait inviter par deux belles femmes comme vous. » Jinty couina de plaisir.

Agnes avait entendu mieux comme baratin. Elle se laissa aller contre le dossier de son fauteuil. « Alors vous n'êtes pas parents ? demanda-t-elle. Je crois que je n'ai encore rencontré personne ici qui ne soit pas lié à Jinty par le sang, par un mariage ou par les enfants.

– Non, je crois que mon ex-femme avait à voir avec les McAvennie. Je suis un O'Hara, on est plutôt de l'autre côté du coron, vers la rivière… dans les maisons à toit plat.

– C'est même étonnant que certains des gamins aient encore les os qui poussent. »

Lamby sourit gentiment à son insulte. « Ouais, bon, c'est sans doute pour ça que tout le monde parle de toi. Du sang neuf et tout. »

Jinty prit la demi-bouteille de Smirnoff dans le sac et en versa un gros doigt dans chacune des trois tasses. Elle mélangea la vodka à de l'Irn-Bru clair et pétillant. Le soda moussait et le cocktail semblait aussi innocent qu'un Canada Dry. « Bon, j'fais que passer de toute façon », dit-elle pour elle-même en buvant une grande lampée.

Lamby fumait des roulées, il parsema le papier de tabac et passa une langue rose sur le bord collant. « Et puis, je t'avais déjà repérée, dit-il à Agnes. Je me suis dit qu'tu devais avoir un gars. Vu comme t'es bien mise et tout. » Il finit de rouler la première cigarette et la passa à Jinty.

« Ça ne coûte rien de tirer fierté…

– C'est une heureuse divorcée, l'interrompit Jinty. Elle a bien de la chance. N'importe quelle femme peut se débrouiller sans un gros sac qui ronfle à côté d'elle toutes les nuits. Pas vrai, mon bijou ?

– C'est bien les femmes, ça, tiens », dit Lamby.

Agnes songea qu'il avait l'air fort jeune pour avoir une opinion tranchée sur les femmes mais ne dit rien. Elle but une longue gorgée. La vodka avait un goût de propre, comme du détergent. Lamby lécha la deuxième cigarette très lentement. Agnes vit qu'il avait des ongles impeccables et les oreilles et le cou roses, comme s'il venait de prendre un bain chaud. « Non mais c'est vrai, quoi, y doit bien y avoir quelque chose à quoi les hommes sont encore bons », dit-il lascivement.

Ça émoustilla Jinty. Elle agita ses petites jambes et gloussa comme une jeune fille. « Foutre rien, ouais ! s'écria-t-elle. Agnes, t'entends comme y cause ce p'tit dégueulasse ? Y croit qu'on est nées d'hier. » La chaleur de la vodka faisait ressortir la couperose de ses joues. « T'as quelqu'un en ce moment, Lamby ?

– Ouais, une ou deux nanas, dit-il en regardant Agnes. Je vois un peu ce qu'y a. J'essaie de garder ça relax. » Il lui fit un clin d'œil.

« Ah, bah, les hommes c'est bien tous les mêmes, hein, Agnes ? Même quand ils sont bébés, ils s'allongent sur l'dos et y sont fascinés par leur bistouquette.

– Et toi ? demanda-t-il à Agnes. T'as quelqu'un ? »

Jinty fit des cercles pleins d'excitation avec ses genoux et répondit à sa place. « Elle ! glapit-elle. Elle est pratiquement employée par le syndicat des taxis de Glasgow et sa banlieue. »

Agnes sentit la pique s'enfoncer dans les bleus qu'elle avait sur le corps. Elle releva la tête et la hocha tristement pour recevoir sa distinction.

Jinty tira le sac plastique entre ses petits pieds et ajouta, perfide : « Si t'es pas taxi, alors elle est pas intéressée.

– Ah ouais ? » fit Lamby. Il regarda Agnes avec une mine vexée et lui demanda : « Et comment ça marche pour toi ? »

Jinty l'interrompit de nouveau. « C'est pas par choix, hein. C'est une malédiction. Elle entend le moteur qui vrombit et hop elle vire la culotte et le compteur tourne ! »

Un froid s'installa. On entendit une lente inspiration et le visage d'Agnes se durcit. Elle était bien imbibée et les mots jaillirent en un sifflement menaçant. « *Tu es vraiment qu'une petite langue de pute, Jinty McClinchy.* »

La petite fouine arrêta de rire. « Oh, calme-toi, c'était pour rigoler. » Elle inclina sa tasse mais ses yeux étaient des poignards affûtés qui la regardaient au-dessus du rebord.

Lamby se raidit et observait les deux femmes l'une après l'autre. La pièce était silencieuse. « Euh, bon, j'vais peut-être y aller, hein ? »

Jinty croisa modestement les pieds devant le sac et lui fit signe de se taire. « Ah, mais non, l'écoute pas. Elle a juste été un peu malheureuse en amour hier soir. Faut que tu nous aides à y remonter le moral. »

Agnes se tut pendant le reste de l'après-midi, but tout ce que Jinty posait devant elle et fuma tout ce que Lamby lui roulait. Il essaya de lui parler de toutes sortes de choses mais, quand elle avait la possibilité d'en placer une, elle n'arrivait à répondre que par oui ou par non. Quand ils eurent bien attaqué les canettes, Jinty en eut assez.

« Lamby, mon gars, je sais pas ce qui lui prend, grogna-t-elle. En général c'est une vraie boute-en-train.

– Ça fait rien. » Ses joues étaient du même rouge que celles de Jinty et il n'avait pas quitté son blouson en nylon. Agnes se dit que ce devait être inconfortable et se demanda s'il était gêné parce qu'il n'avait personne à la maison pour lui repasser une chemise propre.

« Ouais, mais je veux pas que tu repartes en te disant que t'as passé la journée à l'hospice. Mets une cassette, tu veux bien ? On va faire une p'tite fête. »

Lamby ouvrit la vieille stéréo de Lizzie. Il prit une cassette sur une pile et la glissa dans le lecteur. « Ma femme aimait bien celle-là, dit-il, surtout pour lui-même.

– Ah, quelle voix elle a, hein. Quelle. Voix ! » dit Jinty entre deux bouffées de cigarette. Elle agitait la main au rythme de la mélodie. « Lamby, pour l'amour de Dieu, essaie de faire lever cette pauvre femme. »

Il regarda Agnes nerveusement. « Non. Laisse-la. Elle veut pas danser. » Après un quart de bouteille et six bières, il était à peine moins timide.

« Madame Bain ! la disputa Jinty comme une directrice d'école. C'est la fête ! Cet homme nous a apporté à boire ! Alors accorde-lui une danse ! »

Agnes regarda Lamby, il était aussi empoté qu'un jeune gars à la boum du lycée. Elle lui adressa le meilleur petit sourire qu'elle pût faire pour qu'il comprenne que c'était d'accord. Lamby se leva sur des jambes flageolantes. Il lui prit la main et essaya de la tirer du fauteuil comme les plombiers extirpent un bouchon récalcitrant d'une évacuation. Agnes ne s'était pas relevée depuis qu'elle s'était affalée dans le fauteuil, la boisson et l'inertie lui coupèrent les pattes et, alors qu'elle se redressait, il la rattrapa comme s'ils avaient été en couple depuis toujours.

« Ah, bah, voilà hein ! s'écria Jinty en se resservant dans leur dos. Et tiens-la bien ! »

Ils commencèrent à danser une sorte de slow à l'ancienne. Ils tenaient debout uniquement parce que leurs corps suants s'appuyaient l'un sur l'autre. Le visage d'Agnes était à quelques centimètres du sien et elle remarqua alors seulement qu'il s'était rasé pour leur petite fête. Son cou était recouvert de boutons et il sentait le pin, le genre d'after-shave qui évoquait du produit pour salle de bains et pas la moindre trace de sex-appeal.

« T'es une sacrée danseuse. » Il lui parlait doucement. Elle essayait d'être attentive et d'écouter mais seul son corps se trouvait dans la pièce.

Jinty finit sa tasse. « Fais-y un petit bisou !

— Je suis pas allé danser depuis mon divorce, dit-il.

— Fais pas ta mijaurée ! Y t'a ramené toute c'te gnôle ! Fais-lui un bisou ! cria Jinty.

— J'pourrais peut-être t'emmener un de ces quatre ?

— Y reviendra pas ! » l'avertit Jinty.

Agnes mesurait presque cinq centimètres de plus que lui. Avec leur différence d'âge, c'était pratiquement comme si elle dansait avec Leek. Elle remarqua, de l'autre côté de son visage, une balafre qui allait de l'oreille au menton, une cicatrice assez commune mais elle trouvait que, sur un si jeune homme, c'était malheureux. Elle la toucha d'une main maladroite.

« Ah, t'as remarqué, hein, dit-il timidement.

— Tu ressembles à mon fils aîné.

— Mais fais-y un bisou, bon Dieu ! » cria Jinty en ouvrant une autre canette.

Agnes laissa sa main reposer sur le visage du jeune homme et pensa à quel point son fils aîné lui manquait. Même quand il était dans la pièce, il lui manquait, il avait toujours trouvé le moyen de la quitter et de la faire se sentir seule. Lamby, cet homme, mit sa main sur son visage et ses lèvres sur sa bouche. Jinty croassa de plaisir. Agnes sentit les lèvres du garçon s'ouvrir, le sentit aspirer, le sentit fouiller avec sa langue. Il fit glisser ses mains au bas de son dos.

«Allez, vous deux, faites pas quequ'chose que je vais devoir confesser après, hein!» Jinty McClinchy s'éventait, soulagée d'avoir mérité sa ration à emporter.

Les mains jusqu'alors si sages entamèrent une lente avancée sur son cul. En lui pétrissant les fesses, il enfonça ses doigts dans le bleu juste au-dessus de son coccyx. Elle eut un haut-le-cœur. Elle tourna la tête mais c'était trop tard. Elle vomit toute la bière, la vodka et l'Irn-Bru acidifié sur son blouson à la mode.

«Oh, putain de merde!» s'écria-t-il, dégoulinant de bile claire.

«Maman?» Shuggie se tenait sur le pas de la porte.

Agnes se laissa tomber dans le fauteuil, se mit la tête dans les mains et les larmes brûlantes de l'alcool commencèrent à couler. Iain regarda la femme brisée puis le petit garçon en tenue d'écolier puis l'autre femme qui fourrait la fin du sac plastique dans son sac à main en cuir. Alors qu'il écartait Shuggie pour sortir, Jinty lui cria: «Lamby! Elle est pas comme ça d'habitude! Je te passerai un coup de fil un de ces jours, on refera une petite fête!»

La petite femme soupira quand la porte d'entrée claqua puis elle fouilla les paquets de clopes ouverts sur la table, les réunit en un seul et les glissa dans le sac. Elle secoua chaque canette et quand elle entendait un fond de bière tournoyer, elle le versait dans sa tasse. Elle les vida toutes et termina son mug en deux ou trois gorgées avant de ressortir son écharpe fleurie de son sac à main.

«Bon, j'fais que passer de toute façon.»

18

Shuggie se tenait le plus loin possible du ballon de foot. Quand il le voyait rouler à travers la cour, il faisait semblant de courir après mais prenait soin de laisser les autres garçons arriver avant lui. Il préférait rester à l'ombre près du corner et regarder les filles jouer à l'élastique, les meilleures sautillant en tournant sur elles-mêmes sur toute sa longueur arc-en-ciel.

Il entendit un claquement humide sur sa gauche. Le ballon lui gifla le visage. Ça piquait comme un revers de main. La balle retomba dans les pieds de l'équipe adverse, qui marqua un but en suivant.

Francis McAvennie vint se poster à côté de Shuggie. Il était l'aîné de la fratrie et c'était sur lui que les problèmes de Colleen et Grand Jamesy avaient les répercussions les plus profondes : la promotion au rang d'« homme de la maison » avait été immédiate et il se retrouvait en charge de ses frères et sœurs pendant que Colleen s'abrutissait avec les pilules bleues de Bridie. Il se pencha sur lui, si près que Shuggie sentit la pluie de postillons tièdes. « *Mais putain, t'arrête de faire ton petit pédé oui ?* » Les autres garçons s'assemblèrent comme une meute de chiens affamés.

« T'aimerais mieux être une fille, hein ? » sourit Francis, les bras écartés pour prendre son public à témoin. Shuggie secoua la tête, il n'avait qu'une envie, pouvoir se frotter le visage. « T'aimerais mieux mettre une petite jupette ?

— Non, répondit Shuggie.

— Réponds-moi pas, sale pédé. » Francis, une bonne tête de plus que lui, le poussa. « T'es rien qu'une petite pédale. Toi et le père Barry vous allez brûler en enfer à cause de ce que vous faites. »

Tous les enfants rirent en chœur avant de se mettre à chanter *tape-le, tape-le, tape-le.* Francis leva la main gauche pour gifler le visage rougi de Shuggie. Le garçon se recroquevilla de l'autre côté mais Francis s'arrêta net et serra le poing droit qu'il abattit sur sa tempe. Il se retourna vers les garçons qui criaient de joie. « Le coup du ratier il appelle ça, mon père. »

Shuggie était étendu sur le sol, sa tête traversée de part et d'autre par un sifflement. Une paire de jambes nues avec des chaussettes blanches tombantes apparut au-dessus de lui. La fille crachait comme un chat, ses longs cheveux formaient une cascade de limonade mousseuse. « T'arrête ça, Francis, espèce de salopard ! Essaye un peu de me faire pareil et tu vas prendre une volée, moi j'te le dis. J'ai vachement plus de cousins qu'toi. » La fille tourna les talons pour s'occuper de lui. Shuggie vit les autres garçons lui faire des doigts d'honneur dans son dos mais ils s'éloignèrent malgré tout.

Elle avait des croûtes sur les genoux et Shuggie ne pouvait regarder autre chose que l'élastique lâche de ses chaussettes. Alors qu'elle l'attrapait sous les aisselles pour le relever, il vit sa culotte à fleurs sous sa jupe. « Faut que tu le tapes aussi, dit-elle. J'te parie que si tu le tapes rien qu'une fois il te laissera tranquille après. » Shuggie ne savait pas quel côté de son visage frotter en premier. « T'as envie de pleurer ? » demanda la fille. Shuggie hocha la tête. « Ouais, bah, attends un peu qu'on tourne par là-bas et après tu pourras pleurer. Promis juré, j'le dirai pas. »

Elle le conduisit hors de la cour pendant que les garçons grimpaient à la grille pour leur cracher dessus. « Hé, vous allez jouer à la poupée ? » lança un petit roux. La fille arriva à la grille en une seconde. Elle l'attrapa par sa cravate et tira dessus. Son front maigre cogna le métal rouillé avec fracas. « *Cours !* » cria-t-elle à Shuggie. Ils détalèrent dans un nuage de poussière et ils ne s'arrêtèrent qu'après avoir gravi la moitié de la petite colline de Pithead.

Quand ils eurent repris leur souffle, la fille aux cheveux limonade se mit à hurler de rire et il vit un espace large comme un petit doigt entre ses dents de devant. Elle avait une ligne de taches de rousseur sur le nez et ses yeux étaient aussi bleus et brillants qu'une bille œil-de-chat.

«Tu as vraiment assez de cousins pour te battre contre les McAvennie?» demanda-t-il en essayant encore de se retenir de pleurer.

Elle secoua la tête. «Nan, j'ai rien que mon papa. Il peut peut-être se battre pour récupérer la télécommande, mais c'est tout.» Elle haussa les épaules. «Moi, c'est Annie. Je suis dans la classe au-dessus de toi.

— Ah. Je ne t'avais jamais vue.

— Moi je t'ai vu. On peut pas te louper, toi.» Annie désigna le sommet de la colline où un camp de caravanes s'était installé, formant une impasse improvisée. «On habite dans les caravanes là-haut. J'vais te raccompagner chez toi. Ils oseront pas te toucher tant que je suis là.» Elle bombait son maigre torse. «T'habites où?»

Shuggie voulut montrer les petites maisons de mineurs mais baissa la main. Elle serait ivre. Elle serait au téléphone avec la centrale de taxi en train de hurler pour parler à son père. «Je ne veux pas rentrer tout de suite.

— On est jeudi, fit remarquer sagement Annie. Y doit plus lui rester d'argent pour la picole, si?»

Shuggie plissa les yeux. «Comment tu sais ça?»

Elle lui prit le bras. «Je l'ai vue une fois. Ta maman. Elle était dans notre canapé après l'école. J'ai jamais entendu personne qui causait aussi bien.

— J'espère qu'elle n'a pas fait d'histoires.

— Nan, pas du tout. Elle sentait bon. Elle m'a montré comment me faire des tresses à la française.» Son visage s'assombrit. «Et ça me met en rogne toutes les saloperies que les gens y racontent sur elle. Tu devrais te battre pour elle.

– Mais je me bats pour elle ! Surtout contre elle-même mais c'est quand même une bataille. »

La fille eut un soupir résigné. « Moi j'le laisse se démerder. S'il veut picoler jusqu'à ce qu'il crève, c'est ses oignons. Il est foutu, j'pense. Ma maman lui manque.

– Elle est morte ?

– Oh, c'est tout comme. Elle habite à Cambuslang avec mes petits frères et un joueur de foot semi-pro. » Ils marchaient vers le champ où était installé le camp de caravanes. « Mais c'est vrai, tous les deux, vous feriez mieux de vous battre. J'ai entendu dire qu'elle faisait la pute pour avoir à boire et qui te fallait un papa et que c'est sa faute si t'es comme ça. » Elle eut soudain l'air nostalgique. « Mais j'ai jamais rencontré une dame aussi belle. Je serais drôlement fière si c'était ma maman. »

Les douze caravanes formaient un demi-cercle et le sentier boueux était bordé de grosses pierres. Toutes sortes de choses débordaient des habitations métalliques, le chemin était jonché de jouets en plastique et de meubles détrempés. L'immodestie de la scène choqua Shuggie. Annie enjamba deux parpaings pour gagner une caravane beige. Un gros berger allemand était endormi en travers du seuil. Shuggie la suivit à l'intérieur en prenant soin de contourner le chien à l'affût, son cartable serré contre sa poitrine. La caravane était étroite, tout en longueur, avec une kitchenette au centre et un espace repas en fer à cheval au bout. Une télévision couleur était fixée au mur, elle hurlait les résultats des courses de chevaux avec un débit de mitraillette. L'évier peu profond débordait de vaisselle en plastique sale. Shuggie remarqua des fourmis en train de s'affairer autour de corn flakes renversés.

« P'pa. C'est moi », lança Annie.

Shuggie vit à peine l'homme assis dans l'espace repas assombri. Il était penché sur le journal du jour, soulignant au feutre des noms de chevaux. « T'as mangé ? demanda-t-elle. Je peux te faire un bol de céréales. Je peux même te chauffer le lait si tu veux. »

L'homme aux yeux chassieux ne répondit pas. Shuggie le regarda boire dans sa vieille tasse à thé et reprendre son soulignage. Il essaya de ne pas imaginer sa mère ici.

Annie ouvrit une porte au fond de la caravane et poussa le garçon. La chambre était un palais rose. Deux lits jumeaux étaient serrés dans l'espace bien rangé, chacun recouvert d'une couverture Disney, et aux murs de fines étagères débordaient de dizaines de poneys arc-en-ciel. La chambre était immaculée.

« Désolée pour le bazar, dit Annie en s'asseyant sur le mètre de moquette rose posée entre les deux lits. J'essaie de pas me laisser dépasser mais c'est dur, vu comme il est décidé à patauger dans sa crasse toute la journée. » Elle tapota le sol à côté d'elle et Shuggie vint se glisser dans le petit espace. « Qu'est-ce qu'elle fait ta maman quand elle a bu ? Elle phase aussi comme ça ?

— Quand elle est très soûle, elle se met très en colère. J'ai peur qu'elle se fasse du mal.

— Genre se foutre en l'air ?

— Oui, j'imagine. Parfois, avant l'école, je cache toutes les pilules de la salle de bains. Je sais que mon frère emporte ses rasoirs au travail tous les jours. » Il enroula une boucle de moquette rose autour de son doigt. « Mais, la plupart du temps, j'ai surtout peur qu'elle empire sa situation. Elle perd sa fierté. Les gens ne veulent plus vraiment la connaître. Ma sœur vit avec des gens noirs à un million de kilomètres à cause d'elle. Mon grand frère essaie d'économiser assez pour partir. »

Annie glissa la main sous le lit et sortit un vieux cahier de coloriage. Il fut déçu de découvrir qu'elle avait assez bien choisi les couleurs mais qu'elle avait dépassé des lignes. « Quand la mine a fermé, j'ai dû rester ici pour m'occuper de mon père, raconta Annie. Ma vieille mère, elle en avait rien à foutre. » Elle feuilleta le cahier. « Tu veux faire du coloriage ? » demanda-t-elle abruptement.

Shuggie secoua la tête. Il ne pouvait empêcher son regard de retourner aux étagères remplies de poneys.

« Tu veux jouer avec mes chevaux ? » demanda Annie. Il secoua la tête et essaya de ne pas paraître intéressé. « Ma mère me les envoie à Noël et à Pâques. Des fois, elle envoie exactement le même, c'est comme ça que je sais qu'elle s'en tape. »

Annie sauta sur l'un des lits. « Tiens, ta mère a fait des tresses à celui-là. » Elle lui tendit le poney rose framboise. Il avait une longue crinière et une longue queue violettes, toutes deux tressées proprement et fixées par l'attache en plastique du pain de mie. Annie attrapa une poignée de poneys puis sauta sur le sol de la caravane. Il y en avait de toutes les couleurs et chacun avait de longs cils et un sourire joyeux. « Tu serais Caramel, Barbapapa et Fleurette. Moi je serais Bluette parce que c'est ma préf. Les autres veulent lui voler ses jolies barrettes mais elle court trop vite. »

Les poneys ressemblaient à de gros jouets pour chien mais aux yeux de Shuggie ils étaient magiques. Annie le laissa jouer avec tout l'après-midi. Ils parlaient avec des voix aiguës et animées en les faisant cavaler sur la couverture. Ils passèrent de minuscules brosses dans leur crinière jusqu'à ce que les poils de plastique soient rendus brillants par l'électricité statique.

Annie finit par se lasser des poneys, elle parut agitée puis nerveuse. Elle tâtonna sous son lit. Elle sortit de derrière les franges roses une coquille d'huître remplie de cendres de cigarette. Deux ou trois mégots étaient enfouis dedans. Annie ouvrit la fenêtre de la caravane, elle alluma une cigarette tordue, prit une petite bouffée et souffla la fumée par l'embrasure. Elle inclina la tête en direction de son père. « Désolée mais il me fout les nerfs. »

Elle proposa un mégot humide à Shuggie. Il fit la moue et secoua la tête d'un air bégueule. Annie haussa les épaules et se laissa lourdement glisser sur le sol, la cigarette coincée entre les dents.

Shuggie était occupée à faire poursuivre Bluette par Barbapapa dans un parcours d'obstacles en cassettes audio quand Annie lui demanda soudain : « Shuggie, t'as vraiment tripoté la quéquette à Johnny Bell ? »

Ses joues meurtries s'enflammèrent quand il repensa à Johnny Belle Gueule, le garçon de la machine à laver. Il eut soudain envie de balancer les jouets de la petite fille, de les repousser loin de lui comme s'ils étaient la preuve des cochonneries qu'il avait faites. «Non, mentit-il.

– C'était comment?» demanda-t-elle quand même. Sa cigarette pendait au coin de ses lèvres tandis qu'elle couvrait les flancs du poney d'autocollants en forme d'étoiles. Elle accomplissait sa tâche comme une routine ennuyeuse, aussi léthargiquement qu'un ouvrier syndiqué.

«J'ai dit que je l'ai jamais fait.»

Son œil gauche était fermé à cause de la fumée. «Bah, je vais te dire, moi aussi je disais jamais de la vie. Mais j'ai déjà touché des quéquettes. J'ai touché celle aux O'Heaney et celle à Fran Buchanan.

– Mais tu n'as que neuf ans!» s'exclama Shuggie. Il s'était écarté des poneys. «Ces garçons vont à l'école des grands.

– J'ai dix ans trois quarts.» Annie souffla une longue volute de fumée puis réalisa un cercle parfait. «Bref, ils m'ont emmenée près des vieux enrouleurs de la mine et ils m'ont filé de la Buckfast.

– Tu ne l'as pas dit au père Barry? La police les mettrait en prison pour ça.

– Non.» Elle écrasa sa clope et reposa sa tête sur le lit, enfin détendue. «Mais ça valait pas le coup. C'est de la pisse, la Buckfast.»

Shuggie était choqué par son détachement. Il repensa à sa mère dans cette boîte de conserve, avec le père d'Annie et ses doigts tachés de nicotine. Il savait qu'elle avait détesté cet endroit mais elle était venue malgré tout. Une rage soudaine le gagna. «Pourquoi t'as fait ça? lança-t-il à Annie. Pourquoi les filles laissent toujours les garçons faire ce qu'ils veulent?»

Alors qu'elle faisait faire de jolies voltes à son poney lilas, Annie recula et, pour la première fois de l'après-midi, ne sut quoi dire.

Dehors, le berger allemand se mit à aboyer. Shuggie sentit la caravane pencher quand le chien se leva sur le perron et détala.

« Ah, bordel de merde. RAMBO ! Rambo ! » Annie sauta par-dessus le lit et sortit de la chambre. Une grande agitation gagna le village de caravanes quand le chien en rencontra un autre et qu'ils se jetèrent l'un sur l'autre en jappant, tous crocs dehors.

Shuggie n'avait plus envie d'être là. Il ne voulait pas faire semblant que ce n'était pas grave de jouer avec des jouets de fille ou de tripoter le machin des collégiens. Il ne voulait pas ressembler à la fille aux cheveux limonade. Il ne voulait pas ressembler à Agnes. Il voulait être normal.

Il se releva et ramassa son cartable. Annie hurlait à Rambo de lâcher l'autre chien. Il entendait la télé qui braillait les commentaires incompréhensibles des courses hippiques. Shuggie ne voulait pas imaginer Agnes ici, il ne voulait pas penser à l'homme couleur nicotine en train de la peloter puis à sa mère faisant des tresses à Annie pour une canette de Special Brew.

Ça le mettait en colère, alors il ouvrit son cartable et y glissa deux poneys.

Chaque jour d'école, avant la dernière sonnerie, l'intestin de Shuggie se contractait et il levait la main pour demander le plus poliment du monde s'il pouvait sortir. Le père Ewan, un homme au visage blême, maudissait intérieurement ce petit garçon réglé comme une pendule. Au début, il lui demandait de patienter, d'attendre les quinze minutes qui le séparaient de la fin de la journée. Shuggie, toujours obéissant, hochait la tête en grimaçant et restait assis, légèrement tourné sur le côté, l'air tourmenté par son besoin pressant. Ses grimaces et ses soupirs commençaient rapidement à déconcentrer les autres enfants et le père finissait par céder.

Plus tard, dans la salle des enseignants, le père au ventre rond plaisantait sur ce que le régime des mineurs à base de chou bouilli et de viande hachée pouvait faire pour le clergé. Le petit garçon si poli, le seul capable d'employer le subjonctif, avait des crampes d'estomac à trois heures moins le quart, pratiquement chaque jour depuis la rentrée. Il en était arrivé à régler sa montre en fonction de lui.

Alors Shuggie passait les dernières minutes de la journée assis sur les toilettes basses. Il descendait son pantalon, au cas où, mais il savait que ce n'était que des crampes. La bile brûlante de l'angoisse, la peur grandissante face à ce qu'il risquait de trouver à la maison.

Agnes avait arrêté de boire de nombreuses fois auparavant, mais les crampes n'avaient jamais complètement disparu. Pour Shuggie, les périodes sobres étaient fragiles et imprévisibles et on ne pouvait jamais réellement en profiter. Comme toute éclaircie, elle était suivie par encore plus de pluie. Il avait arrêté de compter ses jours de sobriété depuis longtemps. C'était comme regarder un joyeux week-end s'achever : pour peu qu'on y fasse attention, ça passait toujours trop vite. Alors il avait arrêté de compter, tout simplement.

Le garçon ne se souvenait pas de ce changement en lui.

À quel moment les crampes avaient-elles cessé et quand les choses étaient-elles devenues différentes, il l'ignorait. Il se rappelait être rentré de l'école un vendredi de novembre et s'être tenu sur le pas de la porte, comme d'habitude. Le moindre détail de la maison prédisait ce qu'il allait y trouver. Ce soir-là, les rideaux étaient tirés contre le froid et les lumières étaient allumées. Son estomac se souleva d'espoir. Shuggie entrouvrit la porte d'entrée, juste assez pour entendre le bourdonnement de la maison. Il savait quoi guetter. Les sanglots et les larmes annonçaient une mauvaise soirée : elle voudrait le tenir dans ses bras pour lui raconter toutes les pires histoires des hommes qui l'avaient brisée. Si c'étaient les guitares country et les mélodies mélancoliques, alors la chaleur humide de la merde commençait à imbiber son slip.

Entendre sa mère au téléphone n'était pas forcément mauvais signe. Il devait se glisser entre la porte d'entrée et la porte vitrée pour écouter très attentivement le ton de sa voix, coller son oreille contre le verre glacé et retenir sa respiration. Agnes n'avait pas besoin de crier, pleurer ou grommeler pour qu'il sache qu'elle avait bu. Elle pouvait avoir de l'alcool dans le sang malgré tout. Ça pouvait la rendre obséquieuse, lui faire prendre son accent de Milngavie, riche de syllabes allongées. Elle découvrait ses dents et utilisait des mots comme *certainement* ou *malheureusement*.

C'était le pire. Agnes se lamentait de ce qu'elle avait perdu mais était encore trop loin de l'évanouissement. Elle l'asseyait pour lui raconter ses histoires, la colère l'emportant sur la peine. Un paquet de cigarettes à moitié vide sur la table, elle parcourait l'annuaire du doigt et lui dictait les numéros.

«Cinq-cinq-quatre, six-trois-trois-neuf.»

Le combiné à la main, le garçon écoutait le pépiement de la sonnerie en espérant que personne ne réponde. Il pâlissait quand une voix se faisait entendre au bout du fil.

«Allô ? disait l'inconnu.

– Ah, euh, allô. Je suis navré de vous déranger.» Dans son fauteuil, Agnes l'encourageait d'un hochement de tête. «Je cherche un certain Cam McCallum.

– Qui ça ? demandait la voix.

– Cam McCallum, répétait le garçon. Il a vécu à Dennistoun entre 1967 et 1971. Il était conducteur de bus dans l'East End, sur la ligne George Square-Shettleston. Sa sœur s'appelait Renée et elle a épousé un dénommé Jock.»

La voix, désarçonnée par toutes ces informations, répondait : «Désolé, mon garçon, il n'y a pas de Cam McCallum ici.

– Je vois. Merci beaucoup monsieur, désolé de vous avoir dérangé.» Agnes sifflait de dégoût depuis le salon et lui faisait appeler le McCallum suivant.

C'était encore pire quand ils trouvaient celui qu'elle cherchait. L'homme au bout du fil disait : «Ici Cam McCallum. C'est qui ? Qu'est-ce vous voulez ?»

Le cœur du garçon se serrait. «Ah, je vois. Merci de ne pas quitter, monsieur McCallum, je transfère votre appel.»

Agnes haussait les sourcils, incrédule. *C'est lui ?* Le garçon plaçait la main sur le combiné et hochait la tête. «Bon», disait-elle en attrapant sa tasse de bière et son nouveau paquet de cigarettes.

Il lui passait le téléphone comme un secrétaire obéissant et Agnes arrangeait sa tenue comme si M. McCallum avait pu la voir. Une cigarette tout juste allumée entre ses longs doigts, elle portait le combiné à sa bouche.

« *Espèèèèce d'enfoiréééé*, sifflait-elle en guise d'introduction.

– Allô ? C'est qui ? répondait l'homme.

– *Espèèèèce de sale enfoirééééé dégueulaaaaasse.* »

L'homme finissait par raccrocher. Toujours. Agnes tirait une longue bouffée de sa cigarette, puis prenait une longue gorgée dans sa vieille tasse. Elle appuyait sur le bouton de rappel et souriait quand la communication se rétablissait rapidement.

« Me raccroche pas au nez. T'avise pas de ME raccrocher à la gueule !

– Mais c'est qui, putain ?

– Tu croyais que tu pourrais t'en tirer ? Hein ? Toutes les choses que t'as faites à cette pauvre petite nénette. Enfoiré. T'as vraiment pas de cœur, pas vrai ? »

Cam McCallum raccrochait à nouveau, et s'il était malin il débranchait son téléphone. Agnes glissait le doigt dans son répertoire comme si elle tournait les pages d'un menu, cherchant quelque chose pour apaiser sa faim. Elle avançait, par ordre alphabétique, vers l'homme suivant qui lui avait causé du tort. *Brendan McGowan.* « Attends un peu que je te parle de ce blaireau. » Elle se tournait vers Shuggie, le combiné coincé sous le menton. « Me laisser partir a été la plus grosse connerie de sa vie. »

Elle pouvait rester assise à la console jusqu'au crépuscule, puis dans l'obscurité totale avec le bout de sa cigarette pour seule veilleuse. Assis à côté du radiateur électrique, Shuggie l'écoutait vitupérer. Il avait peur d'allumer la moindre lampe, espérant que d'être dans le noir lui donnerait sommeil, craignant que la lumière ne l'attire vers lui comme un papillon de nuit.

Alors, quand il rentrait de l'école, Shuggie écoutait attentivement à la porte vitrée, souhaitant qu'elle ne soit pas en train de pleurer, d'écouter de la country ou prête à se disputer au téléphone. Même le silence pouvait lui tordre le ventre. Il l'avait entendu une fois et y avait cru, au sifflement assourdissant du vide. Il s'était glissé dans la maison pour entendre mieux, croyant à une bonne nouvelle, puis il avait laissé ses mains retomber le long de ses flancs contractés. Agnes était là sur le sol, dans sa jupe noire moulante, son beau manteau d'hiver sur le dos. Elle était agenouillée comme pour prier, mais le dos de ses mains était étendu mollement sur le lino et sa tête enfoncée dans le gros four blanc qui équipait toutes les HLM de la ville. Le son du néant était un piège. Le sifflement du silence n'était que le gaz qui l'emportait.

Après ça, il apprit à ne pas se fier au calme.

Dans la catégorie des bons signes, les bruits d'une cuisine affairée étaient ce qu'il y avait de mieux, les gargouillis et les secousses du lave-linge, les cuillères en métal dans l'évier, les glouglous de la soupe dans les grandes casseroles. Ces jours-là, il restait planté gaiement dans l'entrée à essuyer la condensation sur le crépi jusqu'à ce qu'elle le retrouve, à moitié hébété par la joie, en train de dessiner des motifs sur l'enduit blanc.

Outre les McAvennie, les gamins les plus méchants de l'école venaient toujours des familles dont le père avait encore un travail. Leur repas était passé au micro-ondes ou pané, sous plastique et en portion individuelle. Leurs parents étaient beaucoup plus jeunes et laissaient leurs enfants manger ce qu'ils voulaient, quand ils le voulaient. Ils se moquaient de ceux qui mangeaient du ragoût de pommes de terre et du hachis, ils se bouchaient le nez en leur disant qu'ils puaient le chou pourri. Quand ils disaient ça à Shuggie, il enfonçait le nez dans la manche de son uniforme et inspirait profondément. Le chou bouilli et le jarret, les patates et l'agneau haché étaient pour lui l'odeur du réconfort, un parfum qu'il s'estimait heureux de pouvoir porter.

Il y avait des jours où il entendait une autre voix dans la maison en rentrant. Il devait alors avancer à pas de loup dans le couloir jusqu'à être sûr de qui c'était. Les gens bien avaient cessé de leur rendre visite depuis longtemps. Plus sa mère passait de temps à Pithead, plus il était probable que le visiteur soit une mauvaise personne.

Parmi les pires, il y avait les tontons du coron, des hommes nerveux aux gestes brusques avec des cheveux perpétuellement humides. Ils venaient voir comment elle s'en tirait sans homme à la maison. Ils apportaient des barres chocolatées, des sacs plastique remplis de canettes de bière et ils ne retiraient jamais leur blouson à l'intérieur.

Shuggie savait qu'il les gênait dans leurs plans sordides. De temps à autre, dans l'espoir d'obtenir une place permanente à la table à rabats, un tonton feignait un intérêt superficiel pour le garçon en faisant glisser vers lui une barre au chocolat sur la table couverte de cendres. Il lui demandait comment ça se passait à l'école et s'il ne préférait pas jouer dehors.

Le garçon grandissant, ils arrêtèrent ce cinéma et remballèrent leur sourire de Fagin. Maintenant qu'il avait dix ans, ils le voyaient pratiquement comme un autre homme, et ils arboraient la mine irascible qui disait que Shuggie faisait tomber à l'eau leurs projets salaces.

S'il restait des canettes intactes, Agnes faisait asseoir Shuggie sur le canapé à côté de l'homme. Bien installée contre le dossier de son fauteuil, elle les regardait gigoter, mal à l'aise, à travers la fumée de cigarette. Entre deux gorgées de bière, elle les étudiait comme s'ils étaient des rideaux et une parure de lit qu'elle essayait d'assortir. Elle expliquait que son petit Hugh était très vif et travaillait bien à l'école. Ils écoutaient en hochant la tête, voyant s'envoler leur projet de la sauter pendant l'après-midi. Certains avaient dépensé pas mal d'argent pour lui faire atteindre le juste niveau de malléabilité. Et voilà qu'ils étaient privés d'une baise suante et maladroite devant les dessins animés.

Les tontons qui revenaient ne s'y trompaient pas : ils apportaient des ballons de foot pas chers, des cerfs-volants en plastique, des jouets pour envoyer Shuggie dehors. Les plus désespérés lui tendaient une pile de pièces graisseuses et lui suggéraient d'aller «faire un petit tour au ciné». Shuggie regardait les hommes moites sans rien dire, déposait les pièces dans son cartable comme un conducteur de bus, remerciait poliment et mettait la télé à plein volume.

Tout ça n'arrivait que s'ils étaient encore dans le salon quand Shuggie rentrait de l'école. S'ils étaient déjà dans la chambre, il ne recevait pas d'argent et personne ne prenait la peine de lui demander ce qu'il voulait faire quand il serait grand.

Pour malsains que fussent ces tontons, ils avaient au moins le mérite de ne s'intéresser qu'à sa mère. Pour Shuggie, les tatas qui venaient leur rendre visite étaient bien pires. C'étaient comme si les plus vilains défauts d'Agnes retrouvaient un bon copain. Il finissait par être forcé de surveiller les deux femmes tandis qu'elles glissaient bruyamment vers l'oubli alcoolisé, serrées au-dessus des cendriers pour se partager les derniers mégots en maudissant les hommes qui les avaient fait tomber si bas. Contrairement aux hommes, elles parlaient, elles parlaient, elles parlaient.

Ces tatas apparaissaient sur le pas de la porte le matin comme des chats errants. Elles avaient le pouvoir de faire replonger Agnes, même après cinq jours de sobriété. On les aurait crues capables d'entendre ses tremblements depuis l'autre bout du coron ; elles venaient alors la dépanner dès neuf heures du matin avec une bouteille bon marché. Si Agnes avait décidé de rester sobre ce jour-là, elles s'asseyaient et buvaient devant elle. Le malheur aime la compagnie et elle regardait bientôt envieusement le sac plastique posé à leurs pieds.

Si Shuggie était à la maison, il ne les laissait pas entrer. Avant même le passage du facteur, elles étaient là avec leurs lourds sacs à la main. Sur le pas de la porte, elles ressemblaient presque à des gens bien, mais il n'était pas dupe. Il essayait à plusieurs reprises de leur faire redescendre les marches du perron. Il fermait la porte à clé mais elles appelaient par la boîte à lettres, « Ta maman est là ? » et ajoutaient : « J'suis juste venue boire un p'tit thé. » Il avait envie de leur donner des coups de fourchette au visage à travers la fente tandis qu'Agnes gisait à l'intérieur, les os tremblants, ses tripes réclamant de la bière tiède.

Comme un mauvais courant d'air, elles finissaient toujours par s'infiltrer.

Elles attendaient d'entendre la cloche du matin pour être sûres qu'il serait parti. Quand il arrivait à la porte à seize heures, elles lui adressaient un sourire triomphal.

Tata Jinty était la pire. Elle lui réclamait un bisou quand il passait le seuil. Il sentait sa langue tiède contre sa joue comme un morceau de bœuf gras. Lorsque le temps était humide, Agnes lui faisait masser les pieds durs de la petite femme. Les années de boisson avaient rongé ses traits mais ceux-ci s'étiraient encore en grimaces de plaisir quand elle faisait gigoter ses petits pieds aigres dans ses collants bruns. Jamais elle ne lui donnait d'argent.

Jinty détestait Shuggie parce que sa simple présence culpabilisait Agnes et la poussait dans des périodes d'abstinence. S'il n'avait pas été là, elles auraient pu laisser derrière elles les rives de la sobriété pour voguer sur une mer de Special Brew.

« Et t'es en quelle classe toi, maintenant ? lui demanda-t-elle un jour qu'elle avait les pieds entre ses mains.

– En CM1 », répondit Shuggie, suspicieux.

Elle se tourna vers sa mère, elle n'avait pas retiré son foulard. « Bon, ça fait un peu tard, Agnes, mais j'vais te dire, je crois qu'il est encore temps de changer quequ'chose.

– Encore temps pour quoi ? demanda-t-il en massant ses oignons.

– Pour t'inscrire à l'école de notre petite Louise. »

Surpris, il battit des cils et plissa le front. « Elle est attardée votre petite Louise. » Il se rendit tout de suite compte de la cruauté de ce qu'il venait de dire.

Jinty retira son pied et se pencha vers lui sans quitter le confortable fauteuil. Elle déplia un long doigt osseux et le lui enfonça dans la poitrine. Son visage semblait douloureux et Shuggie savait que son mari la battait. Agnes l'avait dit. Quand elle parlait, on avait l'impression que sa lèvre inférieure était sur le point d'exploser. « Notre Louise a des besoins spéciaux, et dans son école y a des ânes. T'as des ânes dans ton école, toi ?

– Non.

– Ah, beh, moi je crois que tu serais mieux à son école, parce qu'y a des ânes. » Satisfaite, elle but une gorgée de bière mousseuse.

« Maman, dis-lui que je ne suis pas attardé. Je n'ai pas besoin d'aller à l'école avec les ânes. » Sa voix gémissante menaçait de se briser. Il ne quittait pas Jinty des yeux.

Agnes avait les yeux fermés et sa cigarette allumée lui glissait entre les doigts. La bière dansa dans sa tasse et se renversa sur ses genoux en grosses gouttes. Jinty y vit une opportunité et poursuivit avec un sourire faux. « Y aura tout un tas d'autres enfants comme toi. Tu vas te faire plein de copains et puis t'auras de bons repas chauds pour le midi et le soir.

– J'ai déjà des copains, mentit-il.

– Ça fait comme qui dirait une aventure vu que t'y restes le soir et puis tu rentres à la maison le vendredi rien que pour le week-end. »

Shuggie avait vu le bus spécial déposer Louise le vendredi soir. Il avait vu les garçons McAvennie jeter des pierres dessus quand il repartait. Il connaissait un peu Louise, elle était silencieuse, comme Leek. Il avait aussi vu qu'elle avait l'air bien plus heureuse le dimanche que le vendredi.

« Tu verras, ça sera bien. Tu seras plus aussi *différent*. » Jinty se tourna vers Agnes, qui sombrait doucement dans un sommeil bruyant de vieil homme. « Alors, c'est réglé, Agnes ? » Elle secoua légèrement sa mère endormie. « Demain j'appelle l'école et Shuggie pourra aller directement dans la classe de Louise. » Jinty reposa le pied sur ses genoux.

Shuggie savait qu'en réalité Louise n'était qu'un petit peu lente ; la négligence l'avait rendue timide et effacée, elle avait toujours un demi-temps de retard, ce qui, pour Pithead, était synonyme de bizarrerie. Bridie Donnelly avait dit que Jinty était tout simplement égoïste. L'école spéciale permettait d'éloigner Louise pendant tout le trimestre et Jinty pouvait donc passer plus de temps avec son enfant préféré, Stella Artois.

Agnes raconta plus tard que le temps qu'elle se rende compte de ce qui se passait, Shuggie avait fait tomber Jinty au sol et sa chaîne avec son médaillon de saint Christophe était brisée. Quand Leek lui demanda ce qui s'était passé, le garçon se souvint seulement de lui avoir tordu le gros orteil jusqu'à ce qu'il craque, il l'avait tiré et tourné jusqu'à ce que son genou plie et qu'elle tombe du fauteuil en le suppliant de s'arrêter. Après ça, expliqua Shuggie, tout avait disparu, comme s'il regardait à l'envers dans des jumelles.

Par habitude, Shuggie tendit l'oreille en arrivant à la maison. Alors qu'il remontait le long couloir, il sentit sur les murs l'humidité du chou qui cuisait et la condensation de la bouilloire. Il se glissa dans la maison comme un fantôme jusqu'à la trouver dans la cuisine en train de remballer un morceau de lard blanc. Ses cheveux étaient doux, ses racines blanches brillaient sous la teinture noire, son visage était dépourvu de maquillage. Tout en emballant le lard, elle regardait les kilomètres de lande par la petite fenêtre au-dessus de l'évier. Elle semblait paisible.

Il se redressa enfin et la douleur quitta ses tripes. Elle le remarqua alors dans l'ombre du couloir. Il la rejoignit et elle lui prit la tête entre ses bras pour l'attirer contre son ventre. Shuggie passa les bras autour d'elle et elle enfonça son visage dans ses cheveux noirs et doux. « *Mmmm* tu sens l'air frais, dit-elle en prenant ses joues froides entre ses mains pour les embrasser doucement.

– Toi tu sens la soupe, rétorqua-t-il.

– Charmant ! Allez, enlève ton uniforme, je t'apporte du thé.

– C'est vrai ? »

Elle le chassa de la cuisine. Le salon était confortable et sentait l'aspirateur encore chaud et la cire au citron pour les meubles. Le radiateur électrique était allumé et les gros rideaux était tirés pour les protéger de la froideur du lotissement. Il alluma la télé et le compteur indiqua qu'il leur restait six heures avant de devoir remettre des pièces de cinquante pence, un luxe inouï. Il retira ses chaussures en marchant sur les talons, ôta son pantalon et déboutonna sa chemise blanche. Les vêtements tombèrent au sol autour de lui et il les y laissa en pile. Il s'assit au milieu de la grande table basse carrée dans ses sous-vêtements propres et regarda les émissions de l'après-midi la bouche ouverte.

Agnes entra avec une tasse de thé chaud et une petite assiette qu'elle déposa devant lui.

« C'est pour quoi ? demanda-t-il.

– C'est pour toi. »

Shuggie regarda le chausson aux pommes doré et tendit doucement le doigt pour le toucher. Il sentit la chaleur qui s'en dégageait. Elle l'avait fait réchauffer au four avec l'assiette à dessert. La pâte feuilletée était brune et recouverte de cristaux de sucre blanc qui avaient fondu en une carapace croustillante. De chaque côté de la pâtisserie, une compote de pommes dorée et collante coulait sur l'assiette en rivières serties de bulles. Le chausson croustilla gaiement sous son doigt.

Le garçon considéra l'assiette, hébété. Il eut peur de ne pas pouvoir le manger car son estomac était saisi par ce qui ressemblait à des crampes de peur. Cette fois, à la place de l'amertume étouffante, quelque chose bouillonnait comme un rayon de soleil d'or. Un sourire s'épanouit en lui et, relevant ses pieds toujours glissés dans ses chaussettes, il bascula sur son coccyx et tourna, tourna, tourna jusqu'à ce que la petite table basse brille de contentement.

Agnes avait choisi le groupe de Dundas Street dans l'espoir de n'y connaître personne. Elle avait essayé d'aller aux réunions des Alcooliques Anonymes de temps en temps, mais ça n'avait jamais rien donné. Elle regardait autour d'elle les hommes et les femmes brisés et sa honte grandissait. Elle aurait changé de trottoir en pleine journée pour éviter de croiser ces gens.

Malgré son assiduité aléatoire, le groupe de l'East End où elle allait parfois avait fini par lui paraître petit et trop familier. Agnes y avait déconné. La plupart des hommes étaient venus la voir à Pithead et elle commençait à se reconnaître dans le visage des femmes effacées et nerveuses. Ça devenait de plus en plus dur de nier qu'elle était comme elles. Alors un soir, Agnes était restée dans le bus, était passée devant la salle de réunion et avait poursuivi jusqu'à Dundas Street. Ce serait un nouveau départ, et des alcooliques plus classe, du moins l'espérait-elle.

Les AA de Dundas Street se retrouvaient dans le centre, entre la gare de Queen Street et l'arrêt de bus de Buchanan, et formaient une congrégation assez vaste. Le bâtiment de grès était l'ancienne succursale de négociants prospères mais, suite aux travaux des années 1960, il en était arrivé à ressembler à une école primaire médiocrement gérée. Il avait été depuis longtemps délesté de ses moulures et suffoquait sous la peinture marron ringarde des services municipaux, l'éclairage au néon et le linoléum qui se décollait. Agnes trouvait qu'il avait l'air particulièrement *anonyme*.

Les AA de Dundas Street avaient un bail longue durée pour une salle de réunion haute de plafond. Sur l'estrade légèrement surélevée à l'avant de la salle se trouvait une table pliante et six chaises en plastique. À gauche, on trouvait une petite antichambre et un étroit couloir où l'on rangeait une urne et des biscuits. L'ambiance avait quelque chose de temporaire mais les habitués essayaient de donner aux locaux un aspect chaleureux et confortable en affichant des calendriers et des cartes postales de Lourdes, Rome ou Blackpool.

Agnes mit Shuggie au lit de bonne heure et prit le bus vers la ville sans savoir si elle irait à une réunion ou si, comme elle l'avait déjà fait par le passé, elle se rendrait au bingo sur Gallowgate. Elle dut puiser au fond d'elle-même pour monter les escaliers de Dundas Street et quand elle passa la porte elle fut soulagée de ne reconnaître aucun visage. L'air était chargé de fumée de cigarette. Les gens gigotaient sur leur siège, chacun à distance respectable de son voisin. Il y avait un concert incessant de raclements de gorge et de toux grasses et collantes. L'atmosphère était moins chaleureuse que dans les autres groupes. Les gens s'adressaient des signes de tête et des sourires polis, mais il semblait y avoir moins de lien et plus de cet anonymat qu'elle recherchait. Elle s'assit à une distance raisonnable du premier rang et sentit les regards brûlants sur l'arrière de sa tête. Elle était trop habillée avec son long manteau de mohair mais elle était plus à l'aise ainsi.

Des personnes qui discutaient à voix basse dans un coin s'assirent à la table dépliée sur l'estrade. Un homme séduisant aux cheveux argentés se leva. Il avait des yeux bruns profonds et un grand front aux traits marqués. Malgré sa nervosité et ses tremblements, Agnes ne put s'empêcher de ressentir un léger frisson.

« Bonjour, fit-il d'une voix tonitruante. Merci d'être venus à cette réunion du mardi soir. Pour ceux qui ne me connaissent pas, mon nom est George et je suis alcoolique. Je viens à Dundas Street depuis, oh, douze ans maintenant. Je me réjouis du nombre de visages connus que je vois ce soir et comme toujours je suis attristé par le nombre de nouvelles têtes. »

Il posa ses doigts épais sur la table. « Nous avons aussi certains vieux amis à la grande table ce soir et un ou deux nouveaux. » Les gens assis à sa gauche et à sa droite se redressèrent en souriant. « Avant que je vous les présente, commençons par prendre un moment pour demander de l'aide au Seigneur. » L'homme baissa la tête et ses cheveux luirent comme une guirlande de Noël. Agnes plissa les yeux pour mieux le voir. Toute la salle bougea comme un seul homme quand les têtes se baissèrent et les yeux se fermèrent pour la prière de la Sérénité. Agnes la connaissait par cœur mais pas un mot ne s'était glissé dans sa tête.

La réunion commença et elle écouta les personnes assises à la table évoquer le programme du jour, donner des nouvelles et transmettre les condoléances. Une amie du groupe était morte ; d'après ce qu'Agnes avait compris, c'était la boisson qui l'avait emportée. George présenta les nouveaux visages et leur demanda de partager leur histoire avec le groupe. Un homme maigre avec un accent de prolo à couper au couteau se leva. « Salut, moi c'est Peter et j'suis alcoolique. » Ses yeux s'embrumèrent tandis qu'il racontait comment il avait perdu le contact avec sa femme et comment ses fils étaient tombés d'abord dans la picole puis dans la drogue. Agnes écouta l'homme aplatir ses voyelles, cracher son histoire comme s'il était en colère, utiliser les petits mots familiers que les gens de Glasgow avaient inventés. Elle avait l'impression de pouvoir deviner dans quelle tour il habitait, rien qu'à sa manière de parler. Elle ne s'interrogeait pas sur ce qui l'avait amené là, et en fin de compte elle fut désolée pour lui : jamais il n'aurait pu échapper au poids de son accent.

Alors qu'ils continuaient de parler, elle flotta à plusieurs kilomètres de la réunion, ses entrailles lui réclamant un verre. Une voix retentit. « *Toi*. La femme brune en manteau violet. » George la pointait du doigt. « Tu souhaites partager quelque chose avec le groupe ? »

Agnes voulut secouer la tête mais sentit ses jambes se tendre et elle se leva presque malgré elle. Elle avait déjà fait ça, une dizaine de fois, dans différents groupes. Elle se tourna à droite et à gauche et fit un petit sourire. Tous les visages se tournèrent vers elle mais ils se confondaient en des taches de couleur sans traits distincts. Une légère inquiétude que l'arrière de son joli manteau soit froissé la déconcentra un instant et elle buta sur les premiers mots. « B-bonjour, je m'appelle A-Agnes et je suis. Je crois que je suis. Alcoolique. »

La salle exprima un soutien tiède. « Bienvenue, Agnes. »

Agnes fit mine de poursuivre mais elle s'aperçut que les mots lui manquaient. Elle passa la main sur l'arrière de son manteau pour aplatir les plis. En dehors des toux chroniques, la salle se tut.

« Je suis en flammes, pourtant je ne brûle pas, tonna l'homme sur l'estrade.

– Pardon ? fit Agnes.

– *Inflammor, sed non ardeo*, dit George. Je suis en flammes. Je ne brûle pas. C'est la lamentation de sainte Agnes.

– Ah. » Elle ne savait pas si elle devait se rasseoir.

« On ne pas peut mieux dire, pas vrai ? poursuivit-il, trouvant son rythme, s'adressant à la salle dans son ensemble. Je suis en flammes, pourtant je ne brûle pas. Eh bien, que cela nous donne espoir à tous. Nous tous ici ce soir, nous avons été ravagés par les flammes. » Il s'éclaircit la gorge et écarta les bras comme un bonimenteur. « N'avons-nous pas tout brûlé pour boire un verre de plus, n'avons-nous pas tous eu des fièvres ardentes, suantes et paniquées, eu la gorge en feu et notre cœur qui se consume dans notre poitrine ? » La salle murmura son assentiment. « Et soudain le voilà. » Il lança un *aaah* satisfait. « Ce fameux verre que tu désirais tant, et il te brûle, comme du pétrole. Comme le pétrole, il attise le démon en toi, il te brûle jusqu'en enfer. Tu es dévoré par les flammes et tout ce que tu touches, tu le détruis, tous ceux qui t'aiment s'écartent, ils fuient l'incendie. L'argent flambe, la famille brûle, la carrière brûle, la réputation brûle et quand tout ça a fini de se consumer, toi, tu brûles encore. »

L'auditoire était fasciné. « Je ne peux pas vous raconter comment j'ai regardé les flammes brûler tout ce que j'avais possédé. Même quand j'essayais d'en finir avec la boisson, que j'appelais au secours, c'était comme si j'étais encore incandescent, le grand intouchable. » Le public exprima sa compassion. « Quand je tendais la main, tout le monde reculait, ils s'écartaient, de peur que le feu rejaillisse. "Ne l'aidez pas, disaient-ils. Il n'en vaut pas la peine. Il ne changera jamais, il vous tirera vers le fond avec lui." »

Le bel homme secoua la tête. La salle était silencieuse. « Mais, tout compte fait, c'était vrai, hein ? Je suis en flammes mais je ne brûle pas. » Il s'essuya le coin de la bouche. « C'est ça que sainte Agnes avait à nous apprendre. Que, même dans les ténèbres, il reste de l'espoir. »

Agnes cligna des yeux dans la salle enfumée. Elle tira sur son manteau et sa jupe pour se rasseoir. L'homme haussa la voix et la montra du doigt. « Les flammes ne sont pas que la fin, elles sont aussi le commencement. Car tout ce que tu as détruit peut être reconstruit. De tes propres cendres, tu peux renaître. »

Agnes sourit innocemment et résista à son envie de rouler des yeux.

L'orateur avait fait de son mieux pour les inspirer. La réunion reprit et toute la congrégation se tourna de nouveau vers l'estrade. Agnes laissa échapper une profonde expiration ; elle avait l'impression que c'était la première de la soirée.

Une main réconfortante se posa alors sur son épaule, une main de femme, fine et pâle mais dont le dos était déjà bouffi d'épaisses veines bleues de la vieillesse. La femme se pencha vers elle pour murmurer à son oreille. Elle vint si près qu'Agnes ne put se retourner pour voir son visage.

« Ouais, c'est pas faux. Ces sacs à merde ont pas réussi à brûler Agnes alors ils ont décapité la pauvre fille. Les salauds, c'est bien les hommes, ça, pas vrai ? » Elle lui tapota l'épaule une fois et, toussant, se rassit sur son siège.

19

Agnes émergea de ses cendres à temps pour les dix ans de Shuggie. Elle avait arrêté de boire depuis trois mois quand elle fut embauchée pour travailler de nuit à la station-service du coron. Elle avait étalé ses achats de Noël sur quatre catalogues, entassant les cadeaux sous le sapin et garnissant la table de quatre gibiers et viandes différents sans avoir les moyens de payer tout ça. Alors que Leek et Shuggie étaient affalés, repus, devant la télévision, elle ne se rendait pas compte que rien de tout cela n'était nécessaire. Ils étaient heureux de l'avoir elle, de sa sobriété et de la paix que cette sobriété apportait.

Bientôt, les factures des catalogues commencèrent à affluer, mais trouver un boulot n'était pas qu'une histoire d'argent, elle avait besoin d'autre chose. Son emploi l'aidait à faire face à la solitude. Il l'occupait pendant les longues nuits vides. Autrement elle serait restée chez elle à se demander ce qu'elle allait faire jusqu'à ce que le sommeil lui vienne enfin. La plupart de ces nuits, elle pensait à Shug, aux amis qui ne téléphonaient plus jamais, à Lizzie et Wullie, à Catherine en Afrique du Sud. Les horaires de nuit aidaient à l'éloigner de l'alcool.

La station-service faisait aussi supérette, c'était le seul magasin à vendre des cigarettes, des esquimaux ou des sachets de chips à des kilomètres à la ronde. C'était le centre du vide. Elle faisait glisser un petit plateau vers elle pour y récupérer les pièces sales, déposait la monnaie et renvoyait les clopes et la brique de lait de l'autre côté de la vitre de séparation. Ça lui permettait au moins de voir des gens et ça lui faisait du bien.

Quatre nuits par semaine, Agnes regardait les ténèbres, assise derrière sa vitre. De loin en loin, des chauffeurs de taxi s'arrêtaient pour faire le plein de gazole. Certains demandaient la clé des petites toilettes froides et humides, d'autres lui achetaient le journal ou une canette d'Irn-Bru fraîche. De part et d'autre de la vitre, ils discutaient des grèves à Ravenscraig, de la mort de la vallée de la Clyde, des points communs qu'ils se trouvaient. Les chauffeurs de taxi avaient l'habitude, ils passaient leurs nuits coincés entre leur pare-brise et la paroi de séparation. Agnes en vint à apprécier leur compagnie.

Avec le temps, certains devinrent des habitués, quelques-uns se mirent à prendre leur pause avec elle et chacun mangeait alors son sandwich de son côté de la vitre. Les affaires fleurirent après son arrivée. Certains taxis faisaient un détour pour passer cinq minutes avec la jolie femme qui riait à leurs histoires, cette poupée qui semblait toujours contente de les voir arriver. Ils ne repartaient que lorsque le chauffeur suivant approchait.

Parfois, si elle était prise par une conversation, ils faisaient le tour de la station jusqu'à ce qu'elle soit libre. Ils la regardaient comme des enfants timides devant une assiette de biscuits. Elle les voyait monter et redescendre la rue vide en attendant leurs dix minutes tranquilles avec elle, faisant la grimace s'ils la surprenaient en train de rire avec un autre.

Les plus anciens ne lui demandaient que des choses rangées dans les étagères du bas. C'était un jeu pour tuer le temps. Ça ne la dérangeait pas. Ils papotaient en la regardant s'affairer dans la petite boutique pour réunir leur commande tout en sucres rapides et lents. Ils se sentaient moins seuls quand elle se penchait pour ramasser le journal du jour, appréciant sa jupe qui se tendait quand elle s'accroupissait. Ils aimaient le décolleté de son pull et son soutien-gorge noir que l'on voyait sur sa peau de rose. Agnes connaissait l'horreur de la solitude.

Après quelques sombres mois d'hiver à travailler à la station, elle commença à recevoir des cadeaux. Au début, c'étaient des petits riens, des sachets de pommes de terre ou une boîte de pickles achetée en gros. Un matin, on lui apporta une caisse de protège-slips. Bientôt, quelques conducteurs lui offrirent de plus gros cadeaux, comme un frigidaire de deuxième main, une vieille télé portable et d'autres appareils électroniques tombés du camion. Un jour, en rentrant de l'école, Shuggie découvrit la porte de chez eux revitrée. Une autre fois, c'était la kitchenette aux murs rongés par la moisissure qui avait été repeinte.

Vers la fin de la nuit, il y avait de longues plages durant lesquelles personne ne venait. Agnes comptait les heures en regardant les allées et venues du bus de nuit solitaire sur Pit Road. Elle passait le temps en feuilletant le catalogue Freemans, dépensant son salaire avant de l'avoir gagné. Le soleil poignait, elle se préparait à partir, glissant dans sa poche une barre chocolatée pour le goûter du petit et un paquet de cigarettes pour elle. Elle déverrouillait la porte et laissait entrer sa collègue du matin. Pendant qu'elle marchait vers Pithead, le soleil matinal embrasait les terrils avant que le ciel lourd ait le temps de dérouler sur le coron son éternelle couverture grise.

Sur le chemin de la maison, Agnes lançait de joyeux bonjours aux carcasses usées qui travaillaient comme femmes de ménage dans le centre. Elles frottaient leur croix en or et grommelaient un faible *ouais* sans la regarder. Qu'est-ce qu'une respectable catholique faisait à rentrer à cette heure indue, ces femmes squelettiques n'en avaient aucune idée. Elles se méfiaient d'elle, qui portait du rouge à lèvres de bon matin et un vernis à ongles de la couleur du sexe. Les hommes qui avaient encore la chance d'avoir un boulot levaient la tête et souriaient en croisant Agnes. Ils essayaient de cacher le repas que leur femme leur avait emballé en lui souhaitant une bonne journée avec un clin d'œil.

Quand elle arrivait à la maison, elle glissait la friandise volée sous l'oreiller de Shuggie et elle le réveillait avec un baiser et une tasse de thé au lait. Elle déposait au pied du lit de Leek son bleu de travail lavé la veille. Les garçons restaient allongés, face à face, l'écoutant silencieusement chanter par-dessus la radio. Aucun d'eux n'osait ciller de peur de rompre le charme.

Agnes travaillait de nuit depuis quelques mois quand elle le vit pour la première fois, le bœuf roux. Il était différent des autres. Les autres taxis avaient tous la forme reconnaissable des hommes sur le retour, le corps délabré par les heures passées derrière le volant et les petits déjeuners complets et autres en-cas de snack-bars qui leur ceignaient la taille comme du porridge froid. Le taxi finissait par les voûter jusqu'à ce que leurs épaules s'arrondissent en une petite bosse et que leur tête émerge de leur double menton. Ceux qui étaient de nuit depuis longtemps avaient pris une blancheur cadavérique tout juste rehaussée par la couperose de leurs années de picole. C'étaient des hommes qui ornaient leurs doigts de chevalières, tirant un plaisir vaniteux à les voir posées, brillantes, en haut du volant. Elle ne pouvait pas s'empêcher de penser à Shug en les voyant.

Quand le rouquin sortit de son taxi la première fois, elle s'efforça de ne pas le détailler. Il devait être nouveau. Il avait encore les épaules dégagées et le rose de son visage venait de la lumière du jour et de l'air frais, pas des pubs sombres et des pintes de brune. C'était un homme grand et costaud et tandis qu'il mettait du gazole dans son taxi elle remarqua comme il se tenait droit et fier. Il faisait basculer le taxi de son bras épais, ses boucles rousses luisant sous la lumière clignotante des néons. Il ne broncha pas quand il la vit, comme les autres le faisaient parfois, mais il ne sourit pas non plus. Elle était assise derrière sa vitre, les bras croisés, comme si elle attendait un amant qui l'avait oubliée. Elle lui rendit sa monnaie par le petit tiroir sécurisé, il grommela un remerciement et retourna à son taxi.

Il ne revint que plusieurs semaines plus tard. Cette fois-ci elle lui parla avant même qu'il ait atteint la fenêtre. « Vous ne roulez pas depuis longtemps, si ? lança-t-elle avec un sourire fardé, le tiroir ouvert de son côté en guise d'invitation.

– De quoi ? fit-il, soudain tiré de ses pensées. J'entends rien avec votre vitre là. »

Agnes remarqua son fort accent écossais, la mélodie du Strathclyde qui perçait dans sa voix. Elle poursuivit avec sa diction la plus chic. « Je vous demandais juste si vous étiez nouveau dans le métier de taxi.

– Qu'est-ce qui vous fait dire ça ? » demanda-t-il, méfiant, en embuant la vitre de son haleine.

Le sourire d'Agnes se fissura. « C'est juste que je vois passer beaucoup de taxis par ici. Vous avez l'air plus… joyeux que les autres. » Il la regarda comme si elle était un chien qui parle. Elle poursuivit, mal à l'aise. « Vous savez, vous avez l'air moins blasé. Par la conduite. Et tous les passagers difficiles.

– Vous pensez que z'êtes forte pour juger les autres alors hein ? »

La question la prit par surprise. Ce fut son tour de ne rien dire. Le roux laissa tomber des pièces dans le tiroir avec un lourd tintement métallique. « Une brique de lait et un pain de mie. Et le bon, hein, pas le tout sec. Mettez-en-moi un frais et faites gaffe à pas l'écraser dans votre machin », dit-il en montrant le tiroir.

Il fallut un moment à Agnes pour se remettre et se lever de son fauteuil. Elle était arrivée au milieu du magasin quand elle se retourna pour voir s'il la regardait, mais il fixait ses pieds comme s'il y avait eu une histoire inscrite sur ses chaussures. Il respirait par son nez chevalin et elle regarda ses épaules se soulever, s'ouvrir et retomber. Il avait l'air fatigué, fatigué de tout. De retour à la vitre, elle plaça la petite bouteille de lait dans le tiroir et la lui fit passer. Il la saisit dans sa grosse paluche. Ce ne fut que lorsqu'elle déposa le pain de mie dans le tiroir qu'il reprit la parole. « Z'allez l'écraser. » Agnes le regarda, ahurie. Le pain tenait à condition de pousser un peu mais il protesta à nouveau, le rose aux joues. « J'vous ai dit de pas le fourrer là-dedans.

– Ça va aller, le pain est moelleux. » Elle appuya du bout des doigts sur la miche comme dans une pub pour sa fraîcheur et le pain reprit sa forme initiale.

L'homme restait silencieux.

Agnes lui fit un sourire faussement timide. «Et je ne peux rien faire. Je ne peux pas ouvrir la porte sécurisée.» Elle posa la main sur sa poitrine et écarquilla les yeux. «Vous voyez, je suis toute seule ici.»

Le roux se balançait d'un pied sur l'autre, les joues rouges. Il cligna des yeux, regarda ses pieds et inspira durement.

«Bon, vous le voulez ce pain ou pas?» demanda Agnes en s'approchant de la vitre. Son pull bâillait un peu et elle savait que la bretelle de son soutien-gorge apparaissait sur son épaule. Elle sourit, les yeux mi-clos.

Il abattit son gros poing sur la paroi vitrée. Elle fit un bond en arrière comme si elle avait reçu une gifle. «*Nom de Dieu.* On peut pas avoir une putain de tranche de pain quand on bosse, bordel?»

Cela réveilla le démon d'Agnes. Ce n'était pas bon pour son moral de se sentir aussi invisible. Se faire ignorer ainsi lui donnait envie de boire. De son ongle verni, elle ouvrit le sachet du pain de mie et en sortit l'entame. Elle la balança dans le tiroir comme un poisson crevé. Elle poussa la tranche vers le grand costaud.

Il regarda la tranche dans le tiroir comme si elle venait de chier dans une boîte. «Eh bien, allez-y, prenez-la», fit-elle, sans sourire ni bretelle apparente. Le rouquin prit la tranche et la tint tendrement. Avec un sifflement métallique, le tiroir repartit dans l'autre sens, Agnes y déposa une autre tranche et le repoussa vers lui. L'homme la saisit. Ils continuèrent ainsi sans rien dire, Agnes mettant les tranches de pain dans le tiroir et l'homme les empilant délicatement, comme un service en porcelaine. Elle était certaine qu'il n'avait pas respiré depuis la première tranche. Quelque part en lui, l'air s'échappa comme d'un pneu crevé et il regarda le demi-pain dans ses mains. Agnes continuait de faire aller et venir le tiroir.

«J'ai travaillé à la mine jusqu'à ce qu'ils ferment, dit-il doucement. Comment z'avez su que j'étais pas taxi?

– Ça se voyait, dit Agnes. J'ai de l'expérience.

– Ah ouais?

— Je pourrais écrire un livre.» Elle glissa une autre tranche dans le plateau.

«Je sais pas comment ils font, dit le roux. Et les gens qu'on rencontre ? Rien que des raclures.

— Ce n'est pas fait pour tout le monde, la nuit. Vous faites ça depuis longtemps ?

— Un mois à peu près.

— On se sent affreusement seul, n'est-ce pas ?»

L'homme regarda Agnes comme s'il la voyait pour la première fois. «Ouais, on se sent très seul», admit-il, les yeux fatigués.

Elle glissa l'autre entame vers lui. «Eh bien, revenez demain soir, je vous ferai passer une boîte de corn flakes par le tiroir.»

Il sourit pour la première fois. Il avait de grandes dents blanches et droites. «OK.

— Mais n'oubliez pas votre sac plastique parce que je vous donnerai les céréales une par une.»

Depuis Shug, il y avait eu d'autres hommes mais aucun rendez-vous. Elle avait attendu toute la journée le coup de klaxon du taxi. Elle avait pris son bain à l'heure du déjeuner et dut ensuite attendre le soir. Il devait venir la chercher à vingt heures. Le radio-réveil faisait clignoter ses chiffres comme un compte à rebours. Agnes passa par tous les états, de fébrile à désespérée, et maintenant qu'elle attendait devant le miroir de sa coiffeuse, elle se sentait de plus en plus bête. Elle faisait la liste de toutes les choses qu'elle ne devait pas dire à ce nouvel homme. Ces mauvaises choses qu'il valait mieux taire l'étouffaient. Ça donnait envie de boire.

Shuggie était assis, pensif, à côté d'elle, les mains posées sur les genoux et les chevilles croisées, le même air nerveux sur le visage. Agnes essayait d'arranger sa vie en un récit simple et se sentait de plus en plus ennuyeuse et superficielle. Les choses dont elle ne devait pas parler laissaient des trous béants et faisaient d'elle une femme endormie depuis 1967, l'année de sa rencontre avec Shug.

Le bœuf roux s'appelait Eugene. C'était un bon prénom, à la fois classique et passe-partout. C'était un prénom que les mères choisissaient pour leur premier fils, ceux qui devaient être solides et honnêtes, faire leur fierté mais pas leur joie. Agnes avait toujours eu le sentiment que c'était celui que les mères catholiques donnaient à leur fils destiné à la prêtrise, les enfants marqués comme une dîme.

Eugene fit retentir le klaxon du taxi noir et Agnes sursauta. Les petites bouteilles de parfum tintèrent légèrement sur la table de nuit. Elle regarda le garçon qui avait croisé les doigts. Il les agita avec un sourire plein d'espoir. Leek était appuyé, bras croisés, contre le chambranle. Elle lui demanda de l'embrasser pour lui souhaiter bonne chance et Shuggie la regarda passer les bras autour du cou de son frère. Leek resta immobile puis il se déplia très lentement et la prit dans ses bras. Il lui couvrit les joues de baisers jusqu'à ce qu'elle doive le repousser en riant comme une lycéenne pour vérifier qu'il n'avait pas ruiné son maquillage.

Dehors, dans la douce lumière du soir, elle vit une nouvelle fois combien il était bel homme. Avec sa veste de costume à larges revers et ses cheveux plaqués, il donnait à son vieux taxi des airs de Rolls-Royce. Eugene ouvrit la portière et descendit. Agnes remarqua sa fine cravate texane et son épingle qui luisait fièrement. Elle se rendit compte que c'était la première fois qu'ils n'étaient pas séparés par une vitre de sécurité. Il lui ouvrit la portière arrière et sans même regarder elle sut que toutes les femmes de Pithead bouillaient à leurs fenêtres. Elle sentit la brise de mille voilages tirés à l'unisson. D'une main baguée, elle écarta une mèche de cheveux et releva le menton. Elle entendait presque les gencives s'entrechoquer de colère.

« Tu as trouvé facilement ? demanda-t-elle tandis qu'il refermait la portière.

– Ouais, sans problème, répondit-il en démarrant le moteur. Je t'ai fait attendre ?

– Non, non. J'étais tellement pressée de me préparer, la journée est passée vite. » Elle essaya de parsemer sa réponse de petits rires.

«En tout cas, ta tenue est super.» Il lui jeta un coup d'œil approbateur dans le rétroviseur.

«Ah, je suis soulagée, dit-elle en levant les bras pour laisser s'agiter les franges de ses manches. Je ne savais pas du tout quoi me mettre.»

Agnes n'était jamais allée au Grand Ole Opry. Il se trouvait dans le South Side, sur Govan Road, un ancien cinéma réaménagé dans un quartier à l'abandon. Les couples se pressaient aux soirées country avec danse en ligne et duels au pistolet. C'était peut-être la bonne ambiance que mettait la country ou tout simplement les flingues, en tout cas l'Opry plaisait aux gens de Glasgow et c'était plein à craquer tous les soirs de la semaine. Pendant quelques heures, Edna McCluskey de Clarkston pouvait devenir Kentucky Belle tandis que son mari, le p'tit Stan, enfilait un veston en cuir, un grand stetson et devenait Stagecoach Stan le Chasseur de Primes.

Eugene se gara et aida Agnes à sortir de la voiture. L'enseigne Opry's Old Western éclairait la rue et se reflétait sur le béton humide. Il y avait foule devant la porte et Agnes eut l'impression d'être à une grande avant-première. Eugene doubla tout le monde, montra son insigne de shérif brillante et ils entrèrent sans attendre.

L'intérieur rappelait à peine que le lieu avait été un cinéma. Il y avait deux étages et une grande scène sur laquelle jouait un groupe avec un chanteur en jambières de cuir caramel avec une banane rockabilly posée au-dessus de son visage vérolé. Il serrait le pied du micro contre ses jambes comme la fille qu'il aimait et chantait avec un accent traînant du Vieux Sud emprunté à Johnny Cash.

Sur la piste de danse au pied de la scène, des couples âgés s'étaient lancés dans un quadrille un peu mécanique. Des vieux en jean moulant faisaient tournoyer des ménagères aux gros bras en les prenant par les coudes au rythme de la musique et tous semblaient s'amuser comme des fous. Les femmes portaient des tenues de cow-girl avec un stetson ou de grandes robes de cocottes à corset et volants et des plumes dans les cheveux. Agnes regarda sa jupe noire serrée et son blouson en cuir. Ça lui avait coûté une fortune sur le catalogue.

Elle l'avait renvoyé deux fois pour avoir la bonne taille. Elle regardait maintenant tout ce denim et ces froufrous dans la salle et détestait sa tenue.

Eugene lui fit fendre la foule. Il portait des bottes en cuir et, sous sa veste brun clair, il avait une ceinture avec deux holsters en cuir repoussé et des pistolets brillants. Les gens lui adressaient des signes de tête auxquels il répondait, un peu rigide. Autour de la piste étaient disposées des tables hautes où étaient assis les jeunes couples pas encore assez ivres pour oser danser. Eugene tira une chaise pour faire asseoir Agnes, au beau milieu de la salle, pas dans un recoin. Il lui retira son blouson et elle laissa ses mains fortes traîner un instant sur ses épaules, juste assez longtemps pour qu'il puisse sentir le parfum de ses cheveux.

La salle vibrait au rythme contagieux de la musique et des bonds des danseurs. L'atmosphère était rendue lourde par l'odeur chaude du whisky et du cuir. Il était encore tôt mais tout le monde était dans l'ambiance. Agnes trouvait drôle qu'un déguisement pas cher puisse à ce point pousser les gens à se libérer.

« Alors, ça te plaît ? demanda Eugene, un grand sourire plein de fierté sur le visage.

— C'est merveilleux, non ?

— Pour sûr. Glasgow c'était le premier Far West, en fait, pas vrai ? Tu peux encore te faire scalper sur Maryhill Road un soir de semaine. » Plongé dans son élément, Eugene commençait à se détendre. « Je suis content qu'on arrive enfin à faire ça.

— Moi aussi.

— Je me disais tout à l'heure que c'était la première fois que je pouvais vérifier que t'avais des jambes, dit-il en riant. Que t'as pas seulement un tabouret de station-service à partir de la taille.

— J'espère que tu n'es pas déçu.

— Nan, nan. » Eugene rit et tendit sa grosse main pour une présentation formelle. « Ravi de faire ta connaissance. Parle-moi un peu de toi.

– Il n'y a pas grand-chose à raconter. » Agnes attrapa un dessous-de-verre et le fit tourner nerveusement entre ses doigts. Elle déroula le fil de l'histoire qu'elle avait répétée dans sa tête. « Catholique, née à Glasgow, jamais partie. J'ai eu une vie assez calme.

– Ouais, moi aussi.

– Je suis divorcée », ajouta prestement Agnes, trouvant que ça sonnait mieux que *Mon homme m'a larguée pour une pétasse quelconque*.

Eugene marqua un temps, qu'elle trouva trop long d'une seconde. « Vous avez pas pu vous rabibocher ? » demanda le bon petit catholique.

Était-il déçu ? Agnes n'était pas sûre. Elle secoua la tête et fut soulagée quand, dans un cliquetis d'éperons, une serveuse apparut à côté d'eux. C'était une femme assez belle, vêtue de jean clair et d'une grosse ceinture faite à partir d'un serpent à sonnette dont la tête était toujours attachée et qui avait sa queue dans la gueule en guise de fermoir. « *Howdy* Shérif, bien le bonjour ! Comment va la vie ? » Elle parlait avec un fort accent texan qu'elle sortait visiblement du fin fond du quartier de Gorbals.

« Salut, Belle, on fait aller. » Eugene tendit la main vers Agnes. « C'est mon amie Agnes ; c'est la première fois qu'elle vient. »

Sans sourire, Belle inclina froidement son chapeau en direction d'Agnes. « Alors, Shérif, vous conduisez votre nouvelle diligence à travers cette ville pleine de vermines ?

– Ouais. Pas le choix.

– Eh bien, un de ces jours, j'vais bien vous convaincre de venir me secourir, poursuivit-elle dans son parler de cow-girl hollywoodienne, tout en se penchant près de lui, sa chemise entrouverte sur sa poitrine. On pourrait peut-être bien mettre le cap sur Burntisland. Ma nièce a un mobilehome près de la flotte. »

Agnes se demandait s'ils avaient des campings au Far West et ne put s'empêcher de pouffer. La serveuse la toisa comme si elle était un nuisible.

« Une autre fois peut-être. » Eugene gigotait sur son siège.

Belle soupira et glissa son pouce dans le passant de son pantalon. «Alors qu'est-ce qu'ils boiront?» Son accent du South Side était revenu.

«Je vais prendre une pinte et un whisky.» Il se tourna vers Agnes.

«Euh... juste un Coca pour moi.» Elle avait redouté ce moment toute la journée et avait la bouche sèche.

«C'est tout?

— Avec du citron? ajouta-t-elle, d'un ton aussi détaché que possible.

— Ça arrive tout de suite.» La femme soupira et s'éloigna en cliquetant, prenant soin de tortiller du cul comme une génisse pleine.

Agnes regarda Eugene. Elle fut contente de voir qu'il ne s'était pas rincé l'œil. «Eh bien, elle a l'air... gentille.

— Ouais, assez, dit Eugene sans conviction.

— C'est joli comme prénom, Belle.

— Ouais, c'est vrai. Dommage qu'elle s'appelle Geraldine.»

Agnes rit. «Vous m'en direz tant, *Shérif*.»

Eugene la laissa se moquer de lui, un geste généreux qui l'aida à se détendre. «Ouais, Geraldine, une fille de Gartcosh, et je me demande même si c'est pas elle qui a buté ce serpent pour se faire sa ceinture.

— Je ferais mieux de faire attention alors.

— Ouais. Cette femme serait capable de se faire de nouvelles bottes avec un ex-mari.»

Leurs boissons arrivèrent et ils regardèrent les danseurs quelque temps avant qu'il se tourne vers elle. «Alors, pourquoi tu bois pas un coup?»

Agnes parcourut la version expurgée de sa biographie. «Oh, tu sais, je ne supporte pas bien l'alcool. Ça me donne des migraines affreuses le lendemain.» Elle se gratta la nuque nerveusement.

Eugene ne semblait pas prêt à accepter son mensonge. Une lueur de compréhension passa entre eux. «Ah bon, peut-être plus tard alors.

— Peut-être. » Elle essaya de changer de sujet. « Alors comment ça se fait que le shérif de la ville soit toujours célibataire ?

— J'allais justement te demander la même chose.

— C'est une longue histoire. Tu vois ces bottes en peau de mari ?

— Quoi ? Moi aussi je devrais me méfier ?

— Certains disent que je suis une divorcée à la recherche d'un sac à main assorti. » Elle tira sur la petite paille. « Allez, réponds à ma question. »

Il mit un moment à répondre. Il but une gorgée de bière, puis de whisky. « Eh bien, j'ai été marié pendant très longtemps, jusqu'à l'année dernière en fait. Et puis le crabe. C'est allé très vite.

— Je suis désolée. » Elle posa sa main sur la sienne. « Mon père a eu ça lui aussi. »

Il se contenta de hocher la tête et reprit une gorgée dans chaque verre. La condensation sur sa bière avait l'air rafraîchissante.

La musique s'arrêta progressivement et le groupe annonça une pause. Un couple en sueur arriva, la femme avec une robe de bordel et l'homme en cow-boy. « Hé là, Shérif, comment va ? » demanda-t-elle dans une imitation de fille de saloon que seule une femme de Glasgow pouvait produire. Eugene présenta le couple, Leslie et Lesley, deux habitués.

« Si vous croisez ma femme, lui dites pas que je suis venu ici avec ma poule, dit Leslie avec un sourire de furet.

— Arrête, comme si je l'avais jamais entendue celle-là. » Sa femme roula des yeux, lassée par des années à entendre la même blague. « On voulait juste venir voir comment t'allais, Shérif. » Lesley replia ses bras épais comme des gigots sous sa grosse poitrine et prit son crucifix entre ses doigts. « Tu tiens le coup ?

— Ça va. » Eugene semblait un peu acculé.

« Nous prions encore pour vous à l'église, reprit Lesley. On croirait que c'était hier, pas vrai ?

— Ouais, fit Eugene en jetant un coup d'œil inquiet vers Agnes.

— Dieu l'aime et la protège. » Lesley tortillait sa croix.

Eugene leva son verre de whisky mais ne but pas.

Agnes observait Lesley. Celle-ci étudiait Eugene, son regard alla de ses cheveux aux boutons reprisés de son veston puis sur son col de chemise, lavé et amidonné. Elle était de ces femmes qui vivent dans les détails. *Qui repassait sa chemise ? Qui lui faisait à manger ?* « Comment elles vont, tes sœurs ? demanda-t-elle enfin.

— Ça va. J'ai beau être l'aîné, on dirait pas à les regarder ! Elles seraient du genre à materner Mathusalem.

— Bah, elles s'inquiètent pour toi, c'est tout. Tu diras à Colleen que j'ai demandé de ses nouvelles, et de ses petits aussi, tu veux bien ? Terrible tout ce foin avec le Jamesy, hein. Dis-lui que je vais lui apporter des vieux habits. Notre Gerald a encore grandi, il pousse comme une mauvaise herbe. Je sais pas comment Colleen fait pour en habiller cinq depuis que la mine a fermé. »

Eugene restait immobile, son whisky à la main. Il lui fallut quelques instants, mais quand Agnes comprit son sourire se fissura.

« Tout le coron part en digue-digue depuis que la houillère a fermé. J'ai entendu parler de ces histoires de Valium. Et on m'a aussi dit pour la pute alcoolo qui a emménagé en face. » Elle se tourna vers Agnes dans l'espoir d'établir une forme de solidarité féminine. « De mon temps, la paroisse aurait fait partir une femme de ce genre. C'est pas bien d'avoir quelqu'un comme ça dans un quartier avec des familles. »

Le petit bonhomme leva les yeux au ciel et prit le bras moelleux de sa femme pour la traîner sur la piste de danse. « Ouais, bon, à la prochaine, hein, lança-t-elle gaiement avant de se tourner vers Agnes. Ravie d'avoir fait ta connaissance, mon chou. »

Agnes hocha la tête mais elle avait déjà les yeux humides, son eyeliner noir menaçait de retrouver son état liquide. Quand les Leslie furent partis, Eugene et elle restèrent silencieux pendant un bon moment. Ce fut elle qui rompit le silence. « Alors vous vous foutez *tous* de moi, hein ?

– Non. » Eugene secoua ses boucles rousses comme un enfant sincère. « Pas moi.

– Tout le monde se fout de moi, répéta-t-elle, surtout pour elle-même. Je dois bien vous faire marrer, j'imagine.

– Non », dit-il encore.

Ses grandes paumes roses étaient posées sur la table, à la manière de Shug, un escroc qui essayait de paraître honnête.

Agnes regarda ces mains et ravala l'impulsion qui réclamait qu'il lui fasse du mal, la part d'elle-même qui désirait l'issue la plus prévisible. « Alors c'est quoi ton lien avec Colleen McAvennie exactement ? C'est tellement emmêlé chez vous que je ne serais même pas surprise que ce soit à la fois ta cousine, ta sœur et ta laitière. »

Eugene soupira. « Tu m'as demandé si j'avais trouvé ta maison facilement et j'ai dit oui. Bon, j'ai pas été hyper clair. » Il prit une longue gorgée de bière puis aspira une lampée de whisky avant de reposer ses mains sur la table. « Colleen McAvennie c'est ma petite frangine. »

Les bruits joyeux de la salle s'effacèrent. Agnes sentait le regard de Leslie et Lesley sur elle. Leurs petits yeux la marquaient du sceau familier de la honte sur le côté de son visage, le revers de sa jupe, les bagues à ses doigts. Elle prit le temps de digérer ses paroles. La bière l'appelait à grands cris. Elle lui promettait qu'elle arrangerait tout.

Elle se rendit compte qu'Eugene poursuivait. « On est huit, on vit tous dans le coron. De vrais Irlandais, pas besoin de te faire un dessin. Notre grand-père était un des premiers mineurs, on a tous grandi là et puis on est restés. On avait pas tellement d'imagination à l'époque. » Il esquissa un sourire chaleureux. Elle n'était pas disposée à se laisser attendrir.

« Alors. Que dit-elle de moi ? demanda Agnes en se redressant.

– Oh, t'inquiète pas d'elle. Elle cause toujours trop sur tout et n'importe quoi de toute façon. » Il ferma les poings.

« Bon, mais j'imagine bien…

– C'est un petit quartier... la rassura Eugene.
– *Je suis une ivrogne...*
– avec rien à faire...
– *et je suis une mauvaise mère...*
– où tout le monde se mêle des affaires des autres...
– *je me donne en spectacle...*
– alors qu'ils feraient mieux de s'occuper de leurs oignons.
– *et je suis une sale pute.* »

Ce dernier mot le fit gigoter avec gêne sur son siège. Le bon catholique, l'aîné, solide et honnête.

« Je vois, dit-elle doucement.
– Il faut que je te demande, fit-il au bout d'un moment. Enfin, je suis vraiment désolé de te poser la question mais... » Elle regarda palpiter la veine de son cou musclé. « Tu as couché avec son homme ? Grand Jamesy ? »

Agnes hésita avant de répondre. Les années de boisson rendaient incertain. Des années avec des gens qui demandent *Tu te souviens de la fois où tu as fait ça ?* faisaient perdre de vue la notion de vérité. Les choses qu'elle avait oubliées pendant des trous noirs pouvaient être triviales et insignifiantes mais elles pouvaient aussi être épiques, tout comme elles pouvaient être minables. La vérité, c'était qu'elle n'avait pas couché avec Jamesy, pas de son plein gré en tout cas. Il l'avait pénétrée par la ruse puis il n'avait pas respecté leur accord. Ça en faisait quelque chose de pire que du sexe. Elle ne savait pas comment appeler ça.

« Non. Je n'ai jamais couché avec Jamesy. » Elle mit toute la conviction qu'elle put dans sa réponse.

Eugene porta une nouvelle fois son verre à sa bouche, bien content, semblait-il, de pouvoir mettre quelque chose entre eux. Agnes était assise, le dos droit, le menton relevé à un point qui semblait inconfortable. « Tu sais, tout ce qu'elles disent de moi, ce n'est pas vrai. Mon intérieur est ravissant. J'ai une maison immaculée. »

Un maigrichon gagna la scène. Dépenaillé et décharné, il avait de longs cheveux blancs à la Willie Nelson et les mèches de devant jaunies par des années de nicotine. Il brailla dans le micro comme s'il lançait une gigue.

« Par ici, braves gens. L'heure est venue. Les douze coups de midi. Ce qui pour vous – les bons vieux cow-boys irlandais parmi nous – veut dire qu'il est bientôt vingt-deux heures trente. » Tout le monde rit de bon cœur. « C'est l'heure du concours de tir. Alors mettez-vous en rang et on va pouvoir lancer le premier tour. »

Soulagé par cette diversion, Eugene avala le reste des deux liquides ambrés d'une traite. « Allez, debout ! » Il se leva et, sans attendre sa réponse, souleva Agnes de sa chaise. Il écarta les pans de sa veste, révélant ses deux revolvers argentés. Il retira sa ceinture et la lui mit. Il la serra autant que possible mais elle pendait quand même. « Bon. Regarde-moi.

» Le cow-boy sur scène va compter jusqu'à trois. » Il gardait les bras tendus le long du corps. « Tu dois attendre qu'il arrive à trois avant de prendre ton flingue. OK ? Quand il arrive à trois, tu dégaines, tu appuies sur le chien et tu tires. » Eugene dégaina un des revolvers d'un geste vif, appuya sur le chien et fit semblant de presser la détente. « Cherche pas à trop bien viser. Il faut être le plus rapide possible sur la gâchette.

– Je ne vais pas y arriver. Je vais être ridicule.

– On a laissé notre fierté à l'entrée. » Eugene lui montra son insigne en plastique. « Je suis le shérif de cette ville et toi t'es ma dame. Personne va te chercher des noises. »

Agnes n'entendit que la partie où elle était désignée comme *sa dame*.

Le maigrichon sur la scène annonça le début du tournoi féminin et les femmes s'alignèrent. Agnes n'avait pas remarqué tous les revolvers jusqu'alors, mais ils étaient bien là, longs, brillants et clairement factices. Eugene la mit dans la file. « Je ne peux pas ! chuchota-t-elle.

– T'as qu'à imaginer que c'est Colleen et tu la plomberas entre les deux yeux. »

Les deux premières femmes s'avancèrent, à une demi-douzaine de mètres de distance, sur le sol couvert de sciure. L'homme les présenta comme Anniesland Angel et Delta Deirdre. Les mains en l'air, il compta d'une voix forte dans le micro. « À la une… à la deux… » À trois, les deux femmes saisirent leur revolver à la ceinture. Elles le levèrent, enclenchèrent le chien et appuyèrent sur la détente. Il y eut un claquement fumant, comme un pistolet à amorces pour enfant. Delta Deirdre avait été plus rapide qu'Anniesland Angel. Elle souffla la fumée au bout de son canon. La salle rugit.

« Ah oui, dit Eugene, j'ai oublié, il te faut un nom de scène. » Il repartit avec un sourire canaille. Il alla s'asseoir et commanda une autre tournée. Il leva son pouce charnu et rose vers elle.

Quand le tour d'Agnes arriva, l'air était rempli de sulfure comme si c'était la nuit de Guy Fawkes. Une femme demanda son pseudonyme à Agnes, l'écrivit sur un papier et le tendit au speaker. Agnes fut conduite sur la piste et placée en face d'une autre femme, celle sur qui elle allait devoir tirer. Malheureusement, elle ne ressemblait pas du tout à Colleen. Elle avait des couettes, des chaussettes à dentelle et un tablier vichy, elle devait avoir la soixantaine et travaillait sûrement dans une cantine scolaire.

Le maigrichon présenta les deux nouvelles duellistes. À sa gauche, Arizona Ann. Le public applaudit quand la cantinière souleva le revers de sa robe pour faire la révérence. Sur la droite, dit l'homme en désignant la nouvelle venue, Phoenix Rising. Le public applaudit encore et Agnes fut persuadée que les applaudissements avaient été un peu plus nourris pour elle.

L'homme commença le décompte. « À la une… à la deux…

– Attendez ! Attendez ! Pardon… » cria Agnes en se penchant pour coincer sa pochette entre ses jambes. Le public rit. Agnes rougit.

Le speaker soupira et recommença son décompte. Concentrée, Agnes se mit la langue entre les dents. Tous les hommes la regardaient. «À la une... à la deux... à laaaaaa trois...»

Il y eut une première détonation, suivie d'une seconde. Agnes ouvrit les yeux. La cantinière levait le poing, victorieuse.

De son côté le shérif atteignit les demi-finales et Agnes passa la plus grande partie de la soirée seule à sa table avec son verre de Coca tiède. Il descendait facilement les autres hommes et elle en tirait une étrange fierté ; perdue dans ses rêveries, elle se laissa imaginer le joli couple qu'ils pourraient former. Puis elle pensa à Colleen et à tous les autres visages crispés qui l'avaient jugée et qui pouvaient très bien être ses frères et sœurs.

Le shérif fut finalement battu par le chanteur, qui se faisait appeler le Plombier Chantant. Le petit homme vérolé donnait l'impression d'être à fond dans le jeu et de s'être entraîné dans sa chambre en écoutant du Kenny Rogers. Il avait un visage renfrogné qu'il tendait en un pathétique rictus à la Clint Eastwood soigneusement peaufiné.

Le plombier remporta le tournoi, ce qui lui donna droit à des jetons-boisson puis il retourna sur scène et le groupe reprit. Davantage de couples, enhardis par l'alcool bon marché, gagnèrent la piste. Le shérif conduisit Agnes au centre en la tenant contre lui, dans une de ces postures guindées dont les jeunes ne s'embarrassaient plus.

«J'aime bien le nom que t'as choisi.

— Merci, mais tu ne m'as pas laissé beaucoup de temps pour réfléchir.» Il était chaud, il sentait bon et son haleine était tiède. Elle s'autorisa à se laisser attirer vers lui et à presser son corps contre son tronc épais comme un tonneau.

«Tu as été super.» Il avait l'air sincèrement fier. Ça la rendait heureuse.

«*Tu parles*. J'ai été tuée en trois secondes.

— Ça n'a pas aidé d'imaginer Colleen ?

— J'avais les yeux fermés.»

Eugene éclata de rire, les yeux rendus brillants par l'alcool. «Eh bah, tu as gagné le prix de la plus jolie, ça c'est certain.

– Arrête. Et puis attends un peu, tu vas voir. J'ai des vieux rideaux à la maison, je vais me faire une belle robe pour la prochaine fois.»

Il semblait ravi. Il la secoua légèrement. «Il y aura une prochaine fois ?

– Ma foi, je pense bien, maintenant que j'ai prévu ma tenue.

– J'ai hâte de la voir. Est-ce que ce sera une de ces grandes robes de catin à froufrous?»

Le mot fit tressaillir Agnes comme s'il lui avait marché sur les orteils. Il la sentit se raidir. Elle rentra en elle-même et l'air froid remplit les espaces où elle avait pressé son corps contre le sien. Le groupe joua une nouvelle chanson, un morceau triste pour cœur brisé, celui qui faisait danser les femmes entre elles en chantant en chœur.

«Alors, ça fait combien de temps que tu picoles plus ?

– Tu devrais poser la question à Colleen.» Ce fut le tour d'Eugene de se crisper.

«C'est dur ? De ne pas boire ? demanda-t-il avec une curiosité non feinte.

– Oui, et c'est de plus en plus dur avec le temps.

– Comment ça se fait ?

– Eh bien, tu deviens un peu plus forte chaque jour mais l'alcool est toujours planqué là, à t'attendre. Tu peux courir, tu peux t'enfuir, il est toujours derrière toi, comme une ombre. Le truc, c'est de ne pas oublier.

– Oublier quoi ?

– Toutes sortes de choses, soupira-t-elle. Ta faiblesse, le mal que ça te faisait. Tu penses parfois que tu peux le contrôler. Que tu maîtrises.

– J'parie que tu peux, toi.»

Elle leva les yeux vers lui. «C'est pour ça que c'est important d'aller aux réunions. Tu ne le maîtriseras jamais.

– J'espère que ça te dérange pas que je boive. »

Elle mit un moment à répondre. « Non.

– Vraiment ?

– Oh non, pas du tout. Je regrette juste de ne pas pouvoir boire un verre avec toi. Pour me sentir normale.

– Bah, tu m'as l'air assez normale comme ça. »

Il avait répondu si spontanément, si rapidement, qu'elle en fut surprise. « Crois-le ou non, c'est l'une des choses les plus gentilles que l'on m'ait dites depuis longtemps. »

Ils continuèrent de danser et elle essaya de se sentir mieux. Elle s'efforçait de repousser ses doutes et sa honte et de laisser ses rêveries se raviver. Il pourrait être celui qui l'aiderait à se sortir du néant, un ami, un amant, un père. Elle pourrait faire son ménage et sa cuisine ; elle se ferait belle. Il lui donnerait de l'argent. Ils partiraient en vacances. Il irait faire les commissions qu'il ramènerait dans un chariot d'un grand supermarché. Elle l'aimerait. C'était ça, son rêve.

L'espace froid entre leurs corps se refermait quand quelque chose au fond d'elle la poussa à demander : « Si Colleen t'a dit que j'étais une telle épave, pourquoi tu es venu ce soir ? »

Il ne dit rien pendant un bon moment ; l'attente la mit mal à l'aise, et quand il répondit enfin elle vit qu'il s'était préparé à cette question. « Je me sens seul depuis des années. Bien avant que ma femme meure. Va pas croire, hein, c'était une femme bien, comme notre Colleen, mais on était coincés dans notre petit train-train. » La musique ne collait pas à la tristesse de ses paroles. « Quand t'y penses, j'ai passé le plus clair de ma vie sous la terre. Y avait pas grand-chose à se raconter à la fin de la journée. Au bout de vingt ans, de quoi tu parles ? Mais c'était une femme bien, vraiment. Elle me faisait des bons dîners tout chauds, avec de la viande et de la sauce et une assiette brûlante parce qu'elle l'avait réchauffée dans le four toute la journée. On mangeait de bons dîners bien chauds parce qu'on avait plus rien à se dire. Rien d'important en tout cas. »

Il poursuivit. «J'ai quarante-trois ans. C'est quatre de plus que mon père quand il est mort, alors je devrais déjà avoir terminé. Je devais être retraité de la mine et passer la fin de mes jours avec elle sans avoir rien à dire.»

Elle entendit un sanglot étouffé dans sa gorge. «Quand je t'ai vue, je cherchais rien. Je te connaissais pas, je n'avais pas entendu Colleen parler de toi. C'est des trucs de bonne femme, pas vrai ? Elles causent pas de ça aux hommes. Les ragots. Les histoires. C'est pour l'église, c'est leur club. Tout ce que je sais, c'est que quand je t'ai vue assise derrière cette vitre, j'ai vu quelqu'un de seul aussi et j'espérais qu'on aurait peut-être quelque chose à se dire.» Ses lèvres tremblaient. «J'ai compris à ce moment-là. Je veux pas être fini.»

Agnes l'embrassa. Eugene, solide et honnête. Ses lèvres étaient dures mais sucrées.

20

Agnes était assise sur la moquette de la chambre, dos à la porte. Des chansons d'amour sirupeuses passaient sur son radioréveil et elle s'agenouilla en remuant ses orteils en boutons de rose tout en fredonnant. Shuggie regarda sa tête baissée, concentrée sur le tri de sa pile de sous-vêtements. Elle séparait les culottes noires des blanches, puis répartissait les blanches entre les blanc clair, les quasi blanches et, tout au bout, la pile de celles qui avaient-été-blanches-autrefois, destinées à être jetées. Shuggie arriva derrière elle, il écarta les orteils et les glissa entre ceux de sa mère avant de les serrer très fort. Il passa les bras autour de ses épaules et la regarda à l'œuvre.

Elle tendit une culotte, l'avant était en gousset satiné mais les côtés étaient tout en dentelle. Elle la tenait entre ses doigts par la couture latérale. « Qu'est-ce que tu en penses ? demanda-t-elle. Je me dis qu'elle est peut-être trop basse sur les hanches, peut-être un peu vieux jeu ? »

Elle lui rappelait quelque chose. Les yeux de Shuggie passèrent de la culotte aux voilages à la fenêtre. Elle suivit son regard. « Petit insolent ! » Mais elle n'était pas en colère, elle s'appuya contre lui et jeta la culotte dans la pile du rebut. « Ça au moins, c'est réglé. »

Shuggie ramassa un vieux soutien-gorge blanc. Il l'étira et écouta l'élastique se tendre et claquer. « Je parie que Leek pourrait en faire une catapulte et je pourrais balancer des morceaux de charbon dans la fenêtre des McAvennie. »

Agnes déplia les doigts du garçon et mit au rebut le soutien-gorge. « Je n'arriverai jamais à me sortir cette image de la tête.

– Pourquoi tu fais tout ça au fait ? »

Agnes prit un négligé et mit le tissu soyeux juste sous ses yeux, le remuant comme si elle appartenait au mystérieux harem de Sinbad. « Il faut juste que je m'organise.

– Pour quoi faire ? Le père Barry nous a appris que la seule personne qui devrait voir tes sous-vêtements, c'est toi.

– Il a l'air sacrément marrant, ton père Barry. Si tu veux tout savoir, j'ai un rendez-vous – elle se pencha vers lui, sur le ton de la confidence – mais dans la journée.

– Avec le chauffeur de taxi ? Tu ne vas pas lui faire voir tes sous-vêtements, si ? »

Elle rit et lui donna une pichenette sur le nez. « Oui, avec mon grand bonhomme en pain d'épices. Et pour ton information, *non*, je ne vais pas lui montrer mes sous-vêtements. »

Il avait été si impatient qu'elle le voie. Depuis qu'il l'avait fait monter dans le taxi, il avait alterné environ toutes les cinq minutes entre « ça je peux te dire que ça va te plaire » et « j'espère que ça va te plaire ». Eugene les conduisit sur des routes qu'Agnes n'avait jamais vues et elle fut d'abord déçue de découvrir qu'ils s'éloignaient de la ville. Elle avait espéré un bon déjeuner dans le centre ou, mieux encore, une matinée au King's, et elle s'était habillée pour.

Ils étaient maintenant devant la profonde gorge dans la terre et Eugene se grattait le cou, consterné. « Merde, va falloir que je te porte. »

La boue grimpait sur ses talons noirs et elle menaçait de vaciller à tout moment. « Mais si tu me fais tomber ? »

Il jeta un œil au fond de la gorge. « Boh, t'inquiète, tu clamseras vite. » Il s'agenouilla dans la terre, comme un chevalier, et lui présenta son dos pour qu'elle grimpe dessus. Agnes leva délicatement sa jupe, aussi haut que possible, sans se soucier qu'il voie ses cuisses mais prenant soin de ne pas exposer l'épais soufflet de ses collants noirs.

Elle enroula ses jambes autour de lui et il la souleva facilement. La descente était très dangereuse ; il y avait des marches glissantes dans la terre, mais elles s'érodaient ensuite, puis le chemin était bloqué par un effondrement de rochers. Eugene s'accrocha à la paroi et avança doucement. Plusieurs fois, il dut poser Agnes et escalader pour l'aider à franchir un obstacle. Ils étaient tous les deux essoufflés et dégoûtants en arrivant tout en bas.

La gorge au fond de laquelle ils se trouvaient avait été creusée pendant des milliers d'années par le lent écoulement de l'eau. La rivière paisible qui y coulait était couleur rouille, l'eau charriant des sédiments de grès depuis des millénaires. On aurait presque dit du sang délayé, ce qui mettait Agnes mal à l'aise. Les parois rouges la surplombaient, ondulant et se tordant selon les désirs langoureux de la rivière. Au centre de celle-ci, un large dépôt de grès émergeait comme un autel. Même si la gorge s'élargissait au fond, elle se refermait en hauteur et elle était recouverte d'une canopée d'arbres et de mousse. C'était à peine si elle pouvait apercevoir le ciel quand elle levait la tête. Eugene était tout sourire.

« Le pupitre du diable, annonça-t-il fièrement. Ça en jette, non ? »

Agnes était sur la pointe des pieds. Ses talons ripaient ou se coinçaient dans les fissures de la pierre. « Eh bien, on voit que tu étais mineur, toi. »

Il passait la main sur le grès et la mousse qu'il caressait comme s'ils lui avaient manqué. « La première fois qu'on est venus ici, c'était avec mon père. Y avait personne qui connaissait le coin à l'époque. Il dépliait sa petite chaise, il s'ouvrait quelques mousses et il nous laissait jouer et se marrer pendant des heures. » Eugene regardait autour de lui en se remémorant le bon temps. « On se gèle les noix dans cette flotte mais Colleen elle adorait nager là. Elle avait des jambes tellement longues, elle nous grattait tous à la course. »

Agnes regarda l'eau rouge sang en fronçant les sourcils et serra son joli sac à main sous son bras. « Elle devait ressembler à Carrie à la fin de la journée. »

Eugene se pencha pour prendre de l'eau dans le creux de sa main. «Non, non ! Vas-y, tu peux boire, c'est de la fraîche. Regarde.»

Il porta l'eau à ses lèvres mais elle se mit la main sur la poitrine et secoua la tête. Elle le regretta presque instantanément. Eugene était déconfit. Il s'essuya la main sur le pantalon. «C'était débile, hein ? Qu'est-ce j'avais dans le crâne d'amener une femme avec tes manières de madame dans un endroit comme ça ?

– Non. C'est juste que ce n'est pas ce à quoi je m'attendais.» Elle passa la main sur le grès rouge, essayant d'en tirer la chaleur de ses souvenirs. «J'imagine que ça fait un moment qu'aucun de nous deux n'a eu de rencard.

– Ça se voit tant que ça ?» Eugene essuya la poussière de son soulier contre le bas de son pantalon. Il décrocha un morceau de pierre rouge avec l'ongle de son pouce. Il le serra fort, jusqu'à ce que ses articulations blanchissent. «J'étais peut-être qu'un petit mineur de rien mais si je la serre assez longtemps, je te paye mon billet j'arrive à faire des diamants.»

Agnes rit. Elle ouvrit son sac et l'inclina vers lui. «Pourquoi tu ne l'as pas dit plus tôt ? Là, on parle !»

Quand deux touristes allemands arrivèrent au fond du ravin, il la porta de nouveau. Cette fois-ci elle se serra tout entière contre lui et fit exprès de placer ses lèvres près de la peau rose derrière son oreille. Eugene avait un projet pour la journée et, quelque forme qu'il prît, elle était déterminée à ne pas le gâcher davantage.

Il les conduisit dans les Campsie, la marche vers le flanc des collines était boueuse mais elle ne s'en plaignit pas. Ils s'assirent sur les versants verdoyants et contemplèrent la ville au loin. Il avait emporté une vieille couverture en tartan et, sans qu'elle ait besoin de le lui demander, il s'assit entre elle et le vent hurlant avant de déballer le pique-nique qu'il avait préparé.

C'était simple, copieux et sans chichis. Il y avait d'épais sandwichs avec des tranches de fromage aussi larges que le pain de mie, toute une barquette de fraises rouges et un bac de traiteur plein de saucisses qu'il avait fait griller à la maison. Ce qui manquait en finesse, il le rattrapait en quantité ; il avait préparé assez de nourriture pour toute une équipe de mineurs.

«Elle mangeait beaucoup, ta femme ? demanda-t-elle.

– Ouais, il faut croire qu'elle avait bon appétit.» Il la laissait le taquiner et Agnes faisait de nouveau l'expérience de sa bonté. Eugene sortit un pack de bières en canette de son sac de sport. «Ça ne te dérange pas, si ?»

Elle retira un peu de boue sur sa jupe. «Je t'en prie, vas-y.»

Il lui proposa une brique de lait qui semblait tiédie et une bouteille de soda format familial. Elle choisit le soda et il lui en versa dans un gobelet thermos. «Tu bois quoi quand tu ne bois pas d'alcool ?» Il semblait vraiment circonspect.

C'était une question générale mais Agnes la comprit autrement. «Principalement les larmes de mes ennemis, mais, quand je n'ai pas d'autre choix, du thé ou de l'eau du robinet.»

Ils se lancèrent alors un *slàinte !* chaleureux. De là où elle était assise, elle sentait l'odeur terreuse et caillée de la bière et regretta soudain d'avoir laissé Eugene s'asseoir sous le vent. Elle prit un sandwich au fromage ; il était bon, le cheddar était clair et piquant. Agnes dut le découper en petites parts de peur que le pain et le beurre épais aillent se coller derrière son dentier.

«C'est pas bon ?

– Non, c'est délicieux. Je me demandais juste quand c'était, la dernière fois que quelqu'un m'a fait quelque chose à manger.

– Eh, bah, on t'a sacrément négligée !»

Elle écarta les bras en riant. «Mon Dieu mais merci ! C'est ce que je me tuais à dire !

– Moi je sais cuisiner des morceaux de fromage et puis du jambon avec de la salade, si t'en as à la maison. Je peux aussi ouvrir une boîte de conserve moi-même et même faire cuire un œuf.» Il leva le menton avec une fierté enfantine.

Agnes se mit la main sur le cœur et se pâma. «Monsieur McNamara, où étiez-vous pendant toutes ces années ?»

Peut-être lui raconterait-il plus tard qu'il avait rapporté secrètement les ingrédients pour leur pique-nique chez lui comme un adolescent avec un sac rempli d'objets de contrebande. Il lui décrirait une autre fois comment il avait préparé les épais sandwichs ce matin-là sur une planche à découper qu'il avait emportée dans la salle de bains. Il lui parlerait de sa fille Bernie et de ses indiscrétions, mais plus tard, bien plus tard. Tout ça pouvait attendre, il ne voulait pas lui gâcher sa journée.

Agnes mit le dos de sa main devant sa bouche et bâilla. Eugene rit et en fit autant. « Eh ouais, voilà ce qui arrive quand on travaille de nuit.

— Regarde-nous, en plein jour. On se tapit comme deux animaux nocturnes. »

Eugene but une gorgée de bière. « Ouais, mais je suis bien content d'avoir un boulot. Même si je dois fureter comme un, comme un…

— Eh bien, comme un furet, compléta Agnes.

— Dites donc, ma petite dame, vous venez de me traiter de fouine là ou quoi ?

— D'autres hommes, ça oui. Mais pas toi, jamais. Remarque, j'adore l'hermine et on doit pouvoir faire de jolis manteaux en furet. » Agnes bâilla encore et se tourna dans la direction de Glasgow. La ville semblait si éloignée, une masse grise entassée au fond d'une vallée verdoyante. Ils regardèrent le soleil de l'après-midi ratisser la ville entre les nuages bas. « Est-ce qu'on peut rester assez longtemps pour voir les lumières s'allumer ?

— Si tu ne meurs pas de froid, pourquoi pas. »

Comme si le temps les écoutait, un vent froid se leva sur la lande et fit grimacer Agnes quand il passa dans ses cheveux. Eugene ouvrit son large corps et se tapota le torse comme si c'était la place d'Agnes. Elle était trop élégante pour marcher à quatre pattes. Alors elle se leva, vacillant sur ses talons, et traversa la couverture pour s'allonger contre lui.

Elle ferma les yeux, il referma les bras sur elle et la tint à l'abri. Ils restèrent ainsi pendant un long moment, sans parler, tout en regardant le lent crépuscule tomber sur la ville. Elle avait chaud dans son étreinte, elle se pencha en arrière et fit confiance à sa solidité. Il lui frotta les tibias pour la réchauffer et elle observa les taches de rousseur sur ses doigts tandis qu'il les passait sur l'os saillant de son genou.

Quand il l'embrassa délicatement dans le cou, elle ferma de nouveau les yeux et oublia bien vite sa promesse de ne pas lui laisser voir ses sous-vêtements.

«Debout!» Elle le secoua violemment. Le garçon ouvrit péniblement les yeux. Elle se dressait devant lui, des vêtements sombres dans les bras. Elle se pencha et murmura, excitée : «Habille-toi! On part pour une grande aventure.»

Il était encore à moitié endormi quand Agnes le traîna sur Pit Road puis hors du coron. Au milieu de la nuit les tourbières étaient noir d'encre et tout était silencieux en dehors du gargouillis du ruisseau et des chants des crapauds. Depuis Eugene, tout lui semblait de moins mauvais augure et lui évoquait moins un trou noir destiné à l'aspirer. Elle riait des grignements de Shuggie et le poussait, l'encourageait et le traînait dans l'obscurité sans cesser de chanter gaiement : *I beg you-our pardon, I ne-ever promised youuu a rose gaarden**. Dans son autre main, elle balançait une demi-douzaine de sacs-poubelle noirs. L'un d'eux avait un contenu métallique qui s'entrechoquait, comme des canettes de bière.

Quand ils atteignirent l'autoroute pour Glasgow, ils contournèrent la station-service jusqu'à se retrouver dans l'ombre des chênes qui bordaient la route. Elle attendit qu'il n'y ait plus de voitures puis ils foncèrent jusqu'au terre-plein central. Comme des fugitifs, ils s'accroupirent derrière d'épais buissons. Agnes riait en vidant les sacs d'où tombèrent une pelle et un set de petites bêches de jardinage.

---

* «Je te demande pardon, je ne t'ai jamais promis un parterre de roses», paroles de «Rose Garden» de Lynn Anderson.

« Allez, il faut faire vite, souffla-t-elle en attaquant la terre molle avec la petite bêche. On ne part pas tant qu'on ne les a pas déterrées. Jusqu'à. La. Dernière. »

Shuggie était étendu sur son lit et n'avait pas retiré sa tenue de cambrioleur. Il se mordait la lèvre en pensant à l'homme roux qui embrassait sa mère et qui lui avait rendu l'envie de chanter. Il voulait interroger Leek sur le sujet mais son frère avait disparu sous un monceau de draps et le garçon savait qu'il ne fallait pas le tirer de ses rêves. Il traversa la moquette à pas de loup et souleva le coin du rideau.

Ce qu'il découvrit n'eut d'abord aucun sens. De l'autre côté de la fenêtre, le jardinet pelé était métamorphosé. Le petit carré de terre brune et d'herbes hautes était maintenant un océan ondoyant de couleurs. Des dizaines de grosses fleurs vigoureuses se balançaient sous le vent : des roses pêche, crème et écarlates qui dansaient et rebondissaient comme de merveilleux ballons.

Il sortit dans l'air frais du matin pour ramasser tous les pétales déjà tombés. Quand il se redressa, les cinq McAvennie étaient accrochés à la palissade comme des sacs plastique portés par le vent. Ils contemplaient la mer de fleurs en respirant fort par la bouche. « Où c'est que vous les avez eues ? brailla Souris Cracra, la fille du milieu.

— Je n'en sais rien, mentit Shuggie.

— Bah, hier elles étaient pas là. » Une auréole de céréales au chocolat lui entourait la bouche. Ses cheveux souris lui collaient sur le côté du crâne et pointaient vers l'ouest comme s'ils donnaient la direction du bout de la rue un jour de grand vent.

« Peut-être qu'elles ont éclos comme ça, répondit-il. *Comme par magie.* »

Les lourdauds éclatèrent de rire, un rire lent et profond. Francis, l'aîné, passa la main par-dessus la barrière et arracha la tête d'une rose blanche.

« Hé ! s'écria Shuggie sur un ton qui lui donnait l'air d'une petite vieille qu'il ne l'aurait voulu. S'il te plaît, ne fais pas ça. »

Le garçon escalada encore la barrière, jusqu'à ce qu'elle lui rentre dans le ventre. « Et c'est qui qui va m'empêcher, hein ? demanda-t-il, menaçant.

— C'est juste que ce n'est pas à toi et que tu ne devrais pas les abîmer !

— C'est pas à toi non plus connard », cracha Souris Cracra, grisée par la promesse d'une bonne bagarre. Elle avait la moitié de l'âge de Shuggie mais le bizutait déjà.

« Tu crois qu'elles ont poussé dans la nuit ? demanda Francis.

— *Peut-être.*

— Bon Dieu, t'es vraiment un gros pédé gogol », dit Souris Cracra, dévoilant ses dents de lait pointues. Les McAvennie éclatèrent de rire et se balancèrent sur la barrière en chantant en chœur : « *Gros pé-édé go-gol, gros pé-édé go-gol.* » Leurs voix portaient plus que la mélodie du camion de glaces.

« T'aimes les zizis et les trous de balle, dit Francis. Ma maman m'a dit de m'éloigner de toi des fois que t'essaies de me coller un doigt dans le cul ! » Les enfants se jetèrent sur la barrière en essayant de le griffer. Ils crachèrent l'un après l'autre dans le jardin, visant haut pour atteindre le garçon et les fleurs en même temps. Puis, ils se décollèrent de la barrière et traversèrent la rue en riant. Une fois dans leur jardin, Souris Cracra se retourna et lui adressa joyeusement un geste de la main.

Shuggie les regarda rentrer dans leur maison à la file indienne. Il mit la main dans la manche de son pull noir et s'essuya le visage. Il le regretta aussitôt. Colleen McAvennie fumait à sa fenêtre, les bras croisés sur son corps maigre, un sourire dur collé sur son visage émacié et beigeasse.

Le lecteur de cassette jouait sur le rebord de la fenêtre grande ouverte. Agnes était au milieu de ses roses, vêtue d'un short en jean découpé et d'un vieux haut en coton aux bretelles rabattues pour ne pas laisser de marques sur ses coups de soleil. L'été était particulièrement chaud avec une série de longues journées sèches et un soleil éclatant qui récompensait les enthousiasmes avec la menace d'insolations et de cloques.

Agnes tournoyait comme si elle dansait avec un partenaire imaginaire. « Sors tes petites fesses de la maison et viens danser avec ta mère », lança-t-elle bien trop fort, sa voix se répercutant sur les maisons de mineurs.

Assis sur le bord de son lit dans la fraîcheur de sa chambre, Shuggie lui jeta un regard mauvais. Il boudait depuis le matin. « Écoute, tu ne peux pas rester à l'intérieur toute la journée, insista-t-elle. Le soleil va bientôt disparaître pour un an et tu le regretteras. » Elle tourna sur elle-même en balançant un déplantoir comme si elle était devenue folle. Elle paraissait plus heureuse qu'elle ne l'avait jamais été et il était surpris que ça lui fasse aussi mal. Tout ça, c'était le roux. Il avait réussi ce dont Shuggie avait été incapable.

Agnes ressemblait à la déesse de toutes les roses. Ses épaules et son visage étaient rendus rose vif par le soleil d'été. Ses veines rosacées, héritées des années d'hiver et d'alcool, brillaient sur ses joues. C'était comme si Walt Disney lui-même était venu la coloriser et la ramener à la vie en une version plus charnue et plus enfumée de Blanche-Neige.

Agnes passa son buste par la fenêtre et posa ses seins fondants sur l'encadrement. C'était déjà ça, se dit-il, au moins elle avait arrêté de tourner et de danser comme une folle aux yeux de tous. Il n'avait jamais eu honte d'elle alors qu'elle était sobre. C'était une sensation nouvelle et peu agréable.

Shuggie s'assit sur ses mains pour s'empêcher de serrer les poings. Il rêvait de donner des coups rageurs. Certains pour ces roses débiles, d'autres pour ces débiles de McAvennie mais surtout parce qu'il avait attendu ce bonheur si longtemps et qu'il était maintenant incapable d'en profiter.

Il releva la tête : elle souriait toujours comme une démente mais ce sourire était contagieux. Elle avait les bras griffés par les épines de rosier mais ça ne semblait pas la déranger. « Tu ne peux pas rester à l'intérieur comme une vieille. Rejoins-moi derrière. »

Agnes disparut et Shuggie continua de bouder un peu. Une main blanche jaillit du cocon de Leek. Elle le désigna d'un index menaçant puis, d'un mouvement sec du pouce, pointa le jardin derrière la maison. Shuggie savait que son frère se couchait tard maintenant que leur mère était sobre. Il dessinait sur de grands rouleaux de papier gradué des plans pour des meubles qu'il voulait fabriquer pour son côté de la chambre. Le premier était un ensemble complexe pour ranger sa stéréo et ses disques. À côté de celui-ci, il avait prévu un bureau en pin bas avec des étagères qui fermaient, pour avoir un endroit confortable où dessiner et un autre où conserver ses créations à l'abri de son frère. Shuggie avait passé des heures à les observer pendant que Leek était au centre de formation. Les placards étaient vissés directement dans les murs en pierre. Shuggie passa les doigts sur les dessins, heureux de ce sentiment de permanence.

Il entendait toujours sa mère chanter. Il y eut un grand fracas, Leek repoussa ses draps et se retourna violemment. Shuggie tint compte de son avertissement et sortit en maugréant de la maison plongée dans l'obscurité. Il tourna à l'angle et la trouva penchée, le tuyau d'arrosage à la main, en train de remplir une grande caisse métallique.

Elle avait fait basculer le vieux frigidaire-congélateur des Donnelly sur le flanc. Il avait passé un an à moisir à l'ombre de la maison, attendant que les services de la ville l'embarquent. Ils ne voulaient pas le prendre à moins qu'il ait été déposé sur le trottoir, et malgré la présence de quatre adolescents bien bâtis sous le toit de Bridie il était resté planté là. Il sentait le lait tourné en été, l'humidité et le renfermé en hiver. Agnes avait retiré les tiroirs et le remplissait d'eau. La porte était ouverte sur le dessus comme le couvercle d'un cercueil.

Shuggie ressentit un mélange d'émotions. Le désir de sauter dans le frigo froid et de refermer le couvercle le disputait au besoin de lui dire qu'il l'aimait et qu'il était heureux qu'elle aille mieux. Il voulait faire peser sur elle ses secrets comme elle l'avait fait avec lui.

« Qu'est-ce qui ne va pas chez moi, maman ? » demanda-t-il doucement.

Agnes traversa le jardin et passa sa main fraîche sur son visage. « Tu sens ça ? Tu es brûlant. Dix ans, c'est un âge bizarre. Je pense que tu as attrapé une croissance carabinée. » Sans autre forme de procès, elle lui retira son pull noir et baissa son pantalon. « Avec ou sans slip ? demanda-t-elle.

— Avec, bien sûr, répliqua-t-il en croisant les bras. On ne vit pas tous en Afrique. »

Le frigo était rempli d'eau froide jusqu'en haut. Posé ainsi sur le côté, c'était un monde sens dessus dessous de boutons et de bacs à légumes. Sans les tiroirs, il était aussi gros qu'une baignoire mais deux fois plus profond, avec un fond plat et des bords abrupts. Le garçon s'enfonça lentement et l'eau froide déborda. Il se leva d'un bond et regarda Agnes, paniqué.

« Tu es vraiment en train de mouiller mon gazon ? » fit-elle en riant.

Shuggie replia les jambes d'un coup et se laissa couler comme une pierre. Avec un clapotis sonore, l'eau se déversa une nouvelle fois par-dessus bord. Sous la surface, le monde s'arrêta. Un visage ridé apparut au-dessus de lui et lui sourit. Le nœud de colère en lui disparut et il péta, regardant remonter de grosses bulles.

Il passa la plus grande partie de l'après-midi dans le frigo, jusqu'à ce que sa peau ressemble à un vieux bol de porridge. Assise à côté de lui, Agnes fumait en buvant un vrai thé dans le mug qui lui servait auparavant à cacher sa boisson secrète. L'eau qui débordait fonçait son short en denim. Il était heureux que ça ne la mette pas en colère.

Elle caressa ses cheveux noir d'encre et il lui fit des grimaces de poisson. « Quel genre d'homme tu vas être quand tu seras grand ?

— Qu'est-ce que tu veux que je sois ? »

Agnes réfléchit un moment. « Apaisé. » Elle écarta une nouvelle fois ses cheveux humides. « L'air moins soucieux. »

Il se renfrogna, pensif. « J'en sais rien. Je veux juste être avec toi. Je veux t'emmener dans un endroit où on pourra être tout neufs. » Shuggie se laissa glisser au fond de l'eau, envoyant une nouvelle vague par-dessus bord. Il réapparut, la bouche au niveau de la surface. « Tu l'aimes ton grand rouquin ? demanda-t-il soudain en s'enfonçant dans l'eau. Est-ce que ce sera mon nouveau père ? »

Elle ne répondit pas.

« C'est un McAvennie et c'est qu'une bande de salauds. »

Agnes inspira entre ses dents serrées. « Bah, ils ne sont pas *tous* mauvais.

– Un peu qu'ils le sont. » Il se détendit, fit un nouveau pet bouillonnant. Ce n'était pas si drôle et ils se forcèrent à rire.

Elle souriait mais son visage s'assombrit. « Ça fait trop longtemps qu'on n'est que tous les deux. »

Shuggie regarda sa bouche se durcir. Elle expira longuement en se levant, tout en attrapant ses cigarettes et son briquet. Elle ne regarda pas dans le frigo mais vers la tourbière. « Ça fait trop longtemps qu'on n'est que tous les deux, soupira-t-elle encore. Ce n'est pas normal. »

Agnes déchira l'enveloppe destinée aux traites du catalogue. Riche de son salaire de la station-service, elle tendit à Shuggie un gros billet bleu crissant et l'autorisa à dépenser les cinq livres au camion de glaces. Partout dans le coron, on évidait les compteurs de gaz, on comptait ses pièces cuivrées puis tout Pithead se déversa dans les rues pour essayer d'être le premier dans la file menant à une bouchée de sucre. Des enfants sales et extatiques accouraient et les mères de famille se lançaient dans une drôle de marche rapide.

Le camion de glaces eut le temps de jouer une fois la mélodie de « Flower of Scotland » avant que la foule agglutinée contre son flanc menace de le faire basculer. C'était une grosse boîte en fer-blanc qui semblait réalisée à partir du dessin d'un enfant. Il avait connu des jours meilleurs : il y avait des trous dans la carrosserie rebouchés par des pièces de bois ou de métal vissées çà et là. Il était haut sur ses roues et les enfants devaient se mettre sur la pointe des pieds pour atteindre la lucarne du vendeur. Si les friandises n'étaient pas poussées contre la vitre, ils ne pouvaient pas voir ce qu'il y avait. Gino, l'Italien qui le conduisait, le préférait comme ça. C'était plus commode pour reluquer le décolleté des filles.

Shuggie patientait au bout de la file remuante. Il était derrière Shona Donnelly, qui vivait au-dessus de chez eux, la benjamine de Bridie et sa seule fille. Elle se retourna pour lui faire un clin d'œil et releva son haut pour lui montrer le nœud rose au centre de son soutien-gorge. Avec quatre frères, on était au courant de ce que les hommes ont en tête et quand on était la seule fille, c'était toujours pour sa pomme d'être envoyée au camion de Gino. Shona fit une curieuse grimace de crapaud gargouillant et roula des yeux.

Jinty McClinchy mit une éternité à commander son tabac à rouler et son chocolat à la menthe. Les petits derrière elle n'avaient pas d'argent mais une brassée de bouteilles de Canada Dry vides qui valaient dix pence pièce. Ils les posèrent péniblement et bruyamment devant la fenêtre et prirent leur temps pour dépenser ce qu'ils en avaient tiré. Chewing-gums et sucettes à tremper dans une poudre pétillante, souris en chocolat et champignons en guimauve rose, tous décomptés un par un. Les mains sur les hanches, Shuggie corrigeait mentalement les calculs de Gino chaque fois qu'il arnaquait un client.

Ils passèrent la soirée dans le canapé à regarder des séries en mangeant toutes les barres au chocolat. Ils en ouvraient une nouvelle dès qu'ils en avaient fini une, déchirant négligemment l'emballage brillant avec des soupirs de satisfaction. C'était agréable, ils avaient l'impression d'être devenus millionnaires. Affalé sur le dos, Shuggie s'empiffrait de chocolat en regardant le visage de sa mère et le reflet de la télé dans ses grandes lunettes hexagonales. Agnes aspirait le cœur en chocolat des bonbons enrobés de menthe en faisant des mines devant ce qui se passait dans la série. Sue Ellen Ewing était pour elle un reflet dans un miroir déformant. Elle comprenait ce personnage alcoolique, et chaque fois qu'elle était ivre à l'écran elle disait à Leek : « Ah, comme moi, pas vrai ? » Puis elle riait entre ses fausses dents couvertes de chocolat. Le glamour factice de la tragédie de Sue Ellen la rendait presque enviable. « C'est une maladie vous savez », lançait Agnes à la télé, ou encore : « La pauvre fille n'y peut rien. » Shuggie regarda l'actrice dont les lèvres tremblaient d'une émotion fausse. Tout ça n'était qu'un tissu de mensonges. Où étaient la tête dans le four et la maison pleine de gaz ? Où était les larmes, les tontons à moitié nus et la sœur qui ne reviendrait jamais ?

Les rideaux étaient ouverts et il vit les lumières orangées s'allumer dans toute la rue. *Dallas* se termina et les petits commençaient à rentrer chez eux. Le chocolat était fini et ils restèrent affalés en silence, écœurés et déprimés, regardant d'un œil distrait les pubs avec des chimpanzés parlants.

« Danse pour moi, Hugh, dit soudain Agnes.

– Quoi ? » fit Shuggie en roulant sur le tapis.

Leek grogna, il n'aimait pas quand elle traitait son frère comme son toutou. Comment un garçon tendre s'en sortirait-il dans un monde de durs ? Il les laissa à leurs bêtises. Ils l'entendirent claquer la porte de sa chambre et surent qu'ils le retrouveraient plus tard, son gros casque sur les oreilles, penché sur son carnet noir.

« Allez, danse pour moi. Je veux que tu me montres comment font les jeunes aujourd'hui. » Agnes mit une cassette dans le lecteur de la chaîne qu'elle louait. Alors qu'elle tirait son pull à perles sur ses cuisses, il vit qu'elle avait la tête ailleurs.

« Alors tu te mets un peu comme ça. » Il écarta les pieds de la largeur de ses hanches. « Et puis... » Il remua les fesses.

Agnes l'imita. « Comme ça ? » Ça semblait plus naturel chez elle, chez une femme.

« Puis tu dois secouer les épaules et bouger un peu les mains. » Il se lança dans un roulement d'épaules saccadé comme celui qu'il avait vu à la télé, réalisé par une chanteuse noire avec des épaulettes et une iroquoise en forme d'ananas. « Puis tu fais un peu ça », dit-il en s'agitant de plus en plus vite, balançant les mains dans le sens inverse de la rotation de ses hanches, un peu comme un skieur, ou un épileptique.

« Comme ça ? demanda-t-elle, donnant l'impression qu'elle faisait une attaque.

– Peut-être bien. » Il n'était pas totalement convaincu. « Fais ça ensuite » ; il bougea comme un robot et sauta à pieds joints comme s'il essayait d'éteindre un feu.

Agnes l'imita et tous les bibelots en verre tintèrent. « Tu es sûr que c'est comme ça que dansent les jeunes aujourd'hui ? demanda-t-elle, essoufflée par la chorégraphie.

– Oh oui », dit Shuggie en roulant les épaules plus bas encore, plaçant les mains de chaque côté de son crâne comme s'il avait la migraine. Il venait de lui apprendre la chorégraphie de « Control » de Janet Jackson.

« Il va falloir que je me repose une petite minute. » Elle se laissa tomber sur le canapé et sortit ses cigarettes. « Mais continue de danser, je te regarde. Je veux être une bonne danseuse quand je sortirai avec Eugene. »

Shuggie se sentit trahi. S'il avait su, il lui aurait appris la danse des zombies de « Thriller ». Ç'aurait été bien fait pour elle. La chanson changea et Shuggie continua de danser. C'était maintenant un shimmy maladroit, les mains ouvertes comme des feux d'artifice, la tête basculée en arrière comme s'il avait une longue chevelure sexy. Il se baissa et bondit en utilisant trop ses hanches pour un garçon. Il entonnait la chanson avec émotion comme si ç'avait été un grand opéra plutôt qu'un tube commercial à trois accords pour adolescentes de treize ans.

« Super ! Quel danseur ! lança-t-elle. Je ferai ça en boîte la semaine prochaine. Eugene ne va pas en revenir, tu vas voir. »

Il était heureux de son attention. Quelque chose en lui s'ouvrit et il commença à remuer son corps comme les garçons noirs qu'il avait vus à la télé. Sa gêne disparut et il tourna, se retourna et se secoua comme à la télé. Il était au milieu d'un bond sorti de *Cats* quand il laissa échapper un cri. Un cri perçant comme quand Leek lui sautait dessus dans le noir. Shuggie resta pétrifié, doigts tendus. Il ne les avait pas vus et ne saurait jamais depuis combien de temps ils étaient là. De l'autre côté de la rue, appuyés à la fenêtre de leur salon, les McAvennie étaient pliés de rire. La vitre trembla quand ils tapèrent dessus avec joie. Souris Cracra réalisa une petite pirouette sexy et Shuggie comprit qu'elle l'imitait.

Il se tourna vers sa mère : quand l'avait-elle remarqué ? Elle se contenta de le regarder et de tirer sur sa clope. « Si j'étais toi, je continuerais de danser, lui dit-elle entre ses dents serrées, sans un coup d'œil vers la fenêtre.

– Je ne peux pas. » Les larmes lui montaient aux yeux.

« Tu sais qu'ils gagnent uniquement parce que tu les laisses faire.

– Je ne peux pas. » Il avait toujours les bras et les doigts tendus, comme un arbre mort.

« Ne leur donne pas ce plaisir.

– Maman, aide-moi. Je ne peux pas.

– Si. Tu. Peux. » Elle souriait toujours à pleines dents. « Lève la tête et *Donne. Tout. Ce que tu as.* »

Elle n'était d'aucune utilité pour finir un exercice de maths et certains jours on avait le temps de mourir de faim avant qu'elle prépare un dîner mais Shuggie la regarda et comprit que c'était en ça qu'elle excellait. Chaque jour elle ressortait de sa tombe, maquillée et coiffée, et redressait la tête. Quand elle s'était ridiculisée la veille, elle se relevait, mettait son plus beau manteau, et faisait face au monde. Quand elle avait le ventre vide et que ses mômes avaient faim, elle se coiffait et faisait croire au monde entier qu'il n'en était rien.

Ce fut d'abord difficile de recommencer à bouger, de sentir la musique, de retrouver cet endroit où l'on range sa confiance au fond de son cerveau. Ils n'allaient pas ensemble, les mouvements de ses pieds et ses bras qu'il agitait, mais comme un train qui démarre il prit peu à peu de la vitesse et bientôt il volait de nouveau. Il essaya d'y aller doucement sur les pas tape-à-l'œil, les déhanchements et les moulinets. Mais c'était inscrit en lui, et, alors qu'il donnait libre cours à ses mouvements, il se rendit compte qu'il était incapable de les arrêter.

21

Planté, les jambes bleuies, au milieu du terrain de football, il fut choisi en dernier, comme d'habitude. Il s'y était attendu mais ça n'en faisait pas moins mal. Le gros, l'asthmatique, celui aux jambes tordues et Lachlan McKay, avec son amour des crapauds, avaient tous été sélectionnés avant lui. Malgré le crachin de novembre, son équipe fut désignée pour être les «sans-maillots». Il remontait et redescendait le terrain en marchant, frottant sa poitrine nue sans savoir si elle était gelée ou brûlante à cause du vent.

Le prof lui cria que, s'il avait froid, il n'avait qu'à se bouger plus. Ses fines tennis crissaient sur l'herbe mouillée tandis que des garçons maigres aux jambes bleuies arrachaient des mottes en chargeant à toute vitesse avec leurs chaussures à crampons. Il faisait l'effort minimal de suivre la direction du ballon mais jamais l'erreur de s'en approcher. Le prof arrêta les encouragements et essaya les insultes. Il était vieux mais aussi athlétique qu'insensible, il avait été champion d'Écosse de shinty en son temps. Il avait bien failli abandonner l'enseignement quand ils avaient interdit les coups de canne quelques années plus tôt. En fin de compte, cela ne faisait pas une grande différence : après des années à scruter les recoins sombres dans l'âme des jeunes garçons, il savait où trouver la véritable douleur et la motivation.

Il mit les mains en porte-voix et hurla vers le terrain : «Bouge-toi, Bain ! Espèce de petite tapette.» Les autres garçons ricanèrent. Ils étaient essoufflés et fatigués mais il leur restait assez d'air dans les poumons pour se moquer de lui.

Shuggie ne s'était pas attendu à ce que Lachlan McKay rie, mais pourtant si. La journée aurait été aussi longue que n'importe quelle autre mais le blondinet sale avait ri aussi. La morve et la saleté autour de sa bouche s'étaient craquelées et il avait ri, aux éclats, bouche grande ouverte. Shuggie agita ses jambes froides et courut à l'autre bout du terrain. Lachlan était au fond, près de ses buts, attendant le ballon. « Pourquoi tu as rigolé ?

– De quoi ?

– J'ai dit, pourquoi tu as rigolé ?

– Parce que j'avais envie. » Il retirait un peu de boue de sa jambe. Sa tenue était usée et mal ajustée. C'était un vieux T-shirt de son frère retourné et un short de gym emprunté, celui qu'on récupérait quand on oubliait son équipement dans l'espoir de pouvoir rester lire aux vestiaires. Ses jambes étaient sales, couvertes de plusieurs couches de crasse, et il portait des socquettes de ville noire, plutôt que des chaussettes montantes de marque.

« Mais… mais, bafouilla Shuggie en le regardant de la tête aux pieds.

– Mais quoi, putain ? » Le garçon bomba le torse et tourna autour de lui en agitant la tête comme un furet prêt à se battre.

« Mais qu'est-ce qui te fait croire que toi tu peux te moquer de moi ? »

Le ballon vola au-dessus de leur tête et les autres garçons cavalèrent comme un troupeau de shetlands, trottinant à l'unisson, comme s'ils redoutaient d'être séparés. Le prof se contentait de marcher vite. « Hé, les filles, quand vous aurez fini de prendre le thé, vous pourrez peut-être jouer au foot, non ? » aboya-t-il.

Shuggie aurait pu répondre, il aurait pu trouver une réplique vraiment insolente, si le poing ne s'était pas abattu sur sa tempe. Il tomba dans l'herbe labourée et la boue gicla sur son dos nu.

« McKay ! soupira le prof, sans grande conviction. Qu'est-ce que je t'ai déjà dit ? » Le blondinet surplombait Shuggie. Celui-ci attendait la douce vengeance de la punition, le seul véritable espoir des plus faibles. «*On. Tape. Pas. Les filles.* Maintenant, retourne jouer.» Tous les garçons hurlaient de rire.

Lachlan tremblait de colère. «Tu crois que t'es mieux que moi, petit pédé? Toi et moi après l'école, sale tata.» L'excitation provoquée par la menace se propagea de part et d'autre du terrain.

Durant tout le reste du match, les autres garçons ralentissaient à hauteur de Shuggie et lui disaient, «Oooh. Aaah. T'es un homme mort.» Un ou deux d'entre eux lui dirent qu'ils avaient hâte qu'il soit quinze heures. Les garçons McAvennie lui jurèrent qu'ils étaient de son côté puis accoururent vers l'autre garçon pour continuer de remuer la merde.

Les cours de l'après-midi se déroulèrent dans un océan de regards mauvais. Personne ne se souciait du professeur, tous étaient tournés vers l'homme mort au fond de la classe. Certaines filles lui sourirent avec une compassion sincère mais la plupart étaient avant tout emballées par le spectacle à venir. Il avait à peine remarqué la grosse horloge au-dessus du tableau auparavant, maintenant il ne voyait rien d'autre que les aiguilles qui tournaient bien trop rapidement. Mêmes elles avaient l'air excitées.

Le blondinet sale sortait péniblement de son cocon, ivre de l'adulation de ses camarades. La semaine d'avant, ils lui demandaient s'il ne s'était pas chié dessus. La semaine d'avant, ils lui demandaient si les allocations de sa mère couvraient la chirurgie esthétique. Et là il baignait dans leur fausse adoration tandis qu'ils le bousculaient et il souriait avec la félicité d'un petit chien heureux. Il en oubliait presque la raison de la bagarre.

Shuggie le regarda et sa peine grandit. Il aurait pu prévenir un professeur et lui demander de le garder à l'intérieur. Il aurait pu attendre que les autres se lassent avant de s'aventurer dehors et de se précipiter à la maison. Mais, en regardant sourire le petit blond, il eut l'impression d'être au fond du gouffre. La cloche retentit. Le professeur fatigué ferma les yeux sur ses élèves qui portaient pratiquement les deux garçons hors de la classe. La marée des corps les balança dans un coin oublié de l'école, dans l'ombre des préfabriqués, à côté des poubelles de la cantine.

Lachlan était tout sourire, la foule l'encourageait comme un gladiateur. Ils formèrent un demi-cercle tandis que les deux combattants se toisaient. Shuggie sentit qu'on le poussait dans le dos. Le garçon posa les mains sur son torse et le repoussa ; curieusement, il sentait le foin et les lapins en cage. « Touche-moi pas, sale pédé », dit-il, avec son cheveu sur la langue, un œil vers le public. Ils étaient aux anges.

Les enfants réceptionnèrent Shuggie et le ramenèrent vers Lachlan. Souris Cracra et Francis étaient aux premières loges. « Et pourquoi que tu nous fais pas ta petite danse, hein ? » lança Souris Cracra. Ça ne voulait rien dire pour les autres mais ils éclatèrent de rire comme s'ils n'avaient jamais rien entendu d'aussi drôle.

Quelque chose explosa dans la poitrine de Shuggie. Il sentit ses dents pincer l'intérieur de sa joue. Avant qu'il se rende compte de ce qu'il était en train de faire, il se précipita vers le garçon. Le visage de Lachlan passa en une seconde du triomphe à la panique mais c'était trop tard. Shuggie l'atteignit en plein visage. C'était un coup de poing plein de colère mais faible : le poignet replié, il fit le bruit d'une gifle. Le garçon crasseux tituba en arrière, l'air surpris, puis grimaça de fureur.

« Tu vas pas te laisser faire, hein ? cria Francis, qui devinait l'odeur du sang.

— *Non* », répondit Lachlan. C'était à l'évidence une question rhétorique. Shuggie était consterné.

Leurs corps s'enlacèrent comme ceux de deux lutteurs cherchant à retourner l'autre et à le faire tomber au sol. Lachlan serra les bras autour de la taille de Shuggie et essaya de le soulever et de le faire retomber sur la nuque. Chaque fois, ses pieds retouchaient le sol, comme une danse maladroite. Shuggie leva les bras au-dessus de l'étreinte et cogna de toutes ses forces le visage du garçon. Il n'avait pas assez de puissance, pas assez d'élan, pas de force. Ils étaient aussi faibles l'un que l'autre ; leur combat était ennuyeux, même pour des enfants désœuvrés. Ce serait une guerre d'humiliation : le vainqueur allait devoir soumettre l'autre par la gêne.

Francis fit un croche-pied à Shuggie et ils s'étalèrent au sol comme deux amants. Puis il posa le bout de sa chaussure sur la manche de Shuggie, lui clouant le bras à terre. *Un. Deux. Trois.* Lachlan abattit son poing libre sur le visage de Shuggie. Le sang lui remonta dans le nez et bouillonna dans sa gorge, il tourna la tête de côté et le sang se répandit sur le sol gris comme une crème anglaise écarlate.

Shuggie ne pouvait pas bouger avec le garçon assis sur sa poitrine et le pied de Francis sur son bras libre. Allongé sur le dos, il faisait des gargouillis quand son sang descendait dans sa gorge. Au moins le public était aux anges. Ce ne fut qu'à ce moment-là que les larmes montèrent.

Une toile d'araignée de sang noir recouvrait la partie gauche du visage de Shuggie. Il coupa par les hautes herbes de la tourbière tandis que les autres enfants descendaient Pit Road, aussi excités que s'ils venaient de voir un ciel d'aurore boréale.

Le soleil était déjà bas dans le ciel, l'herbe dure craquait sous ses pieds, une première gelée de l'automne. Il s'arrêta derrière le club des mineurs et joua avec quelques fûts de bière vides. Si on enfonçait le bouton comme il fallait, ils émettaient un rot qui sentait la levure. Des grands venaient parfois faire roter les fûts, léchant les gouttes de bière sur leurs doigts avant de faire des ronds comme un ivrogne dans un film muet. Ils ne savaient pas à quoi ça ressemblait vraiment, un ivrogne. Shuggie ne savait pas faire rire et ça le rongeait.

Il attendit dans l'ombre pendant un moment, faisant roter les fûts, maussade, en attendant que les enfants de Pithead soient rentrés chez eux. Il rôda dans les herbes hautes en sautant de ruisseau en ruisseau et marchant sur une vieille télé et une poussette renversée pour traverser à pied sec. Il s'arrêta un instant devant un cercle d'herbe écrasée. Il envisagea de s'entraîner à marcher. Il se contenta de pousser la terre du bout du pied et recommença à pleurer, des sanglots râpeux, une jérémiade pleine de colère et de haine de lui-même.

Quand il franchit le grillage qui donnait sur le jardin derrière la maison, il s'était juré de ne pas dîner. Shuggie s'arrêta devant le frigo renversé et écarta la nappe de moucherons morts. Il plongea sa tête ensanglantée dans l'eau glaciale. Il s'agenouilla sans bruit pendant une minute, retenant son souffle, mais la brûlure de la honte ne partait pas. Il se frotta le visage et l'eau fut parcourue de courants rose pâle. Il les trouva très jolis puis regretta immédiatement d'avoir pensé ça.

Leek se tenait au-dessus de lui, la main sur son col. «Rentre! On t'a attendu tout l'après-midi, putain.»

La maison bourdonnait, toutes les lumières étaient allumées. Leek et Shona Donnelly étaient occupés à accrocher des poignées de serpentins dorés. Une banderole rose sur laquelle était écrit *Bébé a un an* était déjà accrochée au mur. Sur le mot *Bébé*, Leek avait soigneusement collé une page de papier gradué où il avait écrit *Agnes* au crayon de couleur. Les chaises en bois de la salle à manger étaient alignées contre le mur et le canapé poussé dans un coin. Des saucisses étaient piquées sur des cure-dents, des morceaux d'ananas juteux étaient nichés contre des cubes suants de cheddar orange. Sur chaque surface disponible étaient posés des bols de cacahuètes salées entourés de grosses bouteilles de soda qui semblaient particulièrement rafraîchissantes.

«C'est pour quoi tout ça? demanda Shuggie en s'essuyant le visage.

– C'est l'anniversaire à Agnes», répondit Shona, qui démêlait une guirlande électrique. Elle plissa les yeux. «C'est du sang que t'as sur la tronche?

– J'ai saigné du nez, c'est tout. Ça arrive quand ton cerveau grandit plus vite que ton crâne.» Il haussa les épaules. Ç'avait l'air crédible. «Mais maman a vingt et un ans! C'est elle qui me l'a dit.» Shuggie glissa subrepticement vers les brochettes d'ananas. «Je pense qu'elle doit avoir la trentaine en vrai, mais ne lui dites pas que j'ai dit ça.

– C'est son anniversaire des Alcooliques Anonymes, ducon, son anniversaire de sobriété.» Perché sur une chaise, Leek scotchait de gros ballons sur le rebord de la vitrine vernie. Il souriait. C'était si rare que Shuggie s'arrêta pour le regarder.

Shona pouffa. «T'as trop raté l'école, Shuggie. Tu parles tellement comme un petit bourge, je croyais que t'étais premier de la classe.

– Il a la tête remplie de merde, oui, fit Leek. C'est pour ça qu'il saigne du nez.

– En tout cas, ta mère elle a au moins quarante-cinq ans bien tapés.

– Ouais. Moi, j'ai presque vingt et un ans, gros débile.»

C'était difficile à encaisser. «Mais elle me demande d'acheter une carte pour ses vingt et un ans.

– Quoi ? Tous les ans ? demanda Shona.

– Oui.»

Leek fit un signe de tête : pas besoin d'en dire plus. «Je sais. *Je sais*.

– Écoutez, je fais tout ce qui lui fait plaisir, d'accord ? Et pourquoi personne ne m'a prévenu pour son anniversaire d'alcoolisme ? J'aurais fait un cadeau.» Il était vexé ; il plongea la main au fond du bol de cacahuètes.

«Hé, bas les pattes, dit Shona en lui donnant une claque derrière la tête.

– Te le dire ? Tu me fais bien marrer. On pouvait pas te mettre au jus, *la Balance*. Tu ne sais pas garder un secret, dit Leek.

– Si, je sais.» Shuggie s'affala dans le canapé et mangea les cacahuètes une à une, appréciant leur goût salé et la vision de l'abondante nourriture de fête sous son toit. «Je garde pas loin de cinq cents secrets en ce moment.

– Non, tu sais pas, y a pas pire balance que toi, sourit Leek.

– Arrête.» *Cacahuète*. «Je sais un million de choses…» *Cacahuète*. «Que tu ne sais pas.

– Comme quoi ?

– Ouais, comme quoi ?» demanda Shona. Ils s'interrompirent dans leurs préparatifs pour le regarder.

La tentation était douce ; les options flottaient devant lui comme un millier de portes. C'était plus fort que lui. Il mangea quelques cacahuètes de plus et sourit.

« Eh bien », *cacahuète,* « je sais que Shona », *cacahuète,* « reçoit de l'argent », *cacahuète,* « de Gino le marchand de glaces italien », *cacahuète,* « et qu'en échange », *cacahuète,* « elle regarda sa quéquette poilue », *cacahuète.*

Shona sauta de la chaise aussi vite que sa jupe fourreau le lui permettait. Des banderoles tombèrent mais c'était trop tard, Shuggie avait déjà franchi la porte. Les balances se devaient de maîtriser l'art de la fuite.

« Tu vois, je te l'avais bien dit ! lança Leek. Y a pas. Pire. Balance ! »

Le minuscule salon était rempli d'étrangers mal à l'aise qui essayaient de se trouver une petite place dans la fête. Le long des murs étaient alignées les chaises dépareillées que Shona avait gentiment empruntées à ses cousins de la rue. Sur ces chaises étaient assis les membres du groupe de Dundas Street. Ils s'étaient serrés les uns contre les autres et fumaient silencieusement cigarette sur cigarette, interrompus seulement par leur toux bronchique. De temps à autre quelqu'un faisait un commentaire sur la météo ou sur les malheurs de la petite Jeannie du groupe du mercredi mais la confrérie recommençait rapidement à tirer sur sa clope en regardant ses chaussures comme dans la salle d'attente du médecin.

Shona Donnelly guettait le retour d'Agnes, ses jambes souples dépassant sous le rideau tiré. Ses mollets pâles tressautaient d'impatience et certains hommes tiraient d'autant plus fort sur leur mégot en regardant ses mollets monter et redescendre tandis qu'elle dansait sur la pointe des pieds.

De l'autre côté du salon, quelques voisins : Bridie, des frères de Shona et Jinty McClinchy, peinée par l'absence d'alcool. Ils avaient entendu dire qu'il y avait une fête et ils se retrouvaient là, dans leur belle tenue, à se désoler que ce soit une maison sèche. Ils dévisageaient ouvertement la confrérie qui regardait encore le sol, embarrassée.

Shuggie nettoya le sang qui lui restait sur le visage. Il s'habilla comme un gangster des années 1940, avec une chemise noire et une cravate large. Il repassa sa chemise lui-même en laissant des plis fins sur les bords des manches, donnant l'impression qu'il était en deux dimensions. Il tournait autour des invités captifs avec des assiettes en carton débordantes de cheddar et d'ananas. Les femmes levaient doucement leurs Kensitas à moitié fumées, comme si elles étaient en train de les manger, et répondaient poliment, «Pas tout de suite, bonhomme». Il faisait tout le tour de la pièce puis il attrapait le bol de cacahuètes ou de chipolatas suintantes et recommençait. Pour occuper ce serveur affairé, les invités commencèrent à accepter de la nourriture dont ils ne voulaient pas et à l'empiler sur leurs genoux, faisant des taches de graisse sur leur belle jupe ou leur beau pantalon. Ils espéraient qu'il s'arrête pour pouvoir reprendre la contemplation de leurs pieds. Shuggie s'amusait comme un fou et, enhardi par la politesse des invités, tournait encore plus vite dans la pièce suffocante.

Deux cadeaux emballés étaient posés dans un coin, bien seuls sur la table trop grande. D'aucuns n'avaient pas pensé à apporter quelque chose, d'aucuns ne comprenaient pas ce qu'ils faisaient là. L'un des deux cadeaux, qu'Agnes ouvrit plus tard, était la collection complète des cassettes d'aérobic de Jane Fonda et l'autre une cartouche de cigarettes espagnoles emballée dans un papier à motif destiné à un anniversaire d'enfant.

«Ça en jette, hein ? dit une femme de Dundas Street en pointant sa clope vers les décorations qui recouvraient la tablette au-dessus du radiateur électrique.

– Ça vous plaît ?» demanda Shuggie, sincèrement surpris. Il n'était toujours pas convaincu par les banderoles pour bébé et les ballons roses que Leek et Shona avaient accrochés partout.

«Oh ça, vous allez la rendre fière, vous autres.» Elle avait un visage joyeux, la couperose lui donnait des airs de petite fille aux joues rougies par le vent et le garçon se disait qu'elle avait l'air de rire souvent. Shuggie se demanda si c'était une véritable alcoolique.

«Leek a travaillé toute la journée, dit-il. Je ne l'ai jamais vu aussi excité.

– Ah ouais ? Super boulot que vous avez fait. Elle va être baba je crois, sourit la femme.

– Vraiment ? » Il n'en était toujours pas sûr. « Non. Je connais ma maman. Je pense qu'elle va devenir folle quand elle verra que Leek a scotché des ballons à ses jolies vitrines. Le scotch va tout écailler le vernis. » Il reprit son tour de la pièce, brochettes d'ananas à la main.

Shona remua les jambes un peu plus vite. « V'là ! V'là ! Elle est là ! Elle est là ! » Elle émergea de derrière les rideaux et les serra derrière elle. Elle portait une jupe courte et tout le maquillage que sa mère possédait. « Plus un qui moufte maintenant, chuuuut. »

Chacun gigota sur sa chaise grinçante et les mêmes gens qui n'avaient pas parlé se mirent un doigt sur les lèvres. Certains hasardèrent un sourire éphémère. Leek éteignit le plafonnier et la pièce fut soudain plongée dans le noir.

Dehors, on entendit le taxi noir grimper sur le trottoir et le moteur diesel arrêter de grogner. De lourdes portières claquèrent et le portail s'ouvrit. Par-dessus ces bruits, on entendait le joyeux *clac-clac-clac* des fins talons hauts portés fièrement. La porte vitrée du salon s'ouvrit, encadrant la silhouette d'une femme dans l'entrée. Dans le salon retentit un tonitruant SURPRISE ! qui la coupa au milieu d'une phrase. Certains hommes étaient en train de tirer sur leur cigarette quand elle entra et, ayant raté leur réplique, ils se rattrapèrent avec le refrain bien connu : « Vache, elle aurait jamais cru, hein ! »

Shuggie se précipita vers elle. « Maman, tu veux une brochette à l'ananas ? *Elles sont à tomber.* »

Agnes recula contre le chambranle, portant les mains à sa bouche maquillée. Elle était habillée comme pour une soirée à l'Opéra, alors qu'elle avait passé l'après-midi à jouer au bingo à la salle Ritz, deux parties pour le prix d'une. Eugene hasarda un coup d'œil par-dessus son épaule. Son visage austère portait le poids de l'Église, il ne put s'empêcher de prendre de haut cette assemblée enguenillée. Il entra dans la pièce avec un hochement de tête solennel digne d'une veillée funèbre.

« Qu'est-ce qui se passe ? » demanda Agnes, les yeux écarquillés, en regardant autour d'elle. Elle n'avait jamais vu ces visages ailleurs que dans les anciens bureaux de négoce de Dundas Street. C'était assez déconcertant.

« Joyeux anniversaire ! s'exclama Leek.

– Mais de quoi tu parles ? » Agnes continuait de tourner sur elle-même.

« Ton premier anniversaire. C'est Mary-Doll qui a téléphoné pour prévenir. Elle nous a dit que c'était important de fêter ça sur le chemin de la guérison. » Leek avait un sourire jusqu'aux oreilles. Il montra du doigt la petite brune qui tétait un mégot. « Ça fait une année entière que tu es sobre.

– C'est vrai. Leek a compté, ajouta Shuggie.

– Tu as compté ? s'étonna Agnes.

– Oui », répondirent les garçons à l'unisson. Shuggie attrapa un calendrier en papier corné sur le buffet. Les petites pages étaient accrochées sous une aquarelle de la basilique de l'Immaculée Conception à Lourdes. Il feuilleta une demi-douzaine de pages que Leek avait marquées de petites croix.

Les invités commencèrent à se déplacer dans le petit salon, trop heureux de pouvoir enfin se lever de leur chaise. Agnes passait d'un visage à l'autre, les larmes aux yeux, recevant leurs étreintes, leurs embrassades et leurs bénédictions. Shuggie supervisait l'ouverture des bouteilles de soda et versait la boisson gazeuse et collante dans des gobelets en carton. Shona tendit à Eugene un gobelet rempli de limonade au citron vert et il regarda au fond de celui-ci comme s'il lui était totalement étranger.

« Jamais de ma vie j'avais entendu parler de Pithead », dit l'une des dames du mercredi. Mary-Doll était petite et émaciée comme un roseau, comme si l'alcool l'avait taillée au couteau. Elle avait les joues creusées sous ses grands yeux noisette et ses cheveux sombres étaient posés sur sa carcasse pourrissante comme une perruque d'emprunt. Agnes était restée sans voix en apprenant qu'elle n'avait que vingt-quatre ans. Elle avait posé la main sur son cœur et entendu la voix de Lizzie murmurer qu'on trouvait toujours plus mal loti que soi.

Agnes prit les mains de la petite femme dans les siennes. « J'ai prié pour toi. Ça s'arrange avec les petits ? »

Mary-Doll s'éclaira, la jeunesse dans ses yeux se raviva. « Je t'ai dit pour mon p'tit dernier qu'il a commencé l'école ?

— Tu as dû être fière. C'est craquant les petits gars quand ils sont tout comme ça avec leur blazer et leur cravate. »

Une ombre passa sur le visage de Mary-Doll. « Ouais, il a fait ça. J'ai réussi qu'à voir une p'tite photo mais tu parles que je l'ai appelé le soir. Il était tout pile électrique.

— Ils sont toujours chez ta mamie ?

— Ouais. Elle me laisse pas encore approcher d'eux. »

La simple idée de devoir être séparée de ses garçons donnait envie à Agnes de les serrer contre elle, c'était bien assez d'avoir perdu Catherine à cause de la boisson. « Il y a eu un moment où j'ai cru que tu n'arriverais jamais à te débarrasser des tremblements. Garde la foi, ma chérie. Ta mamie changera d'avis.

— Ouais, j'espère, souffla-t-elle sans la moindre conviction. Elle est chouette cette photo en tout cas. J'ai acheté un joli cadre pour mettre au mur. »

Un homme se leva. Peter Lundi-Jeudi avait le même âge qu'Agnes mais paraissait assez vieux pour être son père. Il portait un jean délavé et une épaisse veste en laine des Shetland qui était déjà passée de mode à l'époque où Agnes était mariée au catholique. Il avait une drôle de démarche cliquetante, comme s'il était constitué d'une pile d'assiettes menaçant de tomber. Il était bavard et sociable, une posture pour masquer sa solitude. « Alors, Agnes, ça fait comment de renaître ? D'avoir un an ?

— Pour tout dire, je ne m'en étais pas rendu compte.

— En tout cas, ça fait plaisir que tes gars y soient aussi fiers. » Peter Lundi-Jeudi montra Leek du doigt. « Y voulaient marquer le coup, tu vois, pour pas laisser retomber le soufflé. Te filer un coup de fouet pour passer le cap des un an. »

Eugene n'avait pas quitté l'entrée du salon, incapable de pénétrer dans la pièce et de s'arracher au spectacle de ces corps nerveux. Shuggie était près du buffet et essuyait la graisse et les sauces du bord des assiettes. Il les tournait pour aligner les chipolatas et retournait les fromages pour que le dessus ne se craquelle pas. Eugene le regardait s'affairer. L'enfant faisait une pyramide de gobelets quand il leva enfin la tête et remarqua Eugene qui l'observait sans rien dire.

«Ça va, petit gars? demanda Eugene en s'approchant, les mains dans les poches.

– Ça va, je faisais juste...» Shuggie regarda sa pyramide trop élaborée et passa les mains dedans comme un bulldozer. Les gobelets se répandirent sur le sol.

Ils se tournèrent vers la fête comme s'ils assistaient à une compétition quelconque et voulaient éviter de se regarder. «Sacrée soirée, hein? dit Eugene, qui avait eu la politesse d'ignorer les prouesses architecturales puis destructrices du garçon.

– J'imagine. Je crois que Leek a perdu les pédales.»

Eugene rit. «Non! C'est super d'aimer sa mère. Après tout, on n'en a qu'une, pas vrai?» Il sourit puis demanda soudain; «Tu sais qui je suis, hein?»

Shuggie acquiesça et répondit d'une voix monocorde. «Tu es Eugene McNamara. Tu es le grand frère de Colleen. Tu vas peut-être devenir mon nouveau papa.» Il regardait ses pieds. «Mais personne ne m'a demandé mon avis.

– Ah?» Eugene était désarçonné.

«Eh bien, je pense que c'est impoli de prétendre à ce rôle sans même avoir demandé au garçon en question s'il voulait un papa.

– Tu as bien raison. Un gentleman devrait toujours se présenter formellement à un autre homme.» Eugene tendit la main à Shuggie. «Je suis Eugene. Ravi de faire enfin ta connaissance.»

L'enfant lui serra la main avec inquiétude. C'était une patte d'ours, l'une des mains les plus calleuses qu'il ait jamais touchées. «Tu comptes rester longtemps?

– Une heure à peu près.

– Non, je veux dire rester avec ma maman.

– Ah ! Je ne sais pas. J'espère.

– Monsieur McNamara. Je ne vous aimerai pas si vous la décevez. »

Pendant un moment, Eugene ne dit rien. Ce drôle de petit garçon lui avait coupé le sifflet. « Tu sais, mon grand, c'est peut-être le moment de penser un peu plus à toi. De laisser ta maman s'occuper d'elle. Je peux prendre le relais. Tu devrais aller jouer dehors avec les enfants de ton âge et essayer d'être un peu plus comme les autres garçons. »

Eugene sortit de la poche de son pantalon de costume un petit livre rouge pas plus grand qu'un paquet de cigarettes. Il était fin et imprimé sommairement. Il le lui tendit et Shuggie regarda la couverture cornée. *Supplément gratuit pour l'achat du* Glasgow Evening Times, était-il écrit au-dessus de la photo en noir et blanc d'un ancien champion de foot aux épaisses chaussettes de laine. C'était *Le Petit Guide rouge du football écossais.*

Shuggie parcourut les pages de papier journal jauni remplies de vieux scores. *Résultats de la première division écossaise. Rangers 22 victoires, 14 nuls, 8 défaites, 58 points. Aberdeen 17 victoires, 21 nuls, 6 défaites, 55 points. Motherwell 14 victoires, 12 nuls, 10 défaites.* Son visage s'empourpra et tout sentiment de supériorité le quitta. « Merci », dit-il en le glissant dans sa poche comme si ç'avait été un vilain secret.

Shuggie traversa la pièce pour rejoindre sa mère au milieu des hommes du groupe de Dundas Street. Ils l'entouraient comme son chœur d'adorateurs. Le premier, Peter Lundi-Jeudi, tenait un autre homme par le coude. L'autre donnait l'impression d'avoir eu une attaque ou que ses fonctions motrices avaient été ravagées par l'alcool. Le troisième était plus jeune et plus costaud, pas encore une épave, mais ses doigts étaient couverts de taches de nicotine. Il paraissait plus proche de Leek en âge. Il avait la pointe des cheveux décolorée, il portait une veste en nylon à la mode qui lui donnait des airs de clochard. Il semblait avoir des mains de pickpocket comme les garçons de Pithead qui traînaient devant chez M. Dolan et utilisaient les poches de leurs treillis pour le vol à l'étalage. Shuggie était content d'avoir caché les figurines de Capodimonte de sa mère. Puis le jeune homme lui sourit. Il avait de petites dents blanches et bien alignées. Son visage était séduisant, plein de santé, doux. Shuggie se sentit bizarre. Le guide sur le foot lui brûlait la jambe.

«Oh, voici mon petit dernier, Hugh.» Agnes lui caressait les cheveux fièrement.

«Salut, mon pote, dit le premier en lui tendant la main. Moi c'est tonton Peter.»

Shuggie regarda la main sans la prendre puis lui adressa un regard froid. «Non, soupira-t-il. Vous êtes juste *Peter*. Je suis bien au fait de mon arbre généalogique, merci.

– Ah, c'est un malin», dit l'autre en se redressant. À cette distance, Shuggie voyait où ses mains tremblantes n'étaient pas passées quand il s'était rasé, il y avait des plaques à vif sous le menton.

Agnes secoua Shuggie si fort que ses cheveux retombèrent sur sa raie au milieu. «Qu'est-ce qui te prend ? Demande pardon à monsieur... euh, monsieur...» Agnes ne savait pas comment terminer sa phrase et Peter Lundi-Jeudi gigotait, mal à l'aise. Elle secoua de nouveau le garçon. «Demande pardon à Peter !

– Je suis désolé, monsieur Peter», dit-il, les yeux tournés vers Eugene.

Mary-Doll traversa le salon pour parler à Eugene. «Je t'ai jamais vu, toi. T'es au groupe de Dundas Street ?

– Non.

– Ouais, je me disais bien que je te remettais pas.» Elle tira sa frange brillante sur ses yeux et, se sentant plus à l'aise, demanda : «Je suis sobre depuis trois mois. Je viens de récupérer un petit appart de la ville. J'étais sur les listes depuis quatre ans, faut dire. J'espère que j'pourrai bientôt avoir des lits superposés pour le salon. Comme ça mes petits pourront venir dormir.» Elle enroula une mèche de ses cheveux brillants autour de son doigt pour minauder.

Eugene esquissa un sourire. Elle l'interpréta de travers.

Mary-Doll continua de déverser sur lui des détails personnels sans pause ni gêne. «J'ai fait pas mal d'économies et je me suis déjà acheté une petite télé couleur portative et un joli tapis, du bric-à-brac, des bidules. J'aimerais bien savoir faire comme Agnes pour la déco et tout, c'est chouette comme tout chez elle, non ? Et puis elle est toujours toute pomponnée. Même quand elle était au fond du trou, elle était toujours impeccable.

– Ah oui ?

– Ouais. Même quand c'était le fond de la gamelle, elle était propre comme un sou neuf.» Fatiguée de parler d'une autre femme, elle changea de sujet et lui posa la main sur le bras. «Et toi, tu m'as pas dit à quel groupe tu allais.

– Ah, aucun. Je vais à aucun groupe. Je n'ai pas de problème.

– Ah ouais ? T'as bien de la veine. Tu veux les miens ?» Elle rit, ses gencives blanches étaient anémiées.

«Non merci.» Eugene releva la tête et appela Agnes par-dessus la musique. Il trouva qu'elle avait l'air mal à l'aise elle aussi et il se demanda ce que son garçon avait bien pu lui raconter. Il lui fit un signe de tête et elle le rejoignit à la porte.

Eugene s'excusa auprès de la femme fantomatique et conduisit Agnes dans l'entrée. C'était calme et moins enfumé et il respira enfin. Agnes le regarda placer la main sur sa sacoche porte-monnaie d'une façon qui la gêna. «Écoute, je crois que je vais y aller. Tu sais, pour essayer de faire une ou deux courses avant que les boîtes ferment.

– Ah oui, bien sûr. Tout va bien ?

– Ouais, ouais», répondit-il trop vite. Il se gratta l'arrière de la nuque.

Agnes savait reconnaître un mensonge quand elle en voyait un. Elle se pencha pour l'embrasser sur la bouche mais Eugene se tourna et il l'embrassa sur la joue. C'était léger et froid, comme une bise à la française. Alors qu'il se reculait, elle réalisa qu'elle avait encore la bouche entrouverte, prête pour un vrai baiser qui n'arrivait pas. C'était son baiser le plus sexuel et il était dédaigné. Elle se sentit vieille et dégueulasse. Elle voyait Colleen en lui et elle changea d'expression trop tard, passant de l'amour à la peine pour finir par la froideur.

«Bon, je t'appelle, d'accord?

— Oui, fais ça.» Elle eut un reniflement hautain et croisa les bras. «Bon, tu dois rejoindre ta. Euh. Ta...» Il chercha le mot. «Ta *fête*.»

Elle le regarda fermer la porte derrière lui et la poignée tourner quand il s'assura qu'elle était bien enclenchée, comme s'il refermait une caisse hermétiquement. Elle entendit le portillon s'ouvrir et sa voix quand il salua ses nièces et ses neveux qui jouaient dehors. C'était une autre voix que celle qu'il avait prise avec elle. Une vie entière à écouter les taxis lui indiqua qu'il claqua la portière. Elle entendit le moteur démarrer dans un grondement et sut qu'il partait trop vite. D'un autre côté, décrypter le bruit des taxis, ce n'était pas le plus difficile.

Dans le salon, elle entendit le sifflement sucré des bouteilles de soda qu'on ouvrait. Elle regarda ses amis dans leurs vêtements amples. Pendant des années, l'alcool les avait coincés, comme s'ils étaient gelés, leur volant des dizaines d'années, les arrachant du monde et aspirant leur vie. Elle se sentit mal soudain, elle voulait qu'ils sortent de chez elle, faire du ménage dans sa vie.

Agnes regarda en elle-même et eut honte d'avoir déchu au point de se retrouver avec eux. Puis elle se sentit encore plus mal d'être une langue de vipère si peu catholique. Un nuage de fumée flottait près du plafond. Quelqu'un mit un nouveau disque du Top 50. Agnes l'avait déjà entendu. Le chanteur à la voix aiguë entonna «*Happy birthday, happy birthday*». Agnes alla à la salle de bains pour s'arranger un peu.

Était-elle brisée pour la vie et coincée comme eux? Dans le miroir, un ersatz d'Elizabeth Taylor la regardait, mais c'était maintenant la vieille Liz, sur les photos volées des paparazzis, vaine et hautaine à bord de son yacht à Puerto Vallarta. Sa chevelure était toujours abondante, son maquillage encore félin. Mais les cheveux étaient maintenant trop noirs et son maquillage trop lourd, les couleurs d'une décennie passée. Même ses paupières étaient d'un vert métallique, comme du cuivre oxydé. Elle sortit un peigne en écaille et réajusta ses boucles, les aplatissant en couches ondulées pour les rendre plus lisses, moins bouffantes, moins ringardes. Elle sortit un élastique et se fit une queue-de-cheval austère, la première de sa vie. Ça lui étirait le visage. Elle essuya son rouge à lèvres, l'éclat métallique de ses paupières, le rose à joues sur ses veines éclatées. Redevenue une toile blanche, elle traça une ligne de khôl bleu électrique sous ses yeux, comme les jeunes filles qu'elle avait vues dans *Top of the Pops*.

Quand elle releva la tête, la femme qui la regardait était la même. Comme les autres, elle ne pouvait pas y échapper. Ça n'avait rien à voir avec l'extérieur.

Elle mourait d'envie de boire quelque chose, n'importe quoi, pour faire disparaître la femme du miroir. Elle sortit alors de son sac une vieille enveloppe qui avait renfermé la facture de gaz et en sortit deux pilules du bonheur de Bridie Donnelly. Elle les croqua sans eau, bascula la tête en arrière et les avala comme un oisillon.

Elle prit son temps, termina sa cigarette et la jeta, sifflante, dans les toilettes. Tout en la regardant disparaître dans le tourbillon de la chasse d'eau, elle oublia lentement ce qui l'avait dérangée. Elle regarda de nouveau dans le miroir et sourit. Là elle était arrangée.

22

Quand Shuggie rentra à la maison le jour de ses onze ans, il trouva une boîte à chaussures sur la dernière marche du perron et un taxi noir garé devant le portail. Eugene s'était montré froid avec elle depuis la fête, à tel point que même Leek l'avait remarqué. Les nuits où elle ne travaillait pas à la station-service, Agnes avait pris l'habitude de fumer cigarette sur cigarette à côté du téléphone en soulignant des passages de son guide des douze étapes. Shuggie et Leek ne dormaient pas ces nuits-là. Leurs regards se croisaient dans le noir quand ils l'entendaient soupirer devant les émissions de la nuit, bien conscients qu'elle n'y prêtait aucune attention.

Shuggie rata l'école pendant trois jours. Il feignit des crampes de constipation et la suivit partout dans la maison en lui lisant *Danny, champion du monde*. Il pensait que, s'il parvenait à remplir chacun des instants de sa journée avec du bruit, elle ne replongerait pas. Il restait devant la porte des toilettes quand elle faisait pipi pour lui parler des faisans que Danny capturait grâce à des somnifères. Il la rejoignait dans son lit froid la nuit pour lui faire la lecture sans s'arrêter pendant qu'elle ne dormait pas. Quand elle en eut marre, Agnes lui remplit un verre entier de lait de magnésie et fut soulagée quand il fut assez débloqué pour retourner en classe.

Shuggie s'assit sur le perron et posa l'étrange boîte sur ses genoux. Nichée à l'intérieur, dans un nuage de papier de soie blanc, se trouvait une paire de chaussures de foot. Shuggie retira ses souliers brillants et enfila les crampons. Il remonta l'allée en les faisant claquer sur le sol. Les chaussures étaient trop grandes de deux bonnes pointures mais elles ressemblaient à celles que les autres garçons portaient à l'école. Tout en faisant des cercles sonores, il se demanda si elles le rendaient plus normal.

Le lait de magnésie gronda dans son ventre, desserrant son intestin. Il tira sur la poignée de la porte mais elle était verrouillée. Il comprenait ce que ça signifiait. Il attendit dans l'ombre de la maison, content qu'Eugene soit revenu : avoir un McAvennie pour père valait toujours mieux que sa mère picole. Il colla l'oreille contre la porte et pria pour qu'Eugene reste, pour que sa mère trouve la force de ne plus boire et d'être en paix. Puis il pria Dieu de le rendre normal pour son anniversaire.

Son estomac se retourna encore. Une main sur ses fesses qui grommelaient, il tira violemment la poignée de sa main libre. Une clé tourna dans la serrure et la poignée lui échappa.

Ce n'était pas Eugene. Sur le pas de la porte se tenait son père. Il aplatissait ses cheveux noirs sur son crâne rose et regardait l'enfant, surpris. « Déjà rentré de l'école ? » fut la seule chose qu'il trouva à dire, après tout ce temps.

Shuggie, les yeux écarquillés, hocha la tête comme un benêt. Il n'avait pas vu Shug depuis l'après-midi chez Rascal trois ans plus tôt. Shug remit l'arrière de sa chemise dans son pantalon et fit un signe de tête vers les pieds du garçon. « Alors, y te plaît ton cadeau ? » Shuggie regarda ses pieds et comprit que les chaussures ne venaient pas d'Eugene. Avant qu'il ait pu répondre, son père lui saisit le visage et dit : « *Pu-tain*. Tu l'as pas chopé à moitié ce tarin d'Irlandais. »

Shuggie porta la main à son nez Campbell. Il passa le doigt sur l'arête chevaline, la bosse en forme de gouvernail qui y poussait.

Tout en secouant la tête de dépit, Shug sortit son monnayeur. D'une pichenette, il y prit deux pièces de vingt pence. « Tiens, p't-être bien que si tu te mets à la boxe quelqu'un te le pétera. »

Shuggie considéra les pièces pendant un moment, plus choqué qu'ingrat. Shug interpréta mal son silence et, à contrecœur, sortit quatre pièces de cinquante pence. «*Et viens pas réclamer plus !*» Il les mit de mauvaise grâce dans la main du garçon. «Alors, tu cours les filles déjà ou pas?»

Personne ne lui avait jamais posé cette question. Il haussa les épaules.

Shug repensa à ses onze ans et prit ça pour de la fausse modestie. «Ah, bah, peut-être bien que t'es un vrai Bain après tout, hein?» Il se passa la langue sur la lèvre inférieure. «C'est le bon moment pour tâter les miches des gonzesses parce que t'as encore quelques années avant de pouvoir leur coller un marmot.»

Shuggie ne voyait que la miche à la croûte épaisse que sa Mamie Lizzie gardait dans sa huche à pain. Elle lui retirait toujours la croûte puis la beurrait et la mangeait à sa place.

«Bon, j'ai pas la journée. Tu dépenses mon pognon plus vite que je la gagne.» Shug contourna son fils et grogna en montant dans le taxi. Le garçon le regarda s'abaisser dans un soupir sous son poids. «Tu fais attention à ta mère, hein? Essaie de l'empêcher de se mettre à la colle avec des cathos, tu m'entends?» Il démarra et partit sans un au revoir.

Shuggie se tourna vers l'obscurité silencieuse de la maison. Il retira ses chaussures et les envoya voler par-dessus le grillage en direction de la tourbière. Il la trouva dans la maison, assise sur le bord de son petit lit. Les couvertures étaient froissées et à ses pieds était posé un sac rempli de Special Brew. Ils échangèrent un regard effaré, comme s'ils s'étaient tous deux réveillés d'une bonne sieste, comme s'il allait leur falloir un moment avant de retrouver le désir de former des mots et de parler.

Il avait entendu dire qu'elle allait bien, ou plutôt il n'avait rien entendu et c'était précisément ça, le problème. Ça faisait plus d'un an qu'elle n'avait pas appelé la centrale. Quatorze mois qu'elle n'avait pas menacé de mort la répartitrice ou juré qu'elle allait foutre un coup de couteau au garçon et se coller la tête dans le four. Ça faisait plus d'un an qu'il n'avait pas eu de nouvelles.

L'anniversaire du petit approchait et c'était l'occasion de venir voir ça par lui-même. Un collègue avait récupéré un paquet de chaussures de foot noires au cul du camion. Ils avaient garé une camionnette de location à côté du semi-remorque et ils avaient volé six douzaines de paires neuves, en pleine journée, au beau milieu de Sauchiehall Street pendant que les gars le déchargeaient.

Quel garçon n'aimait pas le foot ? Si Agnes avait un nouveau gars, il pourrait simplement déposer les chaussures. Aucun mal à ça. Si elle n'en avait pas, il voulait savoir pourquoi elle avait arrêté de le harceler. Elle avait blessé son ego d'une manière qu'il n'avait pas anticipée et il avait donc glissé six canettes de Special Brew dans le sac d'anniversaire.

Shug baissa la vitre du taxi et posa le bras contre la chaude portière métallique. Il regarda la lumière du soleil accrocher ses bagues dorées et se dit que sa main avait bien meilleure allure après une semaine à bronzer au mobile-home de Joanie. Tout lui semblait mieux quand il avait quelques couleurs. Sur l'autoroute, il se demanda si Agnes était toujours aussi belle que dans son souvenir. Il appréciait Joanie mais elle ne faisait pas le poids à côté d'Agnes Campbell. Joanie c'était la paix et le calme. Elle était stable, pas chiante. Elle buvait mais ne se soûlait jamais, et elle ne s'était jamais intéressée au bingo, aux jolies moquettes ou aux rêves de grandeur. Joanie était une bosseuse et elle était satisfaite de son sort. Elle avait peu de personnalité mais elle était cochonne et reconnaissante au pieu comme l'étaient souvent les femmes banales, il avait remarqué ça. Mais il devait bien avouer que physiquement Agnes Campbell était une jument de concours alors que Joanie était un poney bon pour l'équarrissage.

Tandis qu'il s'engageait dans le coron, il se demanda si l'alcool l'avait déjà ruinée physiquement. Il avait déjà vu ça. Il y avait, surtout à Glasgow, un type de femmes qui se pétrifiaient et fanaient en même temps. Leur visage se ratatinait, aspiré par la boisson, des lignes rouges fleurissaient sur leurs joues osseuses, des poches enflées de tristesse pendouillaient sous leurs yeux vitreux. Elles essayaient de le cacher mais elles ne pouvaient y couper, leur visage devenait un musée de coiffures démodées et de maquillage trop lourd. Il se demanda si elle avait toujours ces yeux clairs d'Irlandaise, ces pommettes hautes, cette douceur rosée qui sentait toujours le propre et le frais. Dans la chaleur du taxi, il sourit et sentit son sang monter pour elle. Il en arriva à chercher ce qu'il lui dirait pour pouvoir la baiser une dernière fois. Il se félicitait d'avoir pris un bain la veille.

Shug n'était pas venu depuis des années. Un coup d'œil dans l'annuaire lui confirma qu'elle vivait toujours à la même adresse. Elle avait gardé son nom. *Bain*. Il sourit, la supposant trop fière pour retourner à un nom vulgaire de sale *Mick*. Il retrouva facilement la maison avec son somptueux jardin de roses, trop voyant dans un quartier aussi délabré. La porte n'était pas de la même couleur que les autres ; fraîchement repeinte en rouge, elle inspirait confiance et lui fit plaisir à voir. Il frappa et attendit qu'elle ouvre. De l'intérieur lui parvenait le rugissement de l'aspirateur. Il frappa encore et l'appareil se tut. Il entendit plusieurs portes s'ouvrir et afficha son plus beau sourire quand ce fut le tour de la rouge.

Agnes gardait toujours les fenêtres ouvertes en été et le courant d'air provoqué par l'ouverture de la porte passa dans les longs cheveux fins de Shug. Elle le vit essayer vainement de les maintenir en place sur son crâne brillant. Le sourire lubrique quitta son visage.

Elle n'avait pas de maquillage, et bien qu'elle eût vieilli elle semblait aussi fraîche qu'à l'époque de leur rencontre. Elle avait de fines lignes brisées sur les joues mais ses yeux étaient toujours brillants et Shug trouva qu'elle avait l'air de rentrer d'une bonne balade. Ses cheveux, noirs comme la nuit, étaient soyeux et bouclés. Ça le mit en colère qu'elle toise sa calvitie.

« La voilà. L'amour de ma vie. »

Agnes le regarda d'un air ébahi, la langue collée au palais.

« Bah quoi, fais pas c'te tête. » Il comprit aussitôt qu'il ne la conquerrait pas aussi facilement. Il voulait paraître détendu et dégagé, qu'elle se rende compte de ce qu'elle avait perdu. « Ça fait un bail. Je t'ai pas manqué ?

– Tu as grossi. »

Sa main passa de son crâne à son ventre. « Oh, ouais, possible. Un sacré cordon-bleu, cette Joanie. »

Agnes grimaça. « Une pétasse aux mille talents, faut croire.

– Écoute, je suis pas venu pour me disputer sur le pas de ta porte. J'ai apporté un cadeau pour l'anniversaire du petit. » Il lui montra le malheureux sac plastique. « Je peux pas rentrer ? »

Agnes croisa les bras sur sa poitrine comme un barrage. Puis son visage se ferma. « Mon garçon n'a besoin de rien qui vienne de toi. »

Shug l'observa pendant une minute et craignit de l'avoir perdue pour toujours. Il se demandait comment un poisson pouvait se défaire de l'hameçon. Il sortit la boîte à chaussures du sac et la lui tendit. Comme elle ne décroisait pas les bras, il la posa à ses pieds, comme une offrande, sur la dernière marche du perron. « Tu sais que tu as toujours été l'amour de ma vie. » C'était vrai et c'était malheureux. « Tiens, c'est pour toi. » Il lui offrit le sac de bières tandis qu'elle reculait dans la maison.

« C'est fini ce temps-là, dit-elle froidement.

– Ah ! » Il eut une moue admirative. « Ça fait combien de temps ?

– Assez longtemps pour que ça compte. »

Il l'applaudit doucement. « J'me disais bien que j'avais plus de nouvelles.

– Alors tu es venu jeter un œil aux ruines ? Juste pour être sûr ?

– On te la fait pas à toi. » Il leva les mains en signe de bonne foi. « Je peux pas rentrer, *madame Bain* ? » Il brandit son nom aussi doucement que possible.

Elle ne dit pas oui, mais elle ne dit pas non. Elle se retourna et remonta le couloir vers la cuisine. Elle entendit la porte se refermer, la clé tourner dans la serrure, le pas lourd de Shug derrière elle.

« Sympa, la déco. » Shug s'assit à la petite table à rabats ; il observait le coin où l'humidité décollait encore le papier peint du mur.

Agnes le vit remarquer le frigidaire et le congélateur et se demander comment elle avait bien pu se payer l'un ou l'autre. Mère célibataire avec un sévère problème d'alcool. Sans dire un mot, elle alluma la bouilloire et ouvrit la huche à pain. Elle sortit deux grosses tranches de pain de mie d'un emballage en papier sur lesquelles elle tartina une épaisse couche de beurre jaune. Elle les coupa en deux et les posa sur une petite assiette à dessert. Elle la fit glisser vers lui et il la remercia.

Il enfonça un coin de la tartine dans sa bouche, le beurre était doux et épais. « À ce qui paraît, Caff est comme une reine en Afrique du Sud.

– *Catherine* ? Il paraît oui. » Agnes semblait fatiguée.

« T'as pas de nouvelles ? demanda-t-il.

– Pas souvent.

– Eh, bah, tu vas devenir grand-mère. »

Elle attrapa le bord du plan de travail, le souffle coupé. « Il paraît.

– La petite Peggy Bain va y aller, tu sais. Pour l'aider quand le chiard arrivera. Dans un moment comme ça, ajouta-t-il, cruel, il te faut une maman, même si t'as que ta belle-doche.

– Où est-ce que j'irais trouver l'argent pour le billet ? » Agnes se retourna pour lui cacher son visage. Elle essaya de prendre l'air occupé en préparant deux tasses de thé noir. Elle espérait qu'il ne voie pas comme ses mains tremblaient.

« Donald Junior parie que ce sera un petit couillu. J'y ai dit que je lui payais le landau s'il l'appelait Hugh, comme son tonton préféré. »

Quand elle parvint à contrôler la chaleur qui lui montait au visage, elle se retourna et apporta le thé à table. Elle y mit trois sucres et une grande rasade de lait. « J'essaie d'y aller mollo sur le sucre, mais tant pis.

– Ton cœur pourri ?

– Ouais, il fait des siennes de temps en temps. Au moins quand ça pétarade, je sais qu'il est toujours là. » Il rit et finit sa tartine en la repliant pour se l'enfourner sous la moustache. « Et mon petit gars, il est comment ? Il ressemble à son vieux ?

– Dieu l'en garde ! »

Agnes se leva de la table et quitta la pièce sans rien dire. Elle voulait être tranquille pour encaisser la nouvelle à propos de Catherine. Elle ne dit pas où elle allait. Shug resta assis, mangea une autre tartine en estimant le prix de l'électroménager. *Elle a un mec*, se dit-il. Il se pencha vers l'avant et tourna la tête pour essayer de la voir. Il essuya ses doigts gras sur son pantalon et se demanda si elle avait filé dans la chambre. Avec un grand sourire, il attrapa son sac plastique et partit à sa recherche dans la maison qu'il ne reconnaissait pas. En passant la tête par les portes, il remarqua comme tout était propre et bien rangé. Il pensa à Joanie, à son canapé couvert de poils de chat, ses culottes sales qui traînaient par terre dans la chambre, et il l'imaginait en train d'épousseter négligemment des miettes de toast sur leurs draps dépareillés.

Les tristes bibelots d'Agnes le suivaient de leurs yeux en verre tandis qu'il remontait le couloir en regardant furtivement dans chaque pièce. Elle n'était nulle part. Il s'arrêta devant la dernière porte et la trouva dans la chambre, dos tourné. C'était une piaule de garçons avec deux lits simples. Sur une table basse près de la porte, Shuggie avait disposé des robots miniatures et dans les espaces qui les séparaient il avait déposé de petites cartes où était proprement inscrit le nom de ceux qui manquaient à sa collection. Cela lui rappela Agnes. Il avait oublié comme elle avait systématiquement désiré plus, désiré encore, désiré toujours.

« Regarde autour de toi, dit-elle doucement, et va-t'en.

– Y a pas de posters de foot ? demanda-t-il en regardant les murs nus.

– Hugh n'aime pas le football. En fait, il n'aime pas tellement les posters non plus. Il trouve ça vulgaire. »

Shug regarda le coin de son fils, dans la petite chambre trop bien rangée. Le seul signe qu'un enfant y vivait, c'étaient les robots soigneusement alignés. Il comprit alors ce qu'ils étaient : une vitrine de tristes bibelots aux yeux de verre.

« Tu en as assez vu ? demanda alors Agnes comme un professeur fatigué.

– Pour sûr. » Il ricana.

« Tant mieux », répondit Agnes avec un sourire crispé. Elle tendit la main vers la porte. « Maintenant tu peux te casser. »

Agnes était inquiète pour son linge blanc. Tout l'été, les infos avaient parlé de Tchernobyl et de l'explosion nucléaire. Ça n'avait été qu'une histoire troublante mais lointaine jusqu'à ce qu'un homme au JT mette en garde contre une fine pluie radioactive qui tombait sur l'ouest de l'Écosse et se dirigeait vers l'Irlande. Alors que Shuggie l'aidait à rentrer le linge, elle lui demanda si la pluie radioactive ne pouvait pas aider à faire partir les taches les plus incrustées. Le garçon secoua la tête : *non*, ça n'était pas comme de la Javel. Il lui parla des dessins animés déprimants sur la guerre nucléaire que le père Barry leur avait fait regarder et expliqua que ça risquait bien de ronger le drap en entier. Ils venaient de rentrer le dernier panier de linge encore humide quand le crachin commença. Par la fenêtre du salon, les gouttes ressemblaient à celles de n'importe quelle averse écossaise. Alors qu'elle trempait la rue déserte, ils jouèrent à décider ce qu'ils auraient voulu voir brûler :

« *Le foot à l'école !*
– *Jinty McClinchy !*
– *Souris Cracra McAvennie !*
– *Tout ce foutu quartier !*
– *Tout pareil !* »

Allongé devant le radiateur électrique brûlant, Shuggie regardait Agnes repasser le linge humide. La vapeur l'obligeait à s'essuyer le visage avec un morceau de papier toilette glissé dans sa manche. Elle sortit la partie supérieure de son dentier et lui fit des grimaces. Ça ne lui ressemblait pas d'oublier ainsi sa vanité. Mais, dans la chaleur bienfaisante du radiateur, Shuggie rêvait que cette pluie ardente ne cesse jamais. Tout serait pour le mieux s'ils restaient coincés à l'intérieur, là où il pouvait veiller sur elle pour toujours.

Big Shug avait essayé de l'avilir. Ni lui ni elle ne parlaient de son père ou de sa visite soudaine. Pour faire bisquer Big Shug, Agnes et

Shuggie avaient pris la peine d'aller porter la Special Brew à Jinty. Ils mirent leur plus belle tenue et se rendirent d'un pas tranquille devant la porte des McClinchy. Jinty leur avait ouvert avec une moue confuse recouvrant un fin vernis de dédain. Ils lui sourirent comme les plus fervents Témoins de Jéhovah. Ce ne fut qu'en voyant le sac plastique que Jinty s'adoucit, et quand les canettes tintèrent elle s'illumina devant ce miracle comme un apôtre à la Résurrection.

Le jour même, Eugene l'avait rappelée.

Agnes avait eu de moins en moins de nouvelles de lui depuis son anniversaire des Alcooliques Anonymes. Comme c'était un homme bien, elle s'attendait à ce qu'il la largue petit à petit, très délicatement, jusqu'à ce qu'elle n'entende plus jamais parler de lui.

Le taxi brillait comme s'il avait été briqué spécialement pour l'occasion. Eugene klaxonna mais, quand Agnes sortit, il ne descendit pas pour lui tenir la portière comme les autres fois.

Colleen et les autres femmes étaient alignées contre la palissade d'en face. Bridie tenait à la main un chiffon gris et une casserole dans laquelle se figeait un ragout de patates. Elles semblaient avoir été interrompues au milieu de leur routine par le moteur diesel d'Eugene. Colleen avait l'air furieuse de voir Agnes partir avec un bien si précieux.

Eugene s'écarta du trottoir sans dire un mot. Ils venaient de dépasser l'église quand il quitta Pit Road pour arrêter le taxi à quelques mètres de la grande grille métallique qui fermait la houillère. Il coupa le moteur et, comme un animal obéissant, le taxi arrêta de trembler sous leurs pieds. Il faisait nuit noire et il n'y avait pas un bruit dehors. Il alluma le plafonnier jaune.

Agnes était déjà venue ici, avec un autre taxi, un visage qu'elle ne se rappelait pas. Le souvenir la glaça. Elle vit le regard doux d'Eugene dans le rétroviseur. Si elle parlait la première, elle aurait l'air maladroite et blessée, alors elle fouilla son sac pour trouver des cigarettes et attendit qu'il dise ce qu'il avait à dire et donne le ton.

«Je voulais pas que ça continue, dit-il doucement, sans se retourner. Je crois que j'ai eu peur.
— Je suis si effrayante ?
— C'étaient tous ces alcoolos et leur, euh, maladie.»
Agnes referma le col de son manteau, piquée. «Eh bien, ne t'en fais pas. Ce n'est pas contagieux.»
Elle l'entendit ouvrir et fermer la bouche puis il parla enfin. «C'est débile, je sais. C'est juste que ces gens. Ceux qui étaient à ta fête. Ils étaient tellement... Tu vois quoi. Pitoyables.»
Elle encaissa sans broncher puis se surprit à répondre : «Eugene, tu devrais savoir que "ces gens", j'en fais partie.»
Son expression lui montra que ce n'était pas du tout ce qu'il avait espéré entendre. «Je voulais pas te vexer. C'est juste que, bah, tu as l'air tellement *normale*.
— Encore ce mot.» Agnes termina sa cigarette et passa la langue sur ses dents. «Eugene, écoute, sans rancune, OK. Ramène-moi chez moi, s'il te plaît.»
Il resta silencieux un long moment puis ferma la vitre de séparation. Le taxi vrombit. Les feux de route illuminèrent les portes cassées de la mine. À la peinture rouge, déjà passée, était écrit : *Plus de coke, plus de froc, rien que les allocs.*
Le taxi repartit mais, au lieu de refaire le court trajet vers le coron, il tourna sur la grand-route, vers la vie. Agnes tapota la vitre, plus intriguée qu'agacée. «Je t'ai demandé de me ramener chez moi.» Il ne répondit pas et elle s'adossa contre la banquette sans insister. Depuis son appel, l'idée de quitter la maison ne serait-ce qu'une heure avait flotté devant ses yeux comme un mirage.
Ils n'allèrent pas très loin. Le taxi déboucha sur la grand-rue éclairée puis tourna à gauche vers la voie rapide. Juste après avoir pris suffisamment de vitesse pour s'insérer dans le trafic, il ralentit à nouveau et remonta une allée de graviers.
Agnes avait déjà vu l'hôtel des golfeurs mais n'était jamais entrée. La bâtisse bordait la voie rapide et, parce qu'elle n'était

accessible qu'en voiture, on comprenait clairement que l'établissement n'était pas fait pour les gens comme elle. Depuis le bus, elle voyait les Jaguar s'y arrêter, de voitures chic venues de demeures élégantes bien loin d'ici. Elle regardait les hommes au visage lisse sortir leurs clubs du coffre pendant que les femmes attendaient, avec leurs petits sacs et leurs talons bas, emmitouflées dans leurs pulls Scottish Woollen Mill.

C'était vrai que la ceinture verte qui entourait Glasgow comprenait les nouveaux taudis de la relocalisation, ces lotissements oubliés et éloignés. Agnes trouvait cruel que ces espaces verdoyants incluent aussi les hôtels et les clubs privés les plus huppés qu'elle ait jamais vus. Ces deux mondes n'aimaient pas se regarder.

« Ce n'est pas là qu'on va, si ?

– Pourquoi pas ? » dit-il en garant le gros taxi noir entre deux belles berlines.

Agnes regarda les lanternes de jardin qui conduisaient aux portes blanches du club. « Tu as vu à quoi ça ressemble ? Ce n'est pas fait pour les gens comme nous. »

Eugene rit. « J'vais mal le prendre. »

Sa vanité grandit. Elle tira le bas de sa jupe. « Oh, Eugene, je ne peux pas, je n'ai pas la bonne tenue. »

Sans mot dire, Eugene descendit du taxi et lui ouvrit la portière. Il dut se pencher à l'intérieur du taxi pour lui attraper la main. Dans sa chaude patte, elle lui parut soudain froide et minuscule. Elle était fière, elle avait peur, et il regretta soudain les paroles qu'il avait prononcées un peu plus tôt.

La salle à manger du club était simple mais Agnes y vit le plus grand chic. C'était une vaste salle avec de larges portes-fenêtres qui donnaient sur le green du dix-huitième trou. Le sol était recouvert d'une épaisse moquette à motif cachemire vert et or, et les murs étaient décorés de lambris surplombés de photos des membres du club et de donateurs célèbres. Agnes n'en reconnaissait aucun et elle n'aimait pas plisser les yeux devant des inconnus.

Une jeune fille vêtue d'une longue jupe en tartan les conduisit à une table au fond de la zone fumeurs. Agnes faillit mourir de honte quand Eugene demanda une table plus proche des portes-fenêtres avec vue sur le fairway illuminé. La fille se contenta de sourire et de les mener à une autre table. Quand ils s'assirent, Eugene salua d'une voix forte leurs voisins, qui lui répondirent par un hochement de tête poli.

Malgré le nom gaélique ampoulé inscrit à la carte, Agnes identifia le poulet. Elle ne voulait que le poulet-frites mais Eugene refusa de laisser le serveur reprendre les cartes tant qu'elle n'aurait pas commandé une entrée, un plat et un dessert. Elle aurait voulu rester seule avec le menu pendant des jours. Elle ne savait pas ce qu'étaient toutes ces choses, mais les voir soudain étalées devant elle et savoir qu'elle pouvait choisir lui tournait la tête. C'était comme le catalogue Freemans, en mieux. Elle commanda ce qu'elle comprit puis s'inquiéta de ce que tout cela allait coûter.

«Écoute, si tu veux boire un petit verre, vas-y. Ne t'inquiète pas pour moi», dit-elle, alors que le serveur leur apportait deux Cocas. Les verres étaient hauts avec une touillette à cocktail. «C'est classe, non ? dit Agnes en examinant la sienne, incapable de se détendre. Franchement, ça ne me dérange pas si tu prends un petit verre.»

Leurs cocktails de crevettes arrivèrent. La coupe était tapissée d'une feuille de laitue et des crevettes roses surgelées nageaient dans une épaisse sauce Marie-Rose. Des tranches de citron ornaient le bord de la coupe. Les crevettes étaient encore un peu froides, pas totalement décongelées, ce qu'Eugene trouvait limite pour un tel établissement. Agnes s'en fichait, c'était frais, la glace contrebalançait la Marie-Rose sucrée et acide. «J'ai déjà fait cette sauce. Mais je n'avais pas pensé à ajouter un citron ou un...»

Eugene l'interrompit. «Y faut que je te pose une question.»

Agnes reposa sa petite fourchette.

«Je veux pas en faire tout un fromage, dit-il, gêné, mais c'est juste que, bah, j'essaie de comprendre. Les gens de, tu sais, les gens des AA, ils t'ont dit quand tu serais guérie ?»

Agnes attendit que le serveur reparte avec leurs coupes avant de répondre. « Je ne sais pas quoi te dire. Ils nous disent à tous qu'on ne guérira jamais. Du moins, ajouta-t-elle en le regardant dans les yeux, pas comme tu l'entends.

— Mais tu te souviens que tu m'as dit comme quoi t'étais une autre personne maintenant ? Tu me l'as dit toi-même que c'était lui qui t'avait poussée à picoler. Bah, ça, c'est terminé. » Eugene essaya de s'adoucir. « Si on se lance là-dedans, tu crois pas que ça te gardera sur les bons rails ?

— Je ne pense pas que ça marche comme ça.

— Mon cul, ouais. Avec moi dans ta vie, qu'est-ce t'irais faire d'un problème d'alcool ? La picole c'est que pour ces pauvres types, les minables. Regarde-toi aujourd'hui. Regarde-moi, bordel de merde. » Le couple en pulls saumonés à la table voisine toussa. Eugene baissa la voix. « Écoute, tout ce que je dis, c'est que tu me plais. Je trouve que t'es d'enfer, putain. »

Eugene refusait de s'avouer vaincu et Agnes imaginait que c'était un homme habitué à réparer les objets cassés. Ça lui donnait l'impression d'être un moteur qui rouillait dans le jardin. « Toi aussi tu me plais. »

Le serveur apporta les plats. Il s'était recouvert les mains de serviettes et glissa doucement les assiettes chaudes devant eux. Agnes regarda son poulet rôti puis eut envie de l'agneau et des pommes de terre à l'eau d'Eugene, comme un enfant au pied du sapin de Noël. Eugene ignora la nourriture et pointa son gros doigt en direction du coron. « T'es la plus belle femme de tout ce putain de quartier. Les autres, elles prennent même pas la peine de se brosser les cheveux et regarde-toi, toi. N'importe quand dans la journée, t'es impeccable. » Il se pencha vers elle. « J'ai besoin de savoir, c'est tout. Avant de vraiment craquer pour toi. Avant que ça devienne sérieux. »

Agnes était mal à l'aise. Elle essaya de changer de sujet. « Ç'a l'air délicieux. C'est des grosses portions, pas vrai ? Je pensais que ce serait un blanc ou une cuisse mais pas un demi-poulet pour moi toute seule. »

Le serveur toussota et leur demanda s'ils avaient tout ce qu'il leur fallait. Eugene acquiesça. Puis il se reprit et ajouta : « Hé, mon gars, apporte-nous une bouteille du vin de la maison, tu veux bien ?

— Rouge ou blanc, monsieur ? » demanda calmement le serveur.

Eugene regarda Agnes, qui s'était raidie. Il se retourna vers le serveur. « Le blanc ça irait bien avec le poulet ? » Le serveur approuva et dit que oui, ce serait une bonne idée. Alors Eugene commanda une bouteille de blanc.

« T'es pas obligée si t'as pas envie, dit-il doucement. Je te force pas. »

Le poulet qui lui avait paru doré et juteux lui semblait maintenant sec et mort. Le serveur apporta la bouteille de vin. Il s'approcha pour servir Agnes et elle ne l'arrêta pas. Elle remarqua que le vin avait presque la couleur pêche des roses de son jardin. « Tu savais que les roses pêche sont censées représenter la sincérité et la gratitude ? »

Ils regardèrent le verre pendant un bon moment. Eugene leva le sien et trinqua. « *À nous ! Qui mieux que nous ? Pas grand-monde et ils sont plus de ce monde !* » Agnes esquissa un demi-sourire et leva son verre de Coca éventé.

« Tu ne m'as jamais tellement parlé de ta fille. » Elle poussait son poulet dans son assiette. « Bernadette, c'est bien ça ?

— Bah, elle est grande maintenant. Elle fait des choses super pour les mômes de l'hôpital Saint Luke. Elle est comme sa mère, pour ça, elles étaient très proches. Tout le temps fourrées ensemble, à faire des trucs et des machins pour la paroisse, pour les veuves des mineurs. » Il aspira un filament de viande coincé entre ses molaires. « Mais elle passe un peu trop de temps à l'église. Ces deux-là, toujours à revenir au bénitier comme si c'était la sauce pour les chips.

— Ç'a l'air d'être quelqu'un de bien pourtant, dit Agnes même si, connaissant Colleen, elle en doutait. Tu lui as parlé de moi ?

— Non, répondit-il sans détour.

— Ah ! » Elle aurait aimé mieux cacher sa déception.

« Parce que c'est Colleen qui l'a fait. »

Agnes soupira. « Elle a dû brosser un joli portrait. »

Eugene laissa son regard se poser sur le verre de vin. « On peut dire ça, j'imagine. »

Ils finirent leur assiette en parlant de taxis, de snacks, de l'Afrique du Sud et des mines de palladium. Agnes poussa ses pommes de terre sautées sous la carcasse à moitié entamée. Le serveur débarrassa et leur apporta le tiramisu. Eugene but toute la bouteille de vin blanc tandis que le verre d'Agnes tiédissait sur la table, intact.

« Je crois que je ne pourrais rien avaler de plus. » Elle jouait avec son tiramisu. « Mais c'est très bon. La meilleure crème que j'aie mangée.

– Un petit whisky ça ferait bien descendre tout ça, dit Eugene en finissant sa dernière cuillerée.

– Tu sais, je n'ai jamais été très whisky. Même à la pire époque. Je trouve que c'est comme le gin, ça rend triste. Je ne buvais pas pour être triste. Je buvais pour échapper à la tristesse.

– Tu buvais quoi alors ?

– Oh, surtout de la blonde, et quand j'avais les moyens une mignonnette de vodka. Les mauvais jours, ça me redonnait la niaque. » Elle marqua une pause. « Mais ça donne les pires trous de mémoire. Enfin, quand on en boit pour se soûler.

– Je peux pas croire qu'*elle* et *toi* vous êtes la même personne. » Il se tut puis dit : « Il se passerait quoi, tu crois, si tu buvais une gorgée de vin, là ?

– J'en voudrais sûrement une autre.

– Mais peut-être pas.

– Peut-être », dit-elle, puis, essayant de plaisanter : « Eugene, tu n'as pas besoin de me soûler pour arriver à tes fins avec moi.

– Encore heureux ! » Il passa les mains sur les miettes qui traînaient sur la table. « Ce serait jeter l'argent par les fenêtres, pas vrai ? » Il rit et son visage rosit. « Écoute, j'essaye pas de te gnôler. Je veux juste que tu boives *un* verre.

– Mais pourquoi ? » Agnes se sentait soudain très lasse.

«Parce que... Parce que c'est ce que font les gens normaux.»
Il avança le verre tiède. «Allez, rien qu'une p'tite gorgée. Par politesse. Ça va aller. J'vais même te dire, si tu commences à faire du grabuge, je leur dis de te virer et tu pourras rentrer à pied.» Il poussa le verre dans sa direction en le tenant par son long pied fin. «Ça va le faire. T'es une autre femme maintenant.»

Agnes prit le verre dans sa main et le sentit. Il était chaud mais le vin avait une odeur de soleil. «Je n'aime même pas tellement le vin, dit-elle en le reposant.

– Ah, t'as les pétoches.»

C'était vrai, elle était même terrifiée mais elle ne voulait pas qu'il le voie. Elle porta le verre en cristal à sa bouche et une petite gorgée lui coula dans la gorge. Elle sentit une brûlure dont elle ne se souvenait pas. Le vin n'avait pas du tout un goût de soleil. Il était amer, comme des pommes à cuire ou du vinaigre. «*Voilà*, dit-elle en reposant le verre.

– *Tu vois ?*» fit Eugene, tout excité. Il semblait prêt à se lever de sa chaise. «T'as pas explosé. T'as pas une deuxième tête qui a poussé.» Il leva son verre et le fit tourner vers elle. «Santé ! Je suis rudement fier de toi. Je savais bien que ma frangine racontait des conneries.»

Il avait raison, elle ne se sentait pas différente. Colleen se trompait. Agnes fut submergée par une vague de soulagement. Elle finit doucement le verre, espérant que ce qu'il disait d'elle était vrai, avec l'impression qu'elle avait battu les AA et qu'elle pouvait redevenir normale.

Il paya l'addition en petites coupures, les billets qu'il avait gagnés pendant ses nuits de travail enroulés, serrés, dans sa poche. Quand ils se levèrent de table, Agnes sentit une chaleur au fond d'elle et Eugene la conduisit au petit bar du club. Il passa son gros bras autour de sa taille et elle fut heureuse de sentir les regards admiratifs sur eux. Ils se serrèrent l'un contre l'autre dans un coin, Eugene embrassa le lobe de son oreille et Agnes commanda une vodka tonic et puis une autre et puis une autre.

Le taxi regagna le lotissement plongé dans le noir en zigzaguant. Ce fut un miracle qu'aucune voiture n'arrive en face. Agnes tanguait sur la banquette arrière, se réveillant avec le roulis. Eugene gara à nouveau le taxi à l'entrée de la houillère. Ils essayèrent de baiser mais ce fut maladroit et douloureux et elle se figea soudain à cause d'un souvenir sombre qui ne lui revenait pas tout à fait. Quand Eugene grimpa sur elle, des pièces se déversèrent de ses poches et elle eut l'impression qu'il la payait pour ça.

Le temps qu'Agnes arrive à mettre sa clé dans la serrure, l'entrée était déjà allumée. Elle tomba, s'affala contre la porte et sentit son manteau en mohair se prendre dans le crépi et entendit ses collants se filer sur les minuscules crochets de l'enduit.

Elle était persuadée qu'elle souriait à Leek et elle ne comprenait donc pas pourquoi son fils était si en colère, pourquoi il lui criait dessus. Tout ce qu'elle comprenait, c'était qu'il donnait des coups de poing dans le cou d'Eugene. Tout ce dont elle se souvint, c'était qu'une autre porte s'ouvrit sur un petit garçon avec le même air inquiet que sa grand-mère. Son visage dégoulinait de déception. Son pyjama était trempé de pisse.

23

Noël passa et Agnes prit de l'avance sur les festivités du nouvel an. Le soir de Hogmanay*, elle ne prenait même plus la peine de se verser discrètement de la vodka, planquée derrière l'accoudoir de son fauteuil. Au moment où les retransmissions spéciales commençaient, elle décapsulait des Special Brew avec un craquement et un sifflement triomphaux et les versait en cascade dans sa vieille tasse à thé. Il restait plusieurs heures avant que les cloches sonnent la nouvelle année et elle faisait déjà la liste de tous les hommes qui l'avaient détruite.

Si Agnes avait remarqué que Leek disparaissait lentement, elle n'en dit rien. Il avait passé la semaine de Noël terré dans le sommeil. La nuit, il se rendait en ville en stop et dilapidait son salaire d'apprenti dans les machines à sous alignées sous les arcades de Central Station. Il disparut plus tôt que d'habitude pour Hogmanay, comme un homme qui, voyant l'orage arriver, court se mettre à l'abri.

Shuggie restait à la maison, écartant une Agnes ivre de la porte d'entrée et du téléphone. Le soir de Hogmanay, il regarda les sapins s'allumer chez les voisins en se fourrant le voilage du salon dans la bouche. Il l'enfonçait par poignées pour calmer sa faim. Il abîmait ses beaux rideaux sous son nez et espérait qu'elle lui dise d'arrêter mais elle n'en faisait rien.

---

* Nom écossais donné au 31 décembre.

Tandis que les McAvennie jouaient avec leurs nouveaux vélos et recevaient une visite de Grand Jamesy, Shuggie restait assis aux pieds de sa mère comme une ombre silencieuse. Sans rien dire, il la regardait boire dans la tasse sans fond. Elle recommença à lui raconter les histoires affreuses sur son père, reprenant son récit comme un livre qu'elle avait laissé de côté pendant un an.

Quand le journal de dix-huit heures s'acheva, elle était assise sur son lit et parlait au téléphone d'une voix pâteuse à Jinty McClinchy. Shuggie se glissa dans le couloir et s'assit contre la porte de la chambre. Il pouvait l'entendre à travers l'aggloméré et surveiller la courbe en cloche de sa mauvaise humeur. Il se demandait dans combien temps elle allait s'endormir, dans combien de temps il pourrait se reposer.

De la musique s'élevait de son lecteur cassette, un mauvais signe. Il pénétra dans la chambre comme un fantôme inquiet. Agnes fumait, vêtue de ses seuls collants noirs et de son soutien-gorge en dentelle noir. Shuggie lui en rachetait régulièrement. Sa vanité l'empêchait de quitter la maison avec une paire filée alors le garçon avait retenu sa taille et la teinte qu'elle aimait. Les collants Pretty Polly noirs semi-opaques étaient dans tous les souvenirs qu'il avait d'elle, les bons comme les mauvais.

Les jours sombres, comme celui-ci, ces collants lui semblaient sales. Ils contrastaient avec sa chair rosée et attiraient l'attention sur le fait qu'elle aurait dû s'habiller décemment, comme les autres mamans. Les collants laissaient des lignes roses sur la graisse de son ventre. Ça ressemblait à quelque chose que les autres ne devaient pas voir et qu'il avait envie de recouvrir.

Elle avait oublié que Shuggie était à la maison. Quand elle le remarqua enfin dans le miroir, elle lui adressa son sourire vitreux, les dents serrées. Tout au fond de son sac, elle piocha une pièce de cinquante pence. « Regarde-toi, dit-elle. Comment on peut fêter les cloches si tu es encore en pyjama ? » Elle lui tendit la pièce et lui dit de se faire couler un bain.

Ça ne lui plaisait pas de la laisser comme ça. Il voyait qu'elle n'était plus dans son propre corps. Elle passa les bras autour de sa taille, le serra contre elle et posa un baiser sur ses lèvres. Il sentit la chaleur de son haleine, sa bouche entrouverte et inerte. « Et frotte-toi bien, l'avertit-elle. Je veux commencer l'année comme il faut. »

Quand la baignoire fut à moitié remplie d'eau tiède, Shuggie s'y glissa avec précaution. Il se savonna le cuir chevelu et s'allongea dans son bain tout en l'écoutant passer d'une cachette à l'autre à la recherche de l'alcool qu'elle avait dissimulé à son regard puis oublié. Il sortit le petit livre rouge qu'Eugene lui avait donné, pour mémoriser tous les résultats de la dernière saison de première division. Il égrainait ces « Je vous salue Marie », relisant ces scores incompréhensibles jusqu'à les avoir bien en tête. Une nouvelle année s'ouvrait, une nouvelle chance.

Sa tenue de Hogmanay était posée sur son lit. C'était sa panoplie de gangster monochrome, chemise noire et cravate blanche. Ils s'habillèrent tous deux en silence, comme un vieux couple malheureux se préparant pour une fête très particulière. Il laissa sa mère s'appuyer sur lui et l'aida à remettre sa jupe. « Allez, montre-moi comme tu es beau. » Elle fit glisser son doigt verni sur le bout de son nez. « *Tchut*, splendide. » Elle secoua la tête, pensive. « Pas comme ton gros sac de père. »

Agnes détacha une canette de Special Brew de son emballage en plastique. Elle la regarda avec tendresse et la remit solennellement au garçon. « Porte-la à Colleen. Souhaite-lui bonne année de ma part et fais attention qu'elle voie bien comme tu es élégant. » Elle eut un sourire amer. « Tu souhaiteras une bonne année à ta *Tatie* Colleen de la part d'Eugene et moi, d'accord ? »

Dans toutes les maisons de la rue, un sapin de Noël brillait fièrement à la fenêtre du salon. Des garçons aux cheveux bruns cavalaient sur la chaussée avec des morceaux de charbon à la main, pressés d'être le *first-foot*, le premier visiteur de la nouvelle année, celui qui porte chance. Shuggie marcha lentement vers chez les McAvennie. Il longea les barrières en bois qui bordaient les épais buissons de mûrier blanc. Il n'avait aucune intention de porter la canette ou le message de sa mère.

En traversant la rue, il se demanda ce que les autres mangeaient. Il les imaginait serrés les uns contre les autres, le ventre plein, à l'abri du froid. Devant la maison de Colleen, il pressa des baies de houx entre ses doigts en repensant aux sandwichs au steak qu'une Agnes sobre avait préparés pour le nouvel an précédent. Il se revit lové contre elle sur le canapé, en train de manger des chocolats à la menthe en regardant la foule de George Square accompagner les cloches en chantant.

Shuggie se demanda quoi faire de la canette. Il s'accroupit dans l'ombre de la remise à charbon de Colleen et tira sur l'opercule. La canette s'ouvrit dans un murmure et l'odeur de levure qu'il connaissait bien se propagea dans l'air froid. Shuggie lécha avec soin la bière qui avait coulé. La mousse lui semblait inoffensive, floconneuse, un nuage amer, un peu aigre et métallique, comme s'il s'était collé les lèvres au robinet de la cuisine. Son estomac tourmenté par la faim demandait à être rempli, réclamait un goût, n'importe lequel. Recroquevillé comme un animal, il tourna le dos à la rue et but une petite gorgée. Ça ne brûlait pas. Ç'avait un goût de Canada Dry éventé avec une note de pain brun. Il prit une deuxième gorgée puis une autre et les grognements de son estomac s'apaisèrent.

Il était content de la chaleur que la bière lui procurait, de la légèreté qu'elle mettait dans son cœur. Sa faim se calma et il se sentait un peu plus gai, quand il entendit un moteur diesel s'arrêter. Il regarda Agnes tituber sur les pavés inégaux de l'allée, tenant son manteau violet fermé sur une jupe courte. Elle fit un peu de charme au chauffeur et monta sans aucune grâce à l'arrière du taxi. Le chauffeur portait d'épaisses lunettes fournies par le NHS ; ce n'était clairement pas Eugene. Shuggie paniqua quand il vit le taxi sortir de Pithead.

Au cours des quatre mois et treize jours depuis le soir où il avait aidé sa mère à replonger, Eugene était venu chez eux deux ou trois fois par semaine. Ces matins-là, Shuggie entendait Leek partir au travail et, quelques minutes plus tard, Eugene se glissait dans la maison silencieuse. Shuggie aurait pu régler le compteur de la télévision à partir de ce petit manège.

Depuis cette soirée au club-house, Eugene avait eu le bon sens d'éviter Leek. Alors qu'Agnes chantait, affalée sur le tapis de l'entrée, Leek était sorti en caleçon en hurlant et avait viré Eugene sans ménagement. Eugene aurait pu lui résister facilement mais il était si bien élevé qu'il s'était laissé mettre à la porte en s'excusant jusque sur le trottoir.

Il n'avait pas dormi de la nuit, rongé par le remords. Tôt le lendemain matin, fuyant la mine renfrognée de sa fille, il avait pris le téléphone dans le couloir et s'était enfermé avec dans la salle de bains. Il avait réveillé Agnes qui l'avait ensuite retrouvé à l'entrée de la houillère. Il s'excusa de l'avoir poussée à boire et promit de l'aider à arranger les choses. À l'arrière du taxi, elle l'avait embrassé pour le rassurer. Sa langue, qu'elle lui glissa dans la bouche, lui parut enflée et inerte. Eugene espéra que les vapeurs de bière de son haleine n'étaient que les souvenirs de la veille. Quand il vit la tête d'Agnes qui dodelinait sur le trajet du retour, il se rappela qu'elle n'avait pas bu de bière au club avec lui.

Après cette nuit, Shuggie s'était attendu à ce qu'Eugene fuie. Or, au contraire, il les écoutait parler, les matins où il passait, assis près du téléphone en tenue d'écolier. Shuggie ouvrait sur ses genoux son cahier d'exercices et signait soigneusement à la place de sa mère avec un vieux bic. Il se souvenait d'une fois, chez Lizzie, où il avait joué avec une des figurines bon marché de sa mère. Elle représentait un petit garçon de ferme. Il maniait une faucille et avait un étrange regard, si mélancolique qu'il devait être témoin du plus spectaculaire des couchers de soleil. Agnes lui avait demandé plusieurs fois de ne pas y toucher mais il ne pouvait s'en empêcher et, un dimanche, alors qu'elle était dans son bain, il le fit tomber. Le bras se détacha et la faucille se brisa. Shuggie cacha la statuette dans le placard à linge de Lizzie. Assis près de la chaudière brûlante, il essaya de la recoller avec tout ce qu'il trouva, depuis l'adhésif jusqu'au riz au lait figé. Il rendit visite au garçon brisé tous les jours pendant une semaine et pria pour un miracle. Quand il n'était pas dans le placard, la figurine l'obsédait, et quand il y était, il pleurait pour ce qu'il avait fait. Il se tortura toute la semaine avant de l'abandonner là, caché entre de vieilles serviettes de bain, dans l'attente que quelqu'un d'autre le retrouve et le répare.

Assis à la console du téléphone, Shuggie repensait à la figurine brisée. Il les écoutait parler avec la voix basse que les adultes ont le matin et il sentait bien qu'Eugene était fatigué par sa nuit de travail. Il avait un catalogue d'échantillons de papier peint et il demandait à Agnes quel motif elle préférait, les jolies fleurs des champs ou les épaisses rayures avec de minuscules fleurs de lys. De là où il était, il entendait que sa mère, accablée par sa migraine, concentrait toute son énergie à faire frire du foie pour le petit-déjeuner d'Eugene.

« C'est pas grand-chose, dit Eugene gaiement. Je peux faire toute la cuisine en un jour. C'est mon vieux qui m'a montré comment fallait faire pour le moisi. Je peux gratter les murs le matin et poser le papier l'après-midi. Ça sera comme neuf en un rien de temps.

– OK, d'accord, dit Agnes d'une toute petite voix.

– Ça va ?

– Oui. J'ai un peu mal à la tête, c'est tout. »

Shuggie entendit Eugene refermer le lourd catalogue de papiers peints, il imaginait ses mains ouvertes posées dessus. « Tu sais, tu pourrais p't-être éviter de boire un coup aujourd'hui. Et si tu sens que ça monte, bah, tu pourrais aller faire une promenade ou un truc comme ça ? »

Shuggie entendit sa mère s'efforcer de répondre d'une voix neutre et calme. Elle la ponça comme un morceau de bois plein d'échardes pour en retirer la rugosité du sarcasme. « Une promenade. Oui, peut-être que ça peut aider. »

Quelques semaines plus tard, après que le papier peint fut posé, Shuggie remarqua qu'Eugene avait arrêté de dire ce genre de chose. Si Agnes avait besoin de boire un coup, d'accord, mais il lui demandait juste d'arrêter de harceler la centrale pour le retrouver. Shuggie retourna à la console et prit l'annuaire corné. Il trouva le numéro d'Eugene et, avec le bic mâchonné, changea un *6* en *8*. Il trouva ensuite le numéro de sa compagnie de taxis et changea tous les *1* en *7* du mieux qu'il put.

Quand il releva la tête, Eugene était sur le seuil de la cuisine, un tournevis cruciforme à la main. Shuggie le regarda aller et venir dans le couloir et resserrer les paumelles de toutes les portes jusqu'à ce que les vis crissent dans le bois. « Je pensais à un truc, dit Eugene à Agnes. Il faut que je mette le taxi au garage la semaine prochaine, du coup je vais avoir quelques soirs de libres. On pourrait sortir, faire une vraie soirée cette fois. On pourrait retourner au club de golf et tu pourrais reprendre le cocktail de crevettes que t'avais bien aimé. Et puis je me disais que ç'te fois-là je boirais pas. Peut-être que personne est obligé de boire ce coup-ci. »

Shuggie prit sa tasse et passa devant Eugene pour aller à la cuisine. Sa mère était assise à la table, la tête dans les mains, en train de se masser le crâne, un seau entre les genoux. Le nouveau papier peint était très joli, le jaune et le bleu des fleurs égayaient vraiment le petit espace. Eugene avait très adroitement aligné toutes les clochettes. Toute la moisissure était partie mais maintenant, quand Shuggie regardait par la fenêtre, le marais brun ressortait comme une énorme tache carrée au milieu d'une belle prairie printanière.

Accroupi devant chez les McAvennie, Shuggie versa la fin de la bière de Hogmanay dans l'herbe morte. Honteux, il cacha la canette vide sous sa chemise. Il traversa la rue, abasourdi, et trouva la porte d'entrée entrouverte et toutes les lumières allumées. Il passa de pièce en pièce, incrédule, s'attendant encore à la voir surgir. En fouillant les placards de la cuisine, il mit la main sur la dernière boîte de crème anglaise. Il l'ouvrit et enfonça sa cuillère au fond de la conserve. La crème sucrée calma la bière qui tournait dans son estomac. Il s'assit sur la table basse et engloutit la boîte de crème en regardant les premières images des festivités de George Square à la télévision.

Au milieu du bal folklorique, il comprit qu'elle ne rentrerait pas. Les fêtards commençaient à s'embrasser et à chanter. Il avait l'impression d'être un bébé qui voulait sa maman. C'était injuste que tous puissent partir quand bon leur semblait.

Shuggie fouilla la maison à la recherche d'un mot, d'un indice, d'une carte au trésor indiquant où elle était partie mais il n'y avait rien. Il regarda dans son sac à bingo noir et y trouva tous les feutres. Il alla à la console dans le couloir et se demanda qui appeler. Le répertoire en cuir rouge posé près du téléphone listait tous les gens qu'Agnes connaissait. Elle le mettait à jour religieusement et certains noms avaient visiblement été barrés avec colère. À côté des noms inscrits de son écriture déliée, elle avait griffonné d'une autre main, qui semblait appartenir à quelqu'un d'autre, un bref commentaire. Nan Flannigan *doit cinq livres à ma mère depuis 1978,* Ann Marie Easton, *salope hypocrite,* Davy Doyle *a mis un costume marine à l'enterrement de papa* et Brendan McGowan *voulait juste une esclave et une bonne.*

Beaucoup d'entrées ne comportaient qu'un prénom. Shuggie supposa que c'étaient pour la plupart les gens des Alcooliques Anonymes. Certains numéros comprenaient une information complémentaire pour différencier une Elaine d'une autre. Il trouvait ça amusant que tous les membres des AA fassent ça. C'était peut-être pour préserver leur anonymat, les noms de famille restant privés, mais c'était plus probablement parce que les gens allaient et venaient et que les descriptions valaient mieux pour les identifier. Il reconnut plusieurs surnoms : Peter Lundi-Jeudi, Peter Grand Chauve, Mary-Doll, Jeanette la copine à Mary-Doll, Cathy de Cumbernauld et Jeanie la Rouquine, qui était bizarrement à la page des R plutôt qu'avec les J, ce qui l'agaça.

Sa mère pouvait être n'importe où et il commença à paniquer en se disant qu'il n'allait pas la revoir avant février. Il se mit à hurler sur l'épais carnet. « Mais t'es où putain ? *Dis-moi !* »

Le nouvel an en Écosse était une débauche de deux jours. Le nouvel an dans le Glasgow d'Agnes n'avait pas de terme. Après leur arrivée à Pithead, le garçon avait vu une fête durer plusieurs jours. Agnes était encore ivre le sixième matin. Quand Shuggie revêtit son uniforme pour la rentrée, Leek décida que ç'avait assez duré. Il pouvait supporter beaucoup de choses, mais le 6 janvier il fit le tour de la maison avec un grand sac-poubelle noir et mit à la porte deux mineurs qui râlaient.

Shuggie pensa à Leek, à ses cris, aux lumières des machines à sous, à sa dureté toujours plus grande. Il en avait assez de jouer au mistigri avec son frère. Tout en tripotant sa lèvre inférieure, il souleva négligemment le combiné et sentit la fumée aigre et le parfum du rouge à lèvres d'Agnes sur le haut-parleur. Pour se rassurer, il porta le combiné beige à son oreille et écouta la tonalité. Il regarda le clavier et, remarquant enfin la touche rouge de rappel, appuya dessus.

Le téléphone sonna un long moment avant que quelqu'un décroche. Shuggie entendait à peine la femme au bout du fil à cause du tube ringard en fond sonore. « Allô. ALLÔ ! C'est qui ? cria-t-elle d'une voix rendue rauque par la fumée et lente par la boisson.

– Euh. Est-ce que ma mère est là ? demanda-t-il, assis droit comme un I.

– C'est qui ? » Elle semblait irritée par cette interruption. « C'est qui ta maman, petit gars ?

– Ma mère s'appelle Agnes Campbell Bain. Vous-vous pouvez lui dire que Shu... que Hugh... » Il se reprit. « S'il vous plaît, pouvez-vous lui dire que je n'ai plus de crème anglaise ? »

La femme s'écarta du combiné et cria derrière elle. « Hé, y a quelqu'un qui connaît une Agnes ici ? »

Il entendit plusieurs voix puis elle lui dit : « Attends une petite minute, mon gars. Et bonne année, hein. » Avant qu'il puisse répondre, elle reposa le combiné. Il entendait des hommes et des femmes rire et sut qu'ils étaient vieux parce qu'ils jouaient déjà les vieilles chansons écossaises mélancoliques. Shuggie attendit longtemps que la femme revienne. Il était sûr qu'elle l'avait oublié quand il entendit une voix.

«Ch-allô, bégaya la voix familière.

– Maman ? C'est moi.

– Quelle heure il est ? »

Shuggie passa la tête dans l'encadrement de la porte et, à la lueur de la télé, put lire la petite horloge. «Dix heures et demie, euh, non, il est presque onze heures. »

La voix se tut. Il entendit Agnes allumer une cigarette et tirer longuement dessus. «Eh, bah, tu devrais être au lit.

– Quand est-ce que tu rentres ?

– Allez, ne t'en fais pas. Maman n'a pas le droit à une petite fête ? Ça fait si longtemps, Hugh. » Elle poursuivit, d'une voix traînante : «On m'a promis tant de fêtes à l'époque. Pourquoi tu essaies de gâcher ma fête ? » Elle commençait à se répéter.

«Maman, j'ai peur. Où tu es ?

– Chez Anna O'Hanna. Allez, au lit, je te retrouve quand je rentre. » Cette conclusion était tragiquement vague.

Elle raccrocha et il mit un moment avant de reposer le combiné. Shuggie envisagea de rappeler mais elle n'allait jamais vouloir reprendre le téléphone. Il renifla encore un peu le haut-parleur puis il alla se coucher tout habillé, la lumière allumée et la télévision à fond. Il entendait des voix joyeuses dehors, les enfants McAvennie qui couraient dans la rue en hurlant «Bonne année» à pleins poumons. Ils avaient une crécelle en bois qu'ils faisaient tournoyer furieusement.

Il se leva et retourna à la console. Il chercha à *A* puis à *O* et trouva Anna O'Hanna. Il avait déjà entendu ce nom. Anna n'était pas aux AA, c'était une amie d'enfance et peut-être bien une cousine éloignée. Elles avaient travaillé ensemble dans une cantine et fréquentaient le dancing de Tollcross quand elles étaient jeunes. S'il en croyait les notes de sa mère, c'était *une vieille langue de pute aux yeux bridés* et *la meilleure amie que j'aie jamais eue*.

Sous son nom était indiquée son adresse, à Germiston. Il n'avait aucune idée d'où c'était mais toutes les connaissances d'Agnes vivaient à Glasgow, il espérait donc que Germiston s'y trouvait. Shuggie arracha une page à la fin du répertoire et recopia l'adresse aussi proprement que possible. Puis il appela un numéro qu'il trouva à l'entrée *Taxi*.

« Allô, ici Tax Max, dit un homme bourru.

– Allô. Pouvez-vous me dire où se trouve Germiston, s'il vous plaît ?

– C'est au nord-est, mon vieux. Tu veux un taxi ? demanda-t-il, agacé.

– Pardon de vous déranger avec ça, répondit poliment le garçon, mais combien coûte un trajet pour aller là-bas ?

– En partant d'où ? » soupira l'homme.

Shuggie donna le numéro de la maison, la rue, la localité et le code postal.

« Euh, à peu près huit livres plus deux cinquante vu que c'est le nouvel an.

– D'accord. Un taxi, s'il vous plaît », dit Shuggie en raccrochant.

Armé d'un couteau à beurre, il ouvrit le compteur à pièces du gaz comme Jinty le leur avait montré. Il aligna les pièces de cinquante pence sur la table devant la télé. Il n'y en avait que vingt, ce qui, il le savait même sans compter sur ses doigts, faisait dix livres tout juste. Il alla chercher le long couteau à pain dans la cuisine et entreprit d'ouvrir le compteur de la télé comme il avait vu Agnes le faire une centaine de fois.

Avec l'expérience, il savait qu'il fallait le secouer un peu pour que les pièces tombent sans endommager le compteur. Si le type de la télé découvrait qu'il était cassé, on risquait *de gros ennuis* mais tout le monde dans la rue avait tant d'années d'entraînement que personne ne les avait jamais, ces fameux *gros ennuis*. Shuggie avait vu Agnes puis Leek s'attaquer régulièrement à la télé. Il fallait normalement insérer une pièce de cinquante pence dans le compteur pour trois heures de programmes. Quand le temps était expiré, la télé s'éteignait automatiquement, et l'écran restait noir. Il n'y avait pas moyen de négocier jusqu'à la fin du film ou la prochaine coupure pub. Plus d'argent et la télé s'éteignait.

Shuggie glissa le couteau à beurre dans la fente et deux malheureuses pièces de cinquante pence en sortirent. Si l'homme lui avait dit la vérité, ça suffirait pour aller jusqu'à Germiston, mais pas pour en revenir.

Shuggie sortit lorsqu'il entendit le moteur du taxi. Toutes les maisons de la rue étaient allumées et les familles partageaient gaiement le moment des cloches. Seule à sa fenêtre, Colleen regardait ses enfants dévaler la rue avec leur crécelle. Shuggie avait retenu ce qu'Agnes lui avait appris, il fit donc un signe de la main et un sourire en montant dans le taxi.

Le chauffeur était maigre et blond. Il fut surpris de voir grimper un enfant déguisé en gangster de Chicago. « Y a que toi, bonhomme ? s'étonna-t-il.

– Oui. » Il lui tendit le bout de papier avec l'adresse.

Le chauffeur baissa la tête et regarda vers le salon de Shuggie pour voir si un adulte, son père ou sa mère, apparaissait à la fenêtre. Shuggie prit le sac plastique rempli de pièces dans sa poche et le posa sur son genou. Tout ce métal tintait et, jetant un coup d'œil au garçon puis à son argent, le chauffeur finit par desserrer le frein à main en soupirant.

Le taxi sortit du petit lotissement poussiéreux et ils se retrouvèrent bientôt sur une quatre-voies. Shuggie savait que c'était la route qui conduisait dans le centre. Il s'efforça de mémoriser le trajet en prenant des points de repère afin de se préparer pour son long retour à pied. Ils passèrent devant un collège, puis des terrains de rugby et enfin l'obscurité vide d'un loch. À partir de là, il ne reconnut plus rien.

Au lieu de prendre la petite route, le chauffeur prit une voie rapide, comme pour s'éloigner du centre. Elle ressemblait à une route de campagne, comme si la ville, fatiguée, avait arrêté là son expansion. Elle était en mauvais état, sur la gauche il y avait des pavillons en construction, dos à la route, et de hautes palissades en bois qui protégeaient les jardins en friche. Sur la droite se déroulaient des kilomètres et des kilomètres de champs en jachère, sombres et vides. Le chauffeur devait bien connaître le trajet car il n'arrêtait pas de regarder vers la banquette arrière, souriant au petit garçon avec sa cravate blanche.

« T'es très classe, dis donc. Tu vas à une p'tite fête ? demanda-t-il en souriant dans le rétroviseur.

– En quelque sorte. Je pense aussi que c'est important d'être toujours aussi élégant que possible. »

L'homme rit. « Alors, elle est où ta maman ? À la fête ?

– J'espère, grommela Shuggie.

– T'es vraiment un grand, à voyager tout seul comme ça. J'ai un fiston qui doit avoir ton âge. T'as quoi, douze ans ? Il aime bien monter à l'avant pour jouer avec ma cibi. »

Il n'avait que onze ans mais ça le réconfortait qu'on lui donne plus et ne rectifia pas. C'était drôle de ne voir que les yeux ou la bouche du chauffeur dans le rétroviseur, jamais les deux en même temps.

« Tu veux monter devant avec moi ? » fit la bouche en s'étirant en un large sourire.

Le taxi ralentit et s'arrêta, pas à un carrefour ou à un feu rouge mais au beau milieu de la route déserte. Shuggie regarda les maisons en construction sur la gauche et le champ sur la droite. Il se dit que, s'il voulait la ramener à la maison, il n'avait d'autre choix que de faire ce qu'on lui disait.

L'homme lui disait de descendre. La portière s'ouvrit mais il n'y avait pas de siège passager à l'avant du taxi, seulement un tapis. Il resta debout dans le petit carré au milieu du journal du soir, d'un manteau et d'un emballage de sandwichs entamé. Shuggie essaya de ne pas regarder la nourriture avidement. Le pain avait une croûte épaisse mais il avait si faim qu'il l'aurait mangé en entier, croûte comprise.

« Et voilà, c'est mieux, pas vrai ? » Le chauffeur écarta ses affaires pour lui faire de la place. Il tenait son sandwich à la main. « T'en veux ? demanda-t-il. C'est rien que du beurre et un peu de jambon en boîte.

– Non merci, répondit poliment Shuggie en regardant le morceau à demi mangé avec des yeux brûlants.

– Vas-y, prends-le. J'entends ton ventre d'ici. » Shuggie accepta le sandwich. Le pain était mou à cause du beurre et il essaya de le manger lentement mais la bière lui rongeait l'estomac et il finit par avaler de gros morceaux de jambon salé. Il était si épais et si riche qu'il lui collait au palais.

Même à genoux, Shuggie n'arrivait pas à l'épaule du chauffeur. Jetant un coup d'œil par-dessus son sandwich, il remarqua qu'il ne ressemblait pas du tout à son père. Il avait un visage plus doux et des rides aux coins des yeux quand il souriait. Il portait une chaîne avec un crucifix autour du cou, ce qui, curieusement, rassura Shuggie.

« Ça, c'est la cibi », expliqua l'homme en montrant un appareil qui ressemblait à un rasoir électrique. Il appuya sur un bouton. « Et voilà, tu peux jacter tant que tu veux si ça te chante. Sur cette fréquence y aura que les routiers et les cœurs à prendre qui les suivent qui t'entendront. » Il lui sourit, dévoilant ses dents bien alignées, et Shuggie se dit qu'il aimerait bien qu'Agnes le rencontre, cet homme qui lui offrait des sandwichs.

Le frein à main claqua et le taxi repartit sur la route plongée dans l'obscurité. Shuggie tomba en arrière contre la vitre de séparation. « Ouh là, attention, petit gars, accroche-toi ! » Il passa le bras gauche autour de sa taille, le tenant fermement dans l'espace bagages.

Ils roulèrent dans les ténèbres. Shuggie s'efforça de ne pas finir le sandwich trop vite. Le jambon était épais et si salé que ça lui chatouillait les gencives. « C'est pas si rare, dit soudain l'homme. Les gamins tout seuls, j'veux dire. » Il se tourna vers Shuggie et lui sourit. « J'en vois tous les temps, des papas et des mamans qui sont tellement pressés d'aller s'en jeter une au pub qu'ils laissent les mômes se débrouiller. Pauvres gosses. » Shuggie termina le sandwich. Il essaya de ne pas lécher le beurre qu'il avait sur les doigts.

«C'était bon ?»

Shuggie acquiesça et répondit poliment : «Oui, merci beaucoup.» L'homme avait toujours son bras autour de sa taille.

Il rit gentiment. «*Ooh, merci beaucoup*, le singea-t-il. T'es un petit gars bien poli, hein ?»

Shuggie s'efforça de cacher sa gêne. Il fixa le rétroviseur en regrettant que Leek ne soit pas là. La route de campagne semblait ne jamais finir, il essayait de se souvenir de ce qu'ils croisaient. Il fit une liste comme dans un jeu de mémoire, mais, au bout de dix ou quinze arbres pour un seul feu rouge, tout finit par se ressembler et il abandonna à contrecœur.

Lentement, le bras de l'homme descendit le long de sa taille. D'une main lente, il sortit la chemise de Shuggie de son pantalon en tweed et glissa insidieusement ses gros doigts à l'arrière de son slip. Sans tourner la tête, Shuggie savait qu'il lui souriait toujours.

«T'es un drôle de petit gars toi, hein ?» dit l'homme. Il poussa brusquement sa main plus loin dans le slip et commença à le fouiller avec ses doigts. Shuggie avait la ceinture du pantalon qui lui rentrait dans le ventre. Il avait l'impression qu'il allait être coupé en deux et cette seule douleur aurait suffi à le faire pleurer. Mais Shuggie ne dit rien.

Le taxi ralentit. Le chauffeur faisait un bruit bizarre, comme s'il aspirait une soupe trop chaude. Des phares arrivèrent en sens inverse. Shuggie grimaçait maintenant, les gros doigts de l'homme le pressaient d'une façon étrange. La crème anglaise flottait sur la bière aigre et le pain gonflait dans son estomac, si bien qu'il crut qu'il allait vomir. Les doigts appuyaient et appuyaient encore. Le chauffeur avait la bouche pincée en un rictus. Shuggie espérait qu'il croiserait des maisons éclairées.

«Vous savez, mon père est chauffeur de taxi.»

La grimace du chauffeur disparut.

Shuggie poursuivit d'une voix neutre et ignora les doigts de l'homme qui fouillaient son coin secret. «Et le petit copain de ma maman aussi, il s'appelle Eugene.» Il prit une courte inspiration. «Il vous connaît peut-être?» La fin de sa question partit dans les aigus.

Le chauffeur retira lentement sa main de l'arrière du pantalon de Shuggie, qui glissa le long de la vitre et posa son coin secret sur le sol du taxi. Il passa les doigts sur sa taille et dans le noir sentit les marques laissées sur son ventre par son pantalon. C'était comme retirer des chaussettes d'uniforme trop serrées mais en pire.

Des voix craquelèrent sur la cibi. Un homme avec un accent des Highlands parlait d'inondations sur Perth Road. Le chauffeur s'essuya discrètement la main sur son pantalon. «Alors, tu as passé un bon Noël? demanda-t-il, au bout d'un moment, l'air dégagé.

– Oui, merci, mentit Shuggie.

– Le Papa Noël t'a gâté?»

Tout son Noël venait du catalogue Freemans et était remboursé péniblement. «Oui.»

Le taxi noir atteignit enfin les lumières d'une cité grise et délabrée quand le chauffeur demanda: «Au fait, t'as dit que c'était quoi son nom à ton papa?»

Shuggie envisagea de mentir. «Hugh Bain.»

Une sorte de soulagement envahit le chauffeur qui se détendit contre son dossier. Quand il déposa Shuggie à Germiston, l'heure des cloches était déjà passée. Le garçon tendit son sac de pièces au chauffeur. Il l'inspecta puis, par pitié ou culpabilité, lui dit que le trajet était gratuit parce que Shuggie était un très gentil petit garçon. Il aurait préféré que l'autre accepte les pièces: il ne voulait pas qu'il pense qu'il avait apprécié le mal que ses doigts lui avaient fait.

Shuggie sentit le regard de l'homme sur lui tandis qu'il montait les escaliers de pierre menant à la porte d'entrée dans Stronsay Street. Il se retourna avec un sourire forcé et l'homme redémarra enfin. Quand le taxi eut tourné à l'angle, Shuggie remit sa chemise dans son pantalon. Il se frotta le ventre. Les bâtiments étaient tous identiques: les barres d'immeubles étaient serrées de part et d'autre de la chaussée étroite, formant un canyon de briques et de vitres. En levant la tête il remarqua de la musique et des lumières dans un appartement du deuxième étage, il appuya donc sur l'interphone du 2D. La porte s'ouvrit sans que quiconque réponde.

L'immeuble était mal éclairé. Quelque part au-dessus de sa tête, de la musique et des rires rebondissaient sur les murs. Shuggie entra. N'importe quel enfant de Glasgow aurait pu dire que c'était l'un des immeubles les plus pauvres de la ville. Les deux mètres de mosaïques dans l'entrée étaient fendus ou certains carreaux manquaient. Les murs étaient barbouillés de peinture marron et, à hauteur d'adulte, une bande crème sale donnait la direction de l'escalier. Toutes les surfaces plates étaient couvertes de déclarations d'amour ou d'appartenance à un gang. Au vu des serments d'allégeance à l'IRA, Shuggie conclut que Germiston était un quartier catholique.

En grimpant l'escalier, il entendait la fête au deuxième. Il y avait une certaine gaieté, la soirée ne s'était apparemment pas encore envenimée. Le garçon monta les marches une à une. C'était un escalier de granit mais l'usure les avait creusées au milieu et il n'y avait pas de rampe : l'escalier était construit autour d'un mur en béton et il ne pouvait voir ce qu'il y avait derrière chaque angle.

Il montait sans bruit. Au deuxième tournant, il tomba sur un homme et une femme assis sur les marches froides. Ils étaient avachis l'un sur l'autre comme deux tas de linge sale. Ils se faisaient des choses que le garçon avait déjà vues. La vieille femme semblait à peine consciente et l'homme avait la main sous sa jupe et la touchait dans son coin secret.

Shuggie croisa les bras et recula poliment pour s'écarter de ce qui se trouvait à hauteur de ses yeux. Il redescendit discrètement et avait presque tourné à l'angle quand la femme ouvrit un œil hagard et le remarqua. L'homme continuait de la frotter comme s'il cirait une chaussure.

« Qu'est-ce tu regardes toi ? demanda-t-elle sans desserrer les lèvres.

– Vous allez bien ? demanda Shuggie. Il vous fait mal ? »

Quelque part au-dessus d'eux une porte s'ouvrit et des bruits de fête emplirent la cage d'escalier. Les gens repartaient.

« Arrête un peu, John. » Elle repoussa sa main. La femme referma son haut et essaya d'apporter un peu de dignité à la scène. Elle baissa les yeux sur l'escalier de pierre pendant que l'homme continuait de lui mâcher le cou.

Shuggie sortit une de ses pièces de cinquante pence et la posa sur le genou nu de la femme. Puis il passa à côté du couple à toute vitesse, se dirigeant vers le bruit dans les étages. Des hommes et des femmes en manteau d'hiver descendaient. Il dut se faufiler pour ne pas être emporté par le flot de jambes vacillantes et de manteaux longs. Il atteignit le deuxième étage et, trouvant la porte grande ouverte, entra. Personne ne l'arrêta quand il traversa une nouvelle forêt de jambes dans la petite entrée. Personne ne fit attention à lui quand il pénétra dans la pièce principale.

C'était une version plus petite de leur salon. Il était tapissé de brocart bordeaux et contre un mur était installé un petit radiateur électrique avec des fausses braises en plastique qui diffusaient une lueur orangée dans la pièce moite. Au centre, un ensemble de salon encore recouvert de sa housse. Dans les coins, des chaises de cuisine dépareillées sur lesquelles étaient assis des hommes et des femmes de quarante ou cinquante ans que Shuggie n'avait jamais vus. Les hommes portaient de lourds costumes gris et de larges cravates et les femmes avaient revêtu de jolis chemisiers. Ils étaient guindés, comme s'ils étaient à l'église, mais avaient l'œil vitreux, comme s'ils avaient bu trop de vin de messe.

Le tourne-disque dans un coin jouait une version particulièrement mélancolique de « Danny Boy ». Quelques vieux poivrots assis à côté avec leur canette de bière tiède à la main hululaient les paroles pendant qu'une vieille femme écoutait, les yeux brillants. Toute la pièce glissait manifestement vers la fin de soirée. Il fit le tour à la recherche de sa mère. Agnes n'était pas là.

À l'écart, près de la fenêtre, assis à une table à rabats, se trouvait un jeune garçon de l'âge de Shuggie. Il l'avait regardé pendant tout le temps qu'il avait passé à tourner dans le salon. Il était bien habillé et sa raie au milieu n'avait pas bougé depuis que sa mère sans doute l'avait coiffé. Quand ils se regardèrent, Shuggie se demanda s'il était perdu ou s'il cherchait quelqu'un lui aussi. Le garçon lui fit un signe de la main et Shuggie voulut traverser la pièce pour lui dire bonjour. À mi-chemin, il vit une petite assiette de biscuits et un verre de jus pétillant posés sur la table. Quelqu'un ici aimait cet autre garçon. Shuggie fit demi-tour et repartit à la recherche d'Agnes.

Il repassa dans la forêt de jambes de l'entrée. Dans la kitchenette, il vit une femme aux cheveux noir de jais. Son cœur fit un bond avant qu'il se rende compte que ce n'était pas sa mère. Shuggie voulut lui demander où était Agnes mais il avait si honte à cause du garçon aux biscuits qu'il ne dit rien. L'orgueil lui scella les lèvres et la femme passa à côté de lui comme s'il était invisible. Il y avait trois chambres dans l'appartement. Chacune était vide à l'exception d'un fêtard qui fumait ou pleurait en silence. Il les fouilla toutes mais aucun des ivrognes n'était celle qu'il cherchait. La dernière chambre était la plus grande, celle du papa et de la maman. Elle était fermée et il dut s'accrocher à la poignée et pousser fort pour faire pivoter la porte poisseuse. Il n'y avait pas de lumière mais à la lueur du couloir il vit que le lit double était recouvert de gros manteaux.

Shuggie resta planté là, la main posée sur le sac de pièces dans sa poche. Ça suffirait tout juste pour rentrer à la maison. Il l'y retrouverait peut-être, paniquée, dégrisée par l'inquiétude, en train de l'attendre avec un thé chaud et des toasts.

Dans la fumée et la pénombre, les larmes lui piquèrent les yeux et il s'assit un instant sur le lit couvert de manteaux. Il se comportait comme un bébé et il le savait. Il avait été un gros bébé toute la soirée, à réclamer sa maman, et il aurait voulu être comme Leek, qui n'avait jamais besoin de personne. Shuggie enfonça les ongles de sa main gauche dans la chair de son bras droit en essayant de faire cesser ses sanglots.

Quelque chose bougea sous les manteaux. Shuggie se leva d'un bond. Une petite main surgit. Elle resta suspendue un moment avant de soulever une veste et apparut alors le visage humide et couvert de mascara de sa mère.

Elle avait les cheveux aplatis et collés sur le côté. Il vit à ses petits yeux qu'elle avait dessoûlé. Elle le regarda, la lèvre tremblante, comme sur le point de pleurer. Il eut si peur qu'il cessa tout de suite de sangloter et essaya de se tenir droit comme un grand garçon. Il retira les manteaux un à un pour la découvrir. Elle émergea lentement de la pile, à moitié nue et la peau fripée. Elle soutint son regard sans dire un mot. Doucement, il continua de retirer les vêtements empilés. Sous les lourds manteaux émergèrent les jambes blanches et les petits pieds d'Agnes. Shuggie s'arrêta et vit dans l'enchevêtrement de tissus que ses Pretty Polly noirs étaient déchirés de la taille aux orteils.

24

Quand le garçon ouvrit les yeux, il la trouva assise au bout de son lit. Elle était devenue un terrifiant spectre qui apparaissait chaque matin. Il la regarda trembler quelques instants, grelottant à cause de l'humidité que la boisson avait laissée en elle. Elle porta un morceau de papier toilette à sa bouche dans lequel elle cracha une glaire blanche puis essaya de réprimer le haut-le-cœur qui suivit.

Agnes pencha la tête et lui lança un regard implorant, des yeux sans sommeil. «Bonjour, chéri.

– B-bonjour.» Shuggie s'étira jusqu'aux orteils.

La main tremblante, elle écarta délicatement ses couvertures. L'air frais de mars le saisit et Shuggie se mit en boule en râlant. Agnes posa une main froide sur son pied chaud. Il avait encore grandi : son vieux pyjama s'arrêtait au-dessus de son mollet et les poils de ses jambes commençaient à s'épaissir et à brunir. «Encore un an et tu seras un homme, qu'est-ce que je ferai moi, à ce moment-là ?

– Tu penses que je serai plus grand que Leek ?» Le lit de son frère était déjà vide.

«C'est certain.» Elle repoussa les cheveux qu'il avait dans les yeux et s'efforça d'avoir l'air gaie. «Ça te dirait de ne pas aller à l'école aujourd'hui ? Pour me tenir compagnie ?»

Shuggie écarquilla les yeux. «Je sais pas. Le père Barry dit que j'ai déjà raté trop de jours.

— Oh, on s'en fiche de lui. Tu y es allé presque tous les jours la semaine dernière. Je te ferai un mot pour dire que ta Mamie est morte. »

Shuggie grogna en étirant ses orteils dans le froid. « Il n'est pas débile. Tu as déjà fait le coup trois fois. »

Il savait ce qu'elle voulait. Dès que l'horloge afficha neuf heures moins le quart, il fut envoyé dans la rue glaciale avec le Carnet du mardi. Il portait un imperméable fin et un beau pantalon et, sur un bras, un grand sac de courses vichy en nylon. Le sac à provisions n'était qu'un accessoire, il n'y aurait pas de courses à mettre dedans mais il jouait un rôle et ça rendait tout le numéro plus respectable. Comme un bookmaker avide, Shuggie tourna les pages du carnet d'allocations familiales et regarda la généreuse somme de huit livres cinquante apparaître sur tous les coupons déjà oblitérés. Il trouva celui qu'elle avait rempli pour la semaine, vérifia qu'elle ne s'était pas trompée malgré le manque, puis le laissa tomber au fond de son sac.

Il savait qu'elle le regardait derrière les voilages, il marcha donc d'un bon pas, l'air décidé. Quand il tourna au coin de la rue, il ralentit et passa un moment à écraser des baies.

Shuggie avait tout essayé, filer à toute blinde ou disparaître pendant des heures dans la tourbière. Une fois, il avait encaissé les allocs et dépensé l'argent pour de véritables provisions, il avait même acheté de la viande chez le boucher. Ça se terminait toujours de la même façon : elle rendait les produits qu'elle pouvait et achetait ce dont elle avait vraiment besoin, c'est-à-dire de l'alcool. Maintenant, quand il devait encaisser le coupon, il baissait la tête et y allait avec une certaine résignation.

Elle n'était plus la même depuis le nouvel an. Celui qui l'avait laissée à moitié nue sous une pile de manteaux lui avait fait passer l'envie de faire la fête. Maintenant, quand Shuggie la regardait boire, il voyait qu'elle avait perdu le goût de s'amuser. Elle buvait pour s'oublier, parce qu'elle ne savait plus comment repousser la douleur et la solitude.

Elle s'était fait virer de la station-service. Elle avait raté trop de soirs et sans personne pour la remplacer la station était restée fermée trop souvent. Agnes l'avait d'abord pris avec fatalisme, comme tout le reste, ce n'était simplement pas fait pour elle. Quand les factures du catalogue s'amoncelèrent et qu'il n'y eut plus d'argent pour boire à partir du jeudi, elle se mit à en parler comme d'une conspiration. Elle était trop populaire, trop belle, disait-elle, et les proprios n'avaient pas aimé que la station devienne un club pour taxis esseulés. Leek avait écouté sa tirade sans rien dire en mangeant ses céréales puis lui avait demandé calmement : « Tu vas continuer à te mentir comme ça longtemps ? »

La file d'attente prenait une éternité. Il n'y avait pas un bruit, exception faite des toux grasses, du crissement du nylon et du *stamp, stamp, stamp* de la femme nerveuse derrière le guichet. À la façon dont ils gigotaient, il vit que les gens avaient attendu tout le week-end pour toucher leurs allocations. Certains avaient eu faim, d'autres n'avaient plus de cigarettes depuis le dimanche après-midi et d'autres encore, comme sa mère, mouraient de soif. Shuggie s'approcha du guichet et posa le carnet dans le petit tiroir qui lui arrivait à hauteur d'œil. Il glissa dans un sens. Il glissa dans l'autre sens.

« Il n'est pas signé », dit la postière.

Shuggie prit le stylo accroché à une chaînette et écrivit son nom dans l'espace prévu comme Agnes le lui avait appris. Il reposa le carnet dans le tiroir et sourit à la dame. Elle le prit et l'examina attentivement. Elle portait des lunettes à monture rose et le toisait comme une institutrice perchée sur un tabouret haut. « Et Mme Bain ne peut pas venir toucher ses allocations familiales elle-même ? » demanda-t-elle un peu trop fort.

Shuggie sentit les gens danser d'un pied sur l'autre dans la file. « Non. »

La femme se pencha en arrière comme pour s'étirer le dos. « Tu ne devrais pas être à l'école, jeune homme ? » Il entendit des raclements de gorge d'assentiment derrière lui.

«Ma mère ne se sent pas bien», murmura-t-il dans le tiroir.

La femme s'approcha de la vitre et le surplomba. «Oui, mais je me rends compte que je te vois tous les lundis et mardis matin.» Elle renifla et brandit le carnet, le doigt posé sous la signature. «Il est dit ici que le mandataire ne peut être désigné que temporairement et que, si le bénéficiaire ne peut pas toucher lui-même ses allocations, le carnet doit être retourné aux services sociaux.»

Shuggie sentit la merde qui menaçait de tacher son slip. Tout ce qu'il parvint à lui opposer fut un faible : «*S'il vous plaît, madame.*

— Dois-je te reprendre ce carnet, jeune homme?» Elle ajusta ses lunettes d'un doigt taché d'encre. «Dois-je le renvoyer aux services sociaux?»

Le garçon secoua la tête tandis que la fuite empirait. «Non, s'il vous plaît, madame», supplia-t-il.

La femme semblait ne pas l'entendre ou ne pas s'en soucier. Elle referma le carnet et le posa sur le comptoir. Elle replia solennellement les mains dessus comme pour une prière. Shuggie eut l'impression que l'arrière de ses yeux brûlait. Il entendait la foule affamée qui commençait à grogner. Les allocations familiales représentaient un quart de ce qu'Agnes touchait pour les nourrir chaque semaine.

La bouche tremblante, il réessaya. «S'il vous plaît, madame.»

Les impatients soupiraient derrière lui. «Sa maman ne se sent pas bien!» lança une voix depuis le fond de la poste. La postière leva les yeux du petit visage livide vers la file d'attente. «Donnez-lui son argent ou il va crever la dalle!» renchérit l'inconnue.

Une vieille femme s'en mêla. Elle était fatiguée et secouait son carnet. «Oh, bon Dieu, donnez-lui son argent, au lieu de faire du zèle. Espèce de sans-cœur!»

La femme regarda la file et le garçon apeuré. Elle ouvrit le carnet de mauvaise grâce. *Stamp! Stamp!* Elle le contresigna et déchira le coupon de la semaine. Elle glissa le carnet, un billet de cinq livres, trois billets d'une livre et une pièce de cinquante pence neuve dans le tiroir. Elle le retint un instant et approcha le visage des petits trous dans la vitre. « *Tu es un garçon intelligent*, dit-elle plus bas. *Je ne veux pas te revoir ici la semaine prochaine. Retourne à l'école. Travaille bien. Accroche-toi et ne passe pas ta vie dans la file à attendre les allocs.* » Les yeux pleins de pitié, elle renvoya le tiroir vers lui. Le garçon acquiesça diligemment et, passant la langue sur sa lèvre humide, vida le tiroir. Il ne pouvait pas s'inquiéter de la semaine prochaine. Il avait déjà cette semaine-ci à terminer.

Shuggie retourna à Pithead le plus vite possible. Il passa devant l'école, il escalada les barrières cassées et dévala le talus qui menait au marais. Quand il fut suffisamment loin de la route, il retira son pantalon et son slip, s'accroupit et termina ce que la postière avait commencé. Puis il retourna son slip blanc et entreprit de l'essuyer dans l'herbe.

Il revint à la maison avant dix heures et demie, les rideaux commençaient à s'ouvrir dans les autres maisons de la rue. Il poussa la porte et courut jusqu'à elle, qui se tenait dans l'entrée. Elle portait son plus beau manteau de mohair, avait mis du khôl et un fard à paupières lavande. Elle s'était coiffée et la laque humide scintillait sur ses pointes comme de la rosée. Elle avait son plus joli sac sous son bras gauche et tendait l'autre main, tournée vers le haut, comme une sainte impatiente. Sa paume était irritée et rouge.

« Mais où t'étais passé ? » demanda-t-elle sans attendre de réponse.

Le garçon ouvrit le sac de courses et attrapa les billets et la pièce à côté de son slip sale. Agnes les rangea dans son porte-monnaie. « Bon, j'ai besoin que tu m'accompagnes au bout de la rue. Si on croise quelqu'un, je veux que tu me parles.

— De quoi ?

— De ce que tu veux. On s'en fout. Tu me parles et surtout tu ne t'arrêtes pas, pigé ? »

Agnes le fit tourner sur lui-même et le poussa vers la porte. Quand ils atteignirent l'angle, il vit qu'elle était soulagée de ne pas avoir croisé âme qui vive. En bas de la côte, appuyée contre une barrière, Colleen McAvennie discutait avec l'une de ses cousines.

Elles fumaient des cigarettes et Colleen avait à la main deux gros sacs-poubelle noirs remplis de linge, de draps ou des dernières affaires de Grand Jamesy. Elles levèrent la tête en entendant ses talons crisser sur le trottoir. Agnes fit un écart maladroit, comme pour traverser la route, mais releva finalement la tête sans dévier de son chemin. Elle continuait de faire fièrement cliqueter ses chaussures et se tourna vers le garçon : « Qu'est-ce que tu veux manger ce soir ? »

Shuggie regarda sa mère et fit ce qu'elle lui avait demandé. « Du poulet rôti, s'il te plaît. J'en ai un peu marre de manger du steak tout le temps. »

Elles passèrent devant les femmes, qui s'étaient tues, et Agnes s'exclama en riant : « *Oh, toi alors !* Ce sera encore du steak et ce sera très bien comme ça ! » Elle tourna vers ses voisines son profil altier et cacha derrière elle sa main rougie. « Ah, bonjour, Colleen, bonjour, Molly. Il n'arrête pas de pousser celui-ci. » Les deux femmes ne dirent rien mais elle sentit leurs regards peser sur son manteau, ses chaussures et ses cheveux. Quand elle se fut suffisamment éloignée, son visage se figea en un rictus et elle grommela « *Ouais, à vous aussi les connasses* » avant de traverser la rue.

L'épicerie de Dolan se trouvait au bout d'une rangée de trois magasins fermés, au sommet de la colline qui surplombait Pithead. Quand la houillère était encore encore en activité, c'était un endroit animé qui proposait des légumes frais et de la bonne viande aux familles, un lieu pour discuter un peu. Maintenant, M. Dolan ne prenait même plus la peine d'allumer. Si le magasin le plus proche n'avait pas été à trois kilomètres, il aurait fermé boutique. Comme s'il reconnaissait une demi-défaite, son store restait à moitié clos et ses lumières éteintes. Seule la lumière du jour passait par la porte d'entrée couverte d'affichettes.

M. Dolan quant à lui était un homme aimable et doux, ce qui ne l'empêchait pas de faire peur à Shuggie. Quand il était petit garçon, à l'époque de la mine, il était tombé d'un if et s'était écrasé le bras droit si bien qu'il avait fallu l'amputer. Maintenant, chaque fois qu'un enfant escaladait une barrière, des mamans sortaient à la fenêtre pour hurler : « *Descends de lô ou t'vas finir comme m'sieur Dolan.* »

Quand la cloche tinta, M. Dolan sembla à la fois content et triste de voir Agnes. Les rayons de canettes de bière et de bouteilles de whisky derrière lui prouvaient qu'il avait bien compris la nouvelle économie du coron. Pourtant, quand cette belle femme approchait du comptoir, l'épicier manchot ne pouvait s'empêcher de soupirer devant un tel gâchis.

Agnes lui demanda comment il allait en s'efforçant d'ignorer la pitié sur son visage. M. Dolan haussa les épaules et désigna le garçon de la tête. « Pourquoi t'es pas à l'école ?

— Il a un petit virus, monsieur Dolan, intervint Agnes. Il y a une saleté qui circule en ce moment. »

Le vieil homme soupira mais ne s'attarda pas sur ce mensonge. Agnes sortit une feuille de papier sur laquelle elle avait inscrit une petite liste de courses. Elle demanda des articles innocents : de la crème anglaise en boîte, des pois en conserve, un peu de haché, une poignée de pommes de terre. Elle demanda aussi un peu de jambon à la coupe et gigota nerveusement tandis que M. Dolan maniait habilement la trancheuse. Le talon du jambon et l'extrémité rose de son moignon lui semblaient identiques.

« Ça fera combien ? demanda-t-elle tandis qu'il glissait les tranches de jambon dans son sac.

— Cinq livres et deux pence. »

Agnes tâtonna un moment. « Est-ce que… est-ce que je peux aussi avoir le journal s'il vous plaît ?

— Cinq livres vingt-sept.

— Et une barre Cadbury pour le petit.

— Cinq cinquante.

— Voyons, dit Agnes avec une étourderie feinte. Ah, si, j'allais oublier. » Shuggie, honteux, regardait ses pieds. « Est-ce que je pourrais avoir douze Special Brew s'il vous plaît ? »

Quand l'homme se retourna pour les prendre sur le rayonnage, Agnès lécha le rouge de sa lèvre inférieure.

« Treize livres tout pile », annonça-t-il.

Agnes ouvrit son porte-monnaie et regarda les billets et la pièce argentée. « Oh, monsieur Dolan, on dirait que je suis un peu juste aujourd'hui. »

Le manchot se pencha sous le comptoir et sortit un gros livre de comptes rouge. Il tourna les pages jusqu'à la lettre B et trouva le nom d'Agnès. « Vous me devez déjà vingt-quatre livres, dit-il gravement. Je ne peux pas vous faire crédit tant que ce n'est pas remboursé. »

Avec un sourire peiné, Agnès fouilla le sac et reposa le jambon, les pois en conserve et deux pommes de terre sur le comptoir.

Quoi qu'il pût penser, monsieur Dolan ne faisait jamais de remarque et, pour terrifiante que fût sa manche pendante, Shuggie savait que c'était un homme profondément compatissant. Toutes les mères le surnommaient « le bandit manchot » à cause de ses prix mais Shuggie ne l'avait jamais vu être autre chose que gentil. Alors qu'Agnès tremblait devant lui un mardi matin, on eût dit qu'elle faisait du shopping dans les grandes enseignes du West End. M. Dolan ne la reprenait jamais pour son petit numéro. Parfois, quand elle sortait de la nourriture du sac, il faisait un clin d'œil au garçon propret avec ses cheveux bien peignés et lui glissait un fruit mûr. Mais pas aujourd'hui. Aujourd'hui il reprit presque toutes les courses et fit passer les canettes d'Agnès.

Agnes cliqueta sur le chemin du retour avec son sac de courses. Elle marchait plus vite et Shuggie dut presser le pas tandis qu'elle dévalait la pente. Une fois à la maison, elle se rendit à la cuisine sans retirer son manteau. Shuggie s'assit dans le salon pour lui laisser le temps de se remettre. Il attendit le sifflement, l'éclaboussure et le bruit des canettes qu'elle cachait. Il attendit que l'eau coule dans le grand évier métallique.

« Tu te sens mieux ? » demanda-t-il depuis le pas de la porte.

Elle se retourna, sa tasse à thé à la main. La nervosité avait quitté son visage mais l'inquiétude y demeurait. « Beaucoup mieux, merci. Tu m'as bien aidée aujourd'hui. »

Il s'approcha d'elle et s'enroula autour de sa taille. «Je ferais n'importe quoi pour toi.»

Alors qu'il traversait la tourbière, il s'arrêta régulièrement pour se retourner et lui faire signe, jusqu'à ce qu'il soit trop loin de la maison et qu'il ne la voie plus à la fenêtre. Tout en faisant craquer les ruisseaux gelés sous ses pas, il se consola en se disant qu'il savait exactement ce à quoi la journée de sa mère allait ressembler. Il y avait quelque chose de réconfortant dans le fait que, sobre ou non, elle soit toujours coincée dans la même routine.

Shuggie décapitait les joncs en se demandant si la tristesse la gagnerait aujourd'hui. Les joncs gelés étaient secs comme des os, et quand il leur tapotait la tête leurs graines s'envolaient comme de petits parachutistes. Elles flottaient jusqu'au coron telle une parade de mini fantômes. Il jouait à dire aux fantômes qu'il l'aimait avant de les envoyer vers elle d'une pichenette.

Le cercle d'herbe piétinée où il s'entraînait à être un vrai garçon était exactement tel qu'il l'avait laissé. Les jours où Agnes l'avait empêché d'aller à l'école, il avait ramassé des meubles abandonnés pour son îlot aménagé. Quand elle eut une phase vraiment sévère, il passa toute la semaine loin de l'école à y traîner un fauteuil défoncé, des chutes de moquette trouvées dans une poubelle, de vieux couverts et de la vaisselle cassée. Avec un bout de corde, il sortit d'autres choses des ruisseaux couleur rouille. Il repêcha une télé qu'il plaça au centre de l'îlot. Même si elle n'avait plus d'écran, le simple fait de l'avoir là rendait les lieux douillets. Quand il eut regroupé tout le mobilier qu'il voulait, il passa les jours secs à arranger et réarranger son salon de fortune. Il trouva un landau à l'ancienne qu'il promena un peu partout, peinant dans les hautes herbes, pour cueillir les plus jolies fleurs pour sa nouvelle maison. Lorsqu'il trouva un petit lapin noir, mort et gelé un après-midi d'hiver, il le lava dans le ruisseau et l'enterra. Il avait ensuite enterré les poneys en plastique odorant à côté du lapin, ces chevaux de la honte qu'il avait volés mais qui n'étaient pas faits pour les garçons. Le printemps suivant, il chercha les monticules et déposa des bouquets d'épipactis violacées sur les tombes. Faute d'amis, ces rituels l'occupaient et lui permettaient d'être fier de son intérieur à la fin de la journée, de visiter les petits tumulus avec la même rigueur qu'une épouse endeuillée.

Durant cette courte journée, il passa son temps à nettoyer les affaires de sa petite île. Il rinça la fourchette, la cuillère et les assiettes fêlées dans le ruisseau. Il souleva les morceaux de moquette pour essayer de retirer la boue qui collait dessous. Puis il étendit la couverture trempée sur une chaise pour la faire sécher au soleil rasant.

Le soleil descendait déjà au terme de sa brève journée de ménage. Il escalada le grillage au fond du jardin en espérant prendre un bain chaud et réviser son livre rouge mais la porte d'entrée était grande ouverte. Shuggie resta figé au pied du perron pendant un bon moment, se demandant ce que ça annonçait, tête penchée, à l'affût, comme un chien de garde. Avançant à pas de loup dans le long couloir, il entendit de l'agitation au salon. Il entrouvrit la porte. Agnes était allongée sur le sol. Leek était assis sur son ventre comme un écolier en train de se battre.

Les tourbillons écarlates sur le tapis rouge n'étaient pas normaux. Le motif semblait disjoint. En s'approchant, Shuggie vit que sa mère était couverte de sang et que Leek avait du sang sur le visage. S'il avait pu se concentrer, il aurait vu qu'il y avait aussi du sang sur la télé, sur la table marron et sur les franges du canapé.

Leek appuyait de toutes ses forces sur le tas qu'elle formait. Autour d'eux, des piles de tissu ensanglanté, ce qui avait autrefois été leurs torchons. Agnes se tortillait et jurait. Elle traitait Leek de noms que Shuggie n'avait jamais entendus et son frère pleurait des larmes étranges tout en essayant de la maintenir par terre.

Il y avait une lame de rasoir brisée sur le tapis ; elle lui parut petite et innocente, comme une minuscule guillotine pour souris de cartoon. Il la remarqua uniquement parce que c'était curieux de la voir dans le salon, au milieu du beau tapis de sa mère. Leek criait quelque chose à Shuggie mais il ne comprenait pas. Il voulait savoir pourquoi il y avait du sang sur sa tasse. Il regarda son frère tourner le visage vers lui tout en pressant les torchons noircissants sur les poignets d'Agnes. Quand il eut réussi à coincer un bras sous son genou, il utilisa sa main libre pour attraper Shuggie par le col. Agnes libéra son bras et il y eut une giclée de sang. *Regarde ! Regarde ! C'est de là que vient tout ce sang !* voulut crier Shuggie mais Leek le secouait si fort qu'il crut qu'il allait lui briser le cou.

« Shuggie. Écoute-moi. » Leek avait les yeux écarquillés et de l'écume aux coins de la bouche. Son visage était recouvert de poussière de plâtre mais il y avait du sang sur ses dents blanches. « Il faut que tu appelles une ambulance, putain.

– T'es qu'un connard d'égoïste, brailla Agnes. Laisse-moi partir. »

Son corps était secoué de profonds sanglots. Les larmes de Leek tombaient sur son visage et se mêlaient aux siennes.

« Je suis trop fatiguée. » Mais elle le repoussait et se soulevait et puis ses yeux se révulsèrent, comme s'ils cherchaient le soulagement du sommeil.

« *Tu ne m'aimes pas.* »

« *Tu ne m'aimes pas* », répéta-t-elle, encore et encore.

Le garçon tira doucement la porte derrière lui. Il s'assit pour se reprendre avant d'appeler le 999 et de demander une ambulance. Leek lui criait quelque chose qu'il ne comprenait pas. Il ne comprenait rien.

Quand Agnes se réveilla à l'hôpital psychiatrique, elle ne se souvenait pas du tout de comment elle y était arrivée. L'ambulance l'avait emmenée à des kilomètres de chez elle, au Royal Infirmary, dans l'ombre de Sighthill. Un urgentiste avait habilement suturé ses plaies et arrêté son hémorragie. Puis ils l'avaient mise sous perfusion et lui avaient donné des sédatifs pour l'empêcher de l'arracher. Alors qu'elle était plongée dans un sommeil agité, elle fut admise à Gartnavel pour commencer son traitement de fond. Elle se réveilla dans un service avec treize autres femmes. Des femmes adultes qui se bavaient dessus. De pauvres femmes qui criaient à des poupées de s'habiller pour l'école. Des femmes sous calmants qui ne pouvaient fermer l'œil.

Tandis que Agnes, minuscule et recousue, dormait, Leek et Eugene tirèrent le rideau pour s'isoler des autres malheureuses et montèrent la garde de part et d'autre du lit. Ils n'avaient jamais passé autant de temps ensemble. Chacun était content, d'une certaine façon, d'avoir ce corps endormi sur lequel se concentrer. C'était un soulagement, comme pour les couples de vieux qui aiment avoir un enfant dans la pièce car cela leur fait un sujet de conversation quand ils n'ont plus rien à se dire.

Leek n'avait pas reparlé à Eugene depuis que celui-ci avait poussé Agnes à rompre son vœu de sobriété. Ils passèrent ce premier après-midi à faire prudemment la conversation, évitant de se regarder et parlant d'elle comme si l'autre ne l'avait jamais rencontrée. Ils tombèrent d'accord sur un seul point. Ils regardèrent cette femme au bout du rouleau et s'accordèrent à dire qu'elle avait de la chance de s'en être sortie. Avec ses entailles longues et profondes sur les poignets, il était évident qu'elle n'avait rien voulu laisser au hasard.

« Alors c'était le contremaître, hein ? demanda Eugene, incapable de croiser le regard clair de Leek.

– Hm-hm.

– Un coup de bol.

– J'imagine. Je ne sais pas combien de fois elle avait appelé, ce matin-là. Elle me téléphonait souvent au boulot ces derniers temps.

– Ouais. Pareil à la centrale. »

Leek se voûta, comme si les souvenirs de la scène lui pesaient sur le dos. « Elle abusait mais le patron se débrouillait plutôt bien avec elle. Sauf cette fois-là où il est venu me voir en personne pour me dire que je ferais mieux de rentrer vite à la maison, qu'il y avait une urgence.

– Il t'a dit ça ? »

Leek acquiesça. « Il avait ma veste à la main, j'ai d'abord cru qu'il venait me virer. Puis il m'a dit de me dépêcher. Il m'a même donné des ronds pour le taxi. » Leek écarta les cheveux qui lui tombaient sur les yeux. « C'est comme ça que j'ai compris qu'il se passait quelque chose de grave. »

Quand Agnes se réveilla enfin, il lui fallut un moment pour qu'elle se rende compte de ce qu'elle avait fait. Elle commença par leur sourire comme s'ils lui avaient apporté son petit déjeuner au lit. Les brumes de sa mémoire se dissipèrent et elle regarda ses poignets bandés. Elle était passée plus près que toutes les fois précédentes. Le chantier de Leek était dans le South Side. Elle n'avait pas voulu qu'il arrive à temps. Elle ignorait que le patron avait bon cœur.

« Où est le petit ? » croassa-t-elle, la bouche sèche.

Leek la regarda puis, pour la première fois, regarda Eugene. « Il va bien », dit-il.

Agnes posa les yeux sur lui sans tourner la tête. « J'ai demandé où il était. Pas comment il allait. »

La noirceur de ses pupilles dilatées le cloua au mur. Leek détourna le regard et essaya de s'occuper en lui trouvant quelque chose à boire. Il lui versa un verre de jus phosphorescent mais elle le refusa d'un geste de la main. Il baissa la tête. « Eh, bah, il est avec Big Shug », dit-il enfin, regrettant immédiatement de ne pas lui avoir menti.

Agnes ne dit rien. Elle pensait qu'il mentait. Elle découvrit ses dents du haut comme pour dire à Leek d'arrêter de se foutre d'elle.

« Avant de te taillader, tu as dû l'appeler pour qu'il vienne chercher Shuggie. Tout est allé très vite. Je ne pouvais pas m'occuper de toi *et* de lui. » Leek soupira et sa frange se souleva comme un rideau devant une fenêtre ouverte. « Ça fait trop, maman. Je ne peux pas sauver tout le monde, tout le temps. »

25

Quand Agnes se réveilla au Gartnavel Hospital, son fils vivait chez son père depuis une semaine. Avant de se taillader les veines, elle avait appelé la centrale pour annoncer que Shug avait enfin obtenu ce qu'il cherchait, qu'elle les quittait pour de bon et qu'il devait venir récupérer son prix : le garçon. Elle précisa qu'elle avait acheté un costume neuf à Shuggie sur catalogue et qu'elle voulait qu'il porte des chaussettes noires à son enterrement, Shug devait y veiller.

Leek ne sut jamais comment le message était arrivé jusqu'à Shug. La répartitrice l'avait-elle diffusé sur la cibi pour que tous l'entendent ? Tous les taxis noirs s'étaient-ils rangés, moteur éteint, tandis que Joanie Micklewhite transmettait les dernières volontés de la femme qu'elle avait contribué à tuer ?

Shug ne s'était pas pressé. Quand il arriva enfin à Pithead, il fut impressionné de découvrir qu'Agnes était bel et bien passée à l'acte. Il trouva le garçon en train de manger des pêches en conserve sur le canapé imbibé de sang tout en consolant une Shona Donnelly effondrée.

Shuggie n'était jamais allé chez son père. Pendant que les halètements du taxi se répercutaient dans les rues étroites, le garçon compta sur ses doigts et s'aperçut qu'il avait passé moins de trois heures avec lui depuis que Joanie Micklewhite l'avait emporté. C'était pratiquement un étranger. Il ne se souvenait pas bien de sa rencontre avec Joanie Micklewhite mais il se rappelait les patins à roulettes jaunes et sa traîtrise lui fit un pincement au cœur. Joanie était devenue une méchante de film, sa réalité et sa légende profondément mélangées. La haine qu'Agnes lui portait était aussi enfouie en lui que des nœuds dans un tronc d'arbre.

Ainsi Shuggie gardait un silence guindé pendant que le taxi naviguait dans une cité HLM brutaliste. Chaque rue était défigurée par des débits de boissons incendiés, des canaux sales et des carcasses de voitures posées sur des parpaings. Ça lui évoquait un peu Sighthill, avec les cinq ou six tours enfoncées dans le lourd ciel hivernal pour le maintenir en place. Mais, contrairement à Sighthill, le pied des tours était entouré de maisons de béton basses et non de grandes esplanades vides. Les maisons ressemblaient à des fourmis assemblées autour d'un arbre ou à des boîtes bricolées avec les parpaings qui n'avaient pas été utilisés pour les tours. Ces constructions qui se voulaient novatrices et saines avaient maintenant l'air contaminées par l'absence d'espoir. Il n'y avait pas d'herbe ni de verdure, toutes les surfaces planes étaient bétonnées ou couvertes de gros rochers lisses.

Big Shug s'arrêta devant une cabine téléphonique vandalisée. Shuggie vit depuis l'arrière du taxi que ce n'était pas une conversation simple. Il le devina facilement car, après avoir raccroché, Shug passa un long moment dans la cabine à se lisser la moustache.

Le garçon ouvrit la valise que Shug lui avait fait emporter. Il y avait mis toutes les affaires qui comptaient pour lui et très peu de vêtements propres. Il sortit un polaroid passé. Sur la photo, Shug, torse nu, portait fièrement le nouveau-né dans une seule main, sa clope dans l'autre. Il tint le cliché à bout de bras pour le comparer à l'homme dans la cabine.

Les jours lugubres, Shuggie sortait l'album de mariage d'Agnes et se cachait au pied de son lit pour regarder les photos de son père. Shug ne ressemblait pas à la personne qu'il avait vue sur les trois polaroids pris lors de la réception. Il semblait plus petit que le marié souriant assis sur une banquette, les bras autour des demoiselles d'honneur ivres. Les années de sédentarité lui avaient dérobé ce qui était déjà moyen et avaient arrondi le reste. Sa frange courte avait été remplacée par une fine mèche rabattue sur le dessus du crâne et ses yeux coquins s'étaient enfoncés dans son visage rose. Shuggie avait du mal à imaginer qu'une femme puisse avoir aujourd'hui envie de danser avec lui joue contre joue.

Shug n'avait pas vraiment fait attention au garçon avant qu'ils aient gagné le North Side. Il revint au volant et se retourna pour regarder la boue, la saleté et le sang sur son uniforme. Il demanda à Shuggie s'il avait une tenue de rechange propre. Le garçon répondit qu'il n'avait qu'un pyjama. Il eut honte de devoir se déshabiller devant un inconnu dans un taxi.

Shuggie portait son pyjama propre quand ils entrèrent chez Joanie Micklewhite. Elle vivait au milieu d'une rangée de maisons mitoyennes qui entouraient la plus grosse tour grise du quartier. Elle avait une cour en béton devant et en bitume derrière, pour lesquelles elle versait un loyer plus important à la ville. En franchissant la porte, le garçon découvrit avec stupeur qu'ils avaient des escaliers dans la maison, deux niveaux distincts, ce qui suffirait à achever Agnes.

Joanie Micklewhite se tenait au bout du couloir, les doigts entremêlés sur son ventre rond. Elle ne dit bonjour ni au garçon ni à Shug ; elle se contenta d'un hochement de tête avant de retourner à la cuisine. Il était déjà tard pour dîner et Shug le conduisit dans ce qu'il désigna comme la «salle à manger» ; Shuggie se promit à cet instant de ne jamais révéler à sa mère qu'ils avaient des escaliers *et* une salle à manger.

Il fut placé sur un côté de la table à rabats, Joanie faisait la tête à un bout et Shug lançait des regards mauvais de l'autre. Six des enfants de Joanie étaient déjà assis. Ils semblaient avoir faim et être de mauvaise humeur, comme si on les avait fait attendre pour quelque chose qui n'avait en fait rien d'exceptionnel. Le plus jeune des enfants de Joanie avait dix-sept ans environ. Il n'y avait qu'une fille, Stephanie, le seul prénom que Shuggie parvint à retenir après les présentations de son père. Il s'en souvenait en partie parce que c'était le prénom le plus protestant qu'il ait jamais entendu mais aussi parce que, après le départ de Shug, Catherine avait menacé de péter la gueule à cette pute de Stephanie *Mickle-shite* pour essayer de remonter le moral d'Agnes. Assis face à elle, Shuggie voyait bien que Catherine aurait perdu. Stephanie avait de gros bras velus et c'était celle qui cachait le moins son aversion pour le nouveau venu.

Shuggie resta silencieux pendant que les Micklewhite-Bain racontaient leur journée à son père. Ils avaient beaucoup de choses à lui dire. Ils avaient des emplois de bureau, des voitures, ils cartonnaient à l'école ou attendaient une réponse d'une *université*. L'un étudiait pour devenir enseignant et Stephanie travaillait dans un endroit où tout le monde avait une chose nommée ordinateur. Ils l'appelaient tous *papa*, ce qui l'étonnait, et ils voulaient tous attirer son attention, comme s'il avait été un invité d'honneur. Shuggie ne put s'empêcher de les dévisager, Stephanie baissa la tête, la posa pratiquement sur la table, planta son regard froid dans le sien, et lui demanda s'il voulait sa photo.

Shuggie essaya alors de garder les yeux en mouvement tout en observant attentivement son père. Il ne savait presque rien de lui et, pendant que les autres mangeaient, il lui jetait des regards en coin, se demandant pourquoi il supportait tous ces autres enfants alors qu'il l'avait rejeté lui.

Cet étranger leva son verre et but son lait en promenant son regard sur les autres comme le faisceau d'une lampe de poche. Il reposa le verre et de son autre main lissa sa moustache luisante avec satisfaction. Shuggie se frottait nerveusement la lèvre supérieure quand son père le regarda enfin et ils s'observèrent en silence.

Après le dîner, Joanie conduisit le garçon à son lit. Malgré la salle à manger, la maison des Micklewhite semblait toute petite. L'aîné dormait dans un lit simple, dans un placard étroit sous le fameux escalier. Il était prof de chimie ou quelque chose comme ça et son placard était décoré d'objets Star Trek accrochés au plafond avec du fil de pêche invisible. Si l'aîné et le plus intelligent des enfants était obligé de dormir dans un placard, il avait du mal à imaginer où elle l'emmenait, lui.

Joanie conduisit Shuggie à l'étage et le fit passer devant trois ou quatre chambres. Il y avait un autre Micklewhite, un septième enfant, un garçon lui aussi prénommé Hugh qui était à l'école militaire. Joanie alluma l'ampoule nue et dit que lui, le nouveau Hugh, pouvait dormir là, « temporairement, bien sûr ». La chambre était en bazar et semblait coincée dans un entre-deux entre une chambre de garçon et d'adulte. Il y avait des petits soldats verts collés sur le rebord de la fenêtre à côté de posters de Samantha Fox nue. Hugh Micklewhite rangeait ses vêtements, propres ou sales, en tas au pied de son lit. Shuggie se fit une place sur les draps et s'assit sur le matelas bosselé. Il avait la tête qui tournait.

Il compta sur ses doigts. Si on ajoutait Leek et Catherine, Shug avait quatorze enfants. Quatre de son premier mariage, puis Shuggie, plus Catherine et Leek, et les sept Micklewhite. Son père avait trois fils qui portaient son nom : un Hugh par femme. Après avoir fait ses calculs, Shuggie s'estima heureux que son père lui ait accordé trois heures de son temps ces dernières années.

Big Shug se mit à se cacher dans son taxi : heures supplémentaires, créneaux du soir, de la nuit, du matin. De son côté, Shuggie rôdait à l'ombre des tours à l'abri de tous. Chaque matin, Joanie le virait de la maison. Elle lui disait que son père avait besoin de calme pour dormir, « c'était ça que ça faisait aux taxis de bosser de nuit ». Sur le pas de la porte, elle lui collait un petit pain à la confiture et une carotte pelée dans la main en lui disant d'aller jouer et de ne pas revenir avant la nuit. Elle indiquait un point au loin et balayait la cité d'un geste vague pour lui dire qu'il pouvait bien aller où bon lui semblait.

Pendant que tous les autres enfants du quartier étaient à l'école, Shuggie traînait dans les tours. Chaque étage avait sa laverie commune.

C'étaient des grandes pièces de béton avec un mur en parpaings creux et qui étaient donc ouvertes sur les éléments. Les femmes y étendaient leur linge et attendaient que le vent hurlant et glacial de Glasgow le sèche puis l'empèse. Shuggie prenait l'ascenseur d'étage en étage jusqu'à trouver une laverie dont la porte était ouverte, le plus haut était le mieux. Il passait jambes et bras dans les trous des parpaings et contemplait la ville de grès qui s'étendait jusqu'à Sighthill. Le vent du nord lui brûlait le visage quand il faisait tomber les petits soldats verts du haut de la tour. Il avait du mal à percevoir la ligne noire à l'horizon et essayait de l'imaginer là-bas. Est-ce qu'il lui manquait ? Est-ce qu'elle était même vivante ?

Le garçon envoyait les petits soldats verts à la mort depuis près de trois semaines quand Agnes arriva. Elle avait fini par signer sa décharge pour quitter l'hôpital. Elle téléphona et Shuggie regarda Joanie Micklewhite cracher sa haine avec une curiosité malsaine. Il avait l'impression d'être un traître d'avoir accepté d'aller dans la maison du queutard, de laisser Joanie raccrocher au nez de sa mère, de les regarder rire, la rabaisser et la tailler en morceaux comme un vieux poulet. Ça lui brisait le cœur qu'ils s'amusent de son malheur. Il mourait de peur qu'elle croie qu'il était désormais de leur côté et qu'il se moquait aussi d'elle au téléphone. Il pensa à ses poignets, au sang sur les torchons, et comme un gros bébé il fondit en larmes devant eux.

D'une certaine façon, Joanie changea alors de disque. Le garçon ne comprenait pas pourquoi elle était soudain tout sucre et tout miel. Shuggie n'était plus un fardeau mais un pion précieux. Il était une carte magique, un moyen merveilleux pour montrer une fois pour toutes à Agnes Bain qui avait gagné la partie.

Agnes en eut marre des menaces et des supplications larmoyantes. Elle s'assit à sa coiffeuse et transforma sa chevelure en une couronne de roses noires grâce à des couches et des couches de laque coûteuse. Elle mit sa jupe noire moulante et un chemisier blanc, puis enfila son beau manteau de mohair violet en s'assurant que les manches recouvrent ses poignets bandés. Elle descendit trois canettes puis vida le compteur de pièces du gaz et appela un taxi.

Agnes les avait menacés mais ils ne l'avaient pas crue. Comme les sales gosses de l'école, ils s'étaient sentis plus sûrs en bande et avaient ri au téléphone, lançant des HA-HA-HA sonores. En descendant du taxi noir, elle demanda au chauffeur s'il voulait bien l'attendre.

« Ça ne prendra qu'une minute, lui dit-elle. Je dois juste aller rire un peu. »

Le port altier, Agnes descendit la rue du côté des numéros impairs. Elle poussa le portillon métallique et porta la main à sa poitrine en découvrant les doubles vitrages. Elle regarda les fenêtres neuves, l'étage, et ouvrit la bouche en une grimace écœurée. Elle vérifia l'adresse sur son bout de papier déchiré puis tira une dernière fois sur les manches de son manteau.

Agnes tambourina à la porte mais personne ne répondit. Elle entendit des bruits de pas légers vers le judas et des rires étouffés. Elle tambourina de nouveau puis recula d'un pas.

« *SHUG !* hurla-t-elle. *SHUG BAIN ! SALOPARD DE PINEUR ! MONTRE-TOI, COGNEUR DE BONNE FEMME.* »

Elle attendit. Il n'y eut pas de réponse dans la maison mais tout le monde dans la rue s'arrêta net. Les badauds s'assemblèrent derrière les boîtes aux lettres et les voitures garées, les enfants posèrent leur BMX par terre et accoururent pour assister au spectacle. Elle sentait qu'ils la regardaient tous et s'enhardit.

« *SHUG BAIN ! ENFOIRÉ DE CRÂNE D'ŒUF. ARRÊTE DE JOUER AVEC TA PETITE BITE ET MONTRE-TOI !* »

Sa voix se répercuta sur les bâtiments bas et s'envola vers les tours. Agnes se redressa et prenait une autre inspiration pour crier quand quelque chose attira son attention. Il n'y avait rien dans la cour de béton lisse. Rien, hormis quelques mauvaises herbes et, dans un coin, deux grosses poubelles argentées.

Agnes empoigna la première, elle n'était pas encore pleine, pas trop lourde. D'un geste maladroit, elle se contorsionna, vacillant sur ses talons, puis pivota en laissant s'envoler le bac. Encore affaiblie par son séjour à l'hôpital, elle manqua de retomber en arrière sur le portillon. La poubelle métallique s'éleva dans les airs et, l'espace d'un instant, elle crut qu'elle allait rebondir sur la solide fenêtre sans faire de dégâts. Elle retint son souffle, craignant d'avoir raté son coup.

Agnes n'avait pas raté son coup.

La poubelle atterrit au centre de la fenêtre qu'elle fit voler en éclats avec un vacarme terrible. Le verre se brisa en petits morceaux comme de la glace pilée et les beaux voilages furent arrachés de leur tringle. Les vieilles qui s'étaient arrêtées dans la rue poussèrent de grands cris. Les garçons sur les BMX hurlaient d'excitation.

Les Micklewhite étaient attablés dans la salle à manger à l'arrière de la maison, comme une famille dans une série télé, quand Agnes avait commencé à frapper à la porte. Tout le monde hormis Shug se leva d'un bond pour aller voir ce qui avait provoqué le bruit dans le salon. Joanie, qui était en train de se moquer d'Agnes tout en servant des pommes de terre au four, arriva la première. Lorsqu'elle vit le verre et les ordures, elle glapit comme si elle avait reçu un coup de couteau.

Le temps que Shuggie se fraye un chemin parmi les Micklewhite, Joanie était plantée au milieu des éclats de verre et des déchets, les bras ballants. Stephanie passa un bras autour de sa mère de crainte qu'elle ne s'évanouisse. La grosse télé couleur gisait, éclatée au sol. Shuggie remarqua qu'elle n'avait pas de compteur à pièces ; *attends un peu que je lui raconte ça*, songea-t-il.

Au milieu du jardin de devant, souriante, splendide et relativement sobre, se tenait Agnes Bain. Le garçon avait envie de crier *Buuuuuuuut* et de l'entraîner dans un tour d'honneur à travers la cité.

Shug arriva le premier à la porte d'entrée. Accroché au chambranle, il empêchait la tribu des Micklewhite de se déverser dans la rue. Leurs bras jaillissaient autour de son corps rond comme dans les films de zombies que Leek le laissait regarder. Agnes plongea tranquillement la main dans son sac et en sortit une longue cigarette.

Elle l'alluma lentement et tira une bouffée élégante. «Espèce d'enfoiré, dit-elle avec un très grand calme. Laisse tout de suite sortir mon fils de là.»

Joanie, toujours plantée au milieu des éclats de verre, retrouva enfin sa langue de vipère. Elle laissa échapper un hurlement, le genre qui part des orteils et tend tous les muscles du corps avant de fuser par la bouche. «Espèce de vieille pute alcoolo! Tu vas payer pour cette fenêtre, je te le dis!»

Agnes remarqua une fêlure sur son ongle. L'air déçue, elle brandit la main vers Joanie. «Regarde ce que tu m'as fait faire. *Tchut.*» Elle grimaça et fit danser ses ongles vernis. Elle posa un regard froid sur Shug et siffla entre ses dents serrées : «Fais sortir mon fils tout de suite.»

Joanie se fraya un chemin dans le couloir, écartant le garçon et les autres corps que Shug retenait avec sa masse. Son visage avait pris une teinte à mi-chemin entre l'écarlate et le puce. «Je vais te crever, vieille alcoolo! cria Joanie en battant l'air avec ses griffes.

— Shug Bain, je te préviens!» Agnes tira une nouvelle bouffée de sa cigarette et regarda vers la rue où les voisins toujours plus nombreux sortaient sur le pas de leur porte. Elle s'approcha de la seconde poubelle. «Si tu ne laisses pas sortir mon fils tout de suite, j'éclate toutes les fenêtres de cette putain de rue.»

Joanie continuait de battre l'air autour de Shug et se mit à cracher de gros mollards vers la rue. Agnes la regarda avec dégoût et reprit l'inspection de son ongle. Joanie criait toujours comme une possédée. «T'es chtarbée, putain. Ils auraient dû te garder chez les dingues.»

D'un même mouvement, Agnes balança sa cigarette par terre et prit ses talons noirs dans ses mains. Après avoir réussi son coup avec la poubelle, Agnes, qui était incapable de lancer une balle correctement, se sentait en veine. Le premier talon aiguille acéré fendit l'air et rebondit sur l'encadrement de la porte. Agnes s'avança un peu et, comme une lanceuse de poids expérimentée, lança la seconde chaussure qui atteignit Joanie à la tempe. Celle-ci tituba dans le couloir avec un couinement.

Les garçons sur les vélos poussèrent des vivats. Ils se jetèrent par terre pour ramasser des cailloux qu'ils tendirent à la guerrière en lui réclament plus de sang. « *Tenez ! Tenez, m'dame ! Encore ! Encore !* »

Il y avait du sang, peu, mais suffisamment pour que Joanie l'essuie avec sa main et que cela excite sa progéniture. À la vue du sang, les garçons Micklewhite se mirent à pousser plus fort pour sortir lyncher Agnes. Le cœur de Shug semblait sur le point d'exploser à cause de l'effort.

Shuggie apercevait à peine sa mère dans la cour. Le vestibule débordait de corps enragés ; et s'il n'arrivait même pas à jeter un coup d'œil au milieu de ces membres enchevêtrés, il ne parviendrait pas non plus à se frayer un chemin jusqu'à Agnes. Il battit doucement en retraite dans le couloir et se glissa dans le salon sur la gauche. Il traversa la pièce jonchée de verre et se servit de la grosse télé comme d'un marchepied pour atteindre la fenêtre. D'un bond, il sauta par-dessus le bas de la vitre brisée et atterrit sur le sol de béton dur.

Shuggie s'approcha de sa mère. Elle était maigre, avait les traits tirés et sous la couche de maquillage elle avait un teint d'un gris anémique qu'il ne lui avait jamais vu, mais elle était en vie. Shug regarda son fils marcher précautionneusement sur le verre brisé. « Shuggie, viens ici, *tout de suite* », aboya-t-il. Derrière lui, les Micklewhite protestèrent. Ils voulaient en découdre, ils hurlaient à Shug de le laisser partir. Il les ignora. « Elle ne va pas s'arranger, fiston. Tire-toi de là-bas. »

Shuggie s'arrêta une seconde, jeta un œil par-dessus son omoplate maigre et haussa les épaules. « Peut-être que si. »

Agnes fusillait Shug du regard, la main tendue vers le garçon. « T'es pas croyable : t'es tellement jaloux que tu voudrais mes poux.

— Je sais ce qui lui faut à ce gosse, dit-il, retroussant sa lèvre sous sa moustache. T'es déjà pas foutue de t'occuper de toi, alors de lui, je t'en parle même pas. Putain, regarde comme il est tordu à cause de toi. »

Toujours déchaussée, Agnes se pencha et serra le garçon dans ses bras. Les boutons du beau manteau de sa mère lui griffaient le visage mais il s'en fichait. Il enfonça la tête dans son ventre et essaya de s'enfouir dans sa chair. Sa lèvre se mit à trembler, elle ressortait comme une cloque. Agnes posa le pouce dessus et embrassa la peau pâle au-dessus de son oreille gauche. Ses paroles étaient aussi chaudes et réconfortantes que le soleil de juillet. « Chuut, on s'est assez embrassés devant eux. Pas ici, ne leur donne pas ce plaisir. »

Elle se redressa, un peu plus petite sans ses talons noirs. Elle regarda Shug et le chœur grotesque qui rêvait de lui faire la peau. « Parfois, tu n'as même pas envie d'une chose. Simplement tu ne supportes pas que quelqu'un d'autre l'ait. »

Sans ajouter un mot, Agnes prit Shuggie par la main et passa le portillon avec lui. Les garçons aux BMX réclamaient encore de la bagarre. Agnes leva la main pour les calmer mais ils prirent ça pour un salut et toute la rue éclata de joie. « *Bien joué, m'dame !* »

Quand ils grimpèrent dans le taxi, le garçon était muet et la regardait comme une apparition. Elle prit le menton de Shuggie dans ses doigts vernis et tourna sa tête vers la petite maison. « Regarde bien. Dieu m'en soit témoin, tu ne reverras plus jamais ce gros sac. »

Elle lui tenait encore le menton quand le taxi démarra. Shuggie regarda son père peiner pour repousser les Micklewhite dans l'entrée, comme s'il essayait de faire rentrer une tente mal repliée dans sa housse. Il avait les épaules voûtées, son insolente assurance des dernières semaines avait disparu.

Pendant qu'ils quittaient la cité, les BMX escortaient le taxi, jaillissant et replongeant comme des étourneaux. Agnes attira le garçon contre elle et il se cramponna à son flanc comme une bernique. Elle le serra longuement et essaya d'ignorer l'odeur du savon d'une autre femme dans ses cheveux. Il la laissa pleurer, il la laissa parler et il ne la contredit pas quand elle lui fit de belles promesses qu'il la savait incapable de tenir.

26

Eugene gara le taxi juste après la maison. Il attendit que le soleil se lève sur le coron et regarda Leek passer le portail et lambiner jusqu'à l'arrêt de bus. Le jeune homme avait les mains enfoncées dans les poches de son bleu de travail et sa sacoche à outils creusait son épaule droite. De là où était Eugene, il ressemblait à un canif à moitié replié : il aurait dû être tranchant et utile mais se laissait rouiller.

Une fois Leek parti, il entra avec la clé qu'elle lui avait donnée. Quand il pénétra dans la maison, elle ronflait de ce ronflement épais qu'il en était venu à mépriser. Il devinait qu'elle avait la tête renversée sur le bord du matelas et que son larynx était obstrué par la bile de sa nuit de boisson. En passant devant sa porte, il sut qu'il ne resterait pas aujourd'hui. Il avait découvert que certains matins, s'il visait juste, il pouvait la retrouver après que l'alcool de la veille se fut dissipé et avant qu'elle ait commencé à s'imbiber d'une nouvelle tristesse. Elle était alors petite et un peu pitoyable mais elle était présente, voire charmante, et il pouvait s'en occuper comme d'une plante malingre qu'il voulait faire s'épanouir vers le soleil.

En passant dans le couloir, il entendit du bruit dans l'autre chambre, des petits pas, Shuggie qui fouillait dans sa trousse bien rangée. Eugene alla à la cuisine et posa ses sacs sur le comptoir. Il remplit le frigidaire de foie et de beurre, et au fond du petit placard il empila quatre boîtes de soupe à la tomate et quatre de crème anglaise, comme chaque matin. Le mur de provisions s'élevait devant lui, l'étagère pliant sous son poids, et pour une raison ou une autre cela le rassurait.

Il prépara du thé et des toasts pour Shuggie et pour lui. Il laissa le petit déjeuner de Shuggie devant la porte de sa chambre et s'installa seul à la table de la cuisine. Il y avait le journal de la veille mais la nuit avait été calme et il l'avait déjà lu de bout en bout. Il avait même lu le courrier du cœur, il aimait bien et trouvait ça vraiment instructif, même s'il ne l'aurait jamais avoué. Le journal d'Agnes était ouvert à la page des petites annonces : offres d'emploi, mobile homes à vendre et cœurs à prendre. Elle avait entouré certaines annonces avec un gros feutre et il les regarda en buvant son thé.

Les pages pour les échanges de maison étaient imbibées d'encre. Elle avait entouré tout ce qui était loin d'ici et Eugene fut surpris de ne pas en être attristé. Depuis l'hôpital de Gartnavel, il l'avait vue tourner comme un animal en cage, et quand elle ne se tripotait pas les bras, c'était la peinture de la fenêtre, la tête du lit, les fils qui dépassaient du canapé. Il était arrivé derrière elle un matin et avait ressenti le besoin de la serrer fort, de l'écraser entre ses bras jusqu'à ce que son tripotage angoissé cesse. L'encre baveuse sur la page lui montrait qu'elle tripotait maintenant une autre blessure. Elle lui avait dit qu'elle voulait vivre dans un quartier plus central, moins insulaire. Il lui massait le dos un matin quand elle lui avait expliqué qu'elle voulait habiter dans un endroit où elle pourrait être anonyme, un endroit où retrouver sa dignité. Un endroit où Eugene pourrait vivre avec elle, comme son mec, avait-elle ajouté timidement. Il n'avait rien dit et s'était contenté de la masser jusqu'à ce qu'elle s'agite et se lève.

Eugene savait que, si on demandait à la ville une nouvelle maison dans un nouveau quartier, on était inscrit sur une longue liste d'attente. Même les plus désespérés devaient patienter des années avant d'obtenir une HLM, alors si on occupait déjà un, on était très loin d'être prioritaire. L'attente pour être relogé était interminable. Ainsi, le mieux était d'échanger directement les logements, de façon informelle. Les services s'en fichaient, ça permettait de réduire les listes d'attente et tout ce qui retenait les masses insatisfaites de franchir les portes des administrations était bon à prendre. De leur point de vue, ça ne faisait que déplacer le problème mais au moins ça ne le faisait pas atterrir sur leur bureau.

Eugene s'étira pour essayer de redresser sa colonne vertébrale tordue. Une vieille enveloppe de facture de gaz traînait à côté du journal. Elle avait rédigé puis barré son annonce jusqu'à ce que la formulation soit parfaite. Il voyait qu'Agnes avait passé beaucoup de temps à y réfléchir et qu'elle s'était soûlée à mesure que la soirée avançait. Quand elle avait été à peu près sobre, la tournure était pathétique et implorante, puis elle avait glissé vers la méchanceté et semblait plus exigeante. Elle avait fini par décomposer toutes les versions pour en faire une seule. En trente mots ou moins, elle avait dépeint Pithead comme un lieu pastoral et accueillant, un endroit dynamique où il faisait bon vivre. Dans l'annonce, elle indiquait qu'elle était prête à considérer n'importe quelle offre. Eugene se dit que, si ç'avait été une annonce matrimoniale, elle aurait été à la fois désespérée et malhonnête.

Il vida la lie de son thé et se leva. S'il partait maintenant, elle ne saurait peut-être même pas qu'il était passé et il pourrait dormir tranquillement dans son lit à lui. Il se tourna mais le garçon était sur le pas de la porte. Shuggie était bien habillé, son cartable serré sur son corps. Il salua Eugene selon l'habitude qu'ils avaient prises. « Brigade de nuit au rapport. »

Eugene reposa son monnayeur. Il essaya de ne pas paraître trop accablé quand il lui rendit mollement son salut. « Brigade de jour sur le pont. »

« Je ne t'aime pas quand tu as bu », lui dit-il finalement pour la quitter.

Eugene était passé, comme d'habitude, à la fin de son service, sachant que c'était sa meilleure chance de la trouver sobre. Certaines nuits, il s'allongeait à côté d'elle dans le lit chaud sans se déshabiller et ils parlaient des clients marrants qu'il avait eus et des choses clinquantes qu'elle voulait pour la maison. Si elle n'avait pas trop la gueule de bois, il déboutonnait son pantalon pour lui grimper dessus. Agnes essayait alors d'oublier ses membres ensommeillés et d'ignorer le frottement douloureux de sa ceinture de shérif sur son ventre. Il la pénétrait et ils avaient rapidement envie l'un et l'autre que ça se finisse. Avec un grognement, il roulait sur le côté et l'embrassait sur la joue. Il disait qu'il était trop nerveux pour les câlins et, déjà rhabillé, allait l'attendre dans la cuisine sans allumer la lumière. Agnes se levait, lui préparait quelque chose dans la poêle noircie et lui faisait deux tasses de thé noir. Elle posait les deux tasses côte à côte devant lui, et elle le regardait les descendre d'une traite, brûlantes, comme des verres d'eau. Ils parlaient un peu plus longuement, de tout et de rien, puis il lui glissait quelques billets, de quoi s'acheter du pain et peut-être de la laque. Enfin il l'embrassait, leur premier vrai baiser de sa visite, et il rentrait retrouver sa maison à lui, sa fille adulte et son propre lit.

Une nuit, Agnes attendit qu'il lui soit grimpé dessus et, tandis qu'il la pénétrait, elle lui demanda doucement : «Genie, quand j'aurai réussi à changer de maison, tu viendras vivre avec nous?»

Eugene arrêta son va-et-vient et elle le sentit se retirer. Son visage épais était rougi sur les côtés. Son air de concentration enfantine disparut et ses traits se durcirent en prévision de la déception qu'il allait lui infliger. «Non», dit-il simplement en se glissant hors des draps.

Agnes eut tellement honte qu'elle n'arrivait pas à se redresser. Durant un long moment, elle resta allongée dans le creux qu'ils avaient formé. Elle l'entendit aller à la cuisine et tirer une chaise en attendant qu'elle le serve. Elle dut concentrer toutes ses forces pour sortir du lit. Elle se laissa couler sur le sol. Quand elle entra dans la cuisine, ce fut lui qui parla.

«Je ne t'aime pas quand tu as bu.»

Elle savait ce qu'il voulait dire. Il ne l'avait pas dit comme s'ils étaient des amants qui se séparaient mais comme si, après mûre réflexion, il démissionnait d'un boulot qu'il détestait.

Elle voulut lui rétorquer qu'elle ne l'aimait pas tellement quand elle n'avait pas bu, mais se retint. Elle n'avait pas la force de mentir. Aucun d'eux n'avait plus à sauver la face. Alors elle remua deux saucisses dans la poêle jusqu'à ce qu'elles éclatent. Puis elle lui fit deux tasses de thé identiques en laissant le sachet dedans. Il les but et partit.

Shuggie ne revit plus jamais Eugene.

Les fils d'Agnes voyaient bien que quelque chose avait changé, comme un feu de camp sur lequel on aurait soudain versé de l'essence. De rage, elle s'imbiba de bière pour se rendre triste puis passa à la vodka pour faire revenir la colère.

Pendant des semaines, la porte n'arrêta pas de s'ouvrir sur Jinty et Bridie et Lamby et tous les autres qui apportaient des sacs pleins d'alcool. Shuggie rata l'école quinze jours pour la garder à la maison. Il verrouillait les portes et allait faire les commissions. Quand elle s'endormait dans son fauteuil, il sortait ses manuels pour essayer de ne pas prendre trop de retard.

« Je me casse, cracha Agnes un soir. Appelle-moi un taxi.

— Mais pour aller où ? demanda Shuggie en levant les yeux de son livre.

— Me demande pas où je vais ! hurla-t-elle. N'importe où, loin d'ici. Loin de toi. »

Il essaya de ne pas flancher. « Mais qu'est-ce que je dois dire au taxi ?

— Dis-lui que je veux voir les lumières, que je veux de l'action. » Elle fit claquer sa langue. « Dis-lui de m'emmener au bingo, putain. »

Shuggie décrocha le téléphone et fit semblant d'appeler, composant le 111-1111. Il attendit un moment puis lança gaiement : « Taxi ? Oui, s'il vous plaît, Bain, c'est bien ça. Le grand bingo. D'accord, merci. » Il reposa délicatement le combiné. Il s'éclaircit la gorge et annonça : « Le taxi a dit qu'il serait là dans une demi-heure au mieux. »

Agnes était déjà à la porte et s'énervait sur la poignée. Elle dansait d'un pied sur l'autre comme si elle avait une envie pressante.

«Fait chier! glapit-elle comme un enfant gâté. Personne ne veut me laisser avoir une vie?

— Maman, dit Shuggie d'une voix douce, tu as des épis sur le côté. Tu ne peux pas sortir comme ça. Viens, on va arranger ça.

— Non! rétorqua-t-elle en passant les doigts dans ses cheveux emmêlés.

— Allez, tu peux reprendre un petit verre.»

À ces mots, Agnes laissa tomber son sac en cuir sur le sol. Elle tituba dans le couloir. Quand il réussit à la faire asseoir dans son fauteuil, elle piquait déjà du nez, sa tête dodelinant comme dans un trajet en bus particulièrement cahoteux. Agenouillé à côté d'elle, il lui versa une grande tasse. Il mit plus de vodka que d'Irn-Bru et la lui tendit. Elle la but comme si c'était de l'eau. Elle ouvrit soudain les yeux.

«Alors, tu me coiffes?»

Assis sur l'accoudoir, il passa la brosse dans ses cheveux. Agnes avait posé la tasse contre son menton et aspirait le liquide sucré. «Ça fait une demi-heure?

— Non, maman, soupira-t-il.

— Je voulais sortir te trouver un nouveau papa.»

Il passa la brosse épaisse sur le côté de sa tête, la laque craqua et se dissémina dans l'air comme du pollen. Il aimait la façon dont ses cheveux commençaient à s'assouplir. «Ne t'en fais pas. Je n'ai pas besoin de papa.»

Elle secoua la tête tristement, comme si elle n'était pas du tout d'accord. «Ça fait une demi-heure?

— Non, maman.

— Ça fait une demi-heure?

— Non, maman.

— Je voudrais que tu rappelles.»

Elle s'endormit dans le fauteuil, le menton sur la poitrine, la respiration rauque et irrégulière. Quand Agnes ronfla enfin, Shuggie laissa ses épaules retomber. Il lui prit sa tasse. Il s'agenouilla devant elle, détacha ses chaussures à talons et les retira doucement en prenant soin de ne pas filer son collant avec la boucle. D'une main sûre, il déclipsa ses boucles d'oreilles dépareillées. Il reposa toutes ses affaires dans sa chambre en espérant qu'à son réveil elle ait oublié ses envies de sortie.

Shuggie reprit son manuel et, comme un chien fidèle, s'assit aux pieds d'Agnes en écoutant sa lourde respiration. Par la fenêtre, il regarda les enfants rentrer de l'école, chemise sortie du pantalon, cravate sur la tête. Ils étaient assis depuis une heure seulement quand Leek revint du travail et claqua la porte d'entrée derrière lui. Shuggie regarda sa mère avec inquiétude, puis son frère qui, au bout du couloir, ressemblait à un fantôme à cause du plâtre sur son visage. Agnes fit un bruit de générateur qui démarre et Shuggie posa la tête sur ses genoux.

« Je veux mon argent » furent les premiers mots qui sortirent de la bouche d'Agnes.

Leek ne lui répondit pas ; il jeta un regard noir à Shuggie comme pour lui dire qu'il avait échoué dans sa mission. Il lança un *bien joué* muet et claqua la porte de sa chambre. Les guitares sauvages de Meatloaf se mirent à jouer de l'autre côté du mur et Shuggie balança la tête en arrière comme un chien hurlant et cria : « J'ai fait de mon mieux, bordel !

– La ferme ! Pour qui tu te prends à crier comme ça ? » Elle se tapota la poitrine du pouce. « C'est moi, l'homme de la maison ! *Moi !* » Agnes avança d'un pas chancelant dans le couloir et cogna à la porte de la chambre avec ses bagues. Le volume des guitares monta. Shuggie la regarda retomber sur ses talons et serrer la mâchoire. La maigre heure de sommeil n'avait fait que raviver la flamme sans faire disparaître le poison. Agnes cogna une nouvelle fois ses lourdes bagues contre la porte.

Il entendit le bruit du petit loquet. Leek sortit dans le couloir. Il avait retiré sa tenue de travail et enfilé son plus beau jean, celui qu'il mettait pour aller jouer aux machines à sous en ville.

« Je t'ai appris à me répondre quand je te parle. »

Shuggie voyait bien que Leek s'efforçait d'être courtois et de la calmer. Il se mordit le bout de la langue avant de lui répondre. « Oui, maman. Qu'est-ce qu'il y a ?

– Qu'est-ce qu'il y a ? Qu'est-ce qu'il y *aaaa* ? » Agnes se retourna et regarda le plafond avec une incrédulité outrée. « Tu veux que je te fasse la cuisine et que je fasse le ménage toute la semaine et quand j'essaie d'avoir une conversation polie avec toi, tout ce que tu trouves à dire c'est *"Oui, maman. Qu'est-ce qu'il y a ?"* » Leek ouvrit la bouche pour s'excuser mais c'était trop tard. Agnes reprit : « Je vais te le dire moi, ce qu'il y a, putain. Je passe la journée à moisir à la maison avec l'autre andouille » ; elle montra Shuggie du doigt, « et toi quand tu rentres tu n'as même pas un mot gentil pour moi.

– Je suis désolé.

– Désolé ? Pas autant que moi. » Elle le regarda des pieds à la tête et s'arrêta sur son jean. « Il est nouveau ce pantalon ?

– Non.

– Je ne l'ai jamais vu. Il a dû te coûter un peu de ronds. Tu le mets pour aller au pub ?

– Peut-être.

– Comment ça *peut-être* ? Tu me prends pour une débile ?

– Oui, je le mets pour aller au pub.

– C'était juste pour savoir. Est-ce que tu veux dîner avant d'y aller ? »

Leek cligna des yeux ; Shuggie grimaça. « Oui, merci. » Leek était tombé dans le piège.

« *Ouais, bah, ça m'étonne pas, putain.* Tu ne me donnes pas assez d'argent pour mettre un repas chaud sur cette table. »

Leek se retourna pour attraper son blouson d'aviateur sur son lit. La vision de son épaule osseuse la rendit furieuse et Agnes lui donna un coup de poing dans le dos avec sa bague. Shuggie le vit se tordre de douleur. « Ne me tourne pas le dos quand je te parle. Tu te prends pour qui, mon pote ? » Elle posa les doigts sous son menton comme un élégant éventail. « Tout pomponné avec ton jean de mignon…

Direction le pub avec tes copains les tatas. T'es rien qu'une vieille lopette. Une grosse tantouze, hein ? »

Quelque chose dans les paroles d'Agnes poussa Leek à regarder Shuggie, qui était devenu gris comme la cendre. C'étaient les mêmes mots qu'il entendait chaque jour dans les rues du coron. Les mots qu'il entendait en classe et dans la cour de l'école. Le regard de Leek lui disait qu'il savait qu'il n'était pas net.

Elle continuait de vitupérer mais aucun des garçons ne l'écoutait. Elle frappa de nouveau et atteignit Leek au milieu de sa maigre poitrine. Il leva la main instinctivement et il y eut un lourd craquement quand il lui écarta les doigts. Shuggie vit que ça lui avait fait mal. Pire encore, sa fierté en avait pris un coup.

Agnes et Leek tremblaient tous deux de colère. « Tu crois que tu es l'homme de ma maison ? Jamais de la vie ! » Des larmes de fureur coulaient sur son visage. Elle déplia le doigt pour lui marteler le torse. « Prends. Tes. Affaires. Et tire-toi d'ici. Tu dégages.

– Maman. » Leek avait une voix de petit garçon.

« *DÉGAGE.* »

La mâchoire de Leek tremblait, Shuggie le voyait. Elle trembla un moment avant de se serrer. Un mouvement partit de ses genoux et se propagea dans son corps, une vertèbre après l'autre, jusqu'à ce qu'il soit dressé comme un pilier de pierre. Ses épaules s'ouvrirent et il la toisa, plus grand que Shuggie ne l'avait jamais vu.

Shuggie attendit que sa mère soit occupée à taper rageusement un numéro de téléphone avant de bouger. Il se glissa dans la chambre. Aux murs étaient accrochés les placards et les étagères que Leek avait fabriqués avec des chutes de bois récupérées au CFA. Ils étaient magnifiques, fonctionnels, avec des portes marquetées et des tiroirs secrets. Sous la fenêtre, il y avait le gros meuble en contreplaqué qui renfermait la platine de Leek, ses enceintes et ses disques. Il avait fait des dizaines de compartiments pour ranger les vinyles par dix exactement. Avec ses mains si méticuleuses, il fourrait maintenant frénétiquement ses affaires dans des sacs-poubelle noirs.

« Ferme cette putain de porte ! » aboya-t-il quand Shuggie entra.

Celui-ci obéit, poussant la porte délicatement et faisant tourner la poignée sans bruit. Leek passait en revue ses disques pour décider ce qu'il emportait et ce qu'il laissait. Shuggie traversa la chambre et mit l'index dans un passant de ceinture de son frère. Il tourna et tourna jusqu'à ce que le sang ne circule plus au bout de son doigt. « Elle te dit ça à cause de ce qu'Eugene lui a fait, c'est tout. Attends un peu. Ça va passer. »

Leek se retourna et repoussa sa main. « Merde, Shuggie ! J'ai quelque chose à te dire et je veux que tu m'écoutes très attentivement. Très attentivement. OK ? »

L'enfant hocha la tête lentement.

« Écoute. C'est toi l'homme de la maison maintenant. Va falloir que tu grandisses et que tu commences à faire certaines choses. Tu vas devoir faire gaffe à son argent. Quand elle va encaisser le Carnet du lundi et celui du mardi, il faudra mettre de côté pour acheter à manger à la fin de la semaine. Tu crois que tu vas y arriver ? »

Il eut envie de lui dire qu'il faisait déjà tout ça. Qu'il le faisait depuis ses sept ans.

« Va falloir la garder à la maison et virer ces bâtards d'alcoolos. Débranche le téléphone quand elle a le dos tourné, et s'ils viennent à la porte essaie de les faire partir. Tu leur dis qu'elle est sortie. Ça vaut double pour les hommes, OK ? » Leek continuait de remplir les sacs-poubelle avec ses affaires ; les choses qui ne lui étaient plus utiles, il les jetait dans un coin. Malgré la précipitation, tout ça semblait facile, comme s'il y avait déjà réfléchi une centaine de fois. « Les hommes voudront juste lui faire du mal et profiter d'elle. » Il s'arrêta. « Tu comprends ce que je suis en train de dire ? »

– Oui. » Il était au courant, il en savait bien plus long que ce que Leek pouvait imaginer.

« Tu vas t'accrocher à l'école ?

– Je vais essayer.

– Essaye plus fort. Ne fais pas la même connerie que moi, Shuggie. Fais quelque chose de ta vie. » Leek lui empoigna les cheveux et lui secoua doucement la tête. «Si tu as peur de la laisser seule, cache tous les médocs de la salle de bains. Et pendant que tu y es, planque les rasoirs et les couteaux à viande. Tu les emballes dans un torchon et tu les fourres dans les buissons, compris?»

Leek observa son frère quelques instants. «T'as quoi maintenant, treize ans?» Il expira et fit voleter sa frange. «Merde, tes couilles vont bientôt baller. Ça ne va pas tarder. Attends encore un peu et tu pourras partir toi aussi.»

Shuggie releva la tête, dégoûté. «Mais qui s'occupera d'elle?

— Eh, bah, elle devra s'occuper d'elle-même.

— Mais comment elle guérira alors?»

Leek arrêta de ranger ses affaires. Il s'agenouilla et leva les yeux vers Shuggie. Ses lèvres remuaient sans bruit, comme s'il ne savait pas vraiment par où commencer. «Ne fais pas la même connerie que moi. Elle ne guérira jamais. Le moment venu, il faudra que tu te casses. La seule chose que tu peux sauver, c'est toi.»

Le faible pouvoir que Leek avait eu sur la maison disparut avec son dernier sac-poubelle. Les démons les plus vils surgirent des débits d'alcool et de chez les bookmakers pour alimenter Agnes en gnôle. Tous buvaient et fumaient ensemble avant de s'endormir assis dans les fauteuils, puis ils recommençaient à boire à leur réveil. Shuggie essaya de les écarter, de garder un peu d'argent de côté et d'aller à l'école. Il voulait faire de son mieux pour Leek, pour lui prouver qu'elle pouvait aller mieux, et peut-être qu'alors celui-ci rentrerait à la maison. Mais c'était dur.

27

C'était la première fois depuis trois semaines qu'elle ne se réveillait pas dans un salon rempli de corps moites et imbibés. Agnes gémit pendant un moment, assise dans son fauteuil, entourée des cendriers qui dégueulaient. Elle se mit la tête entre les genoux et se coinça les mains sous les aisselles pour stopper les tremblements.

Elle ne savait pas depuis combien de temps elle était accrochée au seau rouge mais, quand elle appela son prénom, il parut aussi surpris de la trouver là qu'elle l'était de le voir.

«Je peux avoir un câlin?» demanda-t-elle piteusement.

Obéissant, il traversa le salon et vint s'asseoir sur l'accoudoir. Il avait encore grandi et il faisait maintenant facilement le tour de ses épaules avec ses bras. Chaque fois qu'il l'étreignait il ressemblait un peu moins à un enfant. Il devenait autre chose, pas encore un homme mais une sorte d'enfant étiré qui attendait qu'on le gonfle pour entrer pleinement dans l'âge adulte. Elle le serra tant qu'elle le pouvait encore. Il sentait le frais, comme s'il revenait des champs.

«Je ne veux plus vivre ici, dit-il seulement.

– Non. Moi non plus.»

Agnes se fit couler un bain chaud. Ça lui fit du bien de transpirer et elle sentit un peu de son aigreur la quitter. Elle se frictionna avec une serviette rêche, mit ses plus beaux habits en prenant soin d'assortir son pull à son manteau et ses chaussures. Malgré ses mains indociles, elle se maquilla et se coiffa soigneusement pour cacher ses racines grisonnantes. Elle retrouva la fin de ses allocations du mardi, empocha l'argent et sortit. Il faisait chaud et lourd, deux semaines de soleil pour assécher toute une année de pluie. Elle boutonna son manteau malgré tout. Elles la regardèrent passer le portillon, agglutinées en petits groupes avec de la sauce tomate sur leur pull et leurs mioches accrochés à leurs leggings en stretch. Agnes entendait ce qu'elles disaient et savait que c'était voulu. Elle les plaignit de ne même pas avoir la dignité de se mettre un coup de brosse. *Pitié, mon Dieu. Il n'y en a plus pour longtemps*, songea-t-elle en leur adressant un petit signe, la tête haute.

Des hommes grisâtres étaient amassés à l'entrée du club des mineurs, buvant une bière dans le soleil faiblard. Malgré la moiteur, ils portaient tous l'épaisse veste noire qu'ils mettaient autrefois pour descendre à la mine. Ils se tournèrent sur son passage comme des pingouins craintifs. Elle les entendit murmurer son prénom, évoquer sa légende à voix basse. Les plus audacieux la dévoraient des yeux par-dessus leur pinte ambrée. Elle savait qu'ils voulaient seulement la dégrader, la traîner encore plus bas. Elle savait qu'une poignée d'entre eux avaient pris leurs aises avec elle en échange d'un sac de bières. Quand ils avaient fini, ils retrouvaient leur femme maigrichonne et leurs draps dépareillés. C'était trop petit, trop mesquin pour s'en inquiéter désormais.

Au terme d'une longue marche, elle atteignit la rangée de magasins fermés au bord de la voie rapide. Alors que les voitures passaient en hurlant, elle se rendit compte que ce serait la seule fois qu'elle sortirait de Pithead, la seule fois où elle serait sûre de traverser les marais, d'être avec des gens qui ne croyaient pas connaître le moindre détail sordide de sa vie. Elle marchait au soleil, s'accordant ce rare rêve de liberté, quand elle la vit. Comme un chat acculé par un chien, elle sursauta et jeta des regards nerveux autour d'elle. L'espace d'un instant, Agnes crut que la femme allait partir en courant, enjamber la petite barrière et essayer de traverser les quatre-voies. Quelque part au fond d'elle, Agnes espérait qu'elle le fasse.

« Bonjour, Colleen. »

Celle-ci essaya de la contourner sur l'étroit trottoir. Agnes aurait pu la laisser passer, mais pas cette fois. Elle se planta devant elle et répéta, plus fort. « J'ai dit : *bonjour, Colleen.* »

La petite bonne femme desséchée était coincée. « Pourquoi tu m'dis ça ? demanda-t-elle.

– Pourquoi je ne te dirais pas bonjour quand je te croise dans la rue ? »

Elle leva pour la première fois les yeux vers Agnes et tenta un sourire aigre. Elle fit la moue, ce qu'Agnes trouva dommage. Le seul élément charnu et féminin de son visage, c'était sa bouche. « J'en sais foutre rien.

– Et comment va ton frère ? »

Elle cligna des yeux. « Au poil, merci. »

Agnes espérait qu'elle mentait mais ça n'en était pas moins douloureux. « Bien, et maintenant que c'est fini entre nous, est-ce que tu crois que tu pourrais arrêter de m'appeler ? »

Colleen posa la main sur son crucifix en argent. « Je sais pas de quoi tu parles.

– Je vois. Donc tu me prends pour une débile. *T'chut.* » Agnes fit claquer ses lèvres comme Lizzie le faisait quand elle refusait de se laisser embobiner. Ça la surprit et la fit rire. « Colleen, tu halètes comme un vieux cocker. À l'avenir, si tu veux harceler quelqu'un au téléphone, essaie de fermer la bouche et de respirer par le nez. »

L'air innocent glissa bientôt du visage de Colleen comme un esquimau fondant au soleil. Son sourire satisfait revint. « Eh, bah, tu laisses mon frère tranquille et pis on verra bien. »

Agnes sortit la vieille enveloppe du gaz de sa poche. C'était l'annonce pour l'échange de maisons, celle qu'elle avait mise dans le journal et pour laquelle elle était en chemin, afin de l'afficher sur la porte du marchand de journaux. Elle la tendit à Colleen, et quand celle-ci la parcourut, Agnes remarqua qu'elle lisait avec difficulté, en remuant les lèvres. Agnes était contente d'avoir pris le temps de l'écrire proprement. « Tu vois. J'essaie de partir. »

L'autre grogna. « Trop bien pour nous autres, hein ? »

Agnes recula d'un pas et croisa les bras. « Tu me fais penser à mon deuxième mari, tu sais. Tu ne veux pas de moi ici. Tu ne veux pas que j'aille ailleurs.

– Tu veux rire ou quoi ? » Colleen laissa tomber sa mâchoire pour jouer la surprise. « Tu débarques dans notre petit quartier peinard comme si que t'étais une grande dame. Tu te trimballes comme si que tu valais mieux que nous avec ta laque et ton sac à main. » Elle pointa un index accusateur. « Toi et ton gamin pas net vous essayez de nous mettre le nez dedans et pendant ce temps tu baignes dans ta pisse et tu baises les hommes des autres. Mon Dieu. Jamais vu une hypocrite comme toi.

– Eh bien, j'espère pour toi que tu ne seras jamais dans une mauvaise passe.

– Hé, bah, j'␊'emmerde ! J'ai failli canner quand mon Eugene m'a annoncé qu'y s'envoyait la salope au manteau violet ! Ma maman était au supplice à vous regarder tous les deux depuis là-haut. »

Agnes secoua la tête. « Elle devait avoir de sacrées jumelles.

– C'est de la blague tout ça pour toi, c'est ça ?

– De toute façon, c'est terminé. Tu as gagné. Ta mère peut lâcher ses voilages. »

Le visage de Colleen avait pris une teinte si vive qu'elle semblait sur le point d'exploser. « C'est foutu pour ça, ma vieille. Tu crois qu'sa pauvre femme elle voudra de lui quand y la rejoindra au ciel ? Y a rien qu'y peut faire pour se rattraper après qu'il a été traîner chez toi. »

Agnes triturait une de ses boucles d'oreilles. « Eh bien, je crois que j'ai tout entendu. »

Colleen lui lança un regard de haine pure. « T'as rien entendu, ouais. S'il venait te voir que la nuit, c'est parce que t'y faisais honte. À rôder là, comme un voleur ! C'est pour ça qu'y a que les taxis qui veulent de toi, pas vrai ? Parce que personne peut les griller avec toi en plein jour.

– Vraiment ? »

La femme émaciée eut un sourire triomphal. Elle semblait soulagée, heureuse d'avoir vidé son sac. « Bah ouais.

– On ne s'entendra jamais alors ?

– Jamais ! Qu'est-ce ça te fait, hein ?

– Bon, très bien. » Elle se tourna et fit quelques pas en direction des magasins délabrés. « Ah, au fait, Colleen... » Elle montra le cou de l'autre femme puis se passa le doigt sur la clavicule. « Tu as une trace de crasse dans le cou. Tu ferais bien de te passer un gant de toilette dessus avant de sortir. Ça gâche le joli éclat de ton crucifix.

– T'as pas mieux là ? » railla-t-elle.

Agnes referma son manteau et sourit. « Ah, et j'ai baisé ton homme. Et c'était nul. » Elle renifla avec dédain en évoquant ce mauvais souvenir. « Il avait une trace de freinage au fond de son slip, c'était atrocement gênant. »

Elles défilèrent à la porte tout l'après-midi. Au début, les filles McAvennie essayèrent de l'attirer dehors en lui promettant des bonbons mais il les connaissait et savait que leurs frères seraient cachés dans les buissons. Elles revenaient sans cesse, et quand Shuggie arrêta de répondre elles se mirent à cracher par la boîte aux lettres, de longues traînées de glaire sucrée qui collaient au rabat en métal et glissaient le long de la porte. Caché dans un coin, Shuggie regardait couler les mollards et essayait de les essuyer avec un torchon avant qu'ils salissent le beau tapis de sa mère.

Il ne savait pas ce qu'Agnes avait fait mais elles la traitaient de tous les noms. Des nouveaux noms qui sentaient le renfermé, des mots de femme qui faisaient apparaître des postillons sur leurs lèvres avec des bruits de succion, comme une botte qui s'enfonce dans un terril. La douve imaginaire qu'Eugene avait creusée autour de la maison des Bain s'était volatilisée ; il l'avait enroulée comme un tapis et était reparti avec. Maintenant les McAvennie mettaient des coups de pied dans la porte fermée. Elles lui criaient toutes les insultes qu'elles connaissaient. Elles imitèrent des bruits de baisers baveux, en firent des chansons puis reprirent les insultes.

Quand les filles en eurent marre de le tourmenter, Francis McAvennie vint à la porte. Shuggie était prêt à ouvrir. Il voulait en finir, recevoir ce qu'ils lui avaient réservé et refermer la porte.

Francis avait presque deux ans de plus que Shuggie. Il allait maintenant à l'école des grands, sans son frère Gerbil, et il avait des poils drus au-dessus de la lèvre. Depuis peu, il doigtait une protestante. Ses petites sœurs le racontaient à tout le coron avec un curieux mélange de fierté et de dégoût. Quand ses yeux apparurent dans la fente de la boîte aux lettres, Shuggie s'imagina qu'il allait cracher dedans comme ses sœurs. Il replia le torchon humide, prêt à rattraper le crachat. Au lieu de ça, les grosses lèvres roses de Francis s'adressèrent à lui. «*Shuggie. Shuggie! J'sais que t'es là. Ouvre la porte. Allez, j'ai un truc à te dire.*»

Il ne lui avait jamais parlé aussi gentiment. Les mots se déversaient lentement, comme le mince filet d'un robinet d'eau chaude. «Tu veux pas ouvrir la porte, Shuggie?

– Non.»

Leurs regards se croisèrent par la fente et Shuggie remarqua que le garçon falot avait des cils épais comme les poils d'une brosse à reluire. «Y paraît que vous vous barrez, dit Francis. Je voulais te dire que je suis désolé d'avoir été un petit connard.» Shuggie l'entendit fouiller ses poches; il revint à la fente et y poussa le corps d'un robot doré. La tête coupée de C-3PO était rattachée maladroitement avec du scotch de Noël. Un vieux jouet de petit garçon, brisé depuis longtemps, une offrande pathétique.

«Si tu mets un peu de colle dessus y sera comme neuf.» Il se redressa et plaça la bouche devant la fente pour montrer qu'il souriait. Il avait de grandes dents aussi blanches et lisses que des galets. «Ouvre la porte.

– Non.

– Pourquoi tu nous détestes? demanda doucement Francis.

– Je ne vous déteste pas, c'est vous qui me détestez.

– Mais nan!» Il semblait blessé. «C'était pour déconner.» Shuggie vit que Francis se creusait la tête pour trouver quoi dire. «Je veux me rattraper. Pour t'avoir embêté. » Il fronça les sourcils. « Tu veux m'embrasser ?

– *Quoi ?* »

Francis plaça à nouveau les lèvres devant l'ouverture. Il avait une vieille cicatrice, un peu pâle, au-dessus de la lèvre supérieure. Son père, Grand Jamesy, avait toujours eu la main leste côté revers. « Je te laisserai faire, si tu le dis à personne. Je te laisse m'embrasser. C'est ce que tu cherches, pas vrai ? » Il renifla. « Ouvre la porte, s'teplaît. »

Shuggie attendit, il ne faisait pas confiance à cette sensation au creux de son ventre. « Pourquoi je voudrais t'embrasser ?

– Allez, tu sais comment t'es. »

Shuggie retira le morceau de scotch, la tête du robot doré roula sur le tapis. « Francis. On est vraiment copains maintenant ?

– Ouais, carrément.

– OK. Alors mets ta bouche contre la boîte aux lettres.

– Nan, toi, ouvre la porte. » Il semblait presque le supplier.

« Fais-le, vas-y. » Shuggie entendait le garçon hésiter. Il était certain que Francis allait voir qu'il bluffait et se déroberait. Il resta silencieux un long moment. Puis il entendit ses boutons de chemise gratter contre la porte.

« Un bisou et tu ouvres la porte ? » Sa voix était si claire qu'il aurait pu se trouver à l'intérieur.

Shuggie ferma les yeux et s'agenouilla. Il plaça son visage près de l'ouverture. Francis avait une haleine douce et sucrée, comme l'odeur de la confiture du supermarché. Shuggie sentit cette haleine collante sur sa bouche, et l'espace d'un instant il eut envie de passer le doigt par la boîte aux lettres pour toucher délicatement les lèvres de Francis.

Mais ça ne dura pas.

Shuggie porta la main vers l'ouverture et, le plus vite possible, y enfonça le torchon trempé de crachats. Il l'avait replié de manière à ce que la partie la plus verte et collante soit tournée vers l'extérieur. Il sentit le torchon toucher le visage du garçon, puis l'autre se recula et le torchon s'échappa. Shuggie s'adossa à la porte. Il entendit Francis tousser et cracher par terre.

Francis approcha ses dents de la boîte aux lettres, prêt à déchiqueter Shuggie. « T'as pas intérêt à ouvrir ç'te porte. Je vais te planter, espèce de petite tapette. »

Il entendit son poing s'abattre sur le bois. Shuggie sursauta en voyant le couteau de cuisine de Colleen surgir et s'agiter dans le vide. Il recula contre la porte vitrée et regarda la lame entrer et sortir par la fente. Elle recherchait sa chair, si acérée qu'elle crissait contre le rabat en métal.

Davey Parlando, le chiffonnier, revint trois fois avec sa camionnette. Il prit tout ce qu'Agnes lui proposait et la paya avec un rouleau de billets sales retenus par un vieil Elastoplast. Il n'arrivait pas à croire à la bonté de cette belle femme, ou à son ahurissante stupidité. Il parlait avec nervosité, comme s'il était constamment en train d'improviser, incapable de trancher : était-elle débile ou généreuse ? C'était difficile à dire, d'autant qu'elle avait un regard vitreux, apathique.

Quand Davey eut chargé la fin de la vaisselle de mariage de Lizzie, il fit un dernier trajet jusqu'à la camionnette. Il offrait généralement aux enfants un sifflet ou un jouet en plastique mais il tendit à Shuggie toute une boîte de ballons de baudruche promotionnels mal imprimés, sa réserve pour toute une saison de collecte. Davey en gonfla un en le calant là où il lui manquait les dents de devant. Il tendit le ballon humide au petit garçon et lut l'inscription lentement, comme si Shuggie n'avait pas été capable de le faire lui-même. « Tu vois, y a écrit *Glasgow à gogo*.

– Qu'est-ce qu'on a à gogo ? » demanda Shuggie.

La facilité avec laquelle Agnes se séparait de ses affaires inquiétait Shuggie. Tous les meubles que le chiffonnier n'embarquait pas pour une bouchée de pain, elle les renvoyait au loueur. Elle renvoya aussi tous les meubles en cours de remboursement qu'elle put se faire reprendre. Puis elle contracta un crédit à la consommation pour en racheter des neufs quand ils seraient en ville.

Il voyait que la fièvre l'avait gagnée, le rêve d'être une nouvelle personne au milieu de nouveaux objets. Ça la rendait aussi fébrile que n'importe quelle grippe. Elle réunit tous les points Kensitas qu'elle avait recueillis dans ses paquets de cigarettes au fil des années et se mit à les compter obsessionnellement. Attachés ensemble, ils ressemblaient à de petites briques denses, des lingots qui sentaient le tabac blond. Allongé sur le tapis, Shuggie construisait des murailles et des forts avec pendant qu'Agnes compulsait le catalogue, cornant les pages d'une lampe ou d'un plateau à thé qu'elle n'aimait qu'à moitié et notant un total inquiétant sur une enveloppe du gaz.

Shuggie la regarda et chuchota : « Pourquoi je ne suffis pas ? »

Mais elle ne l'écoutait pas.

Agnes avait fait les cartons rapidement, dès que l'échange avait été acté. On aurait dit que la plupart de leurs affaires lui avaient causé du tort. Ils finirent en un après-midi, l'un et l'autre pressés de partir et préférant vivre les dernières semaines dans une maison rangée, remplie d'attentes et de rêves intacts. Shuggie l'aida à emballer ses précieuses figurines en prenant soin de les enrouler dans du papier journal avant de les poser dans ses cartons de sous-vêtements. Quand elle eut le dos tourné, il prit des objets de Leek dans la pile du rebut – de vieux disques, des carnets de croquis entamés, et un vieux leprechaun en peluche qui avait appartenu à Catherine – et les cacha dans les cartons de sa mère. Elle abandonna le reste des affaires de son frère et de sa sœur à Davey Parlando pour un rouleau de billets sales.

La nuit avant leur déménagement, elle força une dernière fois le compteur de la télévision pour leur acheter des chocolats à la camionnette du glacier. Elle sortit tous ses vieux habits et, assis côte à côte, ils décidèrent quelle version d'elle elle devait emmener et laquelle elle devait laisser.

« Les gens ne portent plus ce genre de choses », dit Shuggie. Elle avait enfilé un pull noir pelucheux qui semblait fait d'un milliard de cils fardés.

Elle mordit le coin d'un chocolat à la menthe. « Mais si je mets une ceinture ? » Elle appuya les mains sur sa taille sanglée.

Shuggie passa la main sous le pull, déboutonna les deux épaulettes et les sortit. Elle semblait déjà moins sévère, plus douce, plus jeune. Il plissa les yeux. « Avec un jean, ça serait peut-être mieux. » Il glissa les épaulettes sous son pull d'école, faisant remonter ses épaules sous sa mâchoire.

Elle fit la moue. « Beurk. Je suis trop vieille pour les jeans. Tout le monde a l'air si vulgaire avec ça aujourd'hui. »

Shuggie ramassa une jupe trapèze en laine couleur bruyère séchée. Elle était serrée mais pas trop. Il ne l'avait jamais vue avec. « J'aime bien celle-là. »

Agnes la considéra. Elle releva la fermeture à glissière d'une pichenette comme pour vérifier si celle-ci fonctionnait encore puis la balança. « Non. Je ne veux pas être *elle*. Elle porte des pantoufles et garde son tablier toute la journée.

– Ce serait plus confortable. »

Sa mère s'allongea sur le tapis en soupirant. Elle se retourna et le détailla. « Et toi, tu veux être qui quand on aura déménagé ? »

Il haussa les épaules. « J'en sais rien. J'étais trop occupé à m'inquiéter de toi.

– Bah, tiens, mère Teresa en personne. » Agnes se renfrogna. Elle se redressa sur un coude et prit une gorgée dans sa tasse de bière. Elle regarda tristement les nuages blancs qui se formaient à la surface. « Écoute, quand on arrive au logement, j'arrête de boire, promis.

– Je sais. » Il s'efforça de sourire.

« J'aurai un boulot comme les autres mamans.

– Ça me plairait. »

Agnes tripotait une petite peau de son doigt. « Ton salaud de père n'a jamais voulu que je travaille. La place d'une femme et toutes ces conneries. » C'était vrai : Shug n'avait jamais accepté qu'elle ait un métier, Brendan McGowan non plus. Pour le catholique, c'était une question de fierté : il travaillait dur pour que ses voisins sachent qu'il subvenait aux besoins de toute sa famille. Quant à Shug, on ne pouvait pas lui faire confiance, il était donc incapable de se fier à qui que ce soit, à commencer par sa femme. Il préférait la savoir à la maison pour être sûr de ce qu'elle faisait de ses journées. Ses hommes ne tenaient pas à ce qu'elle travaille, elle n'y avait donc jamais pris goût.

« Tu es trop bien pour travailler. Tu es trop jolie. » Il savait quoi dire, ils avaient eu cette conversation des centaines de fois. Ça manquait de conviction mais Agnes semblait apaisée. Puis il ajouta une réplique inattendue et le sourire de sa mère se figea. « Mais si tu travaillais, ça irait. Tu pourrais travailler de nuit, tu n'es pas obligée d'être là avec moi le soir. Je peux me débrouiller. »

Agnes se redressa et termina sa bière. Elle voulait changer de sujet. Shuggie la regarda former deux effigies à partir des vêtements qu'ils laissaient. Elle disposa un pull angora rose à elle et son costume de gangster trop petit sur des cintres comme deux pantins à brûler pour la nuit de Guy Fawkes. Shuggie la suivit dans la cuisine où elle les accrocha au séchoir. Elle tira la corde pour le faire remonter au plafond. Leurs vêtements s'entortillaient là-haut, deux anciennes versions d'eux-mêmes qui pendraient en attendant la nouvelle famille.

« La femme s'appelle Susan, dit Agnes. Elle est sympa. Elle a quatre gosses et son gars pose des moquettes. Il a jamais demandé d'allocs de sa vie. Attends un peu qu'ils le voient débarquer.

– Est-ce qu'on l'arnaque ? » demanda Shuggie, inquiet.

Agnes se frotta les joues comme pour essayer de soulager une douleur, comme si son dentier la pinçait. Elle se versa une nouvelle tasse de bière. « Non. Elle a une voiture *et* un homme. Ça n'avait pas l'air de les déranger d'être aussi loin. »

Elle tira le col de Shuggie et passa la main sur sa peau comme si elle vérifiait qu'une femme de ménage peu scrupuleuse avait bien passé l'aspirateur sous le tapis. Des poils fins commençaient à pousser sur sa maigre poitrine. Elle les caressa du bout des ongles sans rien dire. « Tu es tout pâle. C'est quand la dernière fois que tu es allé dehors ? »

Il ne voulait pas lui parler de Francis McAvennie et du couteau de cuisine. Il ne voulait pas avouer qu'il avait trop peur pour sortir depuis que Francis avait menacé de le poignarder. Il n'avait pas besoin de dire quoi que ce soit. L'esprit d'Agnes était comme un projecteur de diapositives déréglé. « Tu ne te souviendras pas de la ville, dit-elle, tu étais trop petit. Mais on peut danser, il y a plein d'endroits pour danser et des grands magasins. Tu peux être dehors tout le temps tellement il y a de choses à faire. » Il la voyait se gonfler de faux espoirs, essayant de faire monter en elle une délicate excitation. Elle semblait aussi fragile que du duvet de chardon. « Tu ne t'en souviendras pas mais tu vas voir.

– J'ai hâte. » Ce n'était qu'un demi-mensonge. Il ne pouvait pas le lui avouer mais la ville, vaste et incontrôlable, lui faisait un peu peur : tous les alcooliques qui pouvaient l'emporter, les pubs sombres, les hommes qui voudraient profiter d'elle, les rues inconnues où elle pourrait se glisser et disparaître. Au moins Pithead était un terrain connu. Ils s'y étaient retrouvés englués comme des mouches sur du papier collant, enfermés entre quatre murs de néant. Elle pouvait s'y faire du mal mais il ne risquait pas de la perdre.

Shuggie s'efforça de ne pas s'attarder sur le sujet. « Quand on aura déménagé, tu vas vraiment essayer d'arrêter de boire ?

– C'est ce que j'ai dit, non ? »

Il ne put cacher une lueur d'incrédulité dans ses yeux. Il se tourna vers l'évier pour finir la vaisselle et détourner le visage.

Ça la mit en rogne. « Tu me traites de menteuse ? »

Elle avait bu toute la journée. Son humeur était une brume basse, un nuage sombre et lourd mais sans ondée. Shuggie ne voulait pas le faire éclater et provoquer une tempête. « Non. Pardon. »

Agnes écrasa sa cigarette sur le bord de l'évier. Elle leva sa tasse et la versa dans le bac, si brusquement que Shuggie fut éclaboussé et recula, trempé, en clignant des yeux.

Agnes ouvrit le placard sous l'évier et en sortit ses deux dernières Carlsberg. Elle lui en tendit une et ouvrit l'autre elle-même. Elle la retourna et la bière se déversa en cascade en crachotant. Quand elle fut vide et que les dernières gouttes de mousse furent tombées comme des flocons de neige fondue, elle balança la canette vers la poubelle, la rata, et la laissa rouler sur le lino. Shuggie s'écarta en ouvrant des yeux ronds, accroché au plan de travail. Agnes, désormais possédée, parcourut toute la maison, il l'entendait fouiller sous les meubles et gratter derrière l'armoire. Elle revint avec une demi-douzaine de bouteilles, tous les restes de vodka oubliés et les fonds qu'elle n'avait pas bus parce qu'elle était tombée dans les pommes avant. Elle les vida dans l'évier avec emphase.

Shuggie ne l'avait jamais vue faire ça. Il ne l'avait jamais vue gâcher de l'alcool.

Les rares fois où elle avait juré d'arrêter, elle avait commencé par tout boire jusqu'à la dernière goutte avant d'avoir des crises de manque, des nausées et des tremblements. Il y avait d'autres fois où elle se retrouvait sobre par contrainte. Les semaines où les allocations avaient fondu trop vite et où aucun homme ne voulait venir la dépanner, elle subissait. Si c'était un jeudi, alors elle commençait à décrocher avec quatre jours d'avance. Shuggie était toujours son premier supporteur. Mais la boisson perdait rarement. Elle était comme une petite frappe, certaine de la rattraper facilement, qui lui donnait une longueur d'avance en souriant et recommençait à la cogner le lundi suivant après qu'elle avait touché ses allocations. Pourtant, Shuggie y croyait chaque fois.

Il ouvrit la dernière canette couleur bronze. Il la regarda du coin de l'œil en la versant dans l'évier en un mince filet hasardeux, prêt à s'arrêter à tout moment.

Agnes le regarda faire, le nez levé, comme une grande dame. « Tu me crois maintenant ? »

Shuggie enfonça l'articulation de son pouce dans son orbite, pour se ressaisir, pour bloquer les larmes d'espoir. « Merci. »

Agnes se raidit mais sourit, un faible sourire tremblotant. « Fini, la bouteille. Je ne dis pas que ce sera facile mais c'est ça qui est bien avec la ville : on ne nous connaît ni d'Ève ni d'Adam. » Elle tira une bouloche sur l'une des effigies qui tournoyaient dans la cuisine silencieuse. « Et toi, tu peux être comme les autres garçons. On pourra être tout neufs. »

1989

EAST END

28

Après leur isolement derrière les terrils, le quartier résidentiel ressemblait à un centre débordant de vie. La grand-rue était bordée de massifs immeubles de grès au pied desquels se succédaient des centaines de petits magasins, un bureau de poste tous les kilomètres, une friterie à chaque coin de rue et toutes sortes de boutiques de vêtements et de chaussures où Agnes pourrait aller faire du shopping à crédit. Des files de voitures rutilantes attendaient patiemment aux feux rouges puis avançaient doucement, des bus à impériale passaient par deux et s'arrêtaient à pratiquement tous les coins de rue. Il y avait un cinéma, une boîte de nuit, un grand parc verdoyant et autant de chapelles et d'églises qu'il en avait vu dans toute sa vie. Les trottoirs débordaient de gens qui faisaient leurs courses et personne ne s'intéressait aux autres. Ils se déplaçaient indépendamment avec une liberté distraite et anonyme qu'ils tenaient pour acquise. Les gens ne se saluaient même pas d'un signe de tête et Shuggie était prêt à parier qu'il n'y avait pas une seule cousine parmi eux.

Le camion de déménagement manœuvra pour s'engager dans des rues plus étroites. Le ciel semblait lointain maintenant, les seules trouées dans les façades venaient des intersections avec des rues encore plus denses. Shuggie leva la tête et eut l'impression qu'ils étaient enterrés au fond d'un canyon de grès. Ils s'arrêtèrent, bloquant toute la circulation, et les hommes des Alcooliques Anonymes firent descendre le haillon avec fracas. Agnes regarda le morceau de papier puis la façade. C'était un bâtiment gris-blond au milieu d'une longue rangée d'immeubles identiques. Il y avait un interphone pour huit appartements et Agnes trouva les boutons du deuxième étage.

«C'est chez nous maintenant», montra-t-elle au garçon.

Il était trop vieux pour ça mais il ne lui lâchait pas la main, ne fût-ce que pour qu'elle continue d'avancer et qu'elle ne cède pas à une envie d'aller boire un verre. Quand il avait pris la main d'Agnes dans la sienne, celle-ci lui avait soudain paru minuscule. Elle portait toutes les bagues qui lui restaient mais malgré le métal froid il sentait la palpitation de ses nerfs, la moiteur du manque dans sa paume.

«Promettons d'être tout neufs. Promettons d'être normaux», pria-t-il, tandis qu'ils avançaient, main dans la main, comme deux jeunes mariés.

Le hall d'entrée était propre et froid. Les murs, le sol, les escaliers donnaient l'impression d'avoir été taillés dans un seul bloc de belle pierre et il flottait une légère odeur de Javel. Ils grimpèrent lentement les marches de pierre, s'écartant pour laisser passer les hommes qui montaient les cartons. Sur chaque palier, deux lourdes portes se faisaient face, chaque étage était divisé équitablement. Des parquets craquèrent derrière certaines portes sur leur passage. La tête haute, Agnes continuait de monter.

La porte de l'appartement sur le deuxième palier dallé se trouvait à droite. Quand ils entrèrent, Agnes fit un rapide inventaire de la saleté restante, des moquettes dont il faudrait se débarrasser, montrant du doigt des traces ici et là comme une guide touristique. «Ouais, elle n'était pas très propre, dit-elle froidement. Elle sera comme chez elle à Pithead.»

Le nouvel appartement était petit. Il avait un court couloir en L et il se demanda où elle allait mettre sa console. Un grand salon avec un bow-window donnait sur la rue, à côté d'une petite chambre parentale. À l'arrière, une étroite kitchenette et une chambre de la taille d'une boîte à chaussures. Shuggie la mesura en longueur et en largeur en se servant de ses pieds, espérant y faire entrer deux lits, mais c'était impossible. Il eut soudain la sensation d'une fin irrévocable et Leek lui manqua d'autant plus.

Agnes regardait la rue à travers la grande fenêtre. Shuggie la prit dans ses bras et ces deux personnes toutes neuves s'accordèrent une minute de rêverie silencieuse et paisible. Du pied, Agnes se gratta le mollet. Shuggie savait que c'était dans sa nature d'être contrariante.

Les déménageurs finirent rapidement et emportèrent les cartons avec eux. Agnes prit son manteau en mohair et promit à Shuggie un thé chaud et des chaussons aux pommes pour le déjeuner. Le garçon ferma la porte derrière elle en ignorant son collant filé par la boucle de sa chaussure. Il resta un long moment debout à la fenêtre de la cuisine pour regarder le jardin de la résidence. Totalement cerné par les immeubles, il était divisé par des murs d'un mètre cinquante offrant à chaque bâtiment une part égale d'herbe rugueuse surplombée par un local à poubelles en béton.

Chaque carré d'herbe débordait d'enfants comme une boîte de Petri grouillante de vie. L'air était rempli de l'écho des cris et des rires amplifié par l'enceinte de grès. De temps à autre, un enfant venait hurler au pied d'un immeuble, une fenêtre s'ouvrait alors et un paquet de chips ou un trousseau de clés s'envolaient du troisième étage.

Shuggie s'assit pour regarder la scène – une sorte de cirque romain – durant une bonne partie de l'après-midi, se demandant ce que ça faisait de jouer, d'être aussi insouciant. Il regarda les enfants escalader les murs pour envahir les autres jardins. Il vit des crânes se fendre et des petits se faire pousser du toit des cabanons. Une fenêtre s'ouvrait, un doigt accusateur pointait le gladiateur fautif puis l'enfant, braillant de peur et de contrition, disparaissait pour le restant de l'après-midi.

Shuggie finit par se lasser de cette brutalité.

En attendant qu'elle revienne avec le thé et les gâteaux, il tomba sur son petit livre de foot rouge et l'ouvrit à la première page pour la centième fois. Il lisait les résultats d'Arbroath quand il entendit la clé dans la nouvelle serrure. Depuis son siège près de la fenêtre de la kitchenette, il savait déjà.

« Coucou, fiston. » Elle se tenait sur le pas de la porte, les yeux tombants, un trop grand sourire sur le visage.

« Tu as bu ? demanda-t-il même s'il connaissait la réponse.

– *Nooon*.

– Viens ici. Laisse-moi te sentir. » Shuggie traversa la kitchenette vide.

« *Me sentir* ? Mais tu te prends pour qui ? »

Il grandissait de jour en jour. Il l'attrapa par la manche et la tira vers lui avec l'autorité d'un adulte. Elle vacilla et essaya de se libérer. Il la renifla. « Je le savais ! Tu as bu.

– Regarde-toi, toujours à gâcher mon plaisir. » Agnes essaya une nouvelle fois de lui faire lâcher sa manche. « J'ai juste bu un petit coup avec ma nouvelle pote Marie.

– Marie ? Tu avais promis qu'on serait tout neufs.

– On est tout neufs. Tout va bien. » Son geôlier commençait à l'agacer.

« Tu m'as menti. Tu n'as même pas essayé. On n'a pas changé On est toujours les mêmes, putain. » Shuggie tira si fort sur la manche que le pull se détendit et glissa de son épaule. Là, sur sa douce peau blanche, il vit la bretelle noire de son soutien-gorge. Il tendit la main pour l'attraper.

« Lâche-moi ! » Agnes avait peur maintenant. Elle tira si fort qu'elle envoya valdinguer le garçon. Il s'écrasa contre le mur et glissa sur le sol du couloir.

Agnes grommelait pour elle-même. « Tu te prends pour qui, à me parler comme ça ? » Une pensée lui traversa l'esprit et elle se retourna vers lui. « Pour ton père ? Tu te prends pour ton salaud de père ? » Elle leva le nez avec défiance et lui cracha dessus. « Bah, ça me ferait mal, mon chou. »

Il la regarda remettre son pull détendu sur son épaule et repasser la porte d'entrée sans la fermer derrière elle. Il l'entendit frapper à toutes les portes de l'immeuble. Elle tambourinait, et quand quelqu'un ouvrait elle se présentait d'une voix pâteuse.

« Bonjour. Je suis *VRAIMENT* désolée de vous déranger. Je m'appelle Agnes. Je suis votre *NOUVELLE* voisine. »

Shuggie entendit les braves gens de l'immeuble marquer un temps, gênés, avant de la saluer à leur tour. Il les entendait presque la regarder de la tête aux pieds, la jauger, se faire une opinion. Cette femme, avec sa teinture noir de jais, ses collants noirs brillants et ses escarpins noirs, était bourrée à l'heure du déjeuner.

Le collège était plus grand que tous ceux qu'il avait vus. Il avait attendu un garçon qui vivait à l'étage du dessous et l'avait suivi prudemment. Il était bronzé, il avait la couleur des grandes vacances. Il se retournait à chaque carrefour et posait avec suspicion ses grands yeux bruns sur le garçon pâlot qui le suivait comme un chien errant.

Shuggie avait repassé lui-même sa tenue pour la rentrée. Il avait un pantalon de laine gris et un pull rouge chic qu'Agnes lui avait acheté avec les points de ses paquets de cigarettes. Il les pressa jusqu'à ce qu'ils ne soient plus qu'en deux dimensions. Puis il repassa son slip et ses chaussettes.

Shuggie tourna à un angle à la suite du garçon et découvrit l'établissement. Il s'étendait à l'infini et ressemblait à une véritable ville : de grands cubes et rectangles de béton qui s'entrecroisaient selon divers angles, entourés de bâtiments plus bas qui ressemblaient à des préfabriqués en un peu plus solide. Il n'y avait pas de fenêtres donnant sur l'extérieur, rien que ces grandes formes de béton semées sur une étendue d'asphalte, de pierre et de boue brune.

Il franchit le portail derrière le garçon. La cour était vaste et remplie de monde. Il vit une masse mouvante pleine du bleu des protestants, de blanc et d'un peu de rouge. Chaque garçon ou presque portait un maillot, une veste de survêtement ou au moins un sac de sport des Glasgow Rangers. Le sponsor de l'équipe, McEwan's Lager, apparaissait en grosses lettres partout où il posait les yeux.

Shuggie mit la main dans sa poche et fut rassuré d'y sentir le livre rouge aux pages cornées.

La cloche sonna et il suivit le garçon qui franchissait des portes vitrées. Faute d'une meilleure idée, il alla avec lui jusque dans sa classe. Les élèves prirent des places qui semblaient habituelles et commencèrent à se crier dessus. Shuggie posa son cartable sur une table au fond et entreprit de se cacher derrière. Un petit homme d'âge mûr avec une barbe blanche entra. Il ressemblait à un scotch-terrier énervé et parlait avec un fort accent de Glasgow. « Bon, fermez-la tous. On va torcher l'appel rapidos puis vous pourrez r'commencer à causer bouc' d'oreilles, permanentes et compagnie. » Il attendit un instant. « Et j'parle que des mecs. »

La salle râla mollement. Le professeur fit l'appel et quand il eut terminé tout le monde se remit à crier. Il croisa les bras, ferma les yeux, et s'adossa contre le bord de son bureau pour essayer de grappiller cinq minutes de sommeil supplémentaires.

Shuggie leva la main, l'abaissa et la leva à nouveau. « Monsieur, dit-il, trop bas. Monsieur ! »

Le professeur ouvrit les yeux et regarda le garçon. « Ouais ? demanda-t-il, faute de reconnaître les visages.

— Je suis nouveau, expliqua Shuggie, sans parler assez fort pour couvrir le brouhaha.

— Tout le monde est nouveau, c'est la rentrée.

— Je sais. Mais je crois que je suis une inscription tardive. » Il employa le terme qu'Agnes lui avait recommandé d'utiliser.

Le calme revint. Trente têtes se tournèrent vers lui, des garçons aux lèvres assombries d'un duvet, des filles avec des corps de femmes et des visages couverts de petits boutons blancs. « T'es quoi ? demanda le professeur à la face de terrier.

— Je suis… je suis une inscription tardive, monsieur. Je viens d'une autre école. » La classe était désormais silencieuse.

« Ah, fit le professeur. Et comment tu t'appelles ? »

Ça démarra avant qu'il puisse répondre. D'abord un chuchotement, puis quelqu'un le dit tout haut et les rires succédèrent aux murmures. «Gaylord?» lança un garçon avec une face de rat au premier rang. La salle éclata de rire.

«*Peter le Gros Pédé?*» fit un autre.

Shuggie essaya de couvrir leurs voix. Il était écarlate. «Shuggie, monsieur. Hugh Bain. J'ai été transféré depuis Saint Luke.

— Nan mais, écoutez-le!» s'exclama un garçon aux boucles serrées. Il ouvrit de grands yeux comme s'il venait de remporter le jackpot des cancres. «Hé, l'aristo, tu l'as chopé où, c'putain d'accent? T'es danseuse étoile ou quoi?»

Ce fut celle-ci qui l'emporta, une inspiration divine pour tous les autres. «Fais-nous une p'tite danse! glapirent-ils. Allez, p'tite tapette, fais-nous une pirouette!»

Shuggie resta prostré. Il prit le livre rouge et le laissa tomber dans le tiroir sombre de ce pupitre inconnu. Il était content d'en avoir au moins fini avec ça. C'était clair désormais : personne ne serait tout neuf.

29

Le garçon aux yeux bruns qui vivait en bas frappa à la porte comme s'ils étaient de vieux copains. Au cours des mois qui s'étaient écoulés depuis leur déménagement, il avait pris soin d'éviter Shuggie. Quand il ouvrit la porte, l'autre inclina la tête pour le saluer puis lui dit de prendre son manteau et de le suivre.

« Pour quoi faire ? demanda Shuggie, quelque peu ingrat.

– J'ai besoin qu'tu m'aides. » Le garçon était déjà au milieu de l'escalier.

Keir Weir était une palette de couleurs chaudes choisies pour leur harmonie. Il était la personne la plus bronzée que Shuggie ait jamais rencontrée et ses cheveux bruns brillaient du souvenir d'un soleil qu'ils avaient pourtant rarement connu. Ses yeux étaient veinés comme du bois de noisetier et ses lèvres avaient une forme arquée que Shuggie ne pouvait s'empêcher de fixer. Il aurait eu l'air d'un mannequin adolescent sans son bout de nez tombant et son bouton de fièvre au-dessus de la lèvre.

Shuggie prit son manteau et le suivit comme un laquais obéissant. Quand ils arrivèrent dans le hall, Keir pivota et s'arrêta net. « Attends, tu vas pas te trimballer dehors avec moi si tu ressembles à ça. »

Shuggie se regarda. Il portait sa tenue habituelle : un vieux pantalon d'uniforme en laine, de vieilles chaussures et un anorak bleu du catalogue qui ressemblait à un manteau d'Agnes qu'elle aurait trop honte de porter pour aller faire les courses.

« Tu vas me foutre la honte. C'est encore ta mère qui t'habille ? » Keir glissa les mains dans l'anorak de Shuggie, les descendit dans le bas de son dos et tira sur les cordons ajustables. Le manteau lui serra la taille comme s'il allait le couper en deux et était évasé en bas comme un pourpoint de la Renaissance. Le garçon aux yeux bruns attrapa son col bien repassé et le releva, puis il remonta sa fermeture Éclair en plastique tout en haut jusqu'à ce que Shuggie ait l'impression de voir le monde par la bouche d'une cheminée de navire.

Shuggie bascula la tête en arrière pour parler par l'ouverture. « Où est-ce qu'on va ?

— Je vais te présenter des nanas. Mais je veux pas que tu ressembles à un pédé. » Keir sortit un petit peigne de sa poche arrière dont une extrémité avait été si mâchonnée qu'elle en était inutilisable. Il cracha un mollard blanc dessus et entreprit de faire à Shuggie une raie au milieu. Celui-ci recula, horrifié, mais Keir saisit sa nuque dans ses longs doigts pour le maintenir en place. C'était comme ça que les hommes attiraient les femmes à eux dans les films qu'Agnes aimait tant à la télé. Pour Keir, ça ne voulait rien dire, mais Shuggie en était tout retourné.

Il eut l'impression que son crâne avait été proprement coupé en deux sous les dents du peigne. Le garçon réarrangea la raie qu'Agnes avait faite et sépara les cheveux noirs en deux lourds rideaux. « Voilà ! dit-il en frottant l'arrière de sa tête, satisfait de son œuvre. Là, t'as l'air d'un mec. » Il se retourna pour sortir. « Tu fais comme moi et y aura pas de problèmes, OK ?

— D'accord », acquiesça Shuggie en lui emboîtant le pas et en imaginant des moyens pour faire en sorte que Keir l'attrape de nouveau ainsi.

Keir Weir remonta la rue d'un pas assuré, jambes arquées. Le bas de son visage était masqué par le col de son anorak et ses mains étaient enfoncées dans ses poches de manteau. Shuggie le suivait et essayait d'adopter la démarche de cow-boy que Leek lui avait apprise. « On va voir deux nénettes. Y en a une, c'est ma meuf. L'autre, c'est sa pote. Elle est canon. T'as déjà une meuf ?

— Oui, mentit Shuggie.

– Qui c'est ?» Seuls ses sourcils froncés et ses yeux étaient visibles au-dessus du col haut de son anorak.

« Une fille de là où j'habitais.

– Ah ouais ? Et comme elle s'appelle ? »

Shuggie n'arrivait pas à savoir si Keir se foutait de lui. C'était dur quand on ne voyait pas la bouche de son interlocuteur. « Euh, bafouilla-t-il. Hum. *Madonna*. » Dès que les mots furent sortis de sa bouche, il remercia son col relevé. Il avait pris la teinte rose des mauvais menteurs.

Keir plissa les yeux. Une ombre passa sur son visage, comme s'il commençait à regretter de lui avoir demandé de venir. « Ah ouais ?» Ses sourcils montèrent très haut au-dessus de son col. « Tu l'as déjà doigtée ou pas ? »

La mâchoire de Shuggie tomba, masquée par son manteau. Il hocha doucement la tête.

Il vit un soupir las remuer les cheveux de Keir comme le vent dans un rideau. « Eh, bah, la copine à ma meuf, c'est une grosse cochonne. Tu pourras la baiser si tu lui demandes. Enfin, si ça dérange pas Madonna. » Il fit descendre une cigarette dans son col comme un seau au fond d'un puits. « En tout cas, je veux que tu l'empêches de nous emmerder. Compris ? »

Ils traversèrent les rues aux immeubles ocre sans s'arrêter pour regarder les femmes qui vidaient des seaux d'eau de Javel dans le caniveau. Keir avançait avec une démarche d'homme, il coupait les angles, sautait par-dessus les bancs et les murets. Il allait vers sa dulcinée en ligne droite. Shuggie devait pratiquement courir pour le suivre. Keir ne ralentit que lorsqu'ils arrivèrent devant une barre d'immeubles modernes. Il éteignit sa cigarette plissée et sortit un chewing-gum de sa poche. Quand il le mit dans la bouche et le mâcha rapidement, Shuggie sentit la croûte mentholée se briser entre ses grandes dents blanches. Il battit des mâchoires comme un chien affamé puis le sortit de sa bouche. « Tiens, dit-il en lui tendant le chewing-gum humide. Il vaut mieux que tu sois frais pour les filles. »

Shuggie regarda la pâte grisâtre dans les doigts du garçon. Il fut de nouveau bien content que son col cache sa moue de dégoût.

« Allez, fais pas ta tapette. *Tiens !* » Keir lui colla le chewing-gum dans les mains et Shuggie le mit dans la bouche à contrecœur. Il était visqueux et tiède et avait un goût de menthe, de haricots et de cigarette. Il s'aperçut que ça lui était égal, il le fit rouler dans sa bouche pour le savourer. Avec la langue, il pressa la fin de la salive de Keir pour la garder dans une petite poche au-dessus des dents, sous sa lèvre, là où elle durerait plus longtemps.

Ils grimpèrent les escaliers jusqu'au dernier étage. Chaque palier donnait sur un grand balcon ouvert et Shuggie s'arrêtait pour admirer la vue comme un prisonnier satisfait de son sort. Quand ils arrivèrent en haut, Keir se tourna vers lui et dit : « Essaie de pas parler comme un bourge, OK ? Je veux pas qu'elles se foutent de notre gueule. »

Keir appuya sur la sonnette à côté de la porte vitrée. À l'intérieur de l'appartement, une porte s'ouvrit et ils entendirent une chanson pop dans le couloir. Ils regardèrent un nuage de cheveux blonds s'approcher de la vitre dépolie. Puis sur le pas de la porte apparut une fille banale, pâle, avec de grands yeux verts derrière des lunettes à lourde monture rose. Ses cheveux couverts de gel étaient tirés en arrière et explosaient en une massive queue-de-cheval permanentée. À ses tempes, disposées en rangées nettes, des barrettes roses qui évoquaient un carré porc.

Elle était un peu plus jeune que les deux garçons. Son vernis à ongles mal posé rappelait à Shuggie les filles McAvennie quand elles glissaient gauchement dans les talons bas de Colleen. « Salut, fit la fille en entrouvrant la porte.

— Salut, ma belle. » Keir avait un sourire en coin. Il posa la paume de sa main sur la porte comme s'il était chez lui.

La fille gloussa puis regarda Shuggie avec suspicion. « Qu'est-ce que vous voulez, tous les deux ? » Elle commença à refermer la porte.

« Ta mère est à la maison ? demanda Keir.

— Tu sais très bien qu'elle bosse.

– On peut squatter un moment alors ?
– Nan. » Elle se tortilla et referma encore un peu la porte. « Pourquoi ?
– Parce que j'ai dit non. Ma mère m'a dit qu'elle me mettrait une volée si je te laissais encore venir pendant qu'elle est au travail.
– Oh, allez. » Il retira ses chaussures.
« Nan ! cria-t-elle comme une enfant. Tu as tout salopé la dernière fois ! T'as pissé sur la lunette des chiottes et sur la plinthe. Ma mère a pété les plombs quand elle a vu ça. J'ai eu droit à la ceinture. » Elle tira la porte jusqu'à ne pouvoir passer que sa tête dans l'entrebâillement.

Ils restèrent comme ça quelques instants. À l'intérieur on entendait le bruit d'une cassette que l'on changeait de face. Keir parla le premier. « Je t'ai acheté ça. » Il lui tendit une savonnette emballée dans de la cellophane perle, elle ressemblait aux savons pas chers empilés sur les étals du marché de Barras, ceux qu'Agnes méprisait. *Ne peut être vendu séparément*, pouvait-on lire sur le côté.

Elle sortit sa petite main blanche et prit prudemment le savon. L'emballage émit un craquement net. La jeune fille eut un soupir de plaisir puis se reprit : « Ça change rien.
– Tu veux toujours être ma meuf ? »
Elle regarda le savon puis le grand garçon. « Ouais. P't-être.
– Tu veux sortir alors ? Genre, aller traîner un peu.
– Nan, j'peux pas, dit-elle, boudeuse.
– Pourquoi ? » Keir Weir clignait ses yeux bruns aussi vigoureusement que possible.

« Parce que y a Leanne qu'est là, voilà pourquoi. »
Keir hocha la tête et présenta le plan qu'il avait préparé. « Eh, bah, ça, c'est Shuggie. Il en pince pour Leanne. » Shuggie sortit de l'ombre du palier. « Alors comme ça elle peut venir aussi. »

La fille écarquilla les yeux. Elle laissa échapper un petit couinement, recula la tête et claqua la porte vitrée. Shuggie regarda la touffe blonde floue partir à toute vitesse dans le couloir.

Était-ce l'instant qui allait le rendre normal ? Toutes ces heures à travailler sa démarche, à courir après un ballon, à apprendre de vieux résultats de foot : c'était son moment.

La porte s'ouvrit sur deux petits visages. Puis elle se referma. Il entendit des éclats de rire dans le couloir. Keir était nerveux. «Essaye d'avoir moins l'air d'un gros pédé, OK ?» marmonna-t-il sans se retourner.

Shuggie prit une profonde inspiration et s'efforça de se tenir droit puis, comme une tortue mécontente, il abaissa le visage dans l'anorak en fronçant les sourcils. La porte se rouvrit, un peu plus cette fois-ci. Les deux filles étaient là et gigotaient d'excitation. Leanne Kelly faisait une bonne tête de plus que l'autre fille et les regardait par-dessous l'épais buisson de la permanente blonde. Elle avait une mâchoire forte et ne portait ni maquillage, ni colifichets dans les cheveux. À la façon dont elle s'avança et toisa les garçons, il était évident qu'elle avait été élevée avec une ribambelle de frères. Quand elle parlait, sa bouche restait pincée comme si elle gardait ses dents. Shuggie trouva que ses yeux ressemblaient à de petits raisins secs attentifs.

«Comment tu sais que t'en pinces pour moi ? Je t'ai même jamais vu.»

Shuggie resta muet et Keir lui donna un coup de pied dans le tendon d'Achille. «Eh bien, c'est que... j'ai entendu beaucoup de bien de toi.»

La fille fronça le nez, incrédule. «De quoi ?

– J'ai entendu dire que tu étais très jolie.

– D'où que tu causes bizarrement ? demanda-t-elle sans sourire, le nez toujours plissé. T'es dans quel bahut ?»

La fille fit un pas sur le palier et Shuggie s'aperçut alors que son visage n'était pas sale mais constellé d'un millier de ravissantes taches de rousseur. Ses yeux en raisins secs le détaillaient toujours. «Euh, celui au bout de la rue.

– Le trou à protestants ?

– Oui.»

La fille soupira et son visage se détendit. « Dommage. Je vais à Saint Mungo. C'est pour les cathos.

– Ça ne fait rien. Ma mère est catholique. Donc je suis moitié-moitié, j'imagine. »

Un léger sourire se dessina sur les lèvres de Leanne. « Ça change rien par ici. Mes frères me trucideraient s'ils apprenaient que je sors avec un bâtard d'orangiste. »

Shuggie essaya de masquer le soulagement qui le submergeait et de ne pas laisser échapper un long soupir. Il aurait pu lui dire qu'il était surtout catholique et qu'il avait fait sa communion mais se contenta de répondre : « Ah, d'accord. Tant pis. Ravi d'avoir fait ta connaissance. » Il se retourna avec un signe d'adieu poli. Il avait envie de s'enfuir en courant.

« Ça va, fais pas le difficile, soupira Leanne. Attends que j'attrape mon putain de pull. »

Il bruinait quand ils sortirent dans les rues grises. Ils marchaient deux par deux. Aller et retour, aller et retour, entre les immeubles identiques. Shuggie sentit d'abord la fille l'observer à la dérobée, puis elle se mit à le dévisager ouvertement avec le même air sidéré que lui avait quand il découvrait à la télé des petits Africains affamés : bouche bée, essayant en vain de détourner le regard, perturbé par ce qu'il voyait. Pendant ce temps, elle jouait négligemment avec le bout de sa queue de cheval.

« T'as l'air bizarre, dit-elle après avoir terminé son inspection.

– Pardon ? » Il se demandait dans combien de temps il pourrait rentrer chez lui.

« T'as pas de daron, si ? »

Shuggie tourna la tête dans son col cheminée. « Pourquoi tu dis ça ?

– Ça se voit, soupira-t-elle comme une voyante lasse. Je suis forte pour deviner ce genre de truc.

– Mon père est mort, dit-il, en se demandant s'il serait mis au courant si jamais cela se produisait réellement.

– *Sérieux ?* Le mien aussi ! » Elle s'égayait. Puis elle ajouta, comme si elle avait oublié. « Enfin, je veux dire, désolée. C'est carrément triste. »

Shuggie secoua son rideau de cheveux. « Non. Je trouve ça super.

– C'est horrible de dire ça, pouffa Leanne. Dieu va te punir.

– Ça ne fait rien, mon père était un sale type. »

Ils marchèrent un petit moment en silence. « T'aimes les filles au moins ?

– Je ne sais pas. » C'était sorti malgré lui, comme un pet, et il le regretta immédiatement. Il rougit et la regarda avec intensité. Elle représentait sa meilleure chance de devenir un garçon normal et il l'avait déjà fichue en l'air.

La fille se contenta de soupirer. « Ouais, pareil pour moi. Avec les garçons. » Elle réfléchit quelques instants avant d'ajouter, comme défaite : « Mais tu veux être mon mec quand même ? Tu sais, juste pour maintenant.

– OK, répondit Shuggie. Juste pour maintenant. »

Elle glissa sa main dans la sienne : elle avait de plus grandes mains que lui mais il apprécia cette sensation de chaleur et de sécurité. Ils arrivèrent à une étendue d'herbe boueuse où des gamins aux jambes bleues jouaient au foot. Tout au bout, Keir et la blonde passèrent dans un trou du grillage.

Leanne s'arrêta, mécontente, et croisa les bras sur sa maigre poitrine. Il fut surpris de la voir serrer les mâchoires. « Gros dégueulasses ! cracha-t-elle. Y pensent qu'à ça. Aller là-bas pour se lécher la gueule. Ça me fout la gerbe de voir comment ils se tripotent. C'est devenu une vraie nympho depuis qu'elle a treize ans. »

Ils regardèrent Keir et sa copine s'éloigner dans le terrain vague. « Ils vont dire qu'on est bizarres si on n'y va pas », fit remarquer Shuggie.

La fille réfléchit une minute en creusant la terre du bout du pied. « Bah, je demanderai à mes frères de les tuer. »

Keir se retourna dans les herbes qui lui montaient jusqu'à la taille et d'un mouvement du poignet intima à Shuggie de *se grouiller putain*.

Shuggie écarta le grillage et avec un soupir Leanne passa dans le trou en se pliant en deux.

De l'autre côté du grillage, un talus herbeux les séparaient de l'autoroute d'Édimbourg. Les voitures passaient à toute vitesse à une demi-douzaine de mètres d'eux. Ils longèrent le rail de sécurité jusqu'à une passerelle pour les piétons. L'un après l'autre, les enfants se glissèrent sous le pont et avancèrent sur le remblai de béton qui longeait l'autoroute. Ça sentait la pisse et les pots d'échappement, mais c'était au sec, et s'ils restaient directement derrière les gros piliers, c'était presque isolé.

Ils restèrent assis là, à deux couples, dans un silence nerveux, à regarder filer les voitures qui partaient pour la journée. Ils firent rouler de gros cailloux dans la pente et se réjouissaient quand ils se prenaient dans les roues d'une voiture lancée à toute vitesse et volaient sur la chaussée.

« T'as des clopes ? demanda la blonde en aplatissant sa crinière avec une barrette.

– Non, répondit Keir.

– Sans déconner ! Je sais pas pourquoi je suis ta meuf, ronchonna-t-elle. Stookie, il m'a dit qu'y me filerait un paquet de clopes par semaine si je sortais avec lui. Pas vrai, Leanne ?

– Ouais », approuva distraitement la grande fille.

Keir haussa les épaules, certain qu'elle bluffait. « T'as qu'à sortir avec Stookie. J'en ai rien à foutre. »

Il faisait froid sous le pont, à l'ombre du faible soleil, et Leanne commença à claquer des dents. Shuggie retira son anorak, il la regarda l'enfiler avec un sourire satisfait et rit quand il vit ses bras dépasser des manches trop courtes. Elle passa son long bras autour de lui. Ils regardèrent le trafic en silence un moment. Quand Shuggie se retourna, il vit Keir allongé sur l'autre fille. Il ouvrait et fermait la bouche sur la sienne comme s'il essayait de se faire vomir.

Shuggie regarda sa longue main se glisser sous le pull de la fille. Keir se pressa contre sa jambe, les muscles de son cul se serrant de concentration, et Shuggie regarda sa tête monter et descendre comme s'il la mâchait. Il grognait et se frottait tandis que la fille remuait maladroitement sous lui. Shuggie savourait la vision des tendons des bras du garçon, le creux de son dos, la pulsation de son cul. Keir ouvrit les yeux et croisa son regard avide. Le bord de sa bouche était rouge, irrité et humide. Il plissa ses yeux marron. « Tu me matais le cul là ?

— Non... » Shuggie se retourna. Il y avait moins de voitures.

Les lunettes de la fille étaient embuées et de travers, donnant l'impression qu'elle venait de se faire agresser. « Leanne, ça va ma chérie ? » Sa petite voix se répercuta contre le pont de béton.

Leanne, qui avait froid et s'ennuyait, haussa les épaules sans se retourner. Ils restèrent assis en silence à écouter les deux tourtereaux derrière eux. « Tu vois ! dit Keir en prenant soin de parler fort. Tout le monde me trouve totalement baisable, sauf toi.

— Ah, bah, tu causes bien toi », grommela la fille tout en recommençant à remuer sous lui.

Keir envoya un gros crachat sur le béton. Shuggie sentait son regard qui lui brûlait le cou. Le garçon revint à la fille qu'il écrasait de tout son poids. « Je peux te doigter un peu ? demanda-t-il.

— Nan, il fait trop froid.

— Allez, s'teplaît, insista-t-il. Je vais souffler dessus pour les réchauffer. T'as même pas besoin d'enlever ta culotte.

— Nan.

— Mais je t'ai dit je t'aime. Et je t'ai acheté un savon.

— *Tu l'as chouravé ce savon* », rétorqua la fille. Elle soupira et ajouta : « Bon, d'accord. Mais rien qu'une minute et tu te réchauffes les doigts d'abord. »

Shuggie était écarlate. Il sentait la chaleur qui se dégageait de son visage. Il prit le peigne de Keir dans sa poche et glissa le bout dans sa bouche. Ça sentait la cigarette et le gel. Ça sentait Keir.

« Si tu veux, je peux te laisser toucher mes nichons, dit Leanne. Enfin, si t'as envie. »

Il secoua la tête sans la regarder. « Non merci. » Il fit rouler quelques cailloux gris dans la pente.

Du bout du pied, la fille creusait une ligne dans la mousse verte. « Bah, je vais pas rester assise là à attraper la mort. »

Shuggie sortit le peigne mâchonné de sa bouche et l'essuya sur son pantalon. Une tache sombre apparut sur sa jambe. « Je pourrais peut-être te coiffer les cheveux ? »

La fille ne dit rien et il se sentit à nouveau piquer un fard. Elle soupira, retira doucement son chouchou, et les cheveux de sa mince queue de cheval retombèrent sur ses oreilles. Son visage dur se détendit. Ses sourcils s'abaissèrent et sa peau parsemée de taches de rousseur lui parut moins tirée et transparente. Elle avait l'air plus douce et bien plus jeune. Shuggie lui passa le peigne dans les cheveux. Ils étaient plus que bruns, ils avaient un million de nuances de roux brillant et un mélange de châtain foncé. Les cheveux glissaient sous ses doigts comme de la soie, chaque mèche légère comme du tulle.

Ils restèrent ainsi un long moment à écouter les gémissements gauches derrière eux tout en regardant le ballet des autocars pour Édimbourg. Shuggie la peignait délicatement et elle ferma bientôt les yeux et posa la tête contre sa poitrine. « Elle boit, ta mère ? demanda-t-elle de but en blanc.

– Parfois. Un peu, admit Shuggie. Comment tu sais ?

– T'as l'air trop inquiet. » Elle leva la main et trouva l'arête de son nez, qu'elle caressa doucement. « T'inquiète pas. La mienne aussi. Enfin. Parfois. Un peu. »

Shuggie regardait le peigne glisser, il regardait les mèches se séparer comme l'eau d'un ruisseau. « Je pense qu'elle va boire jusqu'à se tuer.

– Ça te rendrait triste ? » demanda la fille.

Il s'interrompit. « Je serais dévasté. Pas toi ? »

Elle haussa les épaules. « J'en sais rien. Je pense que c'est ce que veulent tous les alcoolos de toute façon. » Elle frissonna. « Mourir, je veux dire. C'est juste qu'y en a qui prennent le chemin le plus long. »

Quelque chose se décrocha en lui, on aurait dit que la vieille colle qui tenait ses articulations ensemble venait de lâcher. Ses bras lui parurent étonnamment lourds, comme si les muscles noués qui empêchaient ses épaules de s'ouvrir venaient de se détendre. Il sentit les mots jaillir. Ça lui faisait du bien de lui dire des choses. Il n'avait jamais imaginé à quel point ça l'allégerait. « C'est dur de ne pas savoir ce que tu vas trouver en rentrant le soir.

– Ouais mais c'est jamais un dîner chaud, pas vrai ?

– Non », admit Shuggie. Une inquiétude nouvelle lui retourna l'estomac. « Tu as beaucoup d'oncles ?

– Bien sûr. Je suis catho, je te rappelle.

– Non tu sais, des *tontons*.

– Ah, eux. Ouais. Ils restent pas longtemps, ces charognards. Ils finissent toujours par lui cogner dessus, alors mes frères les cognent. » Elle bâilla comme si tout ça était trop ordinaire pour mériter un commentaire. « Moi, mon boulot, c'est de leur faire les poches.

– Vraiment ? » Il était surpris qu'elle en soit si fière.

« Ouais. Les ratiboiser. Jusqu'au dernier penny. » Elle haussa les épaules avec détachement. « Bien obligée. Ma mère dépense tout l'argent des courses pour la picole. »

Shuggie enroula autour de son doigt les cheveux que le peigne avait emportés. « Je me demande si ma mère connaît la tienne.

– Ça m'étonnerait.

– Non, pendant les réunions des AA, je veux dire.

– Non. Ça fait longtemps que la vieille Moira a laissé tomber ces conneries. » Elle secoua la tête. « Elle a déjà essayé de t'envoyer à Alateen, la tienne ?

– Non. C'est quoi ?

– C'est comme les Alcooliques Anonymes mais pour les familles. Moira disait que c'était un groupe de soutien. Elle disait que ça m'aiderait à faire face à sa maladie.

– T'y es allée ? »

Elle se redressa et prit ses cheveux dans ses mains. « Une fois, mais pas deux, putain ! Pourquoi je devrais y aller alors qu'elle y va jamais ? » Elle tira les manches trop courtes sur ses mains bleuies. « Bref, t'aurais dû voir les petits bourges qu'y avait là-bas. Ils pleurnichaient parce que leur maman avait fini tout le sherry de Noël et s'était endormie avant l'heure des cadeaux. » Un sourire cruel passa sur ses lèvres. « Alors je leur ai raconté la fois où ma mère avait ouvert tous les cadeaux et bu l'after-shave de mon frère en le mélangeant avec une petite bouteille de soda. T'aurais vu leur tronche. » Avec un sourire diabolique, Leanne imita un accent d'Édimbourg très distingué. « Pour moi ce sera Obsession avec un Coca light, merci bien.
– Un Coca *light* ?
– Ouais, elle fait gaffe à son poids. »
Shuggie éclata de rire et s'en voulut aussitôt. « Elle a vraiment bu le parfum ?
– Ah ouais. Elle a essayé. Elle a tout bu, ça a failli la tuer. Elle a vomi pendant des jours. » Leanne se frotta les jambes. « Mais sa gerbe sentait bon. »
Le visage de Leanne s'assombrit de nouveau, le bout de son nez était rendu violet par le froid. « Le Noël suivant, elle avait retenu la leçon. La vieille Moira Kelly a eu soif et elle a emmené les cadeaux au fin fond de Duke Street la veille de Noël. Elle était dans la neige jusqu'aux genoux et elle les a vendus au bord de la route pour se faire des ronds. Cinq livres pour le lecteur cassette, vingt pour la télé portable.
– Je suis désolé.
– Le pire c'est que j'ai pas fini de les rembourser. »
Les mots sortirent de sa bouche avant qu'il s'en aperçoive. « Ma mère a essayé de se suicider hier soir. »
Leanne se tourna vers lui. « Elle a pris des cachetons ?
– Non.
– Elle s'est taillé les veines ?
– Non. » Il marqua un temps. « Pas cette fois en tout cas. »

« – Elle a mis la tête dans le four ?

– Non. Elle l'a déjà fait. Mais je crois qu'on a un four électrique dans le nouvel appart.

– Bah, ça n'empêche. » Leanne prit une mèche de cheveux et en inspecta les pointes. « Ma mère a fait le coup une fois pendant que j'étais en sortie avec l'école. Je m'étais bien éclatée au zoo d'Édimbourg à regarder les pingouins mais quand je suis rentrée mes frères étaient autour d'elle et ils rigolaient. On aurait dit qu'elle avait fait des UV. Elle avait essayé de se foutre en l'air mais elle s'était fait cuire la tête. Sur tout un côté ses cheveux avaient la marque de la grille. » Elle tira d'un coup sec sur un cheveu cassé. « C'était dingue. Elle s'est crêpé la moitié de la tête pour toujours et de l'autre côté ça fait une minivague. »

Shuggie ne put s'empêcher de rire. La fille gloussa gaiement puis soupira avec tristesse. « Alors, elle a fait quoi la tienne ?

– Elle a essayé de se jeter par la fenêtre. » Il baissa les yeux. « À poil.

– Merde, siffla la fille. La vieille Moira l'a jamais faite celle-là. Heureusement que j'habite au rez-de-chaussée, putain. »

Shuggie se frotta le bras ; il sentait la zébrure de son cri sous son pull. Agnes était montée sur le bord de la fenêtre. C'était sa nouvelle tactique et ça l'avait terrifié. Elle parlait au téléphone puis plus rien. Quand il l'avait retrouvée, elle était dans la kitchenette, une jambe dehors, sa chatte à l'air posée directement sur le rebord de pierre. Elle était nue et hurlait, et il avait dû employer toute sa force pour la tirer de là. Une profonde fatigue s'insinuait en lui à présent. « Je pense que la boisson va la tuer et j'ai l'impression que c'est ma faute.

– Ouais, ça va sûrement la tuer, dit-elle comme si elle parlait de la météo. Mais comme je disais, c'est une longue route et tu peux rien faire pour elle. »

Les bruits de succion cessèrent derrière eux. Leanne se pencha vers l'avant, ses cheveux si brillants qu'ils semblaient presque mouillés, son visage plus calme et plus doux. L'air froid de l'autoroute s'engouffrait entre eux. Shuggie laissa une petite boule de ses cheveux voler sur le talus et il se sentit soudain très seul, comme s'il voulait pouvoir de nouveau s'asseoir sur les genoux d'Agnes.

Leanne se retourna et le regarda par-dessus son épaule. Dans la lumière des phares, il vit comme elle avait de beaux yeux, pas seulement marron mais dorés, verts et d'un gris morne. Il savait désormais qu'il ne pourrait pas tenir sa promesse. Il avait menti à Agnes comme elle lui avait menti en lui disant qu'elle arrêterait de boire. Elle n'y arriverait jamais et lui, assis dans le froid avec une jolie fille, savait qu'il n'aurait jamais l'impression d'être un garçon normal.

30

La première chose qu'il lui dit en rentrant de l'école fut : «J'ai faim.»
Personne n'en avait jamais rien à faire de comment elle se sentait ou qu'elle ait faim, elle. Ils lui disaient seulement ce qu'ils voulaient et ce qu'ils allaient lui prendre. Assise dans son fauteuil, elle alluma une autre cigarette en écoutant des portes de placards s'ouvrir et se refermer. «Maman, il n'y a rien à manger!» cria-t-il depuis la cuisine. Il avait mué, et même si sa voix n'était pas profonde elle avait sans conteste un timbre d'homme. Il ne prit même pas la peine de passer la tête pour voir si elle était là. Il savait qu'elle y était. Agnes but une gorgée dans sa tasse et demanda, à personne en particulier : «Pourquoi est-ce que vous devez tous me tenir pour acquise?»
Elle l'entendit traîner son sac de cours sur la moquette. «Ma-man, j'ai faim. Ma-a-man, j'ai faim!» gémit-il. Il en avait presque fait une chanson. La porte du salon s'ouvrit et il entra d'un pas lourd. Il changeait, il grandissait, encore. Il avait tout le temps faim.
Agnes le regarda, avec ses cheveux coiffés différemment et ses vêtements qui pendaient sur ses maigres épaules, et elle décida qu'elle n'aimait pas ce changement. «Tu comptes me demander comment s'est passée ma journée?» demanda-t-elle.
Shuggie l'ignora et fureta dans la pièce avec l'efficacité d'une femme de chambre. Il tira les rideaux, alluma les lampes et le radiateur électrique, celui dont il se servait lorsqu'il voulait qu'elle s'endorme.

« Éteins ça », aboya-t-elle. Il la regarda, regarda à travers elle et laissa le chauffage allumé. « *Je-vais-bien-merci-et-toi-comment-vas-tu ?* dit-elle avec un ricanement mauvais.

— Je t'ai dit que j'avais faim et il n'y a plus rien à manger dans la maison. » Il se tourna pour lui faire face, et bien qu'il essayât de la dominer de toute sa hauteur il semblait fatigué. « Qu'est-ce que tu comptes faire pour y remédier ? »

Il ressemblait à sa grand-mère. Elle revoyait Lizzie avec sa main sur la hanche, secouant la tête en se lamentant que seul l'enfer serait capable de la changer. Cela la prit au dépourvu avant de la mettre en colère. « Ne me regarde pas comme ça. »

Shuggie en avait assez. Il s'assit face à elle et se frotta les tempes. « Je t'ai dit que j'avais faim. » Il essayait de la pousser à bout. « Qu'est-ce que tu vas me donner à manger ?

— Ah, vous êtes tous pareils, hein ? Prendre ! Prendre ! Prendre ! Eh, bah, je vais te dire, je n'ai plus rien à donner.

— Boire ! Boire ! Boire ! l'imita-t-il. Eh, bah, je vais te dire, MOI, j'ai la dalle.

— Espèce de petit peigne-cul. » Ses fausses dents crissèrent sous son visage tendu. Seuls ses yeux bougeaient dans le vague, noyés par l'alcool de la journée.

Shuggie se leva et retourna devant le radiateur. « Ça doit être facile pour toi de rester ici toute la journée alors que moi je dois sortir me mêler à ces gens-là. » Il laissa échapper un long soupir comme une chambre à air percée. Ses épaules avaient perdu tous leurs os. « C'est à peine s'ils savent parler anglais. Je ne comprends même pas ce que disent les profs.

— Facile pour moi ? rétorqua-t-elle, à contretemps. Ils te filent un repas chaud à la cantine, non ? Le choix entre trois plats, je parie. C'est plus que ce à quoi moi j'ai droit quand je reste ici toute seule. »

Shuggie se passa la langue entre les dents et la mordit fort. Ce ne fut que lorsqu'il eut repris le contrôle de sa respiration qu'il répondit. « Écoute. Donne-moi seulement un peu des allocs, je vais aller nous chercher à manger.

– Ça te plairait, hein ? Eh, bah, il n'y a plus d'argent.

– Comment ça se fait ? » Ses épaules reprirent vie. « Le Carnet du lundi, du mardi : où est passé tout l'argent de la semaine ?

– *Pfft*, fit-elle en agitant les doigts comme un oiseau virevoltant dont les seules couleurs se trouveraient au bout de ses ailes. Il a disparu. *Volatilisé*. Comme tous les salopards que j'ai connus. »

Shuggie se penchait sur elle et inspectait la cachette derrière son fauteuil. Il n'y avait que six canettes de bière bon marché. Ce n'était pas assez pour qu'elle ait tout claqué. « Il est passé où ?

– Oh, au bingo. C'était le tirage spécial aujourd'hui. Ça, et je me suis acheté un petit roulé-saucisse. Excuse-moi.

– Agnes, on va mourir de faim. »

Agnes s'éclaircit la gorge. Puis elle haussa les épaules. « Ouais. Probablement. »

Shuggie s'assit au milieu du canapé et regarda le radiateur. Agnes prit une autre canette et de son ongle peint la décapsula avec un chuintement délicieux. Son humeur querelleuse commençait à la quitter. « Écoute, tu ferais mieux de manger tous les midis à la cantine. Ça te fera un repas chaud, au moins. »

Il parla tout doucement. « Ils me prennent mes tickets. Je n'ai plus de repas gratuit. » Il la regarda : elle avait reculé la tête, sans comprendre. « Les mecs de seconde, ils n'aiment pas ma façon de parler. Ils disent que je suis trop bourge. Ils m'ont volé mes tickets. C'est eux qui mangent mon repas. »

Quelque chose s'éclaircit dans les yeux d'Agnes. Le radiateur tinta, les résistances entortillées rougeoyaient mais elle ne sentait que le froid. « On va crever de faim, chuchota-t-elle.

– Je sais. »

Ils restèrent assis un long moment dans la lueur du radiateur avant que Shuggie se relève. La chaleur l'endormait et l'odeur de la bière lui donnait la nausée. Il fallait qu'il sorte. Il pensa à aller dans la grand-rue et faire ce que Keir lui avait appris : voler des paquets de chips chez le marchand de journaux. Quatre ou cinq paquets pour le dîner, et ils n'auraient plus faim.

Agnes le regarda se lever et marcher d'un pas traînant vers la porte, aplatissant les poils de la moquette sur son passage. Il était maintenant presque aussi grand que son frère. Il allait avoir quinze ans et les douleurs dues à sa croissance le rendaient irritable. Elle trouvait qu'il ressemblait à un caramel pâle trop étiré, sur le point de craquer au milieu. Ils avaient le même dos voûté de vieillard, Alexander et Hugh, le même poids sur les épaules. En le regardant, son autre fils lui manqua. Elle essaya de noyer ce sentiment. «Alors toi aussi tu m'abandonnes ?

— Quoi ?

— Tu as pris tout ce que tu pouvais et maintenant tu t'en vas.

— Quoi ?» Il n'arrivait pas à comprendre ce qu'elle lui disait.

«Tu n'as jamais eu faim avant. Pas une fois pendant toutes ces années.

— Je sais», mentit-il.

Ça ne servait plus à rien de se disputer avec elle.

Agnes se leva péniblement de son fauteuil. Elle poussa le garçon qui ne savait plus de quel côté aller. «Eh, bah, je vais te donner un coup de main.» Elle sortit dans le couloir, se cognant l'épaule dans l'encadrement de la porte.

Il écouta ses ongles cliqueter sur le clavier du téléphone. «Allô ? Oui. Un taxi, s'il vous plaît. Pour Bain. C'est ça. Près d'Alexandra Parade.»

Elle revint dans le salon, l'air victorieux. «Je n'aurais jamais cru que tu me quitterais.

— Arrête», dit-il, ses mains ouvertes tendues vers elle. Aucune partie de lui ne voulait lui faire de mal. «*Je ne pars pas.*»

Elle se laissa retomber dans son fauteuil de picole. «Si, tu pars. Ils partent tous. Jusqu'au dernier.

— Mais où est-ce que j'irais ? Je n'ai nulle part où aller.»

Agnes commençait à se renfermer, à se parler à elle-même. «Je n'ai élevé qu'une portée de porcs ingrats. Je t'ai vu regarder la porte, surveiller la pendule. Eh, bah, vas-y, casse-toi.»

Dans la rue, le taxi fit retentir son klaxon trois fois. La vibration du moteur se répercutait sur les parois du canyon de grès. « Allez ! cracha-t-elle. Va-t'en. Chez ton connard de frère. Tu vas voir s'il te nourrit. J'en ai rien à foutre.

– Non, je ne veux pas partir. Je dois rester ici avec toi. Rien que toi et moi. Comme on se l'est promis. » Sa lèvre se mit à trembler. Il traversa la pièce pour essayer de la prendre dans ses bras, d'entrelacer ses doigts derrière son cou.

Le taxi klaxonna de nouveau avec impatience. Elle lui prit les bras et enfonça ses ongles dans la chair de ses poignets. « Toi et tes foutues promesses. Je n'ai encore jamais vu un homme en tenir une. Vous voulez tous vous gaver jusqu'à être pleins et alors vous rigolez bien, *Agnes Bain*. HA HA HA, putain !

– Non ! » Il se débattit pour attraper ses cheveux, son pull, son cou, n'importe quoi.

« Écoute ! » dit-elle en se détachant de lui. L'espace d'un instant, ses yeux percèrent le brouillard et sa mère sembla être là avec lui. « Ne me demande pas de t'appeler un taxi pour ensuite me faire mentir. Prends ton sac. Tu dégages ! »

Le téléphone sonna. Elle repoussa Shuggie et une grande pluie de perles tomba de son col. Le téléphone sonnait encore et lui martelait le crâne. Shuggie décrocha, abasourdi, et un homme lui demanda sèchement : « Un taxi pour Bain, c'est ici ?

– Hm-hm. » Il s'essuya le visage avec sa manche.

« Votre chauffeur est en bas. Et il a pas toute la journée. »

Shuggie reposa le combiné et resta planté dans le couloir à attendre qu'elle dise quelque chose. Agnes aurait pu lui dire n'importe quoi à cet instant, il l'aurait accepté et il l'aurait pardonnée. Il serait revenu s'asseoir à ses pieds et lui aurait entouré les jambes de ses bras. Il pouvait mourir de faim, pourvu qu'ils soient ensemble.

Non. Agnes ne le regardait pas. Elle ne dit pas un mot. Alors Shuggie ramassa son sac de cours, franchit la porte, descendit l'escalier et traversa le hall carrelé. Le chauffeur replia son journal quand le garçon grimpa dans le taxi noir.

Agnes alla au bow-window pour regarder la rue étroite. Elle regarda son bébé sortir de l'immeuble et scruter le ciel pour la trouver. Elle se dit avec suffisance qu'elle avait eu raison, qu'elle avait toujours su qu'il la quitterait, comme ils la quittaient tous. Elle le regarda monter dans le taxi et sut alors qu'elle l'avait perdu.

Le taxi demanda à Shuggie sa destination. Le garçon hésita un long moment, sans savoir où aller maintenant, guettant le moindre signe d'espoir. Son regard se portait vers le hall de l'immeuble. Il s'essuya les yeux avec la manche de son uniforme, espérant la trouver là chaque fois qu'il retirait sa main.

Le chauffeur le regarda dans le rétroviseur puis se retourna, l'air inquiet. « Ça va, petit gars ? » demanda-t-il avec une patience très ténue.

Personne ne sortit du hall. « South Side, s'il vous plaît. »

Le taxi emmena le garçon dans le cœur grouillant de Glasgow, un trajet chaotique de l'East End au South Side. Ils passèrent devant la gare victorienne et il vit des garçons de son âge dans leurs anoraks ronds comme des bulles et leurs jeans serrés errer autour des arcades et des salles de jeux. Le taxi descendit une rue bordée d'immeubles de bureaux, des gens quittaient leur travail et allaient attendre le bus. Les lumières s'allumaient dans les bazars et il regarda des femmes avec des sacs de courses remplis de cadeaux de Noël. Il s'éclaircit plusieurs fois la gorge pour demander au chauffeur de faire demi-tour mais renonça chaque fois. Ils survolèrent la large Clyde grise, avec ses grues bleues à l'arrêt et ses chantiers navals. « Où on va exactement, petit gars ? »

Shuggie ne connaissait pas l'adresse précise. Il savait que c'était sur Kilmarnock Road et il était à peu près certain que c'était au-dessus de la banque d'épargne, alors il donna ces indications au chauffeur. Celui-ci soupira et baissa la tête, roulant lentement sur l'artère congestionnée à la recherche d'une banque avec une enseigne bleue.

Ici les immeubles victoriens avaient conservé leur grandeur. Ils étaient taillée dans du grès rouge coûteux, pas l'ocre poreux de l'East End qui absorbait toute la saleté et l'humidité noire de la ville puis la retenait pendant des décennies. Cette rue vibrait de l'énergie passagère des étudiants, des immigrés et des jeunes travailleurs. Le taxi passa devant des bars à vin et des épiceries. Il y avait des petites librairies, des pubs dont les terrasses débordaient sur le trottoir et des boutiques proposant des vêtements à la mode venus du Sud. Shuggie regardait une jeune femme avec un bouquet de fleurs dans le panier de son vélo et faillit rater la banque. Elle était là, sur la gauche, vieille et visiblement ouverte aux courants d'air, avec sa grande enseigne bleue comme dans son souvenir.

Le taxi fit un créneau habile. «Douze livres», annonça le chauffeur en appuyant sur le compteur.

Shuggie sentit la panique le gagner. «Attendez une minute s'il vous plaît», dit-il en mettant la main sur la poignée.

«Ah non, mon petit pote.» Le chauffeur verrouilla la portière. «Douze livres, s'il te plaît.»

Shuggie essaya de tirer sur la poignée mais elle était bloquée. «S'il vous plaît. Mon frère paiera, il habite dans cet immeuble.

– J'suis pas un perdreau de l'année, fiston. Si j'ouvre cette portière tu vas te tirer au coin de la rue aussi vite qu'un sale *Mick* avec une patate chaude.»

Shuggie se laissa glisser contre la banquette. «Je n'ai pas d'argent, monsieur.»

Le taxi grimaça à peine en entendant ce qu'il avait senti arriver. «Alors on va chez les flics.» Il desserra le frein à main et Shuggie sentit le taxi redémarrer. Les roues avant tournèrent pour rejoindre la file des voitures.

«Monsieur ! s'écria Shuggie, paniqué. Je vous laisserai me toucher la quéquette.»

Le chauffeur le regarda dans le rétroviseur pendant un moment. Il avait de petits yeux enfoncés dans son visage rose. Ils étaient difficiles à lire. Ses lèvres bougèrent à peine sous sa moustache. «Bonhomme, quel âge tu as ?

– Quatorze ans.»

L'homme ne quittait pas le garçon des yeux. Sa tête parut rouler sur son cou épais et sa moustache dansa avec mécontentement. Shuggie essaya de sourire mais il avait les lèvres sèches et n'arrivait pas à les décoller de ses dents. « C'est vrai. Vous pouvez me toucher la quéquette ou jouer avec mes fesses, lui assura-t-il. Si vous voulez. »

Soudain, la lumière rouge au-dessus des verrous s'éteignit. Il y avait de la pitié dans le regard de l'homme mais Shuggie avait trop peur pour la laisser entamer sa dignité. « Je n'accepte que le liquide, bonhomme. »

Shuggie essaya d'ouvrir la portière et faillit tomber dans le caniveau. Des femmes fatiguées avec de lourds sacs de courses zigzaguaient rapidement sur le trottoir. Désemparé, Shuggie se fraya un chemin parmi les badauds et se réfugia dans l'entrée de l'immeuble. Il trouva le nom Bain sur l'interphone. Il appuya sur le bouton et attendit mais personne ne répondit. Ses jambes se mirent à tressauter, menaçant de partir en courant. Il appuya de nouveau sur l'interphone et regarda autour de lui dans l'espoir de trouver une foule ou une porte cochère où se glisser. Derrière lui, le taxi soupira. « Allez, mon gars, remonte. »

À cet instant, une voix grésilla. « Allô ? »

Leek descendit en tenue de chantier. Le plâtre blanc lui donnait des airs de boulanger fantôme. Il s'approcha du taxi et lui donna ses douze livres. Shuggie le regarda compter sa monnaie jusqu'aux pièces de cinq et dix pence. Quand il eut terminé, il tourna son visage blanchi vers son frère. Ses épaules se dénouèrent. « Bah, merde ! s'exclama-t-il, elle a commencé tôt avec toi. »

Leek conduisit son frère au dernier étage. Ils arrivèrent à la porte de l'appartement et pénétrèrent dans un couloir sans fenêtre. Cinq ou six portes donnaient sur des chambres meublées. Leek glissa sa clé dans la serrure et ouvrit.

Shuggie était venu une fois, un jour où Leek était passé le chercher sans le prévenir. Agnes buvait avec un métallo de l'immeuble d'à côté qui se faisait une joie de remplir sa tasse. Quand arriva l'heure du déjeuner, ils lui firent comprendre qu'il était de trop et, quelque part au fond de lui, Shuggie avait perdu l'énergie nécessaire pour la surveiller.

Alors il était descendu sous la pluie battante chercher Keir sur Alexandra Parade, s'abritant chez les marchands de journaux et dans l'entrée des pubs. Il eut un frisson dans le cou, et quand il se retourna il vit son frère qui le regardait depuis l'entrée d'un immeuble de l'autre côté de la rue. Il le regardait, rien de plus. Shuggie ne savait pas depuis combien de temps il était là. Il n'avait pas vu son frère depuis dix-huit mois. Shuggie lui fit un geste timide de la main et traversa la rue prudemment. Il avait peur car il savait que Leek n'aimait pas être acculé et il redoutait qu'il ne prenne ses longues jambes à son cou. Mais Leek ne s'était pas enfui. Il avait simplement hoché la tête avant de lui mettre un coup de poing dans l'épaule.

Ce samedi pluvieux, Leek l'avait emmené à l'autre bout de la ville pour quelques heures de paix et de calme. Il lui avait servi un bol de céréales sucrées et ils avaient regardé *Doctor Who* assis dans le canapé. Shuggie avait fait semblant de s'endormir et s'était glissé lentement contre le flanc maigre de Leek. Son frère ne l'avait pas repoussé et Shuggie n'avait pas réussi à lui dire à quel point il lui avait manqué.

Leek ne lui en reparla jamais. Il ne dit pas combien de fois il était venu surveiller Shuggie et Shuggie ne sut jamais si c'était la première ou la centième. Il était simplement heureux qu'il ait été là.

Shuggie avait donc déjà vu la chambre. Ce qui avait autrefois été un salon majestueux était maintenant une pièce encombrée de meubles de seconde main. Elle était plus haute que large et les grands bow-windows laissaient la lumière de l'après-midi et le bruit de la rue se déverser à l'intérieur. Shuggie regarda autour de lui ; il y avait quelque chose de changé mais il ne savait pas quoi.

Leek reprit sa place devant la télé et commença à manger ses nouilles chaudes. Il vit que son frère le fixait. « La bouilloire est prête. »

Shuggie ouvrit un paquet de nouilles et versa l'eau fumante. Il savait qu'il fallait laisser reposer cinq minutes mais le gobelet lui brûlait la main et l'odeur des nouilles bon marché attisait sa faim. Il devait avoir les lèvres luisantes car, quand il leva les yeux, Leek lui tendait sa fourchette. Il retira ses vêtements du bout de son lit étroit. « Assieds-toi, tu me fous les glandes. »

Shuggie obéit et ils se serrèrent pour regarder la télé en silence. Il essaya de ne pas manger trop vite, de ne pas se bâfrer et d'être un invité poli comme on le lui avait appris. « Merci beaucoup pour le dîner », dit-il comme si on lui avait servi un festin du dimanche.

Au bout d'un moment, Leek demanda : « Alors, comment ça se fait qu'elle ait fini par jeter le petit prince ?

– J'en sais rien, dit Shuggie.

– Ça fait combien de temps qu'elle picole maintenant ? »

Shuggie secoua la tête. « J'ai arrêté de compter. Elle s'est calmée un moment vers Halloween, mais je ne sais pas pourquoi et ça n'a pas pris. »

Leek eut un soupir déçu, comme s'il n'avait pas besoin d'en entendre plus. « Je pensais que tu aurais compris à force. Elle n'arrêtera jamais. »

Shuggie avait les yeux plongés dans son bouillon trouble. « Peut-être que si. Il faut que j'essaie de l'aider plus. D'être gentil. De bien ranger. Je peux l'aider à faire mieux. » Puis il ajouta : « Enfin, tu pourrais aider. »

Leek frotta le rot coincé dans sa poitrine. « Ah, je comprends mieux ! Elle t'a dégagé parce que t'arrêtes pas de réclamer. »

Shuggie ignora sa remarque. Il regarda autour de lui toutes les choses que Leek avait rassemblées pour équiper sa piaule : une tasse, un bol, un lot de serviettes. Il y avait des objets trouvés, une lampe de camping sur la table de nuit, une chaise de cuisine qui faisait office de valet de chambre. La pièce abritait ce bric-à-brac comme la chambre d'amis d'une vieille maison où les gens entassent les choses dont ils ne veulent plus. Mais, au milieu des meubles abîmés, il y avait des gadgets électroniques coûteux : un télescope, un appareil photo japonais fixé sur un trépied, une Lamborghini télécommandée. Ça ressemblait à la cabane d'un petit garçon, de quelqu'un qui dépense son argent en futilités. Ce fut alors que Shuggie comprit ce qui avait changé : c'était rangé. C'était organisé parce que Leek avait commencé à faire ses cartons. Ils étaient entassés, menaçants, dans le coin opposé. Il partait.

Alors que Leek regardait la télévision, Shuggie se sentit plus seul que jamais. Il observa la chambre meublée et la vit pour ce qu'elle était. Elle n'était plus miteuse. Elle était merveilleuse. Ce n'était plus un trou pour se cacher d'elle, ou une tanière. C'était un dernier radeau. Leek partait.

Il scruta le visage de son frère. Il était toujours voûté, il avait toujours les épaules tombantes et la bouche serrée mais ses yeux étaient devenus verts plutôt que gris et il ne se cachait plus derrière ses cheveux. Shuggie le regarda et envia cette paix nouvelle dans son regard lointain. « Qu'est-ce qui va lui arriver, tu penses ?

– Elle va dessoûler. Elle te suppliera de rentrer. Puis elle recommencera, dit Leek sans détour. Mais elle aura de nouveau envie de te dégager, tu sais.

– Je veux dire à long terme.

– Oh. Elle va finir à la rue, répondit Leek très rapidement et trop facilement.

– À la rue ? Impossible ! Elle ne sort pas sans colorier les griffures sur ses chaussures.

– Shuggie, elle commence à être trop vieille pour ça. Ce n'est qu'une question de temps avant que ça la rattrape. » Il se cura le nez. « Qu'est-ce qu'elle va faire quand tu partiras ? Qu'est-ce qu'elle va faire quand les hommes ne voudront plus d'elle ?

– Alors je ne partirai pas », assena Shuggie avec certitude.

Leek ricana. « Tu vas être un de ces vieux tordus qui vivent encore chez maman ? Qui laissent encore maman les habiller et vont faire la queue à la poste pour les allocs ? » Il roula la crotte de nez et la balança dans un coin. « Et puis, si elle avait dû guérir, elle l'aurait déjà fait. » Il se gratta le menton mais son regard se porta de nouveau sur la petite télévision. « Elle va finir à la rue à cause de la picole. Tu t'en rendras compte. Tôt ou tard. »

Shuggie eut alors la conviction qu'ils avaient joué au mistigri pendant tout ce temps sans que personne n'ait pris la peine de lui expliquer les règles. Il n'avait pas prévu de lui poser la question, mais dès qu'elle eut quitté ses lèvres il s'aperçut qu'il avait voulu le lui demander depuis très longtemps. «Pourquoi tu n'es jamais revenu me chercher ? »

Leek quitta la télé des yeux et planta son regard dans celui de Shuggie. Il prit sa nuque dans sa main. «Tu peux pas me dire ça, Shuggie. Comment je suis censé t'élever ? J'ai quoi, moi ? Et puis, tu continues de te mentir. Regarde-toi ! Personne ne peut t'aider à part toi, Shuggie. C'est vrai, réfléchis. Réfléchis à tout le temps que ça m'a pris, et Caff n'est jamais revenue me chercher, moi. »

Le long grésillement de l'interphone retentit dans le couloir moquetté.

«Shuggie, *t'as pas fait ça ?*» Il regardait son frère, les yeux écarquillés par la peur. L'interphone sonna une nouvelle fois, plus longtemps, avec plus de colère. Leek fila dans le couloir, Shuggie l'entendit crier pour se faire entendre par-dessus le bruit de la rue.

«*Je ne voulais pas*, dit Shuggie en se parlant à lui-même, s'excusant auprès de personne en particulier. Je lui ai juste dit que c'était sur Kilmarnock Road. » Il ne faisait qu'aggraver son cas. «Ah et j'ai peut-être dit que c'était au-dessus de la banque.

– Sale petite balance. » Leek prit un pot de confiture rempli de monnaie et le vida sur le lit simple. Une vilaine odeur métallique emplit l'air. Il compta rapidement dix livres. Il glissa les pièces dans la poche de sa salopette poussiéreuse et sortit en faisant tinter la monnaie. Shuggie l'écouta s'éloigner.

Il revint, le visage rouge à cause des étages et de la colère. Shuggie sentit les nouilles chaudes se transformer en vers au fond de son estomac. Sur le pas de la porte, Leek tenait à la main un sac plastique rempli de boîtes jaunes de crème anglaise Bird's. Leek écarta la frange de son visage. Son front était maintenant rose et dépourvu de plâtre. «Cette crème anglaise, dit-il en reprenant son souffle, vient de dépenser la fin de mes économies pour faire un tour de Glasgow. »

Une bulle de rire nerveux monta en Shuggie. Il essaya de se couvrir la bouche mais le son sortit malgré lui.

« C'est pas drôle, putain ! s'écria Leek, mais il souriait et se mit à rire. Tu portes vraiment la poisse, Shuggie. Depuis toujours. » Le son de la télé monta dans la chambre voisine, les infos du soir. Leek fit un doigt d'honneur en direction du mur mitoyen et ferma sa fine porte. « En fait, maman a appelé la centrale pour commander un taxi. Puis elle est descendue, elle a posé le sac de crème anglaise à l'arrière et elle a dit au chauffeur de la livrer ici. Il a refusé mais elle a dit que son fils paierait à l'arrivée. Et que je lui donnerais même deux livres de pourboire ! » Leek arrêta de rire. Il se laissa tomber contre ses cartons. « Je crois que je n'ai même plus de quoi prendre le bus pour aller au boulot.

— Mais pourquoi elle a envoyé de la crème anglaise ? » Il se demandait quelle horreur elle avait dû faire pour trouver l'argent nécessaire.

Leek avait commencé à retirer ses chaussures quand l'interphone sonna à nouveau. Ils se regardèrent, incrédules. Leek sortit dans le couloir. Il revint défait et inquiet, son sourire avait disparu. Il sortit un petit canif de sa poche et trafiqua le compteur du gaz jusqu'à ce qu'une poignée de pièces argentées en tombe. Il les rassembla sans rien dire et descendit l'escalier.

Leek resta dehors une éternité. Shuggie était planté au milieu de la pièce. « Je n'aurais pas dû te laisser, pardon, je n'aurais pas dû te laisser, pardon », psalmodiait-il.

La porte s'ouvrit et Leek sortit des ténèbres. Sous la poussière blanche, son visage était encore plus blême. Il tenait quelque chose dans ses bras et quand il parla ce fut avec sa voix basse et timide d'autrefois. Il ne souriait plus du tout.

« Shuggie, souffla-t-il. Le chauffeur t'attend en bas. Je lui ai donné les pièces, il a dit qu'il te ramènerait à la maison. Il devait repartir dans l'est de toute façon. Prends tes affaires et vas-y. »

Shuggie hocha la tête doucement. Il avait récupéré le mistigri. Il ne serait jamais libre. « Qu'est-ce qu'il y a dans le sac ? »

Leek considéra le sac plastique blanc dans ses bras et le dénoua. Shuggie regarda ses épaules remonter sous ses oreilles. Quoi que ça puisse être, ç'avait transformé sa colère en inquiétude, ça lui avait pratiquement fait peur. Leek mit la main dans le sac et en sortit lentement le morceau de plastique beige avec la queue en spirale. « Je pense que ce n'est pas bon signe. »

Le téléphone de sa mère.

C'était la fin de tout contact, le signe que cette fois elle n'appellerait pas à l'aide – ni le patron de Leek, ni Shug, ni Shuggie. La crème anglaise n'était pas un bras d'honneur adressé à ses fils ingrats. Elle voulait s'assurer que ses bébés aient quelque chose à manger et maintenant elle leur faisait ses adieux.

31

C'était le mois de mars et c'était l'anniversaire d'Agnes. Shuggie lui vola deux poignées de jonquilles mourantes chez un Paki. Suite à l'après-midi chez Leek, il s'était mis à cacher les carnets de coupons pour s'assurer qu'ils aient de quoi manger avant qu'elle s'achète son alcool pour la semaine.

Depuis Noël, il avait discrètement mis de côté un peu d'argent du compteur pour pouvoir lui offrir quelques livres à jouer au bingo. Elle avait pris l'enveloppe à moitié remplie de pièces et l'avait portée à son cœur comme si c'était les bijoux de la Couronne. Elle était si heureuse.

Quand la police la ramena le lendemain matin, l'air dans l'appartement était déjà rendu lourd et écœurant par les jonquilles mourantes. Ils l'avaient retrouvée en train d'errer le long de la Clyde. Elle avait perdu ses chaussures et son beau manteau violet. Elle n'était jamais arrivée au bingo.

Agnes ne put regarder Shuggie tant elle avait honte et il était incapable de la regarder tant il se sentait bête. Le froid d'une nuit de mars dans la rue faisait crépiter ses poumons humides, alors Shuggie lui fit couler un bain chaud qu'il agrémenta copieusement de sel de cuisine. Il lui repassa des vêtements propres. Il lui fit un thé au lait qu'il déposa devant la porte de la salle de bains et sortit sans qu'ils aient échangé un mot.

Habillé pour l'école, il traversa la grand-rue en courant avec les autres enfants et fut surpris de retrouver deux pièces de cinquante pence du compteur au fond de la poche de son anorak. Il s'arrêta net. Il les fit tourner dans sa main. Il monta à bord du premier bus qui passa et demanda au chauffeur jusqu'où il pouvait aller avec cette somme.

La vue du seizième étage de la tour de Sighthill lui donna l'impression d'être minuscule. La ville à ses pieds était pleine de vie et il n'en avait même pas vu la moitié. Shuggie passa les jambes dans le mur de parpaings creux de la laverie et contempla l'étalement urbain infini. Pendant des heures, il regarda les bus orange serpenter à travers le grès gris. Il vit les lourds nuages obscurcir les flèches gothiques de l'hôpital pendant qu'ailleurs le soleil obstiné donnait vie au verre et à l'acier de l'université.

Il avait les jambes et les bras lourds à force de les laisser pendre au-dessus de la ville mais il retrouva l'enveloppe dans la poche de sa veste et la sortit pour la regarder une centième fois. Il n'y avait pas d'adresse au verso, seulement un cachet de Barrow-in-Furness. Il ignorait où ça se trouvait mais le nom ne sonnait pas écossais.

C'était une carte de Noël arrivée deux mois en retard. Leek avait trouvé du boulot ailleurs. Il construisait des maisons neuves, ils avaient besoin de jeunes hommes capables de tout faire : carrelage, enduit, toiture. Il disait que le salaire était correct et qu'il ne savait pas quand il rentrerait. Il n'était toujours pas inscrit à l'école d'art, peut-être l'année prochaine, ou la suivante. À la place, il y avait une jolie fille qui travaillait dans un salon de thé et ils aimaient se promener ensemble au milieu de quelque chose qu'il appelait une brande. Il y avait un billet de vingt livres scotché à l'intérieur de la carte, un billet neuf, craquant, jamais plié. Shuggie s'était longuement interrogé sur cet argent. Il s'était offert un bref moment de rêverie où Leek l'attendait dans une gare routière lointaine puis il avait acheté de la viande fraîche et avait préparé un ragoût-surprise à Agnes.

Il y avait autre chose à l'intérieur de la carte de vœux : une page de cahier ligné recouverte du dessin au crayon d'un jeune garçon. Il était assis en tailleur au pied d'un lit défait, de dos, si bien que l'on voyait le bas de sa colonne vertébrale là où le haut et le bas de son pyjama ne se rejoignaient pas. Ce qui retenait l'attention du garçon était discrètement niché dans le creux de son corps penché. Le visage dans l'ombre, il paraissait absorbé et il jouait apparemment avec de petits chevaux de bois ou de plomb. Shuggie savait ce que c'était en réalité : les jouets odorants et colorés pour les petites filles. C'étaient les jolis petits poneys et Leek savait. Leek avait toujours su.

Le vent du nord hurlait dans la laverie de béton et lui rougissait le nez. Quand il n'en put plus, il rangea sa carte dans son manteau et rentra à la maison.

À son retour, toutes les lumières étaient allumées. Les jonquilles volées continuaient de faner et il sentit l'odeur de levure et de renfermé du confinement d'Agnes. Shuggie écouta la tonalité lancinante indiquant que le téléphone était mal raccroché avant de reposer le combiné délaissé. Elle n'avait pas chômé : le feutre rouge était posé sur l'annuaire et des ratures neuves étaient apparues sur de vieux noms.

Agnes était endormie dans son fauteuil. Elle ressemblait à une bougie fondue, avec ses jambes inertes et sa tête qui avait roulé sur le côté. Shuggie la contourna et secoua les canettes de Tennent's cachées pour voir ce qu'elle avait bu. Il leva la bouteille de vodka dans la lumière et mesura ce qui restait. Elle était quasi vide.

Dans le silence, il l'écouta tousser malgré sa torpeur, puis elle eut un haut-le-cœur et un filet de bile épaisse apparut à ses lèvres. Shuggie attrapa le morceau de papier toilette dans la manche de son pull en prenant soin de ne pas la réveiller. D'un doigt expert, il lui sortit le fluide bronchique et la bile de la bouche. Il lui essuya les lèvres et reposa sa tête en sécurité sur son épaule gauche.

Il y avait un vide dans son ventre. Il se situait sous l'estomac, quelque chose de bien plus profond que la faim. Il s'assit à ses pieds et commença à lui parler doucement. «Je t'aime, maman. Je suis désolé de ne pas avoir pu t'aider hier soir.»

Shuggie lui releva les pieds délicatement, défit d'abord la minuscule boucle sur ses chevilles et fit glisser chaque escarpin avant de tirer sur la couture de son collant coincée entre ses orteils. Il massa tendrement ses pieds froids puis les reposa doucement sur le sol, sans cesser de murmurer.

«Je suis monté à Sighthill aujourd'hui. J'avais la vue sur toute la ville.»

Il posa les talons hauts de sa mère à côté du fauteuil et se releva. Il chercha habilement sous le renflement mou de ses seins jusqu'à trouver le centre de sa poitrine et, à travers son pull fin, il défit l'attache papillon de son soutien-gorge. Il regarda ses seins se libérer.

«Tu as dû adorer y vivre. Il y avait tant à voir, chuchota-t-il. Ça m'a fait tourner la tête rien que d'y penser.»

Il trouva ses bretelles et les fit descendre de ses épaules, libéra la chair comprimée par la pression du nylon. Agnes remua, sans se réveiller. Elle toussa encore, une toux profonde et grasse, celle des maisons de mineurs et de la moisissure, de la bière tiède et d'une nuit glaciale au bord du fleuve. Shuggie lui massa le thorax en se demandant si les cellules du commissariat étaient très froides. Sa tête roula en arrière sur le dossier mou du fauteuil et il plaça instinctivement ses doigts sur ses tempes pour la faire basculer vers l'avant.

«Je vais arrêter l'école dès que possible. Pas la peine de discuter. Il faut que je trouve un métier pour qu'on sorte de là. Je pensais peut-être t'emmener à Édimbourg un jour. On pourrait visiter le Fife et même Aberdeen. Je pourrais peut-être économiser assez pour un camping. Tu penses que tu pourrais aller mieux à ce moment-là ?» Shuggie regarda son visage inconscient avec un sourire. «Qu'est-ce que tu en penses ?»

Il l'écouta respirer un moment puis il se pencha sur elle et descendit la fermeture de sa jupe. Elle glissa facilement et son ventre mou se gonfla avec gratitude, comme de la pâte à pain débordant du moule.

« Non ? J'imagine que non », murmura-t-il.

Shuggie enfonça la main dans la bouche ronflante et, avec un bruit de succion, retira les fausses dents. Il les enroula dans du papier toilette et les déposa sur l'accoudoir du fauteuil. De ses doigts délicats, il lui massa la tête et refit les ondulations de ses cheveux noirs. Il lui frotta le cuir chevelu comme elle l'aimait. Ses racines étaient d'un blanc obscène.

Agnes toussa encore, un chatouillement sec au fond de sa gorge qui résonna dans son ventre et se fit soudain lourd et épais. Elle eut de nouveau de la bile sur les lèvres. Shuggie cessa de la recoiffer et tendit la main vers le papier toilette mais quelque chose l'arrêta. Il la regarda tousser. « Leek avait peut-être raison, il faut croire. »

Elle gargouilla encore et sa tête retomba en arrière sur le dossier. Agnes eut un haut-le-cœur et il regarda la bile bouillonner sur ses gencives nues et ses lèvres peintes. Shuggie resta debout à l'écouter respirer. Son souffle se fit d'abord plus lourd, épais et congestionné. Ses sourcils se nouèrent légèrement comme si elle avait entendu une nouvelle déplaisante. Puis son corps fut parcouru d'une secousse, légère, comme si elle se trouvait de nouveau à l'arrière d'un taxi cahotant sur Pit Road. Il faillit faire quelque chose à cet instant, faillit l'aider avec ses doigts, mais alors sa respiration siffla doucement, diminuant petit à petit, comme si elle s'éloignait d'elle. Son visage changea, l'inquiétude s'évanouit et elle parut soudain paisible, emportée doucement, plongée dans l'alcool.

Il était désormais trop tard pour faire quoi que ce soit.

Il la secoua violemment néanmoins mais elle ne se réveilla pas.

Il la secoua encore et puis il pleura sur sa mère pendant un long moment, longtemps après qu'Agnes eut arrêté de respirer. Ça ne servit à rien.

C'était trop tard.

Shuggie arrangea ses cheveux du mieux qu'il put. Il essaya de couvrir la blancheur indécente de ses racines, de les coiffer comme elle les aimait. Il déballa son dentier et le lui remit dans la bouche. Avec le papier toilette, il essuya le vomi sur son menton et lui remit du rouge, prenant soin de l'appliquer aussi à la commissure des lèvres et de ne pas déborder. Il se releva et se sécha les yeux. On aurait dit qu'elle dormait. Puis il se pencha pour l'embrasser une dernière fois.

1992

SOUTH SIDE

32

Il n'y avait pas vraiment de poussière dessus ce matin-là mais Shuggie tua le temps en frottant les figurines d'Agnes. L'oreille du petit faon avait été abîmée pendant le déménagement vers la pension de Mme Bakhsh, et la jolie fille qui vendait des fruits avait perdu un bras, sans cesser de serrer une pomme rouge dans sa main. Pendant des semaines, il s'était senti terriblement mal rien qu'à les regarder. Il prenait maintenant soin de les épousseter doucement et de les remettre à leur place.

Ce matin-là, il prit le faon aux longues pattes et le tourna délicatement dans sa main. Il s'était attendu à trouver son oreille gauche abîmée mais en y regardant de plus près il découvrit que la peinture de ses yeux aux longs cils s'effaçait et que les marques blanches sur ses flancs disparaissaient aussi. Ça le mit en colère. Il avait fait tellement attention… Il avait toujours fait de son mieux.

Shuggie serra le bibelot dans son poing jusqu'à ce que ses articulations blanchissent. Le faon le regardait toujours avec le même sourire serein. Il appuya sur la délicate patte avant, d'abord doucement, puis de plus en plus fort jusqu'à ce que la porcelaine cède. Elle se brisa dans un crissement insupportable. Il arrêta de respirer quelques instants. Sous le vernis brillant, la céramique était rugueuse et crayeuse. Il passa le doigt sur le bord déchiqueté. Puis, sans réfléchir, il appuya encore et encore jusqu'à avoir cassé toutes les pattes. Une fois le bibelot brisé en morceaux, il s'aperçut qu'il ne supportait plus de le regarder. Il le fit tomber dans l'espace entre la tête de lit et le mur. Puis il attrapa rapidement son manteau et le sac qui contenait le poisson en boîte qu'il avait acheté chez Kilfeathers et, verrouillant la porte de sa chambre, il sortit sous la pluie battante.

Shuggie marcha d'un pas absent, hébété, jusqu'à la grand-rue. Malgré la pluie, les Pakistanais sortaient des cartons de pommes de terre devant leurs magasins. Une musique hurlante se déversait depuis le vidéo-club qui proposait des films de Bollywood avec sa vitrine recouverte d'affiches criardes d'hommes à la peau sombre qui étreignaient passionnément des femmes aux yeux de biche. Il s'arrêta un moment pour les observer puis poursuivit son chemin, anonyme.

Il monta dans un bus orange et avec un bruit sourd le chauffeur lui sortit un long ticket blanc, tarif réduit pour les enfants. Il grimpa l'escalier et prit l'un des derniers sièges secs de l'impériale. Le bus avançait doucement dans les embouteillages mais ça ne le dérangeait pas. Il se fit un hublot dans la condensation et regarda la ville disparaître peu à peu. Le bus vrombit et tourna sur la droite en direction d'un lotissement abandonné. Les pignons des immeubles à moitié démolis prenaient la pluie. Des salons aux couleurs vives et des couloirs tapissés de papier peint se trouvaient à nu, miséreux, au milieu de piles de gravats. Dans une courée on voyait encore un fil à linge fièrement tendu entre deux poteaux de fortune. Dans une autre, des gamins tapaient joyeusement dans un ballon au milieu des ruines.

Le bus traversa la Clyde. À la surface du fleuve se reflétait la masse grise de la grue géante de Finnieston qui surplombait l'eau, oisive et solitaire. Shuggie essuya de nouveau sa fenêtre et pensa à Catherine. Elle lui revenait toujours en tête quand il voyait les grues qui rouillaient. Elle n'était pas revenue pour l'enterrement d'Agnes. Elle avait dit à Leek, qui l'avait répété à Shuggie, qu'elle préférait se souvenir des bons moments. Ça ne lui ferait aucun bien de voir comment l'alcool l'avait ravagée. Alors qu'il regardait les grues, Shuggie s'aperçut qu'il n'avait plus vraiment le visage de Catherine en tête. Il se demanda ce qu'elle voyait quand elle pensait à leur maman. Peut-être de jolies choses.

Agnes avait été incinérée par une belle matinée froide.

Shuggie était resté près de son corps pendant près de deux jours. La nuit, il la bordait sous une couverture qu'il retirait au matin. Il monta le chauffage quand elle refroidit mais ça ne servait à rien, sa peau ne pouvait retenir la chaleur. Il appela Leek dans sa pension dans le Sud pour lui annoncer que leur mère était morte. Leek attendit longtemps qu'il arrête de pleurer et il lui expliqua quoi faire, pas à pas, puis, avec une infinie patience, il répéta lentement pendant que Shuggie prenait des notes dans le carnet d'adresses d'Agnes. C'était gentil de sa part, se dit plus tard Shuggie, de ne pas avoir perdu son calme.

Leek prit un car de nuit pour revenir. Il avait parcouru tous ces kilomètres mais il s'arrêta à trois mètres du corps d'Agnes, incapable de s'approcher davantage. Il laissa Shuggie s'occuper d'elle et par la suite il le regarda éclater et recoller ensemble des pierres en toc, penché sur la moquette des pompes funèbres, afin de confectionner une paire de boucles d'oreilles pratiquement identiques.

Leek organisa la crémation. Shuggie le suivit toute la semaine, trop fatigué pour pleurer, trop choqué pour l'aider. Depuis le bureau du légiste jusqu'aux pompes funèbres puis à l'église, Shuggie se traîna derrière lui, livide, inutile, muet. Plusieurs fois, Leek s'arrêta au milieu de ce qu'il faisait pour se tourner vers son frère. Il ne disait rien, laissant un espace vide pour que Shuggie puisse révéler ce qu'il avait sur le cœur. Celui-ci essaya, il voulait raconter à Leek ce qui s'était passé, mais les mots ne venaient pas, il était incapable de les prononcer. Il parvint simplement à dire qu'il avait été trop fatigué et qu'il regrettait de ne pas avoir essayé davantage.

La Sécurité sociale prenait en charge la crémation mais pas l'enterrement car il n'y avait plus de place dans le caveau de Wullie et Lizzie. Leek ne publia pas d'annonce nécrologique dans l'*Evening Times* ou ailleurs. Mais une femme de l'immeuble d'à côté avait été aux AA avec Agnes par intermittence, si bien que la nouvelle se propagea au sein de la communauté et bientôt des inconnus vinrent frapper à la porte. La rumeur filtra à Pithead et les vieilles goules se présentèrent au crématorium de Daldowie.

Big Shug ne vint pas à la crémation. Le seul taxi noir présent ce matin-là fut celui d'Eugene, et bien que Shug eût sans doute appris la nouvelle par Catherine ou Rascal il ne se pointa pas. Shuggie, qui avait préparé une valise de vêtements propres, au cas où, se sentit idiot. Durant toute la cérémonie il chercha le visage de Shug, en vain.

Leek le regarda sévèrement, comme si son espoir le mettait en colère, comme s'il était déçu que Shuggie soit assez bête pour y croire encore. Il lui dit que Big Shug était un sac à merde qui ne pensait qu'à sa gueule. Cela attrista Shuggie, non seulement parce que c'était vrai mais parce que Leek ressemblait terriblement à leur mère en disant cela.

Les gens prirent place dans le fond du crématorium. Seuls Shuggie et Leek s'assirent devant. Eugene était près de la porte, flanqué de Colleen et Bridie. Jinty, déjà à moitié farcie, s'accrochait au jeune Lamby. Shuggie se retourna et remarqua que personne n'avait l'air réellement triste. Quand ils firent rouler Agnes dans le four crématoire, il entendit une voix de femme derrière lui s'exclamer : « Une crémation ? Elle ne va jamais finir de brûler c'te vieille poche à gnôle. »

Jusqu'alors, Shuggie n'avait pas encore réfléchi à l'incinération. Quand ils posèrent son cercueil sur le tapis roulant, il pensa à la caisse d'un supermarché. Puis il comprit. Il tendit la tête, les yeux grands ouverts, pour voir où elle allait. Lorsqu'il se tourna vers son frère, Leek hocha calmement la tête et dit : « Ouais, ça y est, elle est partie. »

C'était ce qu'il disait quand ils la voyaient monter dans un taxi. « Ça y est, elle est partie », lançait-il en sortant de derrière les voilages, tout sourire, avant de venir l'embêter devant le JT du soir.

Ça y est, elle est partie. Ce que l'on disait quand on se débarrassait de quelque chose.

À la sortie du crématorium, il y avait des bourgeons blancs sur les arbres nus et l'odeur de la verdure qui renaissait envahissait le jardin du souvenir. Certains traversèrent la pelouse pour présenter leurs condoléances aux garçons. Les plus courageux vinrent en personne, d'autres, comme Colleen, envoyèrent un représentant, en l'occurrence Bridie. Jinty eut du mal à avancer sur le sol humide. Elle parut perplexe quand Leek lui annonça qu'il n'y aurait pas de réception, pas de verre pour célébrer son souvenir.

« Quoi, pas une goutte ? s'étonna-t-elle.

– Tu déconnes ou quoi ? » cracha-t-il entre ses fausses dents serrées.

Eugene prit alors Jinty par le bras pour la faire partir. Puis il se retourna vers les fils d'Agnes pour leur dire un mot gentil. Leek se détourna.

Shuggie appuya la tête contre la vitre du bus et essaya de ne plus penser à l'enterrement. Il triait ses pièces du bout des doigts. Il pensa à appeler Leek plus tard, depuis la cabine en face de la pension de Mme Bakhsh. Il savait comment ça se passerait : Shuggie lui demanderait des nouvelles du bébé et ne parlerait pas de l'école d'art. Puis Leek prendrait de ses nouvelles, Shuggie dirait alors que tout allait bien parce qu'il avait appris que c'était ce que son frère voulait entendre. Ils feraient l'un et l'autre semblant que tout allait pour le mieux puis ils évoqueraient une visite dans le Sud et un billet de train, un petit quelque chose de lointain à espérer. Puis Leek ne dirait plus rien. Il savait qu'il n'avait jamais beaucoup aimé parler. Ça tombait bien, quelque part, car les appels dans le Sud lui coûtaient une fortune et Mme Bakhsh refusait de faire installer le téléphone pour ses locataires.

Le bus poursuivit sa route. Les chantiers navals de la Clyde étaient morts désormais. Le large fleuve était calme et vide à l'exception d'un pêcheur solitaire sur un petit bateau. Les bandes fluorescentes de son imperméable brillaient comme des diamants dans la bruine tenace. Tout le monde connaissait son nom, il était tout le temps en une du *Glaswegian*, le journal gratuit. Comme son père avant lui, il patrouillait la Clyde sans répit. Il ramassait les vieux qui étaient bourrés et qui basculaient près du parc de Glasgow Green. Parfois, il repêchait les corps d'hommes et de femmes qui n'avaient pas voulu être sauvés, ceux qui glissaient dans l'eau saumâtre silencieusement, délibérément, au pied des ponts de pierre.

Shuggie sortit du bus derrière Central Station. Malgré l'épaisse couche de crasse et de merde de pigeon, les verrières en arches rivetées de la gare demeuraient fières et majestueuses. Le gros du bâtiment enjambait Argyle Street et formait un tunnel sombre dans la rue en contrebas. La galerie surélevée était remplie de fish and chips, de boutiques à l'éclairage cru proposant des jeans à moitié prix et un pub sans fenêtres qui ouvrait tôt le matin et était déjà plein de fumée quand arrivait l'heure du déjeuner. Shuggie s'arrêta devant une boulangerie. Les fours rougeoyants diffusaient la douce odeur du glaçage bon marché et du pain blanc.

Il passait parfois une heure planté là à faire semblant d'attendre un bus pour le simple plaisir de se réchauffer dans le rêve sucré qu'offrait la ventilation. Il s'était surpris à épier la file des taxis durant l'une de ces visites. Il s'était penché légèrement, genoux fléchis pour étudier le visage des chauffeurs, avant de se rendre compte de ce qu'il espérait. Honteux, il se redressa et partit précipitamment.

Shuggie entra dans la boulangerie. Une longue file d'employées de bureau trempées gouttait sur la vitrine des pâtisseries. Shuggie attendit patiemment, les yeux mi-clos, dans la chaleur sucrée. Il demanda deux tartelettes aux fraises à une vendeuse aux joues roses qui se grattait la tête sous son filet à cheveux. Quand elle les glissa dans un sachet, la confiture rouge brillant colla au papier. «Pardon, madame. Est-ce que je pourrais avoir une boîte?

— C'est quatre gâteaux pour une boîte, jeune homme», maugréa-t-elle.

Shuggie replia son billet de cinq livres sur son doigt. Il n'allait pas être payé avant la semaine suivante mais dit : «D'accord. J'en voudrais quatre s'il vous plaît. C'est pour un cadeau.»

Elle soupira sans être déplaisante. «Fallait l'dire, Casanova. Je pouvais pas savoir que je servais le dernier des seigneurs.

– Ce n'est pas ce que vous croyez», marmonna-t-il.

En deux coups de poignet adroits, la femme déplia un carton à pâtisseries. Les tartelettes ressemblaient à quatre cœurs vermeils. Il paya, remit sa capuche et sortit sous la pluie. L'argent faisait ce qu'il faisait toujours : maintenant qu'il avait cassé son billet de cinq, il entra dans un petit magasin et dépensa sa mitraille pour se payer une bouteille de soda. Avec son poisson en boîte et ses cœurs vermeils, il remonta la longue rue. Il traversa la partie ancienne de Merchant City, dépassa Trongate et Saltmarket puis il se retrouva au bord du large fleuve. Il longea la rive déserte jusqu'à l'embouchure de Shipbank Lane. Des groupes d'hommes en T-shirt et veste légère étaient massés sous le surplomb de l'ancienne gare Saint Enoch. Ils grelottaient, nerveux, derrière leurs cartons aplatis couverts de cassettes vidéo pirates. Les femmes les ignoraient tandis qu'elles descendaient la ruelle étroite avec des sacs remplis de fripes achetées au marché au-dessus de leurs têtes.

Il la trouva à l'endroit exact qu'elle lui avait indiqué.

Elle était assise sur la barrière basse en face du marché comme si elle avait rouillé là avec le métal. Sous la fine pluie, ses longs cheveux étaient raides comme des baguettes et les larges anneaux qu'elle portait aux oreilles lui donnaient un air d'enfant qu'elle n'était pourtant plus. Ça le peina de la voir si effacée, les traits tirés. Quand il l'avait rencontrée avec Keir Weir l'année qui avait précédé la mort d'Agnes, elle avait encore un côté bravache. Elle était maligne, elle avait du répondant et il savait maintenant que ce n'était qu'une façade enfantine et gouailleuse destinée à cacher sa blessure intime. Son joli visage couvert de taches de rousseur était à présent bloqué sur cette mine fermée qu'elle avait adoptée en guise de protection. Ses lèvres étaient presque toujours scellées, ses yeux en raisins secs scrutaient perpétuellement la foule de peur de voir arriver les ennuis. Elle portait maintenant cette dureté calcifiée comme une armure qu'elle oubliait trop souvent de retirer.

« T'as pris ton temps, j'suis trempée », lança Leanne Kelly. Elle avait une petite pile de sacs plastique qu'elle protégeait entre ses jambes.

« Je suis désolé », dit Shuggie. Il grimpa sur la barrière à côté de son amie et s'assit comme elle. Il regarda sa posture et modifia la sienne pour l'imiter. Il était aussi grand qu'elle désormais, même un peu plus, et il lui prit le poignet pour le frotter là où son anorak ne la couvrait pas tout à fait. « Qu'est-ce que tu veux faire ? On va se balader un peu ? »

Leanne sourit. « Heureusement que t'essaies pas de me draguer. » Elle balança son chewing-gum gris dans la flaque. « T'es totalement prévisible.

– Désolé. »

Elle lui caressa le visage puis lui donna une bourrade. « Je déconne. Bien sûr qu'on va aller se balader, qu'est-ce qu'y a d'autre à faire ? » Elle gigota en montrant les sacs à ses pieds. « J'ai juste un truc à régler d'abord, OK ? »

Il savait ce que c'était. Si Agnes avait été en vie, s'il avait eu cette chance, il aurait voulu en faire autant pour sa mère. Pourtant, quand il vit Leanne se pincer les lèvres avec inquiétude, il ne put se retenir. « Leanne, laisse tomber. Si c'était moi, tu m'en mettrais plein la gueule. Ça ne sert à rien. Je suis désolé mais c'est vrai. »

Elle l'interrompit. « Commence pas, putain. Je suis au courant. » Leanne regarda la pluie d'un air mauvais comme un importun qu'elle pourrait faire partir. « Et puis je suis même pas sûre que je la verrai. »

Malgré le mauvais temps, il y avait du monde à Paddy's Market. L'allée suivait les voies désaffectées et sous chaque arche abandonnée s'étiraient des étals remplis de vêtements d'enfants, de transats à fleurs et de lampes de chevet criardes aux couleurs de diverses équipes de foot. Le marché occupait le moindre espace libre : des vêtements pendaient du plafond couvert de suie et des tables pliantes débordaient de bibelots étranges et de vieilles montres. Des vendeurs s'étalaient dans l'allée étroite avec leurs meubles de seconde main déjà humides et endommagés par la pluie.

Shuggie regarda une blonde aux racines de cheveux noires. Elle était accroupie devant ce qu'il supposa être l'ensemble de ses biens qu'elle avait étalé dans un recoin boueux. Il pensa qu'Agnes aurait à la fois adoré et détesté cet endroit.

Leanne lui tendit un thé dans une tasse en polystyrène et quand il souleva le couvercle il vit qu'il était déjà froid et trouble. Il regarda la cataracte laiteuse et s'en voulut de l'avoir fait attendre aussi longtemps.

« Agnes aurait eu cinquante ans aujourd'hui », dit-il, avant d'ajouter aussitôt : « Mais elle l'aurait nié sans ciller. »

Shuggie inclina la bouteille de soda vers Leanne comme un sommelier arrogant qu'il avait vu à la télé. « Je me suis dit qu'on pouvait faire une petite fête d'anniversaire. Pour nous remonter le moral. » Il lui tendit les tartelettes. Elle ouvrit la boîte en gazouillant et il déchanta en découvrant les taches de confiture rouge sang sur le couvercle. « Merde ! J'ai essayé de les porter le plus droit possible. »

Leanne lui mit un petit coup d'épaule. « T'inquiète, elles sont superbes. »

Les tartelettes si jolies une heure plus tôt étaient maintenant mouillées et complètement foutues. Shuggie en attrapa une. Il ne voulait plus les voir. Il l'enfourna dans sa bouche et manqua s'étouffer avec la confiture collante et la crème épaisse. Il engloutit la pâtisserie et se sentit mieux quand elle lui tomba sur l'estomac. Il voulut en prendre une deuxième mais Leanne écarta la boîte en s'écriant : « Dégage, espèce de morfal, elles sont à moi ! »

Shuggie rit, content de la voir moins inquiète. Il écrasa les derniers fruits entre ses lèvres jusqu'à avoir un maquillage de clown et lui fit des grimaces. Leanne le repoussa. Elle mangea deux tartelettes, lentement, prenant soin de séparer la confiture de la crème avant de tendre le fond en biscuit à Shuggie. Elle referma le couvercle de la boîte sur la dernière.

Ils restèrent assis, serrés l'un contre l'autre, pendant que la pluie cessait et reprenait, buvant leur thé froid et leur boisson pétillante, discutant en attendant quelque chose qui n'arriverait peut-être jamais. « Au fait, Calum a mis en cloque une nana de Springburn. »

Il fit glisser ses doigts dans une poignée de ses cheveux. Il les pressa entre le pouce et l'index, comme de vieux vêtements qu'il aurait voulu essorer. « C'est celui qui est juste au-dessus de toi ?

— Non, il est plus vieux, entre Stevie et Malky. Il est plutôt mignon mais il n'est pas très fute-fute et c'est pour ça qu'il faut l'avoir à l'œil. Il trempe sa bite n'importe où.

— Charmant.

— Ouais. À Pâques dernier, il a rencontré une nana en boîte un samedi soir et apparemment il l'avait engrossée avant même que les portes de l'église s'ouvrent pour la messe le lendemain. » Leanne secoua la tête en repensant à la stupidité de son frère. « Le père de la fille s'est pointé chez nous hier soir. Il l'avait retrouvé dans le bottin. Malky a mis sur la gueule à Calum quand il a appris la nouvelle. Pas parce qu'il l'avait engrossée mais d'avoir été assez con pour lui filer son vrai nom. » Leanne prit une mèche de cheveux et inspecta ses fourches. « Calum se souvenait même pas de son prénom, encore moins de sa tête. Tu aurais vu sa tronche. Il l'aurait croisée dans la rue sans la reconnaître. Maintenant il est papa. Quel abruti. »

Shuggie l'entendit avant que Leanne la voie. C'était un rire de fillette, bien trop juvénile pour une femme de cet âge, il sonnait creux et forcé. Shuggie songea à l'ignorer et à détourner le regard de Leanne vers le fleuve, loin de la femme qui riait. Quand il se retourna vers son amie, celle-ci rongeait la peau autour de son pouce en remuant le contenu de ses sacs plastique. Elle sortit les doigts de sa bouche : elle n'avait pratiquement plus de peau autour. Il ne put se résoudre à lui mentir, alors il soupira et désigna la femme. Ce fut alors le tour de Leanne de soupirer.

Elle ne les avait pas encore vus. Sa main pâle était glissée sous le bras d'un jeune homme en T-shirt aux mâchoires nues comme les articulations de ses doigts. Depuis l'autre bout du marché grouillant, Shuggie l'entendit essayer de le charmer pour qu'il lui tienne un peu compagnie. Il lui dit non du bout de ses lèvres humides et Shuggie regarda l'homme lui pincer la main pour se libérer. Il s'éloigna en la laissant plantée là.

Ils regardèrent la femme un petit moment, elle semblait coincée au milieu de l'allée sans savoir dans quelle direction repartir. C'était encore plus une épave que la dernière fois que Shuggie l'avait vue. Ses boucles brun souris se transformaient en un tapis poivre et sel de cheveux emmêlés et sa peau rouge était parsemée de veines éclatées bleu roi. Elle avait une trace de fard à paupières bleu vif et un peu de rouge à lèvres rose autour des lèvres. Shuggie fut rassuré de voir qu'elle portait encore des collants chair, même si l'une des jambes était filée. Elle serrait modestement les genoux et les chevilles.

Leanne roula des yeux. Il voyait qu'elle prenait sur elle. Elle descendit de la barrière et ramassa les sacs de courses à ses pieds. L'un des sacs était rempli de linge plié et de sous-vêtements propres qui avaient depuis longtemps perdu leur blancheur. Les autres sacs contenaient de la nourriture molle, comme des yaourts pour bébés ou des compotes de pommes. Shuggie se souvint alors de sa contribution et sortit de sa poche le sac renfermant les boîtes de saumon bosselées. « Tu m'as dit que c'était ce qu'elle préférait. »

Leanne jeta un coup d'œil à l'intérieur du sac.

« Merci beaucoup, Shuggie. » Elle fit tourner les boîtes dans sa main. « Mais elle est à la rue, où est-ce qu'elle va trouver un ouvre-boîte ? » Leanne répondit elle-même en secouant la tête. « Désolée. C'était hyper ingrat. » Elle expira lentement puis elle fit tournoyer le sac comme une masse d'arme. « Écoute, la vieille Moira trouvera bien un moyen. Elle se démerde toujours. »

Leanne se dirigea vers sa mère au milieu du marché. Shuggie vit la femme repérer sa fille et faire rouler ses yeux marron. Il ne put s'empêcher de sourire devant cet air de famille.

Elles se saluèrent sans affection. La bruine ayant cessé, Mme Kelly suivit Leanne hors du marché, jusqu'au bord de la Clyde. Shuggie aplatit un vieux carton qu'il posa sur la barrière humide. Il les laissa s'asseoir côte à côte et ils regardèrent le marin fouiller l'eau inlassablement.

« J'ai connu des bonnes femmes qu'il a repêchées, dit Moira Kelly. Il a rien piqué. Toutes les clopes étaient encore dans la poche, toutes les chevalières. Pas pris un penny. C'est quelque chose, hein ? »

Leanne ouvrit la boîte des tartelettes et proposa la dernière à sa mère. Shuggie essaya de ne pas regarder la femme tripoter une petite boule de confiture rouge avant de l'engouffrer dans sa bouche plissée. Elle avait les traits creusés autour des orbites, comme si elle avait encore manqué de nourriture ces derniers temps. La gelée des fraises luisait sur ses lèvres comme du gloss, une vision obscène.

« On va rester plantés là toute la journée ? demanda-t-elle sans le moindre remerciement.

– Et si on se posait un petit moment ? » Leanne remit la boîte sur les genoux de sa mère, essayant de la faire tenir en place grâce au sucre, comme on attire un chien avec une boîte de viande. Elle tanguait, mais elle saisit le dernier gâteau et enfonça sa langue dans la crème. Il vit les dents qui lui manquaient sur le côté, des dents qui étaient encore là l'automne dernier. Elle avait de la crème sur les doigts et les lécha lascivement. Leanne était contente de la voir manger mais c'était trop vulgaire pour Shuggie. Alors qu'il regardait les collants filés de Mme Kelly révéler la chair de poule qui lui recouvrait les jambes, il n'eut soudain qu'une envie, revoir sa mère.

Ils restèrent assis quelque temps, Shuggie fixait la Clyde pendant que Leanne racontait à sa mère les dernières conneries de ses frères. Mme Kelly rit en s'exclamant : « Bah, putain, j'suis bien contente de plus avoir à nettoyer c'te merdier. »

Lorsqu'elle disait ce genre de chose, Shuggie se forçait à regarder le fleuve. Leanne lui annonça qu'elle allait devenir grand-mère et Shuggie sentit la barrière bouger quand elle haussa les épaules.

Quand Leanne fut à court de sujets de conversation, elle demanda à sa mère de se lever. Shuggie écarta le grand pardessus de Mme Kelly, et pendant qu'elle sautait d'un pied sur l'autre Leanne lui retira ses collants puis sa culotte sale sous sa jupe. La femme n'aimait pas qu'on la manipule. Elle maugréait dans sa barbe mais tourna les yeux vers Shuggie qui, lui, fixait le trottoir humide.

« J'te comprends pas fiston. Tu devrais être en train de doigter des nanas et d'te bourrer la gueule plutôt que d'tenir compagnie à la vieille Moira.

— Je ne suis pas là pour vous, madame Kelly », bafouilla-t-il en levant le manteau plus haut pour se dissimuler à son regard humide.

La vieille femme n'en fut pas perturbée. « Bah, moi je devrais être en train de me marrer un peu, pas de danser le menuet du minou avec un drôle de petit gars comme toi. »

Leanne était toujours agenouillée. Elle rattacha les chaussures de sa mère. « Shuggie t'a apporté du saumon, alors arrête de faire des histoires.

— *Eh, bah, grouille-toi.* C'est jour de paye, les hommes vont avoir tout claqué que j'aurai même pas eu le temps de leur taper un verre. » Mme Kelly soupirait et trépignait comme un enfant impatient.

Shuggie n'avait rien à dire à Mme Kelly mais pour faire plaisir à Leanne il essaya de la retenir encore un peu. « Alors, comment vous vous portez depuis la dernière fois ?

— Oh, eh bien, nous avons eu un printemps ab-so-lu-ment ra-dieux », railla-t-elle. Elle fit la moue, agacée de cette perte de temps. « T'es un petit fouille-merde, toi, pas vrai ? » L'espace d'un instant, elle sembla avoir tout dit. Les coins de sa bouche tombèrent en un rictus moqueur. Elle avait quelque chose à raconter et elle était bien contente d'avoir le public pour. « Ah, bah, tiens, je me suis remise avec le petit Tommy pendant un moment. » Elle se massa la mâchoire, là où ses dents manquaient, en souvenir de cet inconnu. « Il était pas si mal. Il avait un bon boulot chez Caley, l'usine de locomotives. Oh, ça, y me gâtait. Y allait de pub en pub en faisant croire qu'il était aveugle. Tellement aveugle qu'y retrouvait pas son verre sur le comptoir.» Mme Kelly éclata de rire. «Y buvait tous les whiskies avant qu'les autres y pigent que ses yeux marchaient nickel.»

Elle hurlait de rire. Shuggie voyait que ça rendait Leanne heureuse, à la façon dont elle levait les yeux vers elle et à sa bouche qui s'adoucissait un peu. Mais le moment passa trop vite. Leanne revint à elle et retrouva ses défenses, comme si elle venait de disputer un enfant turbulent avant de se laisser attendrir malgré elle.

Mme Kelly l'avait remarqué. «Tu vois qu'j'suis marrante. T'aimes bien la voir, la vieille Moira, pas vrai?» Elle frottait l'épaule de sa fille. «Ouais, j'ai toujours su te remonter le moral.»

Leanne ne dit rien pour l'encourager. Shuggie abaissa le manteau et se retourna vers le marin. Mme Kelly frotta une nouvelle fois sa mâchoire endolorie et dit : «T'as pas une pièce pour une bouteille de gnôle des fois?

– Non.» Shuggie secoua la tête.

Elle suça ses dents manquantes. «Tant pis. Qui tente rien n'a rien, pas vrai?»

Il lui tendit la fin de son soda. Elle regarda la bouteille d'un air mauvais comme s'il l'avait insultée mais elle la prit quand même. Ils l'avaient bu lentement mais Mme Kelly le descendit comme une assoiffée. Shuggie regarda le trait de son rouge à lèvres collant sur le goulot. Il essaya de se mordre la lèvre, incapable de se retenir. «Vous êtes obligée de vous mettre dans un tel état?»

Leanne arrêta de fourrer le linge sale dans les sacs plastique et s'assit sur ses talons. Elle regarda sa mère comme un spectacle qu'elle ne voulait surtout pas rater.

«Qui c'est qu'a dit que j'aimais pas boire un p'tit coup?» Mme Kelly, boudeuse, arracha le manteau des mains de Shuggie. «Z'êtes tous jaloux. J'm'amuse, moi! Ça aide à faire bouger un peu la journée. Ça coupe les parties chiantes.» Elle sortit un tube de rouge à lèvres de sa poche. Il était usé jusqu'au plastique et, en appuyant trop fort, elle rata la ligne de ses lèvres. Shuggie essaya de ne pas faire attention à cette teinte de rose.

« Elle vous aime, dit-il.

— *Shuggie !* s'exclama Leanne.

— Oh, bisous-bisous, câlins-câlins, dit Mme Kelly en se tapant la poitrine pour expulser un rot sucré. Tu sais ce que j'pense, moi ? Le plus t'aimes quelqu'un, le plus y s'foutra de ta gueule. Y fera de moins en moins c'que tu veux et de plus en plus c'qui lui plaît. » Elle se tapa encore sur la poitrine et rota pour de bon.

Leanne finit de ramasser le linge sale et se redressa avec un soupir las. Elle se plaça entre le garçon et sa mère. Shuggie vit qu'elle avait les joues écarlates et les yeux humides et qu'elle recommençait à se mordiller la lèvre. Il se retourna vers le fleuve.

« Les pubs vont pas tarder à se remplir, dit Mme Kelly en fermant son manteau. T'en as eu pour ton pognon.

— Oh, bah, ça c'est malin ça, tiens ! » Leanne recula pour inspecter son travail. Elle s'adressa à sa mère comme si c'était une enfant pressée de retourner jouer dehors avant que les lampadaires s'allument. Elle savait qu'elle ne pourrait plus la retenir. « D'accord, Moira, vas-y alors. Essaie de faire attention à toi. Je reviendrai te trouver plus tard.

— Si ça t'amuse. »

Shuggie s'aperçut qu'il serrait les poings. Il s'approcha de Mme Kelly et mit les mains à l'intérieur de son manteau. Il passa les bras autour de sa taille et tâta cette partie molle avant de remettre en place la doublure de sa jupe en rayonne.

Mme Kelly n'en revenait pas mais elle se laissa manipuler comme si la chaleur de ses bras sur son ventre ne la dérangeait pas. Elle se lécha ensuite la lèvre avec sa grosse langue et fit un sourire entendu à Leanne. « Oh là, fais attention à toi avec c't'oiseau-là. »

Il la relâcha. Il l'attrapa par les avant-bras pour la secouer. Elle cligna des yeux comme une poupée qu'on agite. Elle mit du temps à se concentrer sur son visage. « Hé toi ! » Elle s'écarta et le contourna sans perdre son air renfrogné. «T'es un drôle de petit enfoiré.»

Sur ces mots, Mme Kelly se tourna vers le marché et les pubs mal éclairés sous la voie ferrée. Ils la regardèrent tituber dans l'allée, les bras chargés de sacs. Elle s'arrêta au coin et, d'un geste ample, balança le sac de poisson à la blonde aux racines noires. Elle leva les bras comme si elle avait marqué un but puis poursuivit son chemin en chancelant et disparut.

«Commence pas!» l'avertit Leanne. Elle remonta la fermeture de son manteau jusqu'à couvrir le bas de son visage.

«Promis.» Il regarda le trottoir humide tout en essayant de se calmer. «Tu te sens mieux?»

Leanne pouffa et haussa les épaules. Elle écarta ses cheveux mouillés de son visage et les attacha avec l'élastique qu'elle gardait autour du poignet. Il fut triste de voir son joli visage se durcir à nouveau.

Shuggie essuya sa chaussure boueuse sur l'arrière de son pantalon. Il tira un fil qui pendait de la manche de Leanne et sentit sa peau froide. «Ma maman a eu une bonne année, une fois. C'était chouette.»

Leanne ne dit rien. Elle remit son pouce mâchonné dans sa bouche et se perdit dans ses pensées. Shuggie la laissa tranquille. Il avait arrêté de pleuvoir et il regarda le marin amarrer son canot à la rive et se redresser.

Ils avaient le reste de la journée à passer ensemble et, malgré la pluie, cette perspective lui fit chaud au cœur. «Bon! fit Shuggie en s'efforçant de paraître joyeux. Qu'est-ce que tu veux faire, maintenant?»

Leanne s'essuya les yeux. Elle retourna les poches vides de son jean. «Et si on allait se promener un peu?

— Mince alors, qui est-ce qui est prévisible maintenant?

— *Moi*?» Elle rit pour ce qui lui parut être la première fois depuis longtemps. «Pas du tout. On sait tous les deux que tu veux juste aller reluquer les beaux mecs à Virginia Court!»

Il se sentit rougir. Il secoua la tête mais quelque chose dans les yeux de Leanne l'arrêta. Il prit une petite inspiration entre ses incisives.

Leanne lui mit une bourrade dans les côtes. «Allez, remballe. En plus je crois que le rouquin avec les piercings te faisait de l'œil.

– Vraiment?»

Elle sourit. «P't-être bien. Faut dire qu'il a un œil qui dit merde à l'autre, alors c'est pas sûr.»

Leanne fit tournoyer le sac de linge sale de sa mère et fit semblant de l'envoyer dans la Clyde. Puis elle glissa son bras sous le sien et essaya de le secouer pour faire disparaître son inquiétude. Il la prit par l'épaule comme un remorqueur jusqu'à ce qu'ils soient tous deux dos au fleuve.

Shuggie jeta leurs déchets dans une poubelle. «Tu sais, l'histoire de Calum, ça m'a donné envie d'aller danser un de ces jours.»

Leanne, qui balançait toujours son sac sale, hurla de rire. Un rire si sonore, si vibrant que les vendeurs de cassettes vidéo sursautèrent. «Haha! *Toi*? Tu vas faire que dalle avec tes petites chaussures de poseur! s'écria-t-elle. Y a aucune chance que Shuggie Bain sache danser!»

Shuggie fit claquer sa langue. Il décrocha son bras et courut quelques mètres devant elle. Il hocha la tête, l'air bravache, avant de tournoyer, une seule fois, sur ses talons cirés.

REMERCIEMENTS

Avant toute chose, je dois tout aux souvenirs de ma mère et de son combat, et à mon frère qui m'a donné tout ce qu'il pouvait. Je suis redevable à ma sœur pour m'avoir encouragé à prendre la plume pour partager cela avec vous.

Ce roman ne serait pas entre vos mains sans la foi et la passion d'Anna Stein, une lectrice lente mais une agente courageuse. Merci aussi à Lucy Luck, Claire Nozieres, Morgan Oppenheimer et tout le monde chez ICM Partners et Curtis Brown. Un merci tout particulier à mon éditeur, Peter Blackstock, pour sa patience, son courage, et pour s'être montré ferme mais doux avec Shuggie. Morgan Entrekin et Judy Hottensen ont été des soutiens enthousiastes et ma gratitude va à Elisabeth Schmitz, Deb Seager, John Mark Boling, Emily Burns et toute l'équipe de Grove Atlantic. Merci à mes amis du Nord, Daniel Sandström et Cathrine Bakke Bolin, et à Ravi Mirchandani et tout le monde chez Picador UK pour avoir amené ce roman à la maison. Toute ma gratitude à Tina Pohlman, pour les premiers pas et son incroyable générosité. J'ai aussi une grande dette envers mes premiers lecteurs : Patricia McNulty, Valentina Castellani, Helen Weston et Rachel Skinner-O'Neil pour leurs remarques et leurs encouragements.

Les derniers mots de ce livre sont pour Michael Cary qui l'a lu en premier et l'a aidé à s'épanouir, comme il sait si bien le faire.

Ouvrage réalisé par Cursives à Paris

Cet ouvrage a été achevé d'imprimer
par Corlet Imprimeur
à Condé-en-Normandie
en avril 2021

N° d'impression : 21040367
Imprimé en France